Amanda Lee Koe • Die letzten Strahlen eines Sterns

Amanda Lee Koe
Die letzten Strahlen eines Sterns

Roman

Aus dem Englischen
von Zoë Beck

KEIN&ABER
POCKET

Die Originalausgabe erschien 2019 unter dem Titel *Delayed Rays of a Star*
bei Nan A. Talese (Knopf Doubleday), New York

Deutsche Erstausgabe 2022 bei CulturBooks Verlag, Hamburg
Copyright © 2022 by CulturBooks Verlag

Copyright © 2023 by Kein & Aber AG Zürich – Berlin
Fotos: Alfred Eisenstaedt / The LIFE Picture Collection
Covergestaltung: Hannes Aechter, Berlin
Satz: Klaus Schöffner
Druck und Bindung: CPI books GmbH, Leck
ISBN 978-3-0369-6170-5

www.keinundaber.ch

Für Kirsten

Entweder die Puppe oder der Gott

(Zitiert nach Heinrich von Kleist
»Über das Marionettentheater«)

INHALT

1

Bevor sie den Ballsaal durchquerte, um die Chinesin um einen Tanz zu bitten, löste Marlene eine Locke vom Scheitel ihrer Wasserwelle und ließ sie in die Stirn fallen. Diese Marotte, mittlerweile unbewusst durchgeführt, hatte sie sich als Schulmädchen angewöhnt, wann immer sie die Aufmerksamkeit einer Klassenkameradin oder einer Lehrerin suchte.

Wenn sich die Chinesin bewegte, konnte Marlene selbst bis dahin, wo sie eben noch gestanden hatte, die frische Magnolie riechen, die hinter dem linken Ohr steckte. Und sie bewegte sich oft. Diese Frau tanzte vollendet Foxtrott, Polka und Walzer, selbst wenn ihr gichtgekrümmte Herren mit Kummerbund auf die Zehen traten. Sie trug keine Schuhe, sondern Ballerinas, was einen einnehmenden Blick auf die hohe Wölbung ihrer Füße zuließ. Allerdings war sich Marlene nicht sicher, ob es ihr darum ging, mit der Frau zu tanzen oder mit ihr im Mittelpunkt zu stehen. Doch das war das Befriedigende daran, sich dem Moment hinzugeben: Man musste nicht warten, bis man sich darüber im Klaren war. Aber ein pomadiger, mittelalter Mann streckte seinen Gehstock nach ihr aus, kurz bevor Marlene die Chinesin erreicht hatte.

Ähem, hüstelte er.

Marlene hob eine Augenbraue. Sie war in allerletzter Minute auf Sondereinladung eines Produzenten in die Party geplatzt, und auch wenn es enttäuschend sein würde, so bald schon wieder rausgeworfen zu werden, würde sie es nicht bereuen, hier gewesen zu sein. Dem Fremden ging es aber gar nicht darum, sie zu verscheuchen. Sie sah jetzt, dass er mit gekrümmtem Daumen, der auf seiner dicken Faust ruhte, auf die Schlange der hinter ihm wartenden Männer deutete.

Ah, sagte sie.

Mit einem gebieterischen Nicken entließ er Marlene und gewährte ihr dabei einen deutlichen Blick auf seine rotzverklebten, mit Schnupftabak verkrümelten Nasenhaare, die ungleichmäßig aus beiden Nasenlöchern sprossen. Ungepflegte alte Säcke in teuren Anzügen waren widerlich. Sie stellte sich in die Schlange, um auf einen Tanz mit der Chinesin zu warten. Nachdem sie eine Viertelstunde gewartet hatte, wurde ihr langweilig, und sie trat aus der Reihe, lehnte sich an die Wand und klemmte eine neue Zigarette in ihren pfeifenförmigen Zigarettenhalter, während sie abschätzend dem Spiel der Violinisten folgte. Vor ihren aktuellen Kabarett- und Theater-Auftritten und den Nebenrollen in einer Reihe unterirdischer Filme – was zusammengenommen kaum für die Miete reichte –, war ihre einzig seriöse Arbeit die als zweite Violinistin in einem Kinopalast gewesen, wo sie als Teil eines Orchesters Stummfilme musikalisch zu begleiten hatte.

Es klang wie ein Traum, aus der Anonymität des Orchestergrabens zu treten und das Licht der Bühne oder der Leinwand einzufangen, aber Marlene war realistisch, was ihre Aussichten betraf. Nachdem sie sich ihren letzten Kurzauftritt in einem Film angesehen hatte, in dem sie für weniger als fünf Sekunden einen Raum betrat und der weiblichen Hauptrolle eine Tasse Tee servierte, verkündete Marlene ihren Freundinnen: Ich sehe aus wie eine Kartoffel mit Haaren!

Alle atmeten erleichtert auf, dass sie sie nicht in Watte packen und ihr etwas vormachen mussten, aber sie ermutigten sie weiter: Dein großer Durchbruch wird bald kommen!

Besser früher als später, sagte Marlene düster. Ich bin fast dreißig, diese Schätzchen hier werden nicht für immer strammstehen. Mit diesen Worten wog sie ihre linke Brust in der rechten Hand, wie eine versierte Hausfrau, die am Obststand Orangen prüft. Jedenfalls fuhr sie mit lauter Stimme fort: Warum müssen Frauen immer schöne Brüste haben?

Marlenes Freundinnen waren an ihr lautes Getue, selbst bei Tag in ruhigen Cafés, gewöhnt und zuckten nicht einmal mit der Wimper, während sie ihre diversen Körperteile auf und ab wippen ließ und damit erzürnte Blicke der umsitzenden Gäste auf sich zog. Sie können es sich leisten, ein wenig zu hängen, oder?

Es war noch gar nicht so lange her, dass Marlene sich der Vorstellung verschrieben hatte, in naher Zukunft eine vollendete Konzertvioloninistin zu sein. Wie ernüchternd, zu der Einsicht zu gelangen, dass sie zwar äußerst geübt an der Violine war, aber technisches Können ab einem gewissen Niveau wenig bis nichts bedeutete. Können war vorhersehbar. Der Kinopalast zahlte, aber er war kein Konzertsaal. Was war ihr Zauber, und wo in ihr schlummerte er? Außerdem hatte sie Angst davor, die Violine aufzugeben und nach einem Teil von sich zu suchen, der am Ende vielleicht nicht einfach nur schlummerte, sondern gar nicht erst da war, um dann am Ende die Peinlichkeit der Niederlage verlogen als Mangel an Möglichkeiten wegwischen zu müssen. Eines Abends, während der Untermalung einer romantischen Dramedy, erkannte Marlene mit reinster Klarheit, wie nahtlos der Pfad der zweiten Violinistin im Orchester eines Kinopalasts in den der mäßigen Musiklehrerin an einer Mädchenschule überging, um schließlich in dem der privaten Geigenlehrerin für Kleinstadtkinder und deren sentimentale Eltern zu enden.

Am nächsten Morgen diente sie ihre Kündigung an. Der Direktor nahm sie beiseite.

Sie sind eine unserer besseren Spielerinnen, sagte er. Ich möchte, dass Sie das wissen.

Vielen herzlichen Dank, sagte Marlene. Sagen Sie mal, glauben Sie an Gott? Sie drückte sich enger an ihn. Unwillkürlich zuckte er vor der unerwarteten Nähe zurück. Ja, soufflierte sie, während sie ihm zuzwinkerte, oder nein?

Was, ja, stammelte er. Natürlich vertraue ich auf Gott. Sie nicht?

Leider nicht, sagte Marlene. Also sehen Sie, fügte sie hinzu, als wäre es ihm zuliebe: Wenn es weder einen Heiland noch ein Paradies in meiner Welt gibt, wäre es doch am besten, noch in diesem Leben einmalig zu sein.

Sie tat so, als bemerkte sie nicht, wie sich der Direktor einen halben Schritt von ihr fortschob, um zwischen ihnen wieder eine respektablere Distanz herzustellen. Alles Gute, verkündete er behutsam, während sie ihren Abschied vorbereitete. Ein Schweißtropfen zeigte sich mit perfektem komödiantischem Timing auf seiner Stirn. Marlene ließ ihren Hut fallen, dann ihren Mantel und brach in Gelächter aus.

Jetzt im Ballsaal setzten die Violinen zu einem leichten und höflichen Strauss-Walzer an.

Marlene starrte finster ein arg plumpes Glissando nieder, bis es verklang. Als sie aufsah, bemerkte sie, wie sich die Chinesin mit einigen Verneigungen von dem Mann mit dem verschnupften Nasenhaar, der nun an der Spitze der Schlange stand, entfernte. Er fuchtelte ungläubig mit den Händen durch die Luft und weigerte sich, sie gehen zu lassen, wurde aber von einer Brünetten mit bauschigem Haar und einem langärmeligen Kleid beiseitegeschoben. Nicht weit hinter ihnen stand ein Fotograf mit seiner Kamera. Ein Kellner turnte durch die Gesellschaft aus sich ständig in Bewegung befindlichen strahlenden Menschen und bot Champagnerflöten an. Was für ein Zirkus!

Marlene kippte ihr Getränk runter und ging rüber.

Als wäre pausenloses Tanzen nicht schon herausfordernd genug, musste Anna May auch noch ihren Atem darauf verschwenden, leichte Konversation mit jedem weißen Trottel zu führen, der ihren Namen wissen wollte und wie es in China so war, wie lange sie in Berlin sein werde, ob sie wirklich eine Hollywoodschauspielerin sei, vielleicht könne man sie etwas herumführen? Und das alles, während sie ein Nachsehen mit denjenigen haben musste, die aus dem Takt gerieten und ihr auf die Füße traten. Sie schwitzte stark unter den Armen. Ihr Kleid war ärmellos und schwarz, also musste sie sich wegen Schweißflecken keine Gedanken machen, aber sie wollte wieder zu Atem kommen, und ihre Lippen waren es müde zu lächeln.

Der letzten Treibhund drehte und wirbelte sie mit einer solch selbstgefälligen Begeisterung herum, als wäre sie ein neu gekaufter, handgewebter Teppich, den er in seinem Wohnzimmer ausrollte, um ihn für alle Zeiten bewundern zu können. Als die Melodie verklang, beugte er sich zu ihr vor. Sie dachte, um sich zu bedanken.

Nur, damit Sie es wissen, flüsterte er ihr ins Ohr: Auf diesem Kontinent bin ich dafür bekannt, Spendierhosen zu tragen!

Unsicher, was sie mit dieser Information anfangen sollte, antwortete sie: Das ist aber nett.

Nun, sagte er. Haben Sie sich schon entschieden, mit wem Sie die Nacht verbringen werden?

Anna May biss sich auf die Innenseiten der Wange, um sich nichts anmerken zu lassen. Vor drei Männern hatte sie bereits beschlossen, den nächsten Tanz abzulehnen. Doch jedes Mal, wenn der nächste Gast hervortrat, fand sie sich nicht in der Lage, Nein zu sagen, und sie bemerkte, dass ohnehin jeder mehr als gern ihr Zögern als Schüchternheit, wenn nicht sogar als freudige Erwartung missverstand, wenn er ihre Hand ergriff. Was sie abstieß, war ihre beständige Unfähigkeit, in solchen Situationen in unmittelbarer Übereinkunft mit ihrem eigenen Empfinden zu reagieren. Es fiel ihr leichter, sich selbst zu kasteien, als jemand anderem weniger Platz einzuräumen. Es musste schon hart auf hart kommen, bevor sie auf ihre eigenen Bedingungen bestand. Als endlich andere Musik gespielt wurde, entfernte sie sich mit höflichen Verneigungen von dem nächsten Mann in der Schlange.

Er, mittleren Alters und mit schmierigem Haar, war von ihrer Ablehnung wenig begeistert.

Nach alledem?, fragte er mit kantig-deutschem Akzent auf Englisch und weigerte sich nachzugeben, während er mit seinem Stock zur Schlange wedelte, in der er gestanden hatte. Was glauben Sie eigentlich, wer Sie sind? Auch sie selbst hätte gern die Antwort auf diese Frage gekannt, aber um ihnen beiden aus dieser Situation herauszuhelfen, sagte sie: Ich bitte um Verzeihung, aber ich fürchte, ich brauche dringend ein Glas Wasser.

Der Kellner hatte nur Moët & Chandon.

Er versprach, mit Wasser zurückzukommen.

Sprudel, sagte er. Nur für Sie.

Still ist wunderbar, rief sie ihm nach, stilles Wasser bekommt mir besser, wenn es Ihnen nichts ausmacht? Aber er war bereits verschwunden, um Mineralwasser zu holen. Als sich Anna May umdrehte, stand eine mehlgesichtige Brünette in einem langärmligen metallischen Strickkleid etwas zu nah bei ihr und stellte sich mit »so wie Sie, auch eine Schauspielerin, aber hier in Berlin« vor. Sie war gut gekleidet, wenn auch auf die befangene Art eines frisch frisierten Pudels, und sie hatte schnelle, stechende Augen. Ohne Smalltalk fragte sie nach praktischen Tipps für einen Wechsel nach Hollywood. Ich habe bereits in einigen Bergfilmen mitgewirkt, sagte die Brünette. Gibt es Bergfilme in Amerika? Brauche ich einen Agenten?

Ich bin mir bei den Bergen nicht sicher, sagte Anna May, aber solange es darin eine Liebesgeschichte gibt …

Es stimmt also, nicht wahr? Eine Blonde trat hinzu und unterbrach ganz nebenbei ihre Unterhaltung. Nur Tunten wissen, wie man sich als Frau sexy kleidet.

Anna May hatte keine Ahnung, wovon sie sprach, aber die Blonde hatte eine charmant nasale Stimme. Eine gewellte Haarlocke fiel ihr lose in die Stirn, als sie kurz an ihrer Zigarette zog, die sie senkrecht in einen pfeifenförmigen Halter gesteckt hatte. Sie nickte anerkennend in Richtung eines knabenhaften Mannes in einem roten Kleid. Das Kleid des Mannes war bis zu seinem Steiß ausgeschnitten, und er hatte sich bei einem anderen Mann in einem Samtjackett untergehakt, der eine passende weinrote Ansteckrose am Revers trug.

Ich persönlich finde solche geistigen Verirrungen beunruhigend, sagte die Bergfilm-Schauspielerin, nachdem das Paar vorbeigegangen war. Da könnte die Welt genauso gut kopfstehen.

Die Blonde blies den Rauch in ihre Gesichter, statt ihn hochzupusten.

Was wäre so schlimm an einer Welt, die auf dem Kopf steht?, fragte die Blonde und schob sich die Locke aus der Stirn. Frauen wären Könige, und ich würde die ganze Zeit Hosen tragen.

Anna May sah, wie die Brünette um eine Erwiderung rang, aber bevor sie den Mund aufmachen konnte, näherte sich ihnen ein würdevoll wirkender Mann mit einer Kamera (oder war es nur ein Mann mit einer würdevoll wirkenden Kamera?). Die Brünette stürzte sich auf ihn, um ihn in eine gesellschaftliche Umarmung zu verstricken.

Er wollte ein Bild von ihnen machen.

Von uns dreien zusammen?, fragte die Brünette zögerlich.

Ja, antwortete der Fotograf, wenn sie sich dazu angemessen in der Lage sahen?

Als sich die drei zusammenschoben, traf Anna May den Blick der Blonden. Er war ausgelassen und anmaßend. Sah diese Frau alle Menschen in ihrem Leben auf diese Weise an, und wie kam sie damit durch? Bevor Anna May wegsehen konnte, war der vordere Teil ihres Kleids nass.

Die Champagnerflöte war der Blonden aus der Hand gerutscht.

Es tut mir so leid, sagte die Blonde, hielt Anna Mays Perlenkette hoch und tupfte die Feuchtigkeit mit einem parfümierten Seidentaschentuch auf. Dafür gehört mir ordentlich der Hintern versohlt!

Darüber schnaubte die Brünette empört. Obwohl er versuchte, seine Belustigung zu verbergen, war es offensichtlich, dass der Fotograf das frivole Schauspiel genoss. Der nasse Stoff klebte ihr an der Haut, und Anna May versuchte, ihre Rippen und Brüste einzuziehen, um sie von der Vorderseite des Kleids wegzubringen. Zum ersten Mal weit weg von zu Hause zu sein, machte sie schon nervös genug – sie hatte Angst, sie könnte sich blamieren, selbst wenn sie sich amüsierte –, auch ohne ein unglückseliges Garderobenproblemchen.

Vor der Reise hatte sie eine kommentierte Liste mit Fragen und Antworten zusammengestellt.

Können Sie uns von den Filmen erzählen, in denen Sie mitgespielt haben, an welchen Projekten arbeiten Sie in Europa, wer sind Ihre Lieblingsregisseure, wollten Sie schon immer Schauspielerin werden? Sie hatte sich phonetische Anmerkungen in ihr Notizbuch geschrieben, wie man am besten Robert Wiene und Fritz Lang aussprach, aber bisher lautete die ihr am häufigsten gestellte Frage: Was soll das heißen, Sie kommen gar nicht aus China? Da sie in L.A. geboren und aufgewachsen war, musste Anna May zugeben, sich nicht im Geringsten auf diese Frage vorbereitet zu haben. Als sie klein war, hatte ihr Vater ihr erzählt, China befände sich von Kalifornien aus gesehen auf der anderen Seite der Welt. Später fragte sie ihn, ob das bedeutete, dass die Menschen in China mit dem Kopf nach unten gingen. Ihr Vater lachte und tätschelte ihr den Kopf. Eine schlüssige Antwort blieb aus, und sie wagte nicht, noch einmal nachzufragen.

Der Junge, der in der Schule hinter ihr saß, hatte davon angefangen. Sein Vater war ein anthropologischer Kraniometrist.

Menschen in China gehen mit dem Kopf nach unten, erklärte der Junge sachlich, deshalb sind eure Gehirne weniger gut entwickelt. Sie hatte schon vor langer Zeit gelernt, ihm gegenüber besser den Mund zu halten, also sagte sie nichts. Warum lässt du's nicht einfach sein?, hatte der Sohn des Kraniometristen früher schon gefragt, als sie ihn in einem Streitgespräch herausgefordert hatte. Es ist ganz egal, ob du recht hast oder nicht, sagte er mit einem vielsagenden Lächeln, das seinem Alter weit voraus war. Du wirst sowieso niemals bei irgendwas gewinnen. Noch bevor Anna May fragen konnte, wie er das meinte, zog er Schlitzaugen, und sie verstand genau. Während der Vorbereitung auf diese Party hatte sie zwischen dem Wunsch geschwankt, so glamourös wie möglich auszusehen, und der Angst, zu sehr aufzufallen. Im letzten Moment hatte sie auf große Zier verzichtet, zugunsten eines einfachen schwarzen Kleids mit einem durchschimmernden Einsatz an den Schultern und einer langen Perlenkette. Sich für Schwarz entschieden zu haben, stellte sich als Glücksfall heraus, denn in diesem Saal voller modischer Fremder hätte sie sich mit einem Weinfleck auf einem hellen Kleid nirgendwo verstecken können.

Ein Kellner kniete zu ihren Füßen, um mit seinen weißen Handschuhen die Glasscherben aufzusammeln. Keine Sorge, glaubte sie die Blonde sagen zu hören, ich werde es wiedergutmachen. Anna May war durch den berauschenden Duft des Taschentuchs der Blonden verwirrt. Er hatte gar nichts Süßes. Er erinnerte sie an ledergebundene Bücher und die Jutesäcke der Gewürzhändler in Chinatown.

Die Blonde zwinkerte ihr zu.

Verblüfft versuchte Anna May sich daran zu erinnern, ob ihr schon jemals eine Frau zugezwinkert hätte. Nein, sie glaubte, dass dies das erste Mal sein müsste. Da lag nichts Boshaftes im Blick der Blonden, aber warum sonst würde eine Frau auf einer schicken Party ihr Getränk über eine andere gießen?

I

Den ganzen Abend lang versuchte Leni, in den Blickwinkel des Fotografen zu gelangen, damit er ein Bild von ihr machte. Sie wusste, dass es sich bei ihm um einen Alfred Eisenstädt handelte, bei den Modemagazinen auf dem aufsteigenden Ast und mit guten Beziehungen zu den nennenswerten Zeitungen.

Unglücklicherweise bemerkte er sie ausgerechnet in dem Moment, als sie eingekeilt war zwischen einer exotischen Besucherin, die sicherlich wegen ihres ausländischen Aussehens im Mittelpunkt des Bilds stehen würde, und dieser schrillen Möchtegernschauspielerin, die Leni bereits in kleinen Nebenrollen neuerer Filme gesehen hatte. Das würde ein merkwürdiges Bild geben, und die Blonde hatte echtes Glück, überhaupt dabei sein zu dürfen, schließlich war sie nicht einmal eine echte Schauspielerin, nur eine von den vielen willigen Weibsbildern, die verbissen versuchten, einen Fuß in die Tür zu bekommen! Leni konnte diesen ranzigen Optimismus bereits aus einem Kilometer Entfernung riechen, und sie musste sich gewaltig zusammenreißen, um beim Anblick dieser Frau nicht die Nase zu verziehen.

Du musst dich innerlich von der Mittelmäßigkeit distanzieren, wenn du auf dem Bild gut aussehen willst –

Zähne oder keine Zähne?

Keine Zähne – die Augen tragen das Lächeln, das Kinn leicht gesenkt, der Ellenbogen gerade so weit abgesetzt, dass er gegen die Körperseite fiel. Leni hatte genügend Selbstporträts aus unterschiedlichen Winkeln und mit unterschiedlichen Gesichtsausdrücken ausprobiert, um festzustellen, dass sie generell am geheimnisvollsten auf Fotos wirkte, wenn sie die Lippen geschlossen hielt und den Kopf leicht neigte. Die erste pneumatische Zeitverzögerungsvorrichtung, die sie sich als Selbstauslöser für ihre Verschlussklappe gekauft hatte, war federbetrieben. Dadurch gab es eine Verzögerung von anderthalb bis drei Sekunden. Als ein Modell mit Fernauslöser auf den Markt kam, das neun Sekunden Verzögerung bot, besorgte sie es sich auf der Stelle.

Leni wünschte, sie würde erst noch einen Blick in den Spiegel werfen können, aber dafür war keine Zeit. Männer wie er, die eine leichtgewichtige Leica einer imposanten Hasselblad vorzogen, wurden von der vermeintlichen Authentizität des Spontanen angezogen.

Zuerst stand sie zwischen den beiden Frauen, dann begab sie sich nach links. Es würde ein besseres Bild geben, mit der Chinesin in der Mitte, und außerdem kaschierte es ihren unregelmäßigen Blick, wenn Leni in einem leichten Winkel stand. Bei Lenis Geburt weinte ihre Mutter bitterlich, als sie den leichten Silberblick ihres Babys bemerkte. Neun Monate lang hatte ihre Mutter gebetet: Lieber Gott, schenke mir eine schöne Tochter, aus der eine berühmte Schauspielerin wird! Die Inbrunst in den Gebeten ihrer Mutter rührte von ihrem eigenen Traum her, den sie fest in ihrem Herzen verwahrte, einem so geheimen und doch so üblichen Traum, so geheiligt und doch so banal unter Mädchen einer jeden Epoche: Auch sie hatte Schauspielerin werden wollen. Alles konnte erreicht werden, solange man nur den Willen dazu aufbrachte. Während ihrer Jugend im vorstädtischen Berlin hatte Leni versucht, ihr schielendes Auge mithilfe eines Handspiegels gerade auszurichten, bis es im Alltag kaum noch auffiel. Nur bei Fotos musste sie aufpassen, weil dieser Defekt dort gelegentlich sichtbar wurde.

Was ihre Zukunft betraf, so glaubte Leni fest an eine strahlende, und sie konnte es kaum erwarten. Sie hatte mit einundzwanzig ihre erste öffentliche Darbietung in modernem Tanz gehabt – vor ausverkauftem Haus. Ein wohlhabender Bewunderer hatte den Konzertsaal finanziell unterstützt und war ritterlich genug gewesen, einen großen Batzen unverkaufter Karten abzunehmen. Nichts war mehr schwer, wenn man die richtigen Leute kannte. Als sich Leni das Knie brach, war es längst nicht vorbei: Noch während sie an Krücken ging, vollzog sie ihre Wandlung zur Schauspielerin, indem sie die Aufmerksamkeit eines Regisseurs auf sich zog, ehe ihre Knochen verheilt waren. Mit noch nicht sechsundzwanzig konnte sie bereits auf ein umfangreiches eigenes Œuvre zurückblicken, aber Leni wollte der Grund für etwas sein, sie wollte, dass man ihren Namen kannte, und sich selbst definitiv auf dem richtigen Weg zu wissen, bereitete ihr große Zufriedenheit.

Anders als zweitklassige Niemande wie diese Blonde, die in einem letzten verzweifelten Versuch strandete, eine öffentliche Szene zu machen. Nichts bereitete Leni größeren Schmerz, als sich mit einer Frau abgeben zu müssen, die nicht wusste, wie sich Frauen zu benehmen hatten. Manchen Leuten sollte der Zutritt zu Partys verwehrt werden. Man musste sich doch nur ansehen, was sie trug. Sie bräuchte dringend eine Empfehlung für einen guten Couturier – wenn sie sich nur einen leisten könnte! Knallbunte Schärpen mit aufdringlichen Mustern kreuzten ihren Körper, und hatte sie wirklich eine weiße Schwanenfeder an ihre Handtasche gesteckt? Allein ihr Stil reichte aus, um Leni Kopfschmerzen zu bereiten. Dies war der Berliner Presseball 1928, nicht der rheinische Karneval. Die Blonde hatte versucht, allen anderen mit ihrem idiotischen, pfeifenförmigen Zigarettenhalter die Schau zu stehlen, und als dem niemand Aufmerksamkeit schenkte, hatte sie die Unverfrorenheit besessen, ihr Getränk über das Kleid der chinesischen Schauspielerin zu kippen, die den ganzen weiten Weg aus Hollywood zu Besuch gekommen war. Was sollte sie jetzt nur von Berlin halten?

Zu Lenis Überraschung lachten die beiden gemeinsam, und die chinesische Schauspielerin hatte kein Theater deswegen gemacht. Sie ging sogar so weit, die halb gerauchte Zigarette der Blonden wieder anzuzünden. Die Blonde musste mit aller Macht einatmen, weil der Zigarettenhalter so lang und dünn war. Dann musste sie husten, weil sie zu tief eingeatmet hatte. Die chinesische Schauspielerin klopfte ihr auf den Rücken. Die Zigarette ging wieder aus.

Der Fotograf hatte ein Lächeln im Gesicht: Ach, *Frauen*.

Leni stellte sich vor, was er sah. Sie konnte mit Leichtigkeit die Perspektive des Publikums oder einer Kamera einnehmen, indem sie das, was sie sah, umkehrte. Sie hatte einen Instinkt für die Inszenierung und würde später die Erkenntnisse einer Tänzerin – dass Schönheit in der Linie liegt – vorbehaltlos auf die Leinwand übertragen. Ihren Arm, schwebend in einer dekonstruierten Arabesque, die Anmut der Schwerkraft in einem akrobatischen Turmsprung einfangend, die karge Hakenkreuzflagge mit einem zwanzigtausend Mann starken Marschtrupp kontrastierend – sie hatte ein einmaliges Talent für bildnerische Harmonie, und sie ließ keine Möglichkeit verstreichen, es zu zeigen. Was werft ihr mir vor?, wandte sich Leni nach dem Krieg an die Presse. Lasst uns nicht nachträglich unsportlich sein. Wenn die Filme, die ich gedreht habe, wirklich Propaganda waren, hätten sie dann Preise gewonnen und wären auf all den Filmfestivals gezeigt worden? Ich war gut in dem, was ich tat. Das sah er in mir, sonst nichts. Natürlich hatte dies keine der Zeitungen davon abgehalten, noch widerlichere und entsetzlichere Schlagzeilen zusammenzuschmieren: RIEFENSTAHLS NACKTTÄNZE FÜR DAS DRITTE REICH; NAZIDIRNE MIT FILMKAMERA.

Eisenstein drehte Filme für Stalin, sagte Leni den Zeitungen, und niemand nennt ihn eine Dirne. Liegt es daran, dass ich Filme für die NSDAP gedreht habe, oder daran, dass ich eine Frau bin?

Aber der Rückblick ist eine reif erscheinende Frucht, die ein paar hinterhältige Äste zu hoch hängt. Ob ihr Fleisch herb oder süß ist, wissen wir erst, wenn alles zu spät ist. Fairerweise muss gesagt werden, dass in diesem Moment all diese Versatzstücke noch in der Luft hingen und alles auch ganz anders hätte kommen können. Die Weltwirtschaftskrise war noch ein Jahr entfernt, die reorganisierten Nationalsozialisten hatten bei der letzten Reichstagswahl jämmerliche 2,6 Prozent erhalten, Hitler war nur einer von vielen Aufwieglern mit einem öffentlichen Redeverbot, der erst kürzlich aus Angst, zurück nach Linz abgeschoben zu werden, seine österreichische Staatsbürgerschaft aufgegeben hatte, und Leni würde überhaupt erst noch eine Filmkamera in die Hand nehmen müssen. Jetzt war sie einfach nur eine Schauspielerin, die zusammen mit zwei anderen jungen Frauen auf einer Party für einen Fotografen posierte und leicht den linken Fuß vorschob, damit ihr das Kleid um die Waden fiel und ihrem Körper schmeichelte, während sie sich, als sie den Blendenverschluss klicken hörte, vorstellte, wie das Bild werden würden: im Vordergrund die drei Frauen von ungefähr gleicher Größe – alle drei groß gewachsen, die Chinesin sogar ein wenig größer als die anderen beiden –, im Hintergrund ein vergoldeter Spiegel, eingerahmt von gestreifter Tapete.

Der Fotograf strich zügig mit dem Daumen über den Knopf, um den Film weiterzutransportieren, und ein ratterndes Zischen ertönte, der Paarungsruf einer einsamen Zikade in einer ruhigen Sommernacht, eine halbe Sekunde blendender Blitz, der in die weiße Hitze der Feier eindrang, während das unparteiische und allsehenden Auge seiner Kamera die Porträts der drei Frauen penibel gemeinsam erfasste.

Der einzige Lieferant von Madame Bovary in Peking

2

Marlene hatte sich die hübsche Idee zurechtgelegt, dass der Junge sie wieder anrufen würde, wenn sie nur Make-up auflegte und ihr Zimmer perfekt herrichtete. Aber es war kaum noch genug Farbe für ihre Lippen da, die Lilien stanken, und das Dienstmädchen, das einmal die Woche vorbeikam, war spät dran.

Sie tastete auf dem Nachttisch nach ihrem Perlmutt-Opernglas und stellte es auf die Kristallvase am anderen Ende des Zimmers ein. Lilien betrachten: eine Sportart, in der sie es erstaunlich weit gebracht hatte, wenn man von dem steifen Nacken absah.

Ihrer Einschätzung nach hatte sie die Lilien höchstens zehn Minuten lang betrachtet, aber wenn man den juwelenbesetzten Zeigern der neben ihr liegenden Armbanduhr Glauben schenkte, war eine ganze Stunde vergangen. Für eine siebenundachtzig Jahre alte Frau, die allein lebte, war dies eine bedenkliche und erschreckende Angelegenheit, aber Marlene nahm es gelassen hin und wandte sich wieder ihrem Opernglas zu, gerade als ein schlaffer Blütenkopf von seinem verwelkten Stängel auf den weißen Teppich hinabschwebte.

Sie hielt drauf und stellte scharf.

Tote Ratte, hätte sie laut gerufen, wäre jemand in ihrer Wohnung gewesen, um es zu hören. Kaputter Penis! Aber sie war sich recht sicher, dass sie allein war. Sie ging wieder dazu über, mit ihrem kleinen Finger Farbpigmente aus dem polierten Stahlröhrchen zu bergen. Als sie ein Klümpchen zusammengekratzt hatte, trug sie es behutsam auf und suchte auf dem Rücken eines Silberlöffels nach dem impressionistischen Fleck, der ihren Mund darstellte.

Es war lange her, seit Marlene zuletzt in einen Spiegel geschaut hatte, und noch länger, dass sie natürliches Licht gesehen hatte. Seit über einem Jahrzehnt hatte sie das Haus nicht mehr verlassen. Abgesehen von der mit Perlen besetzten Glaslampe und dem Fernseher nahe dem Fußende ihres Betts war es dunkel in ihrer Wohnung.

Ihre kaputten Beine ließen sie nicht mehr am Fenster stehen und den Blick aus dem vierten Stock über die Dächer von Paris genießen, aber mit Gänsefederkissen und einem Lammfell in eine zweckmäßige Bettpose gestützt, war ihr der Himmelsfetzen, den sie noch zu Gesicht bekam, ein angemessenes Trostpflaster. Vor einigen Jahren war ihr dieser Trost jedoch auf das Brutalste genommen worden, als ein Fotograf für eine Boulevardzeitung einen Hubsteiger angemietet und vor der Avenue Montaigne Nummer 12 platziert hatte.

Einen Wartungsarbeiter mimend, hatte er die Bühne direkt vor ihr Fenster gehoben und ein Teleobjektiv darauf gerichtet. Als sie den geneigten Kopf und die angehobenen Ellbogen erspähte, dachte Marlene, er wäre ein Attentäter mit einer riesigen Schrotflinte. In großer Dankbarkeit schloss sie die Augen und verschränkte die Hände keusch unter den Brüsten, denn ein Star von Marlenes Strahlkraft musste zwangsläufig auf eine dieser beiden Arten gehen: laut oder früh. Da sie für einen frühen Tod nicht clever genug gewesen war, bereitete ihr ihr mehr als achtzig Jahre umfassender Nachruf Sorge, und viele schlaflose Nächte hatte sie bereits damit vergeudet, sich ängstlich auszumalen, wie der Hausmeister ihre gemächlich in eine Bettpfanne zerfließende Leiche fand. Ein Mord war stilvoller als Krebs, und er verschwendete weder Zeit noch Geld. War es der Fan, der ihr letzte Weihnachten selbstgemachte, dezent mit seinem Samen glasierte Brownies geschickt hatte? Baby, lass mich in deinem Mund schmelzen, hatte auf der Karte gestanden. Oder der, der ihr ein Bild seiner rasierten Wade gesendet hatte, auf der ein erschreckend fotorealistisches Tattoo ihres sehr viel jüngeren Ichs zu sehen war?

Junge, schrieb sie nüchtern zurück. Fang schon mal an, für den Laser zu sparen.

Noch immer am Leben, öffnete Marlene die Augen. Das Opernglas auf das Fenster gerichtet, erkannte sie zu spät, dass es sich um den Feind handelte: einen Fotografen.

Mit den Ellbogen stieß sie sich mühsam aus dem Bett. Als sie etwas Gewicht auf ein Bein verlagerte, protestierten ihre Knie sofort. Im Sturz warf sie sich das Lammfell übers Gesicht, um es zu verbergen.

Das Bild erschien exklusiv in einem Klatschblatt namens *Oops!*

Glamour gestaltete sich alles andere als mühelos, und sie war stets bereit gewesen, hart für diese Illusion zu arbeiten, aber worüber niemand jemals sprach, waren die immer schwieriger zu handhabenden Begleiterscheinungen. Ihr Image wurde mit dem Älterwerden zu einer enormen Belastung. Sie hatte so lange wie möglich die Stellung gehalten und war schließlich untergetaucht, als es unmöglich geworden war. Es war zu spät, um damit aufzuhören, damals wie jetzt, weil sie ein ganzes Leben auf einer Halbwahrheit aufgebaut hatte. Marlene zahlte dem Hausmeister ein kleines Vermögen, um Verdunklungsgardinen in ihrer Wohnung anzubringen. Der letzte dünne Lichtstrahl, der noch schnurgerade zwischen Fenster und Vorhang hervordrang, wurde mit Panzerband eliminiert. In der Dunkelheit hatte sie versucht, sich aufzumuntern: Es ist genau wie im Mutterleib. Aus irgendeinem Grund fühlte sich dieser Gedanke schrecklich an. Schnell schob sie ihn beiseite und versuchte es noch einmal: Es ist wie in einem Kino, bevor der Film anfängt!

Ab und zu stellte sich Marlene ganz genau die Morgensonne vor, die das träge Wasser der Seine aufheizte, die Fensterrosen von Notre-Dame und diese neumodische Glaspyramide, die vor dem Louvre aufragte und die von allen als abscheulich bejammert worden war. Sie liebte all das. Ihren italienischen Lieblingsmetzger, dessen halb zerkaute ledrige Zigarren sie rauchte, während er ihr Kalbskoteletts klopfte, die russische Spelunke, in der sie mit rötlicher Perücke und Sonnenbrille Stammgast war und wo der Hausmusiker, ein riesenhafter Kerl mit Händen so groß wie Baseballhandschuhe, sie mit leichtfüßigen Hymnen auf der Violine zum Weinen brachte.

Nichts davon war mehr Teil ihres Lebens, und es lag Jahre zurück, dass sie ihr Gesicht eingecremt oder die Lippen geschminkt hatte, aber jetzt, da sie sich wieder etwas vom Universum wünschte, war Marlene bereit, sich anzustrengen, ihre physische Energie floss doch garantiert auf das Unwiderstehlichste in die unsichtbaren Kräfte, die diesen Planeten und seine verworrenen Verbindungen steuerten. Das war kaum der entkräftete Unfug einer Frau, deren Neunzigster bedrohlich näher rückte. Sie bezeichnete ihre Überzeugungen als metaphysisch, nicht etwa als spirituell. Seit der Pubertät hatte sie, ein Steinbock von Ende Dezember 1901, unerschütterlich an die Astrologie geglaubt. Ihre Kühnheit erklärte sie mit ihrem Geburtshoroskop. Bevor sie ihren besten Rock mit ihrer ersten Periode befleckte, hatte sie bereits ihren Namen verworfen, um ihn sich zu eigen zu machen: Mar~~ie Magda~~lene. Das war sehr viel klarer und deutlicher, gestutzt um die hübsche Verlogenheit kirchlicher Übergoldung.

Was ihren Nachnamen anging, so konnte dieser bleiben: Sie mochte alles an ihm.

Mit einem Dietrich ließ sich jedes Schloss öffnen.

Um den Anruf des Jungen heraufzubeschwören, hatte sie sich während der vergangenen Woche mit hautfarbener Chemise und Höschen und ihrem unverkennbaren Schwanenmantel bekleidet, der aus den geschmeidigen Federn von dreihundert weißen Schwänen – Tierschutzorganisationen hatten ihr aufgebrachte Briefe geschrieben, um ihr mitzuteilen, dass eine Trendsetterin wie Marlene verpflichtet sei, sich deutlich verantwortungsbewusster zu kleiden – für ihre Varietépremiere 1957 in Vegas maßgefertigt worden war. Sie besaß zwei identische Mäntel, die für eine Königin ausstaffiert waren. Sie zogen derart lange Schleppen hinter sich her, dass sie kaum in der Lage gewesen war, sich auf der Bühne in ihnen zu bewegen. Einer der Mäntel war an ein Museum gegangen, und den anderen hatte sie zu einem weniger mühsamen Teil umschneidern lassen. Drei Telefonanrufe hatte sie erhalten, seit sie wieder Wert darauf legte, sich schick zu machen, aber der Anruf, den sie sich wünschte, war nicht darunter gewesen, also holte sie für den heutigen Tag ihr Glücksarmband mit Diamanten und das Make-up hervor.

Jeder dritte Stein, der das Armband zierte, war Strass.

Marlene hatte es sich für eine Violinvorspiel im Internat von ihrer Lieblingstante erbettelt. Tante Jolie hatte gesagt: Solange du es trägst, als wären alles Diamanten, wird niemand in der Lage sein, den Unterschied zu erkennen, das verspreche ich dir!

Als sie mit dem Lippenstift fertig war, ging Marlene zum Mascara über, legte aber die Mascarabürste bald wieder zur Seite, weil ihre rheumatische Hand kein Mascara auf Wimpern auftragen konnte, ohne sich dabei ein Auge auszustechen. Es machte nichts, sobald das Hausmädchen mit ihren Blumen und Zeitungen kam, konnte sie helfen. Ihre Hände waren klein, aber ruhig.

Die langsam verfaulenden Lilien rochen besorgniserregend, als stünden sie nicht auf dem Kaminsims, sondern direkt neben ihr. Es war ein übler, feuchttheller Geruch, von dem Marlene schwindelig wurde und der kalten Schweiß unter ihren Armen hervorrief – wenn man bedenkt, dass sonst immer frische Blumen in prächtigen Bouquets ihrer Person vorausgeeilt waren!

Ihre persönliche Lieblingsblume war die bescheidene Tuberose, aber seit sie Shanghai Lily in *Shanghai-Express* gespielt hatte, dachte niemand mehr daran, ihr irgendetwas anderes als Lilien zu schenken. Pressekonferenzen, Studiowohnwagen und Hotelzimmer quollen von der ihr zum Markenzeichen gewordenen Blüte über. Sie hielt sich nie damit auf, sie zu bewundern; alles, was in großen Mengen kommt, wird zu einer kleinen Plage. Auf ihren Reisen hatte Marlene stets zwei Badewannen gefordert. Eine, um darin zu baden, die andere, um all die Schnittblumen hineinzuwerfen. Sie hätte damals nicht so respektlos sein sollen. Jetzt, da sie ans Bett gefesselt war, rächten sich die Blumen an ihr. Marlene wappnete sich innerlich, hob einen Arm und wagte es, an ihrer Achselhöhle zu schnuppern. Wie befürchtet, war ihr Geruch von dem der seit Wochen welkenden Lilien nicht zu unterscheiden.

Sie löste ihren Kopfkissenbezug ein wenig, griff hinein nach ihrem YSL-Flakon und sprühte davon großzügig in die Luft um sie herum, damit das Eau de Parfum den Geruch von verrottenden Blumen überdeckte, in den sich gleichmäßig der von oxidierender Pisse mischte. Jener stieg von dem Porzellankrug unter ihrem Bett auf. Das momentane Mädchen war gut darin, den Krug und die Auflaufform zu säubern, aber das vorherige Hausmädchen, eine iberische Frau mittleren Alters, hatte sich erdreistet, dabei das Gesicht zu verziehen.

Man sollte froh sein, dass ich noch pinkeln kann, hatte Marlene schnippisch geantwortet.

Das Hausmädchen hatte gehen müssen, als der Vermieter vorbeikam und die Miete einforderte, die ihm Marlene seit drei Monaten schuldete. Hermelin, hör einfach nicht zu, sagte Marlene, aber die Frau hatte sich ihre Schürze abgerissen und etwas auf Spanisch gerufen. Marlene verstand sie nicht, aber der Vermieter: Sie möchte, dass Sie ein für alle Mal wissen, dass ihr Name Hermínia ist und nicht Hermelin. Marlene erwiderte, es sei außerordentlich unhöflich, einfach in ihre Wohnung zu kommen, ihr vorzuschreiben, wie sie ihr Hausmädchen zu nennen habe, und mit großkotzigen Begriffen wie *Zahlungsrückstand* um sich zu werfen. Sie sei im Moment ein wenig knapp bei Kasse. Das könne passieren.

Sie wurde darüber informiert, dass man ihre persönliche Habe pfänden würde.

Hören Sie auf, blaffte Marlene und schüttelte vom Bett aus eine bereits schlotternde Faust. Ich bin noch nicht tot, und wenn es Ihnen auf natürliche Weise nicht schnell genug geht, sind Sie herzlich dazu aufgefordert, mein Ableben herbeizuführen. Ich darf Ihnen vorab mitteilen, was mir gefallen würde, fügte sie hinzu. Ein Messer in den Hals, achten Sie nur darauf, dass es scharf ist. Sie könnten berühmt werden.

Eine Woche lang vergrub sich Marlene ängstlich in ihrem Bett und stellte sich vor, wie sie als verkrüppelte Pennerin den Boulevard Saint-Germain entlangstreifte. Wenn ich wenigstens mein Lammfell behalten darf, dachte sie, ein Lammfell verschönert alles. Dann schaltete sich jemand vom französischen Kulturministerium ein und bezahlte ohne Aufhebens ihre Miete, »*en continuant à apprécier votre rectitude et votre intégrité pendant la guerre*«. Man stimmte sogar zu, etwas für ein neues Hausmädchen draufzulegen, das einmal in der Woche kommen sollte.

Alte Sitten zahlten neue Rechnungen! Marlene fühlte sich königlich.

Sie schrieb zurück, unterzeichnete mit *Bisous* statt mit *Cordialement* und hängte sich ihre Medaille der Ehrenlegion wie ein Kruzifix über das Bett, um den kalten, bitteren Schweiß der Rentiers abzuwehren.

3

Bébé rannte in ihrer pastellrosafarbenen Hausmäd-chenuniform die Champs-Élysées entlang, in der Hand ein riesiges Lilienbouquet. Manchmal stand ihr die Laune danach, die Lilien wie einen Säugling in der Armbeuge zu halten, und manchmal hielt sie sie seitlich, mit den Blüten nach unten, hin zum Gehsteig.

Heute war sie spät dran, also hielt sie sie an die Brust gedrückt, um schneller laufen zu können.

In der Avenue Montaigne Nummer 12 wirbelte sie durch den Vordereingang, schnaufte durch und bedankte sich beim Pförtner. Mit dem Schlüssel, den man ihr ausgehändigt hatte, betrat sie die Wohnung im vierten Stock und ging ins Schlafzimmer. Die alte Frau schnarchte sanft, als sie sich näherte. Zuerst dachte Bébé, Madame hätte sich im Gesicht verletzt. Dann sah sie, dass es sich um schlecht aufgetragenes Rouge und Lidschatten handelte. Der Lippenstift hatte ihren Mund weit verfehlt, und am Kinn hing Spucke.

Bébé entfernte den Speichel mit einem Papiertaschentuch, ohne Madame zu wecken.

Nur ein paar wenige schwache Glühbirnen erhellten manche Ecken der Wohnung, aber sie kannte sich mittlerweile gut genug aus, um nirgendwo anzustoßen. Bébé machte eine frische Kanne mit schwarzem Tee und stellte sie auf den Tisch mit dem Telefon. Madame hatte drei Tische um das Bett herum platziert. Auf dem mit dem Telefon stand auch ein Rolodex. Ein anderer beherbergte ein Sortiment an Spirituosen, Schnapsgläsern und Besteck. Der letzte war bedeckt mit Briefmarken, Umschlägen und Karten, die Madame als junge Frau abbildeten. Sie schicke sie an Fans, die ihr schrieben. Jede Woche trug Bébé einen Stapel davon zum Concierge, der sie dann zur Post brachte.

Madame rührte sich.

Guten Morgen, sagte Bébé, als sie vorsichtig die Bettdecke hob und sie bis zu den Hüften zurückschlug. Madame zog es vor, die Beine bedeckt zu haben. Du bist spät, sagte die alte Frau schläfrig, sieh dir die Blumen an! Sie deutete auf den anstößigen Lilienkopf auf dem Teppich. Ich hatte dich anschreien wollen, fuhr Madame fort, aber ich fühle mich gerade nicht danach. Es tut mir leid, Madame, sagte Bébé, die Metro hatte Verspätung. Sie servierte den heißen Tee, blies auf die Oberfläche, um ihn abzukühlen.

In Gottes Namen, ich habe dir doch gesagt, ich zahle dir das Taxi, sagte Madame. Wie kann man nur erwarten, mit öffentlichen Verkehrsmitteln irgendwo anzukommen, und wer weiß, welche Bakterien du dir einfängst und mir mitbringst. Komm, hilf mir, mich zu schminken.

Die alte Frau stellte ihre Teetasse ab und hielt einen Mascarastift in die Höhe.

Bébé legte die Hand unter Madames Gesicht und trug gleichmäßig Mascara auf. Sie hielt den Blick abgewandt von der hauchdünnen, durchsichtigen Chemise, unter der tief und schlaff Madames Brüste hingen. Als Bébé fertig war, spähte Madame in den unpolierten Rücken eines Suppenlöffels, in dem kaum etwas zu erkennen war. Wundervoll, sagte Madame. Wir werden ja sehen, ob er jetzt nicht anruft. Dann nahm sie Bébés Kinn in die Hand, drehte es in dem schwachen Licht in die eine und die andere Richtung.

Trägst du Make-up?, wollte Madame wissen.

Bébé schüttelte den Kopf. Nein.

Du hast sehr schöne Haut, sagte Madame, und so rosige Wangen! Die meisten von uns brauchen ihre Kriegsbemalung, um über die Runden zu kommen, fügte sie hinzu und strich mit einem trockenen, knotigen Finger über die Seite von Bébés Gesicht. Weißt du, der Maskenbildner ist der engste Vertraute einer Schauspielerin, in mehr als einer Hinsicht. Auf jedem Set weiß nur er allein, welche Nummer man anrufen muss, wenn der Produzent die Schauspielerin, die verschlafen hat, wecken muss – was bedeutet, dass er weiß, welche

Nummer man *nicht* anruft. Kannst du mir folgen, mein Kätzchen? Oder bist du möglicherweise noch Jungfrau?

Bébé merkte, wie sie rot wurde. Die alte Frau lachte und ließ ihr Kinn los.

Nachdem sie Madame dabei geholfen hatte, es sich mit den Zeitungen gemütlich zu machen, gab Bébé ihr noch ein riesiges Vergrößerungsglas in die Hand. Madame bräuchte eine Lesebrille, sträubte sich aber vehement dagegen und verkündete, Brillen seien etwas für nichtsnutzige Großmütter. Sie wartete darauf, dass Madame die Zeitungen aufschlug, um sich dann nach den Ausscheidungsbehältern unter dem Bett zu bücken. Madame bestand für das Verrichten ihrer Notdurft auf einer Zwei-Liter-Auflaufform und einem Porzellankrug mit handgemalten Rosen. Der Geruch von frischer Druckerschwärze überdeckte für einen Moment den Gestank nächtlicher Harnsäure, als Bébé Auflaufform und Krug aus dem Zimmer beförderte. Als sie damit anfing, die Exkremente von Madame zu entsorgen, war Bébé überrascht davon, wie anders der Urin von alten Leuten roch – ganz anders als ihr eigener. Deren roch schwer und mineralisch. In ihrem Dorf in Taishan hatten sie draußen ein Plumpsklo ohne Rohre. Weil alles auf einem Haufen landete, war es nicht möglich gewesen zu unterscheiden, wessen wonach roch.

Im Sommer verscharrten sie alles und gruben ein neues Loch.

Eines Sonntagabends, nach ihrer Schicht bei Madame, machte sie sich auf den Weg zum 13. Arrondissement, wo Chinatown sein sollte. Sie ging unter dem roten Zierbogen hindurch, auf dem 唐人街 prangte, hinein in den Gestank von Gemüsegroßhandel und zwei Tagen altem, nicht abgeholtem Müll, ein betagter Mann schlurfte in kaputten Gummisandalen, die er über dicken Socken trug, an ihr vorbei und sang ganz leise auf Kantonesisch vor sich hin, die Wohnungen drängten sich wie schlechte Zähne, eine grellbunt geblümte Tagesdecke hing neben einem riesigen, ausgebleichten BH aus einem Fenster, und Bébé empfand eine Abscheu, die sehr viel zärtlicher war, als sie vermutet hätte. Wenn ihre Leute die Welt durchquerten und an einem Anlaufhafen weit entfernt von China von Bord gingen, wie kam es da, dass sie es schafften, ihren Teil von Paris so erkennbar, so vertraut zu gestalten?

Manchmal, wenn sie die Toilettenböden in den höhlenartigen Bürogebäuden putzte, in denen sie an Wochentagen arbeitete, oder bei Madame an Sonntagen weichen Stuhl ins Klo spülte, fiel es ihr schwer zu erkennen, was es bedeutete, hier zu sein. Aber aus der Metro zu steigen und zur Avenue Montaigne zu gehen, erinnerte sie zuverlässig daran, dass sie in Paris war, es nach Frankreich geschafft hatte. Sie war das erste Kind auf beiden Seiten ihrer Familie, das überhaupt je aus der Provinz Guangdong herausgekommen war. Sie verfiel auf Kopfsteinpflaster in Gleichschritt mit gut gekleideten Parisern in gedeckten Farben, blätterte an Zeitungskiosken am Straßenrand durch Modemagazine, die sie nicht lesen konnte, hielt inne am nächsten Kreisverkehr, während ein Taubenschwarm auf dem ausgestreckten Arm einer Kalksteinskulptur landete, und Bébé fühlte sich besser, dann schlechter, dann wieder besser.

Diesmal war Madames Stuhl genau wie ein Mini-Croissant geformt.

Sie zog die Toilettenspülung, und die Mini-Croissant-Form wurde von der Kraft des Wassers zerstört. Bébé war fasziniert von den vielen verschiedenen Brotsorten, die man in Paris bekam. Brot war für sie etwas vollkommen anderes als Reis. Sie gab sich Mühe, sich die Namen aller Brotsorten zu merken und übte ihre Aussprache, damit sie in der Boulangerie nicht dumm dastand: Baguettes, Boules, Croissants, Fougasses.

Sie wusch den Krug und die Schale im Bidet aus und schrubbte sie mit nach Kiefern duftendem Reinigungsmittel ab. Das hatte sie von ihrem eigenen Geld für Madame gekauft. Die alte Reinigungsflüssigkeit hatte nach Krankenhaus gerochen, nicht nach zu Hause. Als Bébé Krug und Schale zurück ins Zimmer brachte und unter dem Bett verstaute, drehte sie die Griffe nach außen, damit sie Madame leichter greifen konnte. Madame schien nicht einmal zu bemerken, dass sie mit den geleerten Behältern zurück war. Sie war in die Zeitungen vertieft, murmelte konspirative Bemerkungen. Mit dem Vergrößerungsglas in der Hand wirkte sie auf Bébé auf der anderen Seite erheiternd glubschäugig. Manchmal las Madame Schlagzeilen, die ihre Aufmerksamkeit erregten, laut vor. Heute hackte sie mit dem Finger auf ein Bild der kürzlich ausgegrabenen Überreste einer ägyptischen Mumie ein. Vorsicht vor Archäologen, warnte Madame sie, ohne von der Zeitung aufzusehen. Das sind die Schlimmsten. Sie, blutrünstige Chirurgen und Fotografen von der Klatschpresse! Muss eine Königin des Nils in ihrer Ruhe gestört werden, nur weil ihr ein paar tausend Jahre später irgendein Gesindel unter den ganzen Bandagen im Gesicht herumstochern will?

Bébé hörte ihr zu, während sie die Lilien der Vorwoche entsorgte. Sie ersetzte sie durch frische, füllte das Wasser auf und rüttelte die Blumen sanft, damit sie sich in der Vase verteilten. Sie wusste nicht immer so genau, wovon Madame sprach, aber Bébé gefiel es, dass Madame überhaupt mit ihr redete. Ob Madame auch auf diese Art Selbstgespräche führte, wenn sie allein war? Oder machte Madame dies nur an den Sonntagen in ihrer Gesellschaft? Der Ofen bimmelte, und sie ging aus dem Zimmer, um die Baumwollhandtücher und Flanellbadedecken zu holen. Sie hatte sie in den Ofen gesteckt, um sie bei geringer Hitze aufzuwärmen. Jetzt legte sie sie über ihre Unterarme und trat mit einer Schüssel voll warmem Wasser an Madames Bett. Madame ging in Habachtstellung, als sie die ungehörigen Objekte bemerkte, schob die Zeitungen beiseite und schwang einen mit Quasten behängten Flakon. Dummerchen, rief sie, wann verstehst du es endlich? Baden ist etwas für Leute wie dich! Jemand wie ich hat Parfum.

Madame besprühte wild entschlossen mit ihrer Flasche die Luft.

Bébé wartete, bis sich der duftende Nebel gesetzt hatte, ehe sie ans Bett trat. Anfangs, bevor sie sich an Madames Art gewöhnt hatte, war sie direkt in die Parfumwolke gelaufen, sodass ihre Augen fürchterlich brannten. Während sie sie sich mit Wasser ausspülte, konnte Madame nicht aufhören zu lachen: Von Yves Saint Laurent geblendet, das geschieht dir recht! Wusstest du, dass er einmal gesagt hat, er würde mir mein eigenes Parfum kreieren?

Jetzt wusste Bébé es besser.

Nachdem sie sich prinzipiell wehrhaft gezeigt hatte, würde sich Madame in der Praxis friedfertig ergeben. Wenn man bei den Schultern anfing und sich nach unten arbeitete, würde Madame kreischen, aber wenn man ihr die Füße durch die Badedecke massierte und die Bettdecke Stück für Stück zurückschlug, ließ sie einen machen. Wenn sie Madames Gesicht erreichte, stattete sie sie inzwischen mit einem kleinen Handtuch aus. Ihr war aufgefallen, dass sich Madame gern selbst das Gesicht reinigte.

Heute legte Bébé das Handtuch beiseite, weil sich Madame gerade erst das ganze Make-up aufgelegt hatte.

Nachdem sie Madame getrocknet hatte, schmierte sie Feuchtigkeitscreme auf ihre papierene Haut. Obwohl sie bettlägerig war, war Madame nicht wund. Nur ihre Haut juckte, was durch die Aloe Vera, die Bébé im türkischen Supermarkt in der Nähe ihres Gastarbeiterwohnheims besorgt hatte, gelindert wurde. Nach dem Eincremen schnitt Bébé die Finger- und Fußnägel von Madame, und zum Schluss machte sie Radfahrbewegungen mit Madames Beinen, vor und zurück, um sie zu trainieren. Wenn Madame recht guter Laune zu sein schien, ermutigte Bébé sie, aufzustehen und durch das Zimmer zu gehen. Ihre Muskeln verkümmerten durch den Bewegungsmangel.

Versuchen, sagte Bébé. Bett zu Fernseher.

Warum sollte ich das versuchen?

Bett zu Fernseher. Bébé hält Madame.

Hör auf, dich vor meinem Bett herumzudrücken, sagte die alte Frau. Komm mir nicht so nah. Hast du dir die Hände gewaschen? Du machst besser mit der Hausarbeit weiter, bevor ich mich bei dieser etepeteten Anwaltsdame beschwere.

Bébés werktägliche Putzstelle in einem der Verwaltungsgebäude des städtischen Finanzamts war von einer Pro-bono-Menschenrechtsanwältin vermittelt worden. Der Vater der Anwältin war ein alter Hase im Ministerium, ein Referent. Es war nicht schwer gewesen, die Beziehungen spielen zu lassen, nicht bei einem so zeitgemäßen

Thema, das sich leicht als Pilotprogramm ihrer jungen Organisation verkaufen ließ, umzusetzen mit ausgesuchten geflüchteten Frauen: Bébé, zwei tunesische Schwestern, eine Iranerin, ein vietnamesisches Mädchen. Eine beträchtliche Summe war privat gespendet worden, und ein mundgerechter Probelauf würde ihnen dabei helfen, ein in Zukunft sehr viel weitreichenderes Modell für die nachhaltige Integration, Ausbildung und Arbeitsvermittlung von Geflüchteten aufzubauen.

Bébé hatte die Pro-bono-Menschenrechtsanwältin gefragt, ob sie einen weiteren Job am Wochenende annehmen könne, schließlich gebe es an den Wochenenden nichts zu tun.

Sie sollten mehr unternehmen, sagte die Anwältin.

Ich weiß nicht, was, sagte Bébé.

Das ist Paris, sagte die Anwältin ermutigend, hier kann man vieles tun.

Sie können alles, sagte Bébé, aber ich … Sie hob die Schultern und lächelte.

Die Anwältin bemerkte ihren klassenunsensiblen Ausrutscher und stammelte: Die Parks, die kosten nichts!

Soziales Unternehmertum war für die Anwältin neu.

Wann immer sie gefragt wurde, was sie jetzt tat, konnte sie »gemeinnützig«, »geflüchtete Frauen« und »gefährdet« in einem Satz unterbringen, was sie als zutiefst anregend empfand. Nachdem sie ihren ausgesprochen erfolgreichen Unternehmensfinanzierungsjob im Bereich Fusionen und Übernahmen gekündigt hatte, strebte sie an, gleichzeitig humanitär und vegetarisch zu werden, um eine beginnende menopausale Midlife-Crisis abzuwenden. *Secondes Chances pour le Deuxième Sexe (SCDS)* zu gründen war eine größere Herausforderung, als sie erwartet hatte. Ungeduldig wartete sie darauf, ihre Pläne für PTBS-Beratung und Kunsttherapie umzusetzen, aber natürlich musste die grundlegende Logistik in Form von Erwerbstätigkeit und Wohngemeinschaften an erster Stelle stehen. Ihr Vater riet ihr, den Namen auf *Secondes Chances* zu verkürzen, als sie ihre Wohltätigkeitsorganisation anmeldete, aber die Anwältin wollte die Beauvoir-Referenz nicht unter den Tisch fallen lassen.

Zweite Chancen für *Das andere Geschlecht*, Papa. Ich dachte, du würdest das sofort kapieren.

Das hab ich, sagte ihr Vater trocken. Beim Abendessen erzählte er ihr davon, dass das Ministerium für Kultur Träger des Verdienstordens unterstützte, die in unterschiedliche Stadien der Verwahrlosung geraten waren, etwa Malraux und Sagan. Die Anwältin verdrehte die Augen. Männer, sagte sie. Ihr Vater hob mahnend den Zeigefinger. Nicht so voreilig, sagte er. Piaf vor ihrem Tod, was denkst du, wie sie die Villa an der Riviera unterhalten konnte? Und jetzt auch die Dietrich.

Sie ist mittlerweile Französin, richtig?, fragte die Anwältin.

Spielt das eine Rolle, wenn du Marlene Dietrich bist? Alle alten Käuze in der Regierung würden sofort für sie die Hosen runterlassen. Sie schrieb sogar eine Postkarte, direkt an Mitterrand, und fragte, ob er ihr das neue schnurlose Telefon schicken könnte, das sie in der Werbung gesehen hatte – und ein Hausmädchen. Ich vermisse den General doch sehr, schrieb sie, er war die Personifizierung meines Verhaltenskodex. Ein großer Mann.

Du weißt ja, dass wir de Gaulles Porträt im Büro hängen haben. Mitterand schaute also zu ihm auf, murmelte: »In der Tat, eine Politik der Größe«, und sagte mir, ich möge mich um Fräulein Dietrichs Bedürfnisse kümmern. Was bin ich jetzt, etwa der persönliche Einkäufer für eine Alte, die immer noch weiß, wie man den letzten Rest abschöpft?

Eine unschätzbare Fähigkeit für jede Frau, scherzte die Anwältin.

Warum, sagte sie jetzt ernst, nehmen wir eigentlich keine von meinen Geflüchteten? Sie werden zu Näherinnen, Putzfrauen, Hauswartinnen ausgebildet. Es gibt doch sicher eine faire Bezahlung, oder?

Aber meine Liebe, kann man ihnen trauen?

Papa!

Oh, *so* hab ich das nicht gemeint!

Bébé war von der Anwältin instruiert worden – die Frau, für die sie sonntags arbeiten sollte, ging auf die neunzig zu, und früher war sie einmal eine sehr berühmte Schauspielerin gewesen. Sie musste mit der allerhöchsten Diskretion behandelt und stets mit Madame angesprochen werden.

Bébé wusste nicht, wer Madame war, aber beim Abstauben der Vitrinen und Regale und beim Betrachten der ganzen Fotos sah sie, dass Madame der Mittelpunkt eines jeden Bilds war, selbst wenn sie nicht im Mittelpunkt stand.

Die alte Frau mochte Süßigkeiten.

Sie fragte ständig nach Süßspeisen und Gebäck, und Bébé kannte die kurze Strecke von der Avenue Montaigne zu verschiedenen Patisserien im 8. Arrondissement bald bestens. Bébé hob alle Quittungen auf, obwohl Madame fand, diese Dinge seien unter ihrer Würde. Lass mich damit in Ruhe, sagte sie jedes Mal, behalte das verdammte Wechselgeld! Was soll ich denn mit einer Handvoll Kleingeld, etwa in die Spielhalle gehen?

Einmal lechzte Madame nach Eiscreme, und Bébé war, aus Angst davor, es könne schmelzen, vom Eisladen eine Straße weiter mit der Eistüte in der Hand zurückgerannt, war gestolpert und hatte sich am Bordstein den Knöchel verstaucht. Als sie, ihr Hinken verbergend, zurück in die Wohnung kam und Madame die Eistüte reichte, leckte diese daran und verkündete unglücklich: Das ist *Banane*. Ich sagte *Vanille!*

Heute wollte Madame Macarons.

Wenn Madame Macarons wollte, dann wollte sie nur Macarons von Ladurée aus der Rue Royale, aber Bébé durfte die Geschmacksrichtungen aussuchen. Ein Ausflug zu Ladurée war eine Belohnung. Man konnte sich darauf verlassen, dass die sich regelmäßig ändernde Auslage faszinierend war: lilafarbene Baisers, karamellisierter Blätterteig, Sauerkirschen, Rosenblätter. Beim Blick ins Schaufenster fühlte sich Bébé wie diese Sorte junger Frauen, für die die Welt etwas Besonderes war und denen alle Möglichkeiten offenstanden. Zu Hause in Taishan war ihr nur einmal eine Torte begegnet. Der glasierte, mit weißer Sahne überzogene Biskuit steckte in einer Kühlbox und war für irgendeine Hochzeit aus der Stadt in ihr Dorf gebracht worden, wo er zwischen den gedämpften Hühnern und gebratenen Schweinen – beides noch mit Köpfen, die Augen ausgehöhlt – herausstach.

Bébé schlich sich auf das Gelände, sah zu, wie sich Braut und Bräutigam vor Himmel und Erde verneigten. Einige Erwachsene missbilligten die weiße Torte. Nicht traditionell genug, Beerdigung, Unglück verheißend! Sie warfen mit negativen Kommentaren nur so um sich, was sie aber nicht davon abhielt, ein oder zwei Stücke einzufordern, als die Torte angeschnitten wurde. Bébé erhielt ebenfalls ein Stück. Und wie die Sahne schmeckte! Als käme sie von einem besseren, weit entfernten Ort. Sie ließ sie langsam auf der Zunge zergehen. An ihrem nächsten Geburtstag saß Bébé mit ihren Eltern vor den Geburtstagsnudeln, die ihre Mutter zubereitet hatte, so wie jedes Jahr, und sagte: Ich wünsche mir für nächstes Jahr so sehr eine Torte.

Ihr Vater gab ihr einen Klaps.

Obwohl es nicht wehgetan hatte, zuckte sie zusammen, als sie die Herablassung in der Beiläufigkeit der Geste erkannte. Blamiert setzte sie sich draußen vors Haus.

Ihre Mutter kam zu ihr. Ohne zu fragen, fing sie an, Bébés Haar zu kämmen und zu flechten und band ihr den Zopf am Ende mit einer großen roten Schleife zusammen. Das bringt Glück, sagte ihre Mutter sanft. Wünsch dir was.

Ich wünschte, ich wäre woanders, sagte Bébé.

Verblüfft warf ihre Mutter ihr einen leeren Blick zu.

Mit unsicherem Lächeln wollte sie wissen: Und wo?

Bébé lief zum Flüsschen am Rand des Dorfs. Als sie ihr trübes Spiegelbild sah, zog sie sich die rote Schleife aus dem Haar und warf sie ins Wasser. Dann bekam sie Angst, ihre Mutter würde sie sehen, also hockte sie sich hin, um sie mit einem abgebrochenen Zweig wieder herauszufischen. Während sie den Schlamm auswusch, drückte sie ihre Handflächen zusammen und flüsterte: Besser tot als hierzubleiben. Mit der Zweigspitze zeichnete sie die Zeichen 给我留在这 我死了算了 in den Sand. Bevor sie ging, tröpfelte sie Wasser aus dem Fluss darüber, damit niemand auf der Welt etwas davon erfuhr.

Jetzt stand sie im Ladurée in der Schlange, Sonnenlicht fiel durch die hohen Fenster unter dem champagnerfarbenen Schein der Kristallleuchter. Sie wählte Rosen-, Lychee- und Pistaziengebäck aus, um es in eine seladongrüne Geschenkbox legen zu lassen, die mit einem rosafarbenen Band verziert wurde, während sie zu der Verkäuferin sagte: *Une boîte de douze* und dabei nickte – das alles machte sie so glücklich. In einem hässlichen kleinen Dorf bestand die Gefahr, sich gehen zu lassen. Ein schöner Ort stellte ganz unmissverständlich stille Ansprüche, auch wenn er nichts von sich selbst zurückgab. Es war nicht Paris, wovon Bébé verzaubert war. Es war der Mensch, der sie, wie sie gern glaubte, hier hätte sein können.

Numerologisch war 1988 ein hervorragendes Jahr für Bébé gewesen, um sich in ein fremdes Land zu wagen. Es war unumgänglich, noch vor Jahresende aufzubrechen. Sie war in einem doppelten Wohlstandsjahr achtzehn geworden, die Achtundachtzig fiel unter das Zeichen des Drachens, und man hatte ihr Arbeit in einem Nike-Werk in Marseille versprochen.

Für die Arbeitsvermittlung zahlte Bébé eine stolze Provision an einen Unterhändler der Korsisch-Chinesischen Freundschafts- und Handelsgesellschaft in Shanghai. Sie hatte das Dorf vor drei Jahren verlassen und den kargen Lohn zusammengespart, den sie in einer der neuen Textilfabriken der Stadt erhielt.

Als sie ihrer Mutter nach Taishan schrieb, um ihr mitzuteilen, dass sie Shanghai verlassen würde, um nach Frankreich zu gehen, fragte ihre Mutter, wo das sei. Bébé legte ihrer Antwort eine äußerst rudimentäre Weltkarte bei, zusammengestückelt aus Hörensagen und ihrer eigenen Vorstellungskraft. Ihre Mutter schrieb zurück: Shanghai ist weit genug weg. Ihre Mutter schrieb zurück: Erkläre deinen leidgeprüften Eltern den Unterschied zwischen der Arbeit in einer Fabrik in China und der Arbeit in einer Fabrik in Frankreich. Ihre Mutter schrieb zurück: Warum hat unsere Tochter einen Kometen als Herz? Die maßvolle und unpersönliche Kalligrafie der Briefe ihrer Mutter gehörte zu dem Dorfschreiber (drei Yuan pro Seite), der ihr auch in grellem Tenor die Briefe vorlas, die sie erhielt (kostenlos). Wie peinlich es ihrer Mutter gewesen sein musste, dies zu diktieren, während sie ihre dicken Fingerknöchel an den Stofffetzen rieb, die sie den Nerv hatte, Taschentücher zu nennen: 为何咱家的女儿有颗流浪的心?

Zusammen mit drei anderen Mädchen aus Shanghai verbrachte Bébé mehrere Wochen im Frachtraum eines Schiffs und ernährte sich von mit eingelegtem Gemüse gefüllten Mehlbrötchen und Tangerinenschalen, um nicht seekrank zu werden. Es war so heiß und stickig, dass eines der Mädchen ohnmächtig wurde. Sie zogen sie bis auf die Unterwäsche aus, um sie abzukühlen, merkten aber nicht, dass sich auf dem Boden Reste von Schiffsdiesel befanden, und als sie aufwachte, hatte sie leichte Verätzungen an den Waden. Beim Anlegen dachte Bébé, sie hätten Marseille erreicht, aber ein großer Afrikaner erschien unter Deck und teilte ihnen in perfektem Mandarin mit, sie seien in Nairobi. Von seinen Sprachfähigkeiten überwältigt, brachen die Mädchen in nervöses Kichern aus. Sie müssten das Schiff wechseln, um nicht entdeckt zu werden, erklärte er. Der Aufenthalt könnte zwei Stunden, zwei Tage oder zwei Wochen dauern, je nachdem. Je nachdem was?, fragten sie. Wie viel Glück ihr habt, sagte er, als er ihnen ihr erstes warmes Essen seit Langem brachte, einen einfachen, aber köstlichen Maisbrei mit grünen Erbsen. Als er sich vorbeugte, um ihr Trinkwasser aufzufüllen, lächelte er freundlich. Die salzig-saure Schärfe seines Schweißes erinnerte Bébé an Fünf-Gewürze-Pulver, und sie wollte sein lockiges Haar berühren.

Alles, was Bébé von Nairobi zu sehen bekam, war ein Kran, der einen Container versetzte.

Nach ein paar Stunden konnten sie weiterreisen. Gute Reise und ruhige Brise, sagte der große Mann und zwitscherte beim Verschließen der Luke wie ein Star.

Sobald sie Marseille erreicht hatten, wurden die Mädchen von einem Container auf einem Werftgelände nach hinten in einen Lieferwagen mit getönten Scheiben gebracht. Willkommen bei der Korsisch-Chinesischen Freundschafts- und Handelsgesellschaft, sagte eine chinesische Frau mittleren Alters in kantonesisch gefärbtem Mandarin. Sie hatte eine schlechte Dauerwelle und wurde von zwei stämmigen weißen Männern flankiert, die ihnen bei ihrer Ankunft die Pässe abgenommen hatten. Es tut mir schrecklich leid, euch mitteilen zu müssen, dass die Nike-Fabrik geschlossen worden ist, fuhr die Frau fort. Glücklicherweise haben wir *Möglichkeiten* für euch. Sie erhoben eine Managementgebühr für die Geschäftskontakte, Transaktionslogistik, Rund-um-die-Uhr-Sicherheit, Gemeinschaftsunterkunft, aber sie sollten sich keine Sorgen machen, automatische Ratenzahlung würde für eine fortlaufende Rückzahlung sorgen. Die Dinge laufen nicht immer nach Plan, sagte die Frau, es ist schwer, allein in einem fremden Land zu sein. Ahyi versteht das gut – die Frau bezog sich in der Koseform auf sich selbst –, Ahyi hat das alles selbst mitgemacht.

Das Mädchen mit den Verätzungen fragte: Was für Geschäftskontakte? Sei nicht so dumm, sagte ein anderes Mädchen, das schon in Tränen ausgebrochen war. Sie redet von Prostitution!

Was für ein ungehobeltes Wort, sagte Ahyi. Wir ziehen es vor, unsere Mädchen als *Importware* zu bezeichnen.

Wir können Sie bei der Polizei anzeigen, sagte das Mädchen mit den Verätzungen und fing an zu hyperventilieren. Ihr seid jetzt illegale Einwanderer, erwiderte Ahyi gelassen und stülpte dem keuchenden Mädchen eine Plastiktüte über Nase und Mund. Atme, wies sie sie an. Den anderen sagte sie: Ich kann euch versichern, dass ein Leben mit uns erstrebenswerter ist als ein Leben im Gefängnis.

Als der Lieferwagen anhielt und sich die Seitentüren öffneten, hechtete Bébé hinaus, nur um direkt in den kräftigen Armen eines älteren weißen Mannes zu landen, den sie nur als den Korsen kennen würden. Er zog Bébé an den Haaren zu sich heran. Was für eine Schande, so ein hübsches Gesicht zu skalpieren, sagte Ahyi schulterzuckend, aber kein Problem, du kannst eine Perücke tragen. Als sie um den hinteren Teil des Lieferwagens herumging, schob sie ihre geblümte Steppjacke etwas zurück, sodass eine Waffe in einem Holster sichtbar wurde. Bitte, sagte Ahyi, in eurem eigenen Interesse solltet ihr so etwas nicht mehr tun. Denkt ihr, wir wären Amateure?

Die Korsisch-Chinesische Freundschafts- und Handelsgesellschaft war vor fast einem Jahrzehnt voller Optimismus gegründet worden, als Ahyi und der Korse geheiratet hatten, um ihr kriminelles Potenzial durch die Verbindung ihrer Herzen zu segnen. Ahyis selbst gesponnenes Syndikat betrieb eine Arbeitsvermittlung in Shanghai, die als Front für Menschenhandel diente. Sie war auf eine Shanghai-Nairobi-Marseille-Verbindung und eine Nanjing-Belize-Los Angeles-Route spezialisiert. Die Crew des Korsen betrieb einen Prostitutionsring. Unter der Ägide des Korsen kümmerte sich eine Auswahl an Frauen aus ärmeren Ländern – Bulgarien, Türkei, Russland, China, Kasachstan – um Geschäftsleute, die in Marseille zu tun hatten.

Die Klientel kam größtenteils aus Frankreich oder Korsika, gelegentlich aus Spanien und Italien. Unabhängig von der Nationalität handelte es sich merkwürdigerweise stets um dieselbe Art von Mann: sehr durchschnittlich, mittleren Alters und verheiratet, speckbäuchig oder verhärmt, die Polyesteranzüge zu sehr oder zu wenig ausfüllend. Die Transaktionen fanden am Rande des Stadtzentrums in kleinen Motels statt, möbliert mit muffigen Betten, die benutzt wirkten, selbst wenn sie frisch bezogen waren, und die Mädchen wurden unter schwerer Bewachung hin- und zurückgebracht. Ahyi, die ein fließendes, wenngleich heftig nasales Französisch mit starkem Nanjing-Einschlag sprach, wodurch es eher kantonesisch als französisch klang, gab ihnen allen neue Namen.

Ein Neuanfang, sagte Ahyi.

Bébé war, was das betraf, von ihrem enttäuscht.

Im Französischen hoben sich die Vokale und in Mandarin flachten sie ab, aber »Bébé« war in jeglicher Hinsicht und Absicht das phonetische Faksimile von »蓓蓓«. Wochenlang war sie davon angewidert, dass trotz aller Umstände in ihr noch Platz für eine derart gezierte Variante der Enttäuschung war. Trotzdem hatte Ahyi ihr nicht erklärt, dass Bébé kein richtiger französischer Vorname für Mädchen war, wie Estelle oder Margaux. Erst Monate später erfuhr Bébé an einem heißen Tag in Paris während ihres im Migrantenzentrum von Freiwilligen geleiteten Französischunterrichts für Anfänger, dass ihr

Name die französische Entsprechung für *Baby* war, wie in *Säugling,* wie in *romantischer Kosename,* wie in 宝贝, und sie hob die Hand, um auf Toilette zu gehen. Wie fragen wir höflich, ob wir die Toilette benutzen dürfen?, gurrte die Lehrerin. Bébé hielt den Blick auf die Gänseblümchenverzierung der Brillenkette der Lehrerin gerichtet, während sie beim Aufsagen das *puis-je* und das *vos toilettes* etwas zu energisch betonte: Dürfte ich bitte die Toilette benutzen?

Auf der Toilette dachte Bébé, sie müsse sich übergeben, aber es war nichts in ihr. Sie drehte den Wasserhahn voll auf, wusch sich mit flinken, übertriebenen Bewegungen das Gesicht. Während sie sich das feuchte Haar im Spiegel zurückstrich, spülte sie sich den Mund aus.

Pas de baisers, Monsieur, j'ai dit pas de baisers!

4

A kiss is still a kiss, sang ein Mann, während er auf dem Fernsehbildschirm in Marlenes abgedunkelter Wohnung in die Tasten griff. *A sigh is just a sigh*. Es war späte Samstagnacht oder früher Sonntagmorgen, und Marlene war beim *Casablanca*-Schauen eingeschlafen, als der Junge zum ersten Mal anrief. Das rhythmische Klingeln weckte Marlene. Im Schein des Fernsehers machte sie den Standort des Telefons aus, und bevor sie sich hintastete, um dranzugehen, dachte sie: Bestimmt ist jemand gestorben.

Residenz von Mademoiselle Dietrich, sagte sie mit unbestimmbarem Akzent, um das Beben in ihrer Stimme zu verbergen, wer spricht da? Keine Begrüßung, kein Name kam durch die Leitung. Stattdessen sagte eine monotone Stimme auf Deutsch:

O wie ist alles fern
und lange vergangen.
Ich glaube, der Stern,
von welchem ich Glanz empfange,
ist seit Jahrtausenden tot.
Ich glaube, im Boot,
das vorüberfuhr,
hörte ich etwas Banges sagen.
Im Hause hat eine Uhr
geschlagen ...
In welchem Haus? ...

Entschuldigen Sie, sagte Marlene verwirrt. Ist das nicht Rilke?
Die Stimme am anderen Ende der Leitung lachte: Es ist also wahr.
Was ist wahr?

Sie sind eine Schauspielerin, die ihren Rilke kennt.

Wie bitte?

Die Stimme ignorierte sie und fuhr fort:

Ich möchte aus meinem Herzen hinaus
unter den großen Himmel treten.
Ich möchte beten.
Und einer von allen Sternen
müsste wirklich noch sein.
Ich glaube, ich wüsste,
welcher allein
gedauert hat, –

Unwillkürlich unterbrach Marlene den Fremden, nahm wieder ihre richtige Stimme an, um aus dem Gedächtnis das Ende des Gedichts aufzusagen:

welcher wie eine weiße Stadt
am Ende des Strahls in den Himmeln steht …

Es folgte ein Moment der Stille, fast glaubte sie, noch zu schlafen. Es war ein Traum – allerdings kein schlechter. Etwas sehr süßlich, aber damit konnte sie leben.

Sie hörte: Exzellent, Frau Dietrich.

Woher haben Sie diese Nummer?

Das würden Sie mir nicht glauben, selbst wenn ich es Ihnen verriete.

Wer sind Sie?

Nur ein deutscher Junge in Paris, der hörte, dass Rilke der Lieblingsdichter von Marlene Dietrich sei und ihr einen Gefallen tun wollte.

Schreib deine eigenen Verse und werde erwachsen.

Sie haben leicht reden, Frau Dietrich. Sie wurden 1901 geboren. Ich wurde fast siebzig Jahre nach Ihnen geboren. Jetzt ist alles schon geschehen. Keine neue Kunst von hinreichender Bedeutung kann meiner industrialisierten Seele erwachsen.

Deiner industrialisierten Seele?

Deshalb ist Rilke zu zitieren weder Überschätzung noch Nachahmung. Damit akzeptiere ich nur meine Grenzen in der mir bestimmten Zeit am mir bestimmten Ort.

Was für ein Geschwafel, sagte Marlene. Was bringen die euch heutzutage in der Schule eigentlich bei?

Geschwafel trifft es gut, sagte die Stimme am Telefon. Schulen sind konformistische Instrumente des Staats. Bücher sind die großen Gleichmacher, und ich bin nur ein Junge, der liest.

Marlene schnaubte.

Tu deiner industrialisierten Seele einen Gefallen, sagte sie. Ruf nicht mehr an.

Sie legte auf, ihr Herz raste. Auf dem Fernseher schenkte ihr Humphrey Bogart sein einladendes müdes Lächeln, und es kam Marlene vor, als wäre er es, mit dem sie gesprochen hatte. Ingrid Bergman sah zu Bogie auf. Und was wird aus uns?

Bogie sprach mit sanftem Elan seinen berühmten Satz: Uns bleibt immer noch Paris.

Obwohl Marlene den Film verschlafen hatte, merkte sie, wie ihr aus Gewohnheit die Tränen kamen. Sie war schon einmal, als sie *Casablanca* geschaut hatte, bei genau diesem Satz in Tränen ausgebrochen, warum also nicht noch mal weinen? Sie wollte – aus ihrem Herzen hinaus unter den großen Himmel treten. Sie wollte – beten.

Jetzt weinte sie wirklich. Sie hatte nie auf Kommando eine Träne vor der Kamera vergießen können, und sie war kein Fan der Stanislawski-Methode, aber jetzt erkannte sie deren Vorzüge. Die Körperlichkeit der aufsteigenden Tränen hatte zu der Emotion geführt, nicht umgekehrt. Sie fuhr sich mit dem Handrücken über die Augen und nahm den Hörer, weil sie wissen wollte, ob der Fremde noch da war.

War er nicht.

In diesem Fall war es wohl kaum ein Traum. Jemand hatte sie mitten in der Nacht angerufen, und Marlene war ans Telefon gegangen. Hallo, flüsterte sie dem Wählton zu, ich bin noch dran.

Im Fernsehen hob Bogie Bergmans Kinn an, sodass sich ihre Blicke trafen.

Marlene hielt weiterhin das Telefonkabel fest, verärgert darüber, dass sich dieses faustgroße Stück Zellstoff in ihrer Brust etwas mehr als zehn Jahre vor ihrem hundertsten Geburtstag immer noch übertölpeln ließ und von einem Jungenstreich mit einem läppischen deutschen Gedicht schneller schlug, und dass sich die Tränenschleusen bereits beim Anblick von Humphrey Bogart, der seinen Text in einem Film aufsagte, öffneten! Die Ansprüche hier hatten ihren Tiefpunkt erreicht. Dieses klopfende Herz war die unvoreingenommene Gutachterin der besten Bestände, die L.A./New York/Berlin/Paris/Cannes zu bieten gehabt hatten. Hemingway hatte Marlene einmal geschrieben: Was willst du wirklich als dein Lebenswerk betrachten? Jedes Herz für zehn Cent zu brechen? Du könntest meins jederzeit brechen, und zwar für die Hälfte.

Sie putzte sich mit ihrem Nachthemd die Nase, nahm das Opernglas und richtete es auf den Fernseher. Marlene betrachtete in Nahaufnahme, wie Bogie Ingrid Bergman dabei zusah, wie sie in das wartende Flugzeug stieg, und sie ertappte sich bei dem Gedanken, dass es ihr gar nichts ausmachen würde, wenn der Junge wieder anriefe. Wer war er? Und dass er ausgerechnet Rilkes »Klage« ausgesucht hatte! Eins ihrer alten Lieblingsgedichte. Auch war sie höchst zufrieden mit sich, dass sie ohne Zögern das Gedicht aus dem Gedächtnis hervorgeholt hatte, ohne auch nur ein falsches Wort.

Das Flugzeug startete.

Bogie verschwand in den Nebel, sah zu, wie Ingrid Bergman von ihm, seinem Ginschuppen und Casablanca davonflog. Wäre der Junge jetzt am Telefon, könnte sie ihm erzählen, dass sie es hätte sein sollen, denn Marlene hatte in jenem Frühjahr 1942 mit der Hauptrolle Ilsa Lund geliebäugelt. Zu der Zeit war sie knapp über vierzig gewesen und auf der Suche nach einem Prestigeprojekt.

Casablanca war eine Warner-Bros.-Produktion, und Marlene war damals bei Universal unter Vertrag, aber sie hatte ihren Agenten überredet, ein Ausleihen möglich zu machen. Ronald Reagan war bei Warner Bros. einer der Top-Kandidaten für die Rolle des Rick Blaine. Für Ilsa Lund waren Namen wie Ann Sheridan und Hedy Lamarr im Gespräch, aber Marlene suchte nach einer Herausforderung. Für eine Filmschauspielerin war es von entscheidender Bedeutung zu beweisen, dass ihr Marktwert als weibliche Hauptrolle ungeschmälert blieb, auch wenn sie nicht mehr in ihren Zwanzigern oder Dreißigern war. Marlene fand es ungeheuerlich, dass ihre männlichen Kollegen mit über vierzig oder fünfzig keine Probleme hatten, als romantische Hauptrolle besetzt zu werden, während die Drehbücher, die sie mittlerweile erhielt, bereits einen deutlichen Unterschied zu vorher zeigten.

Zehn Jahre lang hatte sie ausschließlich und mit großer Wirkung *Femmes fatales* gespielt.

Marlene machte sich diese Standardrollen komplett zu eigen, aber nicht, indem sie sie aufreizender gestaltete oder mehr Haut zeigte. Ihre Genialität bestand in etwas Einfachem, das der Intuition entgegenlief. Sie gab ihren Figuren etwas Gelangweiltes, dadurch wurden sie komplex. Liebe ist eine kleine Ablenkung, deren sie schon längst überdrüssig sind. Ihre Figuren haben schon alles erlebt, sie gehen ungerührt und mit augenzwinkerndem Fatalismus durchs Leben, aber sie werden das Publikum doch noch überraschen, indem sie für nur einen Moment der *Amour fou* all ihre irdischen Schutzmechanismen fallen lassen: Nachdem sie sich in *Entehrt* in den Feind verliebt und seine Flucht begünstigt hat, lehnt X-27 eine Augenbinde ab, zieht aber ihren Lippenstift nach, bevor sie sich dem Erschießungskommando zuwendet.

Das war eine ihrer Lieblingsrollen.

Aber ab vierzig sollte sie die ältere Frau spielen, die alternde Diva.

War dies das Schicksal jeder Schauspielerin, oder war ihr Ruf geschwunden, seit sie und Josef von Sternberg sich 1935 getrennt hatten? Es fiel ihr noch immer schwer, an ihn zu denken. Jo war klug und großzügig, ein wahrer Ästhet, dessen exzentrische Anwandlungen sie zum Lachen brachten. Was ihr am besten gefiel: Hinter seiner knorpeligen Fassade aus hochgebildetem Skeptizismus verbarg sich ein weiches Herz. Aber Jo war auch eifersüchtig auf alles, und sie konnte den Teil von ihm nicht ertragen, der davon überzeugt war, sie zu besitzen, weil er sie in Berlin entdeckt und für seinen Film gecastet hatte, als sie noch ein Niemand gewesen war. *Der blaue Engel* war ein großer Erfolg, das stimmte, und danach ging alles ganz schnell. Paramount wollte Marlene sofort nach Hollywood holen und sie zu ihrer Antwort auf MGMs Garbo machen. Als sie das Angebot bekam, hatte sie gezaudert, bis Jo nach Berlin kam, um alles für sie zu arrangieren.

Ich kenne niemanden in Hollywood, sagte sie.

Du kennst mich, sagte er. Mehr brauchst du nicht.

Mit einem Vertrag über sechs gemeinsame Filme für Paramount wurden sie zum gefeierten Paar. Hollywood fraß ihnen aus der Hand, obwohl sie, oder vielleicht auch gerade weil sie zusammen ein ungleiches Bild abgaben – Marlene war groß und strahlend, Jo klein und seltsam. Am Nachmittag, als sie beschlossen, die Sache zu beenden, hatte Jo sportliche weiße Flanellhosen getragen. Marlene erinnerte sich sehr genau an diese Inkonsistenz in seiner Bekleidung, weil sie gerade erst mit Fred Perry herumgeflirtet hatte, der die weiße Tennismode von den Plätzen in ihren Salon gebracht hatte. Jo hatte gespottet, dass die einzigen Männer, die weiße Hosen zum Mittagessen trugen, die mit vielen Muskeln, aber wenig Hirn waren, und doch stand er da in seinen weißen Flanellhosen und gratulierte ihr zu ihrer Trennung als »endlich eine erwachsene Entscheidung« und gab ihr sogar noch Ratschläge, mit welchen Regisseuren sie in Zukunft arbeiten sollte. Als er ging, bemerkte sie, dass er weinte. Viel Glück, sagte er. Sie werden dich nicht so ausleuchten, wie ich dich ausleuchte. Hörst du dir eigentlich selbst zu, zwang sie sich zu sagen. Er ließ die Tür weit offenstehen, und sie brauchte sehr lange, um aufzustehen und sie zu schließen.

Als sie das nächste Mal von Jo hörte, war er in Yokohama.

Ich werde nie wieder einen Film drehen, schrieb er ihr. Das hier ist mein Ende. Jo, schrieb sie zurück. Ich verspreche dir, du wirst noch viele Filme machen.

Ich werde nur nicht darin vorkommen.

Nachdem ihre romantische und kreative Partnerschaft mit Jo beendet war, musste Marlene einsehen, dass es sehr viel entmutigender war, sich um neue Rollen zu bemühen, als sie erwartet hatte. Jo war ein Autorenfilmer, der alle seine Filme um sie herumgeschrieben hatte. Ohne ihn musste sie wie alle anderen an die Sache herangehen – nur eine weitere Schauspielerin, die um bereits geschriebene Rollen wetteiferte. Sie hatte große Hoffnungen auf Ilsa Lund in *Casablanca* gesetzt und war zutiefst verletzt, als Warner Bros. bekannt gab, Ingrid Bergman mit der Hauptrolle zu besetzen, neben Humphrey Bogart.

Ernsthaft?, sagte Marlene zu ihrem Agenten. Dieses schwedische Häschen, das sich nicht mal schminkt?

Marlene war klug genug, um gleich beim ersten Lesen des *Casablanca*-Drehbuchs zu wissen, dass der Film die Zeiten überdauern würde. Die Liebesgeschichte würde bleiben. Nicht der Anti-Nazi-, Anti-Vichy-Plot – schließlich war er das Produkt des Amts für Kriegsinformation. Den hätten zukünftige Kinogänger in einem Sekundenbruchteil vergessen, es bliebe nur der vage Gedanke an einen geschichtlichen Hintergrund, vor dem Idealismus prachtvoll über Zynismus triumphierte. Solche Themen waren aktuell und dringlich in Hollywood, nachdem Amerika seit Pearl Harbor zum herrschenden politischen Klima aufgeschlossen hatte.

Es hatte wahrlich lange genug gedauert.

Vor gar nicht so vielen Jahren, als sie ihren üblichen Sommerurlaub in Cannes verbrachte, war Marlene tatsächlich höchst erbost darüber gewesen, dass Joe Kennedy an einem Brunchtisch die Vorzüge des Isolationismus predigte. Es war Marlenes Sommer der Joes gewesen. Sie alle wohnten im selben Urlaubsort an der Riviera – Jo von Sternberg, Joe Kennedy, Joe Carstairs. Alle waren eifersüchtig auf Joe Carstairs, die von Marlene wegen ihrer kernigen Tattoos auf ihren gebräunten Unterarmen die Piratin genannt wurde. Die Piratin war eine hervorragende Seglerin und übernahm als Erbin von Standard Oil oft die Rechnungen der anderen. Morgens segelte Marlene häufig mit der Piratin auf deren Jacht aufs Meer hinaus. Weit draußen gingen sie vor Anker und ließen in der Sonne die Beine baumeln. Wenn sie gebräunt und zufrieden zurückkamen, war der Brunch bereits in vollem Gange. An diesem besonders schwülen Nachmittag dozierte Joe Kennedy ausgiebig: Wir müssen mit Bedacht vorgehen. Es wäre für Amerika gefährlich, mit einem Land wie Deutschland und einem Mann, der so kometenhaft aufsteigt, in Konflikt zu geraten.

Ein Mann, der so kometenhaft aufsteigt, sagte die Piratin. Das ist alles, was Ihnen zu Adolf Hitler einfällt?

Joe Kennedy plapperte weiter über eine besonnene Beschwichtigungspolitik und dass man nichts überstürzen sollte – erst mal abwarten, was er tut, jetzt, da er Führer und Reichskanzler ist, bevor wir den Mann zu früh verurteilen – aber er lief rot an, als Marlene einwarf: Wird denn niemand etwas gegen ihn unternehmen, bevor es zu spät ist, oder muss ich ihn mit meiner Venusfalle erledigen?

Der Tisch brüllte vor Lachen.

Der amerikanische Botschafter wurde durch die jugendliche Anmut seines Sohns Jack, der noch keine einundzwanzig war, gerettet.

Der Junge hob sein Glas.

Auf Marlene, die blonde Venus!

Der Tisch stimmte mannhaft in den Toast ein. Hören Sie, wenn Sie einer Frau Ihren Heldenmut nicht beweisen können, so können Sie doch immer noch auf sie trinken. Sie stießen an und kippten in ihrem Namen Highballs hinunter. Mit einem Taktgefühl, das weit über sein Alter hinausging, entschuldigte sich Jack; er wolle an den Pool. Marlene zog ihren Kaftan enger um sich und verkündete, auch sie würde jetzt ins Wasser gehen. Keiner der Männer wagte es zu folgen. Die Piratin zog einen Satz Spielkarten hervor und fragte in die Stille hinein: Jemand Lust auf Poker?

Marlene sah zu, wie der Junge anmutig im Freistil durchs Wasser glitt. Als er sich dem flachen Ende des Pools näherte, tauchte Marlene ihre Beine hinein. Jack hob den Kopf, um Luft zu holen. Sie ließ ihren Kaftan von den Schultern gleiten, und er paddelte am Poolrand zu ihr hin, die Augen beschattend, um ihren Blick erwidern zu können.

Du schwimmst sehr schön, sagte sie.

Ich bin im Schwimmteam von Harvard, sagte er und keuchte schwer. Er atmete durch und fügte hinzu: Ich segle auch. Sofort errötete er angesichts des ernsten Anhangs. Sie lächelte und deutete dabei auf ihre Lendenwirbel gleich über der Neigung ihres Badeanzugs: Hilfst du mir mit der Sonnencreme, Jack? Ihr Badeanzug war maßgeschneidert. Sie hatte Pierre Balmain im vergangenen Jahr an genau diesem Strandstück zufällig kennengelernt. Ich werde nie richtig braun, wenn Badeanzüge so geschnitten sind, wie sie es sind, hatte sich Marlene bei ihm beschwert, davon bekommt man hässliche Bräunungsstreifen. Nicht dass sie prüde sei, fügte sie hinzu, aber man könne schließlich nicht nackt sonnenbaden, nicht wahr? Man bedenke die Fotografen, die Zeitungen! Im folgenden Frühjahr wurde ihr von Balmain ein rückenfreier Badeanzug zugeschickt, zusammen mit einer Grußkarte, persönlich unterschrieben mit »Pierre«.

Jack verteilte die Sonnencreme gleichmäßig auf ihrer Haut, und sie fragte ihn nach dem Studium, nach Mädchen, nach der Zukunft. Ich weiß noch nicht recht, was ich machen will, sagte er. Vielleicht in die Armee eintreten, aber mein alter Herr hat da so seine Bedenken.

Marlene sah zum Brunchtisch rüber.

Alle Joes hatten in ihre Richtung gesehen und sahen jetzt gleichzeitig weg, wie eine armselige Gänsebrut. Sie schob sich ihr Haar unter eine Badekappe und sagte großzügig: Eines Tages wirst du etwas Großes erreichen, Jack, da bin ich mir sicher. Er grinste, seine schlanken Muskeln glänzten feucht in der Sonne, und sie glitt in den Pool. Es war ein Allgemeinplatz gewesen, etwas, das man eben zu einem Zwanzigjährigen so sagte. Wer hätte ahnen können, dass der Junge eines Tages der 35. Präsident der Vereinigten Staaten sein würde?

5

War Bébé einen Monat oder schon ein Jahr bei der Korsisch-Chinesischen Freundschafts- und Handelsgesellschaft, als sie um ein Tagebuch bat? Man gab ihr ein halb aufgebrauchtes Spiralheft mit blauen Linien. Auf der Vorderseite war ein laminiertes linsenförmiges Foto von einem schlafenden Tiger. Wenn man seitlich drauf sah, öffnete der Tiger Augen und Maul. Sie füllte die dünnen Seiten ausschließlich mit einer Strichliste. Die gesamte Zeit, die undokumentiert in Marseille verstrichen war, rundete Bébé der Form halber zu fünfzig auf oder ab. Ihr einundfünfzigster Kunde, an einem Nachmittag im Frühsommer, war ein Chinese. Das war neu. Abgesehen davon handelte es sich um den gewohnten Durchschnittstyp: mittelalt, speckbäuchig, Polyesteranzug. Er trat ins Zimmer, zog die Schuhe aus und verkündete auf Mandarin mit einem nördlichen Akzent: Am besten, du bläst mir einen, bevor hier die Kacke am Dampfen ist!

Wollen Sie nicht erst duschen?, fragte Bébé.

Hopp hopp, sagte der Kunde, während er aus der Hose stieg. Er zog sich ganz aus, bis auf die beigefarbenen Socken. Ein säuerlicher Geruch breitete sich in dem fensterlosen Raum aus, während er sich auf sein Gesäß hockte und eine Zigarette aus einem verknitterten Päckchen fummelte. Er versuchte, sie anzuzünden, aber seine Hände zitterten. Bébé nahm ihm das Feuerzeug ab und legte die Hand schützend um die Flamme. Obwohl ihn die Geste überraschte, beugte er sich vor und ließ sich Feuer geben. Nachdem er aufgeraucht hatte, grunzte er und ging duschen.

Als er kam, stieß er einen langen, kehligen Laut aus.

Die Oktave seines Schreis ließ Bébé glauben, er sei nicht aus dem Norden, sondern aus Fujian. Mit feierlichem Ernst teilte er ihr mit, ihre 口交-Technik sei 顶尖. Ganz gegen ihren Willen musste sie lachen. Er zündete sich eine weitere Zigarette an und bot ihr ebenfalls eine an. Es war nicht üblich, dass Kunden hinterher blieben, es sei denn, sie wollten noch mal ran, wofür selbstverständlich zusätzliche Gebühren erhoben wurden. Aus Höflichkeit informierte ihn Bébé darüber, dass sie nach Zeit, nicht nach Aktivitäten abgerechnet werde.

Schon in Ordnung, sagte er und winkte ab. Woher aus der alten Heimat kommst du?

Shanghai, sagte sie, obwohl die Antwort eigentlich Taishan hätte lauten müssen.

Ah, sagte er. Eine gute Stadt.

Und Sie?

Fujian, sagte er. Quanzhou, um genau zu sein.

Sie verkniff sich ein gemeines Grinsen und nahm die Zigarette an. Bevor sie sie anzündete, fragte sie, ob es in Ordnung sei, wenn sie sich wieder anzöge. Ja, sagte er zurückhaltend, natürlich. Er blieb unbekleidet, während sie sich anzog, aber nach einer Weile hielt er es für angemessen, sich die kratzige Decke über den unteren Teil seines Körpers zu werfen. Nichts für ungut, sagte er schulterzuckend und warf einen Blick auf seine schlaffe Wampe und die grau melierten Haarbüschel, die irrlichternd seine Nippel umgaben, als sähe er das alles zum ersten Mal.

Vollständig bekleidet drehte sie sich um und steckte sich die Zigarette zwischen die Lippen.

Mit festerer Hand gab er nun ihr Feuer. Er erzählte ihr, er habe einen kleinen Verlag und sei gerade mit dem letzten Flieger aus Peking gekommen.

Die anderen Kleinverleger waren klein, weil sie spezifische ästhetische Interessen verfolgten. Sie waren zu nischig. Das, oder sie waren politisch ausgerichtet und mussten improvisiert vorgehen. Er war klein, weil er sich hauptsächlich dafür interessierte, europäische Literatur in Übersetzung zu veröffentlichen.

Es liefe aber eigentlich recht gut.

Nach all den Jahren des idyllischen Bekehrungseifers seien die gebildeten Schichten scharf auf fremde Kultur, sagte er. Die können mich mal mit ihren Hundert Blumen! Die Lage sei stabil. Deng Xiaoping ist ein Trumpf, genau mein Mann. Ein totaler Kapitalist, lass dir das gesagt sein, du wirst es noch sehen, wenn er sich im Schleudersitz hält, wird China in dreißig, ach was, zwanzig Jahren das konsumfreudigste Land der Welt sein. Es ist ein guter Zeitpunkt für Geschäfte. Da kannst du drauf wetten. Balzac fliegt nur so aus den Regalen. Tschechow und Tolstoi nicht unbedingt. Niemand kauft Proust, haha. Zola läuft aus irgendeinem Grund ziemlich gut.

Einige sind Wiederauflagen angesehener, aber vergriffener Übersetzungen. Für andere habe ich die besten Übersetzer angeheuert, die ich kriegen konnte, und besser bezahlt als üblich. So kam ich kostendeckend über die Runden, war allgemein zufrieden. Bis vor ein paar Monaten irgendein Kerl eine Ausgabe der von mir verlegten Übersetzung von *Madame Bovary* gekauft hat. Ein hübscher Kerl, höheres Semester. Das wirkt alles erst mal ziemlich harmlos, nicht wahr? Glaub mal besser, wie schnell sich das Blatt wenden kann! Dieser Junge nahm *Madame Bovary* mit auf die Dörfer, predigte es den Bauernmädchen, um dann im Heu mit ihnen zu schlafen.

Warum *Madame Bovary*, wirst du dich jetzt fragen? Warum nicht *Die Erziehung der Gefühle*?

In seinen fähigen Händen verwandelte sich *Madame Bovary* in eine Warnung vor dem ländlichen Spießbürgertum. Er turtelte ihnen etwas von ihrem Recht auf individuelle Freiheit vor. Er trällerte ihnen Liedchen über Anarchafeminismus und antistaatlichen Marxismus.

Als ob sie einen Ellenbogen von einem Arsch unterscheiden könnten!

Aber ihre Herzen waren entflammt, wenn er – stets mit größter Selbstbeherrschung – aufhörte, seine Hüften während des klimaktischen Moments der Kopulation gegen ihre bebenden Leiber zu stoßen, um zu fragen: Willst du so enden wie Emma Bovary?

Erst wenn sie den folgenden Satz gesprochen hatten, setzte er seine Beckenbewegungen fort: Nein, ich will nicht so enden wie Emma Bovary!

Der Kerl hat gewaltig abgeräumt.

Nachdem er mit meiner Taschenbuchausgabe fünfzehn oder zwanzig Mädchen eingesammelt hatte, brachte er sie nach Peking. Dort wurden sie von der anarchistischen Studierendengruppe der Universität aufgenommen. Tagsüber wurden seiner Riege aus vernarrten Landeiern die Grundsätze des libertären Sozialismus eingebläut. Nachts: Reisweinorgien und Folkpunk-Singalongs. Als die Proteste auf dem Tian'anmen-Platz begannen, erschienen sie mit viel Lärm auf der Promenade. Selbst wenn man die Prinzipien nicht versteht, kann man trotzdem demokratische Slogans rufen, oder nicht?

Nachdem sich die Lage verschlimmert hatte, nachdem die Partei auf den Straßen auf studentische Demonstrierende geschossen hatte, nachdem diejenigen, die überlebt haben, zum Verhör gebracht worden waren – was denkst du, was diese Bauernmädchen geantwortet haben, als man sie fragte, was sie dort zu schaffen hatten?

Madame Bovary.

Also besorgte sich die Partei eine Ausgabe des Buchs und verfolgte *Madame Bovary* zu meinem Verlag zurück. Sie wühlten noch etwas tiefer und fanden heraus, dass ich geholfen hatte, Cui Jians *Rock'n'Roll on the New Long March*-Album zu produzieren, aber Entschuldigung, das war, *bevor* sie die Musik von dem Typen verboten hatten. Woher zum Henker hätte ich wissen sollen, dass »Nothing to My Name« zur Hymne der Jugendbewegung werden würde? Sein ungarischer Bassist war ein Kumpel von mir, das ist alles. Wir kannten uns vom Saufen auf den Partys ausländischer Botschaften.

Denen reichte es. Ich wurde zu einer Befragung einbestellt.

Als ich sah, was sie auf meine Akte geschrieben hatten – »Der einzige Lieferant von *Madame Bovary* in Peking« –, musste ich lachen. Aber als ich in ihre Gesichter sah, verging es mir ganz schnell wieder.

Der Himmel ist blind. Die Partei auch. Aber zitier mich bloß nicht damit.

Ich hatte weder auf dem Platz noch auf der Straße demonstriert. Nicht mal aus Neugier hatte ich vorbeigeschaut. Aber das war denen egal. Sie sagten mir, ich sei an dem, was los war, beteiligt. Sie zeigten mir ein Exemplar von dem Buch. Und mir wurde klar, dass dieser kleine Scheißer meine *Madame Bovary* fotokopiert hatte – eine schreckliche Kopie übrigens, die Seiten waren krumm und schief – also hatte ich an diesen Möchtegern-Dissidenten noch nicht mal irgendwas verdient. Natürlich sind alle diese studentischen Aktivisten Waschlappen, die nach den Hungersnöten, den Säuberungen, den Inhaftierungen geboren wurden, durch die wir Alten uns noch vor einer Generation wie Schweine durchwühlen mussten.

Im Handumdrehen ist alles vergessen.

Ich stehe auf der schwarzen Liste. Man wirft mir abwechselnd vor, ein mit dem Westen sympathisierender Imperialist, ein Revisionist, ein *Anarchist* zu sein, weil ich *Madame Bovary* in China übersetzen, drucken und vertreiben ließ!

Entschuldigen Sie, Sir, unterbrach ihn Bébé. Was ist auf dem Tian'anmen-Platz geschehen?

Er starrte sie fassungslos an.

Lebst du unter einem Stein, Kleines? Er schwitzte, weil er mit solchem Nachdruck von seinen Mühen berichtet hatte. Marseille ist weit weg, aber trotzdem. Er wischte sich mit dem Handrücken über die Stirn. Es ist eine schlechte Zeit, fuhr er fort, ein Schlangenjahr. Wenn du nichts darüber weißt, ist es besser so. Wissen bringt nur Ärger. Die lange Zigarettenasche fiel herab auf das Motelkissen. Sie zündete ihm die Zigarette wieder an und fragte: Könnten Sie es für mich aufschreiben?

Was aufschreiben?

Den Namen des Autors und des Buchs, von dem Sie erzählt haben.

Wofür willst du das?

Aber Bébé wollte es einfach so wissen, also konnte sie darauf nicht antworten. Sie hatte noch nie einen klassischen chinesischen Roman bis zum Ende gelesen und schon gar keinen europäischen Roman in Übersetzung. Er betrachtete ihr Gesicht. Sie sah nicht weg. Er hievte seinen haarigen Hintern über das Bett und beugte sich vor, um einen Stift aus seiner Jacke zu nehmen. Seine Arschritze hatte die Farbe von ungeschälten Bohnensprossen. Er wandte sich zu ihr um, drückte das Ende des Kugelschreibers gegen sein Kinn.

福楼拜, schrieb er auf die Rückseite der Zigarettenpackung. 包法利夫人.

Er warf ihr die Packung zu. Als er den Kugelschreiber am Kinn mit einem zufriedenen Klicken wieder herunterdrückte, sagte er: Wir haben die Ausgabe von *Madame Bovary* sogar mit einem Hinweis des Übersetzers neu aufgelegt, um klarzustellen, dass Flaubert kein Kapitalist war. Na ja, er war Privatier, aber seine Sympathien waren beim Volk. Aber haben sie meinen Einsatz anerkannt? Natürlich nicht. Hör zu, Mädchen. Die Leute wollen immer nur das Schlechteste in anderen Menschen sehen.

Was haben Sie jetzt vor?, fragte Bébé.

Ich hab ein paar alte Freunde hier überall verstreut. Als ich in deinem Alter war, habe ich in Paris Literatur studiert. Was für ein wunderschöner Ort, du kannst es dir nicht vorstellen! Die alte Regierung hat für uns gezahlt. Natürlich ist das jetzt alles vorbei. Zhou Enlai war mein Mentor in dem Austauschprogramm. Paris, Berlin, München, Lyon, London. Damals war Reisen sehr schwierig. Unmöglich fast, es sei denn, man kam aus einer reichen Familie oder war als blinder Passagier unterwegs. Der große Vorsitzende Mao hat sich für dasselbe duale Studienprogramm beworben und wurde abgelehnt. *Ich* habe es nach Paris geschafft und *er* nicht, ha! Und was ist aus uns beiden geworden?

Er hielt inne, um wie ein Pferd Luft durch die Lippen zu blasen.

Mit ein bisschen Mumm kann unsereins immer wieder neu anfangen. Ein Nudelstand oder eine Handwäscherei – Mägen sind hungrig und Kleidung wird dreckig. Man kann aus Scheiße Gold machen, jaja. Irgendwas findet sich immer, wenn man die Augen offen hält. Hey, es tut gut, auf der anderen Seite der Welt ein Mädchen aus der alten Heimat zu sehen. Es geht doch nichts über die Haut einer chinesischen Frau, oder?

6

Marlene und JFK waren nicht in Kontakt geblieben, entsprechend überrascht war sie, als sie anlässlich eines Tagesausflugs 1961 nach Washington, wo sie mit einem Friedenspreis geehrt werden sollte, von einem seiner Referenten einen Anruf erhielt: Mr. President lädt zu einem spätnachmittäglichen Umtrunk ins Oval Office.

Sie war sich nicht sicher, was genau er mit »Umtrunk« meinte, aber sie würde es gern herausfinden, und für den Fall der Fälle trug sie ein rosafarbenes Seidenhöschen. Große Geister denken eben gleich, sagte sie, als er sich nach zweieinhalb Drinks zu ihr beugte, um sie zu küssen.

Er sagte: Hä?

Bring mir bitte nicht die Haare durcheinander, sagte sie. Ich muss später noch zu einer Feier.

Nach wenigen Minuten war es vorbei. Er hatte sie mit ein paar schlampigen Zungenschlägen geleckt, bevor er eindrang, und sie fand gerade erst so richtig in den Rhythmus, als er schon fertig war. Bevor er sie auszog, hatte er ihr erklärt, dass der Raum aus Sicherheitsgründen verwanzt sei. Aber keine Sorge, seine Mitarbeiter könnten sie nur *hören*, aber nicht *sehen*. Galant achtete sie darauf, etwas öfter heiser zu stöhnen, als die Begegnung rechtfertigte, um seinen Ruf zu schützen. Er machte sich sauber und fragte sie schließlich: Hast du es jemals mit ihm gemacht?

Marlene wusste nicht genau, von wem er sprach. Sie fragte: Ihm? Er nickte. Ungläubig äußerte sie eine Vermutung: deinem Vater?

Er nickte wieder.

Jack!, protestierte sie. Ich habe es nie mit deinem Vater gemacht.

Wusst ich's doch, dass der alte Teufel lügt, sagte er und tätschelte ihr zweimal den Hintern. Dies ist die einzige Tür, durch die ich zuerst gegangen bin.

Unsicher, ob sie belustigt oder beleidigt sein sollte, entschuldigte sich Marlene und zog sich auf die Toilette zurück.

Sie hatte ihn nicht gebeten, ein Kondom zu benutzen. Nicht, weil er der Präsident war – sie gewährte unterschiedslos jedem Mann, mit dem sie schlief, diese Gunst. Sie waren hinterher immer so dankbar. Marlene schwor auf Essigspülungen und ging nirgendwo ohne besagtes Spermizid hin, seit sie stoisch ihren Musiklehrer im Internat verführt hatte. Die Essigmethode hatte sie von den älteren Mädchen gelernt. Alles, was man brauchte, war mit Wasser verdünnter Apfelessig und eine Intimdusche. Auf dem Weg ins Oval Office war Marlene mehrmals gefilzt und abgetastet worden. Ihrer Handtasche hatte man besondere Aufmerksamkeit gewidmet. Sie hatten ihr Fläschchen mit dem Apfelessig herausgenommen. Mein Abnehmtrank, hatte sie gesagt und es aufgeschraubt, damit sie daran riechen konnten.

Mr. President schnarchte, als Marlene von der Toilette zurückkam. Sie versuchte, ihn wach zu rütteln, aber er war bleischwer. Er lächelte im Schlaf wie ein junger Hund, und sie erkannte den Teenager wieder, der am Pool in der Sonne gelegen hatte.

Es war Viertel vor sieben, und Marlene musste Punkt sieben bei der Preisverleihung sein. Als sie die Hand auf den Türknauf legte, öffnete sich die Tür von außen, und sie fiel fast vornüber. Während sie sich wieder ins Gleichgewicht brachte, verneigte sich der Referent des Präsidenten tief vor ihr. Er wechselte den Kanal seiner fleischfarbenen Observationsohrmuschel und rief einen Chauffeur.

Während der Preisverleihung verlas ein Conférencier mit schütterem Haar einzelne Zitate aus dem Katalog der Gewürdigten, der zum größten Teil verhutzelte weiße emigrierte Männer umfasste, tot oder lebendig: Albert Einstein, Claude Lévi-Strauss, Raphael Lemkin, Thomas Mann, Béla Bartók.

Während sie in der ersten Reihe saß und auf ihren Preis wartete, nickte Marlene fast ein. Sie sprang von ihrem Sitz auf, als sie ihren Namen hörte.

Marlene Dietrich auf dem Feindsender »Lili Marleen« singen zu hören, war für die Kampfmoral der deutschen Truppen so verheerend gewesen wie ein Luftangriff, sagte der kahl werdende Conférencier, als sie die Bühne betrat. Hemingway sagte über sie: Selbst wenn sie sonst nichts mehr hätte, könnte sie dir immer noch mit ihrer Stimme das Herz brechen. Bereits 1933 sprach sie sich gegen die Nazis aus, und 1939 gab sie ihren deutschen Pass zurück, um US-amerikanische Staatsbürgerin zu werden, trotz einer persönlichen Einladung Hitlers, unter seiner direkten Schirmherrschaft nach Deutschland zurückzukehren. Während des Kriegs war sie unseren Jungs eine prominente Frontunterhalterin und wurde für ihren Einsatz in den Rang eines Captains erhoben. Ich bitte um Applaus für Marlene Dietrich, die von Anfang an auf uns vertraut hat!

Das Medaillon war aus Blattgold, ein Lorbeerkranz aus Olivenzweigen krönte das Logo des vergebenden Instituts.

Es war ein bisschen arg, aber Marlene hatte es trotzdem in eine ihrer Schachteln gelegt. Sie hortete Schmuck, Liebesgrüße auf Servietten, Programmhefte von Premieren, Magazine mit ihrem Gesicht auf dem Cover. Sie besaß eine spezielle Malachitschachtel, in der sie intime Souvenirs aufbewahrte: Joe DiMaggios Suspensorium, Frank Sinatras Plektrum. Einen einzelnen Strumpf von Edith Piafs Strumpfgürtel. Auch das rosafarbene Seidenhöschen, das sie für den Präsidenten getragen hatte, residierte dort. Sie hatte das Friedenspreis-Medaillon in dieser Pariser Höhle zum Papierbeschwerer umfunktioniert. Es lag auf Todesanzeigen von Freunden und Bekannten, die sie aus Zeitungen ausgeschnitten hatte; natürlich behielt sie alles im Auge. Ganz oben auf dem Stapel befand sich gerade ein Artikel über Lucille Ball – Aortenruptur, zehn Tage nach einer Operation am offenen Herzen im Cedars-Sinai, und die Ärzte hatten behauptet, die Ruptur habe nichts direkt mit der Operation zu tun gehabt. Pah!

Alle, die Marlene von früher kannte, schienen um 1980 herum verstorben zu sein. Es gab niemanden mehr, den sie bewundern oder verachten oder als Konkurrenz begreifen konnte. Sie hatte sie nicht nur alle überlebt, dachte sie, sie hatte alles auch mindestens einmal ausprobiert, und sie würde es gern noch einmal tun. Ein Klingeln in weiter Ferne brachte Marlene in die Gegenwart zurück.

Es war das Telefon.

Marlene senkte ihr Kinn in den üppigen weißen Kragen um ihren Hals, ließ sich von den Federn kitzeln. Sie starrte das Telefon an, ließ es ganze drei Mal klingeln, dann nahm sie den Hörer ab und flüsterte: Residenz von Mademoiselle Dietrich, wer ist da?

Sie hörte:

Größeres wolltest auch du, aber die Liebe zwingt
all uns nieder, das Leid beuget gewaltiger,
doch es kehrt umsonst nicht
unser Bogen, woher er kommt!

Er war es.

Es hatte funktioniert – sie in ihrem luftigen Hemdchen, mit Lippenstift, Mascara, ihrem Schwanenmantel, ihrem Diamantarmband, ganz aus Diamanten. Sie erstickte das Lächeln, das sich auf ihren Lippen ausbreitete, und ließ ihre Stimme gleichgültig klingen, als sie sagte: Lass mich raten, Schiller?

Knapp daneben.

Hölderlin?

Beeindruckend, Frau Dietrich. Möchten Sie jetzt den Rest des Gedichts hören?

Als Erstes solltest du mir sagen, wie du heißt.

Meine jugendliche Anonymität ist mein einziges Ass. Ich sollte nicht so dumm sein, es zu schnell auszuspielen.

Dann muss ich dich wohl Bogie nennen.

Warum?

Als du das erste Mal angerufen hast, lief gerade *Casablanca* im Fernsehen.

Ingrid Bergmann ist eine Schlaftablette im Vergleich zu Ihnen.

Wie das?

Lassen Sie es mich so sagen, meinte der Junge am Telefon. Sie ist zu real.

Marlene konnte das Lächeln auf ihren Lippen nicht länger zurückhalten.

Ich nehme das als Kompliment, sagte sie.

Dann, sagte er, haben sie mich vollkommen richtig verstanden.

Als das Hausmädchen mit den Ladurée-Macarons zurückkehrte, war Marlene glänzender Laune. Bogie – er brachte sie dazu, wieder Novalis lesen zu wollen. Wann hatte sie zuletzt neue Bekanntschaften geschlossen, frühromantische Lyrik rezitiert? Das Mädchen packte die Macarons aus. Marlene nahm eins und knabberte verträumt daran, dann sagte sie: Ist es nicht schön, wenn einem wieder einfällt, dass man sich selbst besonders fühlt? Das Mädchen sah sie verunsichert an. Das wirst du nicht verstehen, sagte Marlene, nicht wahr?

Sie klopfte auf eine Ecke ihres Betts und forderte das Mädchen auf, sich zu setzen. Hier, nimm ein Macaron, bot sie ihr an. Hast du schon mal welche gegessen?

Das Mädchen schüttelte den Kopf.

Versuch eins!

Das Mädchen wählte ein hellrosafarbenes Macaron mit Rosengeschmack. Sie biss hinein, und Marlene betrachtete sie, während sich die Ganache auf ihrer Zunge ausbreitete.

Und?

Das Mädchen nickte. Röte war ihr in die Wangen gestiegen. Die Süßigkeit musste köstlich in ihrem Mund gewesen sein. Wie amüsant: Ihr Mädchen hatte eine ästhetische Reaktion auf Ladurée! Wie leicht es doch für das Leben gewesen sein musste, interessant zu sein, als man noch so wenigem ausgesetzt war.

Einem Impuls folgend, zog Marlene ihren Schwanenmantel aus und hielt ihn dem Mädchen hin. Für dich, sagte sie. Das Mädchen machte große Augen. Weißt du, was ein Schwan ist? Marlene schlug mit den Armen und schrie wie eine Gans. Diese großen, weißen, schönen Dummköpfe? Sie haben ganz weiche Federn. Zieh ihn an, na los.

Das Mädchen schüttelte den Kopf.

Los, los, sagte Marlene, ich bestehe darauf! Sie schob ihr das Seidenfutter über die Schultern. Langsam ließ das Mädchen die Arme hineingleiten. Mach einen Schritt zurück, sagte Marlene, und lass dich anschauen. Der luxuriöse Mantel umrahmte wundervoll ihre schlanke Gestalt. Als ihre Wangen den weichen Kragen berührten, machte das Mädchen spontan eine halbe Drehung auf der Stelle.

Dann, als sie sich wieder auf sich besann, drehte sie sich um und lächelte Marlene schüchtern an.

Na also, sagte Marlene triumphierend. Genau das habe ich gemeint. Ist es nicht schön, wenn einem wieder einfällt, dass man sich selbst besonders fühlt? Ist es nicht schön, sich daran zu erinnern, dass man sich selbst für etwas Besonderes hält?

7

In Marseille war gerade Hochsommer, als die Korsisch-Chinesische Freundschafts- und Handelsgesellschaft mit einem zukünftigen Gebietspartner, einer jenischen Haschischgang, Aperitifs einnahm.

Der Korse brachte eine multiethnische Auswahl der Crème de la Crème des Bordells mit, um die Entourage aufzuhübschen – eine Russin, eine Algerierin, Bébé. Das Treffen fand auf neutralem Boden in einem klimatisierten italienischen Restaurant statt. Bébé war auf der Toilette, als der Korse eine Bemerkung aus dem Ärmel schüttelte, die die Jenische sehr beleidigte. Sie zog sich gerade die Strümpfe hoch, als die Schießerei losging. Sie kickte die hohen Schuhe von sich und rannte zur Küche. Ein Souschef und ein Küchenjunge kauerten unter der Küchentheke, die Hände über den Köpfen.

Bébé wusste nicht, wohin sie rannte.

Sie blieb erst stehen, als sie an einen dreckigen Kanal gelangte. Ihre Strümpfe waren zerrissen. Sie zog sie aus und klammerte sich ans Geländer, versuchte, das trockene Brennen in ihrer Lunge zu lindern. Die zusammengeknüllten Strümpfe warf sie ins Wasser, empörte dabei eine Entenfamilie, die in V-Formation dort vorbeischwamm. Sie folgte den Enten und dem Kanal in die Stadt, fand den Hauptbahnhof und stahl sich in einen Zug nach Paris.

Als sie – eine Chinesin ohne Schuhe in einem hautengen Kleid – am Gare de Lyon ausstieg, fragte ein Streifenpolizist nach ihren Papieren.

Sie schüttelte den Kopf. Er packte ihre Schulter.

Bébé fing an zu weinen. Am liebsten hätte sie ihm gesagt, dass sie gerade zum ersten Mal in Frankreich weinte, aber das konnte sie nicht, und er hätte es ohnehin nicht verstanden. *Non parler français,* sagte sie. *Parler chinois.*

Sie wurde auf eine Polizeiwache gebracht und eingesperrt.

Am nächsten Morgen kam ein Polizeiwagen, um sie abzuholen. Die hinteren Fenster waren mit Draht verstärkt, und die Höhe der Hartplastiksitze war extra so gewählt, dass sich die Inhaftierten zusammenkauern mussten, um hinten reinzupassen.

Bébé wurde in einen grell beleuchteten Raum in einem Gebäude mit makellosen Böden gebracht. Eine Beamtin der Einwanderungsbehörde, eine Menschenrechtsanwältin und eine Dolmetscherin warteten darauf, ihre Aussage aufzunehmen. Die Anwältin erhob sich sofort. Sie schüttelte Bébés Hand, und die Dolmetscherin tat es ihr gleich. Bébé wurde ein trockenes Brötchen und ein kleiner Pappbecher mit siedend heißem Automatenkaffee hingestellt. Schnell nahm sie sich das Essen und verbrannte sich die Zunge am Kaffee. Seine Wärme breitete sich in ihr aus, als sie die Augen schloss und sich die Finger auf die Augenlider presste, um sie anschließend wieder zu öffnen.

Ich hatte mit dem, was auf dem Tian'anmen Platz passiert ist, zu tun, sagte Bébé. Ich habe das letzte Schiff aus Peking erwischt. Ich bin ein Dorfmädchen aus Taishan. Ich wusste nicht viel. Ich weiß nicht viel. Ein junger Mann mit einer Reisetasche ist in mein Dorf gekommen. Er sah sehr gut aus. In seiner Reisetasche hatte er die Übersetzung eines ausländischen Werks. Er blieb vierzehn Tage. Tagsüber las er uns Flaubert vor. Abends sang er Lieder, lag mit uns auf den Feldern, während die Sonne unterging.

Als er das Dorf verließ, wollten wir mit ihm gehen. Er hat uns nach Peking gebracht. An seiner Universität sprachen sie zu uns über Freiheit. Sie brachten uns zu den Protesten. Wir riefen auf den Straßen die Parolen. Als die Soldaten das Feuer eröffneten, starben einige meiner neuen Freunde. Wir anderen verstreuten uns in alle Richtungen. Jemand sagte, wir kämen für immer auf die schwarze Liste, wenn uns die falschen Leute in die Finger bekämen. Wir sollten fliehen, solange wir noch konnten. Also floh ich auf einem Boot. Vom Boot kamen wir auf ein Schiff. Das Schiff fuhr nach Marseille. Aber ich wollte nach Paris.

Mit anderen Worten, sagte die Anwältin, du bist als Flüchtling nach Paris gekommen?

Bébé war das Wort nicht vertraut. Die Dolmetscherin erklärte es ihr kurz. Bébé wagte es nicht, zu antworten. Sie versuchte, anhand der Körpersprache der Anwältin zu erkennen, ob ja oder nein die richtige Antwort wäre.

Mir war nicht bewusst, dass es möglich ist, in China Flaubert zu lesen, flüsterte die Anwältin, den Tränen nahe. Sag uns doch bitte, was von Flaubert hast du gelesen?

Madame Bovary, sagte Bébé.

Und wie fandest du den Roman?

Bébé zögerte, senkte den Blick. Die Anwältin beugte sich über den Metalltisch, um Bébés Hand zu nehmen. Sie drückte sie ermutigend.

Ich will nicht so enden wie Emma Bovary, sagte Bébé.

Oh, seufzte die Anwältin, und eine Träne lief ihr über die Wange. Gott bewahre!

Walter Benjamin wird eine Übernachtungsmöglichkeit in Portbou empfohlen

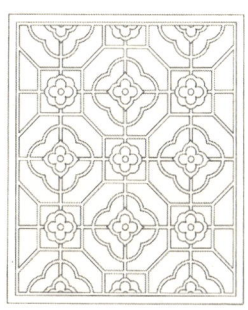

 **D**as Glas Wasser, um das Anna May gebeten hatte, kam nicht, die in Smokings gewandeten Herren waren verstimmt, weil sie aufgehört hatte zu tanzen, und diese beiden Frauen waren ziemlich anstrengend. Erst die Brünette, die alles über Hollywood wissen wollte, dann die zwinkernde Blonde, die ihren Drink über sie gekippt hatte. Obwohl das Kleid klatschnass war und es nichts brachte, tupfte die Blondine immer noch theatralisch mit ihrem nach Moschus riechendem Taschentuch an dem Champagnerfleck herum.

Der Abend war ein einziges Chaos.

Anna May beschloss, einfach mitzuspielen und alles mit einem Lachen zu übergehen. Die Blondine lachte jetzt auch. Der Fotograf verfolgte begierig das Durcheinander, während er immer noch wartete. Als sie sich wieder aufstellten, staunte sie über den sofortigen Effekt, den die auf sie alle gerichtete Kamera hatte, wie sie mühelos strahlende Lächeln hervorlockte, als wären die drei schon seit vielen Jahren die besten Freundinnen. Der Fotograf dankte ihnen und wollte gerade weiterziehen, als die Blonde ihn fragte, in welchem Magazin das Bild möglicherweise erscheinen würde.

Ich arbeite freiberuflich für *Life*, sagte der Fotograf.

Life Magazine!, rief die Blonde.

Anna May sah den hochmütigen Blick der Brünetten angesichts der unverblümten Erregung der Blonden. Die Blonde fing sofort an, mit dem Fotografen zu flirten, sagte etwas zu ihm, wobei sie auf ihre Beine deutete, und kurz danach wurde sie von einer gerade vorbeigehenden Bekannten weggerufen, die Strasssteine in einer Reihe vom Ausschnitt bis zum Schlüsselbein aufgeklebt hatte, was die Blonde sofort mit einem anerkennenden Pfeifen quittierte. Die Bergfilm-

Brünette nahm Anna May rasch beiseite und erklärte ihr entschuldigend, die Blonde sei nur eine Revuetänzerin im Varieté, keine ernsthafte Schauspielerin. Ständig mache sie dreckige Witze und tanze barfuß mit Transvestiten. Denken Sie bloß nicht, das sei typisch!

Die Brünette war überheblich, und das fand sie abstoßend.

Machen Sie sich keine Gedanken, sagte Anna May, ich halte nie etwas für typisch. Aber die Brünette hatte sich bereits einem Mann zugewandt, der sehr reich sein musste, jedenfalls sahen die großen, diamantenen Manschettenknöpfe danach aus. Die Brünette lächelte den Mann an und packte ihn am Ellenbogen, während sie Anna May noch eine Visitenkarte zusteckte und ihr zu verstehen gab, dass sie ein andermal weiterreden würden.

Anna May kannte absolut niemanden auf dem Berliner Presseball.

Man hatte ihr gesagt, es handele sich um ein gesellschaftliches Highlight der Stadt, und dank des Regisseurs, mit dem sie an ihrem ersten internationalen Kinofilm, einer deutsch-britisch-französischen Koproduktion, arbeitete, war sie auf der Gästeliste gelandet. Er hatte sie angewiesen, sich nicht von der Stelle zu rühren, und ihr versprochen, sie überall vorzustellen, war dann aber weggeschlendert, um ein paar Kanapees zu organisieren, und nie wieder aufgetaucht. Es machte nichts. Die Frauen fragten viel (Waschen sich Chinesinnen wirklich das Gesicht in Reiswasser? Ist Charlie Chaplin tatsächlich Kommunist mit Parteibuch? Welche Diät würden Sie empfehlen, um so eine Flapper-Figur wie Sie zu bekommen?); die Männer wollten tanzen. Es hatte sich eine anständige Reihe gebildet, und das erinnerte sie an die Zeit, als ihr Vater sie mit zur Weltausstellung nach L.A. genommen hatte. Man kann bei Ausstellungen viel lernen, meinte er. Sie hatte sich sehr darauf gefreut, weil es bedeutete, dass alle anderen zu Hause blieben.

Als sie in der Schlange für die »kongolesische Erwachsene« ganz nach vorne gerückt waren, hatte Anna May die Gelegenheit gehabt, einer liegenden nackten Frau – die dunkle Haut glänzend eingeölt, die Augenlider auf berauschtem Halbmast, kleine Brüste mit Brustwarzen so lang wie Gummibändern –, die Hand zu schütteln, brach aber stattdessen in Tränen aus. Später lieferte sie bebend ihrem Vater den Grund: weil man ihr die Kleidung weggenommen hatte.

Nein, erklärte ihr Vater, sie hatte noch nie Kleidung gehabt. Dort, wo sie herkommt, ist das für sie ganz selbstverständlich. Anna May antwortete: In dem Fall sollten sich alle, die ihr die Hand geben wollen, erst selbst die Kleider ausziehen. Liu Tsong, lachte ihr Vater, du hast vielleicht Ideen, aber die ergeben gar keinen Sinn.

Für mich schon, antwortete sie.

Aber mein Mädchen, sagte er sanft, du bist nicht die Welt.

Für ihr schauspielerisches Debüt außerhalb von Amerika, diese erste Reise nach Europa im Frühjahr 1928, hatte Anna May vierzehn Krokodillederkoffer gepackt. Was sollte man nach Berlin, London, Paris, in diese ausschweifenden Metropolen, in denen es sicherlich alles gab, mitnehmen oder nicht mitnehmen?

Nur die Niederen, die nichts von Wert besitzen, was sie mitnehmen könnten, gehen mit nicht als einem einzelnen, an das Ende eines Bambusstocks geknoteten Bündel auf große Reisen. Oder schlimmer noch: mit nichts als den Kleidern, die sie am Leibe tragen. So hat dein Großvater Taishan verlassen, rief ihr Vater ihr bei jeder Gelegenheit in Erinnerung, mit nichts als Hemd und Hose, weniger als einem Dollar in der Tasche, als er mit beiden Beinen amerikanischen Boden betrat.

Während sie für ihre Reise packte, füllte Anna May die Koffer auch für den Geist ihres Großvaters. Der Himmel hat Augen. Möge er sie jetzt sehen, ein dreiundzwanzigjähriges Starlet, auf das die Filmmagazine auf beiden Seiten des Atlantiks verwiesen, das in einer Erste-Klasse-Kabine mit vierzehn Koffern, randvoll bepackt mit den feinsten Kleidern, den Ozean überquert! Sie wurde seekrank und musste viel schlafen. Sie wurde von ihrer älteren Schwester begleitet, die sich Anna Mays Erfolg zunutze machte, um die Hauptstädte Europas zu erkunden. Ihre gesamte Familie wäre mitgekommen, wenn es ihnen möglich gewesen wäre – Anna May musste ihnen erklären, dass es sich um eine berufliche Reise, nicht um einen

Urlaub handelte. Es würde bei ihrem vollen Terminkalender kaum hilfreich sein, den gesamten Wong-Klan an den Hacken zu haben, und außerdem wäre es sehr teuer, überall noch zusätzliche Zimmer oder Kabinen zu buchen. Ihre Mutter schnalzte mit der Zunge. Niemand verlangt nach einem zusätzlichen Zimmer, sagte sie zu Anna May auf Kantonesisch, wir können alle im selben Raum schlafen. Dein Vater und ich schlafen auf dem Boden, fügte sie hinzu, und ihr Kinder könnt das Bett haben – so wie sonst auch!

Ihr Vater war da vernünftiger.

Liu Tsong ist beruflich unterwegs, sagte er. Wir wären ihr nur im Weg.

Ihre Mutter bohrte beharrlich weiter, es sei doch eine gute Gelegenheit, auf Kosten von Paramount Pictures zu reisen, und Gott allein wusste, was diese weißen Teufel ihrer geliebten Tochter antun würden, wenn sie sich ohne Begleitung in einem weit entfernten Land aufhielte. Obwohl ihr Vater es nicht guthieß, dass Anna May Schauspielerin war, hatte er ihr kaum merklich zugenickt, wie um zu sagen: Ich kümmere mich um deine Mutter. Und dafür war sie dankbar. Bevor sie abreiste, drückte er ihr einen Talisman und eine Reisebibel in die Hand. Er hatte ein taoistisches Geistermedium um den Talisman gebeten und die Bibel vom Priester geborgt. Zu Hause praktizierten sie Ahnenverehrung, aber sie gingen auch sonntags in die chinesische Baptistenkirche. So war Anna May aufgewachsen, und sie hatte die Harmonie, an beides glauben zu können, akzeptiert, bis sie alt genug war, um eines Tages ganz zufällig zu merken, wie unvereinbar es im Grunde war. Die unbestechliche Logik ihrer Mutter brachte sie zum Schweigen: Viele Geister helfen viel! Doppelter Segen! Anna May packte sowohl den Talisman als auch die Bibel ein, um ihre Eltern bei Laune zu halten, aber was sie da draußen auf dem Luxusdampfer auf dem Meer wirklich wollte, war eine Weltkarte und jemanden, der ihr sagte, wo sie sich befanden. Trink von dem Wasser und denk an die Quelle, hatte ihr Vater ihr über die Jahre eingebläut. Obwohl unsere Körper in Kalifornien schlafen, träumen unsere Herzen in Taishan. Aber ich war noch nie in Taishan, sagte sie verwirrt. Das macht nichts, versicherte er ihr. Anna May wankte, als das Schiff in Hamburg anlegte, und als Nächstes galt es, den Zug nach Berlin zu bekommen. Ein Chauffeur mit weißen Handschuhen und einem Schild begrüßte sie am Lehrter Bahnhof in Berlin. Als ihre Schwester die Beifahrertür selbst öffnen wollte, wurde sie sofort vom Chauffeur ermahnt, und er machte sich eiligst und förmlichst daran, den beiden Damen ihre Plätze zuzuweisen.

Anna May brauchte nicht lange, um sicher zu sein, dass ihr Europa besser gefiel als Amerika: Es war sehr viel netter, sich hier verwöhnen zu lassen, als dort schikaniert zu werden. Die ganze Zeit hatte sie immer nur wie alle anderen sein wollen, aber jetzt erkannte sie, was sie alles erreichen konnte, wenn sie es nicht war. Handelte es sich hier um ein neues Spiel, in dem sie einen unerwarteten Vorsprung hatte, oder war es das altbekannte, nur in einem neuen Gewand? Ging man durch die Seitengassen in Downtown L.A., hetzten die weißen Typen zum Zeitvertreib ihre Hunde auf chinesische Passanten, und als einmal eines Nachmittags ein Pitbull auf Anna May losgelassen wurde, war sie sofort erleichtert, dass sie sich keine Sorgen mehr darüber machen musste, wann es wohl passieren würde. Ihr Vater hob sie hoch, obwohl sie schon zwölf und kein kleines Kind mehr war, wandte sich an den Hundebesitzer und sagte einen lustigen Reim auf, den sie nicht verstand. Er endete mit einem albernen Singsang: Zweimal falsch ergibt kein richtig / zwei Chinesen sind nicht wichtig!

Der weiße Mann gluckste, rief seinen Hund zurück.

Nett, sagte er. Den kannte ich noch nicht.

Ihr Vater setzte sie wieder ab, verbeugte sich, und sie durften unversehrt passieren. Anna May konnte begreifen, warum er im Moment höchster Gefahr den Witz erzählt hatte, aber sie sah sich außerstande, diese kratzfüßige Verbeugung zu akzeptieren, nachdem der Pitbull schon zurückgerufen worden war.

Warum hast du dich verbeugt?, fragte sie ihren Vater und versuchte, die Verachtung aus ihrer Stimme herauszuhalten.

Willst du Tollwut haben?, fragte er.

Ich hätte mich lieber von einem tollwütigen Hund beißen lassen, dachte sie, als zuzusehen, wie du dich vor diesem Mann verbeugst. Aber ihr Vater warf ihr einen finsteren Blick zu, und sie wagte nicht, es laut auszusprechen. Als ihre Mutter sie am selben Abend zudeckte, sagte sie: Weißt du, wie sehr dein Vater dich liebt? Anna May drehte sich weg. Ich will es nicht wissen, hauchte sie in ihr Kissen. Sie war von ganzem Herzen und voller Stolz davon überzeugt, dass sie sich, anders als ihr Vater, niemals verbeugt hätte – ein hohes Ross, von dem sie mit vierzehn heruntergeholt wurde, als man sie bei ihrem ersten Auftritt als Statistin in einem Hollywoodfilm anwies, »auf Chinesisch zu kreischen«.

Es war ein Stummfilm. Die Produzenten wollten Atmosphäre.

Als die Szene eingerichtet wurde, trat sie beiseite.

Ich kann kein Chinesisch sprechen, sagte sie zu einem der Aufnahmeleiter.

Egal, sagte der Aufnahmeleiter, denk dir was aus. Was ausdenken?, fragte Anna May. Nehmt die raus, hörte sie jemanden über ihren Kopf hinweg zum Caster sagen. Tauscht die gegen ne andere aus.

Moment, sagte sie, ich kann das.

Schließlich kreischte sie ein unsinniges Wirrwarr aus Küchenkantonesisch und Spielplatzspanisch, das sie von den hispanischen Jungs gleich außerhalb ihres Viertels beim Murmelspielen aufgeschnappt hatte. Der Film war Alla Nazimovas *The Red Lantern*. Nazimova spielte beide Hauptrollen, zwei Halbschwestern während des Boxeraufstands in Peking: die halb chinesische Mahlee und die ganz weiße Blanche. Anna May war eine von fünfhundert Statistinnen und Statisten, die man in Chinatown eingesammelt hatte. Sie war gerade auf einem Botengang, als ein Castingassistent auf sie zugekommen war. Die Einverständniserklärung, die sie mit nach Hause nahm, sollte von ihren Eltern unterschrieben werden. Sie übte die Fälschungen gewissenhaft, bevor sie die Tinte aufs Papier brachte.

Ihre Rolle, ohne Nennung im Abspann: *Chinesische Laternenträgerin*.

Bevor sie sich an jenem Morgen bei Paramount einfand, wühlte Anna May in der Schminkkommodenschublade ihrer Mutter nach dem weißen Reispuder. Nachdem sie es sich ins ganze Gesicht gerieben hatte, fürchtete sie, zu blass zu sein. Weil sie das Rougepapier nicht finden konnte, riss sie eine Ecke von einem roten Umschlag ab, in dem sie ihr Glücksgeld für das neue Jahr erhalten hatte, und wischte sich die kreidigen roten Pigmente mit kreisenden Bewegungen auf die Wangen. Bevor sie sich aus dem Haus schlich, bemerkte sie, dass das Puder eine ihrer Augenbrauen verdeckte. Mit einem schwarzen Buntstift aus ihrer Schultasche malte sie eine gerade Linie dorthin, wo ihre Braue war. Als sie die Tore des geheiligten Studios erreichte, hatte Anna May größere Angst davor, von ihren Eltern erwischt zu werden, als zum ersten Mal zu Paramount zu gehen. Ein Schild wies die Statisterie für The Red Lantern an, sich in die Maske zu begeben. Ihr Gang war zügig und ihre Schritte weit, aber als sie den Wohnwagen erreichte, bremste sie sich auf winzige, anmutige Schritte herunter, damit sie niemand wegen Herumrennens ermahnte. Eine Frau mit einem Klemmbrett sah ihr Gesicht und fing an zu lachen.

Schaut euch diese schlitzäugige Tomate an, die zum Zirkus will!

Ihr Gesicht wurde von links nach rechts mit Abschminktüchlein abgewischt. Obwohl Anna May empört darüber war, dass man ihr Werk ruinierte, gab es ihr ein Gefühl von Wichtigkeit, dass all diese Erwachsenen um sie herumwirbelten, und sie setzte sich gerader auf, als ihr Haar zurückgekämmt und zu zwei festen Zöpfen geflochten wurde. Dann gab man ihr einen zerrissenen Baumwollkittel mit chinesischen Knöpfen, den sie anziehen sollte. Als der Kostümbildner mehr Dreck hinzufügen wollte, versuchte Anna May, vor der Sprühdüse zurückzuweichen. Filme sollten mehr aus einem machen, als man war, nicht weniger, und sie wollte nicht wie eine Bettlerin aussehen. Anna May hätte darum gebeten, ein anderes Kostüm zu bekommen, aber alle anderen Statistinnen trugen ähnliche Kleidung, und außerdem erhielten sie bereits ihre Anweisungen. Wenn ihr über die Straße kommt und aufs Stichwort diese Markierung erreicht, sagte ein großer Mann ziemlich laut, dann dürft ihr auf keinen Fall so aussehen, als hättet ihr ein Ziel erreicht. Und egal, was ihr tut, schaut niemals in die Kamera.

Nach ein paar Takes wurde die Kameraposition geändert, und sie mussten alles noch einmal machen. Während sie wartete und wiederholte, fiel Anna May auf, dass alle Filme, die sie je gesehen hatte, ungefähr eine Stunde lang waren. Sie wuselten hier jedoch schon sehr viel länger herum. Wie viele Stunden Filmmaterial ergaben einen Film?

Als die Statisterie weggeschickt wurde, blieb sie.

Ganz ruhig saß sie am Rand des Filmsets und sah Alla Nazimova bei der Probe zu. Sie war gekleidet wie eine Göttin und die einzige Person in ihrer Szene. Wie lange hatte Miss Nazimova darauf warten müssen, als richtige Schauspielerin wahrgenommen zu werden, und wann hatte sie gewusst, dass es so weit war?

Seit sie zehn war, hatte Anna May jeden Tag geprobt. Die Dauer ihrer Übungen hing davon ab, wie lange sie unbemerkt den einen großen Spiegel im Schlafzimmer, das sie mit ihren Geschwistern teilte, benutzen konnte. Vor der Arbeit in der Wäscherei drückte sie sich, indem sie Hausaufgaben vorschob; auf dem Bett liegend dachte sie sich Szenen aus. Wenn sie es nicht mehr aushielt, drehte sie sich zum Spiegel, sah sich in die Augen und fing an.

Ihrem Verständnis entsprechend kamen in wichtigen Momenten schöne, mindestens ein Meter achtzig große Männer mit beiläufigem Elan ins Zimmer gestürmt, feuerten aus Pistolen mit Perlmuttgriffen, ohne ihr Ziel zu verfehlen, neigten die Köpfe seitlich, während sie die Lage retteten, und küssten das Mädchen. Anna May sah in den Spiegel und flehte eindringlich und mit deutlich vorgeschobener Schulter, von der das Kleidchen rutschte, nicht im Stich gelassen zu werden, während sie kurz davor war, in die starken Arme der Männer zu sinken, wobei sie die Anisnote ihrer Pomade einatmete und auf eine Verkündigung zusteuerte, die sie zum Bleiben bewegen würde. Ich brauche dieses wilde Leben, brach es einmal aus Anna May heraus, ihre Arme um einen ausgedachten Hals geschlungen. Ich brauche dich! Es war ein Satz, den sie als Zwischentitel in einem

Film gelesen und sich gemerkt hatte. Als sie die Augen öffnete, sah sie ihren Vater im Spiegel. Wie lange ihr Vater sie beobachtet hatte, wusste sie nicht. Sofort gab sie ihre Pose auf, rang um Worte, aber ihr Vater war bereits gegangen, ohne etwas zu sagen.

Am folgenden Samstag wurde Anna May zu einem Geistermedium in Chinatown gebracht. Das Medium gab ihr ein Gemisch aus Asche und Wasser, von dem sie trinken sollte. Am Sonntag ging es zum Pastor der chinesischen Baptistenkirche, der sowohl auf Englisch als auch auf Taishanesisch predigte. Hinfort! Hinfort von diesem Blumenmädchen, diesem zarten Kind, skandierten sie abwechselnd. Hungriger Geist, feiger Satan, hinfort, sage ich! Als ihr Vater den Pastor fragte, wann die Besessenheit vorüber wäre, riss Anna May die Hände in die Luft.

Ich bin nicht besessen, Vater, sagte sie an den Pastor gerichtet und dabei aber unverwandt ihrem Vater ins Gesicht sehend, der bestürzt war über seine freche Tochter. Ich bin Schauspielerin.

Jetzt war sie wirklich eine Schauspielerin, und es war zweifellos glamourös, an dieser endlosen Reihe von High-Society-Partys teilzunehmen und Anfragen für die erste Reihe bei saisonalen Vorführungen in Designerateliers zu erhalten, aber Anna May fand es seltsam, dass all das von ihr erwartet wurde, obwohl nichts davon in irgendeiner Weise für die Schauspielerei wichtig oder notwendig war. Wahrscheinlich hätte sie solche Einladungen ablehnen können, aber diese belanglosen Vergünstigungen auszuschlagen fiel ihr schwerer als erwartet. Sie war enttäuscht über diesen Charakterzug, auch wenn sie schlussfolgerte, dass es weniger eine generelle Gier war als vielmehr die Angst, das zu verspielen, was sie sich so hart erarbeitet hatte. Vielleicht war es verständlich, weil sie in so bescheidenen Verhältnissen aufgewachsen war. Es war etwas, an dem sie arbeiten konnte. Sie hoffte, in Zukunft eine Person zu sein, die ohne Entschuldigung, ohne Reue Nein sagen konnte. War es denn nicht erlaubt, einfach nur am Set zur Arbeit aufzutauchen und davon abgesehen ein vollkommen normales Privatleben zu haben?

Du wirst dich dran gewöhnen, sagte ihr Agent, es gehört zum Job.

Er organisierte ihre öffentlichen Auftritte in Europa – gesellschaftliche Ereignisse, Fotoshootings, Interviews, Meetings. Ohne das richtige Image, riet er ihr, sind Arbeitsethos und Talent so gut wie nichts wert. Was ist das richtige Image für mich, wollte Anna May wissen, aber sie wagte es nicht, ihren Agenten zu fragen. Es gab keine andere Schauspielerin in Hollywood, die aussah wie sie. Vielleicht konnte sie sich an Dolores del Río orientieren, der mexikanischen Schönheit, aber sogar Dolores hatte versucht, in L.A. als weiß durchzugehen. Bei Castings hatte sich Anna May daran gewöhnt, die einzige Asiatin im Raum zu sein und sich auf Nebenrollen zu bewerben, aber sicherlich käme doch irgendwann einmal der Punkt, an dem sie auch für Hauptrollen vorsprechen würde? Nachdem sie die Antwort darauf in Hollywood nicht gefunden hatte, war Anna May nun hier, um herauszufinden, ob Europa ihr mehr Spielraum geben würde. Dieser hell erleuchtete Ballsaal in Berlin jedoch überwältigte sie.

Jetzt versuchte sie nur, zur Damentoilette zu gelangen, aber jemand war an sie herangetreten und erkundigte sich überschwänglich nach der »chinesischen Lebensart«. Sie hatte keinen Grund klarzustellen, dass sie mehr über Christoph Kolumbus als über Konfuzius wusste, nicht, wenn es so einfach war, diese Leute mit ein paar ausgewählten Wörtern zu bezaubern: Drachen, Kumquats, Seidenraupe, Stäbchen! Dieses Theater war nur deshalb so verwirrend für Anna May, weil sie sich in L.A. immer so angestrengt hatte, jede Spur davon loszuwerden. Das teure Gesichtspuder, das zu hell für ihren Hautton war, der Lockenstab, um ihr schnurgerades schwarzes Haar zu wellen, das Studieren der Glamourfotos von Mary Pickford, um sich die Lippen ebenso kirschrot anzumalen, der Versuch, mit einer Lidschattenpalette den Eindruck eines doppelten Lids zu erzeugen.

Anna May eilte weiter, wurde aber wieder aufgehalten.

Entschuldigen Sie bitte, rief eine ältere Dame mit reich besticktem Schultertuch. Sie sehen genauso aus wie diese Porzellanfigürchen im Schaufenster des KaDeWe.

Vielen Dank, sagte Anna May.

Außerdem, fuhr die Fremde strahlend fort, sprechen Sie hervorragend Englisch!

Ein Teil von Anna May wollte die ältere Dame wissen lassen, dass Englisch die einzige Sprache war, die sie beherrschte. Ihr halbgares Kantonesisch zu tilgen war leicht gewesen, es verblasste ganz von selbst, seit sie zu Hause ausgezogen war. Was Mandarin anging, hatte sie immer nur von eins bis zehn zählen und ihren eigenen Namen aussprechen können. Ein anderer Teil von ihr wusste nicht, welchen Grund es geben könnte, der Frau davon zu erzählen. Schließlich war klar, dass sie nichts von dem, was sie gesagt hatte, böse meinte. Haben Sie vielen Dank, sagte Anna May zu der Dame und verbeugte sich im Weggehen. Die anderen Leute waren geschniegelt, sie stank nach Champagner. Fremde überschlugen sich, um sie anzusprechen, aber nicht, weil sie attraktiv war, nein: Sie war einfach nur unmöglich zu übersehen, weil sie anders war. Das Kleid klebte unangenehm an der Haut. Sie hatte schon fast die Damentoilette erreicht, als jemand sie an der Schulter berührte.

Zu Anna Mays Überraschung war es die Blonde, die ihr gerade den Drink übergeschüttet hatte. Ich hätte Sie fast aus den Augen verloren, sagte die Frau mit einem Lächeln.

Was ist?, fragte Anna May harscher als beabsichtigt.

Die Blonde hielt ein Glas Wasser hoch. Hier, sagte sie und reichte es Anna May, ich habe gehört, wie Sie vorhin dem Kellner hinterhergerufen haben. Er hat Ihnen nichts gebracht, oder? Da ist man auf einer Party, wo es genügend Champagner gibt, um einen Kurort zu fluten, fuhr die Blonde fort, aber es lässt sich kein Tropfen Wasser finden. Anna May leerte das Glas in zwei Schlucken. Danach wusste sie nichts mit dem leeren Gefäß anzufangen.

Die Blonde nahm es ihr aus der Hand.

Kommen Sie mit, sagte sie zu Anna May, geht es Ihnen gut?

 **D**ie Damentoilette war sehr elegant: Marmorwaschbecken, glänzende Armaturen.

Also, sagte die Blonde fröhlich, sind Sie zum ersten Mal in der Stadt? Lassen Sie sich von mir ausführen. Ich habe einen fantastischen Schneider. Erschwinglich noch dazu. Wir lassen Ihnen ein neues Kleid machen – ich will mich bei Ihnen entschuldigen. Anna May sagte ihr, dies sei nicht nötig, sie wolle erst mal nur den Champagnergeruch loswerden.

Welchen Geruch?, fragte die Blonde ehrlich interessiert. Sie schnüffelte an Anna May. Die anderen Frauen im Vorraum starrten die Blonde an. Anna May versuchte, ihre Blicke zu ignorieren, während sie darüber nachdachte, wie sie am besten den Geruch von Champagner, der der Luft ausgesetzt war, beschreiben sollte. Wie feuchter Kalkstein, sagte sie. Aus irgendeinem Grund fand die Blonde dies lustig und fing an zu lachen. Ihr Gelächter klang wie die Schreie einer Gans, und sie tat nichts, um es zu unterdrücken, damit es ziemlicher klang. Jetzt beugte sie sich weiter zu Anna May vor und atmete tief durch die Nase ein. Ich muss eine Proletin sein, erklärte die Blonde schließlich, für mich riecht das wie frisch gebackenes Brot. Wie auch immer, wenn Sie Ihr Kleid ausziehen, schlug sie vor, kann ich Ihnen beim Auswaschen und Trocknen helfen. Anna May reichte der Blonden das Kleid, während sie halb nackt in der Kabine stand und sich in ihrer langen Perlenkette und dem Unterrock wie eine Idiotin vorkam. Bald schon hörte sie das Fußpedal und den Handtrockner, dann das Klopfen an der Tür. Sie öffnete sie einen Spalt, und die Frau schob sich wie eine Katze in die Kabine hinein. Schön warm, sagte sie und hielt sich das Kleid an die Wange.

Sie zeigte ihr das saubere, trockene Kleid.

Vielen Dank, sagte Anna May. Beim Atmen hob und senkte sich die lange Perlenkette auf ihrer Haut. Die Blonde streckte die Hand aus, um die Kette zu berühren.

Salzwasserperlen?

Tatsächlich waren es Süßwasserperlen, aber sie merkte, dass sie der Frau gefallen wollte.

Ja, sagte sie. Französisch-Polynesien.

Die Blonde berührte die Kette, ohne Anna Mays Haut zu berühren, und ließ stattdessen jede einzelne Perle, die sie mit den Fingern gewärmt hatte, zurück auf ihren Körper fallen.

Französisch?

Als die Blonde die Hand unter ihren Unterrock schob, erstarrte Anna May, sagte aber nicht, sie solle aufhören. Erstens, weil sie unverschämt und attraktiv war, eine Kombination, die Anna May bei Männern ablehnte, bei Frauen aber noch nicht angetroffen hatte; zweitens war es offensichtlich, dass die Frau so etwas schon mal gemacht hatte; und schlussendlich fand Anna May, jetzt, da sie zum ersten Mal so weit weg von zu Hause war, sollte sie auf keinen Fall konventionell rüberkommen. Niemand sollte ihretwegen denken, dass alle Chinesinnen Spaßbremsen aus der Provinz seien. Sie war ein Stadtmädchen und lockerer als die meisten. Außerdem war es unbedenklich: Es bestand keinerlei Möglichkeit, dieser Frau noch einmal zu begegnen, sobald sie zurück war. Berlin war Berlin. L.A. war L.A.

Die Frau lächelte.

Sie musste festgestellt haben, dass Anna May kein Höschen trug. Anna May wollte erklären, dass sie kein Luder sei, das untenrum nackt auf Partys gehe; sie habe nur befürchtet, dass sich die Unterwäsche unter ihrem Kleid abzeichne, aber da war ihr Unterrock bereits gelöst und fiel weich und nutzlos um ihre Knöchel. Kurz darauf war die Frau ein blonder Heiligenschein auf Knien und bedachte sie mit einer warmen Zunge und kalten Fingern in wohldurchdachter Abfolge, während draußen andere Frauen die Damentoilette betraten und verließen, vorsichtig Röcke aus Seide und Taft und Samt rafften und sich auf die Toiletten senkten, beim Einseifen und Waschen der Hände auf ihre vielen Ringe und Armbänder achteten, ihre Frisuren im Spiegel richteten und dabei Bemerkungen über das Muster von Soundsos Kleid austauschten, deutlich ein Abklatsch der neuesten Auslage von Paul Poirets Atelier, und hast du das tiefe Dekolleté bei Jeanne gesehen? Wie abstoßend, mit ihren üppigen Brüsten! Die Blonde hatte ihre Zunge verhärtet und stachelte Anna May an, bis sie einen amorphen Halbvokal ausstieß, der für eine öffentliche Toilette viel zu laut war.

Sofort riss sie sich erschrocken zusammen.

Die Blonde wischte sich den Mund mit dem Handrücken ab, dann den Handrücken an Anna Mays Unterrock. Keine Sorge, Kleines, sagte sie, während sie ihren Lippenstift hervorholte, um ihn mit zwei Strichen aufzufrischen und dabei mit den Lippen schmatzte, damit sich die Farbe verteilte, Berlin ist eine laute Stadt.

Die Blonde wohnte in einer bescheidenen, aber hübschen Wohnung.

Vollständig aufgeschnittene Bücher und halb gerauchte Zigaretten mit Lippenstiftspuren an den Enden bedeckten einen großen Tisch und mehrere Regale. Die Frau hatte jeden Teil von ihr weit kühner berührt, als es ein Mann getan hätte, aber ohne Aggressivität. Oder vielleicht war diese Frau doch zutiefst aggressiv, aber die Weichheit ihres Blicks und ihrer Wangen und Arme reichte aus, um eine andere Frau so weit zu betören, dass sie ihre Aggressivität als etwas Sanfteres missdeutete? Das champagnerbefleckte Kleid hing schlaff über einer Stuhllehne, und alles roch nach Tuberosen. Eine ihrer Hände hatte zuvor eine Vase vom Nachttisch gerissen, und Blütenblätter lagen verstreut auf dem Boden.

Du lernst schnell. Die Blonde lachte. Kannst du über Nacht bleiben?

Anna May presste ihre Stirn gegen die Schulter der Blonden, ihr Pony war feucht. Alles an dir ist weich, sagte die Blonde, nur deine Hände sind rau. Warum? Waschfrauenhände, sagte Anna May, während sie ihre spröden Handflächen über die nackten Beine der Blonden gleiten ließ. Mach weiter, sagte die Blonde erschauernd, ich mag deine Waschfrauenhände.

Anna Mays Waschfrauenhände waren über viele Jahre entstanden, aufgeraut durch das Schrubben an Waschbrettern. Ihr war nicht erlaubt, zum Spielen rauszugehen, bis sie mit der täglichen Ladung an Tischdecken, Uniformen und Bettbezügen fertig war, und doch hatte sie Spaß daran, sich durch die trocknenden Laken in der lauwarmen Behaglichkeit aus Lauge und Seife zu schlängeln. Mit ihrer Schwester Verstecken zu spielen dauerte oft Stunden. Es gab so viel Auswahl an Verstecken. Einmal war sie unter einer Bügelpresse eingeschlafen. Sie durchlüftete das gusseiserne Bügeleisen mit einem Blasebalg, um die ordentliche Bügelfalte vorn in die Hosen der Kunden zu pressen; dabei hatte sie gelernt, vorsichtig mit heißen Kohlen zu sein. Sie wusste, wie sie ihre eigenen Baumwolltuniken makellos bügelte, damit sie teurer aussahen, als sie in Wirklichkeit waren.

Es gab einen Wohnraum über der Wäscherei, mit einem Bett. Obwohl ihre Mutter es war, die darauf bestand, dass die Kinder das Bett haben sollten und sie ihnen – besonders ihrem *baobei erzi*, ihrem jüngsten Sohn – unter keinen Umständen erlaubte, auf dem Boden zu schlafen, hielt es sie nicht davon ab, sich ständig zu beschweren. Das Ziehen in ihren schmerzenden Knochen komme von dem kalten, harten Boden, stöhnte sie. Aber das sei absolut notwendig. Eltern müssen Bitterkeit essen, damit ihre Kinder die süße Zukunft schmecken können. Das wirst du verstehen, wenn du selbst Mutter bist, sagte sie zu Anna May. Was Anna May wissen wollte: Was ist so großartig daran, Mutter zu sein? Dummes Mädchen, sagte ihre Mutter. Es geht nicht darum, ob es großartig ist. Es ist der natürliche Lauf der Dinge. Sie hatten einen klapprigen Tisch, zwei Stühle und ein paar Hocker. Dort aßen sie, und dort machten sie auch ihre Hausaufgaben. Die Habseligkeiten eines jeden Familienmitglieds wurden in Holzkisten verstaut, die der Vater hinter einem Obststand eingesammelt hatte.

Anna May glaubte, alle Menschen würden so leben, bis sie eines Tages bei einer Klassenkameradin zum Geburtstag eingeladen war.

Es war die einzige Einladung, die sie je erhalten hatte, und sie zog ihr bestes Sonntagskleid an. Am Eingang zum Haus ihrer Freundin befand sich keine Theke – nur ein Zaun, ein Rasen, eine Haustür. Drinnen war es trocken, nicht feucht. Die Luft war kühl, und es hingen keine Kleider herum, keine nackten Glühbirnen. Ein Ledersofa stand in einem hell erleuchteten Wohnzimmer, von dem ein Esszimmer und eine Veranda abgingen. Es gab ein Klavier, ein schwarzes Kindermädchen und einen flauschigen Hund. Anna May dachte, alle würden bestimmt im Wohnzimmer schlafen, aber später sah sie, dass es einzelne Schlafzimmer für jedes Familienmitglied gab. Jedes Zimmer hatte eine eigene Tür, Bett, Kommode und Schrank. Als das Kindermädchen mitbekam, wie sie einen Handspiegel aus Sterlingsilber im Schlafzimmer ihrer Freundin bewunderte, sagte sie Anna May, sie möge doch bitte wieder ins Wohnzimmer zurückkehren. Nach der Party konnte Anna May ihr eigenes Zuhause nie mehr so sehen wie zuvor. Jedes Mal, wenn sie an dem handgemalten Schild für WONG SAM SINGS CHINESISCHE HANDWÄSCHEREI vorbeikam, horizontal auf Englisch und vertikal in chinesischen Schriftzeichen, schämte sie sich, auch wenn sie ganz allein auf der Straße war.

Anna May hatte niemandem in ihrer Klasse erzählt, wie ihr Vater sein Geld verdiente, und deshalb war sie davon ausgegangen, niemand wüsste, dass er Wäscher war. Als sie herausfand, dass alle es dank des Kraniometristensohns bereits wussten, hatte die Klasse auch schon einen Reim erfunden: Ihr Vater is Wäscher und nicht sehr schlau / darum sind ihre Hände auch so furchtbar rau.

Als sie eines Nachmittags nach der Schule ihre Zustellrunde machte, bekam sie von einer netten weißen Dame, die ihnen ihre Bettlaken geschickt hatte, ein paar Münzen. Sie hatte die Tür in einer Rüschenschürze geöffnet und roch nach warmem Gebäck. Anna May versteckte das Geld unter der Innensohle in ihrem Schuh. Sie machte einen Umweg nach Hause, zog ihre Freude über das störende Gefühl der Münzen unter ihrer Ferse in die Länge, probierte, wie es aussehen und sich anfühlen würde, einen humpelnden Gang zu haben, als sie vor einem Laden die Werbung für Thomas Edisons »Chinesische Wäscherei« sah. *Magie für einen Nickel*, versprach sie. *Sie bewegen sich, als wären sie aus Gummi!*

Anna May wusste nicht, wer Thomas Edison war oder warum sich hier ein Werbeschild für eine chinesische Wäscherei befand, und ganz abgesehen davon sah es auch ganz und gar nicht nach einer Wäscherei aus. Es gab keine beschlagenen Fenster, kein überhängendes Gewirr aus feuchten Kleidern, wie es hinter der Theke von Wong Sam Sings chinesischer Handwäscherei zu sehen war. Sie trat ein und fand einen schwach beleuchteten Raum mit zwei Maschinenreihen an den Wänden. Ein Mann nahm ihr den Nickel ab und sagte, sie solle nähertreten. Sie brauchte einen Hocker, um auf einer Höhe mit der Maschine zu sein. Als sie die Augen ans Visier brachte, sah sie eine winzige schwarz-weiße chinesische Wäscherei, nur ein kleines Stück von ihrem Gesicht entfernt. Zwei Männer jagten einander hinterher. Wie konnten sie sich darin bewegen? Sie hatte schon Fotografien gesehen, und sie war sich ziemlich sicher, dass die unheimlichen Doppelgänger vollkommen stillgestanden hatten. Ihr Vater hatte sie an manchen Sonntagen zu Freilichtaufführungen einer taishanesischen Oper in Chinatown mitgenommen, aber es war eindeutig, dass die kostümierten Männer vor ihnen standen. Das hier war eine Maschine, die Männer waren winzig, und sie wiederholten ihre Handlungen, solange man zusah. Am nächsten Tag gab sie in der Schule vor ihren Klassenkameraden mit dem an, was sie gesehen hatte. Magie für einen Nickel, wiederholte sie den Slogan und versuchte, die Worte so klingen zu lassen, als wären es ihre eigenen. Jeder kennt das Nickelodeon, sagte der Sohn des Kraniometristen. Du warst wohl noch nicht im Kino in der North Main.

Was gibt es da?, fragte sie.

Das einzig Wahre, antwortete er.

Nach der Pause wurden die Kinder nach Hause geschickt, es gab einen Pockenausbruch. Anna May ging zu Fuß zur North Main. An der Kinokasse saß ein Mexikaner mit Cowboyhut, der auf einem Zahnstocher herumkaute. So erwachsen wie möglich bat sie um eine Karte für die nächste Aufführung. Chaplin, sagte er, lächelte sie an, aber sie wusste nicht, wovon er sprach.

Er war eine Nachmittagsvorstellung, sehr leer.

Der Saal roch nach feuchtem Teppich und süßem Popcorn. Sie ging durch das dunkle Kino bis ganz nach vorn, zählte die Sitze auf jeder Seite ab, damit sie genau in der Mitte sitzen konnte. Als der Film losging, bekam sie riesige Glotzaugen, weil sie zu nah an der Leinwand saß, aber sie bewegte sich nicht. Vor ihr erschien der Titel:

DER TRAMP

Sie war *hier,* aber sie war gleichzeitig auch *dort,* zusammen mit dem Tramp. Sein Gesicht war traurig, aber wie er sie zum Lachen brachte und was für ein Gentleman er war! Warum sagte die junge Frau ihrem Vater nicht, dass sie mit dem Tramp zusammen sein wollte? Wie konnte sie die ganze Zeit einen anderen Kerl haben? Anna May musste sich mit aller Macht zurückhalten, um dem Tramp auf der Leinwand nicht ihre Ratschläge zuzurufen. Der Film endete damit, dass der Tramp stockschwingend davonhüpfte, wieder auf der Straße, wo er hingehörte; so wie alles angefangen hatte. Niemand verstand ihn, und er war allein – sie wollte mit ihm auf der Straße sein, als seine jugendliche Gefährtin.

Sie fing an, ihr Essensgeld zu sparen.

Durch das Auslassen der Mahlzeiten bekam sie schlimme Magenschmerzen. Die ließen sich leicht ertragen, solange sie die Krämpfe als heimliche Taufe ansah, durch die sie würdiger war als die anderen Jungen und Mädchen ihrer Klasse, die gähnten und mit den Fingern herumspielten und darauf warteten, dass die Schulglocke läutete. Sobald sie ertönte, stopften sie Bücher und Stifte in gewachste Baumwollranzen und rannten aus dem Klassenzimmer, aber wohin und wozu?

Sie wartete auf ihren Moment, arbeitete schwer in der Wäscherei mit, half im Haushalt. Wenn sie genügend Essensgeld gespart hatte, bat sie ihren Vater um Erlaubnis, am Sonntagnachmittag zu ihrer

Klassenkameradin nach Hause gehen zu dürfen. Um Klavierspielen zu lernen, sagte sie und fügte mit bislang unerprobter List hinzu: Schließlich haben wir keins zu Hause.

So stahl sie sich jede Woche für ein paar Stunden ins Kino und sah sich alles von *Cleopatra* bis *20 000 Meilen unter dem Meer* an, wobei Chaplin ihre Nummer eins blieb. Die Abenteuer, die diesem Mann widerfuhren! Wie schön die Frauen aussahen, wenn sie eine Straße entlanggingen, einen Türknauf drehten, wütend waren, wieder fröhlich wurden. Die Kleider, die sie trugen, die Orte, an die sie gingen, die Gefühle, die sie hatten! Alles war größer und strahlender, als es hätte sein sollen. Anna May wollte ein Teil davon sein, mehr als alles andere.

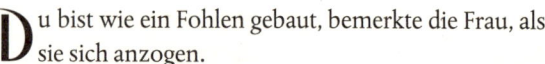

D u bist wie ein Fohlen gebaut, bemerkte die Frau, als sie sich anzogen.

Sie waren am Nachmittag aufgewacht, die Frau fuhr mit den Spitzen ihrer Fingernägel über Anna Mays Rücken, und diesmal begnügten sich beide damit, sich abwechselnd träge aneinander zu reiben, bis sanfte Reibung in angenehmer Hitze gipfelte. Nach ihrem Herumschäkern stellten die beiden gleichzeitig fest, dass sie einen Riesenhunger hatten, und fingen an, sich zurechtzumachen. Als sie Schulter an Schulter nackt vor dem Ganzkörperspiegel standen, war zu sehen, dass Anna May ein kleines bisschen größer war als die Frau. Wie groß bist du, fragte die Frau Anna Mays Spiegelbild, eins neunundsechzig?

Eins siebzig, sagte Anna May.

Die Frau durchwühlte ihren Schrank und ließ Anna May ein Kleid mit einem V-Ausschnitt anziehen, dann ein Tweedkostüm, was ihr zu gefallen schien. Sie zog Anna May am Jackenaufschlag nah an sich heran. Sie wollte nicht, dass Anna May Absätze trug. Willst du nicht, dass wir genau gleich groß sind?, schäkerte sie und gab ihr ein gut gearbeitetes Paar flacher Schnürschuhe. Sie schminkten sich, schubsten sich gegenseitig, um mehr Spiegel zu haben, putzten sich heraus, indem sie ihre Wimpern kräuselten und die Wangenknochen betonten.

Die Blonde ging mit Anna May in ein altes Tanzsaalrestaurant mit dunkler Holzvertäfelung und einer großen, verspiegelten Kugel. Die Tische waren mit Kerzen erleuchtet. Hinten gab es eine Bar, in der Mitte eine gebohnerte Tanzfläche. Hier habe ich tanzen gelernt, sagte die Blonde, ich war ständig mit meiner Mutter da. Wir haben uns ein Bier geteilt und stundenlang getanzt. Das war nach dem Krieg, da war es hier rappelvoll. Sie wussten genau, woraus sie Gewinn schlagen konnten – Marathonwalzerpartys für Witwen. Diese einsamen Hühnchen konnten wirklich tanzen. Mein Gott, sie hatten so lange so wenig Spaß gehabt, dass alles auf der Tanzfläche herausbrach, kannst du dir das vorstellen? Anna May schüttelte lachend den Kopf. Sie kannte niemanden, der so sprach wie die Blonde, und sie konnte sich wahrhaftig nicht vorstellen, mit ihrer eigenen Mutter trinken oder tanzen zu gehen.

Was?, wollte die Frau wissen und starrte sie mit schweren Lidern an.

Ich versuche, mir dich als Kind vorzustellen, sagte Anna May, hier mit all diesen Frauen.

Ich war ein dickes Kind, erklärte ihr die Blonde. Zu viele Windbeutel. Ihr Blick war ernst, aber ihr Lächeln verrucht. Anna May wollte diesen klugen Mund berühren. Ich habe Nachtisch geliebt, fuhr die Blonde inbrünstig fort, das tue ich immer noch. Als ich ins Internat gesteckt wurde und Süßigkeiten verboten waren, habe ich Gebäck in meinem Mieder versteckt und mit ins Bett geschmuggelt. Sahnetitten! Das war mein Deckname im Schlafsaal. Alle wollten ein Stück von mir.

Diese Frau konnte sie wirklich zum Lachen bringen.

Es war sehr später Nachmittag, und die einzigen anderen Gäste waren ein Mann, der mit einem Zeichenblock in einer Ecke saß, und ein Ehepaar mit ihrer kleinen Tochter im Schlepptau. Das Mädchen hörte nicht auf, Anna May und die Blonde anzustarren, nicht einmal, als ihre Mutter sie deshalb zurechtwies. Die Blonde hatte ihren Spazierstock an die Tischkante gelehnt. Jedes Mal, wenn sie lachte, fiel er scheppernd zu Boden. Der Maître d' runzelte die Stirn, aber der jugendliche Kellner kam stets herbeigesprungen und hob ihn auf. Wann immer er ihr den Stock reichte, bedeckte die Blonde seine Hand kurz mit ihrer, was seinen Ohren und der spärlichen Ansammlung von Pickeln auf seiner Stirn ein unglückliches Rot verlieh.

Nach dem Hauptgang bestellte Anna May einen Kaffee, aber die Blonde beugte sich vor und bat den Kellner, stattdessen das Übliche zu servieren.

Zwei Mokkatässchen mit Espresso wurden gebracht, dazu eine winzige Flasche mit Grappa.

Trink deinen Kaffee, sagte die Blonde, aber lass ein paar Tropfen in der Tasse. Sie demonstrierte es Anna May. Schwenk sie mit dem Grappa aus, dann kippe alles in einem Schluck runter. Als sie den Kopf zurückwarf, bebten ihre Locken. Da, sagte sie und schmatzte mit den Lippen. Kannst du diesen kleinen Feuerball spüren, der durch deinen Hals rinnt? Wenn er deinen Bauch erreicht, bist du für alles bereit. Schelmisch berührte sie unterm Tisch Anna Mays Knöchel mit der Fußspitze. Aus Angst, jemand könnte es bemerken, zog Anna May den Fuß weg, während sie ihre Tasse austrank, und dann stritten sie sich darum, wer die Rechnung zahlen würde.

Beim Verlassen des Restaurants kamen sie an dem Tisch mit der Familie vorbei, und die Blonde blieb stehen, um das kleine Mädchen unterm Kinn zu kraulen. Das Mädchen blinzelte und fing dann sofort an zu heulen. Entschuldigung, sagte die Blonde zu den Eltern, lüpfte ihren Hut, und der verzückte Kellner verneigte sich, bis sie das Etablissement verlassen hatten.

Die Nacht war hereingebrochen, und der gefragte Club nur für Frauen auf der Bülowstraße wurde von einer sinnlich-kurvigen Türsteherin in einer griechischen Toga bewacht, die die Blonde zur Begrüßung direkt auf den Mund küsste. Auf der Bühne stand eine breitschultrige Sängerin mit kurz geschnittenem Haar und einem eleganten Eton-Boy-Suit. Als Anna May mit der Blonden an der Bühne vorbeikam, rief die Sängerin hinter ihnen her.

Mar-lee-ne!

Eine dünne Frau mit gebogener Nase in einem drapierten Kleid umfasste die Blonde an der Hüfte und sprach in schnellem Berlinerisch auf sie ein. Sie schien keine Brüste zu haben, was ihre Aufmachung wunderbar hervorhob. Sie warf einen betont fragenden Blick auf Anna May. Die Blonde zwickte ihrer Freundin in den Unterarm und stellte die beiden einander vor.

Anna – du wirst niemals unsere Ingeborg vergessen, sie ist Ambulanzfahrerin.

Munter schlug Ingeborg mit ihrem Fächer nach der Blonden und brachte die beiden an ihren Tisch. In einem bühnennahen, samtenen Separee stellte die Blonde im Flüsterton einigen silhouettenhaften Frauen Anna May als Hollywood-Schauspielerin vor.

Einige der Frauen sprachen ein wenig Englisch und gaben Begrüßungsformeln zum Besten, als sie sich vorstellten: Eva, Liesel, Cornelia, Lotte, Klara, Gisela. Eine Kellnerin mit dunklen Brustwarzen, die nichts weiter als Beschirrung trug, brachte zwei Gläser mit einer jadegrünen Flüssigkeit an den Tisch. Auf den Gläsern lagen geschlitzte Löffel und Zuckerwürfel. Hast du noch nie Absinth getrunken!, rief Ingeborg, während sie Anna May den Drink zubereitete, indem sie Schampus über die Zuckerwürfel schmelzen ließ, woraufhin sich das klare Jadegrün in ein milchiges Schimmern verwandelte. Der Absinth hinterließ einen leichten Nachgeschmack von Fenchel auf der Zunge. Nachdem die Sängerin im Eton-Boy-Suit mit ihrem Set fertig war, gesellte sie sich zu ihnen an den Tisch, schob Ingeborg etwas zur Seite und setzte sich neben die Blonde. Sie öffnete den obersten Knopf ihres Cheviot-Jacketts und löste ihre Ascotkrawatte, legte dann besitzergreifend die Hand auf den Rücken der Blondine.

Enttäuscht wandte sich Ingeborg an Anna May.

Vorwarnung, sagte Ingeborg. Sie macht so was.

Wer macht was?, fragte Anna May.

Ingeborg schüttelte den Kopf und goss sich Absinth nach.

Also, sagte Ingeborg, wie ist Hollywood so zu dir?

Ich probiere viel aus, sagte Anna May, aber ich will mich nicht festlegen.

Und woher kommst du?

Los Angeles, sagte Anna May.

Und davor?

Anna May schüttelte den Kopf und wiederholte: Los Angeles.

Aber wo bist du geboren?

Los Angeles, sagte sie.

Die Frauen waren alle Nachteulen, die genau wussten, wie sie die Tanzfläche zum Kochen bringen konnten. Als Anna May sagte, sie müsse gehen, weil sie am nächsten Morgen eine gesellschaftliche Verpflichtung habe, sagte die Blonde, sie würde mit ihr kommen. Ingeborg schien darüber nicht besonders glücklich zu sein, genau wie die anderen Frauen am Tisch. Als sie vor dem Club standen, kam ein Zeitungsjunge mit der Morgenausgabe vorbeigehetzt. Die Blonde kaufte eine, dann lächelte sie Anna May zu und kaufte noch eine.

Zweimal dieselbe Morgenzeitung?, fragte Anna May.

Falls du dich entschließt, mit mir nach Hause zu gehen, sagte die Blondine, dann kann am Morgen jede in ihrer eigenen Zeitung blättern. Tief im Innersten bin ich ein Gentleman, fügte sie hinzu. Sie pfiff dekadent nach einem Taxi, und sobald eines angehalten hatte, stiegen die beiden ein. Als sie sich in der Wohnung der Blonden komplett ausgezogen hatten und diese in aller Offenheit ihren Körper bewunderte, sagte Anna May: Ich kann das nicht zur Gewohnheit werden lassen.

Komm her, mein Fohlen, sagte die Frau.

Ihr Körper gehorchte.

Die Frau lachte und leckte sich den Finger.

Anna May wurde wach, weil ein Mann die Schlafzimmertür aufstieß und den Kopf hereinsteckte. Sie dachte, es wäre ein Dieb oder Vergewaltiger, aber dann sagte er in vertraulichem Ton: Mutti? Die Blonde regte sich kaum, als Anna May sich die Decke über die nackten Schultern zog. Als der Mann sah, dass dort noch eine andere Person im Bett lag und dass es eine Frau war, lächelte er und nickte ihr knapp zu, was sie nicht erwiderte. Die Blonde öffnete ein Auge.

Papi? Ich habe Besuch.

Das seh ich.

Dann komm später wieder. Geh zu Tami oder ins Café an der Ecke.

Der Mann verließ das Zimmer und schloss vorsichtig die Tür hinter sich. Als Anna May die schwerere Haustür zufallen hörte, wandte sie sich der Blonden zu, die ihr Handgelenk behaglich auf die Vertiefung zwischen Anna Mays Taille und Hüften gelegt hatte.

Wer war das?

Hm?

Der Eindringling – kennst du ihn?

Ob ich ihn kenne? Die Blonde lachte, ihre Augen sprangen auf. Süße, das ist mein Ehemann Rudi. Anna Mays Lippen wurden ziemlich trocken, aber die Blonde hatte schon wieder die Augen geschlossen. Das nächste Mal mach ich euch miteinander bekannt, murmelte sie schläfrig. Wie lange bist du noch mal in der Stadt? Als sie die Uhrzeit sah, die die Nussbaumuhr auf dem Nachttisch anzeigte, schreckte Anna May auf. Ich muss gehen, sagte sie und stand auf. Ich muss zu einem Termin.

Klingt langweilig, sagte die Blonde. Musst du echt los?

Ich bin schon spät dran, sagte Anna May, und es ist ein Interview.

Oh, sagte die Blonde und setzte sich auf. Sie wirkte beeindruckt. Mit wem?

Die literarische Welt.

Die literarische Welt? Die Blonde klang amüsiert. Das ist ein Literaturmagazin, sagte sie, und jetzt war sich Anna May nicht mehr sicher, ob die Frau sie nur neckte oder ob da ein verächtlicher Ton mitschwang, als sie hinzufügte: Was wollen die denn mit einer Schauspielerin?

Anna May führte die grazilen Bewegungen aus, die nötig waren, um sich Stück für Stück unter einem ungewohnten Blick anzuziehen. Die Blonde hatte sich eine Zigarette angezündet, wie um die Show besser genießen zu können. Schau mal, sagte sie liebevoll zu Anna May, du hast eine Laufmasche im Strumpf. Sie balancierte ihre Zigarette gewagt auf dem Rand einer gebrauchten Kaffeetasse, stand auf und ging nackt durch den Raum, legte eine Hand auf ihren Hintern, während sie mit der anderen durch den Kleiderschrank kramte. Hier, sie holte einen marineblauen Hosenanzug aus Kammgarn mit schicken, gerade geschnittenen Hosen und einem hellblauen Blouson hervor.

Sie tauchte wieder in ihren Schrank ab und angelte eine goldene Krawatte heraus. Das wird vorzüglich an dir aussehen. Anna May zögerte. Bist du jetzt eine Hollywoodschauspielerin oder nicht?, fragte die Blonde. Du solltest dich nicht zweimal hintereinander im selben Outfit zeigen. Anna May zog die Kleider der Frau an. Und heute Abend, sagte die Blonde und aschte auf den Boden. Sehe ich dich wieder?

Während sie die Bluse einsteckte, schaffte es Anna May zu sagen: Ich wusste nicht, dass du verheiratet bist.

Anna. Die Blondine sprach ihren Namen mit einem harten A aus, mit zwei harten As, und ihr gänsegleiches Gelächter war heiser und üppig, ihr Blick kalt vor Vergnügen. Und ich wusste nicht, dass du so spießig bist!

五.

Die chinesisch-amerikanische Schauspielerin kam über eine Stunde zu spät zum vereinbarten Interviewtermin. Als sie recht aufgelöst die Konditorei betrat, war Walter überrascht, dass sie einen marineblauen Hosenanzug trug, den sie selbstsicher mit einer goldenen Krawatte kombiniert hatte. Seine Ungeduld verebbte, als er bewundernd feststellte, wie sie selbst aus der Entfernung zwei Aspekte von sich so unmittelbar und absolut vermitteln konnte. Einen, der offensichtlich war, der an der Oberfläche lag, und einen anderen, geheimen. Was sie in ihrem Dasein tat, konnte er nur in Gedanken, im Schreiben leisten; wie die Tätigkeit des Geists doch versagte, sobald man sie mit dem Leben verglich.

Mr. Benjamin?

Unsicher näherte sie sich seinem Tisch; sie hatte ihren Blick zuvor durch den voll besetzten hinteren Raum der Bäckerei schweifen lassen und vielleicht aufgrund seiner Brille oder wie der Tisch belegt war auf ihn geraten. Gepaart mit der Anrede Mr. empfand er die überschwängliche Aussprache des J in seinem Nachnamen als palatalen Approximanten ernst und berührend.

Miss Wong, antwortete er.

Sie setzte sich und bat um Entschuldigung. Sie sei falsch abgebogen, erklärte sie, und habe sich anschließend verlaufen. Für Walter war Berlin ein so übersichtliches und selbstzufriedenes Gefängnis – zumindest in seinen großbürgerlichen Kreisen –, dass er einen Moment lang die chinesisch-amerikanische Frau darum beneidete, sich hier einfach so verlaufen zu können. Jemand wie er müsste erst mindestens nach Neapel reisen, um dieses herrliche Gefühl, delokalisiert zu sein, porös, vermengt, so richtig erleben zu können. Er wollte ihr mitteilen, dass er Berlin gern durch ihre Augen gesehen hätte, aber da er befürchtete, es könne eine unangemessene Intimität mitschwingen, stellte er stattdessen die standardisierte Frage, ob ihr seine Stadt gefiele. Ich weiß es nicht, sagte sie mit einem flackernden Lächeln. Wie soll ich das sagen? Ihre Stadt hat mich dazu gebracht, mich selbst zu überraschen. Ihr kalifornischer Akzent war so stark, dass er sich anstrengen musste, damit ihm die flachen Vokale nicht entgingen.

Sie zog die Hände aus ihren Handschuhen.

Er bestaunte ihre Handgelenke. Sie waren schmaler und feiner, als er es je bei einer europäischen Frau gesehen hatte, die Finger länger und bleicher. Ihre unlackierten Nägel schimmerten rosa. Und ihre Haut war nicht gelb. Sie war hell, fast schon durchsichtig, und er konnte erkennen, wie sich die Venen darunter entlangschlängelten. Er war auch neugierig auf den Epikanthus ihrer Augenlider, der in künstlerischen und populären Darstellungen stets übertrieben dargestellt wurde, aber er unterließ es, sie zu mustern, und konzentrierte sich stattdessen auf ihre Augen. Wie gleichmäßig schwarz ihre Pupillen doch waren! Es gab nichts an ihr, das für ihn neutral genug gewesen wäre, um den Blick dort auszuruhen, und es amüsierte ihn, dass ihn die Erscheinung einer Frau so aus der Fassung brachte. Es war nicht nur das Äußere, hielt er dem entgegen, es war ihr ganzes Wesen. Er wollte sie einfach wie jede andere Frau sehen, aber wie sollte ihm das gelingen, wenn sie so anders war als alle anderen, die er je getroffen hatte?

Walter war keine Provinzschildkröte, die sich in ihrem Panzer verbarg.

Er hatte die nötigen Mittel, um in der forschenden Tradition der Aufklärung weit gereist zu sein, seinen Geist durch das Erkunden weit entfernter Orte bereichert und neue Erfahrungen gesammelt zu haben. Er hatte sich in Moskau einen Propellerschlitten mit melonenbrüstigen Russinnen geteilt, die einen Korb unter dem einen Arm und ein Kind unter dem anderen hatten, und er hatte Haschisch in Marseille geraucht und sich dabei vor dürren *dames de la nuit* in rosafarbenen Unterkleidchen verneigt, aber die meisten Leute, mit denen er zu tun hatte, waren eindeutig entweder so oder so. Diese

Frau vor ihm war beides. Als sie eine lose Strähne ihres langen schwarzen Haars zurück in ihren tief sitzenden Knoten steckte, konnte er nicht anders, als seine Fantasie zurückspringen zu lassen und aus der präzisen Eleganz ihrer Finger den gesamten Bogen ihrer Herkunft zurück bis zu den Kaiserhöfen vergangener Dynastien eines alten Chinas herauszulesen, wo Kurtisanen mit geschickten Fingern auf Bambusflöten spielen mussten, aber im nächsten Moment wurde er aus dieser herrlichen Träumerei gerissen, da ebendiese Finger um die Aufmerksamkeit einer faulenzenden Bedienung schnippten, weil die Kosmopolitin, die vor ihm saß, einen Espresso bestellen wollte. Einen doppelten, bekräftigte sie. Er blinzelte. Und warum, Mr. Benjamin, fragte sie und wandte sich zu ihm, interessiert sich ein Literaturmagazin für ein Interview mit einer Schauspielerin?

War sie bescheiden oder auf Komplimente aus?

Walter konnte kaum sagen, dass es daran lag, dass er Schauspielerinnen so gern mochte, und er wollte ihr gegenüber auch nicht ausdrücken, wie das improvisierte Zusammenfallen verschiedener Bereiche ihres Daseins – Schauspielerin, Chinesin, Amerikanerin, eine Flapper, die Europa um den kleinen Finger gewickelt hatte – gänzlich fantastisch auf jemanden wie ihn wirkte, so als wolle er es nicht beschreien: nicht dass er die Worte aussprach und sie dann nicht mehr authentisch in ihrer unbewussten (jedenfalls nahm er das an) Verkörperung der Gleichzeitigkeit all dieser Kennzeichen zu sein vermochte.

Eichberg, sagte er und räusperte sich. Wir besprechen Eichbergs Film in der *literarischen Welt*.

Ja, sagte sie, natürlich. Er konnte sehen, wie sie innerlich umschaltete und sich darauf einstellte, über die neue anglo-deutsche Koproduktion von Eichberg zu sprechen, wegen der sie in der Stadt war. Der englische Titel lautete *Wasted Love*, sagte sie, aber der deutsche Titel war *Schmutziges Geld*. So, wie sie diese Anekdote erzählte, war ihm klar, dass sie schon mehrfach von ihr verwendet worden war. Der Name ihrer Figur war Song, sagte sie. Sie spielte ein armes Mädchen, das mit Krabbenfangen am Strand über die Runden kam und von einem Messerwerfer in dessen Programm aufgenommen wurde. Es war die erste Hauptrolle in einem Film, sagte sie, und auch das erste Mal, dass sie eine Heldin spielte – sie rettete der männlichen Hauptrolle zweimal das Leben. Wenn *Wasted Love* abgedreht war, würde sie nach London gehe, um *Piccadilly* zu drehen, wo sie wieder eine der höchstbezahlten Darstellerinnen in einem Film sein würde. Das war in Hollywood bisher nie geschehen, sagte sie, und es war ab jetzt auch gar nicht mehr möglich, weil die Motion Picture Producer of America gerade ihre Magna Carta eingeführt hatten, in der ausdrücklich geregelt war, dass die Darstellung oder Andeutung von Rassenmischung auf der Leinwand unerwünscht war.

Ich musste *Rassenmischung* erst im Wörterbuch nachschlagen, sagte die chinesische Schauspielerin. Und dann lachte ich, anschließend weinte ich, denn seien wir mal ehrlich, jede Geschichte ist eine Liebesgeschichte. Wenn es illegal ist, dass ich einen weißen Schauspieler küsse, wo führt mich das hin? Es bedeutet letztlich, dass meine Figur immer nur eine Nebenrolle sein wird, Mr. Benjamin. In Amerika stirbt meine Figur in neuneinhalb von zehn Filmen, weil ein weißer Hauptdarsteller am Ende mit einer weißen Hauptdarstellerin zusammen sein muss.

Als sie ihm von ihrer Kindheit erzählte, wie sie in Armut in einer Handwäscherei aufgewachsen war, ertappte er sich bei dem Gedanken, wie aufregend und vielgestalt all das klang. Seine eigene Kindheit war wohlbehütet, aber farblos gewesen. Wenn er jetzt durch Städte reiste, fand er sich oft in den dreckigsten Gassen wieder, fuhr mit den überfülltesten Straßenbahnen, um in den Schmutz einzutauchen, der ihm verwehrt geblieben war. In Neapel hatte ihn der Umstand fasziniert, dass zu jeder Uhrzeit Kinder herumliefen, barfuß, und er schrieb in einer Reisekolumne für eine deutsche Zeitung: »Das Elend hat eine Dehnung der Grenzen zustande gebracht, die Spiegelbild der strahlendsten Geistesfreiheit ist.« Als er es gedruckt vor sich sah, wünschte sich Walter, es könnte von jedem in Umlauf gebrachten Bogen getilgt werden. Nur einer der privilegiertesten Männer konnte einen solch oberflächlichen, begriffsstutzigen Satz schreiben. Dies war auch grundsätzlich das Hühnchen, so dachte er, das er mit der Universität zu rupfen hatte, und der Grund für seinen Widerwillen, sich der theoretischen Doktrin zu unterwerfen. Er hatte noch einen langen Weg vor sich, bis er eine zufriedenstellende Möglichkeit finden würde, seine Ideen auszudrücken, aber er war fest entschlossen, sie sich zu eigen zu machen.

Ein Gebäckkrümel hatte sich an den Rundungen der Unterlippe der chinesischen Schauspielerin verfangen und lenkte ihn ab. Walter wollte ihn dringend wegwischen. Nicht, um sie zu berühren, sondern weil ihr kirschroter Mund makellos bleiben sollte. Als er sie zu Methoden befragte, wie sie sich Zugang zum Innenleben ihrer Figuren verschaffte, suggerierte sie mädchenhaft: Ist Schreiben denn nicht so etwas wie Schauspielerei auf Papier?

Für ihn war Schreiben eher wie Arrangieren, als würde ein Regisseur die Bewegungen seiner Schauspieler in Bezug zu den Bewegungen der Kamera im Szenenraum setzte, aber vielleicht war das eine Frage der Distanz der Herangehensweise, und er wäre zweifelsohne ein weitaus scheuerer Darsteller als sie. Bevor er diesen Gedanken laut aussprechen konnte, nahm sie ihre Bemerkung zurück. Sie müssen mir verziehen, Mr. Benjamin, sagte sie. Manchmal denke ich, dass ich alles fühle, aber nichts weiß.

Aber sehen Sie denn nicht, sagte er, den Blick noch immer auf die Stelle gerichtet, an der der Krümel auf ihrer Lippe gehangen hatte, obwohl er nicht mehr dort war. Sie sind Schauspielerin, da ist Wissen dasselbe wie Fühlen.

Sie lächelte.

Ihr Lächeln bewirkte, dass es ihm schien, als würde sich ihr Körper ihm zuneigen und alle anderen Menschen im Café verschwinden, aber tatsächlich hatte sie sich gar nicht bewegt und saß vollkommen still da, als sie sagte: Vielen Dank, Mr. Benjamin.

Am Ende des Interviews bezahlte Walter für Gebäck und Kaffee, und sie warteten noch eine Weile auf das Wechselgeld. Er fragte, ob sie einen Umzug nach Europa in Betracht zöge. Die Möglichkeiten erschienen hier besser für jemanden wie sie, antwortete die chinesische Schauspielerin, aber L.A. sei immer noch ihr Zuhause, und sie würde es vorziehen, dort zu bleiben. Das Wechselgeld ließ weiter auf sich warten, also rief Walter nach dem Geschäftsführer, der sagte, er werde gern bei der zuständigen Kellnerin nachfragen.

Kurz darauf kam der Geschäftsführer an ihren Tisch zurück und erklärte höflich auf Deutsch, die Kellnerin sei sich sicher, das Wechselgeld bereits gebracht zu haben. Vielleicht ein Versehen, sagte Walter in ebenso formellem Ton, ich entschuldige mich noch einmal für die Umstände, aber wäre es Ihnen möglich, erneut nachzufragen? Er habe einen Fünfzig-Mark-Schein hingelegt, während die Rechnung nur wenig über sechs Mark betragen habe.

Der Geschäftsführer entschuldigte sich.

Ist alles in Ordnung?, fragte die chinesische Schauspielerin. Sie musste versucht haben, dem Prozedere zu folgen, und Walter wurde es zunehmend peinlich. Keine Sorge, sagte er und nickte ihr zu, es gibt keine Probleme. Als der Geschäftsführer zurückkam, war seine Ausdrucksweise deutlich direkter als zuvor. Mein Herr, sagte er, meine Mitarbeiterin ist sich sicher, keinen Fehler gemacht zu haben. Walter wollte in dem überfüllten Café keine Szene machen, einige Gäste drehten sich bereits nach ihm um. Wenn das so ist, sagte Walter und stand auf, werden wir jetzt gehen. Die chinesische Schauspielerin blieb sitzen. Moment mal, sagte sie protestierend auf Englisch zu dem Geschäftsführer, ich war die ganze Zeit hier, und ich habe mit eigenen Augen gesehen, dass kein Wechselgeld zurückgegeben wurde. Anstatt ihr direkt zu antworten, warf der Geschäftsführer Walter einen Blick zu, wie um zu sagen: Halten Sie ihr Weibsbild unter Kontrolle.

Kommen Sie, Miss Wong, sagte Walter.

Das ist empörend, rief die chinesische Schauspielerin aufgebracht. Das ist doch Betrug!

Der Geschäftsführer sagte: Gute Frau, ich fürchte, Sie stören die Atmosphäre dieses Cafés, weshalb ich Sie und Ihren Gönner bitten muss, unsere Räumlichkeiten zu verlassen.

Draußen lief Walter dunkelrot an und stotterte eine Entschuldigung. Ich kann Ihnen gar nicht oft genug sagen, wie sehr ich bedauere, dass …

Sie müssen sich nicht entschuldigen, beteuerte sie, wir sollten zur Polizei gehen!

Er schüttelte den Kopf.

Mr. Benjamin, sagte sie, ich stehe Ihnen voll und ganz als Augenzeugin zur Verfügung.

Danke, sagte er, aber ich habe kein Verlangen danach, dass Sie sich auf diese zum Scheitern verurteilte Mission begeben. Er erklärte ihr, dass erst kürzlich in den Zeitungen über einen Vorfall berichtet worden war, bei dem die Geldbörse eines jüdischen Hotelgasts während seines Aufenthalts aus seinem Schreibtisch verschwunden war. Als er zur Polizei ging, behauptete man dort, dass viele Juden solche Geschichten erfänden, um Anspruch auf Versicherungszahlungen zu erheben. Voller Zorn reichte der Mann eine offizielle Klage bei Gericht ein, das ihn zunächst dazu verurteilte, dem Hotel eine Entschädigung für die entstandene Rufschädigung zu zahlen und dann die folgende Berufung wegen »Missachtung des Gerichts« abschmetterte. Alle Gerichtskosten waren vom Kläger zu tragen.

Daher, schloss Walter, schlage ich vor, Miss Wongs kostbare Zeit nicht mit Sinnlosigkeiten zu verschwenden, wo sie doch besser Berlin genießen sollte.

Sie sind also Jude, sagte die chinesische Schauspielerin. Ich bin töricht, was diese Dinge angeht, weiße Leute sehen für mich alle gleich aus. Verblüfft wollte Walter erwidern, dass er nicht so sei wie die anderen und dass nominativische Aussagen von kategorischer Polemik voller Gefahren steckten, fürchtete aber, es könnte so wirken, als wolle er eine Chinesin rügen, und darüber hinaus war er von der Offenheit ihrer Aussage verwirrt. Er wappnete sich innerlich gegen eine nun folgende herabwürdigende Bemerkung, aber sie lächelte, als sie in liebevollem Ton mit einer Anekdote über die Geburtstagsfeier einer jüdischen Klassenkameradin in der Grundschule fortfuhr. Ich war die Einzige, die kam, sagte sie. Nachdem sie sich die Tränen getrocknet hatte, waren es immer noch nur wir beide, also stopften wir uns die Bäuche voll. Ich habe mich sehr amüsiert. Als ich nach Hause kam und meinen Eltern davon erzählte, fügte sie hinzu, drückte meinen Mutter ihren Beifall aus. »Eine natürliche Freundschaft«, nannte sie es, und ich fragte sie, was daran natürlich sei. Wissen Sie, was meine Mutter antwortete, Mr. Benjamin?

Er wartete darauf, dass sie fortfuhr, und sie tat es mit genießerischer Ironie, die er nicht erwartet hatte. Sie sagte: »Schließlich sind wir Chinesen die Juden des Ostens!«

Sie fing an zu lachen, es hatte einen feinen, silbernen Klang, und Walter konnte nicht anders, als mit seinem heiseren Raucherglucksen einzustimmen, obwohl es ihm seltsam und unangebracht vorkam, irgendetwas daran lustig zu finden. Dieses Mädchen hatte einen wunderschönen Handspiegel, erinnerte sich die chinesische Schauspielerin seufzend, mit einer Rückseite aus Sterlingsilber. Ich wünschte mir, auch einen eigenen tragbaren Spiegel zu haben, damit ich überall, wo ich war, meine Schauspielerei proben könnte. Walter sah ihr zu, wie sie stehen blieb, um Steine über den Fluss flitschen zu lassen. Sie konnte es gut. Er wollte auch etwas von sich mit ihr teilen, wusste aber nicht, was er sagen sollte, und wären seine Steineflitsch-Fähigkeiten weniger trostlos gewesen, hätte er mitgemacht. Schweigend standen sie eine Weile da, dann gingen sie weiter zur Tram. Sie wurde auf einer Hausparty in Charlottenburg erwartet, sagte sie, wo sie eine chinesische Teezeremonie für ein paar Künstler, Schriftsteller und Impresarios abhalten würde. Ihre Schwester, die sie auf ihrer Reise begleitete, würde sie dort ebenfalls treffen. Er bot ihr an, sie zu begleiten, damit sie sich nicht wieder verirrte.

Es stimmt also, sagte sie, nicht wahr? Ich neige dazu, im Kreis zu gehen.

Er wurde rot, erklärte, er habe ihr keinesfalls einen schlechten Orientierungssinn unterstellen wollen.

Mr. Benjamin, sagte sie langsam, haben Sie auch manchmal das Gefühl, dass sich das wahre Leben vor allem abseits der eingefahrenen Gleise abspielt?

Ich denke schon, sagte er. Hätte er sie besser gekannt und wäre dies nicht ihr erstes Zusammentreffen, würde er antworten: Die ganze Zeit. Jetzt trat ihr professionelles Verhalten wieder in den Vordergrund – wie liebenswürdig von ihm, sie zu begleiten, sagte sie, und er sei höchst willkommen als ihr Gast. Walter mochte keine Partys, aber der Journalist in ihm wusste, dass sich daraus einträgliches Material für seinen Artikel ziehen lassen würde. Er nahm ihre Einladung an, und sie gab zu, etwas nervös wegen der Teezeremonie zu sein. Darf ich gestehen, sagte sie, dass ich keinerlei Ahnung von Tee habe? Ich bin eher der Typ Getränkespender, aber das konnte ich denen schlecht sagen, oder?

Nein? Warum denn nicht?, fasste er nach und warf dann einen verstohlenen seitlichen Blick auf ihre schlanke Gestalt im Hosenanzug. Sie hob die Schultern und sagte mit einem Lächeln: Wer will schon eine Chinesin Coca-Cola trinken sehen?

六

Als Anna May lange Zeit später in Los Angeles eine Ausgabe von *Die literarische Welt* erhielt, hatte der bebrillte Journalist eine englische Übersetzung des Artikels hinzugefügt, die er für sie verfasst hatte, damit sie ihn lesen konnte.

Alles, was in Berlin geschehen war, schien nun so weit weg zu sein.

Der Film, den sie in Europa gedreht hatte, war jetzt geschnitten, die Musik komponiert, aber er war noch nicht in Amerika angelaufen. Gelegentlich, wenn sie eine dunkelblonde Frau mit einer weichen Dauerwelle auf der Straße oder in einem Geschäft sah, dachte sie an die Frau, mit der sie die Nacht verbracht hatte. Gut, dass sie auf einem anderen Kontinent lebte – und verheiratet war. Es gab keine lästigen Konsequenzen, mit denen man sich herumschlagen musste, wenn ein Ozean zwischen ihnen lag.

Anna May glaubte langsam, dass verheiratete Leute deswegen mit ihr Affären anfingen, weil dann von Anfang an ein Ende in Sicht war. Die einzige ernsthafte Beziehung hatte sie vor ein paar Jahren mit dem Regisseur Tod Browning gehabt. Sie war damals erst neunzehn und er ebenfalls verheiratet gewesen. Rückblickend wusste sie nicht, was sie sich dabei gedacht hatte. Sie war sich nicht einmal sicher gewesen, ob sie überhaupt auf den Mann stand – er hatte ein langes, unförmiges Gesicht, seine Vorderzähne waren falsch, und er roch zu jeder Tageszeit nach Hochprozentigem –, oder ob es nur seine Filme waren, zu denen sie sich hingezogen fühlte, aber ihre Eltern sprachen schnell davon, sie zu enterben, und für die Presse war es ein gefundenes Fressen, sie stürzte sich bei jeder Gelegenheit auf sie.

Erschüttert von so viel Widerstand verstand sie schließlich, dass es nur eine Möglichkeit gab: so zu tun, als wüsste sie genau, worauf sie sich eingelassen hatte, sonst würde sie ab sofort niemand mehr ernst nehmen. Alle fanden es falsch, aber aus vorgeschobenen Gründen. Nicht, weil sie minderjährig war und er in den Vierzigern, nicht, weil sie Single war und er verheiratet, sondern weil sie asiatisch war und er weiß. Es dauerte ein gutes halbes Jahr, bis die Presse sich wieder beruhigt hatte, aber bis dahin suchten die Reporter nicht nur Anna May heim, sondern auch ihre Familie: Wie denken Sie über die gemischtrassige Befleckung Ihrer Tochter? Ihre Mutter war weinend zu ihr gekommen und hatte sie angefleht, es zu beenden, damit die Familie nicht mehr ihre Schande mittragen musste. Haben wir dich denn nicht gut erzogen, Liu Tsong?

Verglichen mit dem triefenden Sensationsjournalismus, den Anna May gewöhnt war, erschien ihr Walters Artikel eher wie ein gesittetes Märchen. Walter wusste ganz offensichtlich mit Worten umzugehen, und obwohl diese Worte ausgewählt worden waren, um ihr zu schmeicheln, fiel ihr auf, dass er ihren Namen als May Wong abgedruckt hatte statt als Anna May Wong, und ihr fiel nur ein Grund dafür ein, nämlich dass Ersteres chinesischer klang. Außerdem hatte er sich reichlich an orientalischen Metaphern bedient. Beim ersten Lesen gefielen sie ihr, sie klangen so poetisch. Als sie sich den Artikel aber noch einmal ansah, erschien er ihr ein wenig lächerlich. Über ihre Kleidung hatte er geschrieben – »man möchte einen chinesischen Vers dafür wissen«. Was hätte der mit einem modischen Hosenanzug zu tun? Sie konnte sich kaum etwas weniger Angemesseneres vorstellen. Sie schrieb ihm zurück, um sich zu bedanken, konnte sich aber einen Kommentar nicht verkneifen: Erinnert Sie mein Name wirklich an »winzige Stäbchen, die in einer Schale Tee sich zu mondvollen duftlosen Blüten entfalten«, Mr. Benjamin? Wie das?

Walters Antwort kam mit der Eilpost.

Ignoranz ist ein unwürdiges Bollwerk, so begann der Brief, und ein Mann könnte Besseres zustande bringen, als sich dahinter zu verstecken, aber zählt es vielleicht als mildernder Umstand, dass Sie tatsächlich die erste Chinesin sind, der ich begegnet bin? Er schrieb weiter, ihm sei es zuvor gar nicht bewusst gewesen, aber dies müsse wohl einen gewissen Einfluss darauf gehabt haben, wie er über sie glaubte schreiben zu müssen – nämlich als Ethnografie, oder als Traum. Beim erneuten Lesen des Stücks müsse er zerknirscht zugeben, dass der Artikel eher in das poetische Potenzial verliebt zu sein schien, sie als Chinesin zu präsentieren, als sich darauf zu verlegen, ihre komplizierten Verflechtungen als etwas zu dechiffrieren, das weitaus mehr war: eine Amerikanerin, eine Schauspielerin. Er war schlecht gerüstet gewesen, in einem gesellschaftlichen und dadurch letztlich auch semantischen Sinn, um ihre Begegnung in klare Worte zu fassen. Warum können wir Unterschiede nur ästhetisieren oder verabscheuen? Metaphern sind schlechte Stellvertreter, schrieb er zum Abschluss. Sie werden mir verzeihen. Es muss in Zukunft einen besseren Weg geben.

In den folgenden Jahren blieben sie durch gelegentliche Briefe in Kontakt. Sie wechselten allmählich von »Lieber Mr. Benjamin« und »Liebe Miss Wong« zu »Lieber Walter« und »Liebe Anna May«. Walter genoss es, die Korrespondenz mit einer chinesischen Schauspielerin fortzuführen, und Anna May fand Gefallen daran, Briefe mit einem deutschen Kritiker auszutauschen.

Sie schrieb ihm, sie sei für den Film *Daughter of the Dragon* vorgesehen, als Aristokratin, die herausfindet, dass der niederträchtige Fu Manchu ihr Vater ist. Fu Manchu würde von Warner Oland gespielt werden, dessen Karriere durch Yellowfacing-Rollen durch die Decke ging. Seine Popularität in Amerika und auch China hatte sich durch das Charlie-Chan-Franchise erhöht, in dem er einen die Welt bereisenden chinesischen Detektiv spielte, der es nicht fertigbrachte, idiomatisches Englisch zu sprechen.

In China hassen sie mich, schrieb Anna May, aber warum lieben sie Mr. Oland? Jedes Mal, wenn sie in einem Film zu sehen war, erzählte sie ihm, schrieben die chinesischen Zeitungen: ANNA MAY WONG BLAMIERT CHINA! Während zu ihrer völligen Benommenheit die chinesischen Medien ein Loblied auf Oland sangen. Seine Darstellung von Charlie Chan sei intelligent, elegant, fähig, aufrecht! Es gab sogar zwei Spin-off-Produktionen zu Charlie Chan, eine in Hongkong, die andere in Shanghai. Chinesische Schauspieler versuchten, Warner Olands Manierismen und Gesten so akkurat wie möglich zu imitieren. Chinesen mit dem Wunsch, sich gegenseitig darin zu übertreffen, die schwedische Karikatur eines Chinesen nachzuahmen!

Von Walter ermutigt, fing Anna May ebenfalls an zu schreiben.

Manchmal schickte sie ihm Entwürfe für Essays, von denen sie hoffte, dass sie veröffentlicht wurden, meistens in kalifornischen Zeitungen oder Frauenmagazinen oder unterhaltenden Wochenblättern, und fragte ihn, ob er Zeit habe, sie sich anzusehen, obwohl, wie sie schrieb, meine Worte sicherlich sehr trivial neben Ihren wirken.

Er schrieb zurück: Sie haben keinen Grund, sich selbst in diesem Ausmaß kleinzumachen.

Ach, Mr. Benjamin, antwortete sie, sich kleinzumachen gehört zu meinem reichen matrilinearen Erbe. Es heißt, dass ich als chinesisches Mädchen phänomenal gut erzogen wurde.

In Wahrheit fand er sie durchaus trivial, aber in ihrer Trivialität umso edler. Sie schrieb leidenschaftliche kleine Abhandlungen über Rasse und Identität und Berühmtheit mit eingängigen Überschriften, die in zweitrangigen Zeitungen veröffentlicht wurden, wenn sonst nicht viel los war. Sammelte man sie in einem Dossier und las sie der Reihe nach, zeigten sich einige offene Widersprüche – »Überwindung der Rassendarstellung« schickte sie ihm, und kurz darauf »Wie man Liebe zeigt – auf chinesische Art« –, aber las man sie einzeln, waren sie durchaus kurzweilig.

Ihre Gedanken waren weder scharfsinnig noch klar genug, um originell oder clever zu sein, aber er las sie – wie sie gleichwohl von Fremden gelesen werden würden, die Daumen und Nase in Zeitungen steckten –, weil sie eine schöne Schauspielerin war, und zu lesen, was eine schöne Schauspielerin geschrieben hatte, war eine Möglichkeit, ihr nahe zu sein.

Sie biederte sich mit ihrem Schreiben an, und deshalb enttäuschte es.

Aber als Schauspielerin hatte sie bereits alles mit einer Drehung ihres Handgelenks, der Wölbung ihres Rückens, in einem chinesischen Brokatkostüm oder einem fließenden Flapperrock abstrahiert und ausgestaltet, was darzustellen sie erhoffen konnte. In ihrer Schauspielerei las er sowohl Komplizenschaft als Widerstand, ein jedes beflügelte das andere. In ihrem Schreiben las er immer nur jeweils eines davon, und dadurch verlor mit der Zeit beides.

Er wusste nicht, auf welchem Niveau er ihren Entwürfen begegnen sollte, und meistens schickte er Nettigkeiten und lächerliche Korrekturen zurück. Gelegentlich schrieb er ihr davon, dass der neue rechte Kanzler Anlass zur Sorge sei, aber niemand tue etwas dagegen, denn was könne man auch tun, wo er doch durch eine demokratische Wahl an die Macht gekommen war? Das Volk hatte gesprochen. Obwohl die gemischte Badeanstalt am Stölpchensee, die Walter besuchte, ein Schild mit dem Hinweis »Offen für alle Religionen« aufgestellt hatte, fühlte er sich dort nicht mehr wohl – jemand hatte sein Badetuch, das er, während er sich im Wasser tummelte, auf dem Liegestuhl gelassen hatte, mit einem Hakenkreuz ausgerechnet aus Lippenstift beschmiert. Eine andere trostlose Neuigkeit war, dass die Universität von Heidelberg seine Habilitation über den Ursprung des deutschen Trauerspiels abgelehnt hatte, weil sie zu seicht sei, und sein Vater, ein bekannter Bankier, hatte ihm die Zuwendungen empfindlich gekürzt, aus Enttäuschung darüber, dass sein Sohn trotz privilegierter Erziehung und unbegrenzter finanzieller Unterstützung nicht nur in seiner akademischen Karriere und im kulturellen Bereich maßgeblich gescheitert war, sondern auch noch auf einen dialektischen Materialismus zusteuerte: Wir sind doch schon Juden, musst du jetzt auch noch Marxist sein?

Er versuchte, mit freiberuflicher Arbeit über die Runden zu kommen, sogar mit Rundfunkarbeiten, könne sie sich das vorstellen, aber aufgrund des neuesten Gesetzes zur Wiederherstellung des Berufsbeamtentums beauftragte ihn niemand mehr. Seine bevorzugten teutonischen Pseudonyme – K.W. Stampflinger und Detlef Holz – hatten ihre Zeit gehabt, und er durfte rechtlich gesehen nicht einmal mehr eine Schreibmaschine besitzen. Trotzdem wollte er seine Übersetzung von Prousts *À la recherche du temps perdu* beenden, allerdings schien diese nie ein Ende zu finden. Das wiederum spiegelte offenbar seine On-Off-Affäre mit einer lettischen Bolschewistin wider. Im Moment war sie wieder aktuell, und wie üblich war er hin- und hergerissen. Wie Sie, schrieb er, ist auch sie eine Schauspielerin. Aber eine Agitproptheater-Schauspielerin, die glaubt, dass Kindertheater als Grundpfeiler für die Bildung unterprivilegierter Nachkommen des armen Proletariats dienen könne, die sonst keinen Zugang zu pädagogischer Bereicherung und sozialem Aufstieg haben. Er hätte sie eifrig umworben, schrieb er, aber sie war bereits verheiratet. Sie ist eine Frau mit Idealen, schrieb er mit Wärme, das heißt also, die ideale Frau für mich.

Obwohl ihre Brieffreundschaft entschieden platonisch war, verspürte Anna May einen kleinen Stich, als sie dies las. Nicht etwa aus Eifersucht darüber, dass Walter diese Frau bewunderte, sondern weil die Frau, »auch eine Schauspielerin«, so viel intellektueller klang als sie selbst. Verglichen mit ihr kam sie sich plump und ungebildet vor, aber war es denn wirklich notwendig, die politische Überzeugung mit der eigenen Kunst zu verbinden, und wäre es denn nicht aus den ganz falschen Gründen, wo es Anna May doch letztlich nicht etwa darum ging, die Welt zu ändern, sondern sich vor allem einen gewissen Grad an Umgangsformen zuzulegen?

Sie schrieb Walter, dass auch sie eine Schwäche für Menschen zu haben schien, die bereits verheiratet waren, und dass ihrer persönlichen Erfahrung nach keine dieser Affären jemals gut enden würden, aber andererseits könnte es in ihrem Fall auch daran liegen, dass sie eine asiatisch-amerikanische Frau war und ihre weißen Partner sie von Anfang an nicht ernst genommen hätten. Als jüdisch-deutscher Kulturtheoretiker, der eine lettische, bolschewistische Theaterschauspielerin umgarnte, hätte er sicherlich bessere Chancen als sie, das war ihre aufrichtige Überzeugung, und vielleicht klänge es einfältig und albern, aber sie glaube wirklich daran, dass es alle verdienten, glücklich zu sein, und deshalb müsste man einiges an Tollkühnheit aufbringen, um dieses Ziel zu verfolgen, auch unter weniger idealen Umständen.

Ihr Briefwechsel versandete nach einigen Jahren, als ein paar von Anna Mays Briefen an Walter ungeöffnet zurückkamen. Er musste umgezogen sein und vergessen haben, ihr seine neue Adresse mitzuteilen. Oft schrieb er von unterschiedlichen Aufenthaltsorten – Ibiza, Svendborg, Nizza, Paris –, und sie beneidete ihn um seine Mobilität. Als freischaffender Autor war er wohl in der Lage, überall dort zu arbeiten, wo es ihm gerade gefiel, und musste sich nicht an eine Industrie und einen Ort binden, so wie es bei ihr mit Hollywood und L.A. war. Sie bedauerte, den Kontakt mit ihm zu verlieren. Es hatte etwas Befreiendes gehabt, keine gemeinsamen Freunde zu haben, keinen gesellschaftlichen Druck, sich persönlich zu treffen. Sie hatte ihren Austausch sehr genossen. Vielleicht war es beiden leichter gefallen, so offen zu sein, weil sie vom jeweils anderen auf so viele Weisen weit genug entfernt waren.

All ihre Briefe an ihn hatte sie schelmisch und unverändert auf diese Weise unterschrieben:

Mit orientalischen Grüßen

DIE LITERARISCHE WELT
7. Juli 1928

Gespräch mit Anna May Wong

EINE CHINOISERIE AUS DEM ALTEN WESTEN
Von Walter Benjamin

May Wong – der Name klingt farbig gerändert, markig und leicht, wie die winzigen Stäbchen es sind, die in einer Schale Tee sich zu mondvollen duftlosen Blüten entfalten. Meine Fragen waren das laue Bad, in dem die Schicksale, die er verschloß, ein Weniges von sich preisgeben sollten.

Wir bildeten, in diesem gastlichen Berliner Haus, eine kleine Gesellschaft, die um den niedrigen Tisch sich versammelt hatte, diesem Vorgang zu folgen. Aber wie es im Ju-Kia-Li heißt: »Unnützes Geplauder über die Angelegenheiten der Leute vereitelt wichtiges Beraten.«

Erst kam einmal eine Weile lang nichts, und wir hatten Zeit, uns voneinander ein Bild zu machen: die menschen-erfahrene, lenkende Bewohnerin dieser Zimmer, die uns die letzten Stunden vor ihrer Abreise hatte schenken wollen (»Man begegnet einem Menschen, man bittet um einen Dienst; ist er einem gefällig, so wird man sein Freund«), der Romancier, der nachher May Wong gefragt hat, ob sie ihre Rollen vor einem Spiegel einübt, der Zeichner, der May Wong von links und die amerikanische Journalistin, die sie von rechts gezeichnet hat und Annes Schwester, die sie in Europa begleitet. Die beiden sind ganz allein von Amerika herübergekommen, und als sie auf dem Hamburger Bahnhof standen, blieb ihnen nichts übrig, als aufzuhorchen, in welcher der vielen Gruppen das Wort »Berlin« fiel und der zu folgen. So verlassen waren sie noch. Inzwischen ist das Gegenteil ihre Sorge geworden.

May Wong steht, wie man weiß, im Mittelpunkt des großen Films, der jetzt unter Eichbergs Regie gedreht wird. Über diesen Film erfahren wir natürlich nur wenig. »Aber die Rolle«, sagt sie, »ist vollendet, ist Meine Rolle wie noch keine bisher.« Vollmoeller hat sie eigens für sie geschrieben. Und weil dem so ist, wird es viel Leid und Mißgeschick geben, denn sie liebt die traurigen Szenen. Ihr Weinen ist unter den Kollegen berühmt. Man fährt nach Neubabelsberg heraus, um es zu sehen. Nun errate ich schon, daß ihr ungetrübtes, heiteres Sichgeben nicht trügt, und daß, je inniger ihre Vorliebe für das Traurige, desto ausgeglichener und heiterer ihr Alltag ist. Ihre Schwester kann es bestätigen. Diesem braven, gesunden Mädchen, das bei allem Charme so ernst und kameradschaftlich blickt, als hätte ihr das Leben schon mehr als ein Geständnis gemacht, merkt man vom Filmstar nichts an.

»Ein volles Antlitz wie Frühlingswind,
Rundlich und friedlich gestimmt«,

wie es im fünften Hauptstück des Dschung-Kuei heißt. Darum liebt sie es, ihre traurigen Szenen in reifen, gewichtigen Rollen zu haben. »Ich will nicht immer Flapper spielen. Am liebsten Mütter. Schon einmal, mit fünfzehn Jahren, spielte ich eine Mutter. Warum nicht? Es gibt so viele Mütter, die jung sind.« Sie wird, so sage ich mir, von selber und desto lieber auf das kommen, was wir von ihr erfahren wollen, je geschickter ich abzulenken verstehe. »Studieren« – wie es so schön im »Götz« heißt, als sie Konversation machen wollen – »Studieren jetzt viele Deutsche von Adel zu Bologna?« Oder: »Lieben die Chinesen den Film? Gibt es chinesische Regisseure? Filmt man in China?« Gewiß filmt man. Natürlich lieben sie ihn. Gibt es irgendein Volk auf der Erde, das dem Film, in Liebe oder Angst, sich entziehen könnte?

Nur haben sie in China leider zu spät begonnen, zumindest wenn man dem Eindruck von dem traut, was kürzlich als »erster chinesischer Film« in Paris gezeigt wurde. Die »Rose von Pu-Chui« ist eine Arbeit, in der die skrupellosesten amerikanischen Regiemethoden sich an jener unendlich subtilen Materie vergangen haben, die die mongolische Mimik für den Film darstellt. Nur ein Dilettant könnte wagen, das Unverwechselbare dieser Mimik und worin sie der Filmdarstellung entgegenkommt, in ein paar Schlagworten unterzubringen. Immerhin – mag es nun die Verhaltenheit, die Geschwindigkeit, der schnelle Umschlag ins Lächeln, die jähere Veränderung im Schrecken sein – in Europa ist das Auftreten des japanischen Schauspielers Sessue Hayakawa noch heute, nach zehn Jahren, nicht vergessen. Sein Spiel hat Schule gemacht. Desto befremdlicher ist, wie lange es dauerte, bis in Amerika die Chinesin zum Filmen zugelassen wurde oder sich entschloß.

May Wong kann sich ihr Dasein ohne den Film nicht mehr denken, und als ich frage: »Nach welchem Ausdrucksmittel würden Sie greifen, wenn Ihnen nicht der Film zur Verfügung wäre?«, ist ihre einzige Antwort »touch wood«, und die ganze Runde hämmert lustig auf unser Tischlein. – Aus Frage und Antwort macht sich May Wong eine Schaukel: Sie legt sich zurück und taucht auf, versinkt, taucht auf, und ich komme mir vor, als gäbe ich ihr von Zeit zu Zeit einen Stoß. Sie lacht, das ist alles. Ihr Kleid würde sich gar nicht schlecht zu solchem Gartenspiel eignen: dunkelblaues Kostüm, hellblaue Bluse, gelbe Kravatte darüber – man möchte einen chinesischen Vers dafür wissen. Diese Kleidung hat sie immer getragen, denn sie ist ja nicht in China, sondern in Chinatown von Los Angeles geboren. Wenn aber ihre Rollen es mit sich bringen, nimmt sie alte nationale Trachten gern an. Ihre Phantasie arbeitet freier darinnen. Ihr Lieblingskleid ist aus der Hochzeitsjacke ihres Vaters geschnitten, und das trägt sie auch bisweilen im Hause. Damit sind wir denn zurück von »Bologna« und wieder in Hollywood.

Als ihr zum erstenmal der Vorschlag gemacht wurde zu filmen, kam es ihr komisch vor, sie glaubte nicht recht daran. Natürlich war, was ihr zufiel, nur eine kleine Statistenrolle. Aber wir stellen uns die fieberhafte Erregung vor, mit der sie bei der Erstaufführung sich auf der Leinwand suchte und die grenzenlose Enttäuschung, als es vergeblich war. Sie hatte sich beim Spiel solche Mühe gegeben. Denn von früh auf hat der Film sie interessiert. Sie erinnert sich noch heute an das erste Mal, da sie ein Kino betrat. Wegen einer Epidemie war schulfrei. Von dem Taschengeld kaufte sie ein Billett. Kaum war sie wieder zu Hause, so probte sie vor dem Spiegel alles, was sie gesehen hatte. Denn, so sagt es die Geschichte von den zwei Basen im Kapitel vom Abzug des Kranichs und der Rückkehr der Schwalbe: »Die Laufbahn in der Welt ist eine Sache, der man frühzeitig seine Gedanken zuwenden muß.«
    Lange blieb sie dem Spiegel treu. Einmal kam die Mutter dazu: ihre Leidenschaft wurde entdeckt, und es endete nicht ohne Schelten. Jetzt gebraucht sie längst keinen Spiegel mehr. Keinen gläsernen Spiegel und auch den papiernen Zerrspiegel nicht, den ihr die öffentliche Meinung entgegenhält. Freundliche und unfreundliche Kritiken sagen ihr wenig. »Denn«, diese chinesische Sentenz stammt von ihr selber, »die Wahrheit hört man, wenn sie bitter ist, nur von Feinden. Ich möchte auch die bittere Wahrheit von Freunden hören.« »Haben Sie Vorbilder, Lehrer?« – »Nein. Es gibt Schauspielerinnen, die ich bewundere, Pauline Frederik zum Beispiel. Aber das einzige Mal, daß ich eine Geste einer anderen absah, geschah das, nach der allgemeinen Überzeugung von Hollywood, an der dümmsten, unbegabtesten Schauspielerin, die wir da hatten.«

Wir sind längst ins andere Zimmer hinübergewechselt. May Wong hat ihre liegende Lage schnell wiedergefunden. Sie scheint sich hier wohlzufühlen, löst ihr langes Haar und frisiert es zu den »im Wasser sich tummelnden Drachen« (streicht's in die Stirn). Genau in deren Mitte schneidet es mit einer Schwingung ein wenig tiefer ein und macht ihr das herzförmigste aller Gesichter.

Alles, was Herz ist, scheint sich in dessen Augen zu spiegeln.

Ich weiß, ich werde sie wiedersehen, in einem Film, der dem Gewebe unserer Zwiesprache ähnlich sein möge, von der ich mit dem Verfasser des Ju-Kia-Li sage:

»Das Gewebe war göttlich angelegt,
Aber das Gesicht war noch feiner.«

八

Als er sich eines Morgens schließlich entschieden hatte, Marseille zu verlassen, nahm sich Walter Zeit, seinen Ersatzkaffee aus gerösteten Eicheln zu trinken. An den nussigen Geschmack, von dem ihm anfangs noch schlecht geworden war, hatte er sich gewöhnt. Er betrachtete sein Notfall-Visum für die USA, während er darauf wartete, dass das Wasser kochte. Sogar der Umlaut seines vollständigen Namens war akkurat gesetzt: Walter Bendix Schönflies Benjamin.

Der Kessel fing sanft an zu pfeifen.

Mit völliger Ruhe bemerkte er, dass er deutlich weniger ängstlich gewesen war, als er noch kein Visum gehabt hatte. Ohne einen gangbaren Ausweg hatte er die Freiheit besessen, seinem Tagesgeschäft nachzugehen. Jetzt aber sah er sich mit der Verpflichtung eines Tanzbären konfrontiert, die große Flucht anzutreten, die er jahrelang vor sich hergeschoben hatte. Als ihn vor Monaten das Visum in Paris erreichte, gewissenhaft beschafft und sicher an ihn weitergeleitet von Adorno und Horkheimer, die sich in L.A. befanden, hatte Walter den gesamten Umschlag nachlässig auf einen Stapel alter Zeitungen in einer Ecke seines Pensionszimmers geworfen. Solche Reisedokumente waren ein sehr rares Gut. Die meisten Länder hatten ihre Grenzen für deutsch-jüdische Flüchtlinge offiziell geschlossen. Niemand wollte die Verantwortung für einen durch die Probleme anderer ausgelösten Massenzustrom übernehmen. Krieg war erklärt worden, und Walter war ein feindlicher Ausländer in Paris, aber er hatte ein neues Buch anfangen wollen – über Baudelaire. Anstatt das Visum vom Konsulat bestätigen zu lassen und sich so bald als möglich auf den Weg nach Amerika zu begeben, ging Walter in die Bibliothèque Nationale, um seinen Bibliotheksausweis verlängern zu las-

sen, damit er ohne Unterbrechung weiter seinen Forschungen nach-
gehen konnte. Erst als sich herumsprach, dass die Wehrmacht nach
Paris vorrückte, gab er das Manuskript seines Passagen-Werks Batail-
le in Verwahrung, brachte alle Baudelaire-Bücher zurück in die Bibliothek und floh, zuerst nach Lourdes, dann nach Marseille.

Der Kessel schrie mittlerweile, aber Walters Trägheit hatte sich
längst weit über den Raum hinaus verbreitet. Wenn er nicht einmal
die Energie hatte, den Kessel herunterzunehmen und sich seinen
morgendlichen Kaffee zu machen, wie sollte er dann einen Berg be-
steigen und einen Ozean überqueren? Es war unverschämt und un-
verantwortlich von ihm gewesen, größere Prozesse in Gang zu setzen, ohne sich sicher sein zu können, dass er die Sache bis zum Ende
fertigbringen würde. Als Walter in Marseille ankam, war es längst
nicht mehr so leicht, von diesem geschäftigen Hafen mit seinem
elenden Gestank nach Öl, Urin und Druckerschwärze abzulegen.
Der Waffenstillstand von Compiègne war unterzeichnet, Artikel 19
forderte von der französischen Regierung, jeden Deutschen auf Verlangen an die Reichsregierung auszuliefern.

Walter stand ziemlich sicher auf dieser Liste.

Die Gestapo hatte schon recht früh eine Rückführungsanwei-
sung bei der deutschen Botschaft in Paris hinterlassen, nachdem sie
Wind vom »Pariser Brief« bekommen hatte, in dem Walter unmissverständlich schrieb: »Je mehr der Faschismus erstarkt, desto weniger kann er [...] qualifizierte Intelligenzen brauchen. Die meiste
Aussicht eröffnet er subalternen Naturen« und »Die faschistische
Kunst ist eine der Propaganda.« Nicht dass er einen Todeswunsch
hegte, aber beim Schreiben strebte man doch so deutlich wie möglich danach, die Wahrheit zu sagen, warum sollte man sonst schreiben? Paris hatte ihn damals nicht zurück nach Berlin getrieben, aber
jetzt waren es andere Umstände. Der État français orientierte sich
bereits am populistischen Nationalismus des deutschen Hakenkreu-
zes. Misstrauisch diesem schmierigen Gesocks gegenüber, das sie
nun die Frankreichfeinde nannten – Protestanten, Juden, Freimaurer, Ausländer, Kommunisten, Homosexuelle und Roma –, gründe-

ten sie ihre eigenen Spezialeinheiten, um sich um diese zuvor genannten Volksfeinde zu kümmern. Diese gefährlichen Individuen waren mit Sicherheit – zusammen mit der zuvor regierenden linken Regierung – für das schwache Ansehen des Landes verantwortlich. Sobald man sich dieser unerwünschten Personen entledigt hatte, könnte man Frankreich wieder *magnifique* machen. Besser, es gab eine starke autoritäre Regierung, die sich um die wahren Landessöhne kümmerte und diese kultivierte, als so eine verweichlichte Republik: hochtrabende Versprechen für wurzellose Kosmopoliten voller heißer Luft.

Ohne den Bodensatz von gestern auszuwaschen, machte sich Walter einen Kaffee.

Während er ihn aufbrühte, fuhr er mit der freien Hand über die Rücken der letzten paar Bücher, die er sich mitgenommen hatte, und genoss das freundliche Geräusch. Im Exil fehlten ihm am meisten seine persönliche Bibliothek und die geliebten seltenen Bücher, für die er lange gespart hatte. Walter hatte in den vergangenen sieben Jahren achtundzwanzigmal die Adresse in den verschiedensten Städten geändert und sich mit jedem Umzug von einem weiteren Teil seiner Sammlung trennen müssen. Auch hatte er den Kontakt zu den meisten Freunden und Bekannten verloren: Es war für ihn nicht mehr sicher, seine Adresse mitzuteilen, nicht einmal unter einem falschen Namen. Wenn er sich nicht gerade ängstlich umblickte oder in der nächsten provisorischen Unterkunft einzurichten versuchte, arbeitete er bereits bestehende Manuskripte aus. Wenn es kein Papier mehr gab, behalf er sich damit, die Rückseiten zu beschreiben, ein geschmackloser Verstoß gegen die Etikette, wie er fand, und als sich selbst das erschöpft hatte, machte er sich zwischen den Zeilen seiner eigenen Handschrift Notizen. Angesichts der Tatsache, dass er stets auf der Flucht und neues Papier Mangelware war, wurde ihm klar, dass ihn die Unsicherheit seines Alltags zum Denken und Schreiben zwang, immer stärker und in elliptischen Absätzen. Mehr brachte er in letzter Zeit und auf der Flucht nicht zustande. Sollte irgendeiner dieser provisorischen Entwürfe je veröffentlicht werden, was wäre es für ein Spaß, wenn die Leserschaft diese fragmentierte Form als reines Stilelement betrachten würde.

Den Eichelkaffee in der Hand, sah er einer schwarzen Ameise dabei zu, wie sie über den Rand des wackligen Tischs hinauf auf die Platte krabbelte und dabei eine beachtliche Krume auf ihrem Exoskelett beförderte. Wie sehr er doch die Fähigkeit der gemeinen Ameise bewunderte, ein Hundertfaches des eigenen Körpergewichts transportieren zu können! Er wischte sie vom Tisch. Dann suchte er sie auf dem Boden, konnte sie aber nirgendwo entdecken. Später am Tag, nachdem er sich seinen Schnurrbart stark gekürzt und Zedernholz-Aftershave auf die kleinen Schnitte getätschelt hatte, packte Walter seinen schwarzen Lederkoffer und stopfte Papiere, Unterwäsche zum Wechseln und das Visum hinein. Für seine Bücher war kein Platz mehr, also ließ er sie zurück.

Von Marseille aus nahm Walter einen Zug nach Port-Vendres. Er traf auf eine sozialdemokratische Fotografin und ihren Sohn, die auf dieselbe Reise hofften. Wie Walter hatten beide ein Einreisevisum für die USA, aber nicht das notwendige Ausreisevisum aus Frankreich. Deshalb hatte man ihnen geraten, sie sollten es auf dem Landweg über Port-Vendres versuchen, dem südlichsten Zipfel von Frankreich, wo es zwischen Bergen und Meer auf die nördliche Spitze seines neutralen spanischen Nachbarn, Portbou, traf. Wenn sie in Portbou angekommen waren, würden sie in Richtung Lissabon weiterreisen und dann das Schiff nach Amerika nehmen. Neue Spitzendeckchen schmückten die abgewetzten Kopfstützen des Regionalzugs. Die Fotografin hatte einen kleinen Vorrat an gefälschten Essensmarken angesammelt und etwas Brot und Tomaten besorgt. Sie teilte sie auf der Fahrt mit Walter. Als sie in Port-Vendres angekommen waren, machten sich die drei daran, unauffällig die Route zu inspizieren, die sie nehmen würden. Sie würden einen Ausläufer der Pyrenäen zu Fuß überqueren müssen, um Portbou zu erreichen.

Walter schlug vor, aus Vorsicht und wegen seines schwachen Herzens die Nacht nach der Erkundung auf dem Berg zu verbringen, damit er die Anstrengung derselben Route am nächsten Tag, wenn sie sich richtig auf den Weg machten, nicht noch einmal auf sich nehmen müsste.

Sie versuchten, es ihm auszureden, aber er ließ sich nicht umstimmen.

Bitte verstehen Sie, sagte er, ich möchte keinen einzigen Schritt meines Wegs zurückgehen.

Und so verbrachte Walter die Nacht allein mit seinem Koffer in einer kleinen Piniengruppe, wo ihm der Nachtwind den Geruch fermentierter Trauben in die Nase wehte. Am nächsten Morgen trafen sie sich wieder und waren bereit für ihren Gang von einer Topografie des Faschismus zu einer anderen – es war noch kein Jahr her, seit die spanischen Demokraten im Bürgerkrieg vor Francos Nationalisten kapituliert hatten –, eine, die ihrer logistischen Zwangslage mehr entgegenkam.

Sie versuchten, zwischen den Weinlesern nicht aufzufallen, aber Walter war davon überzeugt, mit seiner Brille und dem schwarzen Lederkoffer klar und deutlich hervorzustechen. Er wollte, dass die Fotografin und ihr Sohn vorgingen, aber sie meinten, es sei besser, zusammen zu bleiben. Ruhig erklärte er ihnen seine Gründe. Sie ließen nichts davon gelten. Er gestand, dass er außerdem befürchte, seine Kräfte könnten nachlassen. Sie gingen schon seit Stunden bergauf, über unbefestigte Geröllpisten und Kalksteinbrocken, die auf überwucherten Hängen lagen. Sie waren nicht miteinander verwandt, drängte er, sie hatten sich gerade erst durch puren Zufall kennengelernt, also sollten sie sich bitte keinesfalls verpflichtet fühlen.

Noch immer lehnten sie es ab, ihn sich selbst zu überlassen.

Alle zehn Minuten blieb Walter stehen, um sich eine Minute zu erholen, und dann warteten sie auf ihn. Im Stillen war er dankbar für ihre Kameradschaft, und gleichzeitig ärgerte es ihn, sie so aufzuhalten, also zählte er jede Sekunde auf seiner Armbanduhr und zwang sich nach fünfundvierzig oder dreißig Sekunden wieder voran. Als Walter wirklich gar nicht mehr weitergehen konnte, nahm ihm die Fotografin den Koffer ab, und ihr Sohn stützte ihn, damit sie den letzten, steilen Weinberg noch schafften. Als er sah, wie sich die Frau mittleren Alters mit seinem schweren Koffer abmühte, wo sie doch selbst ohne Drumherum unterwegs war, quälte ihn sein schlechtes Gewissen, aber er brachte es trotzdem nicht über sich, sein Lebenswerk fortzuwerfen. Gute Frau, sagte er. Sie sollten nicht meine Last tragen. Ich kann nur hoffen, dass Sie mir glauben, wenn ich Ihnen sage, dieser Inhalt bedeutet mir mehr als mein Leben.

Ich glaube Ihnen, sagte sie schlicht und ohne Ironie.

Dann erreichten sie den Bergkamm und erblickten unter sich die vollkommene himmelblaue Ruhe des Mittelmeers. Die See war so blau, dass es Walter den Atem raubte. Es war ein wunderschöner Tag Ende September. Er hatte Adorno und Horkheimer scherzhaft geschrieben, selbst wenn ein Fossil wie er mit krankem Herzen und verrußter Lunge die beschwerliche Reise überstehen sollte, so sah er persönlich immer noch nicht den Reiz darin, in Amerika herumgereicht und als »der letzte Europäer« ausgestellt zu werden. Los Angeles ist nicht Amerika, hatte Adorno zurückgeschrieben, es ist Weimar unter Palmen. Das Klima hier ist wunderbar, und du wirst deine besten Arbeiten zustande bringen.

Walter musste sich eingestehen, dass er sich darauf freute, seine Freunde wiederzusehen – vielleicht war es falsch gewesen, die Vorstellung von einem neuen Leben gänzlich von sich zu weisen. Hustend ließ er den Gedanken zu: Wenn ich es in einem Stück bis Los Angeles schaffe, dann bin ich es mir schuldig, mit dem Rauchen aufzuhören. Eine einsame Möwe mit gewaltiger Flügelspannbreite flog vorbei, und Walter spürte, wie sich sein klopfendes Herz zu ihr hinaufschwang.

An der französisch-spanischen Grenze meldeten sich Walter, die Fotografin und ihr Sohn bei den Behörden. Sie wurden auf der Stelle darüber informiert, dass sie ohne ein gültiges Ausreisevisum nicht in das frankistische Spanien eingelassen wurden. Erst kürzlich waren alle Durchreisevisa für deutsch-jüdische Flüchtlinge für ungültig erklärt worden. Die spanischen Grenzpolizisten in Portbou hatten die Anweisung, alle Personen, auf die dies zutraf, so schnell wie vernünftigerweise möglich den französischen Behörden im État français zu übergeben, die sie wiederum an ihre Nazi-Vorgesetzten überstellen würden.

Sehen Sie mich nicht so an, gute Frau.

Wir halten uns nur an die Vorschriften, und Sie haben nun einmal nicht die nötigen Papiere. Wir behalten uns das Recht vor, Ihnen die Einreise zu verwehren. Es ist bedauerlich, aber sehen Sie es mal von unserem Standpunkt aus. Wir bekommen doch auch nur Probleme in unserem Land, wenn hier lauter Protestanten, Juden, Freimaurer, Ausländer, Kommunisten, Homosexuelle und Roma herumirren.

Wir entschuldigen uns für die entstandenen Unannehmlichkeiten.

Morgen früh besorgen wir Ihnen ein Zugabteil für die Abschiebung. Zur Übernachtung empfehlen wir Ihnen das Hostal França.

Sie zahlten ihre Zimmer im Voraus.

Die Polizei von Portbou postierte eine Wache vor der Pension.

Die Fotografin und ihr Sohn teilten sich ein Zimmer mit zwei Betten. Walter bat um ein Einzelzimmer. Die höfliche spanische *abuela*, die ihre Pension blitzsauber hielt, zeigte ihm das Zimmer Nr. 3. Es gab absolut nichts, womit er sich beschäftigen konnte. Walter bedauerte zutiefst, kein Buch eingepackt zu haben. Er warf einen Blick auf den schweren Haufen seines unfertigen Manuskripts, und er dachte, wie unverzeihlich egoistisch es doch gewesen war, diese Papiere mitzuschleppen. Man sollte sie auf der Stelle vernichten. Wann war ihm denn zuletzt die akademische Genugtuung einer verbesserten wissenschaftlichen Arbeit zuteilgeworden? Diesen Luxus hatte er auf seiner Flucht nie gehabt. Er konnte nur schwer glauben, dass es so weit mit ihm gekommen war, wo er doch nur ein Mann war, der gern schrieb und las. Jedes Mal, wenn er seine dicke, runde Brille aufsetzte und sein ermattetes, kaninchenartiges Spiegelbild erspähte, wollte er loslachen. War dies das Gesicht eines Mannes, der von der Gestapo gejagt wurde?

Er packte seinen Koffer aus und wieder ein und fing an, sich zu rasieren.

Auf dem kleinen Waschtisch ordnete er sein Rasierzeug an und dazu die fünfzehn Morphintabletten, die er bei sich trug, seit Hitler als Reichskanzler vereidigt worden war; nicht ohne eine gewisse niederträchtige Heiterkeit hatte er sie zwischen seiner Wechselwäsche versteckt. Die Tabletten waren fast acht Jahre alt, und er konnte nur hoffen, dass sie ihre Wirksamkeit nicht eingebüßt hatten. Walter hatte den Apotheker damals gefragt: Und Sie sind sich ganz sicher, dass diese Menge ausreicht? Käme es so weit, fügte er hinzu, wäre es am besten, in dieser Angelegenheit auf Nummer sicher zu gehen. Mein Herr, versicherte ihm der Apotheker, das hier ist genug, um einen preisgekrönten Kampfstier umzubringen.

Nach dem Rasieren sorgte Walter dafür, dass seine Zähne und Fingernägel sauber waren.

Bevor er die tödliche Dosis einnahm, zerstörte er seine Armbanduhr, damit ihn in seiner letzten Stunde das getreue Ticken nicht ablenkte. Das Zifferblatt unter seinem Stiefel zu zerdrücken, nahm für einen Moment die Anspannung aus allem. Walter gab es eine freudige Erregung, zu gleichen Teilen frevlerisch und befriedigend. Er erinnerte sich daran, wie er als kleines Kind gerade mal an das Pendel der riesigen Winterhalder-&-Hofmeier-Standuhr in der Ecke des Antiquitätenladens seiner Familie herangereicht hatte. Um ihren Reichtum besser zu kaschieren, hatte sich sein Vater angewöhnt zu behaupten, er sei nur Antiquitätenhändler und kein Bankier. Die Standuhr hatte ein Zifferblatt mit dem Mond darauf, und während er auf die Gewichte und die Seilrollen starrte, die hinter der stumpfwinkligen Glasscheibe zu sehen waren, bekam Walter einen überwältigenden Einblick in das erhabene Voranschreiten der Zeit. Nachdem er nun seinen Zeitmesser zerstört hatte, konnte er nicht wissen, wie viel Zeit vergangen war, aber als er auf dem glatt gezogenen Bettlaken lag und die Droge durch sein Blut rann, während er vollkommen allein in einem kleinen Dorf war, dessen Beliebigkeit ihn mehr störte als dessen Trostlosigkeit, eine Schulter bewegte und das Ächzen einer losen Matratzenfeder hörte, da begann Walter zu bereuen, was er getan hatte, aber natürlich war es jetzt zu spät.

Er zuckte.

Er hätte gern gewusst, ob das Zucken sein eigenes Werk war oder eine Auswirkung des Morphiums. Es ließ sich schlecht sagen. Er erinnerte sich daran, dass im Grunde alle Dinge nur Marionetten waren. Alles war nur eine Frage von früher oder später, aber wenigstens würde er jetzt durch die eigene Hand gehen. Wenn er nur wüsste, wie nah er dem Ende war, würde er sich besser fühlen. Eine schwarze Angst davor, die Kontrolle über seine letzten Gedanken zu verlieren, legte sich über alles, und er atmete in flachen, keuchenden Abständen.

Walter musste seinen ganzen letzten Willen aufbringen, um sich zu beruhigen und mit ausgesuchter Präzision die Erinnerung an den Geruch seiner Bibliothek wiederherzustellen. Sie roch nach Tannenzapfen und glühenden Kohlen, und er rief sich zwei der Dinge ins Gedächtnis, die er ganz besonders liebte: Kaffee und Regen. Überrascht stellte er beim Durchsehen der Bücherkisten, die gerade angekommen waren, fest, dass seine Sammlung vollständig angeliefert worden war. Alle Bücher befanden sich wieder an einem Ort. Er hatte vergessen, dass er diese Ausgabe besaß. Was sollte er danebenstellen?

Ich packe meine Bibliothek aus, dachte er. Ja, das mache ich. Sie steht also noch nicht auf den Regalen, die leise Langeweile der Ordnung umwittert sie noch nicht. Ich kann auch nicht an ihren Reihen entlangschreiten, um im Beisein freundlicher Hörer ihnen die Parade abzunehmen. Das alles haben Sie nicht zu befürchten. Ich muss Sie bitten, mit mir in die Unordnung aufgebrochener Kisten, in die von Holzstaub erfüllte Luft, auf den von zerrissenen Papieren bedeckten Boden, unter die Stapel eben nach zweijähriger Dunkelheit wieder ans Tageslicht beförderter Bände sich zu versetzen, um von vornherein ein wenig die ganz und gar nicht elegische, viel eher gespannte Stimmung zu teilen –

Der malaysische Orang-Utan hat den Schlüssel zum Keller des Leipziger Zoos

II

Das Leben ist kurz, die Kunst ist lang. Leni sang ihre Tonleitern vor dem Wohnwagen hoch oben in den Bayerischen Alpen. *Ars longa,* artikulierte sie in verschiedenen Tonlagen, ein wenig außer Atem, *vita brevis.* Noch eine Runde Freiübungen – Leni wärmte Stimme und Körper gleichzeitig auf.

Das Leben ist kurz, die Kunst ist lang, keuchte sie, *ars longa, vita brevis!*

Sie machte ihren letzten Hampelmann und beugte sich vor, um die Zehen zu berühren. Sie nahm sich diesen ruhigen Moment ganz für sich, bevor der Trubel des Arbeitstags begann. Ein Regisseur war das Auge des Sturms, ein General, der mit gutem Beispiel voranging. Leni hielt beim Dreh an ihrer Morgenroutine fest, um sich gegen die unvorhersehbaren Herausforderungen zu wappnen, die vor ihr lagen. Einen Film zu drehen, ist, als befände man sich im Krieg, sagte sie oft zu ihrer Crew. Ein anderer ihrer Lieblingssprüche lautete: Wie wundervoll diese Bergluft doch ist! Solche Aussagen hätten oberflächlich klingen können, aber sie dienten zu einem guten Teil dem Zweck, ihre Crew daran zu erinnern, wie glücklich sie sich zu schätzen hatte, an ihrem Film mitarbeiten zu dürfen. *Tiefland* handelte von einer jungen Betteltänzerin, die zwischen einem unschuldigen Schafhirten und einem geldgierigen Marqués stand, ein Bergfilm, der nichts mit der Realität zu tun hatte. Dort unten, in ganz Europa, ging es nur noch ums Überleben. Das Mindestalter für die Wehrpflicht schien jeden Tag zu sinken und das Höchstalter zu steigen.

Wenn sich ihre Crew nicht richtig anstrengte, würde sie die Inkompetenten gehen lassen müssen.

Leni wusste, dass aus genau diesem Grund jeder, der sich in der Sicherheit ihrer Anstellung befand, alles daransetzte, um sie bei Laune zu halten, und es galt, jedes Kompliment mit einer gewissen Skepsis entgegenzunehmen. Trotzdem hatte sie sich so sehr darüber gefreut, als man einstimmig ihre Darbietung am Vortag gepriesen hatte, dass sie abends kein Muskelrelaxans hatte nehmen müssen, um einschlafen zu können.

Tiefland wird ein Riesenerfolg, sagte ihre Assistentin. Martha ist eine so mitreißende Figur, und wenn ich mir erlauben darf zu sagen, Fräulein Riefenstahl, Sie geben ihr so viel Tiefe, dass sie direkt aus der Leinwand heraustanzt!

Ihr Herz pochte von ihren Übungen, und Leni fühlte sich erfrischt und bereit. Sie bürstete sich das Haar zurück und zog ihren getreuen Kamelhaarmantel an. Das zweireihige Stück machte schlank, wenn man den Gürtel schloss, wodurch er auf Standfotos für die Produktion wunderbar aussah, und er schien auch niemals Dreck anzusetzen. Wann immer sie ihn von sich warf, musste ihre Assistentin, die Leni mit einem Klemmbrett, einem Glas Wasser und einem Fläschchen Riechsalz hinterherwuselte, ihn auffangen, bevor er zu Boden fiel. Ihre Blasenentzündung war heute ebenfalls besser. Obwohl ihr Urin immer noch dickflüssig und übelriechend war, hatte sie kaum noch Blut bemerkt, als sie sich in das Klohäuschen gehockt hatte, das am hinteren Rand ihres Lagers errichtet worden war. Die Schmerzen waren lästig, aber beherrschbar – sie hatte gerade erst eine neue Packung Methadontabletten direkt von den netten Menschen der IG Farben erhalten. Qualitätsware, eigens für verwundete Soldaten im Feldlazarett synthetisiert und nicht auf dem freien Markt verfügbar. Morphin hatte geholfen, machte sie aber schläfrig. Sie konnte es sich nicht leisten, benommen zu wirken, nicht wenn sie sowohl die Hauptdarstellerin als auch die Regisseurin war.

Bei den groß angelegten Dokumentationen, die sie für die Partei gedreht hatte, waren mehrere hundert Männer unter Lenis Kommando gewesen, die alles getan hatten, was sie verlangte. Herstellungsleiter, Kameraleute, Aufnahmeleiter, Filmlader, Regieassistenten, Tonangler, Szenenbildner, Ateliersekretärin, Lichttechniker, Tontechniker, Statistenführer. Alle warteten auf Fräulein Riefenstahl, darauf, dass sie Aufnahme rief, Schnitt rief. Sie erwartete vollkommene Loyalität ihrer Vision gegenüber, und es gab einige, die ihre Regieführung zu kontrollierend fanden.

Einmal verließ ein älterer Kameramann Lenis Set.

Mitten in der Aufnahme hatte sie ihm einen gereizten Blick zugeworfen und mit einer Geste zu verstehen gegeben, dass er nicht schnell genug war, um die Handlung abzudecken. Beeilung, hatte sie mit den Lippen geformt. Er wandte sich ihr zu, hielt den Dreh an. Mit Verlaub, Fräulein Riefenstahl, sagte er. Wenn Sie schon alle meine Anfangs- und Endpunkte sowie jeden einzelnen Winkel und die Geschwindigkeit der Kameraführung festgelegt haben, ohne mich auch nur im Geringsten in die Entscheidungen einzubeziehen, und alle meine Anregungen vom Tisch wischen, wo bleibt mir da noch der Raum zum Atmen?

Ich brauche Sie nicht zum Atmen, antwortete sie, ich brauche Sie, um die Kamera zu bewegen!

Als sie ihn ansah, fürchtete sie, er würde sie schlagen, aber ein kurzer Blick in die Runde gab ihr Sicherheit, dass er sich so etwas vor aller Augen nicht trauen würde, also fuhr sie ungerührt fort: Hören Sie, wenn Sie einfach nur machen, was ich Ihnen sagen, stehen die Chancen gut, dass Sie im nächsten Jahr einen Preis gewinnen.

Eigentlich bist du ja ein heißes Miststück, sagte der Kameramann, aber viel zu neurotisch, als dass man mit dir Spaß haben könnte.

Männer stänkerten sofort los, ohne auch nur darüber nachzudenken, mit wem sie sich anlegten. Weil sie niemals für etwas hatten kämpfen müssen, waren sie selbstgefällig und impulsiv. Sie wollte schreien: Du bist gefeuert! Aber sie schluckte es rechtzeitig herunter. Ganz egal, wie fest sie mit den Füßen auf dem Boden stand, jeden Tag konnte es passieren, dass man sie vom Teppich fegte – es war immer besser, die Fassung zu wahren, wenn das Gegenüber seine verlor –, und jetzt spürte sie, wie sich die Sympathien der Crew in ihre Richtung neigten. Wozu deren Zuneigung verspielen, nur um das letzte Wort zu haben? Sie ließ es geschehen. Ein verletztes Schweigen würde ihr dienlicher sein. Und tatsächlich kamen sie zu ihr, nachdem er gegangen war, fragten, ob es ihr gut ginge, boten ihr ein warmes Getränk an. Sie schüttelte den Kopf und lächelte tapfer. Wir machen weiter mit dieser Einstellung, sagte sie. Wenn die Crew später darüber tratschen würde, gäbe es jetzt eigentlich nur eine Möglichkeit, wie die Geschichten enden konnte: Fräulein Riefenstahl war ein echter Vollprofi.

Als sie den Anruf vom Reichsministerium für Volksaufklärung und Propaganda erhalten hatte, in dem man sie darüber informierte, dass *Tiefland* genehmigt worden war, liefen ihr stumme Tränen der Erleichterung über die Wangen, auch wenn sie ihren knappen bürokratischen Tonfall beibehielt. Die Finanzierung stand, und sie konnten anfangen, sobald sie die Liste mit den Crewmitgliedern eingereicht und das Ministerium bestätigt hatte, dass jeder Einzelne unbedenklichen Bluts war. Sie würden einen Termin vereinbaren, damit sie die Verträge für den Doktor unterzeichnen konnte.

Vielen Dank, sagte sie, ich kann es kaum erwarten.

Sie legte den Hörer zurück auf die Gabel und tanzte vor Freude allein um ihren Küchentisch in Berlin – sie hatte vor, so viel Zeit wie möglich mit diesem Film zu verbringen, oben in den Bergen, weit weg von dem, was in den Städten geschah. Kaum hatte sie damit angefangen, ihre Ideen für das Szenenbild von *Tiefland* zu zeichnen, war die Migräne, die sie schon seit Monaten quälte, verschwunden. Alle wussten, dass Herr Hitler sie von Anfang an begünstigt hatte, aber niemand wusste, wie viel komplizierter es geworden war, das zu tun, was sie wollte, ohne die Partei zu verschrecken. Wenn sie wollte, dass die NSDAP weiterhin ihre Projekte finanzierte und priorisierte, musste sie es schaffen, wichtig für sie zu bleiben, während sie gleichzeitig ihrer eigenen Kunst nachging.

Am besten machte man sich jemanden zunutze, indem man ihn denken ließ, er sei es, der einen benutzte. Herr Hitler hatte ein Faible für sie, und sie konnten sich mühelos gegenseitig in kreative Aufregung versetzen, wenn sie ganz abstrakt über eine bevorstehende Zusammenarbeit sprachen, was ihr einiges an Spielraum gab: Natürlich wollte sie *Tiefland* machen, weil die Berge so prachtvoll waren, sie erinnerten sie an das Volk! Ein Geschenk an ebendieses, eine Rückkehr zum Mystischen, ein Tribut an das Land. Ja, es sah so aus, als müsse sie Martha, die Hauptrolle, selbst spielen, schließlich war sie einmal Tänzerin gewesen – und es schien, als gäbe es keine von der Partei bewilligte Schauspielerin, die sich besser für die Herausforderungen dieser Rolle eignete. Wie fantastisch, dass ihre persönlichen Wünsche so sehr mit den Visionen der Partei von einer neuen Ordnung der Dinge übereinstimmten. Meine ästhetischen Ambitionen, Ihre politischen Absichten. Wir sprechen dieselbe Sprache in unterschiedlichen Zungen, wir bewegen uns für die Zukunft auf eine unerschütterliche Reinheit zu.

Wer wie üblich Zweifel hatte, war der Doktor.

Schon wieder ein Bergfilm? Er presste nachdenklich die Fingerspitzen aneinander. Da frage ich mich doch – was sollen wir im Moment damit anfangen? Sie wissen, wie sehr wir Ihre Filme bewundern, aber wir können nur etwas finanzieren, das auch Hand und Fuß für uns hat. Das verstehen Sie doch sicher?

Der Doktor durchschaute sie, und dafür hasste sie ihn.

In einem anderen Universum, dieser widerwärtige Gedanke war ihr einmal für eine Sekunde gekommen, hätten sie ein gutes Team abgeben können: ein engagiertes Duo, das einander perfekt verstand. Unter den gegebenen Umständen war er eine Hürde, die ihr beständig im Wege war. Und doch konnte der Doktor sie nicht aufhalten, solange Herr Hitler ihr den Rücken stärkte. Das war für den Doktor der wundeste Punkt. Anfangs noch hatte Leni damit kindisch geprotzt, aber sobald sie gemerkt hatte, dass die Abneigung des Doktors gegen ihre besondere Nähe zu Herrn Hitler über das Berufliche hinausging, hütete sie sich davor, ihn weiter zu provozieren.

Als Propagandaminister kontrollierte der Doktor nicht nur die Finanzströme für die Künste und das Budget einer jeden Produktion, er entschied auch, ob man selbst und die eigene Arbeit deutsch oder undeutsch waren. Eckte man bei ihm an, konnte er auf der Stelle mit einem Blatt Papier und einem Gummistempel dafür sorgen, dass man nie wieder Arbeit in diesem Land bekam. Er war es, der die Bücherverbrennungen und die Feuersprüche angeführt hatte: Gegen Dekadenz und moralischen Zerfall! Für Zucht und Sitte in Familie und Staat! Ich übergebe der Flamme die Schriften der feigen Verräter Erich Maria Remarque, Heinrich Mann und Kurt Tucholsky. Verschlinge, Flamme, diese Schriften!

Jede Nacht betete Leni, Deutschland möge den Krieg gewinnen.

Sie betete nicht etwa so unnachgiebig, weil sie Patriotin war oder der Partei gegenüber loyal, auch nicht, weil Herr Hitler nichts falsch machen konnte, sondern weil sie, ganz ehrlich, nicht mit den anderen zusammen untergehen wollte. Wenn sie gewannen, könnte sie wieder ganz oben stehen. War es denn wirklich so falsch, für sich selbst das Beste zu wollen? Sie hatte alles auf eine Karte gesetzt. Bei ihrer Zusammenarbeit in früheren Jahren war alles so vielversprechend gewesen – die Wirtschaft hatte sich stabilisiert, die NSDAP war angesehen, ihre Filme wurden gefeiert. Jetzt lagen die Dinge anders. Leni zog sich nicht mehr vollständig aus, bevor sie ins Bett ging. Es war sicherer, in seinen Kleidern zu schlafen. Falls etwas geschah, zog man den Mantel über, schnürte die Stiefel und rannte los. In ihren Träumen lief sie oft ziellos und mit ausgedörrtem Mund vor etwas weg, aber wenn sie sich umdrehte, war niemand hinter ihr.

An den meisten Tagen erwachte Leni voller Angst, aber sie konnte ihrer Crew nicht ihr sorgenvolles Gesicht zeigen, nicht, wenn sich *Tiefland* wie eine kraftspendende Gemeinde anfühlte, die durch einen Zauberspruch geschützt war: Wenn auch nur eine Person anfing zu fragen, warum sie einen Bergfilm über einen Schafhirten und eine Tänzerin drehten, während die Welt um sie herum verrückt geworden war, würde alles zu Staub zerfallen – sie würden zurück in die Stadt gehen, für Essensrationen anstehen und in Bunkern hocken. Das durfte nicht geschehen.

Sie war die magische Stütze, an die sich die ganze Crew lehnte.

Sie schluckte die Tabletten und Zusatzstoffe, die sie brauchte, um durch den Tag zu kommen – leichte Barbiturate gegen die Angst, Methadon gegen die Blasenentzündung, Johanniskraut gegen alles andere –, holte sich im Kantinenzelt etwas zum Frühstücken und ging zur Kabine mit dem Schnittplatz. Das Filmmaterial vom Vortag war für sie vorbereitet worden und wartete im Projektor auf sie. Sie war nicht sehr zufrieden mit dem, was sie sah. Man darf nur seinen eigenen Augen trauen – Leni fand ihren Gesichtsausdruck zu steif. Sie war nicht gut genug ausgeleuchtet, als sie die Szene betrat, und mehr Nebel war notwendig, damit sich der Zuschauer, wenn die Berge (die Momente zuvor noch kunstvoll verborgen lagen) enthüllt wurden, von ihrer Erhabenheit mitgerissen fühlte. Zum Glück konnte all das behoben werden. Sie würden die Szene heute noch einmal drehen – so oft wie nötig, um zu erreichen, was sie wollte.

Solange sie hier waren und konzentriert an *Tiefland* arbeiteten, konnten sie sich vormachen, dass alles in Ordnung war.

Das hier war ihre Welt, nicht die dort unten. Jeden Morgen summte Leni ihre Tonleitern, spürte das kitzelnde Murmeln ihrer eigenen Stimme in den Ohren, an den Wangen. Das Leben ist kurz, brummte sie, die Kunst ist lang. Bis die Tonleitern und Wörter nur noch Luft waren, die durch den Kehlkopf vibrierte, und kein Zweifel mehr bestand, nur das eine klare Ziel: *Ars longa* – sie war für nichts anderes verantwortlich als dafür, den bestmöglichen Film zu machen – *vita brevis*.

III

Morgenlicht ist kühler und weicher. Wenn Hans Haas bei Dämmerung auf seiner Runde durch das Gebirgstal die Augen schloss, konnte er hören, wie Schmitz das sagte. Die Sonne scheint vom Horizont, sie knallt nicht so runter wie zur Mittagszeit. Ihr Winkel ist schärfer. Nimm ein schwaches blaues Licht von weiter hinten. Überbelichte ein klein wenig, aber vergewissere dich erst, ob der Regisseur es akzeptabel findet. Wir müssen mit dem Licht sehr präzise sein, damit der Regisseur frei arbeiten kann.

Inmitten dieser idyllischen Kulisse in den Bergen fühlte sich Hans ganz ruhig. Wenn auch Schmitz hätte hier sein können, wäre alles perfekt. Während des Tages fand Hans ruhige Momente, um die Lichtqualität zu prüfen, zu beobachten, wie es durch den Nebel brach. Manchmal wachte er immer noch mitten in der Nacht auf und glaubte, sich feinen Sand aus dem Gesicht wischen zu müssen, verspürte den Impuls, nach seinem Gewehr zu greifen, aber er musste nur die Augen öffnen und die Bergluft einatmen, um sich selbst zu versichern, dass er sich nicht mehr in der Hitze der nordafrikanischen Wüste befand, sondern auf einer sauberen Strohmatratze in den Bayerischen Alpen. Er wurde nicht von einem lederhäutigen Zugführer in einem staubigen Kampfanzug herumgeschubst, er wurde von einer wachsamen Frau in einem gepflegten Kamelhaarmantel instruiert. Er war nicht auf der Verliererseite des Afrikafeldzugs in Sirte, er war am Set eines staatlich sanktionierten Bergfilms mit großzügigem Budget. Es gab klares Wasser, nicht nur zum Trinken, sondern auch zum Baden. Drei warme Mahlzeiten für die Crew, jeden Tag. Gestern hatte Fräulein Riefenstahl sogar die Karamellbonbons verteilt, die sie normalerweise für die Kinderstatisterie reservierte. Die Wärme des schmelzenden Milchfetts hatte einen unerwartet sauren Nachgeschmack auf seiner Zunge hinterlassen.

Hans war erst seit einer oder zwei Wochen am Set, und wie alle hier hoffte er, so lange bleiben zu können, bis der Krieg zu Ende war. Hier waren sie sicher. Er beaufsichtigte die Sicherheit der Tiere und der Statisten und assistierte Fräulein Riefenstahls Oberbeleuchter. Wenn er mit Bouncern und Gobohaltern hantierte, war er wieder in seinem Element, keine Astras und Karabiner mehr. Geschützmetall hatte etwas an sich, von dem ihm die Hände kalt wurden, wenn er das Magazin lud, selbst wenn es nur zu Übungszwecken war.

Am Ende seines zweiten Wehrmachtseinsatzes an der nordafrikanischen Front war Hans zur Erholung nach Berlin zurückbeordert worden, als die Riefenstahl Film GmbH ein paar im Urlaub befindliche Soldaten aus dem Afrikakorps ausborgen wollte, um die Sicherheit am Set aufzustocken, weil ein neuer Schwung Statisten für die Produktion gekommen war. Kandidaten mit technischer Erfahrung in der Filmindustrie wurden bevorzugt, damit sie gleichzeitig auch noch am Set aushelfen konnten. Als sie auf dem Heimweg durch Tirol kamen, hatte der Kommandeur gefragt, ob einer von ihnen Erfahrung beim Film hätte. Hans war einer der wenigen Auserwählten, die weitergereicht wurden, weil er als Beleuchtungsassistent bei der Ufa gearbeitet hatte, der ersten Adresse für Kinofilmproduktionen in Deutschland.

Hans kam am Maskenmobil vorbei und hörte, wie Fräulein Riefenstahl der Maskenbildnerin sagte, sie solle die Schminke dicker auftragen. Es tat ihm ein wenig leid, weil niemand wagte, ihr zu sagen, dass sie dadurch nur umso älter aussah. Das wäre alles kein Problem gewesen, wenn sie nicht so einen jungen Kerl für die Hauptrolle ausgewählt hätte: Franz gab vor jedem, der es hören wollte, damit an, dass ihn Fräulein Riefenstahl direkt von der Skipiste in St. Anton gepflückt hatte, weil er »genau ihr Typ« sei. Es sei in Ordnung, dass er noch nie geschauspielert habe, ihr sei nur wichtig, dass er über genau das richtige Aussehen verfüge, um ihren Angebeteten zu spielen. Wie dem auch sei, er war ein grauenhafter Schauspieler, und sie waren ein peinliches Leinwandpaar: Franz war noch keine zwanzig, und Fräulein Riefenstahl musste um die vierzig sein.

Hans sah dabei zu, wie sie eine Szene probten, in der sich der Schafhirte Pedro und die Tänzerin Martha auf einer Wiese trafen. Schau mich an, als würdest du mich begehren, kommandierte Fräulein Riefenstahl. Franz versuchte, seinem Blick Seele und Feuer zu geben, er riss immer wieder die Augen auf und verengte sie, atmete dabei hörbar ein und aus und stampfte mit dem Fuß auf wie ein Esel.

Alle anderen schafften es kaum, ihr Lachen zu unterdrücken.

Fräulein Riefenstahl forderte Zurückhaltung. Hans konnte sehen, wie sie – um in der Rolle zu bleiben – so zu tun versuchte, als wäre ihr nicht aufgefallen, dass die anderen auf ihre Kosten lachten, aber das alles ging völlig an Franz' breiten Schultern vorbei, bis sie schließlich verzweifelt ausrief: Schau mich an, als würdest du mich begehren, aber wie eine Jungfrau! Hans nieste. Fräulein Riefenstahl fiel aus der Rolle. Stimmt irgendwas nicht?, fragte sie allgemein in Richtung der Crew. Ich habe euch angeheuert, damit ihr meine Stärken hervorhebt, und nicht, um zu gackern, wenn wir technische Probleme haben.

Wäre Schmitz hier, dann hätte sich dessen Blick ganz bestimmt mit dem von Hans getroffen, und sie hätten laut losgeprustet. Dann hätte er Ärger bekommen, aber Schmitz fiel immer etwas ein, wie er ihn rausboxen konnte. Hans war Schmitz' Lehrling gewesen. Jeder in der Branche wusste, dass Schmitz einer der besten Oberbeleuchter in Berlin war, und Schmitz hatte ihm alles beigebracht, was er wusste.

Er hatte Schmitz in einer Ufa-Produktionshalle in Babelsberg kennengelernt. Das Set war hell erleuchtet, Leute flitzten wie Aufziehspielzeug herum, um ihre Position zu finden.

Sonnenaufgang, rief eine Stimme. Alle Führungslichter dimmen!

Die Lichter wurden gedimmt. Der Mann, der die Anweisungen rief, war stämmig, sein rotbraunes Haar passte irgendwie nicht zu seiner kräftigen Statur. Als der Herstellungsleiter ihm Hans vorstellte, zog er ein finsteres Gesicht und sagte, als wäre Hans gar nicht anwesend: Lange Arme, ja, aber dünn wie Streichhölzer!

Als sich Hans später die Finger an einem roten Licht verbrannte, sagte Schmitz zu seinem Untergebenen in der dritten Person: Natürlich zeigt uns der junge Haas gleich schon, was er taugt. Womit ist denn deine Aalhaut gefüllt, mit Pudding? Schmitz warf ihm ein feuchtes Handtuch hin und verstellte das rote Licht selbst. Willkommen in der Welt von Licht und Schatten, Hasi. Hans sah zu, wie die Hauptdarstellerin in einem waldgrünen Mantel das Set betrat – eine komplette Prachtstraße voller Straßenlaternen –, das Schmitz gerade in ein frisches frühes Morgenlicht tauchte.

Obwohl Licht ein wesentlicher Bestandteil von Filmen war, blieben Oberbeleuchter ganz ohne Anerkennung und Lob. Das hielt Hans nicht davon ab, Schmitz als wahren Künstler anzusehen. Als er dies Schmitz sagte, bekam er von ihm eine Kopfnuss. Wer will denn schon Künstler sein, sagte Schmitz, das sind nutzlose Schwuchteln! Bezeichne mich als das, was ich bin – ein Handwerker.

Hans Haas bewunderte seinen Mentor dafür, pragmatisch, aber fantasievoll zu sein.

Er konnte naturalistisches Nachmittagslicht auf einem geschlossenen Set mit einer einzigen harten Lichtquelle setzen, die er an einem Studioscheinwerfer befestigte, mit Musselin diffundierte und durch den cleveren Einsatz von Spiegeln verteilte. Hans hatte dabei zugesehen, wie er zwei Paar Handschuhe anzog, bevor er eine bewegliche Lichtquelle anhob und sie gleichmäßig von links nach rechts schwang, um vorbeifahrende Autos zu imitieren, Einstellung für Einstellung, mit unbeirrbarer Präzision. Wenn der Regisseur einen bestimmten Effekt durch das Licht erreichen wollte und der Kameramann ihn nicht genau hinbekam, wusste Schmitz sofort, wo er nachjustieren musste. Er rief nach einer anderen Linse, um das Licht zu verengen oder zu streuen. Am Set trug er immer Handschuhe, trotzdem hatte er viele Brandnarben an den Händen. Mit Hans sprach er in bestimmendem Ton und gab ihm klare Anweisungen zur Einrichtung, aber zwischen den Einstellungen redete er einfühlsamer, als Hans erwartet hätte. Licht sollte eine Geschichte erzählen, ohne die Aufmerksamkeit auf sich zu ziehen, sagte Schmitz dann.

Streuung mildert Unvollkommenheiten. Zieht man das Licht weiter weg von dem Objekt, auf das es fällt, kreiert man härtere Schatten. Das ist in Hollywood gerade sehr angesagt, aber alle wissen, dass wir mit *Das Cabinet des Dr. Caligari* die Ersten waren!

Schmitz zollte Hans Haas Anerkennung, wenn sie fällig war, während er Hans' Fehler als seine eigenen auf sich nahm. Bei einer Produktion hängte Hans gerade eine Hal 500 auf, als sich ein fehlerhaftes Teil löste und direkt neben dem Knöchel der tschechischstämmigen Schauspielerin Lida Baarova auf dem Boden aufschlug. Sie brach lautstark in Tränen aus. Der Produzent wollte, dass Hans gefeuert wurde, nicht nur von diesem Set, sondern gleich für immer von allen Ufa-Produktionen. Schmitz schaltete sich ein.

Das Ding hat sie noch nicht mal gestreift!

Hör mal, sagte der Produzent. Weißt du, wer sie ist?

Hans nickte.

Ich bin mir nicht sicher, sagte Schmitz sarkastisch. Ist das – Lida Baarova?

Mein Freund, sagte der Produzent. Du weißt genau, was ich meine.

Hans nickte erneut.

Sie alle hatten den Besuch des Propagandaministers am Set mitbekommen, wo er einen besonderen Platz hinter dem Regisseur eingenommen hatte. Sie alle hatten sogar gehört, wie Herr Doktor Goebbels damit prahlte, dass Fräulein Baarova den bezauberndsten Bauchnabel in ganz Deutschland habe. Sie alle hatten gesehen, wie Fräulein Baarova nach Drehschluss im chauffierten Wagen des Doktors weggefahren war und nicht einmal darauf gewartet hatte, dass der Wagen das Ufa-Gelände verließ, um sich auf dem Rücksitz in seine Arme zu werfen.

Also, sagte Schmitz. Sind wir jetzt die Fußabtreter der NSDAP? Ich sehe das gar nicht ein, ich bin nicht mal Parteimitglied. Du auch nicht, und unsere Schnullerbacke Haas auch nicht. Warum muss es uns dann interessieren, was irgendeine Reichstagsratte mit einer tschechischen Tussi treibt? Wir brauchen Prinzipien. Wenn du Haas feuern willst, musst du mich auch feuern!

Der Produzent warf Hans einen prüfenden Blick zu. Werd ja nicht übermütig, nur weil jemand für dich in die Bresche springt, sagte er, bevor er sich verzog. Schmitz klopfte dem Produzenten noch auf den Rücken, dann trat er zur Seite, um eine zu rauchen. Hans folgte ihm und sah zu, wie Schmitz seinen Tabak rollte. Vielen Dank, sagte er. Schmitz schüttelte den Kopf und atmete aus, bot ihm einen Zug an. Obwohl Hans nicht rauchte, akzeptierte er und versuchte, auf lässig zu machen, während er den Rauch inhalierte. Du verstehst das ganz falsch, Kleiner, sagte Schmitz. Das Richtige zu tun, ist nichts Persönliches.

Hans reichte Schmitz die Zigarette zurück.

Schmitz steckte sie sich wieder in den Mundwinkel. Er verzog das Gesicht.

Haas, mein Junge, sagte Schmitz. Es ist sehr schlechtes Benehmen, an der Kippe von jemandem zu ziehen und sie dann nass zurückzugeben! Ich kann das echt nicht verstehen, die ist doch an deinem Mund, nicht innendrin. Das musst du auf der Stelle klarkriegen, oder ich feuere dich höchstpersönlich, verstanden?

IV

Bevor sie sich zum Drehen in die Alpen zurückzog, musste sich Leni mit dem Doktor treffen, weil sie dessen Unterschrift für die Finanzierung von *Tiefland* benötigte. Für das Treffen zog sie sich so zurückhaltend wie möglich an: feste Stoffe, dunkle Farben, dicke Strümpfe, geschlossene Schuhe, das Haar ungewellt, minimales Make-up.

Nach der Verstaatlichung der einst privatwirtschaftlichen Ufa-Studios und ihrer Eingemeindung als Teil des Propagandaministeriums war Lenis Produktionsfirma, die Riefenstahl Film GmbH, eine von nur wenig verbliebenen Produktionsfirmen, denen es erlaubt war, eigenverantwortlich zu operieren.

Die Finanzierung für *Tiefland* war von Hitler autorisiert worden, was aber nicht hieß, dass es leicht gewesen wäre: Nach der lauwarmen Reaktion des Doktors auf ihr *Tiefland*-Vorhaben hatte sie sich weit aus dem Fenster gelehnt und Herrn Hitler geschrieben, um ihm ihr Konzept zu erklären, ohne dem Doktor eine Kopie ihrer Korrespondenz zukommen zu lassen, obwohl sie wusste, dass ihm das lieber war. Sie war gerührt, dass Herr Hitler ihr postwendend zurückschrieb – schließlich hatte er doch sonst noch genug zu tun –, um ihr zu versichern, sie solle weitermachen, er unterstütze sie, ganz egal, welches Budget sie für angemessen halte. Verzeihen Sie den Pragmatismus des Doktors, er handelt im besten Interesse der Partei – das tue ich ebenfalls, aber was genauso wichtig ist, ich habe außerdem größtes Vertrauen zu Ihnen, schrieb er.

Ich kann nur hoffen, Sie nicht zu enttäuschen, schloss sie ihre Antwort an ihn.

Seine Erwiderung war kurz: Sie können mich nicht enttäuschen. Das ist nicht möglich.

Oh, sie spürte, wie sie errötete, das war besser als Liebe! Herr Hitler und sie sahen sich nicht oft – und selbst wenn sie sich trafen, plauderten sie höchst selten über Persönliches, als müsse die Unantastbarkeit und Festigkeit ihrer Freundschaft mit allen Mitteln vor dem Schmutz der Banalität und Gefühlsduselei geschützt werden, und es sei ihnen nur erlaubt, ausschließlich über Visionen und Ideale zu reden – aber sie wusste, dass sie etwas Elementares verband: das Verlangen danach, dass die Welt strahlender, die Bühne größer wurde. Da waren Trompeten in ihrem Kopf und Blumen in ihrer Brust, wenn sie Herrn Hitlers Briefe las, aber sie würde ihren Sieg herunterspielen müssen, wenn sie sich mit dem Doktor traf. Jedes Mal, wenn sie den Doktor überging und sich direkt an Herrn Hitler wandte, wusste sie, dass sie darauf gefasst sein musste, irgendwann auf irgendeine Art dafür zu bezahlen. Er hatte seine hinterhältigen, zweischneidigen Methoden, um sich an ihr zu rächen.

Über den Doktor hieß es, er habe eine Schwäche für Schauspielerinnen, und Leni hatte durchaus beabsichtigt, dies zu ihrem Vorteil zu nutzen, aber da war etwas an ihm, das ihr verschlossen blieb, das ihn dazu veranlasste, sie auf Abstand zu halten.

Leni verstand es erst, als sie beschloss, sich mit seiner Frau anzufreunden. Magda war eine Parteisekretärin und ebenfalls eine der Frauen, die Herrn Hitlers besonderes Vertrauen genossen. Es schien, als seien alle Vertrauten von Hitler Frauen. Er hatte offenbar keine männlichen Freunde, so wie jeder, auf den sie sich persönlich verließ, männlich war. Ein kleiner Preis, den es für große Erfolge zu zahlen galt. Männer fühlten sich von Hitler eingeschüchtert, dachte sie, so wie Frauen missgünstig auf sie reagierten. Wie dem auch sei, männlich oder weiblich, kenne deine Feinde gut und ihre Ehepartner noch besser. Bringe ihnen teure Sahneplätzchen, wenn ihre andere Hälfte nicht in der Stadt ist, und vielleicht erfährst du etwas Neues.

Und tatsächlich, mitten in einem nachmittäglichen Geplauder, an dem nur sie beide teilhatten, ließ Magda die oberflächlichen Nettigkeiten beiseite, und nachdem sie sich versichert hatte, dass die Kinder in ein Buchstabierspiel mit ihrem Kindermädchen vertieft waren, warf sie Leni einen gierigen Blick zu, beugte sich tief über das Teetablett und sagte: Bitte, erzählen Sie mir, wie ist es, ihn als Künstlerin zu kennen?

Leni war bestürzt.

Die dämliche Magda schien unter ehelichem Kummer zu leiden – sie hatte Angst, dass Leni eine Affäre mit dem Doktor hatte. Von außen musste es aussehen, als arbeiteten sie eng zusammen. Leni konnte nur hoffen, dass dies kein weit verbreiteter Eindruck war! Bevor sie jedoch etwas erwidern konnte, fuhr Magda fort: Ist Ihnen jemals bewusst geworden, wie viel Glück Sie haben? Ich habe Joseph nur geheiratet, um *ihm* näher zu sein. Ach, schauen Sie doch nicht so schockiert, Leni, das ist ein offenes Geheimnis in der Partei, kein Geständnis zwischen Ihnen und mir. Damit würde ich Sie nicht belasten. Sie wissen ja, unser Führer muss unverheiratet bleiben, das ist wichtig für sein Ansehen. Aber lassen Sie mich das unter uns sagen: Es ist nicht dasselbe. *Es ist nicht dasselbe!* Er wird mich nie so ansehen, wie er Sie ansieht. Sogar Joseph, er sieht Joseph an wie der gute Inspizient, der er nun mal ist, aber wir haben gesehen, wie er Sie anschaut, Leni. Auf mich schaut er wie auf – wie auf eine Frau –, aber Sie sieht er an wie eine große Künstlerin!

Magda dachte gar nicht, sie hätte eine Affäre mit dem Doktor. Es war Hitler, nach dem sie sich sehnte. Leni war über die Direktheit dieser wilden Verkündigungen der Frau erschrocken, aber ein Teil von ihr wollte glühen vor Stolz: Wenn du willst, dass er dich auch so ansieht, dann schau doch, ob du Regisseurin werden kannst statt Sekretärin, und auch weniger durchschnittlich!

Dann verstand sie es – warum der Doktor seine Wutanfälle bekam –, auch er war eifersüchtig.

Das Teegeschirr wurde abgeräumt, und Magda schlug eine kleine Hausführung vor. Leni ließ es geschehen. Im Arbeitszimmer erfuhr Leni, dass der Doktor an der Universität Heidelberg über Literatur der Romantik promoviert und jahrelang versucht hatte, sich als Autor hervorzutun. Keines seiner Dramen war aufgeführt worden, keines seiner Gedichte gedruckt, erzählte ihr Magda, aber eine seiner fiktionalen Arbeiten war in Buchform erschienen. Ein Entwicklungsroman mit dem Titel *Michael*, inspiriert von Dostojewski. Leni war keine große Leserin, aber sogar sie konnte beim Durchblättern des persönlichen Exemplars der Goebbels in deren Bibliothek das seichte Jugendwerk des Doktors bloß belächeln. Sagen Sie Joseph nicht, dass ich es Ihnen gezeigt habe, sagte Magda. Er ist da sehr empfindlich, aber so, wie ich das sehe, ist ein Buch immerhin ein Buch, oder nicht, Leni?

Natürlich, pflichtete Leni ihr bei, Schreiben ist ein höchst lohnenswertes Unterfangen.

Ich wusste, dass eine kreative Frau wie Sie es verstehen würde. Magda lächelte sie an, während sie das vergilbende Taschenbuch zurück in die unterste Schublade legte. Ich freue mich sehr, dass sie zum Tee geblieben sind, Leni. Ich komme dieser Tage kaum noch dazu, richtige Gespräche zu führen. Sie kommen doch bald wieder, nicht wahr?

Leni erschien zum verabredeten Zeitpunkt im Büro des Doktors im Propagandaministerium, um ihr Geld zu bekommen. Sie klopfte an die Tür und wurde hereingebeten, aber er schien seiner Sekretärin etwas zu diktieren, während er sich eine Filmprojektion ansah. Jedes Mal, wenn sie den Doktor traf, war er gebräunter als beim letzten Mal, selbst im Winter. Ihn sich vorzustellen, wie er sich nackt unter einer Bräunungslampe räkelte, bereitete ihr Übelkeit. Er hob eine Hand, aber nicht, um Hallo zu sagen. Vielmehr war es ein Zeichen dafür, dass sie ihn nicht unterbrechen möge. Sie stand betreten da, bis der Doktor ihr bedeutete, sie solle sich setzen, während er seine Sache zu Ende brachte. Leni nahm ihm gegenüber auf einem zweisitzigen Sofa Platz.

Auf der Leinwand vor ihnen lief ein Hollywoodfilm.

Jedes Zeitalter von historischem Rang wird von Aristokratien gestaltet, sagte der Doktor zu seiner Sekretärin, wählte seine Worte mit Bedacht, den Blick auf die Leinwand gerichtet. Aristokratie im Sinne von, die Besten herrschen, fuhr er fort, ohne Leni anzusehen.

Niemals regieren Völker sich selbst. Diese Idee – nein, besser –, diesen *Wahnsinn* hat der Liberalismus erfunden.

Er hielt inne und rieb sich die Schläfen.

Seine Reden waren wie Zuckerwatte, dachte Leni. Wenn die Rhetorik wegschmolz, blieb nichts mehr übrig. Herr Hitler sprach wie ein Mystiker, aber mit einem Ziel. Danach wollte man sich am eigenen Schopf aus dem Sumpf ziehen, nicht einfach davonschweben. Während der Doktor weiterparlierte, sah Leni zu ihrer Überraschung Marlene Dietrich auf der Leinwand, die gerade in einen Westernsaloon geschlendert kam. Ihr blondes Haar war in kleine Löckchen gelegt. Sie trug ein Rüschenkorsett mit dunklem Spitzeneinsatz und einen mit bebenden Marabufedern besetzten Hut. Wie konnte sie nur so absonderlich gekleidet sein, ohne vollkommen deplatziert auszusehen? Es war ein angeborenes Talent, von dem Leni wusste, dass es ihr fehlte. Ihre eigenen Kleider waren praktisch, teuer und gut gearbeitet, aber das, was Marlene dort trug, hätte sie niemals tragen können, nicht einmal in einem Film. Leni hatte sich auf dieses Treffen vorbereitet, um die Kontrolle zu behalten, aber als sie Marlenes selbstsicheres Abbild, das aus dem Hollywoodfilm nach außen strahlte, im selben Raum sah, warf es sie sofort aus der Bahn.

Für die Rolle hatte Marlene einen auffälligen Schönheitsfleck direkt über ihrem Wangenknochen. Perfekt, dachte Leni bitter, sie sollte ihn immer tragen, er stand ihr hervorragend, er machte ihre ganze Vulgarität sichtbar! Marlene war derb, wenn sie mit ihrem Schönheitsfleck und dieser knappen Bekleidung in diesem Western herumflatterte; sie war derb als kleine Nebendarstellerin in Berlin, die sich die Augenbrauen viel zu dünn zupfte und sich die Lippen rot malte wie eine Hure; sie musste bereits derb geboren worden sein, und wie wenig sie getan hatte, um diesen Erfolg zu verdienen! Es lag jetzt über zehn Jahre zurück, aber Leni erinnerte sich noch gut daran, wie ihr an diesem Nachmittag im Jahr 1929 fast das Herz stehen geblieben war, als sie einen Anruf von Josef von Sternbergs Assistentin erhalten hatte, die ihr mitteilte, dass sie nicht für die Rolle der Lola Lola im *Blauen Engel* ausgewählt worden war. Sie mochte Jo, bewunderte seine Filme und hoffte darauf, eine Gelegenheit herbeiführen zu können, um mit ihm zusammenzuarbeiten. Es wäre praktisch die Überholspur nach Hollywood, wo sie bisher erfolglos versucht hatte, einen Fuß in die Tür zu bekommen.

Leni biss sich auf die Unterlippe und fragte: Dürfte ich erfahren, wer die Rolle bekommen hat?

Als sie den Namen »Marlene Dietrich« hörte, schnürte sich ihr der Hals zu, und sie verkündete ins Telefon: Wie wunderbar, bitte richten Sie Grüße von mir aus! Dann knallte sie den Hörer auf, warf eine halb leere Teetasse auf den Boden, dann die Untertasse hinterher. Später schnitt sie sich beim Aufräumen mit einer Scherbe in den Fuß. Selbst jetzt noch verspürte Leni einen Stich, wann immer sie diese dünne Narbe sah. Wie hatte es dieses unzivilisierte Nichts geschafft, sie, eine aufsteigende Schauspielerin mit einer beeindruckenden Liste an vorzeigbaren Filmauftritten, auszubooten? Marlene musste bereit gewesen sein, auf der Stelle mit Jo ins Bett zu gehen. Die besten Wünsche diesen beiden Betrügern. Sie waren beide verheiratet – nicht miteinander –, und sie hauten ab nach Amerika, um Filme zusammen zu drehen! Aber es war egal, dachte sich Leni damals weise, eine fette Kuh wie Marlene mit dem Feingefühl einer Vorstadtkellnerin würde es in Hollywood niemals weit bringen. Diese anspruchsvolle Bühne würde mit Sicherheit auf jemanden wie Leni warten. Jetzt machte es sie wütend, wie sehr sie danebengelegen hatte. Jedes Mal, wenn sie Marlene in einem neuen Hollywoodfilm sah oder auch nur ihren Namen hörte, traf es sie unvorbereitet und erschütterte sie bis ins Mark.

Wie gut der Doktor sie kannte, dass er diesen Willkommensgruß arrangiert hatte. Jetzt schickte er seine Sekretärin fort. Wir hören hier auf, sagte er, und machen nach meinem Treffen mit Fräulein Riefenstahl weiter. Es wäre unhöflich, unser Goldmädchen warten zu lassen. Bevor sich Leni sammeln und die lebensgroße Projektion ihrer mit falschen Wimpern blinzelnden Erzfeindin verdrängen konnte, spielte der Doktor seine Karten aus. Fräulein Riefenstahl, sagte er und wandte sich ihr fürsorglich zu. Wo kommen Sie denn gerade her?

Er schenkte ihnen beiden einen Drink aus einem Dekanter ein.

Von nirgendwo, sagte sie, fest entschlossen, ruhig zu bleiben. Eigentlich von zu Hause.

Ach, sagte er. Das war mir nicht klar. Wie Sie gekleidet sind – ich hatte befürchtet, ich dachte: Liebe Zeit, kommt sie gerade von einer Beerdigung? Leni antwortete nicht. Wie gut, dass dies nicht der Fall ist, sagte der Doktor und reichte ihr den Drink. Prost?

Nein, danke, antwortete sie.

Nein?

Ich trinke nicht, erwiderte sie wahrheitsgemäß. Von Alkohol werde ich müde und schwindelig.

Das erklärt alles, sagte der Doktor und roch an dem Drink, den er ihr eingeschenkt hatte. Wenn Sie sich niemals lockermachen, dann verwundert es kein bisschen, wie angespannt Sie sind! Er stieß mit sich selbst an und trank beide Gläser nacheinander aus. Als er fertig war, schmatzte er und nickte in Richtung der Leinwand. Der neueste Klamauk von unserer guten Marlene Dietrich, sagte er. *Der große Bluff.* Sie erobert L.A. im Sturm, nicht wahr? Wir sitzen hier mitten im Krieg, und sie findet es angemessen, in einem Hollywood-Cowboyfilm mitzuspielen. Der Doktor beugte sich zu ihr vor. Und wie, glauben sie, heißt ihre Rolle in dem Film?

Leni schüttelte den Kopf.

Frenchy. Der Doktor schürzte die Lippen. Sie heißt Frenchy. Natürlich weiß sie, wie sehr uns das schmerzt, mitten im Krieg mit diesen Franzmännern. Er fuhr mit dem Finger über sein leeres Glas, erzeugte ein fürchterliches Quietschen. Fräulein Riefenstahl, fuhr er fort, wir freuen uns so sehr, dass wir Sie haben. Sie sind der einzige Star, der uns versteht. Zarah Leander und Marika Rökk sind Hingucker, aber sie kommen von außen. Söldnerinnen. Lida war Tschechin, aber ich kann Ihnen ganz persönlich versichern, dass sie im Herzen eine wahre Deutsche ist. Sie hat Angebote aus Hollywood abgelehnt, um bei uns sein zu können, es ist zu schade, dass wir sie wegschicken mussten. Aber Sie, Fräulein Riefenstahl. Sie sind der Inbegriff einer guten deutschen Frau, nicht wahr?

Leni saß steif auf dem Sofa und wünschte sich, sie hätte den Drink angenommen, nur um jetzt etwas in den Händen zu haben. Sie nickte vage, während der Doktor fortfuhr: Marlene Dietrich hat ihren Pass zurückgeschickt. Wir haben jetzt eine Belohnung auf sie ausgesetzt. Nur ein wenig niedriger als die für Einstein. Natürlich sollten wir sie lebendig kriegen, damit wir sie einsetzen können. Er gluckste – ein feuchter, klebriger Laut. Sie wusste nicht, ob seine Kopfgeldliste eine Metapher war. Erinnern Sie mich, fügte er hinzu. Haben Sie die Dietrich getroffen, als sie in Amerika waren?

Nein, sagte sie argwöhnisch. Ich habe sie nicht getroffen.

Schade.

Wir haben uns nie gut verstanden.

Nein?

Nun, ich denke wohl, dass mich Marlene immer als Konkurrenz gesehen hat.

Oh, ich verstehe, sagte er und tat so, als würde er darüber nachdenken. Warum sollte sie? Wie auch immer, fuhr er übergangslos fort, als hätte er sie nicht gerade beleidigt, was ist mit Clark Gable?

Was soll mit ihm sein?

Haben Sie Clark Gable denn gar nicht getroffen, als Sie in Hollywood waren?

Leni wusste nicht, warum der Doktor diese Spielchen mit ihr spielte, ihr Fragen stellte, auf die er die Antworten kannte. Es war nicht der richtige Zeitpunkt, sagte sie. Ich muss Sie wohl kaum daran erinnern, warum.

Der Doktor lächelte und lehnte sich auf der Couch zurück.

Sie werden doch sicherlich nicht das Urteilsvermögen der Partei infrage stellen? Das wäre nicht richtig, und unser Führer wäre doch sehr überrascht, dies zu hören. Wir fragen. Er gibt brillante Antworten. Ich verehre ihn. Ohne Frage. Unser Interesse an Ihrem Erfolg ist natürlich nicht ohne Eigennutz. Ihre internationale Anerkennung färbt auf das Ansehen unserer Nation ab. Aber wir brauchen skalierbare Erträge. Es gibt jede Menge Künstler und Schriftsteller, die mein

Ministerium wie heiße Kartoffeln fallen gelassen hat. Haben Sie von Max Ehrlich gehört?

Nein, sagte sie monoton, habe ich nicht.

Lassen Sie es mich so formulieren, sagte der Doktor, Sie werden auch nichts mehr von ihm hören.

Zwischen ihnen entstand eine angespannte Stille. Der Doktor legte eine Hand auf ihr Knie. Seine Finger waren kalt und schlaff. Etwas an seiner Berührung machte es für Leni offensichtlich, dass er seine Hand dort hingelegt hatte, um ihr Angst einzujagen, und nicht, um einen Annäherungsversuch zu wagen. Ein schrecklicher Trost: Hurra, dieser Mann will mich nicht physisch belästigen, er versucht nur, mich psychisch unter Druck zu setzen. Es so auf den Punkt zu bringen, machte es einfacher, pragmatisch statt emotional zu reagieren. Sie tat so, als müsse sie sich an der Wade kratzen, um ihr Knie von seiner Hand wegzubewegen. Es funktionierte. Wo waren wir? Der Doktor nahm seine Hand weg und tippte sich an die Schläfe. Ach ja, Clark Gable. Worauf ich vorhin eigentlich hinauswollte, war, dass auch er auf unserer Kopfgeldliste steht.

Wieso Clark Gable?

Hat unser Führer Ihnen das nicht gesagt? Clark Gable ist sein Lieblingsschauspieler.

Aber er ist Amerikaner.

Dann hat er es Ihnen nicht erzählt, sagte der Doktor aufgeregt. Er sagte mir, Clark Gable sehe aus wie ein echter Mann. Und ich stimme ihm zu. Sie nicht? Der Mann hat so etwas Unangreifbares an sich. Wenn wir ihn je in die Finger bekommen, schicken wir ihn zu Ihnen.

Wozu?

Haben Sie *Vom Winde verweht* gesehen?

Das war mit Sicherheit eine Fangfrage. Leni war erleichtert, dass sie den Braten gerochen hatte. Natürlich nicht, sagte sie. Wo sollte ich ihn mir auch ansehen, wenn das Ministerium ihn verboten hat?

Mein liebes Fräulein Riefenstahl, der Doktor tätschelte ihr Knie wieder an genau derselben Stelle wie zuvor. Sie würden ihn sich natürlich im Ministerium ansehen. Er lächelte sie an. Auf der Leinwand tanzte Frenchy auf der Theke, eine Waffe im Holster. Wir finden *Vom Winde verweht* hervorragend, fuhr der Doktor fort. Etwas Mitreißendes, um die Fantasie des Volkes zu beschäftigen, damit die Leute nicht auf jedes Gerücht von der Straße anspringen. Er findet, Gable wäre wunderbar in einer völkischen *Vom Winde verweht*-Version. Sie könnten Regie führen, sobald Sie mit diesem Bergfilm fertig sind. Zugegebenermaßen warten wir alle darauf, dass Sie noch mal so was wie *Triumph des Willens* machen, aber das wollen Sie gar nicht, oder? Sie wollen etwas Neues ausprobieren. Unsere Agenten in Amerika sagen, Frank Capra sei beauftragt worden, ein Gegenstück zu ihrem Meisterwerk zu versuchen, und es wird sie freuen zu hören, was er geantwortet hat: »Riefenstahls Können – das ist wirklich einschüchternd.« Gott allein weiß, warum Sie Ihr Talent an Bergfilme verschwenden. Was finden Sie bloß an diesen Bergen, meine Gute?

Er ging zu seinem Schreibtisch und holte einen Stapel Papiere hervor.

Ein Vertrag über sieben Millionen Reichsmark, der auf ihre Unterschrift wartete. Selbst am oberen Ende koste ein Spielfilm in Babelsberg höchstens eine halbe Million Reichsmark, meckerte er weiter, während sie jede Seite paraphierte. Aber so, wie er es verstanden hatte, gäbe es ja eine Spezialgenehmigung für sie. Wen können wir bei einem solchen Budget denn in der Hauptrolle erwarten? Würde sie einen Namen von Weltniveau aus dem Ausland mitbringen, wie Clara Bow oder die Garbo, oder konnte es sein, dass sie sich selbst eine goldene Nase damit verdienen wollte? Er würde sich persönlich für die Abrechnungsbögen interessieren, sie solle sie ordentlich führen! Wenn man bedachte, dass ihr Budget vierzehnmal so hoch war wie die durchschnittlichen Spielfilmkosten, dann hätten sie entsprechend hohe Erwartungen an *Tiefland*. In Kriegszeiten könne ein Film nur das eine oder das andere sein: ein Ruf zu den Waffen oder eine Gutenachtgeschichte. Würde ihrer ein Schlummerliedchen werden? Je früher sie fertig werde, desto besser. Wenn der Krieg vorbei sei und sie gesiegt hätten, würde man sie garantiert bitten, die Siegesparade zu filmen, und zwar mit einem noch viel größeren Budget! Schaffte sie es wohl, mit nur einem Film die gesamte Staatskasse zu plündern? Dann könnten alle Kuchen essen, und sie dürfte nach Lust und Laune mit allen teuren Sachen spielen: Kränen, Schienen, Miniaturen, den neuesten Arriflex-Präzisionslinsen!

Wäre das nicht etwas, worauf Sie sich freuen könnten, Frollein Regisseurin?

Die Stimme des Doktors war immer höher, immer dünner geworden, während er sich über sie lustig gemacht hatte. Sie wollte ihm nicht zeigen, wie sehr es ihr an die Nieren ging, und schaffte es, keine Miene zu verziehen, obwohl sich ihr Atem beschleunigt hatte und sie merkte, wie sich ihre Brust hob. Auch der Doktor hatte es bemerkt. Er musterte sie, bevor er seinen Blick auf ihrer sich hebenden und senkenden Brust ruhen ließ. Erst als sie den Mund aufmachte, um etwas zu sagen, löste er den Blick. Ja, sagte Leni und zwang sich zu einem Lächeln, obwohl sie merkte, wie ihre Lippen bebten, all das würde mich sehr freuen. Hervorragend, sagte der Doktor und schenkte ihr ein ebenso kaltes Lächeln. Ich hätte nichts weniger von Ihnen erwartet.

Leni stand auf, um zu gehen. Der Doktor verneigte sich.

Es war wundervoll von Ihnen vorbeizuschauen, sagte er, aber würden Sie beim Gehen meine Sekretärin wieder hereinschicken? Wir müssen mit der richtigen Arbeit weitermachen. Sie melden sich jederzeit, wenn Sie etwas brauchen, nicht wahr?

Auf der Leinwand warf Frenchy einem Mann mit einem Bierkrug einen Luftkuss zu.

Sieben Millionen Reichsmark klangen gewaltig, aber am Set konnte Geld sich sehr schnell in Luft auflösen. Als Leni den Schnittplatz verließ, um die Crew darüber zu informieren, dass sie die gestrige Szene nachdrehen würden, sagte der Regieassistent vor allen Leuten: Aber wir haben schon die Szene mit dem Wolf vorbereitet, Fräulein Riefenstahl. Wenn wir jetzt neu einrichten, wirft uns das mindestens eine Stunde zurück, und für den späten Nachmittag ist Bewölkung angesagt. Sind Sie sicher, dass Sie nicht mit der Wolfsszene anfangen wollen?

Ich bin mir sicher, sagte Leni sanft, aber bestimmt, und ich will, dass wir alle am selben Strang ziehen. Lasst uns zuerst einmal Marthas Szene richtig machen. Es bringt doch nichts, die Dinge zu überstürzen, oder was meinen Sie?

Dann konzentrieren wir uns jetzt auf Martha, sagte der Regieassistent respektvoll zu ihr. Ich sage denen, sie sollen den Wolf wieder in seinen Zwinger bringen. Wir drehen »Martha kommt ins Dorf« nach, rief er der Crew zu. Alles zurücksetzen! Sagt den Statisten Bescheid! Den Wolf zurück in den Zwinger, und beruhigt ihn wieder!

Nachdem sich alle zerstreut hatten, kam der Produktionsleiter noch einmal zu ihr.

Fräulein Riefenstahl, sagte er. Es macht mir wirklich keine Freude, Ihnen das sagen zu müssen, aber das Budget ist ziemlich am Wackeln. Wegen der ständigen Nachdrehs und der Krankheitstage. Genau das wollte Leni in diesem Moment nicht hören. War er ein Dummkopf? Wenn sie mit dem Dreh fertig waren, würden alle vom Berg runter müssen. Oder versuchte er anzudeuten, dass sie bald um mehr Geld bitten müsste, damit der Dreh weiterging? Die widerwärtige Vorstellung, dem Doktor ein Telegramm schicken zu müssen und einen Besuch von ihm zu riskieren, war ein dringender Anreiz, um bedachter zu sein, aber für den Moment würde sie es drauf ankommen lassen. Sie wandte sich ihm mit einem schwachen Lächeln zu, drückte die Schultern durch und sagte mir leiser Stimme: Klaus, werfen Sie mir jetzt ernsthaft meine Blasenentzündung vor?

Er geriet aus der Fassung.

Fräulein Riefenstahl, so habe ich das nicht gemeint.

Ich strenge mich wirklich an, Klaus, sagte sie. Wissen Sie noch, als ich mir letztens die Wärmflasche vor den Unterleib geschnürt habe? Ich wollte wirklich weitermachen, aber ich hatte solche Schmerzen …

Natürlich, Sie müssen sich ausruhen, sagte er. Ich sorge dafür, dass alle bereit sind, und ich kümmere mich ums Budget. Es wird schon funktionieren. Danke, Klaus, sagte sie. Was wäre ich ohne Sie.

Ach, sagen Sie das nicht, Fräulein Riefenstahl, erwiderte der Produktionsleiter. Wir sind doch alle hier, um Ihre Vision zu unterstützen. Vielleicht ist es meine Vision, sagte Leni mit so viel Wärme, wie sie in der kurzen Zeit aufbringen konnte, aber es ist *unser* Film. Niemand von Ihnen darf das auch nur eine Sekunde lang vergessen.

Leni ging zur Beleuchtungs-Crew und machte den Oberbeleuchter ausfindig. Er richtete gerade mit dem neuen Beleuchtungsassistenten, den sie vom Afrikakorps ausgeliehen hatten, das Licht ein. Der Beleuchtungsassistenten war jung. Sein Gesicht und die Arme waren stark gebräunt, aber er hatte etwas Verunsichertes an sich. Sie fragte sich, ob er wohl wusste, dass der Sieg, der ihnen versprochen wurde, in weite Ferne rückte. Aber wenn sie weiter darüber nachdachte, löste das sicher eine Panikattacke bei ihr aus. Wir sind im Krieg, sagte sie sich, und ein brillanter Zangenangriff konnte alles verändern. Überlass es Herrn Hitler, konzentrier dich auf das, was vor dir liegt.

Hören Sie, sagte sie zu dem Oberbeleuchter und seinem Assistenten. Für eine Filmemacherin wie mich vermittelt das Licht in einer Szene genauso viel wie die Darsteller. Das Licht in den gestrigen Szenen hat nicht genügend dramatisiert – es war eher beliebig. Können Sie daran etwas ändern?

Da wir außen drehen, Fräulein Riefenstahl, sagte der Oberbeleuchter, lässt sich nicht so viel kontrollieren, aber ich werde mir etwas überlegen.

Davon bin ich überzeugt, sagte Leni. Sie wandte sich an den neuen Beleuchtungsassistenten und streckte die Hand aus. Er wirkte überrascht davon, direkt angesprochen zu werden, und nannte seinen Namen: Hans Haas, zu Ihren Diensten. Es waren bereits vier oder fünf Hans' am Set. Sie nahm seinen Namen kaum wahr, aber es war gut, jedem das Gefühl zu geben, geschätzt zu werden, wenn auch nur für eine Minute.

Ich habe gehört, dass Sie bei der Ufa waren, sagte sie. Das ist ziemlich beeindruckend.

Ich muss noch viel lernen, sagte er, und ich bin sehr dankbar, die Gelegenheit dafür am Set von Fräulein Riefenstahl zu bekommen.

Gut, sagte sie zerstreut, als sie ihren Ko-Darsteller in der Ferne erblickte, wo er seinen Rumpf dehnte. Er hatte die Ärmel hochgekrempelt, wohl, um mit seinen Muskeln anzugeben. Das hier war kein Schönheitswettbewerb; sie würde zu ihm gehen und ihn zurechtweisen müssen. Sehr gut, beendete sie das Gespräch, ich erwarte, dass Sie Dieter nach Kräften unterstützen. Lassen Sie uns hier alle unser Bestes geben. Denken Sie dran, ich will keinen Wandervogel-Naturalismus. Mehr Mythos, weniger Naturalismus. Zusammen müssen wir danach streben, die Sinne zu erheben!

V

Schwer zufriedenzustellen, diese Dame, sagte der Kameramann widerstrebend zum Oberbeleuchter und Hans, nachdem Fräulein Riefenstahl außer Hörweite war, aber eins muss
man ihr lassen, sie weiß wirklich, wovon sie redet. Sonst wäre
sie wohl nicht da, wo sie ist, sagte der Oberbeleuchter. Sie versteht ihr Handwerk. Es schadet nichts, wenn man sein Handwerk versteht, stimmte ihm der Kameramann zu, zusätzlich
zum Beine breit machen, so breit wie ein Dreifußstativ!

Hast du ihre Beine überhaupt schon mal gesehen?

Verdammt muskulös. Riesige Waden, nicht zu übersehen.

Zart ist mir lieber, die ist mir zu sportlich.

Glaubst du, es stimmt, dass der Doktor nur einen Hoden hat, so
wie Napoleon?

Komm schon, Dieter, das hatten wir doch schon. Sie wird sicher
nicht von der Wolfsschanze ins Rattennest hüpfen, meinst du nicht,
das wäre ein Problem?

Und was hab ich dir das letzte Mal gesagt, Jochen? Heilige Dreifal-
tigkeit, ganz offensichtlich. Hitler über die Veranda, Goebbels durch
den Hintereingang.

Na, dann machen wir mal besser weiter, bevor sie noch rüber-
kommt und uns ein paar von den Sachen zeigt, mit denen sie sich so
gut auskennt.

Damit hätte ich kein Problem, Jochen, oder was denkst du, warum
ich nachts ein Licht in meiner Hütte brennen lasse? Für die Motten?

Hans war vertraut damit, dass sich die Techniker gern in schlüpf-
rige Dialoge stürzten, er hatte in Babelsberg ihre Improvisationen an
einem Macho-Set nach dem anderen bewundern können, aber
Fräulein Riefenstahl war so nett gewesen, dass es ihn überraschte,

wie sie hinter ihrem Rücken über sie sprachen. Hauptdarstellerinnen bekamen es immer ab. An einem großen Set musste man ständig warten, und die tote Zeit wollte gefüllt werden. Aber soweit Hans wusste, hatte es noch nie eine Hauptdarstellerin gegeben, die zugleich auch als Regisseurin den Technikern Anweisungen gab, so wie Fräulein Riefenstahl. In einem Moment noch ließ sie sich das Make-up auffrischen, und im nächsten besprach sie mit dem Kameramann das Arrangement. Eine Frau machte einige Dinge anders, so viel stand fest. Sie hatte sich die Zeit genommen, nach seinem Namen zu fragen und ihm die Hand zu schütteln. Keiner der Regisseure, mit denen er zuvor gearbeitet hatte, wäre jemals auch nur im Traum auf so eine Idee gekommen. Als untergeordnetes Crewmitglied achtete niemand auf dich, und niemand wollte wissen, wie du heißt, es sei denn, du hattest etwas falsch gemacht und man wollte dir einen Anschiss verpassen, dein Gehalt kürzen oder dich feuern.

Der Kameramann scheuchte ihn herum, als sie die Szene einrichteten: Fräulein Riefenstahl würde auf einem Pferd hereinreiten. Sie wollte mehr Licht auf sich als gestern. Sie einigten sich auf dichten Nebel aus der Nebelmaschine, wodurch sich das Licht in den Partikeln fangen und eine tauige Qualität bekommen würde. Was hätte Schmitz getan? Beleuchte die Geschichte, die der Regisseur erzählen will, sagte Schmitz gern. Sag das niemals zu einem Kameramann, Hasi, aber nicht die Einstellung bestimmt das einzelne Bild. Sondern das Licht.

Hans schlug etwas vor, das er von Schmitz gelernt hatte: einen Kohlebogenscheinwerfer, der Fräulein Riefenstahl folgte, dazu mehrere Diffusionsschichten zwischen ihr und der Lichtquelle. Durch die Kamera sähe es aus, als würde sie leuchten. Sie probierten es aus, und sogar der Kameramann musste zugeben, dass es besser aussah als vorher. Ich habe vom Besten gelernt, hätte Hans gern gesagt, aber er wollte dem Oberbeleuchter nicht auf die Füße treten.

Abhängig von Fräulein Riefenstahls Blasenentzündung würden sie vielleicht noch eine Szene nach dem Mittagessen drehen, vielleicht aber auch nicht. Wenn ihre Blasenschmerzen wiederaufflammten, wären sie für den Tag durch. Er würde die Lichter abbauen, sobald sie abgekühlt waren, und sie den Berg hinunterbringen, die Statisten durchzählen und ihren Schlafsaal sichern. Dann mussten die Tiere gefüttert werden: Hafer für den Apfelschimmel, Essensabfälle für den Wolf. Danach würde er sich selbst eine warme Mahlzeit genehmigen und schließlich auf einen tiefen, traumlosen Schlaf hoffen. In Sirte hatte Hans nie länger als eine Dreiviertelstunde am Stück schlafen können, selbst wenn es eine richtige Mahlzeit gab und sie nicht nur Rationen unter einer Abdeckplane essen mussten, und ganz egal, wie viele Kilometer sie marschiert waren oder wie müde er war.

Leuchtjunge, hatte Schmitz dann immer zu ihm gesagt, sicher, dass du nicht ein bisschen was von dem Pervitin abgeben willst?

Die Gerüchte, dass Hans auf Amphetaminen war, machten die Runde. Vor dem ersten Feldzug baten ihn seine Zeltkameraden, ihnen etwas von seinem Vorrat abzugeben. Aufputschmittel waren ein Segen. Soldaten, die ihrer habhaft werden konnten, warfen sich vor der Schlacht welche ein, damit sie wachsamer waren und besser um ihr Leben kämpfen konnten. Ich habe keine, sagte er ihnen, und Schmitz flüsterte ihnen hörbar zu: Der Leuchtjunge will nicht teilen! Hans verdrehte die Augen vor Müdigkeit, aber seine Augenlider sprangen beim leisesten Geräusch auf, selbst wenn es nur das gedämpfte Summen seiner eigenen Gedanken war. Warum krochen sie durch die Wüste und riskierten ihr Leben für die Worte von Männern, die in dick gepolsterten Sesseln im Reichskanzleramt in Berlin saßen? Aber er wagte es nicht, Schmitz solche Fragen zu stellen, also betrachtete er Schmitz' schlafendes Gesicht, bis auch er eingeschlafen war.

Als die Ufa unter die Leitung des neuen Propagandaministeriums gestellt wurde, hatte der Doktor eine Rede im Ufa-Palast am Zoo gehalten. Dies sei ein Krieg, den sie auf vielen Bühnen führen mussten, auch der der Kultur, intonierte Propagandaminister Doktor Goebbels. Der fortwährende Dienst kreativer Fachkräfte in der Filmindustrie sei so unverzichtbar für das Produzieren deutscher, vom Ministerium genehmigter Filme wie der Dienst der Soldaten, die im Krieg kämpften. Einige Crewmitglieder fanden es absurd, dass Filme jetzt von einer staatlichen Behörde genehmigt und zensiert werden mussten, bevor es grünes Licht für die Produktion oder den Vertrieb gab, aber was konnte man schon groß tun, außer ein wenig herumzumeckern und dann mit der Arbeit weiterzumachen, schließlich wollte man seinen Job in dieser ungewissen wirtschaftlichen Lage behalten.

Die Altgedienten, die schon seit über zehn Jahren in der Branche waren, konnten sich mit einer von einem Regisseur unterschriebenen Bestätigung über die Mitarbeit an einem anstehenden Projekt um die Befreiung von der Wehrpflicht bewerben. Auch die meisten anderen blieben bereitwillig dabei, drängten und schleimten sich um die verbliebenen staatlich zugelassenen Regisseure in Babelsberg, damit diese sie für ihre Projekte engagierten. Aber Schmitz war einer der wenigen mit ganz anderen Vorstellungen.

An einem Wochenende gingen sie in ihrer Stammkneipe etwas trinken, als ein Streit eskalierte. Hans verstand nicht so richtig, worum es dabei ging.

Es gab so viele Parteien, Fronten, Koalitionen und Putsche, dass er kaum noch folgen konnte, die SPD, die KPD, die NSDAP, bis vor Kurzem auch die DNVP. Der Produktionskoordinator versuchte, alle zu überstimmen, indem er laut von »uns Arbeitern gegen diesen verdammten Altherrenklüngel« tönte. Der Filmlader, der der Gebildetste von ihnen allen war, sprach davon, dass Arbeitsplatzbeschaffung durch Wiederaufrüstung und Wohnraum Hand in Hand gingen mit dem »Aufbrechen der schändlichen Ketten von Versailles« und der »Beendigung eines Zustands, der uns in die Sklaverei geführt hat«. Der Tonassistent führte, kaum hörbar, die »Notwendigkeit eines Kompromisses« ins Feld. Demokratie ist für die Schwachen, sagte der Produktionskoordinator, damit der Tonassistent den Mund hielt, und der Filmlader stimmte ihm zu, es gäbe nur alles oder nichts. Jemand machte einen Witz darüber, dass die Linken und die Rechten sich nur dann einig wären, wenn sie die Mitte schlechtmachen konnten, haha. Krieg ist Krieg, und Schnaps ist Schnaps!

Hans war ein wenig betrunken. Auch wenn er ihre bierseligen Argumente nicht ganz verstand, so genoss er doch ihre ungehobelte

Kameradschaft, als Schmitz unvermittelt mit der Faust auf den Tisch schlug.

Freunde, sagte er. Ihr habt leicht reden.

Schmitz holte ein Blatt Papier aus der Tasche und reichte es herum. Es war ein Einberufungsbescheid mit seinem Namen darauf. Der Tonassistent war sehr betrunken und hielt das Papier gegen das Licht.

Und für wen kämpfst du, Schmitz?

Jeder wusste, dass Schmitz in keiner Partei Mitglied war, weder links noch rechts noch in der Mitte.

Parteien ändern sich, sagte Schmitz, das Land bleibt für immer.

Der Tonassistent lachte und griff Schmitz in den Schritt.

Sein Lümmel ist zu groß für die Unterhose! Schmitz macht auf dicken Max!

Ihr Wichte, sagte Schmitz. Verpisst euch oder haltet die Fresse.

Die Nacht endete wie üblich: Herumgespringe, zerbrochenes Glas, Hauerei. Schließlich wurden sie alle aus der Kneipe geworfen, als der Produktionskoordinator wie ein Hahn krähte, sich an eine füllige Kellnerin heranwanzte, die Arme ausstreckte, ihre beachtlichen Brüste betatschte und rief: Hallo Frühstück! Die resolute junge Frau trat ihm in die Eier, und die massiv betrunkene Truppe löste sich vor der Kneipe Köpfe zerzausend und Hände schüttelnd auf. Hans ging mit Schmitz bis zur Kreuzung am Alexanderplatz.

Ich komme mit, sagte Hans, als sie sich trennten.

Ich geh nach Hause, Haas.

Ich meine – ich rücke auch ein.

Leck mich, Haas.

Ich gehe mit dir mit.

Was hast du damit zu tun?

Ich bin dein Lehrling.

Du bist eine Nervensäge!

Hans reichte seine Kündigung am selben Tag ein wie Schmitz.

Kleiner, hatte Schmitz mehrmals zu ihm gesagt. Das ist Krieg und kein Abenteuerurlaub.

Aber für Hans, der niemals im Leben ein Vorbild gehabt hatte, war die Sache viel einfacher. Sein Vater war ein Nichtsnutz, der wegging, um Skat zu spielen, und beim Nachhausekommen seine Mutter verprügelte. Ein einziges Mal hatte Hans versucht, sich zwischen die beiden zu stellen. Dabei wurde er so schlimm verhauen, dass er die meisten seiner Milchzähne weit vor ihrer Zeit verlor. Er hatte es nie wieder versucht. Als er zu Hause auszog, hatte er zitternd seine Mutter gefragt: Du wirst doch zurechtkommen? Ja, sagte sie, natürlich. Ihre Stimme war dabei so fest, dass er fast über ihre feuchten Augen hinwegsehen konnte. Während seiner Lehrzeit bei Schmitz fand Hans in ihm jemanden, von dem er etwas lernen und an den er glauben konnte. Obwohl er eine stattliche Erscheinung war, wäre Schmitz der Letzte gewesen, der sich wichtigmachte. Er hätte seinen Assistenten das gesamte Equipment am Set herumschleppen lassen können, aber er half ihm dabei. Er mochte vor den anderen manchmal Witze über Hans reißen, aber wenn es drauf ankam, hielt er ohne zu zögern den Kopf für ihn hin. Deshalb wollte Hans mit ihm mitgehen, egal wohin, aber natürlich sagte er nichts in der Art zu Schmitz. Schmitz hasste sentimentalen Unfug und verdrehte die Augen, wenn sie eine schmalzige Szene für eine Produktion ausleuchteten. Alles Brauchbare, was er über das Leben wusste, kam von Schmitz, und unter dessen Kommando hatte er durchaus etwas Selbstbewusstsein erlangt. Er hatte noch einen weiten Weg vor sich, um ein ebenso guter Oberbeleuchter zu werden, aber das konnte warten.

Bevor sie ihren Marschbefehl erhielten und nachdem sie ihre anteiligen Gehaltsschecks abgeholt hatten, nahm Schmitz Hans mit in das Bordell am Ku'damm, das er häufiger aufsuchte. Pass auf, Hasi, sagte Schmitz. Je länger du es vor dir herschiebst, desto schwerer wirst du's haben, wenn du älter bist. Du wirst mir danken, wenn du verheiratet bist, sonst denkt deine Frau noch, du wärst ne Tunte – und davon mal abgesehen, was, wenn du im Einsatz als Jungfrau stirbst? Den Schuh zieh ich mir nicht an!

Schmitz bot ihm das Mädchen seines Vertrauens an.

Es ist dein erstes Mal, sagte Schmitz. Grüß Gunda von mir.

Gunda war sehr viel älter. Hans schluckte nervös, als er den Raum betrat. Sie hatte dünne Lippen und betörende Dehnungsstreifen auf Bauch und Oberschenkeln, die er berühren wollte, sich aber nicht traute, während sie fachkundig begann, seinen Penis zu lutschen. Sie lachte, als er versuchte, seine Erektion vor ihr zu verbergen. Hat Schmitz dir nicht gesagt, dass ich nicht beiße, sagte sie, oder du bekommst dein Geld zurück? Sie trug ihr Haar zu einem gewagten Knoten aufgetürmt, und Hans legte eine Hand auf ihren Kopf, nicht um sie wegzudrücken, sondern um zu sehen, ob sich der Knoten lösen würde. Der Moment, in dem ihr Haar herabfiel und ihr Gesicht umrahmte, war schöner als der Augenblick, in dem er unbeholfen versuchte, in sie hineinzustoßen. Bei allen guten Göttern, sagte sie, das ist doch kein Spieß, den du im Dunkeln werfen musst. Sie leitete ihn mit ihrer Hand an. Hallo, sagte er im Kopf zu Schmitz. Hier gehst du also hin, wenn du einsam bist? Als es vorbei war und Gunda sich ihr Haar wieder auftürmte, bemerkte Hans fasziniert, dass es derselbe unordentliche Knoten war wie zuvor. Er wollte sie bezahlen. Sie winkte ab, ließ ihn wissen, dass Schmitz bereits in Naturalien für alles aufgekommen war: Seidenstrümpfe, Haschisch, Kakaolikör.

Der Mann sieht vielleicht aus wie ein Bär, sagte Gunda, aber eins sag ich dir, Geschmack hat er. Es ist übrigens das erste Mal, dass er jemanden mitgebracht hat, fügte sie hinzu. Wer bist du eigentlich, sein kleiner Cousin? Hans erzählte ihr, dass sie zusammen bei der Ufa arbeiteten. Schmitz ist der beste Oberbeleuchter im ganzen Land, sagte Hans Haas stolz, und ich bin sein Assistent. Oberbeleuchter, sagte Gunda, das macht er also. Deshalb die verbrannten Hände!

Hans Haas wollte ihr ein Trinkgeld geben, aber Gunda sagte, sie akzeptiere kein Bargeld mehr und ließe sich nur noch in Naturalien und Wertgegenständen bezahlen. Seit dem Tod ihrer Schwester hatte sie kein Papiergeld mehr benutzt – Edda hatte sich in der Spree ertränkt, weil aus einem Darlehen von vierhundert Mark, das sie 1921 aufgenommen hatte, nur zwei Jahre später fünfundvierzig Billionen Mark geworden waren. Der Fisch stinkt vom Kopf her, aber jetzt waren sie den Kaiser und seine Kumpane los. Es ging aufwärts, die NSDAP machte vorzügliche Arbeit, was das Stabilisieren der Wirtschaft betraf, alles zu seiner Zeit, aber am besten lebte es sich doch von der Hand in den Mund. Wozu brauchte so freigeistiges Gesindel wie sie überhaupt Papiergeld? Um das Feuer zu schüren?

VI

Lenis Schlüsselbeine glänzten. Der Maskenbildner hatte Wunder bewirkt. Sie wischte sich loses Bronzepuder mit dem Handrücken von der Bluse, drehte Hals und Schultern, um zu sehen, wie sie sich am besten positionierte, wenn sie in ihrer Szene auf das Pferd und später wieder abstieg. Vielleicht war da etwas zu viel ums Dekolletee, aber sie war zufrieden mit dem, was sie im Spiegel sah.

Leni betrachtete die Statisten, die aufgereiht dastanden.

Die Maske bearbeitete ihre Gesichter mit dunklem Lidschatten und Rouge, damit sie dreckig und rotgesichtig wirkten, dunkler in der Hautfarbe: Die Statisten spielten maurische Bauern. Andere Regisseure oder Schauspieler mochten es bevorzugen, sich in ihre Wohnwagen zurückzuziehen, bis die Szene eingerichtet war, aber sie mochte nichts lieber, als ihre Runde zu drehen und auf noch so winzige Details zu achten, die sie verbessern konnte, indem sie darauf hinwies. Wenn gefilmt wurde, war alles wichtig.

Ganz vorn in der Schlange stand ein kleines Mädchen.

Mehr Kajal um die Augenwinkel, sagte Leni. Das Mädchen zappelte herum, während der Maskenbildner seine Arbeit machte. Das Mädchen fing an zu weinen, weil sie die Augen nicht offenhalten konnte, um die Bewegungen des Stifts zuzulassen. Schon gut, schon gut, wandte sich Leni dem Mädchen zu, nimm dir ein Bonbon! Sie schnippte mit den Fingern nach ihrer Assistentin, und diese zauberte eine Papiertüte mit Süßigkeiten aus ihrer Hüfttasche. Die Süßigkeiten waren aus echter Butter und Karamell gemacht, sie waren nur schwer aufzutreiben, selbst auf dem Schwarzmarkt. Dem Gesicht des Mädchens nach zu urteilen, war es schon lange her, dass sie zuletzt etwas zum Naschen bekommen hatte. Sie hatte aufgehört zu weinen. Leni setzte sich das Mädchen auf ihr Knie und strich ihr übers Haar. Das Mädchen lutschte laut schmatzend das Bonbon. Fräulein Riefenstahl, sagte das Mädchen und fuhr mit der Zunge über die Zähne, damit diese nicht mehr klebten. Hoffnungsvoll sah sie Leni an. Darf ich noch eins haben? Leni tätschelte den weichen Kopf des Mädchens. Natürlich, sagte sie und drückte ihr ein großes Bonbon in die Hand. Und bitte, nenn mich Tante Leni.

Tante Leni, erklärte das Mädchen feierlich, wenn ich groß bin, will ich Schauspielerin werden, so wie du.

Wie heißt du denn, Liebes?

Zäzilia, sagte das Mädchen, aber du kannst Zilla sagen.

Kinder waren so bezaubernd! Manchmal dachte Leni, sie würde ganz bestimmt eine fantastische Mutter abgeben. Mit allen anderen war sie ungeduldig, aber Kinder ertrug sie endlos. Sie würde es ihrer eigenen Mutter schon zeigen, die einmal gesagt hatte, Leni solle sich besser nicht fortpflanzen, sie sei so egozentrisch, dass sie nicht einmal in der Lage wäre, eine Zimmerpflanze länger als einen Monat am Leben zu halten. Schau, Mama! Sie strich über das weiche, zerzauste Haar und bat jemanden von der Maske, die Locken durchzukämmen, bis sie glänzten. Leni teilte sich ihren Spiegel mit dem Mädchen: Du bist aber hübsch, nicht wahr? Das Mädchen lächelte sie an. Als sie fertig war, umklammerte sie das Bonbon mit der Faust und rannte zum Lagerplatz, wo eine ältere Frau mit sorgenvollem Blick auf sie wartete. Leni nickte leicht in ihre Richtung, um ihr zu signalisieren, dass alles völlig in Ordnung war, da bemerkte sie unter den Statisten eine Teenagerin mit einem beeindruckenden Gesicht.

Leni stellte sie sich in einer Szene vor.

Die Statisten sollten mit dem Hintergrund verschmelzen, damit die Hauptrollen im Vordergrund strahlten. Gib dem Mädchen dort ein Kopftuch, sagte sie zu ihrer Assistentin. Ihr Gesicht ist zu präsent. Es wurde sofort ausgeführt. Leni sah zu, wie sich das Mädchen die Haare unter das Tuch steckte. Hübsche Gesichter hatten einen Startvorteil, und Leni war eine pragmatische Frau. Sie hatte eine sehr klare Vorstellung davon, wo sie in allen Bereichen stand. Ihr eigenes

Gesicht war keines, das in einer Menge Beachtung finden würde, aber sie hatte schon sehr früh verstanden, dass Männer ihr Publikum waren, und gelernt, eine tragbare Welt um sich herumzuspinnen, in die diese zwar Einblick hatten, aber die sie nicht verstehen konnten. Als selbstbezogene Geschöpfe sahen sie in ihrem Versäumnis, sie zu erfassen, nur den Reiz einer Frau. Und aus dieser Unschärfe schlug sie ihren Nutzen, nahm die Männer bei der Hand und deutete an, sie zu brauchen. Indem sie ihre Bedürftigkeit kundtat, weckte sie deren Verlangen, und zwar auf eine Weise, durch die es ihnen vollkommen natürlich erschien, sobald es sich in ihnen ausbreitete. Solange sie denken konnte, hatte dies bei ihr funktioniert. Der Erste war ein Chilene, der ihr einen Tennisschläger kaufte. Leni hatte keine Ahnung von Tennis, aber das sollte sie nicht daran hindern, im Tennis- und Eislaufclub der schaulaufenden besseren Gesellschaft Berlins aufzukreuzen, in weißen Söckchen, die sie zweimal umgeschlagen hatte, um ihre Knöchel zu zeigen.

Ich bringe es dir bei, sagte der Chilene, als er sie zum ersten Mal sah.

Ich hatte gehofft, Sie würden das sagen, erwiderte sie.

Eines Sommers wurde sie von einem rumänisch-jüdischen Produzenten mit einem aristokratischen Unterbiss am Strand angesprochen, wo sie in einem Badeanzug einen Tanz improvisierte, Ballettsprünge zur fröhlich plätschernden Brandung vollzog und dabei die Hände in den Himmel streckte, das Gesicht freudig dem Wind zugewandt. Er war so entzückt davon, dass er ihre Amateurhaftigkeit als Avantgardismus verstand und ganze Konzerthallen anmietete, um ihre »freien Assoziationstänze« darzubieten. Als sie sich das Knie brach, weinte sie untröstlich und fragte ihn: Bitte, sag mir, dass ich die deutsche Antwort auf Anna Pavlova war, oder nicht? Er küsste sie auf die Schienbeine. Ich zahle den besten Arzt in Berlin, sagte er. Du musst wieder tanzen.

Als sie am Nollendorfplatz am Bahnsteig auf die U-Bahn wartete, um bei einem angesehenen Arzt vorstellig zu werden, sah Leni ein Filmplakat: *DER BERG DES SCHICKSALS.* Darauf war die Silhouette eines Mannes zu sehen, der auf einen riesigen Berg kletterte, Arme und

Beine erhoben, als sei er mitten in einer Tanzchoreografie. Ihr Zug fuhr ein, sie ließ ihn weiterfahren. Wie in Trance humpelte sie zum nicht weit entfernten Mozartsaal, wo der Film gezeigt wurde: Schnee, Pathos, Schönheit! Als der Film zu Ende war, wusste sie mit vollkommener Klarheit, was ihre neue Bestimmung war. Sie konnte keine Tänzerin mehr sein? Dann würde sie eben eine weltberühmte Schauspielerin werden. Die Bühne vergaß schnell. Eine Filmrolle nicht.

Es dauerte eine Weile, aber schließlich schaffte es Leni, den richtigen Gesellschaftslöwen aus dem Kreis des Tennisclubs weichzukochen, um sich ein Treffen mit dem Regisseur Arnold Fanck in der Konditorei Rumpelmayer am Ku'damm zu sichern. Wie alt sind Sie, fragte er. Dreiundzwanzig, antwortete sie. Und haben Sie schon kleinere Rollen gespielt? Nein, sagte sie. Sie hebe sich für eine Hauptrolle auf. Ach, sagte er. Sie fragte ihn, ob er seine Filme am Originalschauplatz drehe, sie seien so beeindruckend. Er bejahte und erwähnte, dass seine Schauspieler aufgrund der extremen Wetterverhältnisse ihre Stunts selten selbst machten. Sie alle hätten professionelle Bergsteiger als Bodydouble. Wenn Sie mich besetzen, sagte sie, werde ich sehr gern meine eigenen Stunts machen. Überrascht antwortete er, er habe gar nicht gewusst, dass sie Erfahrung im Bergsteigen habe. An wie vielen Expeditionen habe sie denn schon teilgenommen und wo?

Noch an keiner, sagte sie. Aber ich weiß, ich werde es schaffen, wenn ich mich dafür entscheide.

Am Ende ihrer Unterhaltung ließ er sie wissen, dass er sie für seinen nächsten Film in Betracht ziehen würde, allerdings gebe es noch kein neues Drehbuch. Er leide gerade an einer Schreibblockade, gestand er. Vertrauen Sie mir, sagte sie, die Inspiration wird schon kommen, wenn es an der Zeit ist. Nachdem er gegangen war, machte sich Leni vom Café aus direkt auf den Weg ins nächste Krankenhaus, ohne Termin und ohne Sachen zum Wechseln, und überredete einen orthopädischen Chirurgen, sie am nächsten Morgen zu operieren. Eine Knieoperation war nichts, was man aus einer Laune heraus tat, und Fanck hatte ihr nichts versprochen, aber wenn alles so lief, wie Leni erhoffte, musste sie einen Schritt voraus sein. Ihr Knie war oberflächlich geheilt, aber es würde den Anforderungen des Bergsteigens nicht standhalten.

Sie sind aber kein Notfall, sagte der Chirurg.

Es ist sogar noch dringender, sagte sie, ich soll in einem Film mitspielen.

Als man sie im Morgengrauen narkotisierte, sah sie Wolken, Felshänge, Berge. Als sie in der Abenddämmerung aufwachte, ließ sie die Rechnung direkt an ihren rumänisch-jüdischen Bewunderer schicken und sandte ein Telegramm an den regieführenden Geologen, um ihm mitzuteilen, was sie getan hatte. Fanck erschien am nächsten Morgen auf ihrer Station, und es wurde sogar noch besser, als sie es sich ausgemalt hatte: Unter seinem Mantel zog er ein Bündel Papier hervor, das er in eine Zeitung eingeschlagen hatte. Ich muss zugeben, sagte er, ich wollte Ihr Telegramm ignorieren. Aber dann konnte ich nicht mehr aufhören, an Sie zu denken – eine junge Frau, die mit dir einen Kaffee trinken geht, und vierundzwanzig Stunden später hat sie sich das Knie operieren lassen, damit sie, *falls* du sie in deinem nächsten Bergfilm besetzen wirst, in der Lage wäre, ihre eigenen Stunts zu machen. Sie lächelte ihn an, fuhr sich mit der Zunge über die ungeschminkten Lippen. Und weil Sie mich ohnehin schon die ganze Nacht wachgehalten haben, sagte er, habe ich Ihnen das hier geschrieben.

Sie riss das Zeitungspapier ab und fand ein Manuskript mit dem Titel:

DER HEILIGE BERG

Es sollte ihre erste Zusammenarbeit sein, der noch viele weitere folgten.

Leni hielt Wort und übernahm alle Stunts selbst. Mit jedem Film, den sie drehten, wurde sie besser. SOS *Eisberg*, vorgesehen für die Veröffentlichung im nächsten Jahr, im Herbst 1933, würde sie in die Arktis führen, und sie hatte sogar schon die Actionszenen choreografiert.

Leni freute sich auf das Abenteuer und nahm es auf sich, für die Rolle mehr Kraft und Ausdauer aufzubauen. An jedem zweiten Tag ging sie in den Sportpalast und lief mit beschwerten Schienbeinschonern mindestens vier Runden. An diesem einen Nachmittag betrat sie die Arena und war unangenehm überrascht zu sehen, dass sie komplett gefüllt war und sie keine Möglichkeit hatte, die Anlage zu nutzen. Es schien sich um eine Wahlkampfveranstaltung anlässlich der bevorstehenden Reichstagswahlen zu handeln. Sie hatte noch nie an so etwas teilgenommen und war überrascht, wie gut sie besucht war. Da sie schon mal hier war, legte sie sich trotzdem die Gewichte an und machte Kniebeugen, während sie einem Mann mit einem schmalen Oberlippenbärtchen und seitlich gescheiteltem Haar zuhörte, der in ein Megafon sprach: Wann immer ich für die deutschen Arbeiter eintrete, ist es zum Wohl des Volkes. Das Rednerpult war weit weg, aber er hatte eine klare, temperamentvolle Stimme, die Leni aufhorchen ließ. Ich habe weder Besitztümer noch Anwesen von meinen Ahnen geerbt, fuhr er fort. Meine Interessen sind dieselben wie Ihre. Ich glaube, ich bin der einzige Staatsmann der Welt, der kein Bankkonto hat. Ich besitze keine Aktien, ich habe keine Beteiligungen an Firmen. Ich erhalte keine Ausschüttungen. Wir bekämpfen nicht den jüdischen oder den christlichen Kapitalismus, wir bekämpfen jeden Kapitalismus. Wenn Sie es mir erlauben, werde ich Sie vollkommen befreien.

Lenis Unterschenkel fingen in den beschwerten Schienbeinschonern an zu zittern.

Sie konnte vom hinteren Teil des Stadions aus sein Gesicht nicht genau erkennen, aber seine letzten Worte hatten die Arena umrundet und sich auf ihre nackten Schultern gelegt. Sie musste sich kurz hinhocken, um das Gleichgewicht wiederzuerlangen. Als sie aufstand, brach die Menge in einen vorletzten Heil-Hitler-Sturm aus, der sie mitriss. Wer ist das, fragte sie den Fremden, der inmitten des Mobs neben ihr stand. Er wird der Welt endlich zeigen, woraus wir gemacht sind, sagte der Fremde und hob seinen rechten Arm.

Es war nicht schwer, mehr über den Mann mit dem Bärtchen herauszufinden.

Seine antiindustriellen, antibürgerlichen und antikapitalistischen Reden wurden bei den frustrierten Arbeitern, die es kaum schafften, auch nur den nötigsten Lebensunterhalt zu verdienen, und hochverschuldeten Bauern immer beliebter. Alle waren sich einig, dass er ein brillanter Redner war, sogar seine Gegner mussten das zugeben. Er war wegen eines Putschversuchs im Gefängnis gewesen und jetzt Vorsitzender der extrem rechten Nationalsozialistischen Deutschen Arbeiterpartei, der NSDAP. Dieser Mann war auf dem Vormarsch, sinnierte Leni. Es wäre großartig, ihn persönlich kennenzulernen, und es konnte sicherlich nicht schaden, um ein kleines Gespräch zu bitten. Das Schlimmste, was passieren konnte, war, dass sie keine Rückmeldung bekam. Die Wahlen waren ein einziges Durcheinander, und alles konnte sich noch mehrmals drehen, aber man wusste ja nie, und *falls* er an die Spitze gelangte, dann wäre es zu spät. Jetzt war der richtige Zeitpunkt, sich bemerkbar zu machen, auch wenn sie keine Ahnung hatte, wie sie beide zusammenarbeiten könnten. Sollte die NSDAP bei den Wahlen schlecht abschneiden, wäre es für sie kein Verlust: Es gab für eine ehrgeizige Frau immer noch andere Männer, die man per Telegramm zu einer Tasse Kaffee bitten konnte.

Die Zeit war etwas knapp. In einer Woche würde sie für SOS *Eisberg* nach Grönland reisen, aber umso besser, das würde sie einfach in ihren Brief aufnehmen: Es ist sehr töricht von mir, Ihnen diesen Brief zu schicken, insbesondere, da wir bald schon unseren neuesten Bergfilm in der Arktis drehen werden, mit vierzig Zelten, zwei Tonnen Ausstattung und Eisbären, die wir vom Hamburger Zoo ausgeliehen haben. Mal sehen, ob ihn das nicht neugierig machte – bald schon würde sie viele Kilometer entfernt sein, um an einem unwirtlichen Ort Kunst zu erschaffen.

Zwei Tage vor ihrer Reise nach Grönland kam der Anruf: Würde Fräulein Riefenstahl morgen für einen Nachmittag nach Wilhelmshaven kommen können? Der Führer der NSDAP würde sich gern mit ihr treffen. Wenn sie Berlin morgens verließ, könnte sie gegen vier Uhr nachmittags eintreffen. Die Partei würde die Fahrtkosten erstatten. Man würde sie am Bahnhof abholen und nach Horumersiel fahren, wo er sich momentan aufhielt. Können Sie mir versprechen, sagte Leni atemlos, dass das kein Witz ist?

Am Morgen das immerwährende Problem, das nouveau-bourgeoise Frauen plagte: Der Schrank, die Kommode so voller Kleider, aber was sollte sie anziehen? Mit einem akribisch bemessenen Schuss an Übertreibung dachte sie, ihr Leben hinge davon ab. Sie wählte ein weißes gekreppstes Gesellschaftskleid aus Viskose und stutze sich ihr Haar.

Um vier Uhr war sie auf dem Bahnsteig in Wilhelmshaven.

Ein großer Mann in Zivilkleidung begleitete sie zu einem roten Mercedes. Die auffällige Farbe und Marke überraschten Leni. Im Wagen versuchte sie, das Gespräch in Gang zu halten. Was verschaffte ihr die Ehre einer so raschen Antwort? Sie hatte nicht einmal damit gerechnet, dass ihr Brief überhaupt gelesen würde. Nein, wirklich nicht!

Wir gingen vor einer Wahlkampfveranstaltung am Strand entlang, sagte der Adjutant, und sprachen über Filme. Unser Führer dachte darüber nach, mit wem er gern zusammenarbeiten würde, um die Partei in den Medien zu präsentieren. Ich schlug ein paar Namen vor, aber er schien nicht sehr beeindruckt. Er sah aufs Wasser und fragte mich, ob ich *Der heilige Berg* gesehen hätte, den Tanz der Hauptdarstellerin am Meer. Er sagte, dass diese Schauspielerin auch gerade damit anfinge, selbst Regie bei einigen sehr guten Filmen zu führen. Leni Riefenstahl. Sie sollten sich ihre Arbeiten einmal ansehen, sagte er, wir könnten sie gebrauchen. Eine Frau?, fragte ich – Sie werden mir verzeihen, ich wusste gar nicht, dass es auch Frauen in der Regie gibt. Und er sagte: Warum nicht? Als ich später zurück ins Hotel kam, war Ihr Brief zusammen mit der Post aus dem Braunen Haus eingetroffen. Ich sagte zu ihm: Sie haben am Nachmittag Leni Riefenstahl erwähnt.

Er sagte: Ja?

Sie hat Ihnen geschrieben.

Er nahm mir den Brief ab.

Nichts geschieht ohne Grund, sagte er zu mir, als er Ihren Brief las. Versuchen Sie, sie zu erreichen.

Der Mercedes wurde langsamer und hielt an, dann wurde ihr die Tür aufgehalten. Leni stieg aus, und da stand er, im Hintergrund das Meer. Er trug einen dunkelblauen Anzug mit einem weißen Hemd und einer schlichten blauen Krawatte. Keinen Hut. Seine Schuhe waren poliert, und um seinen Hals hing ein Fernglas. Sie begrüßten sich förmlich, und er fragte sie, ob sie ihn auf einen Spaziergang die Küste entlang begleiten wolle. Die Luft, sagte er, sei für die Jahreszeit ungewöhnlich warm. Sie wollte etwas sagen, das ihn beeindruckte. Sie wusste nicht recht, wie sie sich in seiner Gegenwart benehmen sollte.

Sie wiederholte fröhlich: Ungewöhnlich!

Er sah durch sein Fernglas und erzählte ihr von den verschiedenen Schiffstypen auf dem Meer. Das dort ist ein großer Kutter, erklärte er, der mit den unterschiedlich großen Segeln. Das da ist ein Gaffelsegler. Hier ist eine Jolle, und der große da drüben? Wahrscheinlich ein Heringsboot. Er wechselte die Gesprächsthemen scheinbar zufällig: In einem Moment war es Wagner (Ich *liebe* Wagner!, schaffte sie einzuwerfen), dann Ludwig II. Schließlich sprach er über Filme. Als sie sich in allgemeinen Bemerkungen erschöpft hatten, räusperte er sich und hielt es für angebracht, fast schon schüchtern zu sagen: Ich habe alle Ihre Filme gesehen. Sobald wir an der Macht sind, fügte er hinzu, hoffe ich, dass Sie unsere Parteifilme drehen werden. In dem Moment verstand Leni, dass sie die Oberhand hatte: Er wollte etwas von ihr. Sie wusste die Sache hinauszuzögern. Oh, sagte sie, ich habe ja *gar keine* Ahnung von Politik!

Umso besser, erwiderte er sofort. Ich brauche eine künstlerische Dokumentation unserer Zeit.

Er sei besonders begeistert von *Das blaue Licht,* sagte er. Musste er erwähnen, wie sehr es ihn beeindruckte, dass sie, die er immer als Schauspielerin angesehen hatte – als Star –, zugleich auch die Autorin, Cutterin und Regisseurin sei?

Leni wollte nicht, dass er sie als übermäßig kontrollierende Person wahrnahm, mit der es schwierig war zusammenzuarbeiten, und deshalb versuchte sie, das Ganze zu relativieren, indem sie ihm erklärte, der einzige Grund, warum sie zugleich mitspiele und selbst Regie führe, sei das schmale Budget gewesen, und sie hätte versucht, Geld zu sparen, indem sie die Produktionskosten niedrig hielt. In Wahrheit hasste sie es, für einen schlechteren Regisseur zu spielen oder eine schlechtere Schauspielerin zu inszenieren und war davon überzeugt, in beiden Bereichen bessere Arbeit abzuliefern, wenn man alles ihr überließ, aber bestimmt würde sie monoman erscheinen, wenn sie diese Motivation für ihre Vorgehensweise zugab.

Er runzelte die Stirn.

Das überrascht mich zu hören, sagte er. Vielleicht habe ich mich getäuscht?

Entschuldigung?, erwiderte sie erschüttert.

Ihre Darstellung der Junta sei so vollkommen rein, verkündete er. Er sei davon ausgegangen, dass sich diese Reinheit deshalb so offenkundig gezeigt habe, weil sie bewusst die Kontrolle über jedes Element ihres Films übernommen hatte, um sicherzugehen, dass er in keinster Weise verunreinigt wurde. Und genau das strebe er auch für Deutschland an. Es ist leicht, Anhänger zu finden, fügte er hinzu. Es ist nicht so leicht, Gleichgesinnte zu finden.

Ja, änderte sie sofort den Kurs, da haben Sie recht. Aber ich fange gerade erst an, selbst loszulegen, und ich bin eine Frau. Es wäre nicht gut, so offen zu reden, nicht, solang Fanck und Pabst und Lang …

Er hob die Hand.

Vergleichen Sie sich nicht mit anderen, sagte er. Seine Stimme nahm wieder die Schärfe an, die sie im Sportpalast gehabt hatte. Sie beleidigen sich, fuhr er fort, und Sie beleidigen mich: Ich bin mit deren Werk vertraut. Aber ich habe ausdrücklich darum gebeten, Sie zu treffen, weil ich in *Das blaue Licht* sehen konnte, dass Sie wissen, was es bedeutet, zu brennen.

Zu brennen?

Wenn Sie strahlen wollen wie die Sonne, sagte er, dann müssen Sie zuerst brennen wie die Sonne.

Sie konnte kaum atmen.

Wenn sie mit Brotjobs für die Partei anfing, dachte sie, und ihm gefiel, was sie machte, dann würde er vielleicht sogar eines Tages ihre

Spielfilme finanzieren. Fanck hatte sie immer unterstützt, aber sie entfernten sich zunehmend voneinander, seit Leni ihrer eigenen Wege ging. Ihre Alleingänge erhielten beträchtliche Aufmerksamkeit, und einige Leute waren fälschlicherweise davon ausgegangen, dass Fanck sie inszeniert hatte. Das ärgerte sie, und sie wollte sich von ihm distanzieren. Es war sehr viel besser, sich auf eine Organisation zu verlassen, eine Partei, mit der man eine professionelle Beziehung haben konnte, als sich auf die Gunst eines alternden Mentors zu stützen, auf die Launen eines wohlhabenden Sprosses, auf die kommerziellen Erwartungen einer Produktionsfirma an die Einspielergebnisse. Und Herr Hitler hatte irgendwie was Besonderes. Gut, er war in Wahrheit sehr viel schüchterner, als Leni erwartet hätte, er sah nicht besonders gut aus (zum Beispiel würde er ohne dieses Bärtchen schon mal besser aussehen, fand Leni), und sie hatte ihn sich größer vorgestellt, aber je mehr Zeit man in seiner Gegenwart verbrachte, desto weniger wollte man wieder gehen. War es diese ruhige Selbstsicherheit? Die NSDAP hatte noch nicht einmal ihre Sitze gewonnen, und doch sprach er schon über die Filme, die er nach der Wahl in Auftrag geben wollte. Oder vielleicht war es die poetische Ernsthaftigkeit, mit der er sprach? In ihren Filmen, sagte er, war sie auf der Suche nach Einheit und Stabilität, die es in ihrer gegenwärtigen Umgebung nicht gab. Eine mythische Vision aus der Vergangenheit über die Zukunft. Er teile ebendiese. Sie mussten eine Sprache dafür finden.

Hinter ihm verschmolz eine blutorangefarbene Sonne mit dem Horizont.

Bleiben Sie zum Abendessen, sagte er.

Nichts würde sie lieber tun, sagte sie, aber leider müsse sie so schnell wie möglich zurück, um am nächsten Tag das Schiff von Hamburg aus in die Arktis nehmen zu können.

Bleiben Sie über Nacht, sagte er, und wir besorgen Ihnen morgen früh ein Privatflugzeug.

Ein Privatflugzeug?, erwiderte sie. Sie nehmen mich auf den Arm?

Ich stehe üblicherweise zu meinem Wort, sagte er. Also, werden Sie uns Gesellschaft leisten?

Beim Abendessen bemerkte Leni sofort, noch bevor man ihr einen Platz zuwies, dass sie die einzige Frau am Tisch war. Sie saß selbstsicher auf ihrem Stuhl, den Rücken gerade, ihrer Brüste zeichneten sich deutlich unter der weißen Viskose ab, die Unterarme berührten die Tischkante so sanft wie möglich. Vor dem ersten Gang erklärte er der Versammlung, dass sie das Glück hätten, mit ihr zu essen: Fräulein Riefenstahl wird einen neuen Film drehen. Sie lächelte so bescheiden, wie sie konnte, und sagte dem Tisch, es sei ihr eine Freude, hier bei ihnen zu sein. Man wollte wissen, worum es in dem Film ging. Ich spiele eine Pilotin, die nach ihrem verschwundenen Ehemann sucht, sagte sie. Er ist ein Wissenschaftler und verschollen im Eis. Morgen fahren wir in die Arktis.

Alle waren angemessen beeindruckt, und in dem Moment konnte Leni nicht anders, sie fühlte sich wie eine gnädige Ehefrau, die dabei half, eine langweilige Abendgesellschaft zu bereichern, indem sie es auf sich nahm, das Gespräch in Gang zu halten. Sie hielt freundlichen Augenkontakt mit allen anwesenden Männern, aber ihr Blick kehrte immer wieder zu Herrn Hitler zurück. Er nickte und lächelte sie über den Tisch hinweg an. Sie bemerkte, dass er nur das Gemüse aß und die Hauptgänge ausließ, außerdem trank er ausschließlich Mineralwasser, nicht einmal Apfelsaft oder einen Verdauungsschnaps. Nach dem Essen wählte er keinen Kaffee, sondern Tee, und Leni zählte sieben Teelöffel Zucker, die er aus der Zuckerdose in seine Tasse schaufelte.

Wir sollten Fräulein Riefenstahl immer zum Abendessen bei uns haben, sagte einer der Anwesenden.

Ja, sagte Herr Hitler, als sich ihre Blicke trafen. Sie wird schon bald unsere Filme drehen.

Leni wollte sagen, dass sie noch nicht zugestimmt hatte, aber es wäre unhöflich, ihm vor all seinen Leute zu widersprechen. Jetzt tranken sie auf eine bedeutsame Wahl und eine wunderbare Zusammenarbeit!

Als sie im Bett des großen Gästezimmers lag, die Decke bis zur Nase hochgezogen, brauchte Leni in dieser Nacht sehr lange, um einzuschlafen. Immer wieder ging sie die Ereignisse das Tages durch, Herrn Hitlers Stimme noch im Ohr: *Ein Heringsboot* – Hatte sie sich zu unschuldig gegeben? Was gefiel ihm? – *eine Jolle.*

Sie war sehr gespannt darauf, ihn am nächsten Morgen wiederzusehen, aber beim Frühstück sah er Leni nicht an und sprach auch ansonsten mit niemandem am Tisch ein Wort. Alle folgten seinem Beispiel, aßen schnell und stumm. Die Stimmung war vollkommen anders als am Abend zuvor. Obwohl es sie nervös machte, fand sie doch bemerkenswert, was für einen starken Einfluss er auf sein Umfeld hatte. Als sie ging, war Leni enttäuscht, dass er nicht gekommen war, um sich zu verabschieden. Kurz bevor sie sich in den roten Mercedes setzte, der sie zu dem kleinen Charterflugzeug bringen sollte, das sie dann nach Hamburg flog, wo bereits ihr Gepäck auf sie wartete, tauchte er auf.

Wortlos nahm er ihre Hand und brachte sie zum Wagen.

Eine gute Zeit in Grönland, sagte er mit einem winzigen Zwinkern. Nehmen Sie sich vor den Eisbären in Acht.

Leni wünschte sich einen schärferen Verstand, denn sie wusste schon beim Antworten, dass sie die wunderbare Leichtigkeit seiner Bemerkung verdarb: Nehmen Sie sich vor Anschlägen in Acht.

Sein Gesicht verdunkelte sich, aber er lachte zum Abschied. Sie sind eine merkwürdige Frau, sagte er. Sie neigen dazu, die falschen Dinge im richtigen Moment zu sagen, und das ist erfrischend. Ich habe keinen Zweifel daran, dass wir uns wiedersehen werden.

VII

Der Nachdreh verlief recht gut, abgesehen davon, dass Fräulein Riefenstahl um ein Fanglicht auf ihren Augen bat, wenn sie ins Dorf geritten kam. Der Oberbeleuchter bereitete es vor. Hans assistierte ihm, obwohl ein Fanglicht bei Fräulein Riefenstahl keinen Sinn ergab, da die Sonne hinter ihr war und sie in der Totalen aufnahmen.

Den Rest des Tages hatten sie frei, weil der Kameramann ein paar Schnittbilder drehte, da die Statisten gerade im Kostüm waren und die Sonne immer noch schien. Hans gab dem Schimmel Wasser, dann führte er ihn zurück in den provisorischen Stall, um ihn abzubürsten. Franz, noch in Kniehosen und Maske, erzählte ihm, das Pferd hätte früher Wilhelmina, der Königin der Niederlande, gehört. Als wir die Niederlande erobert haben, erklärte Franz, fiel das Pferd in die Zuständigkeit der NSDAP, und so wurde es dann an die Produktion ausgeliehen. Hans betrachtete Franz' Gesicht. Trägst du Rouge?, fragte er, als der Schimmel unter der steifen Bürste wegzuckte. Franz führte die Hand zur Wange und erwiderte: Sieht man das?

In dem Moment platzte der Herstellungsleiter zusammen mit dem Tiertrainer in den provisorischen Stall und sagte: Ihr klärt das jetzt.

Stimmt was nicht?, fragte Franz.

Ihr solltet besser zusehen, dass ihr ihn findet, sagte der Herstellungsleiter. Ich habe nicht vor, meinen Job wegen so ein paar Schwachköpfen wie euch zu verlieren!

Haben Sie es ihr gesagt?, fragte der Tiertrainer weinerlich.

Natürlich, sagte der Herstellungsleiter, so etwas kann ich ja wohl schlecht vor ihr verheimlichen!

Haas, sagte der Tiertrainer mit unsicherer Stimme, hast du den Wolf heute Morgen zurück in seinen Käfig gebracht?

Ja, sagte Hans, natürlich.

Und, fragte der Tiertrainer, hast du da vergessen, ihn einzuschließen?

Der Wolf ist weg, sagte der Herstellungsleiter. Als die Riefenstahl das gehört hat, mussten wir sie erst mal sedieren.

Sedieren?, wiederholte Hans.

Wir mussten sie in ihren Wohnwagen tragen, sagte der Herstellungsleiter.

Warst du denn nicht noch mal bei dem Wolf, um ihn zu beruhigen, nachdem ich ihn eingesperrt hatte?, fragte Hans den Tiertrainer. Ich hab dich doch auf dem Weg nach oben getroffen.

Ich wollte, sagte der Tiertrainer, aber im letzten Moment bin ich rüber zum Feld, um die Schafe …

Es ist mir scheißegal, wer schuld daran ist, sagte der Herstellungsleiter. Du oder du, das macht keinen Unterschied. Findet den Wolf, oder ich kann nicht dafür garantieren, dass ihr weiter am Set bleiben dürft.

Der dichte, tief hängende Nebel kroch durch das Tal. Hans ging nach Osten, der Tiertrainer nach Westen. Sie hatten nicht darüber gesprochen, wie sie den Wolf einfangen wollten, sollten sie ihm begegnen, aber beide Männer hatten etwas aus dem Stall mitgenommen: Gewehre, Seile, robuste Netze. Die Filmcrew hatte die Betäubungspfeile während der ersten Wolfsszene aufgebraucht, und neue Pfeile waren noch nicht eingetroffen. Viel Glück, wollte Hans sagen, als sie sich trennten, aber der Tiertrainer war schon verschwunden. Wenn man sie feuerte, würden sie als diensttüchtige Männer schon sehr bald einberufen und an eine der Fronten geschickt werden.

Nach ein paar Stunden konnte sich Hans nicht mehr sicher sein, ob er jetzt nicht schon zum zweiten Mal an dieser Schlucht vorbeikam. Er fing an, im Takt seiner Schritte zu pfeifen. Als ihm klar wurde, dass es Jazz war, hörte er auf. Er ging wieder zurück und folgte einem steinigen Pfad, der zu einer Felswand führte. Von dort ging es unerwartet steil in die Tiefe. Er sah sich um und bemerkte zu seiner Überraschung in einiger Entfernung den Wolf. Er lag im Schatten einer Akazie an einem tieferen Punkt des Abhangs. Hans verließ den Pfad an der Felswand, das Netz in der einen Hand, das Gewehr in der anderen, schlich vorsichtig weiter, um auch ja auf kein trockenes Blatt zu treten. Als er gute fünfzig Meter entfernt war, wachte der Wolf auf und sah Hans direkt an. Der hob sein Gewehr. Durch das Zielfernrohr konnte er erkennen, dass der Wolf gelbe Augen hatte.

Der Wolf sah Hans sehr lange mit neutralem Blick an.

Keiner der beiden bewegte sich. Dann drehte sich der Wolf weg, gähnte, schüttelte dabei den Kopf. Er streckte die Hinterbeine aus, erst das linke, dann das rechte, beide durchlief ein unfreiwilliges Zittern, bevor er davonging. Hans senkte das Gewehr und sah dem Wolf hinterher, wie er in gemütlichem Tempo wegtrottete, ohne sich noch einmal umzusehen.

Als Hans zurück zum Lagerplatz kam, war die Crew gerade beim Abendbrot, und er sah, dass Fräulein Riefenstahl sofort aufhörte zu essen. Sie kam zu ihm: Und?

Hans schüttelte den Kopf.

Der Tiertrainer, der schon früher als er mit leeren Händen zurückgekehrt war, bot an, die Suche beim ersten Morgenlicht fortzusetzen, aber Fräulein Riefenstahl sagte, dies sei nicht notwendig, sie habe von einem der italienischen Bauern im Sarntal einen Jagdhund ausgeliehen. Der Bauer war der Meinung, der Hund könne den Wolf finden, wenn er die Fährte in dessen Käfig aufnahm. Sollte dies erfolglos bleiben …

Fräulein Riefenstahl, sagte der Tiertrainer und stand auf. Ich denke, ich könnte ihnen hier eine große Hilfe sein. Meine Fachkenntnisse sind sehr viel spezieller als die des Jungen aus dem Afrikakorps, ich bin dazu ausgebildet worden, mit Tieren umzugehen, und in Ihrem Drehbuch kommen jede Menge Tiere vor. Hans bemerkte den bösen Blick, den Fräulein Riefenstahl dem Tiertrainer zuwarf, bevor sie das Essenszelt verließ. Der Rest der Crew setzte das Abendessen fort.

Tut mir leid, sagte der Tiertrainer zu Hans, ich wollte nicht …

Natürlich wolltest du, mischte sich Franz ein und hielt Hans den Teller mit der Portion hin, die er für ihn aufgehoben hatte. Wir haben dich alle laut und deutlich gehört.

Der Geruch von frisch gemahlenem heißen Kaffee am nächsten Morgen machte Hans froh, am Leben zu sein. Er kippte ihn runter und goss sich eine zweite Tasse ein. Wer wusste schon, wie lange er hier oben noch hatte. Er war überrascht, dass er nicht bereute, den Wolf gehen gelassen zu haben. Wenn man ihn zurück an die Front schickte, dann war es eben so. Jetzt gab es noch Aufgaben zu erledigen und kleine Dinge, um sich daran zu erfreuen. Das Bergwasser, mit dem am Set der Kaffee gekocht wurde, war kristallklar, und er konnte die Röstaromen schmecken. In Sirte hatten sie ihren Wasserverbrauch überschätzt und anfangs viel zu viel verbraucht. Die glücklosen Italiener hatten sie mit keinerlei brauchbaren Geländedaten ausgestattet. Bei solchen Verbündeten, sagte Schmitz gern, braucht man keine Feinde mehr. Später während des Feldzugs wurde ihr Wasser knapp, aber während des anfänglichen Überflusses befahl ein Zugführer, dass während nahezu jeder Unterbrechung Kaffee gekocht werden sollte, selbst wenn sie nur kurz anhielten. Bis das Getränk bei den Gefreiten angekommen war, bestand es nur noch aus wenig mehr als sandigem Bodensatz, aber sie machten mit Dosenmilch und Zucker das Beste daraus. Jetzt gab Hans seine Tasse der Tochter des Kochs zurück und ging runter ins Tal, wo er die Ausrüstung mit dem Sequenzprotokoll des Kameramanns abglich.

Hans entwirrte gerade die Kabel, da hörte er die Hunde. Sie bellten selbstbewusst, als sie den Lagerplatz erreichten. Zwei italienische Bauern folgten ihnen, einer zog einen Eselskarren hinter sich her, der anderen humpelte. Der Wolf war auf den Karren gebunden, seine Zunge hing ihm aus dem Maul. Fräulein Riefenstahl kam von der Wiese, wo sie gerade mit Franz probte, herübergerannt.

Er hat versucht, mich zu beißen, sagte einer der Bauern. Also hab ich auf sein Bein gezielt, aber …

Das halbe Gesicht des Wolfs war weggeschossen.

Hans Haas hörte Fräulein Riefenstahl schreien.

Sie hockte sich hin, legte den Kopf zwischen die Knie und die Hände auf den Kopf. Ihre Assistentin rannte mit Riechsalz zu ihr, aber Fräulein Riefenstahl winkte sie weg. Ihre Schultern bebten, als sie rief: Lass mich, ich muss nachdenken! Einer der Bauern plärrte dreist über ihren Kopf hinweg: Wir kriegen doch hoffentlich trotzdem unser Geld? Daraufhin erhob sich Fräulein Riefenstahl und wandte sich an die Bauern. Euer Geld?, fauchte sie. Wenn ihr wisst, was gut für euch ist, dann lasst ihr eure dreckigen Visagen hier nie wieder blicken.

Später am Abend, als alle schliefen, stand Hans auf. Er zog die Stiefel an, nahm sein Gewehr und tat so, als würde er das Gelände patrouillieren. Als er sicher war, dass niemand ihn beobachtete, ging er in den Käfig, in dem der Wolf angekettet war.

Der Wolf lebte noch.

Er lag auf der Seite und atmete schwer. Als er Hans näherkommen hörte, öffnete er die Augen. Er musste zu starke Schmerzen haben, um knurren oder auch nur die Zähne blecken zu können, er schloss einfach wieder die Augen. Hans konnte einen Teil seines Schädels sehen, dort, wo die Kugel ihn durchschlagen hatte, ein Stückwerk aus weißem Knochen und Bändersträngen.

Er zielte mit dem Gewehr auf den Wolf, seine Hände zitterten.

Er würde ziemlich sicher zurück an die Front geschickt, wenn er den Wolf erschoss. Wenn er die Füße stillhielt, würde Fräulein Riefenstahl ihn mit etwas Glück vielleicht dabehalten, damit er dem Oberbeleuchter assistierte. Er stand da, zielte lange auf den Kopf des Wolfs, schaffte es aber nicht, die Abzugssicherung loszulassen. Tut mir leid, sagte Hans. Der Wolf öffnete die Augen, als er seine Stimme hörte. Hans sah noch eine Minute länger zu, wie sich die Flanken des Wolfs ungleichmäßig hoben. Sein Atem wurde immer beschwerlicher. Er ließ das Gewehr sinken und ging.

Der Wolf starb noch vor Sonnenaufgang.

Am Morgen sah Hans Fräulein Riefenstahl und das künstlerische Team im Wolfskäfig stehen. Wenn wir ihn häuten, sagte jemand, könnten wir vielleicht das Fell einem Hund anlegen? Bin ich von Idioten umgeben, sagte Fräulein Riefenstahl mit einer Hand an der Schläfe, *oder bin ich von Idioten umgeben!* Sie stupste den toten Wolf mit einem Stock an. Bringt das weg, sagte sie, ich lasse mir etwas einfallen. Sie wandte sich an den Herstellungsleiter. Sie müssen die Szenen mit dem Wolf verschieben, sagte sie, wir machen mit den anderen Szenen weiter, die für heute anstehen. Der Rest des Tages verlief ohne weitere Zwischenfälle, und nach dem Abendessen, als Hans an dem Müllhaufen vorbeikam, auf dem die Essensreste entsorgt wurden, sah er den toten Wolf in einer Ecke liegen, neben Karottenschalen und Hühnerknochen.

Hans war auch in dieser Nacht wieder hellwach.

Als alles still war, zog er sich an und ging zum Müllhaufen. Der tote Wolf lag immer noch dort. Fliegen machten sich bereits auf ihm breit. Er scheuchte sie fort und grub mit seinen nackten Händen ein Loch. Es war nicht so tief und breit, wie er es sich gewünscht hätte. Als er den Wolf begraben hatte, brach er ein Gabelbein aus einem Hühnerskelett, um sein Grab zu markieren. Er stand auf und wischte sich den Dreck von den Händen. Als er sich umdrehte, hörte er ein Geräusch. Es war nur die Tochter des Kochs. Er legte einen Finger auf die Lippen. Sie nickte und reichte ihm Wasser, damit er sich die Hände waschen konnte. Hans säuberte sich, ging zurück zu seiner Pritsche und schloss die Augen. Aber er konnte immer noch nicht schlafen, also puhlte er den Dreck unter seinen Fingernägeln heraus, bis es dämmerte.

VIII

Der Wolf wurde in einem tschechoslowakischen Wald am Fuße des Erzgebirges geboren. Als er ausgewachsen war, überquerte er den Gebirgspass und schlug sich in Richtung Chemnitz durch.

Er hatte gerade einem Hasen nachgejagt, als er selbst in den zerklüfteten Ausläufern des Elbsandsteingebirges verfolgt und betäubt wurde. Ein Spezialist für Schwarzbären vom Leipziger Zoo, der bärenartige Stuhlproben ein Stück weiter weg gesammelt hatte, war auf ihn aufmerksam geworden.

Man ging davon aus, dass der letzte wilde Wolf in Deutschland Mitte des 19. Jahrhunderts erschossen worden war.

Es bestand Hoffnung, dass Wölfe wieder ins Land zurückkehrten, schließlich gab es das Reichstierschutzgesetz der NSDAP. Tier- und Naturschützer des Zoos waren begeistert von den neuen Regelungen für Tierversuche und Jagd und verwirrt von der Pedanterie des Klein-gedruckten, in dem sich die Besonderheiten der sensiblen Natur ihres Führers zeigten. Der letzte Punkt im zweiten Abschnitt besagte: »Es ist verboten, den lebenden Fröschen die Beine auszureißen oder ab-zutrennen«, und die Zeitungen berichteten darüber, dass ein Restau-rantbesitzer in München Strafe zahlen musste, weil er einen lebenden Hummer gekocht hatte.

Der Leipziger Zoo nahm den neuen Wolf mit großem Trara bei sich auf. Er schloss sich in dem menschengemachten Gehege einem Ru-del Grauwölfe an, ein vor Jahren als diplomatische Geste gedachtes Geschenk der Amerikaner. Aufgrund seiner relativ schüchternen Natur wurde der neue Wolf von dem Rudel schikaniert. Als niedrig-rangiges Männchen konnte er sich nicht mit dem Alpha-Weibchen paaren, aber es schien, als könnte er bei einem der jungen Beta-Weibchen mehr Glück haben, und gerade, als er anfing, um sie zu werben, wandte sich Leni an den Vorsitzenden des Leipziger Zoos. Dieser versuchte, Leni davon abzubringen, indem er auf die durch das Reichstierschutzgesetz festgelegten Einschränkungen bei der Verwendung von Tieren zu Unterhaltungszwecken verwies. Sie würde einen dressierten Wolf auftun müssen, der schon seit seiner Jugend gezähmt war. Vielleicht könnten sie ihr einen Welpen schenken, wenn ihr Alpha-Weibchen beizeiten warf.

Sie werden meine Offenheit entschuldigen, mein Herr, sagte Leni, aber vielleicht ist Ihnen mein Ansehen bei unserem Führer nicht ganz klar. Mein Film ist eine direkte Anweisung. Der Wolf ist ein Tier, das ihm sehr nahesteht. Wussten Sie, dass »Adolf« vom Alt-hochdeutschen *Athalwolf* kommt? Es wird ihn sehr enttäuschen zu hören, dass der Leipziger Zoo so unkooperativ ist. Ich will Sie natürlich zu nichts überreden. Aber vielleicht möchten Sie noch einmal in Ruhe über meine Anfrage nachdenken. Gleich am nächsten Morgen erhielt Leni zu ihrer Freude einen offiziellen Brief, der die Freigabe bestätigte. Alles Gute für Ihren Film, war als Bemerkung hinzugefügt worden, wir wünschen Ihnen jeden denkbaren Erfolg.

Gegen Kriegsende fielen amerikanische Bomben auf den Leipziger Zoo.

Der Elefantenbulle aus dem Königreich Siam war auf der Stelle tot, sein Bauch war zerfetzt worden. Seine Partnerin und ihr Baby wichen nicht von seiner Leiche. Das einzige somalische Flusspferd ertrank, weil es von Trümmern auf den Boden des Freibeckens gedrückt wurde. Ein Rudel aus zwanzig pakistanischen Rhesusaffen konnte gemeinsam fliehen, schreiend schwangen sie sich von Baum zu Baum. Einer nach dem anderen starb innerhalb von einer Stunde, weil sie durch Brandwaffen verseuchtes Wasser getrunken hatten. Bevor er zusammen mit seiner Frau und den Kindern evakuiert wurde, rannte der Vorsitzende des Leipziger Zoos ins Affenhaus. Sein liebster javanischer Weißhandgibbon streckte die Arme nach ihm aus, blutige

Stümpfe anstelle von grazilen Gliedern. Der Weißhandgibbon hatte so viel Blut verloren und war in einem derart schweren Schockzustand, dass der Vorsitzende kaum eine Vene für die Injektion finden konnte. Nachdem er aufgehört hatte zu atmen, zuckte sein Hinterteil einmal. Der Vorsitzende brachte so viele Affen, wie er konnte in Sicherheit, trug Paviane und Löwenäffchen in einen unbenutzten Keller, schloss sie vor Feindbeschuss weg – aber wer würde sie füttern, und wie konnten sie fliehen, wenn es notwendig war?

Der Vorsitzende legte den Kellerschlüssel unter eine bunt bemalte Obstschale mit vergoldetem gewellten Rand. Dann nahm er die haarige Hand der ältesten malaysischen Orang-Utan-Matriarchin in seine und zeigte ihr, wo er den Schlüssel versteckt hatte.

Verstehst du mich, Dewi?, flüsterte er. Zwinker mir zu, wenn du mich verstehst.

Sie starrte ihn mit ihren weisen, runden Augen an.

Am nächsten Morgen flog ein US-Kampfflugzeug tief über Leipzig und feuerte auf alles, was sich bewegte. Sein erster Treffer war die letzte Giraffe des Leipziger Zoos. Es waren drei gewesen, alles Weibchen, zwei davon äthiopische Netzgiraffen. Die letzte Überlebende war ein Neuerwerb aus den Nuba-Bergen im Sudan, auf die der Zoo aufgrund ihrer eindrucksvollen Zeichnung und ihrer Größe besonders stolz gewesen war. Weil sie so groß war, brauchte sie sehr lange, bis sie auf dem durchlöcherten Boden aufschlug.

Josef von Sternberg besucht eine zenbuddhistische Irrenanstalt in Kyoto

 In diesen irrsinnigen Jahren müssen die Menschen verstehen, dass der Kinofilm das einzig bedeutsame Medium für unsere kriecherischen Zeiten ist. Was die Fotografie für die Malerei war, ist jetzt der Film für den Roman: Er befreit ihn von der Mühsal realistischer Beschreibungen.

Ich wollte immer unbedingt Schriftsteller werden, bevor ich verzaubert wurde von den dreisten Launen, die die radikale Jugendlichkeit und der formelle Despotismus der Filmkamera versprechen. Der Leser erfährt einen gemeinschaftlichen Konsens hinsichtlich der vermeintlichen Absicht des Autors. Der Kinobesucher hingegen unterwirft sich mit Haut und Haaren dem multisensorischen Willen des Filmemachers. Vielleicht ist die Feder des Filmemachers noch nicht ausreichend wendig, aber das gehört zum Nervenkitzel der frühen Jagd: Wo stehen wir jetzt im Jahr 1931? Nach dreißig Jahren Filmgeschichte doch immer noch am Anfang!

Im verschlafenen Fischerdörfchen – seien Sie sich gewiss, dass man es eine Weltrepublik nennt – der schönen Literatur blickt man gern und oft zurück auf Cervantes circa 1605, aber lassen Sie mich ein Machtwort sprechen und *Don Quixote* als Nachzügler der Ausbeute bezeichnen. Eine Hofdame der Heian-Zeit, Murasaki Shikibu, schrieb bereits 1021 das Epos *Die Geschichte vom Prinzen Genji!* Neunhundertzehn Jahre später, jetzt, da sich die Schriftsteller in der Zwickmühle der Moderne befinden, schauen sie schließlich über ihren Tellerrand hinaus, um Form mit Form zu bekämpfen, um auf ein totes Pferd einzuprügeln. Aber ach, die Zeit ist zu weit fortgeschritten für die Schriftsteller. Zu viel, was es zu vergessen gilt. Die reaktionären Fesseln des fortgeschrittenen Alters ihres selbstgewählten Mediums lassen alles Bewegliche ihrer vagen Anstrengungen in Richtung Avantgarde erstarren.

Vage – aufgrund der Verbrüderung mit dem Leser.

Um wahrhaft visionär sein zu können, meine Damen, darf es keinen Gesellschaftsvertrag zwischen dem Publikum und sich selbst geben. Deren Geduld für eine sich entwickelnde Erzählung neigt sich dem Ende zu? Dasselbe gilt für meine Erwartungen an deren aufkeimende Intelligenz! Warum sollte *ich* mich in ein Publikum hineinversetzen müssen, warum sollte sich das Publikum nicht in *mich* hineinversetzen?

Sogar die Augenbrauen des Regisseurs bewegten sich im selben aufschneiderischen Tempo wie seine Rede, und es bestand durchaus die Möglichkeit, dass es stimmte, was Anna May zuvor gehört hatte – nämlich, dass Herr Josef von Sternberg nicht etwa das *von* zu seinem *Sternberg* hinzugefügt hatte, um sich bei den Blaublütigen einzuschleimen, sondern als Seitenhieb gegen die philisterhafte deutsche Obsession mit Titeln.

Sie war es so leid, Männern dabei zuzuhören, wie sie sich in endlos langen Fantastereien verstiegen, als gehöre ihnen die Welt und man selbst sei nur ein zweckgebundenes Aufziehspielzeug, das dazusitzen und zuzuhören und die ganze Zeit zu nicken hatte, weil sie das Abendessen bezahlt, das meiste Geld in die Produktion gesteckt, dich für ihren Film gecastet hatten.

Wo war ich doch gleich, Miss Wong?

Der Regisseur ließ die Gedanken schweifen, während er sich in den Korbstuhl lümmelte. Sie tranken in der Gartenlaube der Polo Lounge Tee. Er schob sich die Jackenärmel hoch. Die Jacke war aus einer teuren, leichten Wolle und zwei oder sogar drei Nummern zu groß für seine Statur, dazu trug er eine hellbraune Reithose und Manschettenknöpfe mit schwarzen Strasssteinen. Sein Schnauzbart hing an den Seiten herab, »nach orientalischer Art«, also übertrieben dünn, wie bei einem Mann, der keinen ausreichenden Bartwuchs hatte, um sich einen Vollbart stehen zu lassen. Auch benutzte er einen Gehstock aus Mahagoni, obwohl er keinerlei Probleme beim Laufen hatte.

Ach ja, jetzt fiel es ihm wieder ein, hier war ich.

In Wahrheit hörte Anna May gar nicht zu.

Sie hatte sich auf ihrem Stuhl zurückgelehnt und betrachtete so unauffällig wie möglich jede einzelne Bewegung der Hand, die zur Begleitung des Regisseurs gehörte und die gerade eine neue Zigarette aus dem Etui zum Mund führte. Ich werde Sie nicht vorsprechen lassen, fuhr der Regisseur in einem vernünftigeren Ton fort, während er in Anna Mays Richtung nickte, also seien Sie bitte ganz entspannt. Sie wissen bereits von Paramount, dass Sie die Rolle haben, Sie sind unsere Hui Fei, aber ich wollte Sie vor dem Dreh kennenlernen, und natürlich wollte ich, dass Sie Marlene kennenlernen, unsere Shanghai Lily.

Anna May wusste nicht, ob sie dankbar, enttäuscht oder überrascht sein sollte – so, wie sich Marlene zu ihr beugte und ihr die Hand gab, sah es danach aus, als hätte sie von Sternberg nicht erzählt, dass sie sich bereits kannten. Sie hatte es vermieden, Marlene direkt anzusehen, während er dozierte.

Miss Wong, sagte Marlene, und jetzt trafen sich ihre Blicke. Was für eine Freude.

Sie sah kurz weg, um die Nerven zu bewahren, und erwiderte dann: Ebenfalls, Miss Dietrich.

Sie wusste nicht, ob sie es sich einbildete oder ob Marlene ihrer Hand erlaubte, ein paar Sekunden länger als nötig in der ihren zu ruhen. Marlenes Hand war weich, die Nägel nicht bemalt, nur durchsichtig lackiert. Anna Mays Hand zitterte, unmerklich, wie sie hoffte. Drei Jahre konnten kaum eine präzise und bedeutsame Zeiteinheit sein, nicht, wenn diese Marlene, die dort vor ihr saß, zugleich viel jünger und viel älter aussah. War es das in Wasserwellen gelegte, das Gesicht aussparende, platinblond gefärbte Haar? In jener Woche in Berlin war es ein nettes, wenn auch schlichtes Dunkelblond gewesen. Ihre Brauen waren ebenfalls passend gebleicht – was noch? Das brandneue Image war mittels der Werbeaufnahmen des Studios präsentiert worden, aber als sie ihr nun direkt gegenübersaß, bemerkte Anna May, dass Marlene fünf Kilo oder mehr abgenommen haben musste. Wer hatte ihr gesagt, sie solle so viel Gewicht verlieren? Sie war doch entzückend gewesen. Sie trug ein einfaches, sportliches Jerseykleid, das beiläufig die Form ihres schlanken Körpers unterstrich. Keine Spur mehr von dem fröhlichen Durcheinander aus Farben und Stoffen, das die Frau von damals bevorzugt hatte.

Ein Kellner kam, um ihre Bestellungen aufzunehmen.

Jo – so nannte ihn Marlene, und Anna May folgte ihrem Beispiel – bestellte einen Kaffee, und Marlene sagte, sie würde ebenfalls einen nehmen. Anna May bestellte einen Malt Whiskey. Während der Kellner ihre Bestellung notierte, bemerkte sie Marlenes verschlagenes Lächeln. Anna May war kurz davor, auf Kaffee umzuschwenken, weil sie es nicht so aussehen lassen wollte, als bestelle sie nachmittags einen Malt Whiskey, nur um Eindruck zu machen, aber Marlene sagte bereits: Jetzt hat mich Miss Wong in Stimmung für Scotch gebracht! Der Kellner schlug vor, es sei möglicherweise nicht zu extravagant, wenn Miss Dietrich sowohl Kaffee als auch einen Scotch nehme? Marlene sah zu dem Regisseur, lenkte dadurch Anna Mays Blick auf ihn. Gemeinsam bemerkten die beiden Frauen, dass Jo wirkte, als sei er bereit, alles, was Marlene tat, vorbehaltlos hinreißend zu finden. Eine grandiose Idee, sagte Marlene zu dem Kellner.

Der Whiskey wurde vor dem Kaffee gebracht.

Bemerkenswerterweise hatte Jo die ganze Zeit nicht aufgehört zu reden. Seine beiden Schauspielerinnen hatten kaum ein Wort gesagt. Marlene hob ihr Glas. Das Klingen tönte leise in Anna Mays Fingern nach. Jo rutschte auf seinem Stuhl herum und begutachtete ihr Profil. Asiatinnen sind schlanker gebaut. Er tätschelte geistesabwesend Marlenes Knie, während er sich an Anna May richtete. Unsere Marlene hier musste fast zehn Kilo Speck runterkriegen, können Sie sich das vorstellen? Jo, sagte Marlene. Würdest du mich bitte vor einer schönen Frau, die ich gerade erst kennenlerne, nicht so blamieren! Sie wischte Jos Hand von ihrem Knie. Daraufhin legte er den Arm um ihre Schultern, sah ihr in die Augen, und Anna May entschuldigte sich und ging zur Toilette.

Sie puderte sich gerade die Nase, als Marlene hereinkam.

Sofort klappte sie ihre Puderdose zu. Dann wünschte sie sich, sie hätte es nicht getan, und öffnete die Dose wieder. Sie war froh, dass noch eine andere Frau mit ihnen im Raum war, eine muffig riechende Reinigungskraft, die in der Ecke Handtücher zu einer Pyramide auftürmte, sonst hätte sie nicht gewusst, wie sie sich verhalten sollte. Als Marlene auf sie zukam, fürchtete sie, eine von ihnen geriete in Versuchung, etwas aus ihrer gemeinsamen Vergangenheit zu erwähnen, nun, da sie fast allein waren, und es war eine Erleichterung, als Marlene sagte: Jo ist echt anstrengend, was?

Eine Frau in einem Cocktailkleid kam herein.

Als die Frau Marlene erkannte, konnte Anna May beobachten, wie sie versuchte, kein zweites Mal hinzuschauen, während sie sich die Hände neben der gefeierten Schauspielerin wusch, die L.A. aus dem Nichts im Sturm erobert hatte. Jede Zeitung, jedes Magazin hatte in den letzten zwei Jahren mindestens ein Porträt über Marlene Dietrich gebracht, wenn nicht sogar mehrere. Ich freue mich darauf, mit Ihnen zu arbeiten, sagte Anna May höflich zu Marlenes Spiegelbild. Sie werden mich entschuldigen, ich gehe zurück an unserem Tisch.

Der Kellner rückte Anna Mays Stuhl für sie hin, und Jo fuhr fort, noch bevor sie richtig saß. Ihre Figuren, sagte er und deutete auf Marlenes leeren Stuhl, sind Gegensätze und doch auch gleich. Yin und Yang – spreche ich das richtig aus? Frauen, die sich durchschlagen, hochklassige Kurtisanen, Blutsschwestern. Gemeinsam betreibt ihr euer Gewerbe an der chinesischen Küste und reist mit dem Shanghai Express. Anna May trank ihren Whiskey, und Jo sprach weiter. Shanghai ist eine wahrhaftige Stadt, sagte Jo, so wie ein Mann über eine Frau sagt, sie sei eine echte Frau, was auch immer das bedeuten mag. Waren Sie schon einmal dort?

Nein, sagte Anna May, aber ich würde sehr gern mal hinfahren.

Das sagte sie immer über China – als Chinesin schien es richtig zu sein, so etwas zu sagen –, aber sie war sich dessen nicht wirklich sicher. Alles, was sie über China wusste, stammte hauptsächlich aus den von ihrem Vater nacherzählten Volksmärchen und Pearl-S.-Buck-Romanen. Frauen bekamen die Füße verbunden und heirateten früh. Männer zogen Rikschas und hatten Konkubinen. Es gab nicht genügend Reis zu essen, aber alle waren opiumsüchtig. Was war Ihre weiteste Reise?, fragte Jo. Das Weiteste für unsere Marlene war bisher Cannes. Sie sagt mir, dass sie kein Bedürfnis hat, weiter weg zu fahren, wenn ihr jeden Sommer in Südfrankreich die *beau monde* die Hände küsst. Was halten Sie davon?

Ich denke, dass Miss Dietrichs Karriere einen großen Sprung gemacht hat, sagte Anna May, als Marlene an den Tisch zurückkehrte, und dass es mir gefallen würde, diesen Sommer nach Cannes zu reisen.

Als wir das letzte Mal in Cannes waren, sagte Jo, haben wir den Pascha von Marrakesch getroffen. Er wollte wissen, warum wir uns nicht bei ihm gemeldet hätten, als wir in seinem Land gedreht hatten. Ich habe erwidert, noch nie in seinem Land gewesen zu sein, woraufhin der Pascha sagte: Aber ich habe doch Ihren Film gesehen, *Marokko!* Also musste ich dem werten Pascha sagen, dass es meine Schuld war, ein Manko meiner Produktion, diese Ähnlichkeit nicht vermeiden zu können. Wir hatten genau hier in L.A. gedreht, erklärte Jo, haben Telefonkabel und Straßenschilder in den Einstellungen vermieden, schwitzten ganz schön: Das sieht niemals aus wie Marokko! Wir hatten Angst, zur billigen Lachnummer zu verkommen, es war nicht einmal stilisiert genug, um sagen zu können, es handele sich um die künstlerische Überhöhung einer originalgetreuen Darstellung. Wie kann L.A. als Marrakesch durchgehen, die Mojave als die Sahara? Und dann will der Pascha von Marrakesch von einem wissen, warum man sich nicht gemeldet hat, als man in seiner Heimat gedreht hat!

Marlene beugte sich vor und sagte zu Anna May: Hüten Sie sich unbedingt vor diesem Mann. Er bringt Sie dazu, barfuß bei 50 Grad durch die Wüste zu gehen, ohne Sie danach darüber zu informieren, dass Ihre Szene im Kasten ist, weil er gerade noch ausreichend Sonnenlicht hat, um die nächste Szene zu drehen, in der Sie nicht gebraucht werden – also gehen Sie immer weiter und weiter. Dann werden Sie in der Hitze ohnmächtig, man bringt Sie in Ihr Zelt, und wenn Sie zu seinen Füßen aufwachen und im Fieberwahn rufen: Brauchen wir noch eine Nahaufnahme?, was tut er dann? Er korrigiert Ihre englische Aussprache!

Marlene wandte sich an Jo und strich über seine Hand: Stimmt das etwa nicht, Jo-Jo?

Aber Jo hing immer noch am Ende seines eigenen Vortrags. Sie sprachen übereinander, und nur Anna May hörte zu. Stil stellt keine Fragen, sagte Jo, Stil entschuldigt sich nie. Der Kaffee kam, und der Kellner stellte allen eine Tasse hin. Stil zögert nie, gestikulierte Jo. Stil ist eine Notwendigkeit. Er stieß die Zuckerdose um, sprach aber einfach weiter: Eines Tages traf ich einen Russen bei einer Vorführung von *Sein letzter Befehl*, und ich fragte den Russen, ob sich die Russen so benähmen wie in meinem Film. Nein, antwortete mir der Russe, tun sie nicht, *sollten* sie aber!

Jo *liebte* Asien. Diese Verkündigung war möglicher-weise nicht halb so oberflächlich, wie sie schien. Er war stolz darauf, einige Erfahrungen am eigenen Leib gemacht zu haben: Er hatte im Ganges gebadet, unweit der brennenden Leichen in Varanasi, hatte in einem burmesischen Tempel US-Dollar in die Opferbüchse aus Rosenholz gesteckt, nach-dem er die androgynen Zehen der größten Buddha-Statue berührt hatte, wobei ein gutes Stückchen seines oder ihres Zehennagels ab-gesprungen war, hatte in Kyoto in einem Shintogarten mit zwölf Steinen, der so angelegt war, dass man, unabhängig vom Blickwin-kel, von jeder Stelle aus immer nur elf Steine sehen konnte, in die Hände geklatscht, und hatte sich einen unverwüstlichen hexagona-len Klumpen Ohrenschmalz mit einer brennenden Kerze und Mo-xanadeln entfernen lassen, während er ausgestreckt und mit dem Gesicht nach unten auf einer Bambusmatte in Shanghai lag.

Auf all seinen Reisen weit in den Osten spürte Jo die dortigen Pendants zu Theater- oder Liveaufführungen auf. So machte er sich vertraut mit Kuda Lumping in Jakarta, wo Männer in Sarongs mit Pferden aus Rattan tanzten und dabei in Trance Gras kauten, oder Jo-ha-kyu-Fünfaktern in Nagoya, einem Modulations- und Bewe-gungskonzept, das sich auf Gestaltung und Dynamik anwenden ließ und grob übersetzt in etwa *Vorbereitung – langsame Entfaltung – rasche Durchführung* bedeutete.

Er hatte die größte Bewunderung für das, was er orientalische Äs-thetik nannte, wo das Handwerk nicht weniger ernst genommen wurde, aber die Kunst keinerlei Skrupel hatte, sich mit dem Leben zu vermischen. Erhabenheit war verschmutzt, nicht makellos. Das lernte Jo in der Mandschurei in einem überfüllten, aus Holz gebauten Schauspielhaus, in dem die Luft so feucht war wie in einer Sauna, wo er geschlechtlich nicht definierbaren Darstellern mit bemalten Gesichtern und voluminösen Ärmeln beim kastratenstimmigen Singen auf der Bühne zusah, während das Publikum nach Tee rief und sich Kürbiskerne über die Schultern warf. Niemanden störte es, dass die Zuschauer so laut waren wie die Darsteller, und kleine chinesische Kinder waren auf dem Weg zur Bühne über seine Beine geklettert, wo sie tanzten und lachten und die Schauspieler imitierten oder untereinander schnatterten.

Wenn ihnen langweilig wurde, krabbelten sie über seinen Schoß zurück zu ihren Eltern.

Den Darstellern war vollkommen gleichgültig, dass die Kinder zu ihren Füßen herumkrochen, wenn nötig wichen sie ihnen aus oder stiegen über sie hinweg. Im Hintergrund der kleinen Bühne stand eine einzelne, komplett schwarz gekleidete, mit einer Kapuze verhüllte Figur. Die Figur hatte die Arme erhoben, bewegte sich aber nicht. Ihr Gesicht war verdunkelt, reiner Schatten. Jo glaubte, es müsse sich um eine Personifizierung des Todes handeln. Wie faszinierend, die Dunkelheit als tatsächliche Figur statisch und ohne Text auf der Bühne einzubeziehen, aber bestimmt würde sie irgendwann in die Handlung eingreifen?

Nach einer halben Stunde wurde Jo zu verstehen gegeben, dass es sich bei dem Kapuzenmann um einen Teeservierer handelte.

Die Darsteller fielen gelegentlich aus ihren Rollen, wie es ihnen gerade passte, wandten dem Publikum den Rücken zu, griffen nach einem kleinen Tablett, das hinter den Ärmeln des Kapuzenmanns versteckt war, um lauwarmen Tee aus winzigen Porzellantassen zu trinken. Das schwarze Gewand des Teeservierers bedeutete, dass er für das Publikum unsichtbar sein sollte. Wenn die Darsteller ihre Tassen zurück auf das Tablett gestellt hatten, brachten sie ihre Bärte oder Ballonärmel oder Kopfbedeckung wieder in Ordnung und machten mit ihren schneidenden Fistelstimmen genau dort weiter, wo sie aufgehört hatten. Ganz verliebt in die bewusste Theatralik und die natürliche Zurückhaltung, glaubte Jo nicht, dass die Chinesen mit ihren unbewegten Mienen weniger ausdrückten. Er fand, ihre Emotionen seien fließender, aber sie ließen ihre Gefühle nicht einfach ohne reifliche Überlegung in und aus jeder Pore sickern.

Anna May war die erste asiatisch-amerikanische Darstellerin, mit der er arbeitete, und nach allem, was er von ihr gesehen hatte, war sie für ihn ein Naturtalent. Von *Pflicht und Liebe* bis *Hai Tang* und *Der Weg zur Schande* hielt er sie für eine viel zu wenig geforderte Schauspielerin höchsten Rangs. Nach einem akrobatischen Liebesakt wollte Marlene wissen, wen er – außer ihr – für eine ausgezeichnete Schauspielerin hielt, und er versuchte, sich dem Hinterhalt zu entziehen, indem er Männer aufzählte (Emil Jannings, Charles Laughton und man konnte nicht leugnen, dass Bela Lugosi zwar etwas gewollt wirkte, aber durchaus effektiv war), doch sie zwang es trotzdem aus ihm heraus. Na gut, willigte er ein, na gut. Hedy Lamarr, Anna May Wong …

Anna May Wong?

Zu schade, dass die Studios so rückschrittlich sind, was Hautfarbe angeht, sagte er. Wäre es nicht kühn, Anna May Wong als Katharina die Große zu sehen?

Ich würde gern Katharina die Große spielen, sagte Marlene kühl.

Du *bist* bereits Katharina die Große, sagte Jo, wo läge da der Reiz?

Wie auch immer, sagte Marlene, die Studios würden einen solchen Film niemals absegnen. Eine chinesische Hauptdarstellerin würde ihnen viel zu wenig Geld einspielen.

Zur Hölle mit den Studios und dem Geld, sagte Jo, mich interessiert nur *Kino!*

Amerikanische Kritiker fanden ihn so neu und doch so alt. Die Europäer waren fasziniert, aber verwirrt: Ist er einer von uns oder einer von denen? Jo wusste, dass er sowohl diese Alt-Neuheit wie auch diese Wir-Dieheit abstrahlen konnte, weil Jonas Stern an der Donau in Wien geboren worden war, Jo Sternberg in Queens, New York aufgewachsen und dort von der Jamaica High School geflogen war, und Josef von Sternberg jetzt Filme mit einem Bein in Babelsberg und dem anderen in Hollywood machte. Für ihn waren »wir« und »die«, »hier« und »dort«, »neu« und »alt« kein »entweder-oder«. Er war in der Lage, all diese Widersprüche gleichzeitig für sich einzusetzen, sie in der Wahl seiner Selbstdarstellung noch zu verstärken und zum vollständigen Erblühen zu bringen: der künstlerische Dandy, der sich in der Zeit verlaufen hatte. Die Reiterhosen und schlecht sitzenden Jacken, sein ausgedünnter Schnurrbart und das imperiale Getue, all das war sorgfältig gewählt und spitzbübisch durchgeführt.

Wenn du nicht selbst für deine Unterhaltung sorgst, wer sollte es dann tun?

Und deshalb lotete Jo mit Freude und Begeisterung die unterschiedlichsten Seiten von sich aus, in liebevoller Übereinkunft mit seiner jeweiligen Umgebung. In Berlin dachte er wie ein New Yorker, sprach wie ein New Yorker, bewegte sich wie ein New Yorker. In L.A. dachte er wie ein deutscher Jude, sprach wie ein deutscher Jude, bewegte sich wie ein deutscher Jude. Wäre es selbstgefällig und protzig zu sagen, dass ihn das japanische Kabuki ebenso beeinflusste wie der deutsche Expressionismus oder Gangsterstreifen aus Hollywood über die Prohibition? Dann war er eben selbstgefällig und protzig. Würden westliche Kritiker das Kabuki im wienerisch-deutsch-jüdischen Amerikaner erkennen? Im Leben nicht. Würden seine Zeitgenossen in der Selbstgefälligkeit ihrer blinden Engstirnigkeit seinen gierigen kosmopolitischen Wissensdurst verlachen? In Sekundenschnelle. Vielleicht war es auch das, was er an Marlene am meisten mochte: ihre Gier nach Beidigkeit. Die deutsche Presse machte Marlene das Leben schwer, weil sie Amerikanerin geworden war, ohne zu bemerken, fand Jo, dass sie es wie mit allem in ihrem Leben machte: zweigleisig fahren. Sie sah im Rock ebenso gut aus wie in Hosen, sie war verheiratet, aber sie flirtete ohne Heimlichtuerei oder Betrug, sie war beruflich keine schlichte Opportunistin, aber sie hatte den Mut, alles einmal auszuprobieren. Es lag in der Natur von Entscheidungen, die Möglichkeiten, die das Leben bot, einzuschränken, aber Marlene schaffte es, Entscheidungen zu treffen, die eher öffneten als schlossen, und Schubladen schüttelte sie ab, als wären es Flöhe.

Jo hingegen widerstand keiner Schublade.

In je mehr theoretische Schubladen man ihn zu stecken versuchte, desto mehr Spielraum hatte er in der Praxis. Er war vorausschauend genug, um das zu wissen. Aber vermutlich war es leicht für jemanden wie ihn, so etwas über sich selbst zu sagen. Er konnte beliebig viele Schubladen öffnen und sie genauso leicht wieder zuschlagen, wie die Tür eines Taxis, wenn er damit fertig war, aber jemand wie Anna May konnte den Schubladen nicht so einfach entkommen, wenn sie erst einmal darin feststeckte.

Allerdings war es Anna Mays Stimme, fand er, die nach dem Aufstieg des Tonfilms alle für sie möglichen Rollen begrenzt hatte. Und offen gesagt hatte das nichts damit zu tun, dass sie Chinesin war, sondern ausschließlich damit, dass sie aus Kalifornien stammte. Sie hatte eine Altstimme mit königlich-traurigem Klang, aber ihre Aussprache war recht monoton. Wenn sie nur eine Nebenrolle mit ein oder zwei eingeworfenen Sätzen spielte, fiel es nicht so sehr auf, aber wenn sie durch einen ganzen Film tragen müsste, würde man es merken. Jo war dem Tonproblem bei Marlene, deren starker Berliner Akzent sich nur hilflos mit dem Englischen verband, zuvorgekommen. Kaum, dass sie in New York angekommen war, hatte er ihr einen flaschengrünen Rolls-Royce geschenkt und erhebliche Summen für folgendes Personal ausgegeben: eine Aussprachetrainerin, eine Ernährungsberaterin, einen Privattrainer, eine Friseurin. Marlene akzeptierte alles anstandslos, abgesehen von dem Privattrainer: Lieber hungere ich, als zu trainieren! Dank ihrer preußischen Willenskraft verlor sie in kürzester Zeit viele Kilos. Ihr dunkler Haaransatz blieb zuverlässig unter dem Wasserstoffblond verborgen, und ihr mittelatlantischer Akzent – durchsetzt von ein paar letzten deutschen Besonderheiten, für die er sie laut und deutlich schalt, die er heimlich aber vollkommen liebenswert fand – war bald schon glasklar.

Als Marlene ihre ersten öffentlichen Auftritte in New York und dann in L.A. hatte und an Jos Arm in ihren High Heels einen ganzen Kopf größer erstrahlte, sagte er zu einem Klatschreporter: Marlene – das bin ich.

Die redaktionellen Erwiderungen reichten von fantasieloser Unterwürfigkeit (»erstklassige künstlerische Zusammenarbeit mitten im Hier und Jetzt, fast wie Trilby und Svengali«) bis hin zu Besorgnis (»Bei aller Verzauberung seinerseits erahnt man eine latente, ungesunde Misogynie auf Seiten des Regisseurs«), aber es gab einen Journalisten, der die flaubertsche Anspielung seines Kommentars aufgegriffen hatte (»Vor fast hundert Jahren wurde Gustave Flaubert gefragt, wie er so fesselnd aus der innersten Perspektive einer Frau schreiben könne, ohne selbst eine Frau zu sein, und der Autor hatte geantwortet: Madame Bovary – das bin ich. Dass Mr. von Sternberg dieselbe Antwort gestern Abend im Astor Place Hotel nach der Ankunft seiner Muse in New York City zum Besten gab, bevor sie weiter nach Hollywood ziehen, wo sie direkt mit dem Dreh beginnen werden – denn Paramount hat das Starlet eilig unter Vertrag genommen, noch bevor ihr Schiff in See stach –, zeigt ihn uns als einen noch größeren Meister der Illusionen, als der er uns ohnehin schon bekannt war: Wo endet dieser geckenhafte Dandy in Marlene Dietrich, und wo beginnt die listige Verführerin in Mr. von Sternberg?«).

Das Einzige, was er mit Blick auf seine Ehefrau bedauerte (und dass es das einzig Bedauerliche war, zeugte entweder von seinem schlechten Charakter oder davon, dass er diese Frau nie geliebt hatte), war, dass sie ihn mit der Vorstellung verließ, er und Marlene seien ein halbgares Klischee: Die Naive trifft den Regisseur, die Naive schläft mit dem Regisseur. Tu mir den Gefallen, Jo, hilf mir, den Kreis zu schließen, ja? Seine Frau malte zwischen sie beide mit dem Finger einen Kreis in die Luft und ließ ihn dort verharren. Der Regisseur macht einen Star aus der Naiven, die Naive verlässt den Regisseur.

Es ist nicht so, wie du denkst, sagte er hitzig. Du würdest das nicht verstehen.

Ich würde es nicht verstehen, sagte sie, als gäbe sie sich geschlagen, stille Tränen benetzten ihre Wangen, und dann schrie sie so laut und wütend, dass er zusammenzuckte: Ich würde es nicht verstehen? Energisch rieb er sich die Schläfen, wünschte, sie würde sich beruhigen und still sein, von ihrem Geheule bekam er furchtbare Kopfschmerzen. Marlene konnte dramatisch und unvernünftig sein, aber sie war nicht der Typ für Tränen. Das mochte er an ihr. Er hob die Hände, gestikulierte nach Worten. Marlene und ich, hob er an. Marlene und ich, wir sind: eine Handpuppe, die auf einen Handrücken tätowiert ist; eine rekursive Matrjoschka, die kein Ende findet; ein Trompe L'Œil, zweimal in einem magischen Spiegel verkehrt; *ein hermaphroditischer Seestern, der auf dem Meeresgrund Räder schlägt* ...

Er dachte, seine Frau wäre in noch hysterischere Schluchzer ausgebrochen, aber dann bemerkte er, wie falsch er lag: Sie lachte. Ihre raue Verachtung ließ ihn schockiert verstummen. Er wagte es nicht, weiterzureden. Ein hermaphroditischer Seestern, Jo?, hauchte sie, als sie wieder zu Atem kam. Ich unterschreibe die Scheidungspapiere.

Er hoffte, seine Ex-Frau würde den Flaubert-Artikel lesen (er hatte einen miesen Charakter *und* hatte diese Frau nie geliebt). Was für ein Glück, dass er Marlene gefunden hatte. Es hätte auch fast alles ganz anders kommen können. Er hatte einige andere deutsche Schauspielerinnen für die Rolle der Lola Lola in *Der blaue Engel* in Betracht gezogen – Trude Hesterberg, Lucie Mannheim, Leni Riefenstahl, Käthe Haack –, als ein Freund ihn und seinen Produzenten mit zu einer Komödie in ein billiges Theater nahm, um den Abend mit etwas Seichtem abzurunden.

Dort spielte Marlene mit.

Sie war fürchterlich, eine Amateurin. Ihr Spiel war reines Melodram, aber niemand konnte den Blick von ihr nehmen. Kein schlechter Arsch, sagte jemand, aber bräuchte sie nicht auch ein Gesicht? Jemand anderes warnte: Vorsicht, sie ist eine von diesen neumodischen Bisexuellen. Am nächsten Tag schickte Jo Marlene ohne Wissen seiner Freunde eine Einladung zum Vorsprechen. Sie kam auch prompt, aber nicht so, wie die anderen Hoffnungsvollen, die aussahen, als würden sie sofort zerbersten, wenn man das Wort an sie richtete. Jo entdeckte Marlene im Warteraum, wo sie ein Buch las.

Als er an ihr vorbeiging, fragte er: Was lesen Sie, Gedichte? Nah dran, sagte sie schulterzuckend und sah kaum zu ihm auf. Er kniff die Augen zusammen, um sich den Buchrücken anzusehen. Es war Schopenhauer. Er errötete und sagte, er würde sie dann später sehen. Für das Vorsprechen wollten sie, dass sie dasselbe Lied auf Englisch und Deutsch sang: »You're the Cream in My Coffee«. Gelangweilt erwiderte sie: Kann ich nicht einfach eine Zigarette rauchen?

Später verstand er dann, wie klug und lustig sie war.

Nichts findet ein Regisseur weniger interessant als eine Schauspielerin, die alles geben würde, um in seinem Film mitspielen zu dürfen, und nichts ist faszinierender für einen Mann, der alles unter Kontrolle haben wollte, als die Selbstbeherrschung einer Frau, die nachts Gelegenheitssex mit Männern und Frauen hat, nachdem sie in der hintersten Reihe einer Revue in einem wilden Nachtclub getanzt hat – und tagsüber ihre Nase in ein Buch steckt. Unter seiner Leitung, der sie sich wie eine kluge Marionette unterwarf, war sie bald der hellste Stern auf beiden Seiten des Atlantiks, umworben und begehrt von Adelssprösslingen und Filmstudios gleichermaßen, aber sie vergaß nie, wer sie dazu gemacht hatte. Am Ende der Pressekonferenz für *Shanghai-Express* wählte der Veranstalter von Paramount einen Journalisten aus, um die letzte Frage zu stellen. Mr. von Sternberg, ist Miss Dietrich die talentierteste Schauspielerin, die Sie jemals kennengelernt haben?

Leider sitzen Sie einem bedauerlichen Irrtum auf, sagte Jo. Talent ist beileibe nicht die wichtigste Eigenschaft einer Schauspielerin.

Was ist die wichtigste Eigenschaft, Mr. von Sternberg?

Die Ausstrahlung, sagte er.

Ohne sie anzusehen, konnte er spüren, wie Marlene neben ihm lächelte.

Eine letzte Frage – an Miss Dietrich – ist Mr. von Sternberg wirklich so sadistisch, wie es immer heißt?

Jo sah, wie seine Hauptdarstellerin die übereinandergeschlagenen Beine nun nebeneinanderstellte, sich vorbeugte und dabei verwegen eine Augenbraue hob: Würde man einen Bildhauer sadistisch nennen, weil er den Stein behaut oder den Ton schlägt?

Bei der vorletzten Kostümanprobe für *Shanghai-Ex-press* fiel Anna May auf, dass einige ihrer Kleider verschönert worden waren. Verglichen mit Shanghai Lilys Pelzen und Federn war Hui Feis Garderobe stets eher trist und schlicht gewesen. Jetzt waren die Stoffe prächtiger, die Schnitte stilvoller. Schöne Arbeit, sagte sie zur Kostümbildnerin, als eine verirrte Paillette festgenäht wurde.

Miss Dietrich meinte, man dürfe Ihnen ruhig mehr Glamour zugestehen, sagte die Kostümbildnerin.

Anna May war überrascht, dass sie sich dadurch beleidigt fühlte, aber sie zog das aufgewertete Brokatgewand trotzdem an und ging zum Set. Sah Shanghai wirklich so aus? Obwohl das meiste aus Pappmaché bestand, hatten es die Bühnenbildner geschafft, dass es emsig und ansprechend wirkte, die Straßen waren so belebt, dass sogar Anna May vergaß, sich auf einem Studiogelände zu befinden. Es gab einen Zug und einen knappen halben Kilometer funktionierende Gleise, ausgeborgt von der Santa Fe Railway. Eine Kuh und ihr Kalb muhten an der Seite. Sie sollten einen großen Auftritt in einer Szene bekommen, in der der Shanghai Express herantuckerte, nur um urplötzlich für ein Tier anhalten zu müssen, das sein Junges auf den Gleisen säugte. Anna May hatte gehört, Jo habe dafür gesorgt, dass die Kuh direkt neben dem Bahnhof von La Grande ihr Kalb zur Welt brachte und aufzog, sodass Mutter und Kind sich nicht von dem Lärm stören lassen würden und bestens auf ihren Kurzauftritt vorbereitet waren. Ein Hahn kreuzte ihren Weg, Akazien erzitterten, als er an ihnen vorbeistob. Ein chinesischer Kinderstatist jagte ihm hinterher, aber als er Anna May sah, blieb er sofort stehen und versteckte sich hinter einer der Säulen, um sie besser anstarren zu können. Nicht anlehnen, donnerte einer der Bühnenbildner dem Jungen hinterher, das ist Gips!

Anna May sah, dass sich Jo auf einer Leiter niedergelassen hatte, die am Zug lehnte.

Ein Assistent führte mit einem dunkelgrauen Pinsel die Anweisungen von Jo aus. Aber Mr. von Sternberg, sagte jemand, der Zug ist schwarz. Natürlich ist er das, antwortete Jo ruhig. Ich male die Schatten der Wolken auf die Lokomotive, siehst du das nicht?

Er wurde zu einem blonden Nebel am anderen Ende des Studios gerufen, wo man das Führungslicht um Marlene herum arrangierte. Auf Jos Anweisungen hin hatten der Kameramann und der Beleuchter alles für Probeaufnahmen und einen Lichttest eingerichtet. Marlenes Wangenknochen strahlten. Sie trug ein Kleid, das am Hals mit dunklen Federn begann und in schwarzer Chantilly-Spitze zu ihren Füßen endete. Marlene und Jo hatten einen ganzen Tag damit zugebracht, sich Tausende Federn anzusehen, um das perfekte Schillern, das sich auch in einem Schwarz-Weiß-Film bemerkbar machen würde, zu finden, und entschieden sich schließlich für die schwarz-grünen Schwanzfedern mexikanischer Kampfhähne. Jeder, der Augen hatte, konnte sehen, dass alles am Set eingerichtet war, um Marlene zu schmeicheln: Licht, Arrangement der Darsteller, Kostümstoffe, Produktionskulissen. Es war genau ein Jahrzehnt her, seit Anna May ihre erste Rolle mit Namensnennung in einem Hollywoodfilm ergattert hatte, *Lotosblume* von 1922, und auch knapp zehn Jahre später war sie noch nicht in den Genuss solcher Privilegien gekommen, wie sie sich Studiostars und Autorenfilmermusen gesichert hatten. Alle lobten immerzu Anna Mays Spiel, und sie war der Meinung, sich mit ihren sechsundzwanzig Jahren in ihrer Glanzzeit zu befinden, aber sie wartete noch immer darauf, dass Hollywood eine Hauptrolle mit ihr besetzte.

Ich sage es dir lieber früher, damit du es später nicht bereust, hatte ihr Vater gleich zu Anfang gesagt, du wirst das nicht dein Leben lang machen können. Erst hatte sie geglaubt, er meinte es rhetorisch, aber er fuhr fort mit der Frage: Liu Tsong, hast du jemals einen Hollywoodfilm gesehen, in dem die Hauptfigur Chinesin ist und von einer Chinesin gespielt wird?

Sie war erschrocken, dass ausgerechnet ihr Vater, den sie für altmodisch und begriffsstutzig dem Lauf der Welt gegenüber gehalten hatte, sie darauf brachte. Weiße Männer konnten alle gelben Kaiser und braunen Scheichs dieser Welt darstellen, aber sie würde niemals eine europäische Gräfin oder auch nur eine amerikanische Hausfrau spielen! Wie hatte ihr ernsthaft nicht aufgehen können, dass unzählige Rollen automatisch nicht für sie in Frage kamen? Sie hatte gedacht, es würde gut für sie laufen. Noch bevor sie zwanzig war, hatte sie eine Rolle nach der anderen in Hollywood ergattert – ein spanisches Honkytonk-Mädchen in *Thundering Dawn*, eine mongolische Sklavin in *Der Dieb von Bagdad*, eine Inuit-Frau in *The Alaskan* und die amerikanische Ureinwohnerprinzessin Tiger Lily in *Peter Pan*. Sicher, das alles waren keine Hauptrollen, aber sie war davon ausgegangen, dass man sie noch nicht für eine besetzt hatte, weil sie noch nicht so weit wäre, und nicht etwa, weil sie Chinesin war.

Selbst wenn dieser Beruf nicht so anstößig wäre, sagte ihr Vater, hättest du keinerlei Aufstiegsmöglichkeit. Ich werde meinen Weg gehen, sagte sie und ließ nicht zu, dass er sah, wie erschüttert sie war. Wie willst du überleben?, fragte er. Du hast doch vollkommen den Bezug zur Realität verloren.

Eines Nachmittags hielt ihr Vater ihr eine Zeitung vors Gesicht.

Setz dich hin, sagte er. Denkst du, ich bin blind?

Ein Foto von ihr in einer Brasserie, zusammen mit Douglas Fairbanks Jr., der einen Turban trug, hatte die Runde gemacht, nicht nur in den lokalen Zeitungen, sondern sogar in China. Das ist ein PR-Foto für unseren neuen Film, erklärte Anna May, es ist nichts Persönliches. Ihr Vater sagte: Wer will denn gebrauchte Ware, Liu Tsong?

Er zeigte ihr den kantonesischen Zeitungsausschnitt:

ANNA MAY WONG STRIPPT FÜR WEISSE MÄNNER.

Sie wollte wissen: Was geht es China an, was ich trage oder mit wem ich mich treffe?

Ihr Vater antwortete nicht darauf.

Alle Künstler sind Perverse, sagte er. Vielleicht verstehst du das jetzt noch nicht, aber ich kann ein solches Verhalten in meinem Haushalt nicht länger billigen. Ich habe für dich eine gütliche Lösung arrangiert, fügte er hinzu und reichte ihr einen Umschlag. Als sie ihn öffnete und mehrere Fotos von respektablen chinesischen Männern darin entdeckte, warf sie das gesamte Eheanbahnungsbündel auf den Boden, als hätte sie sich daran die Hände verbrannt, und schrie so laut sie konnte.

Liu Tsong, ermahnte sie ihr Vater, benimm dich!

Benimm du dich, rief sie und wich vor ihm zurück. Sie steigerte sich so sehr in ihre Wut hinein, dass sie ins Krankenhaus gebracht werden musste. Vom Krankenhaus ging sie direkt in ein Hotel. Dort war es sicherer. Ihr gesamtes Leben lag noch immer vor ihr, wenn sie bereit war, es vor den Menschen zu schützen, die behaupteten, nur ihr Bestes zu wollen. Abgesehen davon, dass sie ihre Tochter war, wofür hielten sie sie?

Ihre Mutter flehte sie an, wieder nach Hause zu kommen.

Da will aber jemand mit dem Kopf durch die Wand, machte sich ihr Vater über sie lustig, indem er sie in der dritten Person ansprach, obwohl sie sich im selben Raum befand. Sie denkt bestimmt, dass sie jetzt zu gut für uns ist. Kurz danach unterschrieb Anna May den Mietvertrag für eine eigene Wohnung.

Auszuziehen konnte sie sich nun schon seit ein paar Jahren leisten; ihr Einkommen war im Vergleich zu dem der anderen Stars dürftig, aber es war immer noch mehr als das, was die Handwäscherei in einem Monat an Umsatz machte. Zu Hause zu wohnen war mittlerweile gleich doppelt peinlich, jetzt, da ihre Fans vor der Tür von Wong Sam Sings chinesischer Handwäscherei auftauchten: Ihr war es peinlich, in der Wäscherei gesichtet zu werden; ihrem Vater war es peinlich, dass sie Fans hatte. Wegen der Dinge, die gesagt worden waren, als sie das Thema beim letzten Mal angesprochen hatte, hatte sie sich nicht getraut, früher auszuziehen. Nur lose Frauen wohnen allein, hatte ihr Vater gesagt, ohne Ehe und ohne Familie.

Zu Hause tun wir alles für dich, hatte ihre Mutter hinzugefügt. Wo sonst bekommst du das?

Allein zu wohnen war eine Offenbarung, die Anna May in vollen Zügen genoss.

Ihre Wohnung stattete sie nicht nur nach ihrem Geschmack aus, sondern so, wie sie sich die Wohnung einer Schauspielerin vorstellte. Sorgfältig entschied sie über Farbe und Form von allem, was sie umgab. Die Wohnung musste modern sein, individualistisch, konträr. Fernöstliche Verzierungen übersäten ihren Haushalt mit sorgloser Präzision, um von den richtigen Leuten als ironisch gelesen und von den falschen wörtlich genommen zu werden. Gewagte abstrakte Kunstwerke an den Wänden, Bonsai in Porzellanschalen, traditionelle Kalligrafierollen, deren Wörter sie nicht verstand. Zu Hause war ein leeres Blatt, das sie mit dem füllen konnte, wie sie sein wollte. Auf ihre Familie herabzuschauen, während sie lernte, sich selbst zu lieben, war das Letzte, was sie wollte, aber gab es einen anderen Weg aus dieser vertrackten Ecke, in die man sie gedrängt hatte? Die Lage schmerzte in ihrer Deutlichkeit: Entweder enttäuschte sie die Familie, oder sie enttäuschte sich selbst.

In ihr neues Schlafzimmer hatte Anna May einen hübschen Frisiertisch aus Rosenholz gestellt.

Er hatte einen großen dreiteiligen Spiegel mit angeschrägten Glasrändern, dazu gab es einen passenden Rosenholzhocker. Dort saß sie, nachdem sie sich die Rollen der Schauspielerinnen angesehen hatte, deren Namen im Vorspann genannt wurden, und dachte darüber nach, wie sie die Figuren interpretiert hätte, wenn man sie nur zum Vorsprechen eingeladen hätte.

Sie wiederholte die Hauptrollentexte und musste dabei nie Artikel, Vokale oder Adverbien auslassen, so wie sonst, wenn sie eine chinesische Nebenrolle spielte.

Ich Chop Suey mögen, du nicht mögen?

Sie konnte zwar den Text nicht ändern, aber sie spielte ihre Rollen niemals dümmlich, unterwürfig oder süßlich, dabei wäre es so leicht, dem nachzugeben, was die Studios wollten. Sie spielte sie schlau. Der einsame Schleifstein, an dem sie sich rieb: Chaplin.

Ohne dass er – oder auch sonst jemand – davon wusste, war er ihr Sparringpartner auf dem Weg zu einer besseren Schauspielerin. Übung machte vielleicht nicht perfekt, aber man verbesserte sich natürlich, wenn man an sich arbeitete. Sie kaufte einen Projektor und alle seine Filme, machte sich Notizen zu seinem ausgeprägten Timing und der trockenen Darbietung. Erniedrigung konnte Komik beinhalten, aber sie erkannte in seiner Ironie einen gewissen Anstand, den sie auch für sich selbst wollte: Die Welt ist nicht, wie du sie haben willst, aber du wächst trotzdem jeden Tag in ihr auf und dirigierst dich selbst mit Würde hindurch.

War es das, was Chaplin bezwecken wollte, oder interpretierte sie ihn zu reaktiv?

Schauspieler schienen mehr Spielraum zur Ausarbeitung ihrer Rollen zu haben als Schauspielerinnen. Anna May wollte nie ein Requisit sein und auf schön spielen, aber niemand schien der Unterschied zwischen einer guten und einer schlechten Schauspielerin zu interessieren, solange besagte Schauspielerin vor der Kamera gut aussah.

Es war nicht die Aufmerksamkeit, die sie an der Schauspielerei liebte. Ginge es nach ihr, würde sie zu keiner Party gehen und für kein einzige Foto posieren, aber man hatte ihr gesagt, all das sei notwendig, um ein gewisses Image aufrechtzuerhalten. Wenn man sich nicht darum kümmerte, hätte es negativen Einfluss darauf, ob sie besetzt wurde. Was Anna May an der Schauspielerei liebte, war das Handwerk. Selbst nach all den Jahren gab es ihr einen Kick, wenn sie ein neues Drehbuch in der Hand hielt und sich in eine neue Figur hineinversetzen sollte, egal, wie wenig Text sie hatte oder wie unangemessen ihre Gage im Vergleich mit allen anderen war, die im Vorspann genannt wurden. Sie war süchtig danach, unter unwirklichen Umständen wahrhaftig zu leben. Konnte eine schlechte Schauspielerin so sehr leiden wie eine gute?

 nna May zuckte zusammen, als sie Jo »Aus!« rufen hörte.

Sie tun nur so, als ob, fügte er hinzu, Sie sind langweilig!

Vor einem Take hieß es noch: Probieren Sie es noch einmal und lassen Sie sich von mir lieben, und bei dem davor einfach: Was stimmt nicht mit Ihnen, Miss Wong?

Es war eine einfache Szene.

Mrs. Haggerty betrat das Zugabteil, in dem sich Hui Fei und Shanghai Lily befanden, wo sie launig posierten und hochtrabende Bemerkungen austauschten. Aber neben Marlenes lässiger Shanghai Lily wirkte Anna May durchsichtig und unkoordiniert, und sie hatte ihren Text vermasselt.

In ihrer gesamte Schauspielkarriere war Anna May noch nie von einem Regisseur gerügt worden. Nervös sah sie zu, wie sich Jo die Pfeife anzündete.

Drehen Sie die Schultern von mir weg, und machen Sie sich gerade, sagte er zu ihr, und wenn Sie es aus irgendeinem Grund nicht ertragen können, Marlene anzuschauen, dann zählen Sie bis sechs und starren Sie diese Lampe an, als könnten Sie nicht mehr ohne sie leben!

Marlene war bereits wieder auf Position.

Bevor der nächste Take anstand, während alle damit beschäftigt waren, noch das letzte Staubkorn von der Linse zu entfernen und Mrs. Haggertys schlieriges Make-up aufzufrischen, fiel Anna May aus ihrer Rolle, wandte sich an Marlene und fragte: Was hast du Jo erzählt?

Nichts, sagte Marlene.

Verstehst du denn nicht, sagte Anna May. Ich kann es mir nicht leisten, einen Ruf wie du zu haben.

Marlene beugte sich so nah zu ihr, dass Anna May ihren Atem am Ohr spüren konnte. Anna, flüsterte sie, welchen Ruf habe ich denn? Heimlich küsste sie ihr Ohrläppchen, als sie fragte: Warum hast du nicht gelernt, ein wenig zu leben? Zuerst konnte Anna May nur daran denken, ob irgendjemand mitbekommen hatte, was Marlene tat, aber dann stellte sie fest, dass niemand sie beachtete. Alle waren beschäftigt, und sie entspannte sich. Sie sah Marlene direkt an, und Marlene erwiderte ihren Blick. Ganz langsam fing Marlene an zu lächeln, und Anna May spiegelte absichtsvoll jede Bewegung der Lippen ihrer Filmpartnerin, während sie beide den Blick wie eine schnurrgerade gezeichnete Linie zwischen sich hielten.

Jetzt waren sie bereit.

Auf »Bitte!« schiebt Mrs. Haggerty die Tür des Zugabteils auf.

Shanghai Lily prüft ihr Aussehen im Spiegel, während Hui Fei Patience spielt. Sie mustern sich gegenseitig kühl, und die schlecht gekleidete Mrs. Haggerty stellt sich ihnen vor, jammert über ihren Hund und die Pension, die sie in Shanghai besitzt, in der nur »respektable Leute« zu Gast seien. Shanghai Lily fragt Mrs. Haggerty, ob sie respektable Leute nicht vielleicht schrecklich langweilig finde.

Erschüttert wendet sich Mrs. Haggerty an Hui Fei und hofft auf moralische Unterstützung.

Ich muss gestehen, sagt Hui Fei mit köstlicher Verachtung, während sie raucht und die Visitenkarte betrachtet, die ihr Mrs. Haggerty gereicht hat. Mir ist nicht bekannt, was Sie in Ihrer Pension unter respektabel verstehen, Mrs. Haggerty. Hui Fei gibt der empörten Frau die Visitenkarte zurück, unbekümmert und ohne Eile.

Danke, sagte Jo knapp, das war perfekt, Miss Wong. Ich weiß nicht, worauf Sie bis eben gewartet haben, vielleicht brauchen Sie erst Druck?

Eine ganze Woche lang leuchtete Anna May.

Entspannt und aufgekratzt zugleich konnte sie spüren, dass sie nicht nur ihr eigenes Spiel öffnete, sondern auch das von Marlene. Außerdem musste sie nichts dafür tun. Nur Marlene ansehen und nicht vergessen zu atmen. Jede Szene zwischen ihnen wurde mit Leichtigkeit in zwei oder höchsten drei Takes geliefert, und die gesamte Crew schnatterte begeistert über die Chemie zwischen ihnen. Jo war niemand, der sich zu Lob herabließ, aber es war nicht zu übersehen, wie sehr ihn seine beiden Schauspielerinnen erfreuten. Er hatte jetzt Clive Brook ins Visier genommen, der Shanghai Lilys Love Interest, Captain Doc Harvey, spielte, nachdem er einen Kassenschlager nach dem anderen als Sherlock Holmes gehabt hatte. Sieh dir die Frauen an, neben denen wirkst du wie ein Betonmischer! Soll ich dich ohrfeigen, damit du zumindest einen Gesichtsausdruck hinbekommst?

Zwischen den Takes zog sich Anna May in Marlenes Garderobe zurück, die sehr viel größer und luxuriöser war als ihre. Sie hörten bei geöffneter Tür Schallplatten, probten nicht ihre Szenen, redeten nur und berührten sich in der Art, wie es neue Bekanntschaften taten, förmlich, zögernd, sorgsam, begierig, Zigaretten in den Händen, die sie vergaßen zu rauchen, während ihnen ein Set-Runner Eiskaffee mit gestreiften Strohhalmen brachte. Wenn Anna May nicht in einer Szene war, stand sie hinter Jo, wo man ihr einen freien Stuhl hinstellte. Ihr war aufgefallen, dass Marlene ihren eigenen Faltstuhl hatte, auf dessen Rückseite kursiv ihr Name eingestickt war, und sie dachte darüber nach, sich auf eigene Kosten ebenfalls einen anfertigen zu lassen, aber waren diese Statussymbole wirklich wichtig, wenn sie ohnehin nicht anders konnte als zuzuschauen und zu lächeln, wenn sie Marlenes kommandierende Stimme hörte: Dünnt mir diese falschen Wimpern um die Hälfte aus, ich will nicht aussehen wie die Garbo!

Die Crew betete Marlene an, und Anna May wusste, warum: Welche andere Diva würde es sich, wenn ein Crewmitglied nieste oder schniefte, zur Aufgabe machen, diese erkältete Person ausfindig zu machen und ihr, ganz egal, wer es war, der dritte Kabelhelfer oder der Requisitenassistent, am nächsten Tag eine selbstgekochte Hühnersuppe mitbringen?

Anna May trug sogar selbst in ihrem bescheidenen Rahmen zu Marlenes PR-Maschinerie bei.

Jos Oberbeleuchter richtete gerade sein typisches Schmetterlingslicht so ein, dass es fast schon einen Heiligenschein um Marlenes Stirn, Wangenknochen und Haar formte, als Anna May meinte, Marlene sei so wunderschön ausgeleuchtet, sie sehe fast aus, als sei sie mit Gold bestäubt worden. Marlenes Manager, der diese Bemerkung aufschnappte, verkündete, dies sei bestes Futter für die Gerüchteküche, und sorgte dafür, dass die Zeitungen schrieben: »Jeden Morgen, bevor sie am Set erscheint, lässt die Schauspielerin Marlene Dietrich ein Klümpchen Gold im Wert von 50 Dollar zu Staub zerreiben und sich aufs Haar streuen.«

Es war eine so hübsche Lüge. Marlene liebte sie.

Anna May auch, und am liebsten hätte sie ihre Freizeit damit zugebracht, sich weitere vergoldete Gerüchte für ihren Co-Star auszudenken. Sie war nicht die Einzige. Einmal kam der *Shanghai-Express*-Cast nach dem Mittagessen am angrenzenden Drehort einer anderen Paramount-Produktion vorbei, wo gerade mit Tallulah Bankhead gedreht wurde. Tallulah spreizte die Beine. Sie hatte sich die Oberschenkelinnenseiten golden angemalt und rief kess: Ratet, wen ich heute zum Mittagessen hatte?

Also bitte, erwiderte Marlene. Davon träumst du wohl!

In Anna Mays Lieblingsszene von *Shanghai-Express* trägt Shanghai Lily einen Mantel mit einem Silberfuchskragen. Als Shanghai Lily auf dem Gang zu Hui Fei schaut, versinkt ihr Kinn verschwenderisch in seiner Fülle.

Hui Feis Haar ist lose. Aus dem Nichts zieht sie ein Messer.

Es ist klein, aber sehr scharf.

Als sie sieht, wie Hui Fei das Messer hervorholt, durchschreitet Shanghai Lily den Wagon und umfasst ihre Kameradin von hinten. Shanghai Lily weiß nicht, dass der kommunistische Rebellenführer Chang (bis in die Haarspitzen verkörpert von Hollywoods Lieblingschinesen Warner Oland) Hui Fei gerade vergewaltigt hat, und Hui Fei erzählt es ihr auch nicht. In ihren Augen stehen keine Tränen. Ihre Lippen bilden eine sehr schmale Linie. Shanghai Lily umfasst Hui Feis Handgelenke. Hui Fei wendet sich ihr leicht zu. Die Klinge des Messers funkelt. Shanghai Lilys Blick ist flehend, als sie ihr Kinn auf Hui Feis Schulter legt und leise sagt: Mach jetzt keine Dummheiten. Hui Fei schüttelt Shanghai Lily ab und betrachtet die Klingenspitze. Ihre Nippel zeichnen sich unter dem Cheongsam ab, die enge Seide fängt das Licht ein, sie trägt keinen BH. Wortlos geht sie den Gang hinunter, lässt Shanghai Lily allein und zitternd in ihrem Pelz stehen, während der Zug weiterrollt.

Mit erhobenem Messer stürzt sich Hui Fei auf Chang und ermordet ihn eigenhändig. Dann geht sie zu Captain Doc Harvey.

Sie sollten sie von hier wegschaffen, sagt Hui Fei, ich habe gerade Chang getötet.

Haben Sie etwa eine Pistole?, murmelt Doc, aber Hui Fei ist bereits gegangen.

Als sie sich die Muster von dieser Szene ansahen, kommentierte Jo: Vergesst Doc, jetzt sieht es so aus, als wären Shanghai Lily und Hui Fei ein Paar!

Anna May wurde knallrot, versuchte, die Farbe von Hals und Wangen zu vertreiben, aber alle anderen lachten.

Marlene begegnete ihrem Blick.

Sehr schön, fuhr Jo fort, und es ist auch nichts zu offenkundig daran, wir brauchen also keine Angst vor der Schere des Zensors zu haben. Diese selbsternannten Hays-Code-Despoten sind zu dumm für alles, das nicht direkt vor ihren Augen flucht und hurt.

In der Öffentlichkeit war all dies Teil eines unwiderstehlichen So-tun-als-ob zweier schöner Frauen unter Beobachtung anderer Menschen, aber wenn ihre Kostüme wieder in der Garderobe hingen, spürte Anna May, wie sie sich in sich zurückzog, wie sie sich wünschte, sie würden noch drehen. War es möglich, dass Marlene im wahren Leben wirklich nichts von ihr wollte? Ja, es gab Jo, und es gab den Ehemann, aber könnte da nicht etwas sein, das nur sie Marlene geben konnte, für das sie allein gut war? Sie fühlte sich ganz elend, wenn sie in Marlenes Gegenwart solche Gedanken hatte, und sie suchte nach Ausreden, um allein zu sein. Ihr Text blieb perfekt und ihr Spiel makellos, aber sie besuchte Marlene nicht mehr in ihrer Garderobe und blieb nicht mehr am Set, um ihr beim Drehen zuzusehen und mit der Crew zu plaudern. Es würde das Beste sein, den Film zu beenden und Marlene danach zu vergessen. Sie ab und zu am Arm einer anderen Person auf einer Paramount-Party zu sehen und Höflichkeiten auszutauschen, und das war's. Bald schon verließ Anna May jeden Tag das Paramount-Gelände direkt nach ihrer letzten Szene, noch bevor man sie abgeschminkt hatte, und versteckte sich im Hotel. Am Abend vor ihrem letzten Drehtag war sie gerade im Bad, als der Concierge eine Blumenlieferung für Anna May ankündigte. Eine Vase voller Lilien wurde hinaufgeschickt. Auf der nicht unterschriebenen Grußkarte stand: Ruf mich an. Fünf Minuten später kam die nächste Mitteilung des Concierge. Mehr Lilien, dieselbe Karte. Dies wiederholte sich eine Stunde lang. Erst fand sie es charmant, dann ungeheuerlich – wer schickte schon ein ganzes Zimmer voll mit den Lieblingsblumen der Absenderin – und nicht der Empfängerin?

Es gab keinen Platz mehr zum Abstellen auf den Tischen.

Sie betrachtete die ganzen Lilien.

Was Anna May an Marlene von Anfang an gemocht hatte, war, dass sie eine der wenigen Frauen zu sein schien, denen wahrhaftig egal war, was andere über sie dachten. Die Leute würden reden? Lass sie singen und rufen! Bevor sie Marlene kennenlernte, hatte sich Anna May niemals vorstellen können, dass eine Frau so lebte. Marlenes Selbstempfinden geriet niemals ins Wanken – damals spielte sie kleine Nebenrollen, inzwischen war sie ganz groß –, sie blieb derselbe Mensch. Sie wusste, wer sie war, und sie schwelgte in diesem Wissen und war jederzeit mühelos Marlene. Jetzt war halb Hollywood heiß auf sie, aber Anna May glaubte mit einem gewissen Stolz, dass niemand von diesen Leuten in Wahrheit wusste, was sie wirklich an ihr mochten. Sie wollten nur Teil des Glamours sein, den die Studios um ihr Image herum aufgebaut hatten, aber sie wussten nicht, dass sich hinter der strahlenden öffentlichen Figur eine echte Frau befand, der man verfallen konnte.

Wenn Marlene sie auch wollte, warum sollte sie Angst davor haben, was die anderen dachten?

Anna May war es so leid, allen anderen zuliebe eine Lüge zu leben. Solange sie denken konnte, war die wichtigste Lektion, die sie sich selbst beigebracht hatte, alles, was sie wollte, geheim zu halten. Zu oft hatte sie auf die harte Tour gelernt, dass das, was sie wollte, falsch war. Jetzt war sie älter und wusste es besser, aber nun war es zu spät. Wie sie sich in erster Linie selbst sah, war von anderen in Stein gemeißelt worden: Sie war eine unanständige Person, die den Namen ihrer Familie in den Dreck zog. Sie wusste, dies war weder wahr noch gerecht, aber was man wusste, hatte oft wenig mit dem zu tun, wie man sich fühlte. Ihre Eltern hatten sie bereits enterben wollen, weil sie Schauspielerin war; was würde geschehen, wenn sie zu allem Überfluss auch noch mit Marlene in Verbindung gebracht wurde? Sie würden vor Scham tot umfallen, wenn es bekannt wurde, und die chinesische Presse würde sich überschlagen, um sicherzugehen, dass über diesen Knüller rauf und runter berichtet wurde. Sie hatten sie als degeneriert bezeichnet, weil sie sich mit einem weißen Mann eingelassen hatte; ihnen würden die Schimpfwörter ausgehen, wenn sie das hier herausfanden.

Sie nahm den Telefonhörer ab.

Bevor sie es sich wieder anders überlegen konnte, wählte sie Marlenes Nummer. Wenn sie Marlene heute Abend nicht sah, würde ein Teil von ihr verstummen. Und diese Stille würde vielleicht endgültig und ohrenbetäubend sein. Darin würde sie nie mehr etwas abschütteln können. Als der Anruf beantwortet wurde, schloss Anna May die Augen und sagte: Willst du rüberkommen?

Ja, sagte Marlene, das würde ich sehr gern.

Anna May nahm die Strümpfe von der Heizung, wo sie sie zum Trocknen hingehängt hatte, und warf dabei eine Vase mit Lilien um. Sie zog die Vorhänge auf, dann zog sie sie wieder zu. Ein warmes Flattern machte sich zwischen Brust und Magen breit, und trotz ihrer Nervosität war sie froh, angerufen zu haben. Sie machte das Bett, benetzte die Kissen und ihre Handgelenke mit ein paar Tropfen ihres Lieblingsdufts von Penhaligon's. Sie hatte jahrelang nach einem Duft gesucht, der dem von Marlenes Taschentuch bei ihrer ersten Begegnung am nächsten kam. Sie fand nur eine Schallplatte mit gängiger Jazzmusik, also legte sie sie auf. Sie trat einen Schritt zurück, um den Raum zu begutachten. Aus Angst, alles könne zu berechnend erscheinen, brachte sie eilig ein Kissen und die Decke in Unordnung, da klingelte es, mehrmals rasch hintereinander. Eine Sekunde, rief Anna May. Sie wünschte, sie hätte etwas getrunken, bevor sie zur Tür ging. Als sie öffnete, hatte Marlene den Kopf an den Türrahmen gelegt. Hi, sagte Marlene lässig. Sie trug eine Boucléjacke, und ihr Gesicht war gerötet. Anna May sah zu, wie Marlene zu der Couch am Fenster wankte und eine Zigarette herausnahm. Stört dich nicht, wenn ich rauche, murmelte sie, nachdem sie sie angezündet hatte, oder doch? Bevor Anna May etwas sagen konnte, drückte Marlene die Zigarette am Jackenärmel aus und brannte ein Loch durch den gekräuselten Stoff.

Das ist nur das Neueste von Chanel, kicherte sie.

Sie war offensichtlich betrunken.

Geht's dir gut?, fragte Anna May.

Ich bin egoistisch, sagte Marlene feierlich, griff nach Anna Mays Hand und drückte sie fest auf ihre Stirn, als hätte sie Fieber. Ich liebe es zu helfen, aber nur, weil ich dadurch andere an mich binde. Ich interessiere mich niemals dafür, eine Figur zu spielen, fuhr sie fort und führte dabei Anna Mays Finger an ihre Lippen, um sanft in einen zu beißen, ich interessiere mich nur dafür, dass eine Figur zu mir wird.

Mit der freien Hand strich Anna May die Locken aus Marlenes feuchter Stirn.

Das hat er gesagt. Marlene richtete sich auf.

Anna May konnte ihr nicht folgen.

Jo ist ein großer Fan deines Naturalismus, sagte Marlene jetzt etwas lauter.

Er sagt, dein Spiel sei großzügig, also musst auch du ein großzügiger Mensch sein. Logischerweise. Du spielst die Leute an, während ich immer nur mich selbst anspiele. Er hat mir gesagt, ich soll ein oder zwei Dinge von dir lernen, kannst du dir das vorstellen?

Ihre Finger, noch mit denen von Marlene verflochten, wurden kalt. Deshalb hast du mir die Lilien geschickt?, fragte Anna May.

Sie wollte ihre Hand wegziehen, aber Marlene hielt sie fest.

Die Lilien, rief Marlene, ja natürlich! Ich erzähle dir von den Lilien. Sie betrachtete die Blumen. Jo-Jo hat sie mir geschickt, lallte Marlene. So vorhersehbar – Männer – hab ich recht? Er hat seinen Text aufgesagt und will, dass ich ihn anrufe, damit wir uns wieder versöhnen. Was denkt er von mir, dass ich so leicht rumzukriegen bin? Also habe ich es übernommen, alle Lilien an *dich* weiterzuschicken, wenn er dich schon so sehr verehrt. Lass mal sehen, sie nickte den Vasen knapp zu, als würde sie wichtige Leute durchzählen, die sie bei einer Premiere erkannte. Das sind viele. Wie gefallen sie dir? Die müssen ihn einiges gekostet haben.

Ein fröhlicher Gershwin-Hit spielte im Hintergrund. Anna May wollte die Musik am liebsten abschalten. Wie hatte sie glauben können, dass Marlene irgendetwas ernst nahm? Sie hätte niemals anrufen dürfen. Schweigen war unnahbar, aber wenigstens war es sicher. Es gab nichts, was man daraus mitnehmen konnte. Sie wollte allein sein. Du solltest jetzt besser gehen, brachte Anna May heraus. Mit viel Selbstkontrolle schaffte sie, ihre Stimme genau richtig klingen zu lassen, weder zu laut noch zu leise. Sie wollte Marlene jetzt nicht sehen, und ehrlich gesagt wollte sie sie nie mehr wiedersehen, aber die Frau hatte sich auf der Couch zusammengerollt und die Augen geschlossen.

Warum bist du noch hier?, fragte Anna May. Wir haben morgen einen langen Tag vor uns.

Marlene ignorierte sie, aber ihre linke Hand bewegte sich seitlich an der Couch zum Takt der Musik. Anna May ging zum Plattenspieler und nahm den Tonarm von der Schallplatte. Sofort öffneten sich Marlenes Augen, beleidigt, als wäre es ihr Zimmer und Anna May wäre einfach hereingeplatzt und hätte die Musik ausgemacht. Also dann, Anna, sagte Marlene und setzte sich auf, sollen wir unsere Szene proben, und du zeigst mir, wie ich meinen Text aufsage? Wenn du so weitermachst, besetzt dich Jo vielleicht sogar als Katharina die Große. Es ist ihm egal, dass er damit die Kinokassen zerlegen würde – ist er nicht ein echter Künstler? Bevor Anna May etwas erwidern konnte, fing Marlene an zu schluchzen. Ich bin ein schrecklicher Mensch, sagte sie und zog Anna May zu sich, ich weiß das. Sie vergrub ihr Gesicht in Anna Mays Kaftan. Jo hat gesagt, ich hätte es ohne ihn niemals in Berlin geschafft, und schon gar nicht in Amerika. Sie schlang ihre Arme um Anna Mays Taille und blickte sie hoffnungsvoll an. Schick mich nicht weg, sagte Marlene. Bitte, Anna, es tut mir leid. Tränen liefen über ihr Gesicht. Sie zupfte an Anna May, damit sie sich zu ihr setzte.

Anna May setzte sich.

Danke, sagte Marlene. Danke, flüsterte sie wieder, als sie Anna Mays Hand nahm und sie über ihren eigenen Unterarm strich, vor und zurück. Waschfrauenhände, sagte Marlene. Weißt du noch? Sie lächelte Anna May schwach an. Anna May spürte, wie sie nachgab und die Bewegung nun von sich aus machte, ihre Handfläche über Marlenes weiche Haut streichen ließ, um sie zu trösten. Auf diese Weise waren sie still und einander nah, bis Marlene ihre Finger um Anna Mays Handgelenk schloss. Deine Perlen, murmelte Marlene, als wir uns kennenlernten. Das waren Süßwasserperlen, nicht wahr, mein Fohlen?

十三

 ⟨hanghai-Express war 1932 der umsatzstärkste Film in
Amerika. Paramount Pictures war verständlicher-
weise hocherfreut – man hatte den hochkarätig besetzten Streifen *Menschen im Hotel* des Erzrivalen MGM an
den Kinokassen vernichtend geschlagen. Dietrich/von Sternberg
hatten sich gegen die Garbo durchgesetzt. *Vanity Fair* schrieb in einer
Kritik über den Sensationserfolg:

> Mr. von Sternberg tauscht seinen offenen Stil gegen schwülstig-
> vulgäre Fantasiespiele ein, vor allem zugunsten von Beinen in
> Seide und Hintern in Spitze, und macht so aus Marlene Dietrich
> wieder einmal die reinste Schlampe. Sternbergs Problem ist
> nicht sein Können, sondern sein Geschmack. Seine volle Kon-
> zentration gilt dem Nabel der Venus, und währenddessen stellt
> die einzigartige Anna May Wong in jeder Szene, in der sie auf-
> tritt, Dietrich, Brook und Oland weit in den Schatten.

Jo, der Kritiken zur Erheiterung las, war an die launenhaften Presse-
äußerungen gewöhnt. Im einen Moment hieß es über ihn, er sei »ein
brillanter Impresario, seiner Zeit weit voraus«, im nächsten wollte
man wissen, »von wem hat er nur Dramaturgie gelernt, wenn überhaupt?« Anders Marlene. Ein Streit entbrannte darüber, wer wen zur
Strecke brächte, wer ohne wen nichts wert wäre, wer wen auf der
Stelle verlassen würde. Jedes Mal, wenn sie sich privat stritten, was
bedauerlicherweise oft genug vorkam, drohte einer der beiden, Paramount beruflich den Rücken zu kehren. Obwohl sie beiden wussten, dass sie gemeinsam an einen wasserdichten Sechs-Film-Vertrag
gekettet waren.

Shanghai-Express war die Mitte. Drei geschafft, drei hatten sie noch vor sich. Wenn sie sich während der Dreharbeiten stritten, war Jo darauf gefasst, dass die Studiobosse ungebeten bei ihm hereinrauschten, einer von ihnen ging einmal sogar vor ihm auf die Knie und flehte ihn an, sich wieder mit Marlene zu versöhnen (»Ganz egal, was dazu nötig ist. Schicken Sie uns die Rechnung für die Blumen, den Champagner, hauen Sie ordentlich auf die Pauke«) und das Studio nicht in ernste Schwierigkeiten zu bringen, indem er aus ihrer Gelddruckmaschine ein Fass ohne Boden machte.

Als Jo in einem Wutanfall zu Marlene sagte, sie sei gar keine große Schauspielerin, sondern einfach nur eine überdimensionierte Persönlichkeit auf zwei Beinen, da schwor sie, nie wieder mit ihm zu reden.

Eigentlich habe ich das gar nicht böse gemeint, versuchte er einzulenken, als sie aus der Tür ging. Oberfläche ist das Einzige für mich, was zählt, rief er ihr ernsthaft hinterher; außerdem kenne ich alle deine Fehler und liebe sie wie meine eigenen! Sie war zu sehr damit beschäftigt, den flaschengrünen Rolls-Royce anzuwerfen, um zuzuhören, also versuchte er es weiter: Wer hat dir das schnelle Auto denn gekauft? Daraufhin sah sie ihn an. Aber nur, um den Motor auszuschalten, die Schlüssel ins Gebüsch zu werfen und auf ihren Stilettos das Grundstück zu verlassen.

Weib, kreischte er am Tor, ich geb dir drei Stunden, um zu mir zurückzukommen, oder du kannst deine Koffer packen und ausziehen!

Als sie barfuß und mit Blasen zurückkehrte, wusch er ihre Füße, auch zwischen den Zehen, und küsste sie, wie immer.

In Hollywood war es zu der Zeit üblich, dass der Regisseur nach einer Szene applaudierte, besonders nach einer schwierigen. Oft bedeutete »schwierig« einfach nur »emotional«, und dieses Ritual wurde häufig übertrieben, um anderes auszugleichen. Manche Regisseure klatschten sogar nach jeder Szene. Jo fand das idiotisch; es wäre, als würde er sich selbst applaudieren. Ganz egal, was die Darsteller auf der Leinwand machten, seiner Meinung nach war ihnen dies nur aufgrund des psychologischen Zustands möglich, in den sie der Regisseur genötigt, getrickst, verführt hatte. Wenn man beim Kino immer höher aufstieg, dann lag es selten an einem guten oder schlechten Schauspieler, anders als beim Theater, sondern nur an einem guten oder schlechten Regisseur. Jo hatte viele gute Schauspieltalente gesehen, die von Regisseuren ohne Vision verheizt worden waren, und auf der anderen Seite gab es immer wieder ganz gewöhnliche Frauen oder Männer, die dank eines Regisseurs und dessen Art, sie im Film zu zeigen, in etwas Besonderes verwandelt wurden.

In den späteren Jahren mied er die immergleichen alten sozialen Kreise, es war nicht ungewöhnlich, dass Vereinzelte aus der Schar von Marlenes Ex-Liebhabern auf Jo zukamen, um den Bärendienst zu verfluchen, den er ihnen erwiesen hatte, indem er sie im Film mit ihr nicht eigenen Wesenszügen ausgestattet hatte. Ich hab ihr nichts hinzugefügt, was sie nicht schon hatte, verteidigte er Marlene jedes Mal, ich habe es nur dramatisiert. Sie sahen, was Sie sehen wollten, kein Grund für Bitterkeit.

Und doch gab es da einen Funken der Solidarität zwischen Jo und diesen Männern, die all das durchgemacht hatten: Es war gut, solange es dauerte. Hat sie Sie in dem Glauben lassen? Denn sie war eine Narzisstin, ebenso wie er, und es hätte Liebe sein können, genauso gut wie Eitelkeit. Solange sie einander vertrauten, war jegliche Unterscheidung zwischen diesen beiden emotionalen Zuständen von keinerlei praktischer Bedeutung.

Marlene hatte sich lange Zeit geweigert, an andere Hollywoodregisseure als Jo ausgeliehen und von ihnen eingesetzt zu werden, und diese Loyalität hatte ihn berührt. Nachdem sie sich unwiderruflich getrennt hatten, und als er so weit war, sich der Freude und Qual auszusetzen, die Frau, deren Talent er entdeckt, die er aufgebaut und mitgebracht und mit der er ein Bett geteilt hatte, im Film eines anderen zu sehen, verstand er, dass sie wohl immer nur ihren eigenen Interessen gefolgt war, als sie zu ihm gestanden hatte. Neben seinem Talent, sie wunderschön zu machen, hätte alles ein vollkommener Zufall sein können.

Er vermisste ihr Gesicht.

Er hatte ganze Szenen geschrieben, ganze Sequenzen erarbeitet, nur um zusehen zu können, wie sie sich eine Zigarette anzündete, einen Hut aufsetzte. Zu schade, dass die Verträge erfüllt waren. Sie konnten sich damit nicht mehr je nach Laune erpressen. Waren sieben opulente Filme einen lebenslangen Liebeskummer wert? Der Satz, den er eigenhändig geschrieben und mit Marlene einstudiert hatte, damit sie ihn in ihrem letzten gemeinsamen Film aufsagte: Hättest du mich wirklich geliebt, du hättest dich umgebracht. Alle Kritiker hatten sich an der Beobachtung hochgezogen, dass die beiden männlichen Protagonisten in *Der Teufel ist eine Frau* Jo physisch so sehr ähnelten. Es war ihm vollkommen egal.

Bevor er sich auf eine lange Reise nach Japan begab, um sich von Marlene zu reinigen und sie sich auszutreiben, sagte ihr Jo in gutem Glauben, dass ihre nächstbeste Chance bei Rouben Mamoulian oder Ernst Lubitsch läge. Er ahnte bereits, dass man sich weiter an sie erinnern würde und ihn alsbald als den kleinen Spinner in schlecht sitzenden Anzügen abtäte, der froh sein konnte, einmal so viel von einer so schönen Frau gehabt zu haben. Fast wäre er am Hafen wieder umgekehrt, zwang sich dann aber, an Bord zu gehen. Mit Marlene war alles strahlender, aber es gab keine Zukunft.

Auf dem Schiff stürzte er sich Hals über Kopf in ausschweifende Junggesellengelage und ernährte sich von Austern und Likören, die er steuerbords weinend auskotzte. In Tokio angekommen, hurte er sich dumm und dämlich, bevor er sich in einen Zug nach Kyoto warf, um eine namenlose Kabuki-Schauspielerin ausfindig zu machen, die er kennenzulernen hoffte. Sie war die Nachfahrin eines Höflings der Meiji-Ära und wurde als höchst vielseitige Performerin gefeiert, obwohl ihr nie erlaubt gewesen war, professionell aufzutreten.

Kabuki war ein Altherrenclub. Ihre Truppe hielt die Onnagata-Tradition aufrecht, nach der männliche Schauspieler speziell und nach strengen Regeln für Frauenrollen ausgebildet wurden. Die Nō-Bühne war hochsymbolisch, es bestand also absolut keine Notwendigkeit für eine Frau, eine weibliche Rolle zu spielen. Das würde die Tradition gefährden. Darüber hinaus war die Natur der Frau zu weich. Sie wäre nicht in der Lage, die Ausdifferenzierung zwischen sanften Bewegungen und den kraftvollen Kampfhandlungen, die für Form und Dynamik des Nō unerlässlich waren, umzusetzen. Ihr war allerdings die Teilnahme an den Proben der Truppe als modisches Hobby, als erfüllender Zeitvertreib erlaubt, aber nur aufgrund des Rufs ihres Vaters in Nō-Kreisen. Von den bedeutenden Onnagata konnte sie lernen und dabei vielleicht sogar ihre Weiblichkeit verbessern!

Nachdem sie jahrzehntelang von der Seitenlinie aus ihre Fähigkeiten kultiviert hatte, nur noch zwei oder drei talentierter waren als sie, eine Handvoll auf ihrem Niveau und der allergrößte Teil durchschnittlich agierte, wurde die Frau in ein zenbuddhistisches Irrenhaus eingewiesen, nachdem sie bei einer Shūmei-Namensgebungszeremonie den Verstand verloren hatte, wo sie Jahr für Jahr ungeehrt geblieben war, während die Männer um sie herum vorangekommen und ihre Namen und Bezeichnungen für die Nachwelt in den Annalen der Truppe festgehalten worden waren.

Jo brauchte eine Woche, um zu dem zenbuddhistischen Irrenhaus zu gelangen.

Es lag weit außerhalb in der Kansai-Präfektur auf einem geschlossenen Gelände mit einem Steingarten und war von einem schmalen Graben umgeben. Als sich Jo bei einem Mönch nach der Architektur der Irrenanstalt erkundigte, gab ihm dieser zu verstehen, dass der Graben (Finger malt Oval in die Luft) das äußere Pandämonium der Welt (weit und hektisch kreisende Hände) fernhalten solle (Hände bilden eine Barriere), damit es die persönliche Entropie (Finger schwirrt zur Schläfe) des reichen Innenlebens der Patienten (geballte Fäuste an die Brust gepresst, entfalten sich dann nach außen) nicht störte.

Für eine vergleichsweise gesunde Person war die Begegnung mit der durchdachten Architektur der japanischen Irrenanstalt erholsam und beruhigend. Als er ein paar Jahre später Richard Neutra damit beauftragte, eine Villa in San Fernando für ihn zu bauen, verlangte Jo nur ein einziges Schlafzimmer mit hohen, für Privatsphäre nachgerüsteten Fenstern (»Sie sind ein Modernist im Exil, Sie werden schon eine ästhetische und doch praktische Lösung finden«), reichlich Platz zum Unterhalten von Gästen, aber keine Schlösser an den Bädern (»Bei den wenigen Gelegenheiten, zu denen ich in der Stimmung für Gäste bin, will ich keine rührseligen Mimen ertragen, die sich in meinen Waschbecken die Pulsadern aufschneiden«) und einen gewundenen Graben um das Anwesen herum (»um den allgemeinen Wahnsinn dieser Welt davon abzuhalten, die Besonderheiten meiner persönlichen Eigenheiten zu infizieren«).

Als Jo ihre Dachstube erreichte, befand sich die Kabuki-Schauspielerin in einem Aufführungsrausch. In einem Moment waren ihre Handgelenke ganz schlaff, im nächsten hätten ihre Finger eine Kuh erwürgen können. Auch wenn ihre Hände leer an den Seiten herabhingen, schienen ihre Augen hinter einem Papierfächer hervorzuschauen. Die Sicherheitsstäbe vor dem Fenster warfen unstete Schattenstreifen auf ihr Gesicht. In großer Erregung verfiel sie in eine Mie-Pose, hielt diese für drei Sekunden, schielte kurz und ließ ihren Körper in das bleierne Wanken eines Säufers zurückfallen. Aber sie täuschte ihre Schwäche nur vor und schwebte direkt wieder hinauf, mit klarer, leichter Haltung, um die verborgenen Seiten ihrer Figur vorzuführen.

Jo kannte Haragei bisher nur aus Erzählungen.

Beim Haragei spielte derselbe Darsteller unterschiedliche Figuren auf der Nō-Bühne, ohne Kostüm oder Sprechweise zu verändern. Der Wechsel musste dem Publikum von innen heraus angezeigt werden. Diese Art der Schauspielerei war technisch sehr anspruchsvoll. Ein Novize konnte über zehn Jahre brauchen, um sie zu erlernen, und ein Virtuose weitere zwanzig, um sie zu beherrschen, aber sobald er versiert darin war, würde das Publikum die Emotionen des Schauspielers erkennen und sich davon mittragen lassen, und der triumphale, die Brandungsenergie des Publikums aufsaugende Stolz wäre unübertrefflich.

Die Kabuki-Schauspielerin kam direkt auf ihn zu.

Eine Nasenlänge von Jo entfernt erwiderte sie seinen Blick, ohne ihn zu sehen.

Jo weinte still in seinen Ellenbogen.

Er wusste nicht, was sie aufführte, aber er konnte spüren, wie die innere Landschaft ihrer Figuren brannte. Sie stand in Flammen, weitab vom Geltungsbereich der Requisiten, der feudalen Vorurteile der Truppe, der höchsten Ehre, durch einen Zuschauer beim Bühnennamen aufgerufen zu werden, gefolgt vom Bühnennamen des Vaters, wenn man ein beseeltes Mie vollbracht hatte. Obwohl sie von den Aufführungen ausgeschlossen war, hatte sie jahrelang unermüdlich für den Traum geprobt, dass ihr Patronym ausgerufen würde. Jetzt, während sie in der Isolation hinter Gittern zerfiel, hatte sie alles vergessen, was es zu bereuen galt: ihren Text, ihr Geschlecht, ihren Namen.

Nichts trennte sie mehr von ihrer Kunst.

Das Sammellager im Salzburger Land für nicht sesshafte Personen, die von den Sinti und Roma abstammen

IX

Aus, aus, aus!, rief Leni und legte eine Hand an die Schläfe, um sich zu fangen. Ich habe doch gleich gesagt, dass das nicht funktioniert. Ein deutscher Schäferhund sieht niemals aus wie ein Wolf, so wie die Transvestiten auf der Bülowstraße niemals wie Frauen aussehen! Bringen Sie den Hund wieder dahin zurück, wo Sie ihn herhaben. Wenn noch Terpentin übrig ist, waschen Sie die graue Farbe ab, die wir ihm aufs Fell gepinselt haben. Wenn Sie keinen zahmen Wolf ausfindig machen können, werde ich mich, wie ich bereits sagte, selbst darum kümmern. Aber versuchen Sie nicht, mich mit billigen Kopien anderweitig zu überzeugen! Ich muss bis an die Schmerzgrenzen gehen. Ich verlange Authentizität. Und was ist mit den achtzig Schafen für Pedros Herde? Wurden die beschafft? Ich will Merinoschafe. Keine mit Hörnern und keine mit schwarzen Gesichtern. *Me-ri-no.*

Selbst Leni konnte sich nicht mehr an die ursprüngliche Deadline für *Tiefland* erinnern. Sie hatte sie immer wieder verstreichen lassen und alle bei voller Bezahlung weiterbeschäftigt, während sich das Projekt endlos dahinzog. Sie fand es nur fair, und sie sah sich selbst gern als fair, soweit es ging. Sie hatte großen Respekt für die Zeit und das Engagement der Crew. Allerdings musste sie dem Doktor und dem Propagandaministerium Berichte über jede Verlängerung schicken, und diese ließen sich diese zunehmend schwieriger rechtfertigen. In jener Hinsicht war ihre chronische Blasenentzündung Glück im Unglück. Jeder, der einer kranken Frau vorwerfen würde, sich nicht effizient genug an den Zeitplan gehalten zu haben, würde mit Sicherheit schlecht dastehen.

Was logistische Komplikationen betraf, kostete sie diese voll aus. Sie fraßen oft eine Menge Zeit.

Leni hatte den Film in dem fiktionalen Dorf Roccabruna angesiedelt. Sie hatte sich vorgestellt, in der katalanischen Tiefebene zu drehen. Was den Drehort betraf, hatte der Doktor Spanien als riskant bezeichnet und zu Italien geraten. Sie standen sich gut mit dem Duce. Schließlich entschied sie sich für Krün, einem auf einem Gebirgsplateau eingezwängten Dorf auf der bayerischen Seite der Alpen, um dort die vorrangigen Aufnahmen zu drehen, und die italienischen Dolomiten für ein paar Einspieler und die restlichen Szenen.

Sie beaufsichtigte aufwändige architektonische Gestaltungen maurischer Bögen und schmiedeeiserner Filigranarbeiten, die zu ihrer Vorstellung des Sets passten. Sie segnete die Entwürfe auf dem Papier ab, aber nachdem die Sets gebaut und in die Berge gebracht worden waren, beschwerte sie sich darüber, dass sie nicht rustikal genug seien. Sie wollte, dass alles von Grund auf neu gebaut wurde. Das wurde es. Viel besser, sagte sie dann über die neuen Sets, obwohl sie sich kaum von den alten unterschieden.

Dann hatte es ein Problem mit der Statisterie gegeben.

Wenn irgend möglich, wollte Leni nicht an der Umgebung sparen. Das Echte war immer das Beste. Dies galt vor allem für Statisterie und Tiere. Deshalb hatte sie sich so viel Mühe mit dem Wolf gegeben. Sich mit den richtigen Objekten und Texturen zu umgeben, führt zu einer satten Patina auf der Leinwand. *Tiefland* eröffnete mit Martha – sie selbst als maurische Betteltänzerin, reich an weitgestreuter Farbe, exotischem Geheimnis, kühner Extravaganz –, die ins Dorf reitet, bewundernd angestarrt von den Straßenkindern von Roccabruna, und sie wollte, dass diese Statisten das richtige Aussehen hatten. Produktionsassistenten schlugen vor, die Kinder der Bergbauern aus dem nahe gelegenen Sarntal anzuheuern, um die Straßenkinder zu spielen. Sie machte Probeaufnahmen mit ihnen. Die Kinder der Bergbauern waren gut genährt, blond und blauäugig.

Das sieht man auf der Leinwand, sagte sie.

Wir drehen schwarz-weiß, Fräulein Riefenstahl, sagte ein Produktionsassistent. Würde man den Unterschied bemerken?

Wären wir in Berlin, sagte Leni, dann wären Sie gefeuert.

Leni schrieb dem Doktor und fragte, ob es möglich wäre, nach Andalusien zu reisen, um ein paar dunkelhaarige Statisten zu engagieren. Sie würde auch Erwachsene brauchen, als Dörfler in späteren Szenen. Er schrieb ihr zurück, dass dies nicht nur zu teuer, sondern angesichts der Gefechtslage auch zu gefährlich wäre.

Entmutigt wandte sie sich wieder den Bildern von den Sarntalern zu. Die Maskenbildnerin schlug vor, ihnen die Haare zu färben und Ruß ins Gesicht zu schmieren. Nachdem er einen Kartoffelschnaps zu viel hatte, witzelte der Herstellungsleiter: Zu dumm, dass sie keine jüdischen Statisten nehmen konnten. Die gingen glatt als Mauren durch. Und das Casting wäre auch ganz bequem; sie müssten einfach nur in eins der Konzentrationslager der Partei gehen! Leni ignorierte sein Geschwätz, aber am nächsten Morgen ging sie zu ihm und drückte seinen Arm. Sie haben mich auf die perfekte Idee gebracht, sagte sie. Natürlich können wir keine Juden nehmen, aber wen gibt es dort noch? *Zigeuner!*

Voller Eifer und Überschwang schrieb sie dem Doktor.

Er war dem Vorschlag nicht abgeneigt und stimmt ihr zu, dass Zigeuner der ideale Ersatz für Mauren waren, was ihre Absichten und Ziele betraf. Hiermit war sie autorisiert, eines der Sammellager für nicht sesshafte Personen, die von den Sinti und Roma abstammten, aufzusuchen und sich so viele Statisten auszusuchen, wie sie benötigte. Falls sie sich noch in Krün aufhielt, wäre das nächste Lager in Maxglan. Es wurden Vorkehrungen getroffen, damit sie vom Lagerkommandanten empfangen wurde. Sie sollte dem Doktor eine Namensliste derjenigen schicken, die sie als passend erachtete. Er würde jemanden damit beauftragen, die Formalitäten zu erledigen, die diese Anschaffung ermöglichten.

Das Lager Maxglan war gut mit dem Auto zu erreichen.

Zweihundertsiebzig Sinti und Roma saßen dort ein. In ordentlichen Reihen wurden sie in einen engen Innenhof geführt. Sie trugen fadenscheinige Kleidung und hatten dreckige Gesichter. So kann ich diese Leute nicht gebrauchen, sagte Leni, als sie eintraf. Können sie sich nicht umziehen und noch mal rauskommen? Es entstand eine sonderbare Stille, bevor der Kommandant sich räusperte und ihr sagte, dass es nicht besser ginge.

Na gut, sagte Leni und versuchte, die Fassung zu wahren. Dann sehen wir mal. Sie marschierte die Reihen ab und betrachtete prüfend ihre Gesichter, hielt dabei Zeigefinger und Daumen aneinander, um das Bildseitenverhältnis ihrer Arriflex zu simulieren. Es lenkte Leni ab, sie als schmuddelige Menschenherde betrachten zu müssen, und dieser Gestank! Sie isolierte sie Gesicht für Gesicht, Körper für Körper, als rechtwinklige Objekte, die in den Fokus gerückt wurden, und traf eine Vorauswahl, um sie sich ein zweites Mal anzusehen. Einige von ihnen waren zu dünn, weshalb sie ihre Auswahl weiter auf einige Dutzend reduzierte. Ein NSDAP-Funktionär stand bereit, um die Auswahl zu notieren. Der Älteste war ein fünfundsiebzigjähriger Witwer, der Jüngste drei Monate alt und im Lager geboren. Als sie den trostlosen Ort verließ, bemerkte Leni, dass das Lager mit Stacheldraht umzäunt war. Sie hob nur die Schultern. In diesen unbeständigen Zeiten waren sie dort drinnen sicherer.

Die Informationen wurden zum Hauptquartier geschickt, um bearbeitet und freigegeben zu werden. Ich hoffe, Sie können die Sache beschleunigen, telegrafierte sie dem Doktor. *Tiefland* wartet auf mich.

Im Hauptquartier wurde den handverlesenen Sinti und Roma von der NSDAP bescheinigt, NICHT JÜDISCHER ABSTAMMUNG zu sein, wie es in dem Dokument hieß. Ein Vertrag wurde aufgesetzt, um die Konditionen klar festzulegen. Es musste eine strikte Abschottung der Statisten von dem gesamten anderen Personal geben. Am Set mussten dieselben Bestimmungen gelten wie im Lager. Darunter fielen Latrinenbenutzung und Essensrationen. Sicherheitsmaßnahmen durften nicht aus künstlerischen Überlegungen heraus aufgehoben werden. Bewaffnete Wachen, die von der Wehrmacht gestellt wurden, würden die Leihgabe begleiten. Sollte es erforderlich sein, durften sie nicht bei der Ausübung ihrer Pflichten behindert werden. Die Riefenstahl Film GmbH würde für Unterbringung, Verpflegung und Transport der Statisten sorgen und aufkommen. Die Statisten würden für ihre Arbeit einen Lohn von sieben Reichsmark pro Tag pro

Erwachsenem erhalten. Drei Kinder zählten als ein Erwachsener. Des Weiteren, so besagte der Vertrag in Kursivschrift, würden diese Löhne nicht direkt an die Sinti- und Roma-Häftlinge ausgezahlt werden, sondern an den Salzburger Zweig des Generalfonds der NSDAP für Zigeuner, um die Fixkosten von Lagern wie Maxglan zu decken.

Leni erhielt zwei Ausfertigungen des Vertrags in Krün.

Sie überflog sie schnell, unterschrieb sie und schickte sie eiligst zurück, in ihrer Ungeduld, endlich anfangen zu können.

Die Zigeuner waren geborene Darsteller und lieferten die schlichte Wahrhaftigkeit, die Leni von den Dörflern in Roccabruna erwartete. Als die Szene wiederholt werden musste, nahmen sie schnell und leise ihre ursprünglichen Positionen wieder ein, als hätten sie bereits geprobt, sich zu versammeln und wieder zu zerstreuen. Leni war froh, dass sie auf diesem dunkeläugigen Sinti-und-Roma-Haufen bestanden hatte – sie benahmen sich so gesittet, dass die Afrikakorps-Wachen der Wehrmacht fast überflüssig waren.

Manchmal begleitete Leni die Maskenbildnerin beim Anschlusscheck, wenn sie Ponys und Bärte und Haare kürzte, damit sie während des langen Drehs immer gleich aussahen. Eines Abends fragte sie der Herstellungsleiter, ob die Zigeuner singen durften, bevor sie schlafen gingen.

Natürlich, sagte Leni. Warum sollten wir das verbieten?

Man hat es ihnen im Lager auch nicht erlaubt, sagte der Herstellungsleiter. Wenn wir uns an die Vorschriften halten, sollten wir es wohl nicht ...

Das ist mein Set, sagte Leni. Ich erlaube ihnen, hier zu singen.

Leni war freundlich zu den Statisten, aber sie waren nervös in ihrer Gegenwart. Nur die kleine Zäzilia grüßte sie jedes Mal, wenn sie sie sah, und hoffte auf weitere Bonbons. Alle anderen achteten darauf, einen großen Bogen um sie zu machen, wann immer sie vorbeikam. Ruhm hat diese Wirkung, vermutete Leni. Selbst wenn man es nicht herauskehrte, merkten es die Leute. Man konnte nur versuchen, ihnen zu versichern, dass man auch nur genauso war wie sie.

In einer von Lenis Szenen als Martha galoppierte sie in hohem Tempo auf dem Apfelschimmel herbei, und das war recht gefährlich. Um sich diesem Risiko nicht auszusetzen, suchte sie fünf Statistinnen aus, die von hinten oder aus der Ferne als sie durchgehen konnten. Keine von ihnen hatte Reiterfahrung, also wählte Leni einfach diejenige, die ihr am ähnlichsten war. Die junge Frau hatte dunkles Haar und war vermutlich in ihren Zwanzigern. Sie war fast genauso groß wie Leni, allerdings sehr viel dünner. Sie bekam einige zusätzliche Schichten Kleidung, die sie unter dem Kostüm anziehen sollte, um voller zu wirken. Ihr Haar wurde geschnitten und gelockt, damit sie dieselbe Frisur hatte wie Leni, und sie musste Marthas Tanzkostüm tragen. Das Double fürchtete sich vor dem Dreh. Leni bot ihr angstlösende Barbiturate an. Die junge Frau schüttelte den Kopf. Gott im Himmel, diese Leute waren so furchtsam, was moderne Medizin anging!

Es wird alles gut laufen, redete Leni auf sie ein. Außerdem bekommst du als Double mehr Gage.

Zögerlich sagte ihr Double: Unser Lohn geht – ans Lager.

Pass mal auf, sagte Leni und versuchte, nicht ungeduldig zu werden. Ich habe die Arbeitsbedingungen hier nicht festgelegt, aber ich schulde dir einen Gefallen, was hältst du davon? Nimm diese Tablette, wie ich es gesagt habe – danach wird es dir viel besser gehen. Mit einem höchst misstrauischen Blick nahm die junge Frau die Tablette von Leni entgegen. Meine Liebe, sagte Leni, ich nehme nur deshalb selbst keine, weil ich schon eine zum Frühstück hatte. Was glaubst du, was das ist, Gift?

X

Wenn er morgens die Sinti- und Roma-Statisten zusammenrief, ließ Hans Haas seine Stimme weich klingen. Er fühlte sich schlecht, weil sie sofort aufhörten zu reden, wann immer jemand von der Filmcrew in Hörweite war, obwohl niemand am Set Romani verstand. Die Statisten konnten auch fließend Deutsch sprechen, aber das taten sie untereinander nicht, und im Allgemeinen sprachen sie mit den Wachen oder der Crew nur, wenn es unbedingt notwendig war.

Die meisten versuchten, Blickkontakt mit Hans zu vermeiden, aber die junge Frau, die Fräulein Riefenstahls Double spielte, war mutiger geworden als die anderen, seit man sie für die Szene ausgewählt hatte. Hans hatte den Schimmel zurück zu seiner Markierung geführt, während sie mehrere Takes aufnahmen. Als sie gerade außerhalb der Kameraeinstellung wartete, fragte sie ihn recht beiläufig: Und wenn mich das Pferd abwirft? Weil er nicht wusste, was er sonst antworten sollte, versicherte er ihr: Es wird schon nichts passieren. Sie lächelte herablassend, wobei sie sehr hübsch aussah, besonders in Fräulein Riefenstahls Zigeunerkostüm, dann kletterte sie aufs Pferd, richtete den Blick geradeaus und wartete auf ihren Einsatz. In einem der Takes bäumt sich das Pferd auf, aber die junge Frau behielt die Nerven, und sie konnten die Szene mit unterschiedlichen Geschwindigkeiten drehen, bis Fräulein Riefenstahl zufrieden war. Wunderbare Arbeit, hörte Hans sie zu ihrem Double sagen. Du bist ein Naturtalent!

Morgens, wenn Hans zum Appell kam und sie zum Frühstück auf den Lagerplatz brachte, hielt sie seinem Blick stand, nickte ihm zu, wenn er an ihr vorbeikam.

Sie war es, die den Herstellungsleiter gefragt hatte, ob sie singen durften.

Als die Genehmigung kam, stattete Hans sie mit einer kleinen Handglocke aus, die er im Versorgungsschuppen gefunden hatte, und darüber waren sie sehr glücklich. Das Double bedankte sich bei Hans, und er sah, wie ihr Blick für einen Moment ganz weich wurde. Gar kein Problem, sagte er und blieb eine Weile, um zuzuhören. Die Statisten legten ihre tiefen Stimmen ganz ohne Instrumente übereinander. Hans spürte ihr Lied in seinem Bauch, obwohl er kein Wort verstand.

Ein anderes Mal fragte ihn das Double: Wie lange wird der Dreh noch dauern?

Ich weiß es nicht, sagte Hans, ich habe auch nur einen Zeitvertrag.

Könnten Sie jemanden fragen, der es weiß?, wollte das Double wissen. Hans erklärte sich bereit, es für sie herauszufinden. Ohne zu sagen, dass ich es bin, die es wissen möchte, fügte sie hinzu. Kaum, dass sie es ausgesprochen hatte, sah sie aus, als würde sie es bereuten, als hätte sie eine Schwäche offenbart, die sie lieber für sich behalten hätte. Hans verstand nicht, weswegen sie sich sorgte, und versuchte, sie zu beruhigen, aber sie schüttelte den Kopf. Am nächsten Tag fragte er beim Mittagessen den Herstellungsleiter. Der Herstellungsleiter antwortete nicht, hob aber zwei überkreuzte Finger. Niemand weiß es so genau, berichtete Hans dem Double, aber man hofft, dass die Dreharbeiten bis zum Kriegsende weiterlaufen. Damit alle hierbleiben können.

Das Double nickte, dachte darüber nach.

Dann sah sie ihn an und fragte: Wer sind »alle«?

Hans war bestürzt.

Sie senkte die Stimme und sagte: Wir haben nichts falsch gemacht, mein Herr.

Er schwieg.

Sie versuchte es anders: Sie sind ein guter Mann. Jetzt fühlte er sich unbehaglich. Sie betrachtete ihn noch genauer. Sie sind nicht wie die anderen, sagte sie. Haben Sie jemanden verloren?

Fräulein, ich muss Sie bitten, zurück in die Unterbringung zu gehen, sagte er. Wie Sie wissen, verstößt es gegen die Vorschriften, wenn wir uns zu lange unterhalten. Ich könnte Schwierigkeiten bekommen. Sie sah ihn an. Wir könnten beide Schwierigkeiten bekommen, fügte er hinzu. Doch sie hörte nicht auf, ihn anzusehen, also stupste er sie leicht mit dem Gewehrkolben an, damit sie sich von ihm wegdrehte. Er geleitet sie hinein, verschloss das Tor und achtete von nun an darauf, ihr aus dem Weg zu gehen.

Der libysche Sand war so fein gewesen wie Talkumpuder, und er setzte sich überall fest: in den Augen, den Ohren, den Stiefeln, den Unterhosen, dem Essen, den Motoren. Morgens wirkte er eher graubraun, abends aschgrau, aber mittags, wenn die Sonne seine Kalksteinbasis versengte, funkelte er weiß. Halstücher waren beim 15. Panzerregiment und der 5. Leichten Division des Afrikakorps in Mode gekommen, seit der Oberkommandeur eine Parade abgehalten und dabei stolz eins in strahlendem Türkis getragen hatte. Das hatte er sich angeblich bei der französischen Kavallerie abgeschaut. Es war schick, es saugte den Schweiß auf, es schützte den Nacken vor Sonnenbrand.

Sehr zu Hans' Belustigung war sogar Schmitz dazu übergegangen, bunte Halstücher zu tragen, die er wie eine Krawatte band. Nicht alle in Sirte hatten das Glück, ein Stück Stoff zur Verfügung zu haben, das den Anforderungen dieses Stils Genüge tat, aber im Notfall schnitt man eben ein Dreieck aus einem Unterhemd. Schmitz' improvisierte Krawatte in einem ansprechenden Violett mit gehäkelter weißer Bordüre war einmal Gundas Schultertuch gewesen. Sie hatte es ihm als Andenken und Talisman mitgegeben, zusammen mit der einmaligen Ermahnung, die unzähligen Frauen – ganz gleich, ob Mütter, Ehefrauen, Schwestern, Huren – in unterschiedlichen Sprachen über Kontinente hinweg über die Lippen ging: Komm in einem Stück zurück!

Hans und Schmitz wurden von einem Sandsturm erwischt, als sie zur Mittagszeit die zweihundert Meter von ihrem Unterstand zum Speisezelt zurücklegen wollten. Sie hörten den Wind, noch bevor sie den Blitz sahen oder den Sand spürten. Schmitz warf Hans sein Halstuch zu.

Halt es dir über Mund und Nase, Junge.

Und du?

Schmitz riss sich die Feldmütze vom Kopf und stülpte sie über Nase und Mund und zog Hans mit sich zu Boden, als die Sandwelle anrollte. Hans atmete den süßlich-sauren Geruch von Schmitz' Schweiß durch das Schultertuch. Als der Sturm vorüber war, lachte Schmitz über Hans, der auf einem Bein herumhopste, um den Sand aus den Ohren zu bekommen, und zog ihn damit auf, er sehe aus wie eine Sägemehlpuppe. Sie hatten keine Karte und auch keinen Kompass mitgenommen, weil sie eigentlich nur eine geringe Entfernung zurückzulegen hatten, aber nun irrten sie zwei Stunden lang umher. Als sie endlich das Speisezelt erreichten, war die Essensausgabe geschlossen, und sie meldeten sich verspätet zu der nachmittäglichen Gefechtsübung. Es gab nur eine begrenzte Anzahl Platzpatronen für die Schießübungen, aber selbst wenn keine Gefechtsübungen anstanden, wurde ihnen gesagt, sie sollten ein Gefühl für die Wüste entwickeln. Wenn der Tag kommt, sagte der Kommandant, wollt ihr nicht, dass euch das Ungewohnte am Überleben hindert.

Die Wüstenhitze, der Sand und die aus ständig wechselnden Richtungen pfeifenden trockenen Winde sorgten für höchstes Unbehagen. Hans konnte nicht aufhören, sich zu kratzen. Lass das, sagte Schmitz jedes Mal schroff, und Hans hörte auf, fing aber kurz darauf wieder an, ohne es selbst zu merken. Schmitz packte ihn an den Handgelenken und sagte: Bist du ein verflohter Straßenköter? Hans sah, dass er sich seitlich am Ellenbogen die Haut aufgekratzt hatte. Schmitz beugte sich vor, um die Sandfliegen zu vertreiben, die sich bereits auf die offenen Stellen setzten.

Nachts hörten sie in ihren Wüstenzelten Radio, spielten Poker mit handgezeichneten Karten, tauschten Bilder von ihren Frauen, Freundinnen, Schauspielerinnen, die sie mitgebracht hatten. Einer der anderen beiden Unteroffiziere masturbierte zuverlässig zu einem Foto seiner Ehefrau. Wenn er kam, achtete er stets darauf, »Gerda« zu flüstern.

Was für ein hingebungsvoller kleiner Gockel, sagte Schmitz dann, aber das störte den Unteroffizier nicht weiter.

Die meisten Bildkärtchen von Schauspielerinnen, zu denen Schmitz sich einen runterholte, waren signiert, und seine Zeltgenossen borgten sie sich aus diesem Grund oft aus – diese zarten Hände hatten genau diese Ecken berührt! Schmitz verstaute seine Sammlung in der Klappe seiner Schultertasche, und jeder durfte teilhaben. Als Hans sie durchsah, fand er ein kleines Foto von Schmitz selbst. Soweit Hans bisher gesehen hatte, blickten Männer üblicherweise für ihre Porträts ernst in die Kamera, aber Schmitz hatte seinen Kragen hochgeschlagen und lächelte mit geöffneten Lippen, als wäre er überrascht worden. In der Hoffnung, dass es Schmitz nicht bemerkte, ließ Hans das passfotogroße Bild in seiner eigenen Tasche verschwinden. Eines Abends, als sie zum Zelt zurückkehrten, fragte ihn Schmitz: Bist du gläubig, Haas?

Hans schüttelte den Kopf.

Warum nicht, sagte Schmitz, zu glauben ist leicht.

Ich bin nicht gläubig, sagte Hans langsam, weil ich nämlich gern glauben möchte, dass wir selbst unsere Entscheidungen treffen.

Beide schwiegen, dann fragte Schmitz: Wurdest du denn nicht wenigstens getauft, als Kind?

Hans schüttelte wieder den Kopf.

Wenn also einer von uns stirbt, sagte Schmitz, dann ist es unwahrscheinlich, dass wir uns wiedersehen.

Hans nickte.

Wie wär's, sagte Schmitz, wenn wir in dem Fall einfach am Leben bleiben?

Hans wollte nicht, dass dieses Gespräch zu Ende ging, deshalb wiederholte er dümmlich: Ja, wie wär's?

Ich schwör dir, du nervst mich bis aufs Blut, sagte Schmitz, streckte den Arm aus und klemmte Hans' Hals in seinen Ellenbogen, drückte ihn so fest, dass er laut keuchte. Was würde ich nur machen ohne einen Dummbeutel wie dich, auf den ich ständig aufpassen muss, hm, Hasi?

Hans und Schmitz lagen in ihrem Vier-Mann-Zelt und hörten eine Reichstagsversion von Cole Porters »You're the Top«. Gewöhnlicher Jazz war den Deutschen verboten, wegen seiner freien Improvisationen galt er als entartet, aber der Herr Minister Doktor Goebbels hatte eine private Liveband in einem topmodernen Studio im Propagandaministerium versammelt, von wo aus der einzig genehmigte Jazzkanal auf der Berlin-Rom-Tokio-Achse sendete und deutsche Riffs auf amerikanischen Jazz-Standards bis nach Südamerika schickte:

You're the Top
You're a German flyer
You're the Top
You're machine gun fire

Die beiden anderen Unteroffiziere, mit denen sie das Zelt teilten, hatten gerade Wachdienst. Als der Song vorbei war, fummelte Schmitz am Radio herum. Das Signal spratzte, und dann ertönte ein Song. Als der Empfang klarer wurde, merkte Hans, dass es sich um einen amerikanischen Jazzsong handelte, einen echten. Die feindliche Kurzwelle zu hören – nicht einmal Kriegsmeldungen, einfach nur Musik – konnte schon ausreichen, um wegen Hochverrats angeklagt zu werden, wofür eine standrechtliche Exekution die Strafe war. Hans wurde nervös.

Schmitz tätschelte ihm die Schulter.

Wir sind im Krieg, Leuchtjunge, sagte er gedehnt. Lass uns was riskieren.

Sie lagen bäuchlings auf ihren Schlafsäcken, zwischen ihnen das Radio, leise gestellt. Und das, Jungs, war Bing Crosbys »Rolleo Rolling Along«, verkündete eine frische, schulmädchenhafte Stimme mit amerikanischem Akzent, also rolleo-rollt mal los in den Nachmittag.

Was für ne Puppe, sagte Schmitz. Das hört man doch gleich schon an der Stimme.

Er wälzte sich auf die Seite und machte den Reißverschluss auf.

Als Nächstes Dinah Washington, Jungs. Hier ist GI Jane auf GI Jive.

Nur ein Sekundenbruchteil, nachdem er seine Hose geöffnet hatte, fasste sich Schmitz an. Hans spuckte sich in die Hand und griff nach ihm. Falls Schmitz überrascht war, ließ er es sich nicht anmerken. Es gab nichts Unnatürliches an der Kameradschaft zwischen Kriegsgenossen, solange es keine Präferenz in Friedenszeiten war, wenn es eine stabile Versorgung mit Frauen gab. Es war hygienisch, den Druck abzubauen, gut für die Nerven. Was in der Wüste geschieht, bleibt in der Wüste – und sicherlich waren sie nicht die Einzigen. Schmitz schloss die Augen, aber Hans ließ seine geöffnet, während seine Hand sich immer schneller bewegte, Schmitz neigte sich etwas zur Seite, um ihm mehr Platz zu verschaffen, als Hans versuchte, seine eigene Hose aufzumachen.

Als Schmitz die Augen öffnete, drehte sich Hans um.

Er spürte Schmitz' warmen Körper auf sich. Ohne sich erst zu befeuchten, drängte sich Schmitz in Hans. Es war so schmerzhaft, dass er sich verkrampfte, er wollte aufschreien, aber er hatte Angst, Schmitz würde dann aufhören. Hans konnte Schmitz' beachtlichen Bierbauch auf seinem Rückgrat spüren und seine Hände seitlich an seinen Hüften. Er spannte den Körper an, um Schmitz' Gewicht besser auszuhalten. Über dem Schmerz lag eine Empfindung, die sich von seinem Steißbein ausgehend in seinem ganzen Körper ausbreitete. Sie waren nicht mehr in Sirte. Er seufzte, direkt bevor Schmitz kam. Die Flüssigkeit war warm, und er krampfte die Muskeln zusammen, um sie in sich zu halten. Schmitz zog schnell raus. Als Hans sich umdrehte, sah er, dass Schmitz mit Blut und Exkrementen beschmiert war. Er wollte sich entschuldigen, einen Witz darüber machen, beim Säubern helfen, aber Schmitz hatte sich bereits von ihm weggedreht und wischte sich mit einem Lumpen ab. Schmitz warf den Lumpen zur Seite und zog die Hose hoch.

Das Radio lief noch immer, leise.

Kämpft tapfer, Jungs, wir stehen hinter euch!

Alles war wie immer, aber natürlich war auch alles anders, und für Hans war das Gefühl von Schmitz, der in ihm war, wie ein Gedicht.

Wann immer er es heraufbeschwor, konnte er seinen Körper mit einem wohligen Schauer reagieren lassen, während er Schieß- oder Gefechtsübungen absolvierte, einen Marsch durchstand oder beim Essen war. Jedes Mal hielt er den Atem an, bis der Schauer vorüber war, und wünschte sich, er würde länger andauern.

Erst hatte er befürchtet, Schmitz würde ihn meiden.

Am nächsten Morgen war er erleichtert, dass Schmitz ihn wie zuvor behandelte, Witze auf seine Kosten machen, während sie zusammen marschierten und aßen und das Feldlager aufschlugen. Aber bald schon machte es ihm Sorgen, dass alles normal zwischen ihnen war, weil Schmitz nichts darauf gab, was zwischen ihnen passiert war. Als die Wasserversorgung zur Neige ging, durften sie nur aufrecht unter Wasserbeuteln duschen. Hans musste sich auf Zehenspitzen stellen, um den Beutel über Schmitz' Kopf zu halten und den Wasserfluss zu kontrollieren, während Schmitz die Augen schloss und sich unter den Armen und hinter den Ohren schrubbte. Wenn das alles vorbei ist, sagte Schmitz, weißt du, worauf ich mich am meisten freue, Leuchtjunge?

Gunda?

Schmitz gab ihm eine Kopfnuss. Hasi, sagte er, du musst mal deine Prioritäten klarkriegen. Ein Bad. Ein richtiges Bad zu Hause. Die Techniker hatten eine Lieblingsbadeanstalt, wo sie sich einmal die Woche ordentlich abschrubben konnten. Hans merkte, dass er die Badeanstalt bereits vergessen hatte. Er fragte Schmitz: Glaubst du, wir arbeiten noch mal bei einem anderen Film zusammen?

Natürlich, sagte Schmitz. Unter den richtigen Umständen.

Was sind die richtigen Umstände?

Das konnte Schmitz nicht beantworten.

An einigen Abenden blieb Hans hungrig, er ließ das Abendessen ausfallen, damit sein Darm sauber und leer war, für alle Fälle. Er erfand Ausreden, um mit Schmitz allein zu sein, wartete darauf, dass Schmitz auf ihn zukam, aber die Nächte vergingen, und Schmitz tat nichts. Und doch hatte Schmitz nicht aufgehört, sich vor Hans anzufassen, wenn sie in einer Gruppe waren. Das Radio war auf den

deutschen Jazzkanal eingestellt, und die vier Männer vom Afrikakorps holten sich mitten in der Wüste wild einen runter. Zwischen-
drin sah Hans zu Schmitz, aber er wandte den Blick schnell wieder
ab, aus Angst, ihre Zeltgenossen würden etwas bemerken. Eines
Nachts, als er es nicht mehr länger aushielt, ließ Hans seinen Blick
die ganze Zeit auf Schmitz ruhen und versuchte, seinen Rhythmus
ihm anzupassen. Als Schmitz sah, was Hans Haas tat, hörte er auf.

Vorzeitige Entladung, Schmitz?

Halt's Maul und geh zu deiner Gerda, ich muss nur pinkeln.

Schmitz verließ das Zelt. Hans folgte ihm.

Sobald sie außer Hörweite waren, drehte sich Schmitz zu ihm um.

Was ziehst du hier ab, Junge?

Hans ließ sich auf die Knie fallen und versuchte, Schmitz' Hose
aufzumachen. Schmitz trat ihn weg. Er rappelte sich auf und stürzte
sich auf Schmitz' Bein. Schmitz fiel hin, und sie kämpften im Sand.
Schmitz überwältigte Hans problemlos. Hör auf, Haas! Er hörte
nicht auf. Er versuchte, Schmitz in den Schritt zu fassen. Schmitz
schlug ihm ins Gesicht und stand auf. Hans lag im Sand, hielt sich
mit den Händen das Gesicht. Schmitz zog sich die Hose runter und
pinkelte direkt neben Hans' Gesicht in den Sand. Es war eine wolken-
lose, mondlose Nacht, und die Luft was so trocken, dass jeder Atem-
zug schmerzte.

Wenn du nicht wärst, sagte Hans, dann wäre ich jetzt zu Hause in
Sicherheit.

Schmitz sagte nichts, aber der Pinkelstrahl setzte für eine Sekunde aus. Dann strömte er weiter in einem großen Bogen, bevor er auf
den Sand traf.

Was glaubst du, warum ich hier bin, fragte Hans, wegen des Kriegs?

Schmitz sagte immer noch nichts. Hans hätte schreien können.
Er sah zu, wie sich der Dampf von Schmitz' Pisse in der kühlen
Nachtluft auflöste, drehte den Kopf und streckte die Zunge danach
aus. Schmitz hörte sofort auf zu pinkeln und trat ihm in die Rippen.

Verdammt noch mal, Haas, sagte Schmitz. Was willst du von mir?

Hans machte den Mund auf: Ich …

Aber er wusste selbst nicht, was er noch gesagt hätte, denn Schmitz trat ihn wieder. Diesmal tat es so weh, dass er kaum noch atmen konnte, und Schmitz ging weg, eine Brise glättete seine Fußspuren, kaum dass er sie im Sand hinterließ. Hans wollte Blut auf die Erde husten, es im Treibsand versickern lassen, selbst in der Wüste versinken, einen unterirdischen Tunnel durchqueren und Kameraden, Zug, Armee, Land aufgeben. Sein einziger Plan im Leben war es gewesen, dorthin zu gehen, wo dieser Mann hinging. Er war ihm in die Hitze der Wüste gefolgt, aber entweder war es zu viel, oder es reichte nicht. Nun war die Schimäre vorbei. Warum nicht durch das Meer in Richtung Athen oder Neapel schwimmen, seinen Körper mit den schwersten Gewichten an der Brust auf dem Meeresgrund versenken. Etwas stieß ihm in die Seite. Er öffnete die Augen.

Schmitz stupste ihn mit der Stiefelspitze an.

Steh auf, du Ferkel, sagte Schmitz.

Er hätte ein Wikingerriese oder ein nordischer Gott sein können, mit dem Himmel und den Sternen hinter seinen kräftigen Schultern und dem wirren roten Haar, das hinter seinen Ohren in alle Richtungen abstand. Du siehst aus wie ein König, wollte Hans zu Schmitz sagen, einfach um zu beschreiben, was er sah, aber er wollte Schmitz nicht verschrecken, nicht jetzt, wo er zurückgekommen war. Worauf wartest du denn noch, fragte Schmitz, dass eine Skorpionfamilie vorbeikommt und dir den Schwanz abbeißt?

Schmitz streckte die Hand aus.

Hans nahm sie, um sich in eine sitzende Position aufzurichten, zuckte aber von den Schmerzen in den Rippen zusammen. Er sah, dass Schmitz es bemerkte, und um davon abzulenken, log er und deutete in den Himmel: Schau mal, eine Sternschnuppe. Schmitz wandte den Blick nach oben, wo sich nichts tat. Dann drehte er sich wieder zu ihm.

Schon vorbei, sagte Hans. Du hast sie verpasst.

Mir egal, sagte Schmitz und zog Hans auf die Beine. Sag jetzt nicht, du hast dir was gewünscht. Hans musste lachen, die Vibration des Gelächters stach in seinen Rippen, Schmerzklumpen wummerten so nah an seinem Herzen, dass sich nicht unterscheiden ließ, was wo seinen Ursprung hatte, als sie gemeinsam zurück zum Zelt gingen und Seite an Seite einschliefen.

Ein frühmorgendlicher Nahkampf in der Wüste.

Auf dem Papier ist es eine schöne Sache, die von der einen Seite entwickelt wurde, um die andere vor Morgengrauen zu überraschen. Sollen die Historiker oder die Generäle von der Behaglichkeit ihrer Sessel aus die taktische Genialität eines Gefechts der verbundenen Waffen preisen, denn am Boden, zwischen blutgetränktem Schweiß und verschmortem Metall, ist keine Zeit für Ruhm, es ist kaum Zeit zum Atmen. Die Sandlandschaft ist übersät mit Maschinenteilen und Menschenfragmenten.

Hans versucht, an Schmitz' Seite zu bleiben, während sie vorrücken. Seine Ohren hören nicht auf zu klingeln. Als Schmitz sich umdreht, um nachzusehen, ob er ihm noch folgt, will er Schmitz sagen: Sieh nicht zurück, ich bin hier, aber zum Reden ist keine Zeit. Eine Drehabschlussparty im Biergarten, er besäuft sich zum allerersten Mal, Schmitz hält ihm den Kopf, als er sich die Seele aus dem Leib kotzt. Stillhalten für einen Take, dabei zusehen, wie sich das feuchte rote Haar in Schmitz' Nacken glättet. Er kann es jetzt fast vor sich sehen, am Rand seines Helms. Wie er immer wusste, welches Licht, welchen Filter, welches Stativ Schmitz wollte, nur aufgrund eines Blicks, einer Handbewegung. Gefangen in diesem Standsturm, eng aneinandergepresste Körper. Sie stürmen voran, als Hans aus dem Augenwinkel in gut sechs Metern Entfernung ein auf Schmitz zielendes Gewehr erspäht. Anstatt Schmitz zu decken, duckt sich Hans instinktiv, um sich selbst zu schützen, rollt sich tief am Boden zusammen, während sich seine Haut von der Schockwelle des Gewehrfeuers kräuselt. Weniger als eine Sekunde später liegt Schmitz im Sand. Sein Körper ist in einem Stück, aber da ist zu viel Blut. Hans kriecht zu Schmitz. Nichts davon hätte passieren dürfen – wenn er es noch einmal tun müsste, wäre er bereit, alles anders zu machen. Schmitz ringt nach Atem und streckt die Hand aus. Hans nimmt sie, sieht sich nach einem sicheren Ort um, an dem sie sich verstecken können. Er schließt die Augen, aber als er sie öffnet, ist alles noch genau wie vorher. Panik steigt in ihm hoch. Er pinkelt sich in die Hosen und schreit um Hilfe. Niemand hört ihn. Irgendwo hinter ihnen geht eine Granate hoch. Der Boden bebt, seine Zähne klappern, alles ist lauter als er. Dann spürt er, wie Schmitz seine Hand drückt, ruhig und fest. Der vertraute Griff bringt Hans zurück, und er denkt daran zu atmen. Jetzt bebt auch der Boden nicht mehr. Schmitz versucht, etwas zu sagen. Hans lehnt sich dicht an ihn. Kühle, trockene Lippen teilen sich an seinen Wangen, aber die Wörter schaffen es nicht mehr heraus. Als die Kraft aus Schmitz' Fingern weicht, beugt sich Hans über ihn, um so viel von ihm festzuhalten, wie er kann.

Mittags ist der Himmel strahlend blau.

Die eine Seite ist siegreich, die andere nicht: So war es schon immer. Hoch in der Luft kreisende Geier begutachten ihr Mittagessen. Es herrscht nun Waffenruhe, eingefordert von beiden Seiten, um ihre Toten und Verwundeten einzusammeln. Die Stille ist heftig, aber kameradschaftlich. Beide Seiten müssen schnell handeln. Dem vernünftigen Ziel, jeden gefallenen Soldaten einzeln zur Ruhe zu legen, steht der unbestreitbare Nutzen eines Massenbegräbnisses gegenüber. Die Hitze der Wüste beschleunigt die Verwesung, und der Gestank wird unerträglich sein, wenn die Leichen nicht bis morgen vergraben sind.

Die eine Seite findet einen der ihren, lebend, auf einem der ihren, tot. Beide Körper haben die Augen offen. Einer von ihnen ist nicht viel älter als zwanzig. Der andere muss fast vierzig sein. Der jüngere Mann blinzelt, der ältere Mann starrt ins Leere. Sie müssen hier schon eine ganze Weile so liegen, Wange an Wange, ohne sich zu bewegen: Eine dünne Sandschicht bedeckt sie, bildet wellenförmige Muster auf ihren Uniformen. Der jüngere Mann will sich nicht rühren. Sie sehen nach, ob er verletzt ist, aber als sie versuchen, ihn aufzurichten, krallt er die Nägel in die Schultern seines Kameraden. Dafür haben sie keine Zeit. Gemeinsam zerren sie ihn von dem Toten herunter.

Lasst mich hier, sagt der jüngere Mann. Ich will hierbleiben.

Er steht eindeutig unter Schock. Seine Lippen sind ausgedörrt, aber er scheint unversehrt. Sie setzen ihn hin und bieten ihm Wasser an. Er trinkt nicht. Jemand beugt sich vor, um die Augen des älteren Mannes zu schließen, ein anderer will ihm dabei helfen. Nicht, sagt der jüngere Mann. Sie machen weiter. Ich sagte, fasst ihn nicht an! Der jüngere Mann will sich auf sie stürzen, bringt dabei die Feldflasche mit dem wertvollen Trinkwasser aus dem Gleichgewicht. Jemand muss ihn festhalten. Es ist nicht leicht, die Augen zu schließen, weil der Mann schon einige Zeit tot ist. Bitte, fleht der jüngere Mann, als sie ihn zurückhalten. Ein erfahrenerer Kämpfer massiert das noch bewegliche Gewebe an den Augenhöhlen, um die Muskeln zu lösen, die in der Bewegung erstarrt sind. Jetzt lassen sich die Lider des älteren Mannes sanft senken. Sie lassen den jüngeren Mann los. Er dreht sich von dem Gesicht des Älteren weg. Hinter den jetzt geschlossenen Lidern sind Augen, die er nie wieder sehen wird.

Der Körper wird weggeschafft, zu den anderen, die bereits aufgereiht im Sand liegen.

Aus der Ferne ist es ziemlich schwierig, alle Leichen auseinanderzuhalten, aber als der jüngere Mann sich nach ihnen umdreht, kann er ihn nicht mit einem anderen verwechseln: rotes Haar, breite Schultern. Ein heftiger Wind kommt auf. Er fürchtet, dass sein Freund Sand in die Ohren bekommt.

Hinter den Frontlinien fängt jede Seite an, flache Massengräber auszuschaufeln.

XI

Den neuen Wolf hatte Leni persönlich, nach beträchtlichen Bauchpinseleien und Bestechungen, von einem spanischen Baron und Kollaborateur besorgt, der eine Schwäche für wilde Tiere hatte, die die Menagerie auf den hügeligen Gründen seines Anwesens zierten. Diesem Wolf waren als Welpe die Reißzähne und Krallen entfernt worden. Man hatte ihm beigebracht, bei Tisch um Essen zu betteln und sogar Pfötchen zu geben. Ihr Produzent war zutiefst erleichtert, da es sehr viel sicherer für alle war, aber Leni war unglücklich, weil der Wolf unbedingt gefallen wollte und nichts Wildes an sich hatte. Nach einem spielerischen Kampf mit Pedro trabte er zu ihr und erwartete eine Belohnung.

Es waren nicht mehr viele Szenen übrig, und ihr ging langsam das Geld aus.

Der *Tiefland*-Dreh würde bald zu einem Ende kommen müssen. Leni wollte nicht zurück nach unten, wo mittlerweile alles so verworren war. Kinderkrankheiten, sagte sie sich. Erst einmal wurde alles schlechter, bevor es besser werden konnte. Aber wie schlecht ist schlechter? Sie konnte vor niemandem zugeben, dass sie Angst hatte. Andere, die Zweifel geäußert hatten, waren bei der Partei in Ungnade gefallen. Ein paar waren sogar wegen Volksverhetzung verurteilt worden. Manchmal, wenn ihr alles zu viel wurde und sie ganz krank vor Sorge darüber war, was sie als Nächstes tun sollte, wenn diese Produktion abgeschlossen war, ertappte sich Leni wieder einmal bei dem Gedanken: Wenn dieser verflixte Josef von Sternberg doch nur mich für den *Blauen Engel* genommen hätte. Dann wäre ich jetzt nicht in diesem Schlamassel. Dann lebte ich in Hollywood, und die Leute dort würden mir die Hände küssen wollen. Aber, konterte sie ungewiss, hättest du ohne dieses Land und diese Zeit hier so schöne Filme gemacht? Natürlich, erwiderte sie, nur, um diesen schlechten Gedanken einen positiven Abschluss zu verpassen, ich kann, egal, wo ich bin, Magie erzeugen, sie lebt in mir. Wo und was genau, ist zweitrangig. Wer und wie, das ist entscheidend.

Sie hatte zugesehen, wie Marlenes Stern in Amerika beharrlich aufgegangen war, während Jo eine Rolle nach der nächsten für diese Frau schrieb; es waren nicht so sehr Filme mit einem Plot als vielmehr Kammerspiele, um mit seiner Muse anzugeben. Leni redete sich ein, dass Marlene es vielleicht geschafft hatte, aber alles nur Jos Werk war. Nun, darin lag keine Ehre.

Leni hatte sich geschworen, dass alles anders sein würde, wenn *sie* nach Hollywood ging.

Sie hatte versucht, so früh wie möglich mit einem Projekt dort vorstellig zu werden, aber die Genehmigung der Partei kam erst im Herbst 1938. Zu der Zeit besaß Marlene bereits einen Vorsprung von acht Jahren. Das Propagandaministerium hatte Lenis Jungfernfahrt nach Amerika vermittelt: *Olympia* feierte auf den internationalen Festivals Erfolge; daraus wollte man Kapital schlagen und die amerikanischen Rechte an Verleiher verkaufen. Lenis persönliche Ambitionen deckten sich mit dem Interesse der Partei, ein internationales Profil für Deutschland aufzubauen, und ihre Vergnügungsreise war komplett durch öffentliche Gelder gestützt. New York war ein herrlicher Anfang. An Deck bewunderte Leni mit Hingabe, wie der sich hebende Nebel die Silhouette von Manhattan noch eindrucksvoller erscheinen ließ, als ihr Begleiter versuchte, ihre Aufmerksamkeit auf etwas anderes zu lenken. Was ist?, fragte sie kurz angebunden, herausgerissen aus ihrer Überlegung, wie sie diesen natürlichen Effekt für einen Film künstlich nachstellen könnte. Die Leute verstanden nicht, dass Künstlerinnen Raum brauchten, und störten sie wegen jeder dümmlichen Kleinigkeit, es war lächerlich! Was interessierte sie ein Grüppchen kleinerer Schiffe, die dem Dampfer entgegengesegelt waren, um seine Einfahrt in den Hafen zu begrüßen? Die Leute auf ihnen schwenkten die Arme, um Aufmerksamkeit zu erregen. Sie hielten Notizblöcken in den Händen. Als sie genauer hinhörte, bemerkte sie, dass sie alle denselben Namen riefen.

Hier drüben, Miss Riefenstahl!

Es waren amerikanische Journalisten, und sie waren ihretwegen hier. Leni fiel auf, dass einige von ihnen Tauben im Arm hielten. Was soll das mit den Vögeln, fragte sie ihren Begleiter. Brieftauben, erklärte er, wenn Sie eine Schlagzeile liefern, werden sie zur Druckerei geschickt, um schneller zu sein als die anderen Zeitungen.

Wenn eine Frau Substanz hatte, war es nicht nötig, dass sie sich an den Rockzipfel eines älteren Regisseurs hängte, der ihr für sie ansonsten verschlossene Türen öffnete. Eine Frau mit Substanz musste nicht dafür bezahlen, dass für sie im nobelsten Hotel der fremden Stadt, die sie zum ersten Mal besuchte, eine Pressekonferenz organisiert wurde. Die Presse würde ihr mit den schnellsten Tauben entgegenrudern. Nimm das, Marlene.

Miss Riefenstahl, sind Sie Hitlers Freundin?

Leni wandte sich in diese Richtung.

Nein, rief sie, konnte dann aber nicht widerstehen, ihr Dementi mit einer Prise Koketterie aufzupeppen. Sie dürfen nicht alles glauben, was Sie hören!

Zum Frühstück im Pierre am nächsten Tag brachte Leni nach einer erholsamen Nacht alle Zeitungen, die sie hatte auftreiben können, mit an ihren Tisch, um zu sehen, was man über sie zu sagen hatte und welche Bilder gedruckt worden waren.

Schön wie ein Hakenkreuz, schrieb eine Zeitung.

Ihr Lieblingsbild war eins, auf dem sie wie die Freiheitsstatue posierte.

Leni schwebte die Fifth Avenue entlang, schob ihre Sonnenbrille erwartungsvoll etwas herunter, hallo Amerika! Als sie den Ziegfeld Girls am City Hall Theater andeutete, dass auch sie eine Tänzerin war, wollten sie alle ihr Autogramm. Der Manager der City Hall, dem größten Kino in Amerika, war sehr erpicht darauf, die Aufführungsrechte für *Olympia* zu erstehen. Sie würde sich in Hollywood mit seinem Anwalt treffen, um den Vertrag zu unterschreiben. Leni war begeistert von der Größe und der Geschwindigkeit, mit der hier alles geschah. Jemand brachte ihre Entourage zu einer Schwarzen-Revue, und sie kommentierte unbekümmert, dass der Rhythmus fantastisch sei, das Ganze aber eher wie direkt aus dem Dschungel wirke! Alle in ihrer Gesellschaft lachten. Im MoMA sahen sie sich neue Werke von französischen Postimpressionisten an, bevor es eine Sonderaufführung von *Triumph des Willens* als Teil des Kunstfilmprogramms des Museums gab. Man fragte sie nach ihrer Meinung zu Cézanne. Die Ungenauigkeit der Formen in seinen neuen Werken machten Leni zu schaffen, die schwallenden Wolken und die Pflastersteine, die sich von selbst erhoben, aber sie wusste, wie hoch angesehen Cézanne in diesen Kreisen war, weshalb sie sich in zustimmenden Gemeinplätzen äußerte.

Immerhin fand sie ihn akzeptabler als seine deutschen Zeitgenossen. Sie sah in den Werken von Expressionisten wie Kirchner oder auch Grosz und der gesamten Fraktion, die sich selbst mit dem unverfänglichen Namen »Neue Sachlichkeit« zu würdigen versuchte, etwas ganz und gar Ungesundes. An jenem Abend nach ihrem MoMA-Besuch, noch bevor die Nachricht offiziell bekannt wurde, erreichte sie eine vertrauliche Mitteilung von einem in New York ansässigen Gestapo-Agenten: Fräulein Riefenstahl, Ihnen wird dazu geraten, nicht über den Vorfall zu sprechen und auf der Stelle nach Berlin zurückzukehren.

Welcher Vorfall?

Das werden Sie bald erfahren.

Als sich die Nachricht verbreitete, war sie von dem, was sie da las, schockiert, aber Leni entschied sich, nicht nach Berlin zurückzukehren. Auf der Stelle lud sie Journalisten ein, um darüber mit ihnen in ihrer Suite im The Pierre zu reden. Die Leitartikel in den amerikanischen Zeitungen berichteten von einer »Reichskristallnacht«, an einem einzigen Abend seien Hunderte Juden ermordet worden und Tausende verhaftet. Sie beschrieben die Zerstörung von zweihundertsiebenundsechzig Synagogen, die Sachschäden beliefen sich auf Hunderte Millionen Reichsmark, die Sühneleistung von einer Milliarde Reichsmark würde durch die Beschlagnahmung von zwanzig Prozent des Besitzes eines jeden deutschen Juden erfolgen. Mit einem leidenschaftlichen Wort tat Leni all das ab: Verleumdung! Sie war vielleicht nicht die Schlaueste, was die Besonderheiten bilateraler Beziehungen betraf, aber jeder wusste doch, dass die Lage zwischen Deutschland und Amerika angespannt war. Ständig wurde falscher Unsinn in den Zeitungen gedruckt, beide Seiten versuchten, die jeweils andere schlecht dastehen zu lassen, aber das hier ging eindeutig zu weit.

Was können Sie über Hitler sagen, Miss Riefenstahl?

Was ich sagen kann?, erwiderte Leni. Von ihm geht ein Strahlen aus.

Als sie in L.A. ankam, war Leni enttäuscht, dass es so viel hässlicher war als in ihrer Vorstellung. Was für ein trostloser, weitläufiger, lebloser Ort! Und hier wurden Filme gemacht? Sobald sie in ihre Unterkunft eingecheckt hatte, einen großen Bungalow im Beverly Hills Hotel, stieg ihre Laune wieder. Jetzt entsprach die Stadt langsam ihren Erwartungen: blühende Paradiesvogelsträucher, Orangen- und Grapefruitbäume, mehrere Swimmingpools. In L.A. herrschte eine derart sorglose Stimmung, dass sie sich als Teil davon fühlen wollte. Sie begab sich in das luxuriöse Badezimmer, um sich die Beine zu rasieren, wie es hier Mode war, damit sie ihre Strümpfe ausziehen und mit nackten Beinen im Pool planschen konnte. Auf dem Weg nach draußen wurde sie von einem in L.A. befindlichen Gestapo-Agenten abgefangen. Also bitte!, rief sie empört und zog sich den Bademantel schützend über ihr Dekolletee.

Fräulein Riefenstahl, sagte er, Sie dürfen nicht mehr mit der Presse sprechen.

Ich versuche, die Dinge zum Besseren zu wenden, sagte sie.

Sie werden nur schlechter, erwiderte er.

Das kann nicht sein, sagte sie, es sei denn, die Berichte sind wahr?

Es ist kompliziert, antwortete er, aber was Sie betrifft, ist alles klar und deutlich. Behalten Sie Ihre Meinung über die Vorfälle und die

Partei für sich. Verkaufen Sie Ihren Film, bevor es zu spät ist, und fahren Sie dann nach Hause.

Bestürzt sah sie am selben Nachmittag diese ganzseitige Anzeige in den Zeitungen:

IN HOLLYWOOD IST KEIN PLATZ FÜR HITLERS FILME-MACHERIN. GEHEN SIE NACH HAUSE, LENI RIEFENSTAHL!

Was für ein Dämpfer, besonders nachdem es in New York so wunderbar gewesen war! Die Anzeige war von der Hollywood-Anti-Nazi-League unterzeichnet. Sie rief nach einem Assistenten, um ihnen umgehend zu telegrafieren: Ich bin kein Mitglied der NSDAP. Politik interessiert mich nicht. Nur Kunst.

Es war zu spät. Ein bereits verabredetes Treffen nach dem anderen wurde abgesagt. Verleiher, Produktionsfirmen, Regisseure und Schauspieler, die noch vor wenigen Tagen erpicht darauf gewesen waren, sie kennenzulernen, wollten jetzt nichts mehr mit ihr zu tun haben. Befremdet stellte sie eine Liste von Bekannten zusammen, die Beziehungen in der Stadt hatten und die sie vernünftigerweise besuchen konnte. So versuchte Leni, ein Treffen mit Charlie Chaplin zu arrangieren, der bei der Vorführung von *Triumph des Willens* im MoMA in New York gewesen war. Er hatte als er selbst überraschend elegant ausgesehen, nicht wie der Tramp, hatte das gebannte Publikum allerdings hin und wieder durch lautes, kehliges Gelächter gestört. Sein Lachen hatte Leni verwirrt. War er einfach unhöflich, oder war es als Kompliment gedacht? Hatte ein Komödiant kein Gefühl für Ästhetik? Trotzdem hoffte sie, mit ihm sprechen zu können, aber er war anschließend eilig mit ein paar ehrfürchtig dreinblickenden französischen Filmemachern verschwunden. Sie verfasste eine Nachricht an Chaplin, aber bevor sie sie abschickte, fand sie heraus, dass er einer der berühmtesten Mitglieder der Anti-Nazi-League war.

Niemand antwortete Leni.

Nur Walt Disney hielt die Verabredung ein, die er vor ihrer Ankunft getroffen hatte. Sie bekam eine Tour durch sein Trickfilmstudio, versuchte, enthusiastisch auszusehen, als er ihr seine Zeichnungen und Layouts zeigte. Wollen Sie einmal durch die Multiplan-Kamera schauen? Leni beobachtete einen zerknirschten Micky, der einer beleidigten Minnie auf einer belebten Straße hinterherjagte. Da war sie nun endlich in L.A. – und sprach mit einem Mann über eine Zeichentrickmaus!

Anders ausgedrückt: Sie hatte es sich mit Hollywood verdorben. Als sie wieder in Berlin war, weinte sie tagelang, angewidert davon, dass die Welt dort draußen sie ganz anders sah, als sie es selbst üblicherweise tat. Die Welt war unfair, voller Verzerrungen. Ihre Wahrheit war sehr viel einfacher: Sie hatte sich mit einem Mann angefreundet, der ihre Arbeit bewunderte, er gab ihr Geld, damit sie Filme drehen konnte. Was er darüber hinaus tat, hatte nichts mit ihr zu tun. Es war ein Tiefschlag, einfach alles in einen Topf zu werfen, Leni und die NSDAP, ihre Filme und deren Taten, dabei war sie nicht mal Parteimitglied, nur eine gewöhnliche Bürgerin. Gut, sie wechselte vielleicht beim Anblick einer gelb-schwarzen Armbinde an einem Mantelärmel die Straßenseite etwas früher, als sie müsste, damit sich ihre Wege nicht kreuzten. Sah sie einen Davidstern auf einem Schaufenster, konnte es sein, dass sie dort von nun an nicht mehr einkaufte, nicht, weil sie unbedingt den »Kauft nicht bei Juden«-Boykott unterstützte, sondern einfach nur, um sich keinen Ärger einzuhandeln. Das war alles – und jeder, den sie kannte, machte es genauso. Jetzt hieß es, dass tatsächlich Glas zerbrochen worden war und Menschen ihr Leben gelassen hatten. Zweifellos war dies alles furchtbar, aber was hatte es mit ihrer Kunst und ihrer Person zu tun?

XII

Einige der Sinti- und Roma-Statisten weinten, als die Zeit gekommen war und sie gehen mussten. Leni nahm es auf sich, sie zu beruhigen. Die gesamte Crew würde bald die Dolomiten verlassen müssen; die meisten würden nach Berlin zurückkehren. Sie selbst hatte sich eine Skihütte hoch oben in Kitzbühel gesichert, wo sie mit dem Schneiden von *Tiefland* beginnen würde. Bevor sie sich trennten, posierten sie noch gemeinsam für ein Foto vor der Aussicht auf das unberührte Sarntal. Zäzilia saß auf ihrem Knie.

Tante Leni, sagte sie hoffnungsvoll, hast du noch ein paar Bonbons?

Ich fürchte nicht, Zilla, sagte Leni.

Leni machte es sich in der Mitte der ersten Reihe gemütlich, richtete ihr Dirndl und lächelte. Ihre Assistentin zählte bis drei. Nach dem Foto wurden die Statisten auf einen Lkw geladen, einer nach dem anderen. Leni stand dort mit ihrer Crew, um sie zu verabschieden. Die Letzte, die auf den Wagen stieg, war die junge Frau, die ihr Double gespielt hatte. Bevor sie ging, sagte sie förmlich: Fräulein Riefenstahl, wir möchten uns bei Ihnen bedanken. Sie waren sehr nett.

Ich habe mich auch sehr gefreut, euch hier gehabt zu haben, sagte Leni und nickte allen im Lkw zu. Das Double kam auf Leni zu, wurde aber von dem Afrikakorps-Beleuchter davon abgehalten, ihr zu nahe zu kommen.

Erinnern Sie sich noch, sagte das Double leise, Sie sagten, Sie schulden mir einen Gefallen?

Der Motor des Lkw lief im Leerlauf.

Als Leni nichts erwiderte, fuhr die Frau fort: Weil ich Ihr Double auf dem Pferd war, es war zu gefährlich für Sie, selbst zu reiten, Sie hätten sich verletzten können? Oder haben Sie es vergessen?

Natürlich erinnere ich mich, sagte Leni und versuchte, gleichgültig zu klingen. Womit kann ich dir wohl helfen?

Können Sie etwas für uns tun, fragte das Double, wegen des Lagers? Wir wissen nicht, wohin man uns als Nächstes bringen wird, und wir haben Geschichten gehört …

Gerüchte gab es immer. Man konnte nicht alles für jeden richten, schon gar nicht für Zigeuner. Man hätte ihnen nicht erlauben dürfen zu singen. Kaum macht man ihnen aus Gutherzigkeit ein Zugeständnis, erwarteten sie gleich, dass man sich für sie beide Beine ausriss und Räder schlug, als sei man ihnen sonst was schuldig …

Wie gesagt, erwiderte Leni, ich habe mich sehr gefreut, euch alle am Set zu haben, aber ich fürchte, der Vertrag ist ausgelaufen. Ich kann euch eine Abschrift zeigen, wenn nötig, fügte sie hinzu. Ich kann rein gar nichts dagegen tun, selbst wenn ich wollte.

Wir haben gehört, dass Sie wichtige Leute kennen, sagte das Double und wurde lauter. Vielleicht könnten Sie ein gutes Wort für uns einlegen, deren Meinung ändern …

Ganz offensichtlich bist du noch nie mit der Bürokratie in Berührung …

Bitte, Fräulein Riefenstahl!

Die Stimme des Doubles versagte und wurde zu einem gebrochenen Heulen, als sie den Kopf neigte und ihr das Haar, das dem von Leni exakt glich, ins Gesicht fiel. Leni spürte Übelkeit in sich aufsteigen. Die vertrauten Schmerzen der Blasenentzündung ließen ihren gesamten Unterleib verkrampfen. Das Double kniete jetzt vor ihr. Bevor der Afrikakorps-Beleuchter sie aufhalten konnte, berührte sie Lenis Schuhe. Schnell zog Leni den Fuß zurück. Wie peinlich das gerade wurde, und dann auch noch vor ihrer gesamten Crew. Diese Vagabunden besaßen einfach nicht genügend Würde, um eine zivilisierte Unterhaltung zu führen, ohne dass diese in etwas Durchtriebenes oder Dramatisches ausartete. Ich muss auf die Toilette, sagte Leni zu dem Afrikakorps-Beleuchter. Machen Sie ihr die Knie sauber, sehen Sie zu, dass sie auf den Beinen bleibt, und stecken Sie sie in den Wagen.

Als der Afrikakorps-Beleuchter vortrat, um sich der jungen Frau anzunehmen, riss sich diese von ihm los.

Wagen Sie es nicht, mich anzufassen, sagte sie zu ihm, ich werde selbst gehen.

Das Double kletterte auf die Ladefläche des wartenden Lkw. Sie sagte etwas zu ihren Leuten auf Romani. Einige, die geweint hatten, hörten auf zu weinen, und andere, die nicht geweint hatten, fingen damit an. Nur die Kinder schienen noch immer in ihrer eigenen Welt zu sein, blickten ohne Regung zum Set hinüber. Der Afrikakorps-Beleuchter sprang zu ihnen auf den Lkw – er sollte ihre sichere Rückkehr ins Lager Maxglan beaufsichtigen. Das Double wandte sich an Lenis Crew. Ihre Finger klammerten sich an die Kante der Ladefläche, sie waren ganz weiß. Sagt ihr, hob sie an, sagt ihr, dass unser Blut an ihren Händen klebt, und dass sie nie wieder einen Film drehen wird, solange sie lebt.

Als Leni von der Toilette zurückkam, wendete der Lkw gerade, um loszufahren. Es sah aus, als hätte ihre Crew die brenzlige Situation gut für sie gemeistert; die Statisten befanden sich alle auf der Ladefläche, der Afrikakorps-Beleuchter bewachte sie, alle waren bereit für die Reise. Manchmal war es einfacher, wenn diejenigen mit weniger Befugnissen sich um die mit gar keinen Befugnissen kümmerten – Letztere würden keine lächerlichen Ansprüche an Erstere stellen, wie sie es bei jemandem mit Verantwortung taten.

Ihre Assistentin eilte mit dem Vertrag, ihren Schmerztabletten und einer Trinkflasche voller Wasser herbei. Danke, sagte sie und klemmte sich den Vertrag sicherheitshalber unter den Arm. Sollte das Double sie noch einmal herausfordern wollen, würde sie ihr zeigen, was dort geschrieben stand. Sie spülte das Methadon mit einem kühlen Schluck Wasser hinunter. Der Lkw fuhr davon. Hinten winkte eine kleine Hand. Leni kniff die Augen zusammen und erkannte Zäzilia. Ein paar andere Kinder machten es dem Mädchen nach und winkten ebenfalls. Leni ertappte sich dabei, wie sie eine Träne wegwischte. Oh, sagte Leni, ich hatte gar keine Zeit, mich richtig von ihr zu verabschieden, sie war mein Liebling. Neben ihr hob der Herstellungsleiter sein Walkie-Talkie. Er könnte den Fahrer kontaktieren. Leni schüttelte den Kopf. Sie sollen sich auf den Weg machen, sagte sie, damit sie nicht zu spät kommen.

Auf Wiedersehen, Tante Leni, rief das Mädchen. Ich werde dich nie vergessen!

Auf Wiedersehen, Zilla, rief Leni dem kleinen Mädchen hinterher, die Hände um den Mund gelegt, damit ihre Stimme besser trug. Ich werde dich auch nie vergessen!

Sie tupfte sich die Augen, als sie eine Schmerzwelle durchfuhr.

Ich denke, ich werde gleich noch was von dem Methadon nehmen, sagte sie zu ihrer Assistentin. Ihr wurde die Tablette gereicht. Sie schwitzte, während sie sie schluckte. Leni winkte und winkte und hörte erst auf, als sie die Hand des kleinen Mädchens nicht mehr sehen konnte.

XIII

Die Fahrt zum Lager Maxglan würde viele Stunden dauern. Es war ein ruhiger Vormittag. Die Straße war steil, und der Lkw fuhr sehr langsam. Auf der Ladefläche wachte Hans über die Statisten, wagte es aber nicht, einem von ihnen in die Augen zu sehen, während er sich an sein Gewehr klammerte.

Die Statisten sprachen nicht, aber nachdem sie eine Weile gefahren waren, begann eine Frau mittleren Alters mit tief liegenden Augen rhythmisch zu klatschen. Sie sang dazu, allein. Dann stimmte Fräulein Riefenstahls Double ein. Ein paar andere sangen nun ebenfalls mit. Als das Lied zu Ende war, stand das Double langsam auf. Sie hielt den Blick auf Hans gerichtet, während sie vor ihm zurückwich. Nach ein paar Schritten stand sie am Rand der Ladefläche. Sie drehte sich um, schob die Plane beiseite und sprang. Durch den Spalt in der Plane sah Hans, wie das Double ins Gebüsch rollte, liegen blieb und sich dann aufrappelte.

Die Frau mittleren Alters, die mit dem Singen angefangen hatte, stand ebenfalls auf, ein Kind im Arm. Hans krampfte die Hände um sein Gewehr. Die Frau ging in die Hocke, drehte sich so, dass sie das Kind mit ihrem Körper abschirmte. Aber als nichts geschah und sie seine zitternden Hände sah, sank sie auf die Knie und schob sich zum Ende der Ladefläche.

Hans bewegte sich nicht.

Wenn er jetzt feuerte, wäre der Knall so plötzlich und heftig, dass seine Trommelfelle reißen könnten. Es war widerwärtig, nicht auf Abstand zu diesem Körper gehen zu können. War es wirklich seiner? Ein Körper war eine Belastung. Er konnte nicht dafür verantwortlich sein, dass er Tag und Nacht mit Essen und Trinken versorgt werden musste. Er konnte nicht dafür verantwortlich sein, dass dieser Körper wollte, was er wollte, dass es kein besseres Gefühl gab als diese drängende Empfindung in seinem Steißbein, nein, das hatte nichts mit ihm zu tun. Er konnte nicht dafür verantwortlich sein, dass er munter durch die Dolomiten streifte, während Schmitz im Sand von Nordafrika verrottete. Sein Wunsch an die Sternschnuppe, die es nie gegeben hatte: dass sie beide zusammen nach Hause gehen konnten.

Als es drauf angekommen war, hatte sich sein Körper für sich selbst entschieden, aber jetzt, da er hier war, ohne Schmitz, fand er nicht, dass es sich gelohnt hatte. Aber wenn er doch nichts mehr zu verlieren hatte, warum hatte er dann immer noch Angst? Schon als Schuljunge war er passiv und folgsam, stets derjenige, der das Seil schwenkte, nie derjenige, der sprang, aber immer war er davon überzeugt gewesen, dass er tief im Innersten ein anständiger Mensch war. Natürlich würden das die meisten Menschen von sich denken, und wie viele lagen wohl genauso falsch, wenn es dann hart auf hart kam? Hier gab es die Chance, seine Geschichte neu zu schreiben, auch wenn sie niemand erzählen würde. Alles, was er hier hinten auf dem Lkw zu tun hatte, war das, was er am besten konnte: nichts. Sein Herz schlug so laut in seiner Brust, dass er glaubte, alle könnten es hören. Hans wusste nicht, wovor die Statisten wegliefen, aber es musste etwas Schreckliches sein, wenn sie glaubten, dass es besser für sie war, mitten in den Bergen ohne Vorräte von einem fahrenden Lkw zu springen, als zurück ins Lager gebracht zu werden.

Er hatte sein Gewehr runtergenommen.

Die Frau mittleren Alters kletterte mit dem Kind von der Ladefläche. Nun drängten alle nach hinten. Ein gebeugter alter Mann half einem Mädchen in die ausgestreckten Arme einer Frau. Wenn sie alle unter seiner Aufsicht davonkamen – in diesem Moment klingelten Hans' Trommelfelle. Erst da wurde ihm bewusst, dass er sein Gewehr wieder gehoben und den Abzug betätigt hatte.

 Niemand darf davon erfahren, sagte Leni zu dem Lkw-Fah-
rer und dem Afrikakorps-Beleuchter, als sie zurückka-
men. Der Herr Doktor wartet nur darauf, dass ich einen Fehler mache, damit er sich auf die Produktion stürzen kann. Hab
ich mich klar ausgedrückt?

Die Statisten hatten versucht, vom fahrenden Lkw zu
springen, aber der Afrikakorps-Beleuchter hatte Warn-
schüsse abgefeuert, und sie hatten angehalten und die Ver-
folgung aufgenommen. Nachdem ein paar weitere Kugeln ver-
schossen worden waren, von denen eine im Bein eines alten
Mannes stecken blieb, bekamen sie die Situation wieder unter Kontrolle. Alle Statisten waren einer nach dem anderen mit Seilen fest-
gebunden und ohne weitere Zwischenfälle zurück ins Lager Maxglan gebracht worden. Wir hätten sie von Anfang an festbinden
sollen, sagte der Produzent. Können Sie sich vorstellen, wie viel
Ärger wir bekommen hätten, wenn auch nur einer von denen abgehauen wäre?

Früh am nächsten Morgen kam Franz schreiend auf sie zuge-
rannt, und Leni dachte, er würde die Szene proben, in der er erfährt,
dass Martha, die Zigeunertänzerin, mit dem bösen Marqués de Roccabruna verheiratet wurde.

Ich ertrage das nicht mehr, sagte sie zu ihm, das hier ist doch
nicht die Oper.

Hans, sagte Franz, Hans Haas …

Wer?

Der Afrikakorps-Beleuchter …

Was ist mit ihm?

Im Baum, würgte Franz.

Nachdem die Leiche des Beleuchters vom Oberbeleuchter und dem Kameramann geborgen und außer Sichtweite unter ein Laken gelegt worden war, saßen sie erschüttert um ein Feuer herum, tranken heißen Kakao, um ihre Nerven zu beruhigen, und alle kamen sie zu der unausgesprochenen Übereinkunft, dass es definitiv ein Rätsel war: Nichts Ungewöhnliches war geschehen, und obwohl der Beleuchter ein stiller Typ gewesen war, hatte er doch niemals instabil gewirkt. Warum hatte er sich aus dem Blauen heraus das Leben genommen, wenn sie es hier doch alle so gut hatten?

Stellen Sie sich nur vor, sagte Lenis Assistentin, er hätte das Gewehr auf uns richten können!

Das reicht jetzt, sagte Leni scharf.

Sie war entschlossen, das Richtige für den armen Jungen zu tun und seine Leiche mit einem persönlichen Dankesbrief zu seinen Liebsten in Deutschland zu schicken. Die Wehrmachtsangehörigen, die seine Leiche mitnehmen sollten, sagten, als nächster Angehöriger sei ein gewisser Schmitz angegeben worden, aber es gebe keine weiteren Kontaktinformationen.

Das war wirklich schade. Dann würde sie eben hier für eine ordentliche Beerdigung sorgen.

Sie steckte ihrer Assistentin etwas Geld zu, damit sie sich der Sache annahm.

Lenis Assistentin bestellte den katholischen Priester aus dem Dorf für eine stille Zeremonie ein. Der Beleuchter wurde bei Sonnenaufgang im Tal beerdigt, zusammen mit den wenigen persönlichen Sachen, die sie in seiner Schultertasche gefunden hatten: das lilafarbene Schultertuch einer Frau und ein passbildgroßes Foto von einem Mann mit hängenden Wangen, hochgeschlagenem Kragen und einem fröhlichen Grinsen. Nur Franz und die Tochter des Kochs nahmen teil. Der Rest der Crew musste die erste Szene des Tages vorbereiten. Franz hatte ein kleines Andenken in einen Stein geritzt, um den Ruheplatz des Beleuchters hier in den Bergen zu markieren. Alles, was darauf stand, war »H«. Die Tochter des Kochs brachte das Gabelbein eines Hühnchens mit, das sie über dem Toten zerbrach.

Als die Sonne im Tal aufging, dunstiges Pfirsichrot über klarem Blau, sprach der katholische Priester den dreiundzwanzigsten Psalm in bäuerlichem Italienisch, und sie neigten die Köpfe, als sie gemeinsam das Amen anstimmten.

Der gescheiterte soziosituationistische Bildhauer in Düsseldorf

8

In den Zeiten vor der Heizplatte hatte sich Marlene ihre Mahlzeiten zubereitet, indem sie ein Aluminiumtablett auf ihre perlenbesetzte Nachttischlampe gestellt hatte. Eine Dose gebackener Bohnen brauchte bis zu einer Stunde, und selbst dann war die Konservenpampe immer noch lauwarm. Wenn sich Marlene einmal etwas in den Kopf gesetzt hatte, konnte sie außerordentlich einfallsreich sein, und sie hatte geschickt überlebt, ohne ihre Wohnung zu verlassen, indem sie ihre Fangemeinde aktiviert hatte.

Schicken Sie keine lieben Grüße, schrieb sie ihnen. Schicken Sie mir etwas, das ich essen kann.

Also schickten die Franzosen Gebäck, die Deutschen Leberwurst, die Schweden Rollmops, und einmal erreichte aus Japan per Luftpost erstklassiger vakuumverpackter Dorschrogen die Avenue Montaigne Nummer 12. Marlene hatte Geschmack daran gefunden, altmodische Würstchen direkt aus der Packung zu essen. Sauerkraut war ebenfalls gut. Es wurde niemals schlecht, man konnte es ganze zwei Wochen unbedeckt auf einem Dessertteller von Tiffany liegenlassen. Tiffany's war das langweiligste Schmuckgeschäft der Welt, aber das Porzellan? Wundervoll. Natürlich gab es Angebote von wohlhabenden, besorgten Fans, die ihr täglich drei Gourmetgerichte servieren lassen wollten, aber Marlene hatte abgelehnt. Dieser ausgemergelte Körper war das Letzte, was sie noch unter Kontrolle hatte, und ihn mit verarbeiteten Lebensmitteln zu versorgen, gab ihr das Gefühl, völlig bei sich zu sein. Marlene war davon überzeugt gewesen, dass all die Jahre, in denen sie schlecht lebte, eines Tages nützlich sein würden, wenn sie jemandem ein schlechtes Gewissen machen musste. Aber jetzt war sie gespalten, als das chinesische Hausmädchen die Heizplatte kaufte – von dem Geld, das sie gespart hatte, wann immer ihr gesagt wurde, sie könne das großzügige Wechselgeld behalten. Marlene konnte kaum glauben, wie dämlich das Mädchen war. Du musst dich erst um dich selbst kümmern, bevor du dich um andere kümmerst, schimpfte sie, oder willst du wirklich bis an dein Lebensende eine Dienstmagd bleiben? Aber das Hausmädchen packte bereits die Einkäufe aus, die sie getätigt hatte, um die Neuanschaffung auszuprobieren.

Sie fingen klein an.

Einfaches Essen und ordentlich erhitzte Konserven, aber als Marlene ihren Geschmack für ein gutes, warmes Essen wiedererlangt hatte, begann das Hausmädchen, jede Woche frische Sachen mitzubringen. Spargel, Kartoffeln, rote Bete, Eier, Kürbis, Kohl, Kabeljau, Hühnerbrust. Marlene lief das Wasser im Mund zusammen, aber sie war zu stolz, ihre Begierde zu zeigen, und so achtete sie darauf, stets ihre Bedenken zu äußern. Doch bald schon sah sie ein, dass es wenig sinnvoll war, dem Mädchen etwas vorzuspielen. Das war für Marlene etwas ganz und gar Neues, und mit der Zeit ließ sie die großen und kleinen Posen, auf die zurückzugreifen sie sich angewöhnt hatte, sein. Ihr ganzen Leben lang hatte sie unter dem Druck gestanden, nicht genug Marlene zu sein, aber eines Tages, als es ihr schlagartig und viel zu spät klar wurde, staunte sie: Choupette, du hast nicht die geringste Ahnung, wer ich bin, nicht wahr?

Das Mädchen sah mit ernstem Blick vom Putzen auf. Madame?

Marlene krähte vor Begeisterung.

Heute hatte Marlene das Hausmädchen mit einer langen, krakelig geschriebenen Zutatenliste losgeschickt: Rinderwade, Knochenmark, Zwiebeln, Karotten, Sellerie, Steckrüben – bestimmt hatte sie ein oder zwei Sachen vergessen, aber sie würde nie anfangen, wenn sie sich erst darauf verlassen wollte, alles zu erinnern.

Sie wollte Rinderkraftbrühe für Bogie machen.

Ihre Kraftbrühe war einst so legendär gewesen wie ihre Beine, und über die Jahre hatte Marlene immer genau gewusst, dass sie dabei war, sich zum verliebten Affen zu machen, wann immer sie anfing, die Zutaten im Kopf durchzugehen, mit bedrucktem Halstuch und Sonnenbrille durch die hell beleuchteten Gänge der Gourmet-supermärkte zu schweben, aus Prinzip beim Metzger um die Kilo-preise für Rinderwade und Knochenmark zu feilschen.

Rückblickend unterteilte sie ihre Affären nicht nach Geschlecht oder Dauer, sondern danach, für wen sie eine Rinderbrühe gekocht hatte und für wen nicht. Bei dem letzten Galan, dem diese besondere Suppenehre zuteilgeworden war, handelte es sich vermutlich um Yul Brynner. Obwohl sie fast zwanzig Jahre älter war als er – und sich sehr darüber geärgert hatte, als die Presse ihre Romanze nicht als »Herbst-Frühling, sondern Winter-Herbst« bezeichnete – war er, wie alle ihre anderen Liebsten, noch vor ihr unter die Erde gekom-men: Lungenkrebs, vor vier Jahren. Jetzt war die kälteste Jahreszeit angebrochen – Marlene hätte nie gedacht, dass sie noch eine Rinder-brühe in sich hatte, schon gar nicht für einen anonymen Anrufer.

Es ging erst seit einem Monat, und schon konnte sie sich nicht mehr vorstellen, wie es ohne Bogies wöchentliche Intervention, jeden Sonntag gegen Mittag, sein sollte. Marlene hatte keine Ahnung, wie die Stimme am Telefon aussah, aber ausnahmsweise passte ihr das gut. Ihr Leben, einst überschäumend vor Möglichkeiten, bot ihr längst keine Gelegenheiten mehr, sich in Diskretion zu üben, und nun war es an ihr, sich der Lust und Laune eines anderen auszusetzen. Aber selbst das hatte sie nicht dazu verleitet, Bogies Anrufe und ihren Ge-nuss ebendieser als etwas zu missdeuten, das man Liebe nennen könnte: Marlene hatte schon immer gewusst, was sehr viel angeneh-mer war, als verliebt zu sein – sich so zu benehmen, als wäre man es.

Das hatte sie zum ersten Mal verstanden, als sie sechzehn war. Die, für die sie sich in jenem Sommer so benommen hatte, war eine Grä-fin, eine Freundin ihrer Mutter, die mit einem humorlosen Aristokra-ten verheiratet war, der zehn Zentimeter kleiner war als sie und zwei-farbige Oxfordschuhe mit siebeneinhalb Zentimeter hohen Absätzen trug. Die Gräfin hatte sich bereit erklärt, sie zu einer *Tannhäuser*-Auf-führung in Weimar mitzunehmen. Zwei Wochen vorher halbierte unser liebestrunkenes Mädchen ihre Mahlzeiten und ging ohne

Nachtisch ins Bett, um in ein Samtkleid zu passen, das so eng war, dass es sie in den Seiten zwickte. Im Zugabteil behielt die Gräfin ihre Handschuhe an, zog aber ihre Pumps aus und tauschte sie gegen rosafarbene Pantoffeln mit Straußenfedernbüscheln an den Schuhspitzen ein. Wie winzig ihre lieblichen Füße waren! Immer, wenn sie sie bewegte, zitterten die Federnbüschel. Die Zobelfellhandschuhe lagen so eng an, dass sie über ihren Knöcheln feucht wirkten. Jedes Mal, wenn sie durch einen Tunnel fuhren, beugte sich Marlene vor, um ihre Hand in der Dunkelheit zu küssen, und jedes Mal schimpfte die ältere Frau mit ihr, wenn sie sich einer Unterführung näherten: Marlenchen, willst du wirklich diesen dreckigen Handschuh küssen?

Im nächsten Sommer kam die Gräfin Gerdorf wieder zu Besuch, und Marlene wurde nach nur einem Jahr von ihrer eigenen Verachtung für dieselbe Frau in ihre Schranken verwiesen. War das wirklich dieselbe, deren benutzte, seidenweiche Zigarettenfilter sie heimlich gesammelt hatte? Diejenige, der sie geschrieben hatte: Aber wissen Sie denn nicht, dass ich alles tun würde, um Sie zu bekommen, wären Sie nicht mit dem Grafen verheiratet und ich nicht minderjährig?

Da wusste sie, dass ihr die Darbietung gefiel und weniger die Person, und dass für sie darin keine Reue und kein Widerspruch lag. Gefühle leichtnehmen und sie gleichzeitig tief empfinden zu können, war eine seltene Form der Freiheit. Und was die Möglichkeit betraf, andere zu verletzen – irgendetwas mussten sie auch davon haben, sonst würden sie fernbleiben. Als sie volljährig wurde, fügte sie ihrem Repertoire noch Häuslichkeit hinzu und für begrenzte Zeit auch die Rolle der tugendhaften Hausfrau, bis an die Grenzen des Möglichen. Sie mochte Menschen, die gern aßen. Männer, die keinen Appetit hatten, waren selten gut im Bett, und wenn man mit einer Frau zusammenlebte, war es eine der reinsten Freuden, sie mitten in der Nacht mit geöffnetem Haar in der Küche vorzufinden, wo sie die Suppenreste mit einer riesigen Brotkante auftupfte. Immer, wenn Marlene anfing zu kochen, verleitete dieses häusliche Verhalten so manchen unschuldigen Liebhaber zu dem Irrglauben, es würde noch lange mit ihnen weitergehen, so wie etwa Erich Maria Remarque, dessen Tränen an einem milden Abend um 1940 herum in ihre Kraftbrühe tropften. Alles Mögliche geschieht derweil in Berlin, sagte Remarque, der gerade in L.A. Sonne tankte und an einer neuen Idee für einen Roman arbeitete. War dies das Leben?

Wie dünn er in diesem lockeren Kalifornien geworden war!

Auch wenn das Hagere seinem Gesicht einen attraktiven, asketischen Anschein gab, machte es sich Marlene zur Aufgabe, Remarque umgehend aufzupäppeln. Er war einer dieser Deutschen, die nicht auch nur für einen Moment vergessen konnten oder wollten, dass sie *hier* waren und nicht *dort*, in Zeiten wie diesen. Gleich zu Anfang, 1933, hatte Goebbels die Bücher von Remarque verboten und sie verbrennen lassen, und 1938 hatte die NSDAP ihm die deutsche Staatsbürgerschaft aberkannt. Seine jüngste Schwester wurde einige Jahre später vor dem Volksgerichtshof angeklagt und wegen »Wehrkraftzersetzung« zum Tode verurteilt, nur weil man sie hatte sagen hören, dass sie glaube, der Krieg sei schon verloren. Dein Bruder ist leider außerhalb unserer Reichweite, sagte der Präsident des Volksgerichtshofs, aber du entkommst uns nicht. Von der an seine Familie ausgestellte Rechnung in Höhe von 495,80 Reichsmark über Verhandlung, Haft und Hinrichtung durch das Fallbeil erfuhr er erst, als der Krieg vorüber war.

Im sicheren Hafen von L.A. überredete Marlene die Jungs von Paramount dazu, Remarque für ein Drehbuch zu engagieren, damit er auf andere Gedanken käme. *Im Westen nichts Neues* war ein Riesenerfolg gewesen – Remarque war in einer weit besseren Position, seinen transatlantischen Übergang zu verhandeln, als die anderen deutschen Literaten, die sich in jenem Sommer wie Strandgut in L.A. zu stapeln begannen. Sie wusste, dass Adorno, der sich in Pacific Palisades niedergelassen hatte, sichere Überfahrten von Europa in die USA für Freunde wie Hannah Arendt und Walter Benjamin zu arrangieren versuchte.

Manche schafften es herüber. Manche nicht.

Marlene spendete ein Viertel ihrer Gage an den Europäischen Filmfonds, den ihr Agent Paul Kohner gegründet hatte, der alle, von

Greta Garbo bis Maurice Chevalier, vertrat – fast alle von ihnen gaben ein Zehntel ihrer wöchentlichen Gage ab. Unermüdlich stellte Kohner täglich Bürgschaften und falsche Arbeitserlaubnisse für Darsteller, Autoren und Künstler aus, die versuchten, Deutschland zu verlassen. Für diejenigen, die es mit einem FEINDLICHER AUS-LÄNDER-Stempel in ihren Papieren nach L.A. schafften, wurden eilig Hotelbungalows, die Paramount und MGM langfristig für Vorstandsmeetings und Drehbuchbesprechungen angemietet hatten, in Übergangswohnungen umgewandelt.

Marlene hatte eine Weile gebraucht, um Remarque überhaupt erst einmal zu überreden, nach Amerika zu gehen. Als sie ihn 1939 das erste Mal gesehen hatte, blitzte sein Monokel quer durch den Ballsaal des Hôtel des Bains in Venedig. In jener Nacht tanzten sie zusammen, gingen anschließend aber in ihre jeweils eigenen Zimmer, ein Schönheitsfehler in ihrer persönlichen Bilanz.

Marlene wachte am nächsten Morgen auf und war bereit, die Sache in Ordnung zu bringen.

Sie schminkte sich nur leicht und zog einen Lounge-Pyjama an. Sie schob die Ärmel hoch, dann wieder runter, dann wieder hoch. Unfähig, sich zu entscheiden, ging sie in den Salon, einen Ärmel hochgeschoben, den anderen unten. Hoch oder runter?, fragte sie ihren Ehemann Rudi und seine Geliebte Tamara, mit denen sie oft reiste: drei miteinander verbundene Zimmer, zwei Badezimmer. Marlene erlaubte ihm ebenso viele Freiheiten wie er ihr. Sie hatten keine Querelen und waren glücklich miteinander. Rudi und Tamara, die an ihre Freizeitaktivitäten gewöhnt waren, stimmten dafür, dass Marlene die Ärmel unten ließ. Sie schob ihn runter. Als sie den Raum verließ, fiel ihr eine zerlesene Gesamtausgabe von Rilkes Gedichten auf, ein Geschenk von Tante Jolie, so wie das diamantenbesetzte Strassarmband. Das Buch hatte Marlene auf all ihren Reisen begleitet, seit sie achtzehn war, und sie kannte die meisten Gedichte auswendig. Als die Seiten anfingen, sich aufzulösen, hatte sie sie per Hand wieder zusammengenäht. Mit diesem Requisit unterm Arm schlenderte sie in Sandalen aus dem Hotel. Beim Überqueren der Strandpromenade sah sie Remarque in der Sonne sitzen und auf das bewegte Adriatische Meer hinausschauen. Sie ging an ihm vorbei, achtete darauf, dass der Buchrücken mit Rilkes Namen zu sehen war.

Natürlich, sagte Remarque knapp und ohne Begrüßung. Alle Filmstars lesen Gedichte.

Marlene lächelte, drückte ihm den Band in die Hand.

Suchen Sie ein Gedicht aus, sagte sie. Nennen Sie mir nur den Titel. Er ließ sich dazu herab, herumzublättern und nannte ihr »Der Panther«. Marlene trug die ersten beiden Strophen vor. Er nahm die Sonnenbrille ab, um ihr besser in die Augen sehen zu können, als sie die letzte Strophe aufsagte:

Nur manchmal schiebt der Vorhang der Pupille
sich lautlos auf –. Dann geht ein Bild hinein,
geht durch der Glieder angespannte Stille –
und hört im Herzen auf zu sein.

Remarque blätterte weiter und hielt aufs Geratewohl inne. »Leda«, sagte er, und sie rezitierte es perfekt. »Die Gazelle«, sagte er, und auch das gab sie auswendig wieder. Haben Sie den ganzen Rilke auswendig gelernt, nur um mich zu beeindrucken?, fragte er belustigt. Eine Filmschauspielerin hat doch sicherlich Besseres zu tun? Ich mag Ihre Romane, sagte sie, aber Sie sollten sich nicht derart überbewerten. Nach vormittäglichem Sex in seinem Zimmer zogen sie sich die monogrammierten Hotelbademäntel über, und sie öffnete die Balkontüren.

Ihr Rilke lag recht vernachlässigt auf dem Liegestuhl.

Draußen auf See war kaum ein Schiff zu sehen, und während sie hinausschauten, sagte Marlene, Remarque solle nach L.A. ziehen, bevor es zu spät sei. Sie würde ihm helfen, wenn er drüben etwas brauchte. Sie erzählte ihm, dass Rudolf Heß 1936 nach New York gekommen war, um sich über Weihnachten dort mit ihr zu treffen, und dass er ihr eine persönliche Einladung nach Berlin ausgesprochen hatte, direkt im Namen von Hitler und Goebbels. Ich kann Ihnen versichern, hatte Heß gesagt, dass Sie sich in den höchsten Kreisen bewegen werden. Marlene sagte zu ihm: Frohe Weihnachten, ich bin spät dran für eine Party. Bitte kommen Sie nicht wieder.

Remarque sagte: Man hätte dich töten können. Marlene antwortete: Ja, das wisse sie. Heß habe öffentlich geäußert, dass jemand, der seinen Nachnamen von der deutschen Schreibweise Remark in die französische änderte, kein echter Mann sein könne, erzählte Remarque Marlene. Heß war es auch gewesen, der nach dem gescheiterten Bierkeller-Putsch im Gefängnis *Mein Kampf* nach Hitlers Diktat auf Toilettenpapier notiert hatte und es dann später auf Schreibpapier übertrug, das die Witwe von Richard Wagner geschickt hatte.

Kannst du dir das vorstellen, fragte er, das alles auf Toilettenpapier?

Absolut, sagte Marlene, damit würde ich mir den Arsch abwischen.

Als Marlene Bogie am Telefon davon erzählte, wie sie vor vielen Jahren Remarque mit Rilkes Versen umworben hatte, wollte Bogie wissen, was danach geschehen war. Er hat zugelegt, sagte Marlene, und mir wurde langweilig. Er hat mir eins seiner Bücher gewidmet, bevor er dann mit Paulette Goddard zusammen war.

Da habe ich Glück, sagte Bogie. Sie können nicht von etwas gelangweilt sein, das Sie nicht kennen.

Bogies Stimme und Manieren passten nicht zu seinem Alter und seiner Zeit. Es war eine klare, makellose Stimme, wie gemacht, um Frauen klassische Literatur vorzulesen und in reinstem Hochdeutsch Hof zu halten. Er hatte nichts von dem Berliner Dialekt, in den sie selbst manchmal verfiel. Seine Syntax war gepflegt, seine Aussprache kultiviert. Diese Schicklichkeit erschuf eine Atmosphäre des Werbens. Sie hatten Teil an Klassikern, die sich der kulturellen Entwicklung entzogen, die nicht alterten, wie es Sterbliche taten, die sie vergessen ließen, dass sie fast neunzig war und er vielleicht zwanzig. Es hätte genauso gut andersherum sein können.

Sie fragte ihn jede Woche bei seinem Anruf dasselbe, bevor sie sich verabschiedeten.

Bogie, willst du mir wirklich nicht deinen Namen verraten?

Meine Dame, neckte er sie. Warum eine gute Sache durch leere Konventionen verderben?

Das ist nicht ganz fair, sagte sie, schließlich weißt du meinen.

Kommen Sie schon, Marlene, sagte er lachend und ließ ihren Namen langsam über seine Lippen rollen, da stehen wir doch drüber. Ihr Name hat Ihnen jahrelang nicht gehört. Jeder kann Ihr Gesicht damit verbinden, ohne etwas über Sie zu wissen – er ist nichts als ein Symbol!

9

Als er sich zum ersten Mal weigerte, ihr seinen Namen zu nennen, senkte Marlene die Stimme und flüsterte: Ist darin etwa ein von? Darüber musste er lachen. Es gäbe niemanden in seinem Stammbaum, der von edler Abstammung sein könnte, nicht einmal annähernd. Ah, sagte sie verschwörerisch, ich wusste, dass du adlig bist, du kannst dich so gut ausdrücken. Ich werde jetzt nicht weiterfragen. Natürlich konnte sie das nicht ernst meinen, sie war nur eine Schauspielerin durch und durch, für jeden Spaß zu haben, der sich ergab.

Er war in Nordrhein-Westfalen in einem Kreiskrankenhaus geboren worden, und er hatte als Neugeborener nicht geschrien, nicht mal, als man ihm einen zweiten Klaps gab. Abgesehen von seinem Schweigen war er in jeder Hinsicht gesund, und der Doktor gratulierte den Eltern, die sich ihr verrunzeltes Wunder anschauten: Es ist ein Junge!

Er sieht hell aus, dachte seine Mutter, sagte aber nichts.

Er sieht dunkel aus, dachte sein Vater, sagte aber nichts.

Sie nannten ihn Ibrahim Max.

Sein Vater, ein passionierter Fußballfan, freute sich, seinen persönlichen Fußballhelden auf diese Weise ehren zu können – Max Morlock. Ibrahim wurde von seiner Mutter hinzugefügt, nach ihrem Vater.

Seine Mutter war eine türkische Gastarbeiterin aus Anatolien. Sein Vater hatte ihrem Ehemann Hörner aufgesetzt. Sie arbeiteten im Braunkohletagebau, seine Mutter als Putzfrau, ihr Mann als Zechenarbeiter. Der Deutsche war der Aufseher. Als der türkische Ehemann vorübergehend in eine benachbarte Zeche wechselte, ergriff der deutsche Aufseher seine Chance. Zu seiner Überraschung widerstand die

Türkin seinem Werben nicht. Ihr Körper unter den derben Arbeitskitteln der Putzkolonne, die alles klobig wirken ließen, war so wunderbar, wie er vermutet hatte. Als ihr Ehemann in die Zeche zurückkehrte, sagte ihm die Frau, dass der Aufseher ihr Haar und ihren Körper gesehen habe. Der Türke verpasste dem deutschen Aufseher einen Kopfstoß. Seine Arbeitserlaubnis wurde zurückgezogen, und man schickte ihn nach Hause. Die Türkin und der deutsche Aufseher blieben unverheiratet, weil der Ehemann die Scheidung verweigerte. Sie war weit genug von Ankara weg, um die Briefe von beiden Seiten der Familie ignorieren zu können – die von ihrer waren heftiger als von der Familie ihres abgeschobenen Ehemanns. Einer ihre Onkel drohte: Wenn ich dich sehe, werde ich dich töten und den ausländischen Abschaum, der dich zur Hure gemacht hat, kastrieren.

Während Ibrahim aufwuchs, sprach er deutsch mit seinem Vater und türkisch mit seiner Mutter. Obwohl seine Mutter etwas Deutsch konnte, sprach sie mit Ibrahim ausschließlich türkisch. Manchmal sagte seine Mutter etwas zu Ibrahim auf Türkisch, wenn sie nicht wollte, dass sein Vater es mitbekam.

Max, fragte ihn dann sein Vater, was hat deine Mutter gesagt?

Seine Mutter nannte ihn Ibrahim, und sein Vater nannte ihn Max. Noch bevor er verstehen konnte, was vor sich ging, war er es leid, dass beide an ihm zerrten. Es hörte auf, als er ungefähr neun war und sein Vater ihm sagte, er solle seiner Mutter ausrichten, dass er sich in eine Schwedin verliebt habe. Ibrahim sagte zu seiner Mutter: Papa hat sich in eine Hündin verliebt. Seine Mutter wollte ihn an sich ziehen und ganz fest umarmen, aber er ließ es nicht zu. Sein Vater kam nicht mehr nach Hause, doch er schickte ihnen weiter Geld, von Travemünde aus, wo er bei seiner Schwedin eingezogen war, die dort eine preisgünstige Pension an einem FKK-Strand betrieb.

Siehst du, sagte seine Mutter zu Ibrahim. Dein Vater liebt uns immer noch.

Sie schickten ihm Briefe, seine Mutter schrieb ihm auf Türkisch.

Papa kann das nicht lesen, sagte Ibrahim.

Nein, sagte seine Mutter. Er wird es fühlen.

Einige Monate, nachdem sein Vater sie verlassen hatte, packte seine Mutter ein paar belegte Brote ein, und sie fuhren mit dem Zug nach Travemünde. Ibrahim war zum ersten Mal am Strand. Er rannte dem Wasser hinterher, als es zurücklief, und sprang weg, als es wieder nach vorn spülte. Sie gingen an ein paar Pensionen und Ferienhäusern vorbei.

Wann sehen wir Papa?, fragte er.

Bald, sagte seine Mutter. Ich hab dir doch versprochen, dass du erst ein paar Sandburgen bauen darfst.

Sie bauten den nassen Sand mit den Händen zusammen.

Ibrahims Sandburg hatte Türmchen und einen Graben, der sich mit Meerwasser füllen ließ. Die Brise war steif. Als das Kopftuch seiner Mutter wegflog, dachte er, sie würde sich darüber ärgern, aber sie schob sich nur das Haar mit den sandigen Handrücken zurück und lachte. Ich gehe Papa suchen, sagte sie, küsste sein Haar und stand auf. Warte hier.

Seine Mutter blieb lange weg.

Ihm tat der Nacken vom Sonnenbrand weh. Den Graben immer wieder mit Wasser aufzufüllen, wurde ihm langweilig, und Ibrahim machte sich langsam Sorgen, seine Eltern könnten ohne ihn weggegangen sein. Aus Angst, sie würden zurückkommen und ihn nicht finden, traute er sich nicht, woanders hinzugehen. Als die Sonne unterging, wurde es kalt. Ein nettes älteres Ehepaar, eingewickelt in gestreifte Strandtücher, blieb stehen und fragte ihn nach seinen Eltern. Sie fanden die Adresse der Pension in dem Rucksack, den seine Mutter bei ihm gelassen hatte.

Die Rezeptionistin der Pension war blond und hatte recht große Brüste. Sie feilte sich die Nägel, als Ibrahim mit dem Paar hereinkam. Sie trug keinen BH. Der ältere Mann versuchte, den Blick nicht unter ihr Kinn rutschen zu lassen, als er nach ihrem Chef fragte.

Das bin ich selbst, sagte die Blonde, legte die Nagelfeile beiseite und verschränkte die Arme unter den Brüsten. Der ältere Mann wirkte verwirrt. Er räusperte sich, drehte sich zu seiner Frau um. Also, es ist so, leitete sie jeden ihrer hilflosen Sätze ein, ich weiß nicht genau, was los ist, und es geht mich auch nichts an. Zum Schluss brachte sie dann doch halbwegs verständlich heraus: Wir versuchen nur, dem Jungen zu helfen.

Ibrahims Vater erschien und breitete die Arme aus, als erwarte er, dass Ibrahim ihm um den Hals fiele. Ibrahim schlurfte, an seiner Unterlippe zupfend, zu ihm hin. Warum hast du denn nicht vorher geschrieben oder angerufen?, fragte sein Vater und wuschelte ihm durchs Haar. Willst du was essen, Max? Ibrahim wurde an den Busen der blonden Rezeptionistin gedrückt, die sich nach der Umarmung über ihn beugte und sich als »eine sehr gute Freundin deines Vaters« vorstellte. Ihr Dekolletee war tief, umrahmt von ein paar Falten. In einem Kinderbademantel, der ihm zu klein war, und Badeschlappen für Erwachsene, die ihm zu groß waren, aß Ibrahim Würstchen und Kartoffelsalat im Büro der Pension, während die Erwachsenen draußen irgendetwas diskutierten.

Als sein Vater wieder reinkam, sagte er: Du schläfst heute Nacht hier.

Wo ist Mama?, fragte Ibrahim.

Sie holt dich morgen ab, sagte sein Vater.

Die großbusige Blonde stellte ihm ein kleines Klappbett im Büro auf, einem großen Raum im hinteren Bereich des Gebäudes. Als sie sich vorbeugte, um das Bett zu beziehen, sah Ibrahim die rosabraunen Kreise ihrer großen Brustwarzen. Sie gab ihm einen Gutenachtkuss, hinterließ den Geruch von Sonne und Sonnencreme auf seiner Wange. Er versuchte, sich so zu drehen, dass er den Duft einfing, aber er schaffte es nicht, er schwebte immer nur dann an seiner Nase vorbei, wenn er nicht versuchte, ihn zu riechen.

Am nächsten Morgen frühstückten sie zusammen.

Ibrahim aß Müsli mit Milch, die Blonde und sein Vater tranken Kaffee.

Kann ich bitte auch Kaffee haben?

Er ist so süß, sagte die Blonde und ließ ihn aus ihrer Tasse trinken. Ihr Lippenstift hatte einen Abdruck am Rand hinterlassen, und er legte seinen Mund auf den Abdruck, hoffte auf Sonne und Sonnencreme, aber es kam nur Buntstift. Zwei Polizisten erschienen in der Pension und wurden ins Büro gebracht. Sein Vater saß mit ihnen in einer Ecke, wo sie sich gedämpft unterhielten. Die Blonde versuchte, Ibrahim für ein Kreuzworträtsel zu interessieren, aber es war zu schwer für ihn. Ein Wort mit sieben Buchstaben, das Gegenteil von Heimweh. Sie drückte ihn fest an sich heran. Vorsichtig lehnte er eine Schulter an ihre Brüste, die praktisch auf dem Tisch lagen, während er das Rätsel ausfüllte. Er wusste die Antwort nicht, aber sie buchstabierte sie ihm: F-E-R-N-W-E-H.

Bevor er damit fertig war, die winzigen Kästchen auf dem Papier auszufüllen, kam sein Vater zu ihm an den Tisch. Max, sagte er, sie haben deine Mutter im Meer gefunden.

Später am Abend lag Ibrahim ganz still auf dem Klappbett, die Augen geschlossen, und wagte kaum zu atmen.

Er konnte die Blonde leise weinen hören.

Ich will nicht, dass diese Frau in Travemünde beerdigt wird, sagte sie. Ich will sie hier nicht haben.

Ich auch nicht, sagte sein Vater, aber du hast doch gesehen, was es kostet, sie in die Türkei überführen zu lassen.

Kannst du sie nicht einfach verbrennen lassen?

Wie soll das denn aussehen? Ich hab dir doch gesagt, dass sie Muslimin ist. Da gibt es keine Feuerbestattungen.

Aber das ist doch nicht dein Problem! Ihr wart nicht mal verheiratet! Warum passiert uns das? Die Blonde schnäuzte sich. Und das Kind?, flüsterte sie. Du willst ihn doch nicht etwa hierbehalten?

Am nächsten Morgen sprach sein Vater mit der Friedhofsverwaltung und sorgte dafür, dass seine Mutter in einer Ecke des Travemünder Friedhofs beigesetzt werden konnte. Ein paar Tage später fuhr Ibrahims Vater mit ihm im Zug nach Duisburg, um die Dinge zu regeln. Ibrahim sollte dort in einer Pflegefamilie wohnen und weiter zur Schule gehen, »wo alle deine Freunde sind«. Geld würde jeden Monat geschickt werden. Eine Woche später, als die Formalitäten erledigt waren, bestieg sein Vater den Zug zurück nach Travemünde. Kopf hoch, Junge, sagte er, als er Ibrahim eine große Packung Haribo Goldbären in die Hand drückte. »Zu jedermanns Überraschung« (so begann der Brief der Pflegemutter an seinen Vater; im nächsten Jahr: »Entgegen aller Erwartungen«) war Ibrahim gut in der Schule und kam aufs Gymnasium. Auch dort schnitt er gut ab und machte mit achtzehn sein Abitur. Bei der Berufsberatung ermutigte man ihn, Ingenieurswesen zu studieren. Dieser Sektor hatte für die Zukunft so einiges zu bieten, denn in der Industrienation Deutschland wurde immer gebaut.

Nein, lächelte er. Ich möchte lieber Künstler werden.

Kunst macht sich nicht bezahlt, wurde er informiert.

Warum musste sie sich bezahlt machen, dachte Ibrahim, wenn sie doch der Grund zu leben ist?

10

D er rostige Geruch von Rinderbrühe hing schwer in der stillen Luft von Marlenes Apartment. Während sie darauf wartete, dass die Suppe fertig wurde und Bogie anrief, war ihr Blick auf den Fernseher gerichtet, aber der Geruch von Fleisch hatte Marlene daran erinnert, wie ihre Mutter ihr die Rindfleischsuppe beigebracht hatte.

Es gab keinerlei Fleisch in ihrem Topf, nur Wurzelgemüse, für das sie mitten im Ersten Weltkrieg dankbar waren. Marlene sollte die Steckrüben und Kartoffeln wie Rinderwade behandeln, die seltene Karotte wie Knochenmark. Ihre Mutter schlug ihr fest auf die Knöchel, wenn sie nicht jeden Streifen »Fleisch« so schnitt und behandelte, als hätte es echte Knorpel und Sehnen. Wenn sie sich dann hinsetzten, um ihren vegetarischen Eintopf zu probieren, übertrafen sich Marlene und ihre Mutter beim Löffeln der geschmacklosen Brühe gegenseitig damit, die banalsten Bemerkungen zu machen. Das Fleisch sei so zart, dass es vom Knochen fiel und auf der Zunge zerging!

In jenen Jahren hatte Marlene zusammen mit ihrer Mutter alle möglichen faden Spielchen erfunden, die für Menschen außerhalb ihres Haushalts keinen Sinn ergaben. Während sie sich an all das erinnerte, stellte sie überrascht fest, dass sie diese Zeiten als mit ihre glücklichsten betrachtete.

Ihr Lieblingsspiel war das Peter-Spiel.

Das Beste am Peter-Spiel war für Marlene, dass sie allein die Dauer bestimmte. Solange sie die Armbanduhr ihres Vaters am Handgelenk trug, musste ihre Mutter sie Peter nennen. Welche von ihnen sich das Spiel ausgedacht hatte, daran konnten sie sich nicht mehr erinnern, aber es war in der Woche, als man ihnen die Armbanduhr in einer mit Samt ausgeschlagenen Schachtel überreicht hatte, zusammen mit der Urkunde, die bezeugte, dass der Haushaltsvorstand während einer Patrouille mit dem Spähtrupp den Heldentod gestorben war.

Egal, wie oft sie es in ihrem Kopf herumwälzte, wie sie es auch drehte und wendete, Marlene konnte nicht verstehen, was daran für einen Mann – und dann noch für den, der sie so streng erzogen hatte – so heldenhaft sein sollte, nicht im Kampf, sondern auf einer Patrouille zu sterben. Ihre Mutter fand alsbald die kränkende Zeile auf der Urkunde in kindlicher Handschrift mit Zeichenkohle beschmiert vor, woraufhin sie Marlene so fest ohrfeigte, dass ihr die Ohren klingelten, danach wurde sie über den Küchenstuhl gelegt und bekam die Rückseite ihrer Beine mit einer Birkenrute versohlt. Als sich Marlene am Abend auszog und Badewasser holte, die Aufregung des Nachmittags längst vergessen, sah ihre Mutter die Striemen, mit der die Rute diese hübschen Waden überzogen hatte, und verbarg eilig ihre Tränen. Am nächsten Morgen fand Marlene die alte Armbanduhr ihres Vaters unter ihrem Kissen, und bald darauf war das Peter-Spiel geboren. Wenn Marlene Peter war, sprach ihre Mutter, die einen gelassenen Erziehungsstil bevorzugte, mit einer weicheren und höheren Stimme und berührte sie öfter. Das Peter-Spiel endete, als ihre Mutter erneut heiratete. Da sie bereits das frühzeitige Dahinscheiden des Spiels befürchtete, hatte Marlene am Tag der Hochzeit heimlich des Vaters Uhr unter dem spitzenbesetzten Ärmelaufschlag ihres kratzigen Kleids getragen und sie ihrer Mutter direkt nach der Trauung während des Empfangs der Gäste gezeigt.

Nicht heute, sagte ihre Mutter.

Nicht heute wer?, sagte Marlene.

Nicht heute, Marlene, sagte ihre Mutter, und der junge Peter brach in Tränen aus.

Doch das Paradies ist verriegelt und der Cherub hinter uns; wir müssen die Reise um die Welt machen und sehen, ob es vielleicht von hinten irgendwo wieder offen ist.

Heute war es Kleist, den Bogie präsentierte. Marlene erkannte es sofort.

Was für ein Genuss, sagte sie, ich liebe Kleist. Seine Erzählungen wurden immer in den Berliner Abendzeitungen abgedruckt. Ich hatte eine Lieblingsgeschichte über einen Mann, der einen alten Freund in einem Park trifft, und dann sprechen sie über Tanzbären und das Marionettentheater.

Können Sie sich das vorstellen, Marlene, sagte Bogie. Kleist war in Ihren Abendzeitungen. Haben Sie gesehen, was in den Zeitungen von heute als Literatur durchgeht?

Junge Menschen waren heutzutage völlig vergebens fantasievoll, dachte Marlene abrupt und ohne Emotionen. Sie verschwendeten ihre Vorstellungskraft an alles, was ihnen unterkam, und war es noch so albern. Da gibt es nichts vorzustellen, sagte sie gereizt zu Bogie. So war es nun mal. Dann bedauerte sie ihren Ton und fürchtete, er würde sich nun von ihr abwenden, also fuhr sie schnell mit dem fort, was sie sich vorgenommen hatte. Bogie, sagte sie mit weicherer Stimme, in welchem Arrondissement wohnst du? Möchtest du in die Avenue Montaigne kommen und etwas von meiner selbstgemachten Rinderkraftbrühe haben, wenn dir das nicht zu absurd ist? Nach dem Rezept meiner Mutter. Natürlich darfst du nicht raufkommen, aber wenn du artig bist, schicke ich in anderthalb Stunden mein Hausmädchen mit einer Schüssel runter. Sie ist eine Chinesin in einer rosafarbenen Uniform, du kannst sie nicht verfehlen.

Eine Stunde später war die Rinderhüfte trocken und zäh. Weil sich keins von Marlenes Fenstern öffnen ließ, würde es einige Zeit dauern, bis sich der Geruch nach verkochtem Rindfleisch verzogen hatte. Die Suppe war zu dick und salzig. Als Marlene ein halbes Glas Wasser hinzufügte, war die Konsistenz unwiderruflich geschwächt. Sie konnte unmöglich das Hausmädchen mit einer Schüssel von diesem Zeug runterschicken, und sie war zu stolz, um Bogie von ihrer Haushaltshilfe ausrichten zu lassen, dass das Gericht nicht zum Verzehr geeignet sei. Man würde ihn versetzen müssen.

Schaff mir das aus den Augen, sagte Marlene zu dem Hausmädchen und schob die Schüssel von sich. Bring es weg.

Das Hausmädchen rührte sich nicht vom Fleck, schöpfte einen Löffel von der Suppe.

Sie sagte etwas mit ihrem starken chinesischen Akzent, pustete auf den Löffel und hielt ihn in Marlenes Richtung. Marlene stieß den Löffel von sich. Die Suppe klatschte dem Hausmädchen an die Wange und lief von dort auf ihre Schulter.

Bist du ein Dummkopf?

Das Hausmädchen sah sie an.

Ich sagte, bist du *dumm?*

Das Hausmädchen machte ein langes Gesicht. Sie wischte sich die Wange mit dem Ärmel ab und trug alles in die Küche. Marlene schaltete durch die Fernsehkanäle, um sich zu beruhigen, hackte alle paar Sekunden auf der Fernbedienung herum, nichts lief lange genug, um bei ihr anzukommen.

Der Gepard kann sich im Kampf nicht behaupten, darum muss dieses Raubtier durch Geschwindigkeit überleben …

Befehle kannst du gut erteilen, Metallmaul – mal sehen, wie gut du sie ausführst. Verzieh dich von meinen Freunden! …

Durch einen Riss im Tank gelangten viele Millionen Liter Rohöl …

Marlene stellte den Ton ab.

Sie spitzte die Ohren und lauschte, ob sie Geschirrklappern und laufendes Wasser aus der Küche hörte. Sie hörte nichts. Das Hausmädchen musste das Apartment verlassen haben, ohne sich zu verabschieden, und sie saß wieder allein in der Dunkelheit. Voller Panik wollte Marlene nach dem Mädchen rufen, aber sie konnte sich nicht an ihren Namen erinnern. Hatte sie ihn je gewusst?

Choupette, rief Marlene. Hilfe!

Das Hausmädchen kam angerannt, die Hände in Küchenhandschuhen, an denen Schaum hing.

Madame?

Das Hausmädchen war also noch hier, wie sie auch sollte, und es gab keinen Grund zur Sorge. Es ist alles in Ordnung, sagte Marlene harsch. Mach weiter! Das Mädchen stand im Türrahmen, als Marlene die Lautstärke des Fernsehers wieder hochdrehte: In Honolulu hat der erkrankte Ferdinand Marcos angeboten, den Menschen auf den Philippinen neunzig Prozent seines Besitzes zurückzugeben, wenn man ihn neben seiner Mutter beerdigte …

In Ordnung, Madame?

Geh weg, sagte Marlene. Weißt du nicht, wann du zu verschwinden hast?

Das Hausmädchen ging, hielt dabei die Handschuhe hoch, um kein Spülwasser auf den Teppich zu tropfen. Als sie das Mädchen weggehen sah, fing Marlene an zu weinen. Sie konnte nicht sagen, warum. Das Hausmädchen sah sich nach ihr um und wirkte unbeirrt. Sie kam zurück zum Bett, zog die Gummihandschuhe aus und legte eine Hand auf Marlenes Schulter. Als Marlene nicht aufhörte zu weinen, quetschte sich das Hausmädchen an den Tischen vorbei, zog die Schuhe aus und legte sich neben sie. Sie legte den Arm um Marlene und fing an, sie sanft zu wiegen. Marlene spürte die Wärme ihres Körpers. Jetzt schluchzte sie. Das Hausmädchen sang etwas auf Chinesisch. Gott weiß, was sie da sang, aber ihrer nasalen Stimme zuzuhören, beruhigte Marlene. Das Mädchen roch so sauber. Nach Waschmittel. Als sie fertig war mit Singen, ließ sie Marlene los, kletterte aus dem Bett, zog die Schuhe an und sah peinlich berührt aus. Marlene selbst hatte lange Zeit keine Scham mehr empfunden, aber jetzt machte das Hausmädchen sie verlegen. Weil sie nicht wusste, was sie tun sollte, damit die Situation weniger unbehaglich wäre, angelte sie einen Zwanzig-Franc-Schein unter ihrem Schafsfell hervor und reichte ihn dem Hausmädchen.

Das Hausmädchen schüttelte den Kopf.

Nimm ihn, bellte Marlene.

Nein, Madame, beharrte das Hausmädchen.

Marlene schwang den Schein so weit sie konnte. Das Hausmädchen trat etwas zurück, sodass Marlene sie vom Bett aus nicht erreichen konnte. Sie legte die Hände hinter den Rücken und schüttelte erneut den Kopf. Uff, sagte Marlene, als sie sich über das Bett streckte. Das Hausmädchen brach in schallendes Gelächter aus. Es war das erste Mal, dass Marlene sie lachen hörte. Sie fing ebenfalls an zu lachen. Das Hausmädchen wurde ganz munter und fragte: Wollen Sie versuchen zu laufen, Madame? Sie kam zu ihr, stützte Marlene, indem sie ihre Schulter unter ihren Arm gleiten ließ und ihren Oberkörper festhielt. Dann schob sie Marlenes Beine, erst eins, dann das andere, zur Seite, bis ihre Füße auf dem Boden standen, und stemmte sie in eine aufrechte Position.

Links, rechts, links, rechts, Madame. Sehen Sie?

Ganz langsam durchschritten sie den Raum, vom Bett zum Fernseher.

Als die morschen Knochen anfingen zu schmerzen, spürte Marlene, wie sich ihr Körper verkrampfte. Das Hausmädchen bemerkte es und stützte Marlene stärker, nahm sie halb huckepack. Marlene schloss ihre Arme fest um das Mädchen. Gut so, Madame? Marlene nickte, vergrub ihr Kinn in der Schulter des Mädchens. Sie erreichten das Bett, und das Hausmädchen ging in die Knie, damit Marlene sich auf die Matratze rollen konnte. Was würde passieren, wenn sie nicht losließ? Der Körper des Hausmädchens war so warm. Madame? Das Mädchen befand sich noch in der Hocke, wartete darauf, dass Marlene sich hinlegte. Du willst mich wohl umbringen, was?, beschwerte sich Marlene, als sie sich von ihr löste. Ich hätte einen Herzinfarkt haben können!

Ohne ein Wort verließ das Hausmädchen das Zimmer.

Marlene saß ganz still da, während sie darauf wartete, was als Nächstes geschehen würde. Wenn das Mädchen nicht zurückkommt, werde ich mich nie wieder bewegen, wagte sie zu denken. Nein, fügte sie mit einem Schuss Wagemut hinzu, dann werde ich das Zimmer anzünden. Ängstlich betrachtete sie die Tür. Kurze Zeit später tauchte die nun vertraute Silhouette wieder auf und trug zwei dampfende Schüsseln mit aufgewärmter Suppe herein.

Wurde auch Zeit, sagte Marlene geziert, ich bin am Verhungern.

Mit Genuss machten sie sich über die verkochte Rinderbrühe her.

11

Am Ende seines ersten Semesters in Berlin hängte jemand einen Schweinekopf an seine Zimmertür im Studentenwohnheim. Quer über der Schnauze stand mit schwarzem Edding ZIEGENFICKER GEH HEIM NACH ANATOLIEN geschrieben. Die Universitätsverwaltung drückte ihre Besorgnis aus und entschuldigte sich für den »geschmacklosen Streich«, behauptete aber, die Identität der Verursacher nicht zu kennen.

Solange die Verursacher nicht ermittelt würden, weigerte sich Ibrahim, den stinkenden Kopf entfernen zu lassen.

Er ließ Kurse ausfallen, um den faulenden Schweinekopf zu bewachen, aber die Übeltäter blieben unbestraft. Schließlich wurde mitten in der Nacht ein leichtfüßiger Hausmeister geschickt, um das anstößige Objekt zu entsorgen. Danach war Ibrahim bei seinen Kommilitonen als Schweinekopf bekannt und wurden von einigen sogar gemieden. Neben seinem Studienschwerpunkt in Kunstgeschichte unternahm er zusätzliche Ausflüge in die Fotografie (er interessierte sich für den Stil von Daidō Moriyama, auf dessen Fotobände er zuerst in der Orientalistik-Abteilung der Bibliothek gestoßen war und nicht bei der Fotografie; er nahm es auf sich, dies zu korrigieren, sehr zum Erstaunen der Bibliothekarin, einer netten Dame, die ihre Zweistärkenbrille mit pastellfarbenem Blumenmuster paarte), deutsche und französische Literatur (mit Schwerpunkt Sturm und Drang) und ein wenig in die Philosophie (Deutscher Idealismus und im Besonderen Schleiermacher). Im vierten Semester schlug Ibrahim für die Zwischenprüfung vor, den ARBEIT MACHT FREI-Schriftzug an dem alten Konzentrationslager in Dachau zu entfernen und dazu eine Arbeit über lexikalische Semantik zu schreiben. Was konnte ARBEIT MACHT FREI in Zeiten von genozidalem Totalitarismus damals und einer kapitalistisch-kommunistischen Kalter-Krieg-Dichotomie sowie angesichts einer blamablen Erinnerungskultur heute bedeuten?

Wenn ich doch nur halb so viel Ehrgeiz hätte wie Sie, scherzte sein Professor und hielt das Ganze für einen elaborierten Witz. Ich freue mich schon auf Ihre Arbeit.

Gegen Ende des vierten Semesters fuhr Ibrahim mit dem Zug nach Dachau. Er hatte einen großen Rucksack dabei, in dem er eine Fuchsschwanzsäge mit Diamantsägeblatt und ein riesiges Laken verstaut hatte. Er trug ein spezielles Outfit, das er sich bei verschiedenen Besuchen in Secondhandläden zusammengesucht hatte: ein American-Football-Trikot (Minnesota Vikings #7), dreiviertellange Cargohose, Sandalen mit Klettverschluss und eine Baseballkappe. Er lachte laut, als er sein Spiegelbild sah.

Auf dem Weg hörte er *Rank* auf seinem Walkman, das Neueste von den Smiths.

The Smiths waren Ibrahims Lieblingsband.

Johnny Marr spielte genial Gitarre, aber Morrissey schrieb Texte, die gar keine Melodie brauchten, emotional und zynisch gleichermaßen. Als Ibrahim jünger war, wollte er sein eigener Morrissey sein. Zu gebildet, um sich mit der Moderne aufzuhalten, verortete er für sich genau dieselbe autodidaktische Vornehmheit in der Rebellion. Morrissey war in eine ausgewanderte irisch-katholische Arbeiterfamilie geboren worden und in einem sozial schwachen Vorort von Manchester aufgewachsen, mit einem Poster von James Dean an der Wand seines Zimmers und so vielen Oscar-Wilde-Büchern, wie er sich aus der Bibliothek nur ausleihen konnte. Wegen seiner Herkunft wurde er ausgiebig gemobbt. Wenn es Morrissey geschafft hatte, dann könnte Ibrahim es auch irgendwie hinkriegen, dachte er. Ibrahim hatte in einem Fanzine gelesen, dass Morrissey, obwohl er ein unbeliebter Einzelgänger ohne Freunde war, der wegen schlechter Noten von der Schule flog, mit achtzehn in sein Tagebuch geschrieben hatte:

Ich will JETZT berühmt sein
NICHT erst, wenn ich tot bin

Einige Besucher liefen in der KZ-Gedenkstätte herum, als Ibrahim das Gelände in seiner amerikanischen Verkleidung erreichte. Es gab eine mit Gesichtsschirmen ausgestattete japanische Reisegruppe, deren Reiseführer eine kleine weiße Flagge mit einem roten Kreis in der Mitte hochhielt. Es gab ein paar Juden mit Kippa. Es gab richtige Amerikaner in Windjacken, mit Hüfttaschen. Einige hatten ihre Kameras rausgeholt und richteten sie auf ihre Begleitung, die vor diesem Hintergrund ein nachdenkliches Gesicht machte; andere hatten die Hände in einstudierter Gedenkpose vor oder hinter sich gefaltet.

Eine halbe Stunde bevor die Gedenkstätte geschlossen wurde, verließ Ibrahim das Gelände und versteckte sich zwischen einigen Büschen in der Nähe des Eingangs. Als die Aufseher abschlossen, hielt er den Atem an, aber sie sahen nicht mal in seine Richtung. Er wartete noch ein paar Stunden, nickte zwischendurch ein, dann war es finster und vollkommen still, und er ging zum Tor.

Niemand war zu sehen, und die Lichter waren aus. Das Lager auf der anderen Seite des Zauns fühlte sich jetzt echter für ihn an. Es war nun kein Fotomotiv und keine Kulisse des Unheils mehr. Das Lager besaß eine nüchterne Kühle. Der ARBEIT MACHT FREI-Schriftzug war mitten in der Tür eingelassen, und Ibrahim konnte ihn problemlos erreichen. Er setzte die Säge in einem Fünfundvierzig-Grad-Winkel an. Der Lärm der Säge, die auf das Eisen traf, war hart und wütend und wurde durch die nächtliche Stille noch verstärkt. Eine Ecke gab nach. Ibrahim hielt sie vorsichtig fest, als er sich an die nächste machte. Als er helles Scheinwerferlicht näherkommen sah, ließ er die Säge fallen und rannte los. Zwei Polizisten stiegen aus dem Wagen und liefen ihm hinterher. Auf der Polizeiwache wurde Ibrahim gefragt: Was wolltest du mit dem Schriftzug machen, wenn du ihn entfernt hättest? Arbeitest du mit Komplizen oder für eine Organisation? Hat dich jemand dafür bezahlt? Hast du Kontakte zu Neonazis?

Weil er gemischter Herkunft war, griffen die Neonazi-Anschuldigungen nicht so, wie sie es andernfalls hätten tun können, aber seine schwierige familiäre Lage wurde thematisiert. Da er als Heranwachsender noch nicht unter das Erwachsenenstrafrecht fiel, wurde er zurück nach Berlin gebracht und dem Jugendrichter vorgeführt.

Journalisten suchten seine Universität auf.

Alle behaupteten eilig, mit Ibrahim auf irgendeine Weise vertraut zu sein: Er liest Saussure, er mag die Smiths! Niemand konnte ein klares Motiv für seine Aktion benennen, aber ein Journalist grub ein Zitat aus einer Semesterarbeit von Ibrahim aus, die mit den Worten »Geschichte ist keine Teleologie« endete.

Ibrahim ignorierte die Fragen der Journalisten nach seinem Prozess oder antwortete: Würden Sie mir glauben, wenn ich sagte, meine Geste war formaler und nicht moralischer Natur? Oder wäre es einfacher, wenn ich sagte, ich hätte Langeweile gehabt? Ja?

Eine hübsche Journalistin hielt Ibrahim ein Mikrofon unter die Nase, als er das Gerichtsgebäude verließ. Ibrahim, Sie sagen, Ihre Geste sei formal. Können Sie uns etwas über Ihre Vorstellungen zur Form sagen?

Ihre Absätze klackerten, als sie ihm nachlief.

Bevor er in den Polizeiwagen geschoben wurde, konnte er noch antworten: Die Form folgt dem Faschismus. Ibrahim lächelte sie an, während ein Polizist die Tür zuwarf. Sie atmete tief durch und winkte ihm nach. Was für ein arroganter Wicht, sagte einer der anderen Journalisten, ein dicker Mann in Turnschuhen.

Die hübsche Journalistin warf ihm einen düsteren Blick zu.

Die Form folgt dem Faschismus wurde die Schlagzeile der Woche.

Sie war zu epigrammatisch, als dass ihr die Redaktionen widerstehen konnten, obwohl niemand genau zu sagen vermochte, was sie bedeutete. Sah man sich die höchst unterschiedlichen Interpretationen, die die Zeitungen über Ibrahim anstellten, genauer an – Neonazi-Gefolgsmann; türkischer Jungkrimineller; Geschichtsrevisionist; anarchistischer Proto-Künstler; aufmerksamkeitsgieriger Jugendlicher –, konnte man deren subjektive Haltungen herauslesen, die mehr über das Medienhaus selbst sagten als über ihn. Eine Zeitung aus dem äußersten rechten Spektrum erörterte die Gefahren rassischer Vermischung und rief zu überwachter Rückführung der Gastarbeiter und verstärkten Grenzkontrollen auf. Eine bürgerliche Meinungskolumne machte in abgehobener Prosa ein plump hingemogeltes, aber großes Ding daraus, Adornos »Nach Auschwitz ein Gedicht zu schreiben, ist barbarisch« zu zitieren. Die hübsche Journalistin reicherte ihren Artikel mit tief empfundenen Ausrufesätzen an:

Ibrahim Max M. ist kein Neonazi, auch ist er kein gewalttätiger Einwanderersohn. Er ist ein Ästhet! Es war keine kriminelle Handlung, sondern eine künstlerische! Die neue Galerie ist kein weißer Würfel aus leeren Wänden. Sie ist Geschichte, sie ist Bürokratie, sie ist das öffentliche Gedächtnis! Mit nur einer Geste hat Ibrahim Max M. unsere gesamte privilegierte Heuchelei enttarnt.

Wegen versuchten schweren Diebstahls und Schändung eines Mahnmals wurde Ibrahim zu einer Geldstrafe verurteilt. Da er sie nicht begleichen konnte, wurde er dazu verurteilt, über mehrere Monate Arbeitsstunden abzuleisten. Als Reaktion auf die Berichterstattung zu seinem Urteil erhielt er für kurze Zeit eine Flut von Fanbriefen. Die meisten kamen von jungen Frauen, die wie Kopien der hübschen Journalistin klangen. Er kannte diesen Typus von der Uni. Mädchen, die bunte, gestrickte Oberteile trugen und sich Antifa-Aufnäher auf ihre Schultertaschen nähten, aber jedes Mal hochnäsig reagierten, wenn er versuchte, sich richtig mit ihnen zu unterhalten.

Ein langer Brief kam von einem Mann, der sich in weitläufiger, geneigter Handschrift als »gescheiterter Gegenwartskünstler« vorstellte, der leider »aus Prinzip gezwungen war, meine soziosituationistische Skulptur nach der Teilnahme an nur einer Operation, einem Ableger der ›Demonstration für den kapitalistischen Realismus‹ im Möbelhaus Berges in Düsseldorf, einige Jahre vor deiner Geburt zurückzulassen. Seitdem habe ich jeden Tag die Grenzen meines Berufs ohne großen Erfolg im Kopf und während der täglichen Trübsal meiner gelebten Erfahrung umgestaltet, ohne während der vergangenen fünfundzwanzig Jahre auch nur einen Klumpen Ton oder ein Stückchen Aluminiumdraht in die Hand zu nehmen. Aber als ich von deinem Prozess und deiner Aktion hörte, konnte ich sie ganz deutlich als eine gebrauchsfertige soziale Skulptur und einen Ruf zu den Waffen lesen.«

Der gescheiterte Künstler legte seine Meinung dar, dass Ibrahim »nichts weniger als ein aufstrebender Visionär« sei. Er solle sich nicht über Gebühr wegen seiner Verurteilung sorgen. Rückblickend würde sie nur zur Veranschaulichung beitragen, dass seine Taten nicht in der Zeit gedeutet werden durften, in der er diese Taten durchgeführt hatte. Deutschland war einfach noch nicht bereit für ihn – »und das heißt eigentlich nur, mein Junge, dass so viele von uns verächtlicherweise unwillig sind, der Brechung unserer eigenen Seelen und unserer in schiefen Winkeln gespiegelten Identitäten zu widerstehen« –, aber der Verlauf der Zeit würde ihn rehabilitieren und zeigen, dass Ibrahim »nicht nur ein glühender Spitzenreiter der neuen plastischen Künste« sei, sondern auch einer, »der, trotz seines jungen Alters und aktueller Trends in unserem erweiterten Kulturkreis hin zur sterilen Fassade bourgeoiser Abstraktion, willens und bereit ist, sich jubelnd innerhalb und doch außerhalb unserer pockennarbigen Geschichte mit ernsthaften philosophischen Fragen zur Menschlichkeit und zum Erschaffen von Kunst einzubringen«. Er schloss den Brief, indem er ausgiebig Joseph Beuys zitierte, wobei seine blumige Schrift zum Ende hin immer größer und schwungvoller wurde:

»Nur unter der Voraussetzung einer radikalen Erweiterung der Definition wird es für die Kunst und mit der Kunst verwandte Aktivitäten möglich sein, den Nachweis zu erbringen, dass Kunst heute die einzige evolutionär-revolutionäre Macht ist. Nur Kunst ist fähig, die repressive Wirkungen eines vergreisten und auf der Todeslinie weiter wurstelnden Gesellschaftssystems zu entbilden, um zu bilden: EINEN SOZIALEN ORGANISMUS ALS KUNSTWERK.«

Ibrahim fand den Brief bemitleidenswert – dieser Mann war nicht an der Kunst gescheitert, er war daran gescheitert zu leben – und antwortete nicht darauf. Als der Tag seines ersten Arbeitsdienstes näher rückte, nahm er einen Schnellzug nach Hamburg, von dort aus die Fähre nach Newcastle und dann den Zug nach Manchester. Er hangelte sich durch die Clubs von einem Konzert zum anderen und landete schließlich auf einem New Order-Gig im Haçienda.

Jemand surfte an seinem Kopf vorbei, die weiße Gummispitze dreckiger Chucks ließen seine Lippe aufplatzen, während der unwiderstehliche elektronische Eröffnungspuls von »Bizarre Love Triangle« schnell und hart auf ihn niederprasselte. Das gesamte Publikum fing an zu jubeln. Seine Lippe pochte. Ohne zu schlucken, konnte er Blut schmecken. Während er den magnetisierten Körpern dabei zusah, wie sie zum Beat gemeinsam unbeholfen um sich schlugen – fahle Handgelenke und schlaffe Finger, die sich in der Luft von den Schultern ablösten, die Augenlider wie zugenäht, aber trotzdem am Hüpfen, schmalziges Haar in die Nacken zurückgepappt – merkte er, dass er der Einzige war, der sich nicht rührte. Er war allein, und er war schon lange allein.

Mitten in dem brechend vollen Club fing er an zu schluchzen.

Um zu verbergen, dass er weinte, versuchte er zu tanzen, drückte seinen Körper gegen das Mädchen vor ihm. Als sie sich umdrehte, schaffte er es, seinen Mund auf ihren zu drücken, ohne auch nur ihr Gesicht zu sehen. Sie erstarrte, wehrte sich, und als er sie nicht losließ, gab sie nach, bevor sie kurz darauf von der tosenden Menge getrennt wurden. Bald schon wurde die Musik schriller und dichter, die Band war zu den dunklen Klängen von »Truth« übergegangen, mit seinem polyphonen Labyrinth aus verzögerten Verstärkern und überlagerten Synths. Stroboskoplichter blitzten und hörten nicht mehr auf. Ihr Muster machte besinnungslos. Ibrahim brauchte etwas zum Festhalten und griff nach vorn. Eine Faust schlug ihm in die Rippen, ein typischer Manchester-Akzent zischte »Leck mich, du Schwuchtel, leck mich«, und als er aufzustehen versuchte, war das Letzte, was er zu sehen bekam, auf ihn herabprasselnde Springerstiefel und Flanell, bevor man ihn rauszog.

Während der nächsten drei Tage dachte er: Mit Ibrahim ist es aus und vorbei.

Er bewegte sich nicht, er hatte keinen Hunger, und er war sich nicht sicher, ob er schlief oder wach war. Er bedauerte, dass er nun mit Max sitzen gelassen worden war. Er hatte keine Ahnung, was das alles zu bedeuten hatte, aber zum ersten Mal seit sehr langer Zeit ließ er zu, dass er vorbehaltlos seine Mutter vermisste. Jedes Mal, wenn er an sie dachte, hatte er Angst gehabt, das bisschen, was er gerade noch so erinnern konnte, zu verbrauchen. Er war sich sicher, dass jeder Anblick, jedes Geräusch, jeder Geruch ein begrenztes kurzes Leben hatte. Jetzt wollte er alles aufbrauchen und damit fertig sein. Am vierten Tag wachte er zwischen leeren Kartons hinter einem Lebensmittelgeschäft auf. Er konnte stehen und geradeaus gehen. Er war nicht überfallen und ausgeraubt worden. In einer öffentlichen Toilette trank er fünf Minuten lang direkt aus dem Hahn, untersuchte die gelblich-violetten Blutergüsse an seinem Oberkörper, wusch sich, so gut er konnte, nahm einen Zug nach Süden und dann von seinem letzten Geld die Fähre nach Frankreich und den Zug nach Paris.

Die Lichter waren heller als in Berlin, und obwohl es hier hübscher war, fand er Paris langsam und stolz. Ibrahim ging hinter einem tattrigen alten Mann her, und als dieser stolperte, sprang ihm Ibrahim zur Seite, um ihn zu stützen. Er packte ihn am Ellenbogen. Der alte Mann fing sich, drehte sich zu ihm und tippte ihn kräftig mit seinem Stock an. Glaub bloß nicht, ich wüsste nicht, was du vorhast! Er klopfte sich auf die Brusttasche, in der sich seine Brieftasche abzeichnete. Wegen deiner Sorte bewahre ich sie hier auf.

Ibrahim entriss ihm den Stock und ließ den alten Mann ausgestreckt auf dem Gehsteig liegen.

Er trieb sich in den Musiklokalen des 6. Arrondissements herum, versuchte, einen Job im Ritz oder La Cigale zu bekommen, aber dort war es zu chichi. Einmal schenkte ihm eine Verkäuferin ein Stück Butter für die Brötchen, die er sich von einer Bäckerei kurz vor Ladenschluss erbettelt hatte, und er verspürte unverhältnismäßig große Dankbarkeit. Der Manager vom La Java im 10. Arrondissement, ein Transvestit, meinte, ja, er könne Hilfe gebrauchen, und Ibrahim küsste ihm die Hände.

Nenn mich Le Tigre, sagte der Manager.

La Java war im hinteren Teil einer sehr alten Einkaufspassage versteckt, es befand sich unter einer geschwungenen eisernen Art-déco-Treppe im Keller. Le Tigre ließ Ibrahim im Getränkelager schlafen, sagte ihm, er solle tagsüber noch als Wachmann fungieren. Mit zwei Decken und einer Kartonschicht legte sich Ibrahim auf zusammengeschobene Bierkisten und hörte die Smiths. Dadurch, dass Morrissey den Text immer leicht verzögert sang, klangen seine Songs für Ibrahims Ohren immer wieder neu. Seine Wörter lösten sich vom Akkordrhythmus im 4/4-Takt und waren nie genau dort, wo man sie erwarten würde, und sie hielte das Quietschen und Kratzen der Mäuse in den Wänden fern, wenn Ibrahim einschlafen wollte.

I'd like to drop my trousers to the world
I am a man of means (of slender means)

Ich kann mich täuschen, flüsterte Le Tigre an einem etwas ruhigeren Samstagabend Ibrahim hinter der Theke zu und deutete mit dem Blick in Richtung eines großen, dünnen Manns mit auftoupiertem Haar, aber ist das nicht David Bowie?

Eine Gruppe exzentrisch gekleideter Männer saß auf Poufs um einen niedrigen Tisch nahe der Bar herum und bestellte eine Runde trockener Martinis nach der anderen. Ich meine, *Schöner Gigolo, armer Gigolo* wäre wahrscheinlich okay geworden, wenn Fassbinder Regie geführt hätte, sagte der Mann mit dem toupierten Haar gerade auf Englisch zu der Gruppe, aber dank Hemmings wurde es ein Witz. Versprecht mir, dass ihr ihn euch niemals ansehen werdet, es ist wie alle zweiunddreißig Elvis-Filme in einem.

Was hat er gesagt?, flüsterte Le Tigre, der kein Englisch sprach.

Dass er in einem sehr schlechten Film mitgespielt hat, flüsterte Ibrahim zurück.

Es war schrecklich, fuhr der toupierte Mann fort. Es gibt eine Szene, in der sich Kommunisten und Nazis um meine Leiche streiten.

Ich habe nur Ja zu diesem Film gesagt, weil sie mich mit Marlene Dietrich geködert haben. Aber letzten Endes habe ich sie nie getroffen. Sie wollte nicht nach Deutschland zurück. Sie hat alles hier in Paris auf einer Tonbühne gedreht, die wie unser Set in Berlin aussah. Dann wurde es im Schnitt zusammengeleimt.

Als ich noch für das Aufnahmestudio gearbeitet habe, unterbrach ein Mann mit Augenbrauen, die aussahen wie haarige Raupen, hatte jemand die fabelhafte Idee, die Dietrich dazu zu bringen, deutsche Klassiker in Übersetzung vorzulesen, angefangen bei Rilke. Zwanzigtausend Dollar pro Sitzung. Jemand gibt mir ihre Telefonnummer, ich rufe an. Die Residenz von Mademoiselle Dietrich, sagt die Person am anderen Ende. Ich kann den Akzent nicht einordnen, irgendwas zwischen katalanisch und deutsch. Ich erkläre mein Anliegen, und sie sagt, warten Sie bitte. Dann kommt Marlene Dietrich ans Telefon. Hallo, sagt sie, und ich merke sofort, dass es dieselbe Person ist! Marlene Dietrich hat so getan, als wäre sie das Hausmädchen, damit man nicht denkt, sie wäre allein!

Der ganze Tisch brach in Gelächter aus. Eine Hand wurde für die nächste Runde Martinis gehoben.

Le Tigre bereitete die Drinks zu, und Ibrahim servierte sie, als der Mann mit den Raupenbrauen damit fortfuhr, seine Unterhaltung nachzuspielen: Miss Dietrich, sagte ich. Wir haben gehört, dass Rilke Ihr Lieblingsdichter ist.

Ja, sagte sie, das stimmt.

Ich erkläre noch mal mein Anliegen, und sie fragt: Was von Rilke soll ich lesen? Das hatten wir noch nicht entschieden, und natürlich tut das alte Weib nur so, ich wette, sie hat noch nie wirklich irgendwas von Rilke gelesen. Ich erwähne das einzige von ihm, an das ich mich erinnere. Vielleicht, sage ich, *Briefe von einem jungen Dichter?* Sie fängt an zu husten. So ein richtig fieser Anfall. Ich am Telefon denk mir so, Scheiße, muss ich jetzt 'nen Rettungswagen rufen? Sie versucht etwas auszuspucken zwischen dem Gehuste. Es heißt *Briefe an einen jungen Dichter*, krächzt sie schließlich, nicht *Briefe von einem jungen Dichter!* Schämen Sie sich, kreischt sie wie so ne alte Schulmeisterin und knallt den Hörer auf. Der Tisch jaulte vor Lachen. Der Mann mit den Raupenbrauen genoss offensichtlich die Aufmerksamkeit. Der toupierte Mann, ins Abseits verbannt, blieb still.

Mach noch mal den Hausmädchen-Akzent, sagte jemand, der war der Hammer!

Ich hab was Besseres, sagte der Mann mit den Raupenbrauen. Er schnippte nach Ibrahim. Gibt's hier ein Telefon in der Bar? Ibrahim brachte es ihnen um die Bartheke herum, die Schnur reichte gerade bis zum Tisch. Le Tigre hob eine Augenbraue. Der Mann nahm ein schwarzes Notizbuch aus seiner Manteltasche. Er stupste den toupierten Mann an: Ich wähle, und du singst ihr was vor. Der toupierte Mann sagte, er sei nicht in Stimmung. Der Mann mit den Raupenbrauen nahm zwanzig Francs aus seiner Brieftasche und betrachtete Ibrahim. Was ist mit dir, Junge?, fragte er. Jede Minute, die du sie an der Strippe hältst, bekommst du zehn Franc zusätzliche.

Er tippte Ibrahim mit dem frischen Zwanzig-Francs-Schein gegen die Brust.

Einverstanden, sagte Ibrahim und sah genau zu, wie der Mann mit den buschigen Augenbrauen die Nummer wählte. Niemand wusste, ob die Nummer stimmte, aber im nächsten Moment klingelte es. Was soll der schon zu Marlene Dietrich sagen, witzelte einer der Männer. »Die haben mich heute um mein Trinkgeld beschissen«?

Hey, sagte der Mann mit dem toupierten Haar, sei nicht so gemein.

Der Scherzanruf dauerte sehr viel länger, als irgendjemand erwartet hätte. Ibrahim schaffte es volle zehn Minuten. Sie hatten alle die Luft angehalten, als sie hörten, wie Marlene Dietrich ans Telefon ging, aber dass Ibrahim Rilke aufsagte, war der Knaller. Als Marlene Dietrich zu »Tu deiner industrialisierten Seele einen Gefallen, ruf nicht mehr an« kam, waren sie alle wie gelähmt, und als das Telefonat endete, war es gute fünf Sekunden lang still im Raum, bevor der Mann mit dem toupierten Haar anfing zu klatschen. Junge, sagte der mit den buschigen Brauen, wer bist du?

Wie ich schon zu ihr sagte, antwortete Ibrahim. Nur ein Junge, der liest. Kann ich jetzt mein Geld haben?

Der Mann mit den buschigen Brauen zählte siebzig auf den Tisch. Der toupierte Mann stockte auf hundert auf, drückte Ibrahim die zusätzlichen dreißig direkt in die Hand und sagte: Du hast Potenzial.

Am Ende der Nacht kotzte sich jemand auf die Schuhe. Nachdem Le Tigre ihm das Absperren überlassen hatte, machte Ibrahim den Boden mit ein paar in Spülmittel getunkten Papiertüchern und einem modrigen Mopp sauber.

Die ganze Woche über dachte Ibrahim daran, was Bowie zu ihm gesagt hatte. Er habe Potenzial – aber wofür? Eine Sache schien klar zu sein: Wenn sein ihm entfremdeter Vater oder seine verstorbene Mutter noch einmal von vorn anfangen könnten, würden sie sich gegen ihn entscheiden. Das Einzige, was er in diesem Leben ganz sicher war: der schlimmste Fehler zweier Menschen. Es hätte ihn gar nicht geben dürfen. Ein perfekter Notenschnitt hatte ihm einen Schweinekopf an der Tür eingehandelt. Als er einem alten Mann helfen wollte, hatte ihn dieser für einen Taschendieb gehalten. Er konnte Rilke auswendig – und war immer noch ein Clown. Er würde stets der falsche Mensch sein, am falschen Ort, zur falschen Zeit. Seine Hände zitterten, als er die Nummer wählte, die er sich gut gemerkt hatte. Er wartete nicht auf eine Begrüßung, sondern rezitierte:

Größeres wolltest auch du, aber die Liebe zwingt
all uns nieder, das Leid beuget gewaltiger,
doch es kehret umsonst nicht
unser Bogen, woher er kommt!

Sie war wirklich gut. Sie riet Schiller. Es war Hölderlin.

Diesmal hörte er genauer hin und bemerkte, dass ihre Stimme zitterte. Sie versuchte, es zu verstecken, aber dadurch trat ihre Aufregung nur noch deutlicher hervor. Obwohl sie jemand war und er ein Niemand, so war er es doch, der die Regeln des Spiels bestimmte, weil ihm klar geworden war, dass sie genauso einsam war wie er, so unwahrscheinlich es auch klingen mochte. Eine alte Frau konnte sich nichts sehnlicher wünschen, als so behandelt zu werden, wie er sie behandelte: wie eine Teenagerin. Sie war Marlene Dietrich, und genau wie er hatte sie niemanden. Er wollte sie jedes Mal beeindrucken, aber manchmal waren ihre Bedürfnisse sehr viel weniger hochgegriffen, als er hätte ahnen können. Einmal bat sie ihn, ihr zu beschreiben, was er vor seinem Fenster sah. Ibrahim hatte kein Fenster, aber für sie schloss er die Augen und beschrieb alles, was er in seinem Kopf vor sich sah. Der Gehsteig sei noch feucht, weil es früh morgens geregnet habe, erzählte er Marlene. Dort sei ein ordentlicher Blätterhaufen, den unsichtbare Straßenkehrer zusammengefegt hatten. Eine Frau im Regenmantel gehe über die Straße, obwohl die Ampel noch nicht grün sei.

Ich kann es sehen, Bogie, sagte sie. Er hörte, wie ihre Stimme stockte. Ich kann das alles sehen.

Am dritten Sonntag sagte sie ihm, er sei seit langer Zeit die einzige Person, die sie wie ein echter Mensch behandele. Er wollte lachen und ihr sagen, dass es in seinem Leben genauso sei. Das lässt sich leider nicht ändern, sagte er stattdessen. Wer will schon mit Ihnen wie mit einem echten Menschen reden, wenn Sie doch längst zu einem elenden kulturellen Fantasieprodukt geworden sind? So ergeht es Göttinnen in unserem Jahrhundert nun einmal, Frau Dietrich. Ein Gesicht, das außerhalb der Zeit seine Bahnen zieht.

Sie war still. Simsalabim, sagte er, und sie lachte.

Er konnte sie zum Lachen bringen, dachte er. Das war doch was.

Am vierten Sonntag sagte Marlene, sie wolle ihm etwas kochen. Das erwischte Ibrahim voll und ganz auf dem falschen Fuß. Er hatte so etwas niemals erwartet oder erlebt: eine Frau, die für ihn kochen wollte. Zu seiner Schande traten ihm Tränen in die Augen. Er wischte sie mit dem Handrücken weg. Sollte sie doch verrotten. Sollte die berühmte alte Hexe sich ein neues Spielzeug suchen. Es war erbärmlich – dass sie verzweifelt genug war, ihm zuzuhören. Er hatte niemandem, nicht einmal Le Tigre, von den Anrufen erzählt. Er hatte es für sich ganz allein haben wollen, aber inzwischen war er auch davon überzeugt, dass ihm ohnehin niemand glauben würde.

Ich hoffe, du magst Fleisch, hörte er sie sagen.

Er atmete tief durch. Ich liebe Fleisch, antwortete er.

Sie nannte ihm die Adresse, Avenue Montaigne Nummer 12. Er dürfe sie natürlich nicht sehen; sie habe seit Jahren nicht einen Besucher empfangen und könne für ihn keine Ausnahme machen, das müsse er verstehen. Ich verstehe voll und ganz, sagte er. Mir bleibt nur ein Abbild von Ihnen. Das schien ihr zu gefallen, und sie bat ihn, auf der anderen Straßenseite zu warten, bis er ein chinesisches Hausmädchen in einer rosafarbenen Uniform mit einer Schüssel Rinderkraftbrühe aus dem Gebäude treten sähe, in etwa einer Stunde. Er wartete drei Stunden auf der Avenue Montaigne, zuerst gegenüber auf der Seite mit den ungeraden Hausnummern, und dann, als er von einem Portier weggescheucht wurde, auf ihrer Seite, bis er auch dort von einem Portier weggescheucht wurde.

Er versteckte sich in einer Telefonzelle ein Stück die Straße runter und behielt das Gebäude im Auge, bis er schließlich eine kleine Asiatin durch die Drehtür kommen sah. Sie trug eine rosafarbene Uniform, so wie Marlene gesagt hatte, aber sie hatte keine Schüssel dabei. Über ihrer Schulter hing ein teuer aussehender Mantel, der aus weißem Pelz gemacht zu sein schien. Er wusste nicht, ob man ihr Gesicht als schön oder hässlich bezeichnen sollte. Ihre einfachen Oberlidfalten gaben ihr einen melancholischen Anschein, oder waren es ihre dünnen, aber präzisen Lippen? Er folgte ihr in einiger Entfernung, während sie in ihren weißen Leinenschuhen flott die Straße entlangging. War sie einmalig, oder entstand der Eindruck nur im Vergleich zu ihrer Umgebung?

Sie bog um eine Ecke und betrat einen Secondhandladen.

Die Chinesin ging direkt zum Verkaufstresen. Ibrahim stand hinter einem Hutständer, drehte ihn langsam, beobachtete sie durch Filz- und Strohhüte. Sie legte den Mantel vorsichtig auf die Theke. Die Ladenbesitzerin hob eine Augenbraue, als sie das Designerlabel sah. Dann musterte sie die Chinesin und schüttelte den Kopf.

Nimm das weg, sagte die Besitzerin. Frechheit!

Die Chinesin sah sie verwundert an.

Wessen Mantel hast du da wohl aus der Garderobe geklaut, als niemand hingeschaut hat?

Nein, protestierte die Chinesin, ein Geschenk!

Diebin, sagte die Frau, raus aus meinem Laden, bevor ich die Polizei rufe.

Ibrahim trat hinter dem Hutständer hervor.

Sie haben kein Recht, so mit ihr zu reden, sagte er.

Die Ladenbesitzerin war einen Moment lang sprachlos. Dann fing sie sich wieder und sagte: Ich wusste doch gleich, dass es nur Ärger gibt, als ich euch beide hintereinander hereinkommen sah, ihr steckt doch unter einer Decke! Was wollt ihr? Was wollt ihr? Ich habe hier keine großen Summen!

Ibrahim nahm den Mantel von der Theke, legte den Arm um die Schultern der jungen Frau und verschwand mit ihr in Richtung Tür. Komm, sagte er. Als die Ladenbesitzerin sah, dass er nicht bewaffnet war, nahm sie das Telefon und wählte schnell. Ich will einen Betrug melden, sagte sie. Zwei Ausländer.

Ibrahim warf den Hutständer um. Die Ladenbesitzerin schrie.

Ganz ohne Eile hob er einen Filzhut mit einer gletscherblauen Feder auf, der ihm vor die Füße gefallen war, setzte ihn auf und wandte sich der Chinesin zu. Was hatte er geglaubt, in ihrem Gesicht zu sehen – Überraschung, Faszination? Sie starrte ihn an, nichtssagend und abschätzend, ausdruckslos. Die Ladenbesitzerin nannte der Polizei ihre Adresse.

Ibrahim bückte sich, um eine cremefarbene, wollene Baskenmütze aufzuheben.

Er setzte sie der Chinesin auf, wie um ihre Unnahbarkeit mit Komik auszutricksen. Sie hielt ihn nicht auf. Ibrahim öffnete ihr schwungvoll die Tür. Sie trat hindurch, ohne Anmut, aber flink, so wie er es sich von ihr gewünscht hatte. Die Ladenbesitzerin knallte den Hörer auf, stürmte zur Ladentür, und im selben Moment rannten sie los. Mit einer Hand hielt er den Filzhut fest, mit der anderen versuchte er, ihre zu ergreifen, aber sie schüttelte ihn ab. Aus Angst, sie könnte nicht mit ihm mithalten, wurde er langsamer, aber sie erhöhte das Tempo.

Sie rannten die Hauptverkehrsstraße entlang, und er sah ein Kino. Hier, sagte Ibrahim, hier drin werden sie uns sicher nicht suchen.

Sie folgte ihm im selben Abschnitt der Drehtür. Was glaubst du eigentlich, was du hier machst, sagte sie außer Atem in leisem, verächtlichem Französisch zu ihm. Als er nicht antwortete, sagte sie: Du machst Probleme.

Er sagte: Aber was wäre das Leben ohne Probleme?

Sie blieb in der Drehtür stehen, sah ihn böse an und machte tief in ihrer Kehle ein höhnisches Geräusch. Die Tür hörte auf, sich zu drehen. Jemand betrat den Abschnitt hinter ihnen, und sie wurden durch das Karussell in die verspiegelte Lobby geleitet. Sie erblickten ihr Spiegelbild. Beide trugen noch ihre Kopfbedeckungen. Ihre saß schief. Ganz beiläufig betrachtete sie sich im Spiegel. Dann griff sie nach ihrer cremefarbenen Baskenmütze und richtete sie, ernst und ohne ein Lächeln, als wäre es das Natürlichste auf der Welt. Dabei sah sie ihn nicht an. Ibrahim konnte seinen Blick nicht von ihr nehmen. Der Mantel hing noch immer über seinem Arm. Er hielt ihn ihr hin, und ohne zu zögern glitt sie hinein, erst ein Arm, dann der andere. Die Baskenmütze passte perfekt dazu.

Die Lobby des Kinos war ziemlich leer.

Ibrahim ging zur Kasse und fragte, ob gerade ein Film liefe. Eine Matinee hatte vor fünfzehn Minuten angefangen. Ibrahim kaufte zwei Tickets. Sie beobachtete ihn mit grimmigem Argwohn.

Popcorn?, fragte er.

Was ist Popcorn?, fragte sie.

Er hätte am liebsten ihre Hand geküsst.

Anna Karina könnte dir nicht das Wasser reichen, sagte er.

Sie fragte: Wer ist Anna Karina?

12

An Wochentagen war Bébé eine Uhrfeder, für den Tag gerade fest genug aufgezogen, nicht mehr und nicht weniger. Um fünf Uhr dreißig aufzuwachen, war gerade knapp genug. Der Weg zum Bahnhof dauerte zwanzig Minuten, und die Fahrt von ihrem Wohnheim zum Ministerium etwa eine Stunde.

Um sieben kam sie am Ministerium an.

Abgesehen von ihrer fünfundvierzigminütigen Mittagspause war sie ununterbrochen auf den Beinen, schrubbte Toiletten, wischte Böden, leerte Mülleimer, polierte Spiegel, füllte Seifenspender, Handtücher und Toilettenpapier auf. Bébé achtete darauf, dass der Boden sauber, aber niemals feucht war, damit kein Beamter auf flachen Sohlen ausrutschte. Es gab Bewertungskärtchen in den beiden Toiletten, für die sie zuständig war, mit einer Telefonnummer, die man anrufen konnte, falls man den Ort nicht tipptopp vorfand. Bébé fühlte sich beleidigt. Sie hätte auch ihr Bestes gegeben, wenn es keine Bewertungskärtchen und niemanden zum Anrufen gäbe.

Um achtzehn Uhr dreißig endete ihre Schicht.

Danach eine lange Metrofahrt zurück, schnelle Wäsche in der Gemeinschaftsdusche des Wohnheims, Falafel zum Mitnehmen oder blanchierte Nudeln auf dem dreckigen Herd in der Teeküche, erschöpft auf dem Stockbett ausstrecken. Die meisten Frauen im Wohnheim waren angeworbene tunesische Gastarbeiterinnen, die in einer Textilfabrik in Saint Denis arbeiteten. Abends sah Bébé, wie sich einige von ihnen neben den Betten auf ihre Gebetsteppiche legten, die alle in dieselbe Richtung zeigten. Sie beteten, manche sprachen, manche sangen sehr schön, einige hatten sich einen Schal über den Kopf gelegt, andere waren ganz in Weiß gehüllt, und nur ihre Gesichter waren zu sehen. Nach den Gebeten waren sie aufgekratzt oder teilnahmslos, lackierten sich die Nägel in leuchtenden Farben oder schrieben Briefe auf zwiebelhautdünnem Papier, schwatzten oder zankten, schliefen oder sangen, etwas Religiöses oder einen Popsong, Bébé wusste nicht, was es war, aber bei ihnen fühlte sie sich sicher.

Samstags ging Bébé zum Französischunterricht im Migrantenzentrum. Sie war in einen Kurs für fortgeschrittene Anfänger hochgestuft worden. Kürzlich hatte die Pro-Bono-Menschenrechtsanwältin sie ermutigt, sich für ein Diplom in Hauswirtschaft oder einen Schneiderkurs anzumelden. Aber ich weiß doch schon, wie man sauber macht und näht, sagte Bébé zu der Anwältin. Die Anwältin erklärte ihr, es gäbe in Zukunft mehr Beschäftigungsmöglichkeiten für sie, wenn sie sich ihre Fähigkeiten zertifizieren ließe.

Sonntags machte sie der reichen alten Frau den Haushalt.

Sie war bemüht, jede Kleinigkeit gut zu machen: Sie wählte die feinsten Blumen, sortierte die Quittungen ordentlich, obwohl die alte Frau sie nie sehen wollte, und rundete jede Summe, die sie entnahm, auf die nächste Zehn auf. Auf Botengänge durch die gepflegten Straßen des 8. Arrondissement geschickt zu werden war immer Bébés Lieblingsbeschäftigung der Woche gewesen, aber jetzt gab es an den Sonntagnachmittagen Ibrahim.

Vor Ibrahim hatte sich Bébé nie erlaubt, die Stadt bei ihren Spaziergängen zu genießen, weil ihr schmerzlich klar war, dass sie sich nicht zum Spaß in Paris aufhielt. Sie kannte ihren Platz, und sie fand, sie sollte sich entsprechend verhalten. Sie trug den Kopf am höchsten, wenn sie ihre Hausmädchenuniform anhatte. Weil niemand darüber nachdachte, wer oder was sie war, konnte sie einfach nur sein.

Obwohl bestimmte Leute noch mehr glotzten, wenn sie zu zweit unterwegs waren, fühlte sie sich mit Ibrahim wohl.

Er ging mit ihr in Paris überall dorthin, wo es ihr allein peinlich gewesen wäre. Er nahm sie mit zum Fuße des Eiffelturms, auch wenn sie nicht dafür bezahlten, hinaufzugehen. Er nahm sie mit zu Notre-Dame, und sie fragte ihn, warum die Wasserspeier so hässlich seien.

Er wusste es nicht. Sie wollte ihm erzählen, dass es in China grimmige Steinlöwen vor den Häusern gab, um böse Geister fernzuhalten. Das Leben ist nicht gerecht, hätte sie gesagt, wenn sie gewusst hätte, wie. Wasserspeier mussten böse schauen, aber Engelchen durften für immer lächeln. Er nahm sie mit zum Marché aux Puces de Saint-Ouen, wo sie sich neugierig Bärenfelle samt Bärenkopf, christliche Wandteppiche und Kriegsorden ansah. Er nahm sie mit in die Museen. Sie fand den Louvre langweilig, war aber überwältigt von den riesigen gewölbten Dachfenstern des Musée d'Orsay. Als sie sich alles an den Wänden einer Halle angesehen hatte, kehrte sie zu Manets *Olympia* zurück. Das gefällt mir, sagte sie zu Ibrahim. Was gefällt dir daran?, fragte er. Sie sah ihn an, als wäre es eine dumme Frage, und dann sah sie sich wieder das Bild an und anschließend wieder ihn. Mir gefällt ihr Gesicht, sagte sie.

Ibrahim lud sie zu dem Gig einer Sängerin an einem Freitagabend an seinem Arbeitsplatz ein.

Sie verstand nicht, was ein Gig war. Er erklärte es ihr.

Bébé tauchte im La Java in ihrem Schwanenmantel auf. Sie weigerte sich, ihn an der Garderobe abzugeben. Ibrahim begrüßte sie an der Theke und führte sie zu ihrem Platz an der Bar. Bald sah sie, dass alle Jeans oder kurze Röcke trugen, und sie kam sich sehr albern vor. Sie schämte sich in ihrem Mantel, der pelzig roch, was sie mit Parfumproben aus dem Kaufhaus zu überdecken versucht hatte, aber sie war entschlossen, ihn mit Würde zu tragen. Wie aufregend, mitten unter fröhlichen, trinkenden Parisern zu sein, die alle darauf warteten, dass die Vorstellung losging. Als Ibrahim sich zu ihr gesellte, reichte er ihr einen Negroni, den er für sie gemixt hatte. Der Drink war tieforange, und sie hatte noch nie so etwas geschmeckt. Bittersüß, sagte sie. Er lächelte sie an und stellte sie Le Tigre vor. Ouah, sagte Le Tigre, das ist dein Mädchen? Nur eine Freundin, sagte Ibrahim. Keine Sorge, Liebes, sagte Le Tigre zu Bébé, er hat bisher noch nie jemanden mitgebracht. Bébé wurde ziemlich rot.

Eine Frau mit tiefer Stimme und Gitarre betrat die Bühne.

Bébé verstand wenig bis gar nichts von den Texten, ein Nomen hier, ein Adjektiv dort, aber sie konnte mit dem Fuß im Takt wippen. Ibrahim schob ihr eine winzige Pille hin. Sie sah ihn an. Er zeigte ihr die auf seiner Zunge, sie löste sich am Rand bereits auf. Ihr Blick war unsicher. Vertrau mir, sagte er. Obwohl sie nicht wusste, ob sie ihm glauben sollte, war sie froh, dass er es gesagt hatte, und sie steckte sich die Pille in den Mund. Eine halbe Stunde später explodierten alle Lichter im Raum zu langsamen Kometenschweifen. Der Bass fühlte sich an, als käme er aus dem Innersten ihres Körpers. Schauer, sagte sie immer wieder, Schauer. Alle Basslinien flossen direkt aus ihrer Brust. Sie nahm seine Hand und legte sie über ihr Herz, um ihm zu zeigen, was sie meinte. Er bewegte seine Hand zu ihrer Schulter. Sie fühlte sich leichter als je zuvor in all den Jahren. Als der Gig vorbei war, kletterte sie auf einen Tisch. Niemand hielt sie auf. Man jubelte ihr zu. Weiche Hände flochten ihr Haar zu zwei Zöpfen. Jemand arrangierte ihre Arme zu einer kommunistischen Pose. Dann wollten sie eine chinesische Revolutionshymne hören. Sie sang ihnen in einer klaren Altstimme 我的中国心 vor. Wie oft hatte sie dieses Lied in der Schule in Taishan nachgeäfft, ohne sich über die Worte Gedanken zu machen, einfach nur blind der schwungvollen Melodie folgend. Erst in Paris fing sie an, die Worte zu verstehen. Lebendig zu sein drehte sich so oft um solche Torheiten. Warum? Die schönen Menschen riefen Bravo!

Mädchen, rief jemand, ich will ein Kind mit dir!

Ein Mann mit wirrem Haar und einer Kamera richtete sein Objektiv auf sie.

Bébé wollte zu ihm sagen: Du musst erst fragen, bevor du von jemandem ein Bild machst, aber die Wörter rollten hoffnungslos wie Kieselsteine in ihrem Mund herum. Sie musste einen Weg finden, es ihm zu sagen, ihnen allen hier die Geschichte zu erzählen, die jeder in ihrem Dorf kannte: Die Ururgroßmutter von jemandem war unter einer Weide gestorben, nachdem jemand zum ersten Mal ein Foto von ihr gemacht hatte.

Aber ihre Worte waren zu verworren, und es war zu spät. Der Mann mit dem wirren Haar knipste los, bevor Ibrahim zu ihm gehen und ihn von ihr wegziehen konnte. Ibrahim legte den Arm um Bébés Schultern, und sie wusste, dass alles gut sein würde, solange er in ihrer Nähe war.

Was Bébé an Ibrahim am liebsten mochte: Manchmal fragte sie ihn etwas, oder er fragte sie etwas, und dann lachten sie oder waren still, weil sie beide merkten, dass es unmöglich war, die Frage zu beantworten. Weil sie nicht annähernd genügend Sprache miteinander teilten, konnten sie viel deutlicher erkennen, wo Wörter scheitern mussten. Das hielt sie nicht davon ab, sich die Frage anzuhören und sorgfältig über die Antwort nachzudenken, sich dabei gegenseitig zu mustern, auch wenn nichts laut ausgesprochen wurde.

Wie bist du nach Paris gekommen?, fragte er.

Warum hast du diese …?, fragte sie. (Sie kannte das Wort für Narbe nicht.)

Wie fühlt es sich hier für ein Mädchen an?, fragte er.

Ist das Leben wirklich nichts ohne Probleme?, fragte sie.

Wie war es dort, wo du herkommst?, fragte er.

Wie war das noch, als sie sich unten am Fluss eine Maulbeere ins Nasenloch gesteckt hatte und nicht mehr atmen konnte? Sie schob einen Finger rein, um zu versuchen, sie rauszuholen, aber dadurch drückte sie die winzige Frucht nur noch höher, also zwickte sie die Nase zusammen, um das Ding zu zermatschen, und blies magischen lilafarbenen Brei aus.

Oder früher – an der Müllhalde, wo sie nach Stofffetzen suchte, um eine Puppe einzukleiden. Sie wickelte ein rosafarbenes Tuch ab, das um ein Bündel geschlungen war. Als sie das Baby sah, noch nicht lange tot, ließ sie es fallen. Wochenlang sah sie das winzige, bläuliche Gesicht vor sich, die gewundene Nabelschnur. Immer wieder wünschte sie sich, sie hätte sich einreden können, es sei nur eine Puppe, um sie wieder einzuwickeln, bevor sie ging, aber es war zu spät.

Oder später, als der Lehrer sie mit zu dem Schuppen auf dem Schulhof nahm und seine Hand zwischen ihre Schenkel legte. Als sie sich nicht bewegte, schob er ihr Höschen zur Seite und drückte mit Daumen und Zeigefinger ihre Muschi. Erst war er noch zögerlich, aber als sie nichts sagte, fasste er Mut und knetete sie zwischen seinen Fingern, als wollte er herausfinden, ob sie sich flachdrücken ließe. Sie hatte sich dort noch nie berührt, nicht einmal beim Baden. Weil er der Lehrer war, sagte sie niemandem etwas davon. Er rief sie danach nicht mehr im Unterricht auf, obwohl sie sich jedes Mal meldete. Immer, wenn er jemand anderen drannahm, wollte sie schreien: Nimm mich dran! Du denkst wohl, du weißt alles über mich, nur weil du mich angefasst hast? Nimm mich dran!

Oder die Kranichschar, die sie im Herbst über das Dorf hatte fliegen sehen. Woher wussten sie, wohin sie flogen, was, wenn sie am falschen Ort landeten?

Oder der pickelige Nachbar mit den schwitzigen Händen in der Seitenstraße beim Busbahnhof in Taishan, der sie mit billigem Reiswein sturzbetrunken gemacht hatte. Bestell dir, was du willst, hatte er an dem Abend gesagt, Essen und Getränke gehen heute auf mich. Danke, sagte sie, das nächste Mal bin ich dran. Sie erwachte, als er schon in ihr herumfummelte, sein Atem stank nach geraspeltem Ingwer und dunklem Essig, und sie beschloss, sich weiter bewusstlos zu stellen, denn wenn er wüsste, dass sie wach war, könnte sie weder ihm noch sich selbst gegenüber so tun, als wäre gar nichts geschehen.

Oder das Fließband in Shanghai, wo sie nichts anderes machte, als ein Logo seitlich an einen Schuh zu nähen. Sie wünschte, sie könnte wenigstens einmal einen ganzen Schuh allein fertigstellen. Wenn ihr langweilig war, sang sie im Kopf Teresa Tengs »What Do You Have to Say«. Einmal stimmte jemand in die Melodie ein, und sie merkte, dass sie es laut gesungen hatte. Obwohl die Aufsichtsperson sie über die Beschallungsanlage aufforderte, es zu unterlassen, stimmte die gesamte Gruppe innig in die letzte Zeile des Refrains ein, und ihre gemeinsame Stimme prallte an den hohen Fabrikwänden ab:

你心里根本没有我
把我的爱情还给我

Oder jeder Zählstrich in Marseille und das kalte, flüchtige Gefühl, dass sie vielleicht bereits darauf vorbereitet gewesen war ...

Sie standen am Fuße des Eiffelturms, und Ibrahim erklärte ihr, dass er 1889 gebaut worden war.

Sie war schockiert, wusste aber nicht, warum. Er ließ ihr Zeit, um darüber nachzudenken. Jetzt ist 1989, sagte sie mit einer unvermittelten Eindringlichkeit, die ihn überraschte. Der Turm steht hier seit hundert Jahren, nickte er, und er wird hier auch die nächsten hundert Jahre noch stehen. Sie zählte leise, als übe sie die französischen Zahlen – 2089, 2189, 2289. Dann verstummte sie allmählich. Ja, sagte er und hatte verstanden, was sie meinte, wir werden nicht mehr hier sein. Nein, stimmte sie ein wenig traurig zu und sah ihn an. Werden wir nicht. Sie betrachtete das prachtvolle Monster von einem Turm von hier unten, zwischen seinen Gitterbeinen, und er betrachtete ihre zierlichen menschlichen Proportionen unter den sieben Millionen Kilo Puddelstahl.

Er fragte sie: Wie lautet dein richtiger Name, Bébé?

Aber Ibrahim, sagte sie. Gibt es so etwas wie einen richtigen Namen?

Eine dringliche Aufgabe für die Top-Wissenschaftler vom Kaiser-Wilhelm-Institut in Berlin

XV

Alle wollen immer nur wissen: Waren Sie ein Nazi? Was für ein Mann war Hitler? Warum haben Sie diese Filme gedreht? Alles, worum ich Sie heute bitten möchte, ist: Hören Sie unvoreingenommen zu. Vergessen Sie alles, was Sie über mich zu wissen glauben, sobald Sie meinen Namen hören. Setzen Sie sich und lassen Sie mich Ihnen meine Geschichte mit meinen eigenen Worten erzählen. Jeder hat diese Chance verdient. Auch ich war ein Opfer der Umstände. Sieht es denn niemand aus meiner Perspektive?

Als Erstes danke ich Ihnen, dass Sie so kurzfristig nach Bayern gekommen sind, um mich zu treffen. Wie Sie wissen, war gestern mein 101. Geburtstag, und wir hatten eine große Feier in der Kaiserin Elisabeth hier am Starnberger See. Man war so liebenswürdig, dieses Zusammentreffen finanziell zu unterstützen – der Besitzer ist ein langjähriger Fan.

Kein Problem – Sie können diese Unterhaltung ruhig aufnehmen. Wenn ich etwas zu verbergen hätte, würde ich Sie wohl kaum zu mir nach Hause einladen.

Möchten Sie eine Tasse Tee?

Ich bin froh, dass es mir jetzt ein bisschen besser geht und ich Sie hier im Wohnzimmer empfangen kann. Heute Morgen, nachdem ich die Zeitung gelesen habe, hatte ich so hohes Fieber, dass ich schon dachte, ich würde es so bald nicht mehr aus dem Bett schaffen. Meine Temperatur ist jetzt runtergegangen, aber es tut immer noch überall weh. Ich will ganz offen mit Ihnen sein. Der Arzt war gerade da. Er hat mir nur Schmerztabletten gegeben. Und man weiß ja, wenn sie das machen, ist es kein gutes Zeichen. Ich weiß nicht, wie lange ich noch habe, und ich bin anderer Leute Lügen so leid, so leid, so leid.

Ich war lange genug gebrandmarkt. Ich habe mit meinem Ruf, meiner Zeit, dafür bezahlt. Was, wenn ich über die Dinge reden möchte, die mir wichtig sind? Das Handwerk des Filmemachens. Meine Karriere als Schauspielerin. Wie ich Regisseurin wurde, welche Filme ich mag. In Erinnerungen an alte Zeiten in Berlin schwelgen. Die Meinung zum heutigen Hollywood erörtern. Entspannen und eine wirkliche Unterhaltung führen, wissen Sie?

Nein, das ist für Leni Riefenstahl nicht zulässig.

Die Presse hat es nie für nötig gehalten, mich nach solchen Themen zu fragen. Nehmen Sie es mir nicht übel, aber Ihr Journalisten seid faul. Verlasst euch auf Stereotypen und Schablonen. Immer nur darauf aus, mich auf diese eine Weise zu sehen, mir das Leben zur Hölle zu machen, weil daraus eine kontroverse Schlagzeile entsteht und die Leute darüber reden könnten.

Ich bin es leid, Ihnen dabei zu helfen, Zeitungen zu verkaufen. Ich will reinen Tisch machen.

Gestern schnitten wir meinen Geburtstagskuchen auf der Terrasse des Kaiserin-Elisabeth-Hotels an, als eine Nachricht für mich an den Concierge gefaxt wurde. Ich dachte, es sei eine Grußkarte, und bat einen Kellner, sie laut vor all meinen Gästen vorzulesen. Das war ein schrecklicher Fehler. Sehen Sie selbst, hier:

»Frau Leni Riefenstahl ist gegenüber Frau Zäzilia Reinhardt verpflichtet, folgende Behauptung nicht mehr zu tätigen oder zu verbreiten oder zu erlauben, dass folgende Behauptung getätigt oder verbreitet wird: ›Nach Kriegsende traf Frau Riefenstahl alle Zigeuner, die in dem Film *Tiefland* mitgewirkt haben, wieder, und keinem einzigen von ihnen ist etwas zugestoßen.‹«

Es folgte eine Mitteilung über einen Gerichtstermin.

Ich wollte nicht an meinem Geburtstag weinen, nicht während meiner Feier, aber Sie werden mir zustimmen, dass diese Handlung grausam und gewissenlos war. Man will eine einhunderteinjährige Frau vor Gericht zerren wegen etwas, das sie vor über einem halben Jahrhundert aus Wohlwollen gesagt hat!

Ich zweifle nicht daran, dass das gestrige Fax und die Presse heute Morgen schuld daran sind, dass ich krank geworden bin. Was, wenn ich einen Herzinfarkt bekommen hätte? Wären sie des Mordes angeklagt worden?

Ich habe meine Schmerztabletten nicht genommen, obwohl mir alles wehtut.

Ich will vollkommen klar sein, wenn ich mit Ihnen spreche.

Also lassen Sie mich laut und deutlich fragen: Wer ist diese Zäzilia Reinhardt?

Ist sie überhaupt eine echte Zigeunerin?

Kann sie beweisen, dass sie bei *Tiefland* dabei war?

Soll jetzt von jedem Statisten in den größeren Szenen ein Standbild gemacht und mit ihr verglichen werden? Das bezweifle ich! Und selbst wenn sie dabei war, warum meldet sie sich jetzt, fünfzig Jahre später, wenn sie so grundsätzlich unglücklich über das war, was ich gesagt habe? Oder hofft Frau Reinhardt auf eine außergerichtliche Einigung, um sich einen netten Notgroschen für die Rente zuzulegen, weil sie nicht mehr auf der Straße Geige spielen kann?

Abgesehen davon waren meine Bemerkungen nur formaler Natur.

Nach Kriegsende hoffte ich natürlich, dass niemandem von meiner Crew etwas zugestoßen war, meinen Schauspielern nicht, meinen Statisten nicht – unabhängig von Herkunft und Religion, ich achte nicht auf so etwas. Zigeuner hin oder her, ich wollte für alle nur das Beste. Ich habe versucht, mit allen in Kontakt zu bleiben, aber es war so chaotisch, es wäre wirklich schwierig gewesen, mich bei allen zu melden. Ich konnte ja kaum für mich selbst sorgen! Ich hatte noch zweihundert Mark auf dem Sparbuch meiner Mutter, und selbst die wurden mir abgenommen. Schlimmer noch, die Franzosen hatten alle meine *Tiefland*-Filmrollen gestohlen. Sie dachten, sie könnten damit eine schnelle Mark machen. Ich habe Jahre gebraucht, um mein Material zurückzubekommen. Unterdessen hatten sie meine Schnittfassung verloren, und ich musste den ganzen Film neu schneiden. Warum klaut man jemandem etwas, nur um es dann komplett zu verpfuschen?

Ja, ich komme wieder zur Sache – in dem Fax stand, es sei unzulässig, dass ich solche Äußerungen tätige, weil es Beweise gäbe, dass viele der Zigeuner-Komparsen, die ich für *Tiefland* eingesetzt habe, nach dem Dreh in Konzentrationslagern gestorben wären, und ich solle dafür verantwortlich sein.

Aber wie könnte das meine Schuld gewesen sein, wenn ich nicht einmal wusste, dass die Lager, aus denen sie kamen, *solche* Lager waren?

Nun, ich war davon überzeugt, dass es sich um Sammellager für Heimatlose handelte, oder Arbeitslager für Arbeitslose. Das Schlimmste, wovon wir je gehört hatten, war, dass bestimmte Leute nach Madagaskar geschickt wurden.

Es tut mir leid, was Zäzilia Reinhardt und ihre Freunde erlitten haben, aber was hätte ich schon tun können? Ich war keine Politikerin. Ich war Regisseurin. Ich war Schauspielerin. Und das alles ist jetzt schon so lange her, warum in der Vergangenheit herumstochern? Warum gehen diese Leute nicht einfach ihrer Wege und machen etwas aus sich?

So unangenehm es auch sein mag, es überrascht mich nicht.

Machen Sie doch die Augen auf, diese Anschuldigung wurde von bestimmten Interessengruppen so konstruiert, dass sie mit meinem einhundertersten Geburtstag und der ganzen Presseaufmerksamkeit, die ich bekommen habe, zusammenfällt. Diese ganzen Pressefotografen, die sich in der Lobby vom Kaiserin-Elisabeth-Hotel versteckt haben, als ich gestern ankam. Ich sagte ihnen, sie müssten sich nicht verstecken. Ich bin stolz auf diese Falten. Ich kann immer noch hohe Schuhe und ein hübsches Kleid anziehen. Lassen Sie mich einfach nur wissen, wann Sie ein Bild machen wollen. Ich werfe mich dann gern in Pose und lächle schön in die Kamera.

Aber egal, wie ich schon sagte, diese Zäzilia ist nur vorgeschoben.

Die Organisation hinter ihr ist eine Menschenrechtsgruppe für Zigeuner. Haben Sie schon mal von denen gehört? Ich auch nicht. Bis heute, oder? Weil mein Name involviert ist, schreiben die Zeitungen über sie. Gerichtsverhandlung oder nicht, die wollen doch bloß Aufmerksamkeit und Spenden für ihre verrückten Hippiesachen.

Die benutzen meinen Geburtstag für ihren PR-Streich!

Die versuchen, mich ins Grab zu bringen, aber die wissen nicht, wie stark ich bin. Und die haben vergessen, dass ich nichts zu befürchten habe, ich bin offiziell unschuldig. Vier Mal stand ich nach dem Krieg vor Gericht. Vier Mal wurde ich freigesprochen. Ich wurde wegen keines Verbrechens je verurteilt. Ich kann Ihnen die Urteilsbegründungen zeigen. Also was wollen diese Menschenrechtsgruppen eigentlich, außer kostenlose Werbung, weil sonst niemand über sie schreiben würde?

Ich bin es gewohnt, beschuldigt und beleidigt zu werden. Dadurch habe ich viel gelernt.

Erwarte nicht, dass die Welt gut zu dir ist, wenn jeder nur für seine eigene verlorene Sache kämpft. Der schwierigste Teil? Sich eine dicke Haut gegen die Grausamkeiten der anderen zuzulegen – ohne dass die Seele darunter leidet.

Ich habe es weit gebracht. Jetzt erkenne ich, dass dadurch meine Stärke und mein Anstand auf die Probe gestellt worden sind.

Als ich damals als junge Frau vor Gericht gekämpft haben, stand ich jeden morgen früh auf, um laut das Wort »Nazidirne« zu sagen. Es hundert, zweihundert Mal zu wiederholen, so oft es sein musste. Bis es keine Bedeutung mehr hatte. Bis es nur noch ein paar unsinnige Silben waren. Man kann sich an fast alles gewöhnen. Die Zwischenrufe hätten genauso gut »Werte Dame« lauten können. Vor Gericht wagte ich es kaum, den Namen »Hitler« auszusprechen. Reporter bauschen doch immer alles auf. Ein Klatschblatt druckte, dass »sein Name auf ihrer Zunge schmolz«. Jetzt machen Sie mal halblang. Sie sollen einen Zeitungsartikel schreiben, keinen Liebesroman. Und wenn ich Sie etwas fragen darf, wurde Ihnen schon einmal mit Vergewaltigung gedroht?

Nein?

Das dachte ich mir.

Haben Sie schon einmal darüber nachgedacht, dass das, was Sie über jemanden schreiben, dazu führen könnte, dass diese Person Vergewaltigungsandrohungen erhält? Jedes Mal, wenn eine Zeitung so etwas abdruckte wie »sein Namen schmolz auf ihrer Zunge«, habe ich eine Flut von Hassbriefen und Vergewaltigungsandrohungen erhalten.

Das Beste daran ist natürlich, wie selbstgerecht diese Briefe waren.

Männer, die ich nicht kannte, sagten mir, was sie mit meinem Körper anstellen würden, weil sie Wiedergutmachung für die unmenschlichen Taten der Nazis wollten!

Damals habe ich geweint, wenn ich so etwas las.

Ich änderte alle paar Monate meine Adresse, damit man mich nicht erreichen konnte. Schließlich bat ich jeden meiner Vermieter, meinen Briefkasten zuzunageln, es sei besser so.

Heutzutage – prallt es an mir ab. Sie können mich nicht mehr verärgern.

XVI

Marlene Dietrich? Nein, zu ihr habe ich keine Meinung. Ich fürchte, ich sehe sie nicht als meine Zeitgenossin, nein.

Dieser Ansatz ist doch ein alter Hut, und dazu noch irreführend, gelinde gesagt. Ich würde Ihnen raten, nicht über sie in Bezug auf mich zu schreiben, ich weiß, worauf Sie dabei hinauswollen – es gab bereits einen dummen Artikel, in dem man uns verglichen hat, man nannte ihr Verhalten »beispielhaft« und meins »ehrlos«, zwei mögliche Wege, die zwei deutsche Frauen während derselben schweren Zeiten eingeschlagen haben. Für mich ist das nichts Neues – wenn euch Journalisten nichts mehr einfällt, wärmt ihr alte Kamellen auf.

Wenn Sie darauf bestehen, gebe ich Ihnen einen neuen Ansatz.

Der wesentliche Unterschied zwischen Marlene und mir ist kein politischer, sondern ein künstlerischer. Sie war nur eine Schauspielerin. Ich bin eine Filmemacherin. Verstehen Sie, was ich meine? Eine Schauspielerin wartet, bis jemand sie in einem Film haben will, bis ein Regisseur ihr sagt, was sie zu tun hat. Geh durch den Raum, setz dich hin, dreh den Kopf. Halt den Mund und sieh gut aus.

Ich kann nur für mich sprechen, aber so etwas wollte ich nie.

Ich hatte eigene Ideen. Ich traf Entscheidungen. Ich sagte den Leuten, was sie zu tun hatten.

Marlene und ich werden oft miteinander verglichen, aber man kann uns nicht vergleichen. Sie wurde vielleicht begehrt, aber ich wurde respektiert. Und offen gestanden, wenn Marlene nicht gesehen werden wollte, warum ließ sie sich dann auf den Champs-Élysées nieder, als jemand, die ans Bett gefesselt war? Glamourgirls wie Marlene haben schon immer Angst davor gehabt, im Alter gesehen zu werden, aber sie waren an den Glanz des Highlife gewöhnt. Sie ist 92 gestorben, richtig? Das ist jetzt über zehn Jahre her. Wie ich hörte, war sie während der letzten fünfzehn Jahre ihres Lebens ein Pflegefall und eine Einsiedlerin. Das muss furchtbar gewesen sein. Ich bin so aktiv, allein schon bettlägerig zu sein würde mich umbringen.

Nein, nein, Sie liegen falsch, ich bin jünger als Marlene, nicht älter! Ich wurde 1902 geboren, sie 1901, aber sie flunkerte, wann immer sie konnte: 1905, 1911, so ein Quatsch. Die meisten Frauen haben ein Problem mit ihrem Alter. Ich bin nicht wie die meisten Frauen. Ihre Leser dürfen es wissen – so sehen einhunderteins Jahre aus! Gute Gene natürlich, aber es liegt auch daran, was man seinem Körper zuführt. Ich habe nie im Leben auch nur eine Zigarette geraucht, und ich trinke keinen Alkohol. Das hat sich alles bezahlt gemacht, ja, danke – man sagt mir ständig, dass ich für mein Alter fantastisch aussehe.

Ich habe nur einmal wegen meines Alters gelogen, das war, als ich dreißig Jahre für meinen Tauchschein wegradieren musste. Ich war zweiundsiebzig. Das Höchstalter war fünfzig. Irgendwas von wegen zu gefährlich für die Lunge. Niemand hat es gewusst, und ich bekam meinen Schein. Ich muss wohl die älteste Taucherin der Welt sein.

Ich will mich erholen, damit ich Weihnachten noch einmal einen Tauchurlaub machen kann.

Seychellen oder Malediven – Sie sollten das auch mal ausprobieren. Unter Wasser fühlt man sich so frei. Dort ist es ganz ruhig. Niemand gibt einem für irgendwas die Schuld, und es existieren keine Wände. Man schwimmt einfach in den Raum, der vor einem ist. Ich war schon immer eins mit der Natur. Marlene war vielleicht in der *Vogue*, aber bestimmt war sie komplett aufgemotzt mit Lippenstift und hübschem Kleid und hohen Schuhen. Als ich auf dem Cover vom *Time Magazine* war, trug ich Skistiefel, Strumpfhosen, kein Make-up, hatte Abfahrtskier an den Füßen und erklomm einen Berg!

Marlene hat versucht, modisch auszusehen.

Ich habe einfach einen Berg bestiegen.

Ich habe Marlene persönlich nicht richtig gekannt, aber wir haben mal an derselben Straßenecke gewohnt.

Ihr Hauseingang war auf der Hindenburgstraße, parallel zu meinem. Ich wohnte im fünften Stock und sie im dritten. Wenn ich wollte, konnte ich von meinem Balkon aus in ihr Fenster schauen, aber natürlich war ich nicht so eine. Ich habe mich um meine eigenen Angelegenheiten gekümmert.

Marlene war mit einem Rudi verheiratet, einem Produzenten, der sie mal für einen Kurzfilm besetzt hatte. Ganz gut aussehender Typ, aber sie hatte trotzdem immer noch was mit anderen Männern. Und Frauen. Wenn ich von meinem Schreibtisch aus auf die Straße schaute, drückten sich da Marlenes Liebhaber auf dem Gehsteig herum. Sie warfen Steinchen an ihr Fenster oder Nachrichten in den Briefkasten, oder stellen Blumen hin. Sie ließ sich das alles ansammeln! Ihr Ehemann brachte die Post rein und den Müll raus.

Ich dachte, vielleicht wäre das so eine Zweckehe.

Wissen Sie, wo sich der Mann vor allem für Männer interessiert und die Frau für Frauen. Dann hätte ich das alles besser verstanden, aber man sagte mir, dies sei nicht der Fall. Nicht dass ich meine Nase in deren Privatangelegenheiten gesteckt hätte, aber Berlin war zu der Zeit ein seltsamer Ort. Wäre ich nicht in Berlin geboren, ich hätte niemals in dieser Stadt gewohnt. München oder Frankfurt hätten besser zu mir gepasst. Berlin war zu hektisch. Ich erhielt haufenweise Einladungen, aber ich mied die Partykreise. Nachtclubs, in denen Schauspieler, Künstler, Schriftsteller und Musiker verkehrten. Keine ihrer Begleitungen sah man zweimal an ihrem Arm. Alle hatten aufgehört, sich Caspar David Friedrichs schöne Bilder anzusehen. Man lobpreiste George Grosz, nur weil er so kaputte Menschen malte! Ich bin immer für Innovation, aber ich hasse Trends. Leute, die etwas anders machen, nur um aufzufallen. Wie die Dadaisten. Ein theatralischer Haufen großer Kinder, die nicht erwachsen werden wollten. Hannah Höch war auch nur Dadaistin, weil sie kein eigenes Talent hatte, sie stoppelte zwei, drei schon bestehende Sachen zusammen und nannte es Kunst. Schlimmer noch, den ganzen Ku'damm entlang gab es Männer, die sich wie Frauen anzogen. *Warum* jemand so etwas tat, erschloss sich mir nicht. Einmal stand ich neben so jemandem, und er – oder sie, oder sollte ich sagen: »es« – es griff sich in den Ausschnitt, zog eine Puderquaste hervor, die es benutzte, um sich den BH auszustopfen, und puderte sich die Nase. Was für eine Schande!

Mit solchen Typen verkehrte Marlene.

Das war nicht mein Umgang, nein.

Ich bin Marlene zweimal außerhalb unseres Viertels begegnet.

Jedes Mal tat sie so, als wüsste sie nicht, wer ich bin.

Das war nicht sehr nett von ihr! Sie muss gewusst haben, dass ich auch im Geschäft bin, wenn sogar ich wusste, dass *sie* eine aufstrebende Schauspielerin war. Vielleicht war sie zu der Zeit neidisch auf mich. Sie fing ja gerade erst an, wissen Sie. Da ist es verständlich. Ich mache ihr deshalb keinen Vorwurf.

Einmal saß ich hinter ihr in einem Café in der Rankestraße.

Ich skizzierte etwas in meinem Notizbuch, arbeitete an einer Idee für einen Film. Sie war mit ein paar Freundinnen dort und rauchte. Alle waren angezogen, als wären sie gerade einem Zirkus entlaufen. Sie sprach sehr laut und tat so, als merkte sie nicht, dass sie die gesamte Aufmerksamkeit auf sich gezogen hatte, aber innerlich saugte sie sie natürlich auf.

Bei dem anderen Mal waren wir beide Gäste auf dem Berliner Presseball.

Der wunderbare Fotograf Alfred Eisenstaedt wollte ein Foto von mir machen, und ich hatte Wong May, eine chinesische Schauspielerin, die zu der Zeit in Berlin zu Besuch war, eingeladen, sich zu mir zu gesellen.

Wenn ich gewusst hätte, dass Marlene ebenfalls auf dem Bild sein wollte, hätte ich sie auch eingeladen, aber sie war mir dort gar nicht aufgefallen, bis sie mit großer Geste ihr Getränk über Wong May verschüttete. Wir waren alle schockiert. Die arme Wong May war sehr bestürzt, aber ich beruhigte sie wieder.

Marlene tat es überhaupt nicht leid. Sie wurde immer schamloser.

Erst positionierte sie ständig diesen albernen pfeifenförmigen Zigarettenhalter neu im Mund, nach links, dann nach rechts, sie übertrieb es völlig. Dann erzählte sie Eisenstaedt, dass sie ein Beinmodell für die neuen synthetischen Seidenstrümpfe war, die wie warme Semmeln im Kaufhaus Tietz weggingen. Falls er jemals Beine für seine Bilder bräuchte, solle er ihr schreiben, mit diesen Stelzen könne man alles verkaufen.

Solcherart undamenhaftes Verhalten – nur für ein winziges bisschen Rampenlicht!

Ich wollte mich nicht mit Marlene abgeben, also entschuldigte ich mich. Ich ging wieder zu meinem Tisch – man hatte mich neben den Regisseur des neuesten Films gesetzt, in dem ich mitspielen sollte. *Das Schicksal derer von Habsburg* handelte vom Selbstmordpakt des österreichischen Kronprinzen und seiner Geliebten im Jahr 1889. Ich sprach für die Kaiserin vor, aber der Regisseur sagte, ich sei zu jung und zu attraktiv – ich eigne mich besser für die Geliebte, Mary Vetsera. Der Regisseur wollte, dass ich für die Rolle »über Geschichte nachdenke«. Wie denkt man über Geschichte nach?, fragte ich. Kleine Wellen, forderte er mich auf, denken Sie an kleine Wellen! Er wollte, dass jede meiner Bewegungen, das Gewicht meiner Schritte, die kleinen Wellen zukünftiger Konsequenzen mittrugen. Er folgerte, schließlich läge es an diesen beiden vereitelten Liebenden, dass Franz Ferdinand Thronfolger wurde und dann Opfer eines Attentats. Deshalb: der Krieg. Unsere kleinsten Taten führen zu großen Resultaten, wenn wir auch noch nichts davon wissen können. Denken Sie daran, wenn Sie Ihr Haar bürsten!

Der Regisseur wollte, dass wir alle ein Buch von Edmund Husserl lasen, das demnächst erscheinen würde, und drückte uns ein Manuskript in die Hand: *Zur Phänomenologie des inneren Zeitbewusstseins.* Er sagte, für einen ernsthaften Schauspieler sei dies unerlässlich.

Ich hatte noch nie von Husserl gehört.

Ich hatte am Rande von dem P-Wort gehört, wusste aber nicht genau, was es bedeutete. Der Regisseur erklärte mir, Phänomenologie sei das Studium des Bewusstseins und seinen Konstruktionen, wie man sie aus der Ich-Perspektive erfuhr. Ich warf einen Blick auf die ersten paar Seiten des Manuskripts, sah *Erkenntnistheorie* und *Ontologie* mehrfach erwähnt und beschloss, den dicken Papierstapel unter meinem Bett zu verstecken.

Ich las nicht gern. Ich war lieber aktiv.

Und sicherlich war das *innere Zeitbewusstsein* der Versuch eines Mannes, besonders schlau zu sein! Es hat keine echte oder sinnvolle Bedeutung. Zeit ist äußerlich, oder sie ist gar nicht. Das Leben ist für die Lebenden. Jeden Morgen, wenn ich aufwache, will ich den Tag nutzen. Ich will nicht über *Phänomenologie* nachdenken.

Ich habe so was auch gehört – aber ich bezweifle, dass sie länger ein Paar waren, wenn überhaupt. Wong May schien mir eine anständige junge Frau zu sein. Es hieß, Marlene hätte sie vor allen Leuten in einem Club für Homosexuelle geküsst, aber Marlene hat vermutlich jeden in Berlin schon einmal geküsst, wissen Sie? Ist sie wirklich an Nierenversagen gestorben, oder war es Syphilis? Wer weiß das schon!

Ich traf Wong May am Tag nach dem Presseball gleich um die Ecke in meinem Viertel.

Ich kam gerade von einer Kostümprobe für *Das Schicksal derer von Habsburg*. Meine Kostüme waren eng anliegend, aber ich hatte vor, noch fünf Pfund vor Drehbeginn abzunehmen. Um mich selbst zu motivieren, wollte ich, dass die Kleider vorab rundum ein paar Zentimeter abgenäht wurden. Ich weiß noch, wie erstaunt ich war, Wong May in dieser Gegend zu sehen. Es war eine Wohngegend, gar nicht touristisch. Ich sagte ihr, dass ich gleich um die Ecke wohnte, und was für ein netter Zufall es wäre, sie hier zu sehen.

Sie trug einen gut geschnittenen marineblauen Hosenanzug mit einer gelben Bluse.

Sie sah fantastisch darin aus.

Ich machte ihr ein Kompliment und fragte, ob sie einen Kaffee mit mir trinken wollte.

Ich hätte liebend gern mehr über Hollywood erfahren, und im Gegenzug könnte ich ihr von Berlin erzählen. Sie sah ein wenig durcheinander aus. Sie sagte, sie würde liebend gern, müsse sich aber beeilen, weil sie schon zu spät für ein Interview dran sei. Ich half ihr, ein Taxi zu bekommen. Wir verabredeten uns auf einen Tee, bevor sie Berlin verließ.

Es war eine arbeitsreiche Woche für uns beide, schließlich waren wir viel beschäftigte Schauspielerinnen, aber wir schafften es tatsächlich auf einen Tee.

Ich glaube, ich ging mit ihr zur Konditorei Buchwald – exzellenter Baumkuchen und eine Terrasse direkt an der Spree. Ich erzählte ihr von meiner Rolle als Mary Vetsera, und sie erzählte mir, dass sie in London zum ersten Mal eine Hauptrolle in einem Film spielen würde. Sie war deshalb sehr aufgeregt. Der Film hieß *Piccadilly*. Ihre Figur war eine Tellerwäscherin, die zur Tänzerin wurde und Shosho hieß und sich den Clubbesitzer angelte, sehr zum Unmut seiner Freundin. Sie sagte, sie freue sich darauf, ihre eigenen Tanzsequenzen für den Film zu choreografieren. Ich sagte ihr, dass ich Ausdruckstänzerin gewesen war, bevor ich Schauspielerin wurde. Sie war offensichtlich beeindruckt.

Natürlich sterbe ich am Ende von *Piccadilly*, sagte sie, damit alle anderen glücklich weiterleben können. Wie langweilig! Ich erzählte ihr, dass meine Figur in *Das Schicksal derer von Habsburg* ebenfalls starb, in einem Selbstmordpakt mit dem Kronprinzen. Das ist was anderes, sagte sie. Ihre Figur entscheidet sich, für die Liebe zu sterben. Meine Figur wird getötet, weil jemand in sie verliebt ist und sie dafür mit ihrem Leben bezahlen muss!

Das war das letzte Mal, dass ich Wong May gesehen habe.

Ich weiß, dass sie zusammen in einem von Jos Filmen aufgetreten sind, nachdem Marlene nach Amerika gezogen war, *Shanghai-Express*. Ich habe mich stets gefragt, ob das nicht ein wenig unangenehm war. Obwohl ich nicht immer ganz mit Marlenes schauspielerischer Leistung einverstanden war – ein bisschen flach, wenn Sie mich fragen –, fand ich, dass dies einer der besten Filme von Jo war.

XVII

Zwei Filme haben mein Leben verändert. Der eine war ein Bergfilm, *Der Berg des Schicksals,* von Regisseur Arnold Fanck. Ich war damals noch Tänzerin – als ich den Film sah, wusste ich, dass ich Schauspielerin sein wollte.

Der andere war *Die Docks von New York.* Ein Hollywood-Film, und der erste Film von Jo, den ich gesehen habe. Zu der Zeit war ich Schauspielerin, und durch ihn wurde mir klar, dass ich vielleicht den richtigen Blick hatte, um Regisseurin zu werden. *Die Docks von New York* handelt von einem raubeinigen Heizer, der einer der Welt überdrüssigen Prostituierten im Hafen von Manhattan das Leben rettet. Ich war sofort von dem Stil fasziniert. Kontrastierende Oberflächen, die sich gegenseitig ausglichen. Rauch und Wasser, Licht und Dunkelheit. Ich war so beeindruckt, dass ich ihn mir in einem Zeitraum von zwei Wochen gleich mehrfach ansah und beim letzten Mal sogar mein Notizbuch mit ins Kino nahm, um mir Sachen aufzuschreiben.

Eine Sache, wegen der ich ihn mir immer wieder ansah, war ein winziges Detail.

Ziemlich gegen Ende des Films gibt es eine subjektive Kameraeinstellung, die Betty Compson zugeschrieben wird.

Wir sehen ein Close-up auf Nadel und Faden in ihrer Hand, aus ihrer Perspektive. Im nächsten Moment ist dieselbe Einstellung unscharf. Beim ersten Sehen dachte ich, der Kameramann hätte einen Fehler gemacht. Dann zieht die Kamera auf, und wir sehen, dass Betty Compson weint.

Deshalb war die Einstellung verschwommen.

Es klingt unbedeutend und dauert auch nur ein paar Sekunden, aber für mich war das ein echtes Zeichen künstlerischen Genies. Ich konnte nicht einmal mir selbst wirklich erklären, was ich daran so sehr bewunderte, weshalb ich die Notwendigkeit verspürte, es mir immer wieder anzusehen.

Als ich in der Zeitung las, dass der Regisseur von *Die Docks von New York* von L.A. nach Berlin käme, um einen Filmdeal mit der Ufa zu verhandeln, trug ich mir das Datum in den Kalender ein. In den Zeitungen stand, Josef von Sternberg sei Wiener, wäre aber in New York City aufgewachsen. Am Tag des Treffens machte ich mich in einem grünen Wollkleid, einem mit rotem Fuchspelz besetzten Mantel und einem passenden grünen Filzhut auf den Weg zum Studio. Noch ein kleiner Tipp von mir an Ihre Leserschaft: Ich lege sehr großen Wert darauf, was ich anziehe, wenn ich einen wichtigen Menschen zum ersten Mal treffe. Ich suche meine Kleidung sorgfältig danach aus, was ich über ihn denke und wie ich von ihm gesehen werden möchte. Es übermittelt eine Nachricht, prägt eine Stimmung.

Keine Angst vor kleinen Tricks. Aber setzen Sie sie bedacht ein.

Ich fragte mich durch die einzelnen Abteilungen bei der Ufa, und zum Glück wurde ich nicht weggeschickt – man hatte wohl Fancks Filme gesehen und mich als Schauspielerin erkannt. Schließlich fand ich den Konferenzraum, bekam aber ausdrücklich gesagt, ich solle Herrn von Sternberg nicht stören. Er befände sich in einer wichtigen Besprechung. Mit wem?, fragte ich. Mit Ufa-Führungskräften, dem Produzenten Erich Pommer, dem Schriftsteller Heinrich Mann und dem Dramatiker Carl Zuckmayer, sagte man mir. Ich konnte ihre Stimmen aus dem Konferenzraum hören. Ich war dem Mann, der *Die Docks von New York* gedreht hatte, so nah! Bevor mich irgendjemand aufhalten konnte, streckte ich die Hand aus und klopfte an die Tür. Als sich die Tür öffnete, konnte ich kaum jemanden im Raum erkennen. Der Zigarrenrauch war so dicht, dass ich anfing zu husten. Einer von ihnen rief: Was ist los?

Ich würde gern mit Herrn von Sternberg sprechen, sagte ich.

Mir wurde die Tür vor der Nase zugeknallt. Gut, dachte ich, wenigstens habe ich es versucht. Dann ging die Tür wieder auf. Ein

Mann mit einem dünnen Schnurrbart stand im Türrahmen. Er war recht klein, und sein Jackett war ihm zu groß. Er fragte: Was können wir für Sie tun? Ich würde gern mit Herrn Josef von Sternberg sprechen, sagte ich. Ich habe *Die Docks von New York* mindestens sechs Mal gesehen. Sie haben meinen Film sechs Mal gesehen, wiederholte er meine Worte fast schon ironisch, und jetzt wollen Sie mit mir sprechen? Also war er selbst zur Tür gekommen. Der Assistent entschuldigte sich bei ihm und versuchte, mich zu verscheuchen.

Von Sternberg hielt ihn zurück. Er nahm die Zigarre aus dem Mund.

Also, sagte er. Was gefällt Ihnen daran?

Die Subjektive mit der Träne, sagte ich. So etwas habe ich noch nie zuvor gesehen.

Ich merkte, dass ihn meine Antwort überraschte.

Nicht die »tief empfundene Liebesgeschichte zwischen zwei Unterschichtskreaturen«, sagte er und schien, der übertriebenen Betonung nach zu urteilen, Kritiken zu zitieren, nicht die »opulente visuelle Dekadenz, die sich der wie gemalt wirkenden Oberfläche nähert«, sondern die *Subjektive mit der Träne!* Er verschränkte die Arme und sah mich an. Ich denke, ich könnte morgen mit Ihnen im Hotel Bristol zu Mittag essen, sagte er. Kommen Sie um zwei.

Um eins war ich im Hotel Bristol. Ich wusste nicht, ob er wirklich kommen würde, aber ich war bereit zu warten. Er kam um viertel vor zwei. Ich begrüßte ihn als Herrn von Sternberg.

Einfach Jo, sagte er.

Wir bestellten meine Empfehlung, das weiß ich noch – Rinderfilet mit Meerrettich. Er gähnte tatsächlich, als ich ihm sagte, ich sei Schauspielerin, und war vollkommen unbeeindruckt, als ich Arnold Fanck erwähnte. Dieser Mann wäre als Naturfotograf besser dran, sagte er. Als ich ihm erzählte, was ich an *Die Docks von New York* mochte, wurde er aufmerksamer. Er mag blasiert wirken, dachte ich, aber er ist auch einfach nur wie alle anderen Männer, die gern etwas über sich hören!

Ganz offensichtlich sind Ihre technischen Lösungen brillant, sagte ich, so wie ich es den ganzen Morgen geprobt hatte, aber das allein ist es nicht. Was ich sagen will, ist, sie entstehen nicht einfach nur aus ästhetischen Gründen, sondern auf Grundlage von Emotionen. Sie lassen vieles aus. Ihre Kamera entscheidet, was die Zuschauer sehen werden, wie viel davon sie sehen dürfen, von wo sie es sehen werden. Natürlich trifft das auf jeden Film zu, aber meistens soll es zufällig wirken, auch wenn es absichtsvoll gemacht ist. In Ihrem Fall wird es durch eine höchst persönliche Note unterstrichen, die nicht versucht, so zu tun, als gäbe es sie nicht. Stattdessen stellen Sie sie zur Schau. Sie reizen auch nicht eine Szene bis zum Schluss aus, oder bis dahin, wo üblicherweise der emotionale Höhepunkt wäre. Ich vermute, Sie erwarten von den Zuschauern, das Szenario in der eigenen Fantasie zu vervollständigen.

Als ich mit meiner Ansprache fertig war, hatte er seine Gabel beiseitegelegt.

Aber mein liebes Fräulein, sagte er, Sie sind gar nicht so unbedarft, wie Sie aussehen!

Ich war ein bisschen beleidigt, sagte aber nichts. Männer sprachen damals häufig so. Ich kannte es schon, schließlich hatte ich oft genug mit welchen zusammengearbeitet. Er sagte mir, die Kritiken seien hervorragend gewesen, aber nur auf höchst oberflächliche Weise. Er dachte mittlerweile, vielleicht war *Die Docks von New York* ein Film, den im Grunde nur Regisseure und Kameraleute wirklich zu schätzen wussten. Er war überrascht, dass ich so intuitiv die technischen Überlegungen begriffen hatte, die mit den ästhetischen zusammenspielten.

Haben Sie schon einmal einem Regisseur assistiert?

O nein, sagte ich. Ich bin Schauspielerin.

Das schließt sich nicht gegenseitig aus, sinnierte er, nicht wahr?

Das war mir nie in den Sinn gekommen.

Wie auch immer, sagte er, kommen Sie doch zum Vorsprechen für meinen nächsten Film.

Er sagte, er habe am Morgen gerade den Vertrag unterzeichnet. Die Finanzierung stehe, es sei sein erster Tonfilm und auch der erste für die Ufa. Eine Adaption von Heinrich Manns Roman *Professor Unrat*.

Ich hatte den Roman nicht gelesen, aber es hieß, er sei recht anzüglich.

Jo sagte, er wolle den Film *Der blaue Engel* nennen. Der Roman beschäftigt sich mehr mit der Perspektive der männlichen Hauptfigur, sagte er, aber ich will meinen Film auf Lola Lola ausrichten. Schließlich macht es der Kamera weniger Spaß, einem Mann zuzusehen als einer Frau, wer auch immer sie sein wird.

Bevor wir auseinandergingen, fragte ich ihn: *Die Docks von New York* – ist New York so?

Nein, sagte er und lüpfte zum Abschied den Hut, aber es ist genau so, wie Sie sich New York wünschen würden.

XVIII

Es wäre nicht übertrieben zu sagen, dass jede junge Schauspielerin in Berlin für die Rolle der Lola Lola in *Der blaue Engel* vorsprach. Alle wussten, dass Jo aus Hollywood kam und wollten es unbedingt dorthin schaffen. Amerika war mir zu fremd. Ich war keins dieser hungrigen europäischen Starlets, die rübergehen und dort groß rauskommen wollten – ich war schon immer eine bodenständige Person.

Lola Lola war eine Tingeltangel-Sängerin, ein richtiges Flittchen, das einen alten Professor verführte.

Das passte überhaupt nicht zu meinem Image – man kannte mich durch meine sportlichen, lebhaften, reinherzigen Filmrollen, und ich wollte, dass es so blieb. Ich ging nur zum Vorsprechen, weil mich Jo persönlich eingeladen hatte. Es war eine Form der Höflichkeit, wissen Sie, auch wenn ich die Rolle nicht wollte. Ich weiß noch, dass ich für das Vorsprechen ein ärmelloses cremefarbenes Kleid mit Faltenrock trug und hautfarbene Seidenstrümpfe. Von dem Moment an, da ich den Raum betrat, mied ich Jos Blick, damit die Art, wie er mich ansah, keinen Einfluss auf mich hatte. Nach dem Mittagessen im Hotel Bristol spürte ich, dass er fand, ich sei etwas Besonderes. Ich mochte ihn auch, aber nur platonisch. Ich hoffte, er würde keinen falschen Eindruck bekommen. Es bereitete mir immer Kopfschmerzen, wenn sich ein Mann in mich verliebte und ich seine Gefühle nicht erwidern konnte.

Jede Kandidatin bekam eine Szene mit einem Pianisten.

Wir sollten zur Klavierbegleitung ein englisches Lied singen, nämlich »You're the Cream in My Coffee«, aber der Pianist würde es schlecht spielen. Wir sollten auf den Pianisten reagieren, der wieder von vorn anfing, und wir sangen noch mal. Er würde es wieder vermasseln. Wir sollten wütend sein, mit ihm schimpfen, um das Klavier herumgehen nach vorne, woraufhin der Pianist ein deutsches Lied spielen würde, »Ohne Dich«, diesmal ohne Probleme, und wir würden dazu singen.

Zweisprachige Produktionen waren nicht ungewöhnlich.

Ich hatte noch bei keiner mitgemacht, aber man drehte jede Szene zweimal, einmal auf Deutsch und einmal auf Englisch. Ich hatte Glück, Englisch in der Schule gehabt zu haben. Es gab Schauspielerinnen, die versuchten, sich ohne Sprachkenntnisse durchzuhangeln, aber sie waren bei solchen Produktionen benachteiligt. Ich war nervös, weil ich nicht besonders gut singen konnte. Musik gehört zu den wenigen Künsten, für die ich kein Talent habe. Ich versuchte, meine Tanzausbildung einzubringen, indem ich mich mit ausgestrecktem Arm über das Klavier lehnte, während ich »You're the Cream in My Coffee« sang, aber ich fühlte mich dabei nicht wohl. Wenn es sich für mich nicht gut anfühlte, würde es vor der Kamera wohl auch kaum gut aussehen. Als ich angerufen wurde und man mir sagte, ich sei nicht für die Lola Lola ausgewählt worden, war ich nicht überrascht. Die Spannung zwischen Jo und mir war offensichtlich; es war wohl besser so. Jetzt konnten wir uns auf Augenhöhe kennenlernen, weil ich nicht mit ihm arbeiten würde.

Ich atmete erleichtert auf und fragte, wer die Rolle bekäme.

Als man mir sagte, es sei Marlene, freute ich mich so sehr für sie! Sie war älter als ich, aber sie hatte bisher noch keine richtigen Filmrollen gehabt. Ich sagte, sie sei eine tolle Besetzung für die Lola Lola, und ich wünschte ihnen alles Gute. Bevor die Dreharbeiten anfingen, schrieb ich Jo und fragte, ob ich ihm dabei zusehen dürfte. Ich habe länger über unsere Unterhaltung nachgedacht und sei neugierig, wie Regisseure arbeiteten.

Natürlich, schrieb er zurück.

Ich war zweimal am Set. Das erste Mal war sehr nett.

Wie Jo das Licht setzte, beeindruckte mich sehr. Ich konnte auch sehen, wie er seine Darsteller herumschob, als wären sie Schachfiguren, und wie er ihnen Anweisungen gab. Der große Emil Jannings, der den Professor spielte, war guter Laune, und ich durfte mich mit ihm unterhalten.

Beim zweiten Mal brachte ich mein Notizbuch mit und stellte Jo zwischen den Proben Fragen. Er probte die Szene auf dem Fass mit Marlene, wo sie ihr Knie hochzieht und singt, aber sie hörte Jo gar nicht zu. Sie sah immer nur zu mir, und ich fühlte mich unwohl, dort zu sein.

Keine Ahnung, was mit dem Weib heute los ist, sagte Jo zu mir, während er seine Zigarre paffte.

Als sie weitermachten, kratzte sich Marlene ausgiebig unter der Achsel.

Ich war überrascht, dass sie so etwas in der Öffentlichkeit tat. Ich versuchte, mich darauf zu konzentrieren, Jo nach der Positionierung des Lichts zu fragen, aber Marlene zupfte an ihrem Höschen und hob das Bein sehr viel höher und weiter nach außen, als es für die Szene gedacht war, bis Jo schließlich brüllte: Nimm dein Bein runter, Marlene, man kann deine Schamhaare sehen!

Ich war so peinlich berührt, dass ich mich von Jo verabschiedete und fluchtartig das Set verließ.

Am Wochenende nach dem Vorfall erhielt ich ein Telegramm von Jo.

Er wollte mich in der Lindenstraße treffen, damit er nicht in die Hildegardstraße musste. In der Lindenstraße sah ich ihn nicht, aber als ich den Gehweg entlangging, hörte ich mit einem Mal seine Stimme: Hierher!

Ich drehte mich um und sah ihn hinter dem Lenkrad eines Wagens sitzen. Schnell, sagte er und winkte mich herein, warf dabei prüfende Blicke in den Rückspiegel. Seine Augen waren blutunterlaufen. Ich stieg ein und machte die Tür zu. Ich hatte Sorge, er könne in Schwierigkeiten sein.

Marlene ist verrückt, sagte er, als wir losrasten.

Ich schnallte mich an und kurbelte das Fenster herunter, und dann vertraute sich Jo mir an.

Jo sagte, Marlene bemühe sich darum, ihm selbst dann Frühstück und Abendessen zu machen, wenn sie mitten in den Dreharbeiten steckten – wenn das Hilfreichste, was eine Schauspielerin für ihren Regisseur tun könnte, natürlich wäre, ihren Text zu lernen und acht Stunden Schlaf zu bekommen, damit ihre Haut vor der Kamera frisch aussieht. So jedenfalls wäre ich vorgegangen.

Stattdessen kochte ihm Marlene einen Bottich Rinderbrühe mit Gemüse und zwang ihn, alles aufzuessen. Es wird noch schlimmer – Jo sagte mir, dass ihn Marlene mitten in der Nacht wach machte, indem sie sich ihre Sie-wissen-schon mit seiner schlafenden Hand rieb – bis er mit einem feuchten Handgelenk aufwachte. Oje, sagte ich zu Jo, und er sagte, das sei längst noch nicht alles, Marlene würde ihn dann stets anstacheln und sagen: Jo-Jo wird doch jetzt wohl kein Spielverderber sein?

Schlimmer noch, Jo erzählte mir von einer adlernasigen Frau mit einer Ballonmütze, die den beiden quer durch die Stadt folgte. Weil er dachte, es handele sich um eine Fotografin von der Klatschpresse, bat er Marlene, schon mal vorzugehen, während er stehen blieb, um der Frau zu sagen, sie sollen sie in Ruhe lassen, oder er würde ihr die Kamera mit seinem Stock kaputtschlagen. Zu seiner Überraschung wich die Frau nicht von der Stelle und sagte ihm, er solle Marlene freigeben, sonst würde sie ihm mit bloßen Händen seine Innereien rausreißen. Schockiert schloss Jo zu Marlene auf. Sie spähte um die Ecke. Er erzählte ihr, was geschehen war, und Marlene sagte dazu nur: Hat sie das wirklich gesagt? Kichernd erklärte sie ihm, dass es sich bei der Frau um Ingeborg handelte, eine Sanitäterin, die sie in einer Frauenbar kennengelernt hatte.

An jenem Nachmittag, als wir uns trafen, hatte etwas das Fass zum Überlaufen gebracht – er und Marlene hatten den Alexanderplatz überquert, als sie fast von einem Rettungsfahrzeug überfahren worden waren. Jo sagte, er wäre noch damit beschäftigt gewesen, seine Fassung wiederzuerlangen, als Marlene rief: Der Rettungswagen steht Ingeborg wirklich gut! Aber vielleicht sollte sie besser die Sirene einschalten?

Jos Knöchel am Lenkrad waren ganz weiß, während er mir all das enthüllte. Ich bekomme noch einen Nervenzusammenbruch, sagte er und trat aufs Gaspedal. Sie wissen, wie schwer es ist, einen Film zu drehen, schon ohne so etwas. Und ich kann schlecht den Männern von meinen Problemen erzählen. Sie würden sich darüber lustig machen. Es würde mich den Respekt am Set kosten, oder jemand würde es jemand anderem erzählen, und dessen Frau würde es dann meiner Frau erzählen. Wissen Sie, ich hatte gedacht, es würde eine ruhige Affäre werden, schließlich sind Marlene und ich beide verheiratet.

Wenigstens wissen Sie jetzt, dass Sie Lola Lola richtig besetzt haben, sagte ich.

Das heiterte ihn etwas auf. Das ist sehr großzügig von Ihnen, sagte er.

Ich erinnere mich noch ganz genau, dass wir danach zum Fluss gingen und ein Boot mieteten. Jo ruderte uns übers Wasser. Überall saßen und spazierten junge Pärchen und Familien mit Kindern in der Sonntagssonne. Jetzt, da er mir sein Herz ausgeschüttet hatte, wirkte er ruhiger. Während er gleichmäßig ruderte, sagte er: Sie wollen jetzt also Regisseurin werden?

Überrumpelt quiekte ich: Vielleicht, wer weiß das schon?

Wer weiß das schon?, erwiderte er. *Sie* wissen, ob Sie das Zeug dazu haben.

Er zog sein großes Jackett gerade, räusperte sich und sagte in oberlehrerhaftem Ton: Wir sollten in dieser entscheidenden Sache kein Blatt vor den Mund nehmen. Kunst ist etwas anderes, als Bratäpfel zu backen oder Holz zu hacken.

Er sagte, eine Künstlerin müsse die ursprünglichsten Nuancen ihres Mediums erfassen, und Kino sei Zeit auf der Achse des Sehens. Jo sagte mir, dass die besten Filme nicht die wären, die am realistischsten aussähen – sonst wären wir Filmemacher nur einfache Stenografen. Auch wären die besten Filme nicht die aufwändigsten oder absurdesten. Diese wären zu deutlich von der Realität entfernt. Sie zögen zu viel Aufmerksamkeit auf den Künstler und das Objekt, als dass der Zuschauer wirklich etwas sehen könnte. Während meiner Karriere dachte ich oft an diesen Nachmittag zurück, daran, wie großzügig es von Jo gewesen ist, seine Weisheit mit mir zu teilen. Gehen Sie die richtigen Risiken ein, sagte er, um ein Treffen mit der engagierten Zuschauerin im Auge des Sturms zu arrangieren. Ziehen Sie sie in Ihren Bann, sagte er, lassen Sie sie erkennen, dass sie dabei ist, zu sehen. Würdigen Sie ihr Gebanntsein, sagte er. Schließen Sie einen stillen Pakt mit ihr. Die besten Filme sind diejenigen, die einen hypnagogen Zustand bei der Zuschauerin erzeugen, sodass sie durch das Sehen denken kann und im Träumen wacht. Ich weiß noch, wie begeistert ich von seinen Worten war, und Jo war offenbar so damit beschäftigt gewesen, sie auszusprechen, dass wir beide nicht bemerkt hatten, wie eins der Paddel von uns wegschwamm. Jo knöpfte sich das Jackett auf, um nach dem Paddel zu greifen.

Jo, fragte ich ihn, warum tragen Sie immer zu große Jacketts?

Jeder bemerkt es, sagte er, während er uns zurück ans Ufer ruderte, aber niemand hielt es bisher für nötig, danach zu fragen. Ich trage sie zu groß, um mich stets daran zu erinnern, dass immer noch genug Platz ist, um in den Regisseur hineinzuwachsen, der ich sein will.

XIX

Was ich von Jo lernte: Wenn du ein Original bist, kannst du auch nur mit dir selbst konkurrieren. Was ich auch tat, ob es ein Spielfilm oder eine Dokumentation war, die Leute konnten meine Originalität riechen, und schon gab es Nachahmer. Selbst als ich nach dem Krieg vom Filmemachen zur Fotografie wechselte, als es zu schwierig war, Investoren für meine Filme zu finden, wurden meine Fotografien der afrikanischen Primitiven in ihrem Naturzustand auf der Stelle gefeiert.

Lassen Sie mich noch einmal betonen, wie sehr ich Afrika liebe.

Kennen Sie meine Fotos?

Hier, bitte, wenn Sie Ihre Erinnerung auffrischen wollen, ich habe die Bildbände einmal herausgelegt.

Schwarze Haut ist *viel* schöner als weiße Haut. Wie Rodin in schwarzem Marmor. Wenn ein schwarzer Mann nackt ist, bemerke ich es gar nicht. Ich weiß nicht, ob Sie sich erinnern, aber meine Naturfotografie dieser Nubier hat in den Siebzigern einen Sturm ausgelöst. Nicht nur in der Kunst, wohlgemerkt, sondern auch im Tourismus. Afrika war *in*. Wohlhabende Abenteurer, die auf Safari gingen, buchten ihre Touren nicht nur, um Großwild zu schießen, sondern auch, um eigene Fotos von den Stammesangehörigen in Kordofan zu machen. Das änderte das Leben der Nubier vollkommen. Als ich sie zum ersten Mal besuchte, wussten sie nicht einmal, was Geld war oder eine Kamera. Jetzt konnten sie dicke Trinkgelder bekommen, wenn sie einfach nur für ein Bild stehen blieben und lächelten. Ich bin froh, dass ich sie entdeckt habe, bevor sie die Kamera kennenlernten. Für mich haben sie nicht posiert. Ich habe einfach nur ihre Lebensart eingefangen.

Welches Problem? Wir haben uns blendend verstanden.

Ich bin meinen Instinkten gefolgt.

Die Leute waren dermaßen beeindruckt davon, dass ich eine Frau war. Seien Sie nicht beeindruckt, weil ich eine Frau bin, sagte ich dann immer. Seien Sie beeindruckt davon, dass meine Arbeit bahnbrechend war, ohne dass ich es auch nur ahnte.

Sehen Sie, ich weiß zu schätzen, was Sie sagen, aber ich bin nicht »die erste Frau unter den Filmemachern«.

Ich bin einfach eine Filmemacherin.

Das habe ich von Anfang an so gesagt.

Jetzt, im Jahr 2003, sage ich es immer noch.

Lassen Sie es mich so formulieren, es macht mich weder glücklich noch unglücklich. Das wäre kurzsichtig und eitel. Ich habe verstanden, dass die Leute eine Bedeutung in einer Geschichte sehen, auf ihre eigene Art, ganz egal, welche Bedeutung man selbst in die Geschichte gelegt hat, und dass sich diese Bedeutung mit der Zeit ändern kann.

Selbst in den späten Sechzigern und frühen Siebzigern veränderten sich die Dinge noch.

Einige amerikanische poststrukturalistische Filmtheoretiker schrieben mir. Sie hatten *Tiefland* gesehen und den Film eine »Psychobiografie« genannt.

Was ist das?, wollte ich wissen.

Wenn man sich *Tiefland* anschaut, hieß es, sei die durch meine psychische Verfassung eingeschriebene Symbolik offensichtlich. Der Nazi-Staat sei der gierige Marqués, und Hitler der einsame Wolf, der das Dorf bedrohte. Als Martha, die Zigeunertänzerin, die vom Marqués umworben und genötigt wurde, sei ich zwischen zwei widerstreitenden Kräften gefangen. Tief im Innersten wollte ich mit dem Schafhirten und seinen Schafen zusammen sein. Er repräsentiere die einfachen Leute in Deutschland. Wow, dachte ich, diese Akademiker klingen, als wären sie verrückt! Ich meine, auf Grundlage von einem Film so viel zu spekulieren – über eine Zeit, von der sie nichts wissen, und eine Person, von der sie nichts wissen. Es tut mir leid, Sie enttäuschen zu müssen, schrieb ich zurück, aber ich will nicht lügen. Ihre Interpretation ist sehr spannend, hat aber nichts mit meiner Intention zu tun. Ich hatte nicht die Absicht, dem Ganzen eine bestimmte Bedeutung zu geben, weil das eine Einschränkung gewesen wäre. Bedeutung ist individuell, begrenzend. Aber Schönheit in der Form ist vollkommen. Die filmische Sprache ist universell.

Sie fanden meine Worte so beeindruckend, dass sie mich für ein paar Vorlesungen einfliegen wollten. Dann, schrieben sie, könnten wir meine Arbeit in ihrem vollen Kontext diskutieren, abseits der pauschalen Anrüchigkeit und der willentlichen Ignoranz, die jede objektive Diskussion meiner Filme heimsucht und verhindert. Das klingt fantastisch, stimmte ich zu. Alles fügte sich hervorragend – ich verstand mich sehr gut mit dem Koordinator, ein Businessklasse-Ticket wurde arrangiert –, bis der Leiter des Filminstituts um seine Zustimmung gebeten wurde. Hinterher erzählte mir der Koordinator wortwörtlich, was er gesagt hatte:

Wenn ich dieser Frau begegne, schneide ich ihr die Nippel ab.

Meine Güte, ja, ich war genauso schockiert darüber, wie unangemessen diese Aussage war!

Genau. Es stand ihm natürlich frei, meinen Gastvortrag abzulehnen, meine Filme niederzumachen oder auch über mich zu urteilen, aber hatte er das Recht zu sagen, er würde mir die Nippel abschneiden, wenn er mir begegnete? Wäre ich ein Mann, würde er dann wohl auch etwas in der Art sagen?

Aber nein, da liegen Sie falsch – es ist nicht einfach nur »frauenfeindlich«. Es ist nicht einfach nur »was Männer so sagen«. Es tut mir wirklich leid, aber Frauen können da noch sehr viel boshafter sein. Sie sind nur besser darin, ihre Spuren zu verwischen. Beispielsweise war es ja auch sehr elegant und kalkuliert, wie es Susan Sontag gemacht hat.

Sie haben »Faszinierender Faschismus« gelesen, wo sie mein Werk schlechtmacht und mich diskreditiert, ja?

Da schlägt sie in nur einem Essay den Bogen von meinen Filmen und Fotos zu Sadomasochismus und Faschismus. Kein Wunder, dass die Leute das lesen wollten. Sie kann Themen sehr gut miteinander kombinieren. Und sie kann gut mit Worten umgehen, sie kann ein paar Dinge zusammenwerfen, die nichts miteinander zu tun haben, sie hübsch zusammenschnüren und es die Leute glauben machen.

Dabei ist *sie* doch genau das, was sie mir vorwirft: eine unaufrichtige, aufmerksamkeitsgeile Lügnerin!

Und ich kann ihr hinterlistiges Spiel sogar beweisen, schwarz auf weiß.

Also, Sie sagen, Sie hätten »Faszinierender Faschismus« gelesen.

Aber die eigentliche Frage lautet doch, haben Sie »Über den Stil« gelesen?

Nein? Dann machen Sie sich auf eine Überraschung gefasst. In diesem früheren Essay verteidigt sie mich, *Olympia* und sogar *Triumph des Willens*. Sehen Sie selbst – ihre gesammelten Essays. Beachten Sie: »Faszinierender Faschismus« wurde 1974 veröffentlicht, »Über den Stil« 1965.

Hier …

Meine Lieblingsstellen habe ich hervorgehoben.

Den Teil, in dem sie mich mit Homer und Shakespeare vergleich. Was schreibt sie da?

»Die größten Künstler erzielen eine erhabene Neutralität.«

Das hat Susan Sontag über mich geschrieben. Gar nicht mehr so rechtschaffen und engelsgleich, was? Ich habe es erst mit den Jahren verstanden. Für sie ging es da nur um Opportunismus, richtig? 1965, als mich die ganze Welt hasste, fand sie es wagemutig, mich zu verteidigen. 1974, als alle mir gegenüber einlenkten, warum nicht den Spieß umdrehen? Eine Hexenjagd mit einem peppigen Titel anzetteln, das Ganze in einem New Yorker Magazin veröffentlichen, Anerkennung dafür abräumen, dass man einen Sturm der Entrüstung losgetreten hat. Verglichen mit Sontags Scheinheiligkeit erscheint mir »Wenn ich dieser Frau begegne, schneide ich ihr die Nippel ab« sehr ehrlich und direkt. Dafür sind Männer zu gebrauchen. Frauen? Ich schaudere. Sontags persönlicher Angriff hat mir sehr lange wehgetan, aber ich verstand ihn so viel besser, nachdem ich herausgefunden hatte, dass sie eine ambitionierte Filmemacherin war.

Das wussten Sie auch nicht, oder?

Natürlich nicht, sie hat sich ja auch alle Mühe gegeben, das Ganze zu vertuschen.

Als der zwanzig Tage andauernde Jom-Kippur-Krieg ausbrach, schwang sich das kleine Fräulein Sontag in ein Flugzeug, landete in Israel und ließ die Kamera laufen – ja, so glaubt sie, funktioniert ein Film! Es war ihr dritter Film. Was bringt denn so ein Film, frage ich Sie? Was beweist er? Dass eine amerikanische Intellektuelle ignorant genug ist, so eine Sache abzuziehen? Ihr erster Film war sogar noch schlimmer. Er spielte in Schweden, könnte also ein Ingmar-Bergman-Abklatsch sein, am Ende geht jeder mit jedem ins Bett – entweder hat sie wirklich solch schmutzige Gedanken, oder sie hat keine Ahnung, wie sie ihre Geschichte zu Ende erzählen soll.

Als ich ihre Filme sah, verstand ich sofort, warum sie so böse Worte über mich verloren hat. Sontag sagt, ich sei »keine Denkerin«. Ja, aber das hab ich auch nie behauptet. Ich wollte einfach nur meine Filme machen.

Und was *ihre* Filme angeht …

Wissen Sie was? Ich werde ihr jetzt nicht antun, was sie mir angetan hat.

Ich werde mich nicht auf dieses Niveau herablassen, unter uns Frauen.

In jedem Fall bin ich es gewöhnt, dass die Leute, Frauen wie Männer, neidisch auf mich sind. Von außen betrachtet, bevor alles zusammenbrach, mag es so ausgesehen haben, als hätte ich enormes Glück gehabt, dass mir, und sonst niemandem, grenzenlose Ressourcen für Filme mit riesigen Budgets zur Verfügung standen, aber ich musste mir jeden Zentimeter meines Wegs hart erkämpfen.

Also bitte, würde Goebbels sagen, Fräulein Riefenstahl benimmt sich wieder typisch Frau. Eine Krise am Tag. Ein Nervenbündel. Schlechte Gesundheit. Sie ist schmerzmittelabhängig. Natürlich will ein Mann mit Klumpfuß eine erfolgreiche Frau, die ihn abgewiesen hat, schlechtmachen! Bitte, drucken Sie das: Joseph Goebbels hat in der Oper an meinen Brüsten gefummelt. Es war eine Wagner-Premiere. Wir saßen mit seiner Frau in der Loge. Ich habe niemals etwas zu irgendjemandem gesagt, weil ich Angst hatte, man würde mir nicht glauben, oder dass er mich dafür bestrafen würde. Erfolg macht einsam, das trifft besonders auf Frauen meiner Zeit zu.

Es gab so wenige erfolgreiche von uns, und niemand sah in uns das, was wir waren.

Es hieß, ich sei eine Egomanin, weil ich mich selbst besetzte und Regie führte, aber das war gar nicht so ungewöhnlich. Denken Sie an Charlie Chaplin oder Orson Welles damals. Denken Sie an John Cassacetes oder Woody Allen heute. Niemand nennt sie Egomanen. Man nennt sie Genies.

Eine Frau zu sein ist sehr kompliziert.

Während meines Nachkriegsprozesses sagte mir mein Anwalt, ich solle vor Gericht weicher auftreten. Hören Sie, Frau Riefenstahl, sagte er, es spielt keine Rolle, ob Sie wirklich nichts von den Konzentrationslagern wussten, oder ob Sie ein bisschen wussten, oder ob Sie alles wussten. Ob wir diesen Fall gewinnen oder verlieren, wird, so glaube ich, größtenteils davon abhängen, ob Sie vor Gericht als Frau auftreten können. Engagiert und talentiert, ja, aber auch verletzlich und hilflos. Wenn Sie ein Mann wären, sagte er, denken Sie etwa, irgendjemand würde auch nur eine Sekunde lang glauben, Sie hätten keine Ahnung von der Politik gehabt und seien einfach nur ein Künstler gewesen, ganz und gar auf Schönheit fixiert? Sie müssen denen zeigen, dass Sie eine Frau sind.

Er wusste nicht, dass man sich als Frau immer wie eine Frau benimmt!

Bevor ich das beantworte, möchte ich eins klären: Wie definieren Sie *Feminismus?*

Damit kann ich mich weder »identifizieren« noch »nicht identifizieren«. Sehen Sie, als ich aufwuchs, als ich meine Arbeit machte, gab es diesen »Feminismus« noch gar nicht. Also wäre es verlogen, wenn ich jetzt auf diesen Zug aufspringe. Aber es stimmt – in den letzten Jahren haben sich junge Frauen aus freien Stücken bei mir gemeldet, um mir zu sagen, dass ich für sie ein Vorbild sei. Sie schrieben mir von der »gläsernen Decke« und dem »Vernichten des Patriarchats«. Aber ich habe ihnen in gutem Glauben mitgeteilt, so wie ich es Ihnen nun mitteile, dass ich mich nicht mit bestimmten Positionen identifiziere. Ich bin einfach eine Frau, die arbeitet. Wenn sie mein Leben inspirierend finden, ist das natürlich sehr berührend. Sehen Sie, die Gezeiten ändern sich ständig. Vor fünfzig Jahren: Vergewaltigungsandrohungen. In diesem neuen Jahrtausend: feministische Inspiration!

Es ist einfach der Lauf der Zeit. Ich bin beständig.

Das ist es, was die Leute verstehen sollten, wie ich finde. Wenn schon sonst nichts.

Na ja. Es ist schon ironisch, dass Sie mir diese Frage direkt nach Ihrer letzten stellen, denken Sie nicht? Nein, schon in Ordnung, Sie müssen sie nicht zurückziehen, aber dann sollten wir wenigstens den Euphemismus weglassen. Wenn Sie mir diese Frage stellen wollen, dann tun Sie es doch ganz direkt: Hatte ich jemals eine sexuelle Beziehung mit Adolf Hitler?

Sagen Sie, ist das Intimste, was sich zwischen zwei Menschen abspielen kann, wirklich Sex?

Was, wenn ich Ihnen sage, dass mein Talent zu fördern das Intimste war, was er je für mich getan hat? Als wir uns kennenlernten, sagte er mir, er würde mein Potenzial erkennen und dass er mir seine Ressourcen zur Verfügung stellen wolle. Wissen Sie, wie viel das damals einer Frau, die Träume hatte, bedeutete?

Männer *waren*. Frauen benahmen sich. Männer taten Dinge, Frauen sahen zu.

Ich wollte auch Dinge tun, aber ich bin nicht in eine reiche Familie geboren worden. Mein Vater hatte einen kleinen Installationsbetrieb, verlegte Rohre und installierte Kloschüsseln. Meine Mutter war Hausfrau. Ich war nicht die Frau eines Adligen oder die Freundin eines Bankiers. Wenn ich wollte, dass etwas geschah, brauchte ich jemanden, der meine Visionen teilte und an mich glaubte.

Das ist Intimität.

Marlene sagte immer, Hitler hätte eine Schwäche für sie, aber sie meinte das nur oberflächlich. Und fürs Protokoll gehe ich dazwischen und sage, dass das meiner Meinung nach nicht wahr sein konnte, auch nicht oberflächlich. Wenn man ihn auch nur ein bisschen kannte, dann wusste man, dass er keine Vamps mochte. Er fand Vivien Leigh in Ordnung, aber Louise Brooks war ihm zu modern. Natürlich ist es ganz witzig, dass Marlene immer versuchte, das Gerücht über Hitler zu streuen, er fände sie scharf, während ich meine Mühe hatte, diese Flammen überall zu löschen.

In Amerika nannten sie mich seine Geliebte.

Um ganz ehrlich zu sein, ich war nicht sein Typ, und er war nicht meiner.

Worauf ich stand: gut gebaut und adrett. Von denen hatte ich eine ganze Menge. Einen Tennischampion, einen gewichthebenden Kameramann, einen Wehrmachtsgeneral, dem das Eiserne Kreuz verliehen worden war. Ich fand einen perfekt gebauten Jungen am Fuße der Akropolis, der genau wie eine der griechischen Statuen aussah. Wir heuerten ihn für die Eröffnungssequenz von *Olympia* an, obwohl er weder Grieche noch Deutscher war, sondern der Sohn eines russischen Bauern. Ebenfalls während des Olympia-Drehs: der amerikanische Athlet, der den Decathlon gewann. Er stieg mit seiner Goldmedaille vom Siegertreppchen und kam direkt zu mir auf die Zuschauertribüne. Als ich mich vorbeugte, um ihm zu gratulieren, küsste er mich vor allen Kameras auf den Mund!

Wenn Sie sich also meine Erfolgsbilanz anschauen, werden Sie sehen, dass es für Hitler und mich praktisch unmöglich war, eine Affäre zu haben. Was ihn betrifft, er bevorzugte unscheinbare, anspruchslose, unattraktive Mädchen, die im Hintergrund blieben.

Ich meine, sehen Sie sich Eva Braun an, oder?

Wann ich Hitler zum letzten Mal sah?

Gegen Kriegsende.

Damals trug er mir eine überraschende Bitte vor.

Ich hatte mir wegen einer chronischen Blasenentzündung vom *Tiefland*-Dreh freinehmen müssen und war in Kitzbühel. Ich dachte, er würde mich wegen Budgetüberziehungen schelten oder wollte den Produktionsplan beschleunigen, aber er gab mir als Erstes die Visitenkarte seines persönlichen Homöopathen.

Fräulein Riefenstahl, sagte er, Sie müssen besser auf ihre Gesundheit achten.

Dann bestellte er Tee. Keinen Kaffee, keinen Alkohol. Tee und Mineralwasser. Das mochte er.

Er sagte mir, er sei müde und suche nach einem politischen Nachfolger. Niemand war ihm recht, aber er würde die Entscheidung der Partei überlassen. Nach dem Krieg, sagte er, besuchen Sie mich auf dem Berghof, und wir können zusammen Drehbücher schreiben. Er lächelte mich an. Ich wagte nicht zu fragen, ob er einen Scherz machte. Er schaufelte einige Löffelchen Zucker in den Tee und war ganz damit beschäftigt, die Tasse zu schwenken, um ihn aufzulösen, ohne den Löffel zu benutzen. Er nahm einen Schluck und sah mich an. Fräulein Riefenstahl, sagte er. Würden Sie mir einen Gefallen tun?

Ja, sagte ich, denn wer hätte schon Nein zu ihm gesagt?

Ich weiß noch, wie nervös ich war – ich wusste nicht, um was für einen Gefallen es sich handelte.

Sobald Sie mit Ihrem Film fertig sind, sagte er, kontaktieren Sie bitte die höchst renommierten Wissenschaftler am Kaiser-Wilhelm-Institut in Berlin. Ich wollte schon länger mit ihnen einen außerordentlich wichtigen Sachverhalt besprechen, hatte aber bisher keine Gelegenheit. Es könnte Jahre dauern, sagte er, um es zu perfektionieren, und wir haben keine Zeit zu verlieren. Ich will, dass die besten Köpfe Deutschlands sofort damit beginnen.

Ich schluckte und hörte genau zu.

Wenn Wissenschaftler involviert waren, befürchtete ich das Schlimmste. Es musste etwas mit Kriegswaffen zu tun haben. Er stellte seine Teetasse ab und fuhr fort. Silbernitrat ist nicht gut genug, es verdirbt schnell. Wir verlieren so viele Bilder aus unserer Zeit, sagte er. Wie sollen denn in der Zukunft alle sehen können, was wir geschaffen haben?

Ich hatte keine Ahnung, wovon er sprach.

Ich bat ihn um Erklärung. Es waren die letzten Worte, die ich ihn zu mir sagen hörte.

Ich rede von der Vergänglichkeit des Filmmaterials, sagte er. Sicherlich werden unsere Wissenschaftler doch für die Menschheit Filmmaterial aus dem allerbesten Metall erfinden können? Eine unzerstörbare Legierung, der weder die Zeit noch das Wetter etwas anzuhaben vermag?

Ich konnte nicht glauben, dass er mit mitten im Krieg um so etwas bat.

Ist es falsch, wenn ich gestehe, dass mich diese Bitte berührte?

Dass ich sogar jetzt, während ich Ihnen davon erzähle, Gänsehaut bekomme?

XX

Jetzt sind wir im Digitalfilmzeitalter, aber ich sehe Fernseh-werbung, die künstlerischer ist als so mancher Film. Hat das Digitale die Zeit ausgelöscht? Ein Zuschauer muss nur den Finger bewegen, und er kann laufen lassen, anhalten, zu-rück- und vorspulen. Filmemacher können die Einstellung auf dem Monitor sehen, während sie drehen, oder das Materi-al durchsehen, ohne darauf warten zu müssen, dass es erst noch rückwärts abgespult wird.

Wenn man kein Zeitgefühl hat, wie kann man dann einen Film machen?

Das Traurige an den Filmen heutzutage ist, dass man sieht, wie die Kamera sich bewegt, aber die Bewegung hat keine Bedeutung. Häufig sieht man das bei Blockbustern. Die Kamera ist völlig will-kürlich. Zu unserer Zeit gab es keine Unterscheidung zwischen ei-nem Kunstfilm und einem Blockbuster.

Sehen Sie sich doch meine Filme an. *Kunstblockbuster!* Sie haben Preise gewonnen, und sie haben die Kinosäle gefüllt und eine Menge Geld eingespielt.

Ich bevorzuge jetzt ohne Frage Hollywoodfilme. Ich weiß nicht genau, was in Europa nach dem Krieg geschehen ist, aber alles wurde so hässlich. Ich verstehe das gesamte Genre des Independentfilms nicht. Italienischer Neorealismus ist zäh. Die Leute gehen ins Kino, um sich verzaubern zu lassen, nicht um sich zu Tode zu langweilen. Wenn sich irgendjemand so etwas unbedingt ansehen wollen würde, wäre er doch besser bedient, aus dem Fenster zu schauen oder eine Runde im Park zu drehen. Die französische Nouvelle Vague haben sich doch ein paar viel zu intellektuelle Jammerlappen ausgedacht. Ohne das überspannte Zeug, das da gesagt wird, sind die Bilder doch gar nichts. Wenn ich denen etwas zu sagen hätte, dann, dass Kunst nicht Philosophie ist. Kunst ist Kunst!

Es gibt heute in Hollywood ein paar Filmemacher, deren Ambitionen dem entsprechen, was ich versucht habe zu erreichen. Ich mag Oliver Stone, Francis Ford Coppola. Ich spüre verwandte Seelen in Steven Spielberg, George Lucas, James Cameron. Wir wissen, wie wir skalieren müssen. Wir wissen, wie wir Zuschauer verzücken. Wir haben ein Gefühl für das Epische.

Frauen hinken immer noch hinterher, und ich verstehe nicht, warum.

Wenn ich doch schon vor sechzig oder siebzig Jahren große Filme machen konnte, hätten sich mittlerweile mehr Frauen hervortun können. Ich gebe zu, dass ich einige der Werke von denen, die sich einen Namen gemacht haben, nicht verstehe. Ich habe versucht, Chantal Akermans Filme zu schauen, aber darin geschieht rein gar nichts! Agnès Varda und Catherine Breillat machen mich schwindelig. Claire Denis ist nicht schlecht, aber diese ganzen Französinnen haben alle dasselbe Problem. Sie denken zu viel. Ein Film ist dazu da, erlebt zu werden, nicht zum Nachdenken. Sofia Coppolas *The Virgin Suicides* fand ich ganz gut, sie weiß, worauf es visuell ankommt. Aber so weich, so zart! Ich weiß, dass sie versucht, die Sachen anders zu machen als die Männer, aber ist das wirklich der einzige Weg? Fünf Teenager-Schwestern rennen in wehenden Kleidern herum, als wäre es ein Modeshooting für *Vanity Fair*?

Wenn ich heute Filme machen würde, könnte ich mir für mich definitiv Fantasythriller wie *Jurassic Park* vorstellen, Weltraumopern wie *Star Wars*, romantische Naturkatastrophendramen wie *Titanic*. Ich liebe Leonardo DiCaprio, er ist so rein und schön! Ich hätte Leo im Handumdrehen für meine Filme besetzt, er ist zu hundert Prozent mein Typ. Als er in *Titanic* im Meer erfroren ist, habe ich geweint. Und warum konnte sich Kate Winslet nicht die Holztür mit ihm teilen? Ich meine, sie hat ein hübsches Gesicht, aber vielleicht war sie ein bisschen dick? Hätte ich Regie geführt, hätte ich sie aufeinandergelegt. Ich mag ein Happy End.

Hollywood hat mich im Sommer angerufen.

Bitte behandeln Sie das vertraulich ...

Jodie Foster will einen Film über mein Leben machen, und sie möchte mich spielen!

Nun, darüber muss ich nachdenken. Mein Ruf stünde auf dem Spiel.

Ich bin davon überzeugt, dass Jodie Foster eine nette Frau ist, sagte ich zu den Produzenten, aber ich weiß nicht, ob sie die passendste Schauspielerin ist, um mich zu spielen.

Ah, sagten sie, ob ich mich wegen der Authentizität sorgte? Ob ich an eine deutsche Schauspielerin dächte?

Typisch. Sie hatten mich vollkommen falsch verstanden.

Nein, sagte ich ihnen, ich dachte an Sharon Stone.

Als ich das gesagt hatte, war es totenstill in der Leitung. Vermutlich ist es nicht möglich, dass mich Sharon Stone spielt, wenn Jodie Foster den Film selbst produziert. Jodie Foster will die Rolle natürlich für sich – es wäre toll, sich da reinzustürzen, oscarwürdig. Ich mache ihr keine Vorwürfe.

Ich möchte nicht unhöflich sein, aber »Was hätten Sie gern anders gemacht?« ist eine dumme Frage an jemanden mit meinem Hintergrund.

Nun, entweder ist es dumm, sie mir zu stellen, oder Sie hoffen auf eine Art Entschuldigung von mir.

Darauf lasse ich mich nicht ein.

Was ich aber nach allem, was ich durchgemacht habe, sagen kann: Ich bin froh, dass ich 1902 geboren bin, und nicht jetzt, wo alle Kunstformen offenbar mit einer gewissen Distanz ausgeführt werden. Ich hatte beim Drehen Abstand zu meinen Themen, aber ich hatte nie Abstand zu meinem Handwerk.

Nichts in der Welt war mir näher.

Dieser Tage scheint es allen Künstlern darum zu gehen, irgendein theoretisches Statement abzugeben, zu zeigen, dass einem alles egal ist! Es macht mich sehr traurig, wenn es mit der Kunst so bergab geht. Ich meine, ich bin mit Andy Warhol bekannt, aber ehrlich gesagt lassen mich seine Werke kalt. Wenn man es heutzutage wirklich ernst mit seiner Arbeit meint, lachen einen die Leute aus!

Ich bin zu warmherzig für Ironie. Der Kampf des reinen Künstlers, das ist der meine.

Das mag dieser Tage nicht modern sein – aber das ist mir egal.

Als ich sagte, ich interessiere mich nicht dafür, was echt ist, nur dafür, was schön ist, erwiderten die Leute: »Seht ihr, sie ist so oder so ein Monster!« Aber die wahren Romantiker verstehen, was ich meine. Zum Beispiel versuchte Jean Cocteau, *Tiefland* in Cannes aufzuführen. Er stand 1954 dem Festival vor. Das gesamte Komitee stimmte dagegen, aber immerhin hat er es versucht. Und als die Biennale in Venedig mein Werk 1959 noch einmal im Rahmen des Nebenprogramms zeigen wollte, stimmte ich sofort zu. Ich hatte so gute Erinnerungen an Venedig – ich war 1937 im Hauptwettbewerb dabei und habe den Preis für *Olympia* gewonnen, vor Walt Disney und Marcel Carné.

Es stimmt, ich war die erste Frau, die jemals bei einem Filmfestival Anerkennung gefunden hat. Ich bereitete den Weg für sie alle, für Akerman und Varda und Breillat und Denis und Coppola.

Es ist besonders für Frauen wichtig, nicht davor zurückzuschrecken, zu ihren Erfolgen zu stehen, selbst wenn es hart auf hart kommt. Man hat mich von roten Teppichen gebuht, mir Mittelfinger gezeigt, mich gebeten, Restaurants zu verlassen. Es bedarf Standhaftigkeit, um immer wieder zurückzukommen. Wenn *ich* nie aufgegeben habe, dann sehe ich nicht ein, warum es junge Filmemacherinnen heutzutage tun sollten. Sie weinen und grämen sich wegen eines schlechten Kommentars! Kopf hoch, sage ich. Wenn du die Kunst in den Knochen hast, kann dir das niemand mehr nehmen. Du musst weiterkämpfen. Es geht nicht nur um Trophäen und Anerkennung – sagen zu können, dass man sich selbst treu geblieben ist, ist die größte Errungenschaft eines Künstlers.

Lassen Sie mich davon erzählen, wie es war, 1959 wieder nach Venedig zu kommen.

Ich habe nie über meine Rückkehr dorthin gesprochen – ich dachte immer, es sei eine beschämende Erinnerung, aber wenn ich jetzt darüber nachdenke, habe ich jeden Grund, auf diese Reise genauso stolz zu sein wie auf die 1937, als ich meinen Goldenen Löwen entgegennahm. Damals nannten mich die Leute ein Genie. »Ein Goldener Löwe für das Goldmädchen« und all das. Jeder wollte ein Foto von mir machen, ich habe Hunderte Interviews gegeben, Ehrengäste baten darum, an meinem Tisch essen zu dürfen. Alle *Olympia*-Vorführungen waren ausverkauft. Die Leute standen Schlange, um noch Restkarten zu ergattern. Wenn ich einen Kinosaal betrat, sprang das Publikum auf und applaudierte mir.

Als ich zum zweiten Mal in Venedig war, hatte sich natürlich alles verändert.

Der Krieg war nun seit fast fünfzehn Jahren vorbei, aber die Leute lassen es einen nie vergessen. Ich sah auf meinen Presseablaufplan, und dort war nur ein Interview vermerkt, aber wenigstens war es für das Fernsehen. Ich gab es in einer ruhigen Ecke in der Hotellobby und hatte vorab erwähnt, dass ich nur Fragen nicht politischer Natur beantworten würde. Alles lief reibungslos, bis ein gut gekleideter junger Mann mit Sonnenbrille und einem Plakat hereinkam und sich in den Hintergrund stellte.

Kamerafahrten sind eine Frage der Moral.

Er hatte es auf Deutsch, Französisch, Italienisch und Englisch aufgeschrieben.

Er saß ein paar Tische hinter mir, direkt im Sichtfeld der Kamera.

Ich war mir nicht sicher, was genau er damit sagen wollte, aber ich wusste, dass er etwas Schlechtes über meine Filme, über mich sagte. Ich nahm die Aufnahmeleiterin beiseite. Könnten wir bitte dafür sorgen, dass er verschwindet? Sie ging zu ihm, um mit ihm zu sprechen. Als sie zurückkam, sagte sie zu mir: Er ist von *Cahiers du Cinéma* und er sagt, wenn Sie nicht schuldig sind, gibt es keinen Grund zu denken, dass er von Ihnen spricht. Die Kameras liefen noch immer. Ich bat die Crew, die Einstellung zu verändern oder ihn aus dem Bild zu nehmen, aber mir wurde bald klar, dass sie ihn absichtlich in der Einstellung ließen. Als Regisseurin verstand ich: Dies war das aufregendere Material.

In dem Moment bereute ich das Festival.

Schön und gut, dass sie meine Filme zeigten, aber ich hätte zu Hause bleiben sollen. Ein wohlbekannter Schmerz breitete sich in meinem Unterleib aus. Ich hatte früher sehr schlimme Blasenentzündungen. Sie entstanden durch Stress. Ich überlegte, das Produktionsteam um Aspirin zu bitten, aber wenn man mich dabei filmen würde, wie ich Tabletten nahm, sähe das im Fernsehen schlecht aus.

Ich atmete tief durch und machte weiter.

Der Interviewer sagte gerade: Ist Ihre Obsession damit, die richtige Form zu finden, sehr deutsch? Ich wurde furchtbar nervös. Diese Frage könnte mich oder meine Arbeit verspotten. Ich wusste nicht, wie ich antworten sollte. In dem Moment setzte sich ein alter Mann zwischen mich und den jungen Mann mit dem Plakat. Er öffnete seine Zeitung und verdeckte damit das Schild des jungen Mannes. Ich war erleichtert. Ich konnte wieder normal reden. Als das Interview vorbei war, stand der alte Mann auf, und ich erkannte Jo von Sternberg. Es war kein Zufall gewesen, dass er sich zwischen dem Störenfried und mir positioniert hatte.

Als er sah, dass ich ihn erkannte, lüpfte er den Hut.

Ich hatte Jo seit Jahrzehnten nicht mehr gesehen. Er war schrecklich gealtert. Ich war damals siebenundfünfzig, also musste Jo in seinen Sechzigern gewesen sein, aber er sah viel älter aus. Sein Haar war vollkommen weiß geworden, und er war sehr dünn. Mir fiel auf, dass der Anzug, den er trug, nicht mehr zu groß war. Er war maßgeschneidert.

Ich wollte zu ihm eilen und Hallo sagen, hielt mich aber zurück.

Eine alte Bekannte hatte erst kurz zuvor am Bahnhof Zoo einen Schuh nach mir geworfen. Und als ich eine Produktion in den neu eröffneten Ufa-Studios besuchte, wo die Adaption eines meiner frühen Filme gedreht wurde, sagte ein Schauspieler, den ich von früher kannte, er würde erst weitermachen, wenn ich das Set verlassen hatte. Entschuldige mal, sagte ich, ihr adaptiert hier eines meiner Werke, und ihr habt nicht mal für die Rechte bezahlt! Er ignorierte mich komplett, und ich wurde vom Sicherheitspersonal hinausbegleitet. Jedenfalls, um auf der sicheren Seite zu sein, hatte ich mir angewöhnt, darauf zu achten, ob sich alte Freunde über mich freuen oder mich abweisen würden, bevor ich auf sie zuging. So war es weniger peinlich.

Jo kam herüber.

Früher stolzierte er stets mit solch verwegener Kühnheit durch die Welt, dass man ihm den Weg freimachte, selbst wenn man nicht wusste, wer er war, aber jetzt kam er mit kleinen, unsicheren Schritten auf mich zu. Er besaß noch denselben Mahagonistock, den er schon vor vielen Jahren der Schau halber mit sich herumgetragen hatte, aber jetzt diente ihm dieser wirklich als Stütze. Es tat mir weh, ihn so zu sehen. Als er sich zu mir gesellte, fragte er mich nicht, wie es mir ginge. Er küsste mich auf beide Wangen und fragte: Kaffee?

Wir bestellten Eiskaffee in einem Café – ich erinnere mich, dass es ein sehr heißer Tag war. Jo erzählte mir, dass auch von ihm einige Filme als Retrospektive liefen, darunter sein letzter Film mit Marlene, aber auch seine zuletzt abgedrehte Regiearbeit, *Die Sage von Anatahan*. Er war nicht für den Wettbewerb vorgesehen – meine Filme auch nicht, aber von mir wurde ein Klassiker präsentiert, während seine *Sage von Anatahan* erst wenige Jahre alt war. Darüber sprachen wir natürlich nicht, ich wollte ihn nicht kränken.

Jo sagte, er habe sich einen lebenslangen Traum erfüllt, indem er einen Film in Japan drehte, auf Japanisch, mit einem komplett japanischen Cast. Er war mit seiner Endfassung durchaus zufrieden, wurde aber nervös, als sich sonst niemand dafür zu interessieren schien. Verleiher und Festivals hatten nicht angebissen, also verbrachte er einige Zeit damit, den Film neu zu schneiden, fügte sein eigenes Voiceover auf Englisch hinzu, um japanische Kultur und Rituale zu erklären, bis die letzte Fassung schließlich in diesem Jahr von Venedig angenommen wurde. Man kann nur hoffen, dass ihre Entscheidung nicht auf Mitleid basiert, sagte er.

Ich wusste, was er meinte: Er hätte nicht gewusst, wohin er sich verkriechen sollte, wenn sein Comeback-Film keine Vorführung bei einem angesehenen Festival bekommen hätte. Mir wäre es genauso gegangen, aber ich war auch überrascht, dass sich der große Josef von Sternberg aus lauter Angst, übersehen zu werden, zum Umschneiden hatte hinreißen lassen. Er erzählte mir, dass ihn ein französischer Kritiker morgens im Hotel gefragt hatte: Monsieur von Sternberg, warum haben Sie im fernen Osten ein Studioset gebaut, um ihren Film zu drehen, wenn Sie doch ein identisches Set in einem Hollywoodstudio hätten bauen können?

Ich sagte ihm: Weil ich ein Künstler bin.

Er lachte und schrieb es auf.

Sie kann man gut zitieren, sagte er.

Nachdem er gegangen war, dachte ich: Ich bin kein Künstler, ich bin ein Gauner.

Warum?, fragte ich Jo. Ich finde nicht, dass Sie ein Gauner sind. Ganz und gar nicht.

Er lächelte und zündete, ohne zu antworten, mit einem goldenen Feuerzeug eine Zigarette an. Jo war so anders, als ich ihn in Erinnerung hatte. Damals war er voller Überzeugung und Schwung, ja, man konnte fast sagen arrogant, aber er hatte sich so voll und ganz seiner Vision verschrieben, war so perfektionistisch in seinem Ansatz, dass man ihm sein Getöse vergab. Jetzt, in diesem Café mir gegenübersitzend, war er nicht nur ruhig und zögerlich – er wirkte bezwungen. Ich musste ihn fragen, worum es in seinem Film ging. Er basierte auf einer wahren Geschichte aus dem Krieg, sagte er mir. Nachdem sie eine Seeschlacht verloren haben, stranden zwölf japanische Seemänner auf einer pazifischen Insel. Die einzigen anderen Bewohner der Insel sind der Aufseher einer verlassenen Plantage und eine attraktive junge Frau. Anfangs noch ist alles in Ordnung, aber bald schon gipfelt es in einem Kampf um Macht und die Frau.

Männer sind Unmenschen, weil sie so vorhersehbar sind, verkündete Jo, wie ich mich erinnere. Aus mir wäre eine fantastische Frau geworden, sagte er. Dann hätte ich aber kein guter Regisseur sein wollen. Ich hätte eine große Schauspielerin sein wollen. Einen Moment lang sah ich seine alte Verwegenheit aufleuchten. Dann kamen unsere Getränke, und Jo beugte sich vor, um mir davon zu erzählen, dass die japanischen Kritiken seine Regie als gestelzt, die Schauspielerei seiner Besetzung als amateurhaft, seine Sichtweise als exotisch verrissen hatten.

Jo, platzte ich heraus. Seit wann interessieren Sie sich für Kritiken!

Er wirkte überrascht, weil ich die Stimme erhoben hatte. Sehen Sie doch mal, sagte ich, bei wem Sie sich hier ausheulen! Er sah mich an, sagte aber nichts. Hätte ich mir die ganze schlechte Presse zu Herzen genommen, fuhr ich fort, ich hätte mich schon vor Jahren erhängt. Ernüchtert stellte er seine Kaffeetasse ab und fragte leise: Haben Sie sich je gefragt, was geschehen wäre, wenn ich Sie anstelle von Marlene als Lola Lola im *Blauen Engel* besetzt hätte?

Nein, sagte ich zu ihm. Darüber habe ich nie nachgedacht.

Kein einziges Mal?, fragte er mit einem leisen Anflug von Verspieltheit. Das hätte Ihnen eine Menge Ärger erspart.

Ich hätte niemals Lola Lola sein können, sagte ich. Und haben Sie noch Kontakt mit Marlene?

Er griff sich in die Tasche und zog das goldene Feuerzeug hervor. Das ist alles, was noch übrig ist, sagte er und reichte es mir. Ich drehte es in der Hand und las die Gravur: MEINEM SCHÖPFER, VON SEINER SCHÖPFUNG. Ich gab es ihm zurück, und er entzündete es, fuhr mit dem Finger durch das kalte Blau der Flamme.

Ich habe mich damit abgefunden, sagte Jo, doch, doch. Nachdem wir uns getrennt hatten, ging es für mich bergab. Er gab zu, dass die sieben Filme, die sie zusammen gemacht hatten, seine besten waren, aber zweifellos waren sie auch Marlenes beste. Bei ihm sei sie eine Schauspielerin gewesen. Jetzt sei sie nur noch eine Ikone.

Das war mir so noch gar nicht aufgefallen, und es stimmte doch, oder?

Sie hat weitere Filme gedreht, sagte Jo, aber es war nicht mehr dasselbe. Ich konnte es sehen, Kritiker schrieben darüber, sie wusste es. Ein Kameramann von Paramount sagte mir, dass Marlene einmal während eines Takes mitten in ihrem Text verstummt war, um dann zu flüstern: Wo bist du, Jo?

Sie schafften es nicht, sie so zum Leuchten zu bringen wie ich, sagte er. Sie filmten sie nicht so wie ich. Sie konnten sie nicht so sehen wie ich.

Mit einer Art traurigem Grinsen erzählte mir Jo, er habe gehört, dass Marlene die erste und einzige Schauspielerin in ganz Hollywood war, die einen Technikerausweis der Gewerkschaft beantragt hatte, damit sie sich selbst ausleuchten konnte. Beim Spielen behielt sie die Beleuchtung über einen riesigen Spiegel auf der anderen Seite des Sets im Blick und änderte das Licht so lange, bis dieser perfekte Schmetterlingsschatten zwischen Nase und Lippen erschien. Sie bestellte sogar ihre eigenen Leuchten, um seine Einstellungen nachzuahmen, versuchte, mit seinem Kameramann zu arbeiten, aber sie erzielten nicht denselben Effekt. Jo sagte, er wollte auch glauben, es sei etwas Technisches – für ihn sei es noch wichtiger, daran zu glauben, als für sie. Ich habe versucht, jede andere Frau so zu filmen wie sie, sagte er. Sie waren nicht weniger schön, und einige waren sehr viel bessere Schauspierinnen. Aber es klappte nie mehr, verstehen Sie? Sie waren einfach nicht Marlene.

Die Sage von Anatahan lief am Nachmittag, weshalb ich dachte, Jo würde dort hingehen, aber als die Zeit näher rückte, schlug er vor, zur Piazza San Marco zu gehen.

Ich will ihn nicht sehen, sagte er, und ich will nicht, dass Sie ihn sehen.

Wenn Sie ihn nicht sehen wollen, fragte ich ihn, warum sind Sie dann hier?

Er sah mich mit einem reumütigen Lächeln an und hob die Schultern.

Auf der Piazza San Marco kaufte mir Jo einen grünen Kaschmirschal. Ich habe ihn immer noch, ich trage ihn im Winter. Dann aßen wir die besten Gnocchi meines Lebens, serviert in einer Butter-Salbei-

Soße in einer winzigen Trattoria. Wir verliefen uns in den Gassen und landeten am Canal Grande. Eine der Touristengondeln mit den Gondolieri in gestreiften Hemden fuhr vorüber, und ich erwähnte, dass ich noch nie mit einer gefahren sei. Leni Riefenstahl, sagte Jo, Sie haben den Goldenen Löwen in Venedig gewonnen, sind aber nie mit einer Gondel gefahren? Er winkte eine herbei. Jo half mir hinein, achtete darauf, dass ich das Gleichgewicht hielt, bevor er mithilfe seines Stocks hinterherstieg. Unser Gondoliere nahm sofort an, wir seien ein berentetes deutsches Ehepaar im Urlaub und fragte uns in einer Mischung aus Deutsch und Italienisch, wie lange wir schon verheiratet seien.

Also, sagte Jo und nahm meine Hand, es werden jetzt dreißig Jahre.

Und Kinder?

Nein, sagte Jo.

Ich weiß noch genau, was der Gondoliere sagte: Keine? Dann haben Sie eine große Liebe oder eine große Karriere.

Beides, sagte Jo.

Beides!, sagte der Gondoliere.

Ich grinste Jo an, während wir über die Kanäle von Venedig glitten.

Am Abend gab es eine Vorführung von *Olympia*.

Wir gingen früh auseinander, weil ich noch duschen, mich schminken und mir das Kleid anziehen wollte, das ich für die Vorführung gekauft hatte. Es war an den Schultern mit Perlen besetzt, dazu noch der passende Schal.

Es war mir ein wenig peinlich, weil ich zur Vorführung meines eigenen Films gehen wollte, schließlich war Jo auch nicht zu seinem gegangen. Ich sagte ihm, er müsse nicht mitkommen, aber er bestand darauf. Wir verabredeten uns in der Hotellobby. Als ich herunterkam, wartete Jo bereits im Smoking auf mich, das dünne weiße Haar ordentlich zurückgekämmt. Als ich näherkam, bemerkte ich eine der Programmkoordinatorinnen des Festivals. Sie wirkte sehr entschuldigend, als sie mir sagte, sie hätten meine Einführung und die anschließende Fragerunde absagen müssen, um die Protestierenden zu beschwichtigen. Wenigstens mussten wir nicht alles abblasen, sagte sie. Ich versuchte, meine Enttäuschung zu verbergen, besonders wegen Jo. Sie sagte, ich könne die Vorführung ausfallen lassen, wenn ich mich damit wohler fühlen würde, aber ehrlich gesagt hatte ich mich darauf gefreut, *Olympia* auf der großen Leinwand zu sehen. Wer wusste schon, wann ich jemals wieder die Gelegenheit haben würde?

Jo sah mein Gesicht und sagte zu der Programmkoordinatorin: Wir nehmen den Seiteneingang und sitzen hinten. Die Programmkoordinatorin sagte, das wäre in Ordnung, und sie entschuldigte sich noch einmal. Ein Festivalwagen warte vor der Tür, sagte sie, aber es wäre vielleicht zu auffällig, wenn wir damit ankämen ...

Jo bot mir seinen Arm an.

Es ist ja nur ein kurzer Spaziergang, bemerkte er, wer braucht da schon ein Auto?

Das Kino war klein, und trotzdem war es mehr als halb leer. Obwohl niemand wusste, dass ich hier war, schämte ich mich. Ich war es gewohnt, über den roten Teppich zu laufen und von einem vollen Saal begrüßt zu werden. Nicht ein leerer Platz, draußen Filmliebhaber, die für den doppelten Preis um Karten bettelten. Vielleicht hatten die Protestierenden die Leute abgeschreckt, oder es lag an der Uhrzeit, mein Film war wohl das Gegenprogramm zu einem der gefragten Stars, dessen Vorführung seines neuesten Films zur selben Zeit in einem größeren Kino stattfand. Manchmal konnte man es eben nicht mit allem aufnehmen. Ich habe mit den Jahren gelernt loszulassen. Man muss einfach schon dankbar dafür sein, dass jemand die alten Sachen auf einer großen Leinwand im Originalformat zeigen will, so wie sie auch gesehen werden sollten, in einem richtigen Kino. Meine epischen Filme eignen sich nicht für kleine Fernseher oder heimische Lautsprecher. Sie sollen als eine Welt erfahren werden, die alle Sinne voll und ganz umhüllt.

Deshalb liebe ich das Kino, es fegt einen weg.

Olympia fing an.

Mit einem Mal war ich wieder aufgeregt, meine Hände wurden ganz feucht. Bild für Bild war der Film genauso schön, wie ich ihn in

Erinnerung hatte, und mir fiel auf, dass die besten und unbegreif-
lichsten Teile von uns in unseren Werken erfasst sind, und was sonst
sollte von Bedeutung sein?

Menschen sind Rudeltiere.

Als jemand grundlos während der fesselnden Stabhochsprungssze-
ne buhte, stiegen ein paar andere darauf ein. Ich bekam Angst – was,
wenn die Buhrufe lauter wurden und nicht aufhörten? Was, wenn
alle hinausgingen und ich die Einzige war, die zurückblieb? Was,
wenn sie mich bemerkten und anfingen, Sachen nach mir zu werfen
und mich zu beschimpfen? In der Dunkelheit nahm Jo meine Hand
und drückte sie. Ich wartete nur auf die Szene, in der Jesse Owens den
Hundert-Meter-Lauf gewinnt. Jeder, der Augen im Kopf hat, kann sehen, dass ich keine Rassistin bin. Schließlich hatte ich für die ganze
Welt dokumentiert, wie ein schwarzer Mann den Sprint gewinnt.
Wie grandios ich seinen Sieg eingefangen habe. Tatsächlich fing jemand an zu klatschen, als Jesse Owens die Ziellinie erreichte, und
darüber war ich froh.

Es war so schnell vorbei. Ich hätte noch stundenlang dort sitzen
können.

Als der Abspann lief und die Lichter angingen, gab es einen kurzen Applaus, und für einen Moment wollte ich aufstehen und Hallo
sagen und winken und mich bei allen dafür bedanken, dass sie gekommen waren. Aber der Applaus erstarb sofort, als jemand rief:
Fanculo il fascismo! Mai perdonare, mai dimenticare!

Jo warf seine Jacke über mich, und wir warteten auf unseren Plätzen, während die Leute das Kino verließen.

Ich konnte durch die dunkle Wolle nichts sehen, aber mein Hör-
sinn war geschärft. Ich hörte jeden einzelnen Schritt, während mein
Abspann durchlief. Der Film war vorbei, aber ich wollte den Leuten
sagen, sie sollten zurückkommen, bitte kommt zurück. Wie oft muss
ich es noch sagen? Ich war nie ein Nazi. Ich war nur eine Künstlerin,
die zu einer bestimmten Zeit an einem bestimmten Ort gearbeitet
hat. Ich bin der Sündenbock, weil es leichter ist, die Wut an einer Frau
auszulassen statt am System. Warum wirft es diesen langen Schatten

über den Rest meines Lebens? Glauben Sie denn, ich hätte nicht ge-
litten? Alles, was mir lieb und teuer war, wurde mir genommen.
Wussten Sie, dass ich nach *Tiefland* keinen Film mehr gemacht habe?
Ich habe es wirklich versucht, aber alle meine Projekte nach dem
Krieg wurden abgeschmettert. Vielleicht kommt Ihnen das nicht besonders schlimm vor, aber ich habe für das Filmemachen gelebt. Ich
würde nie wieder »Und bitte!« rufen und die Klappe hören, oder dabei sein, wenn Regieassistenten alle auf ihre Plätze scheuchen, bevor
die Kamera läuft. Ich würde nie wieder den donnernden Applaus in
einem Kinopalast hören, der bis auf den letzten Platz besetzt ist, und
ihn ohne Last auf meinen Schultern empfangen können. Auf der
Leinwand lässt sich alles perfektionieren, und nichts schmerzt. Im
Leben ist alles anders. Voller Narben, voller Fehler. Man kann nicht
nachdrehen, um die Missgeschicke auszubügeln, man kann sie nicht
aus der Endfassung herausschneiden. Nein, man muss mit all dem
leben. Können Sie verstehen, wie beschissen das für eine Perfektio-
nistin ist?

Leni, hörte ich Jos Stimme.

Ich atmete tief ein unter seiner Jacke, um das Pochen in meinen
Ohren zu mindern. Ich weiß noch, dass ich so tat, als läge ein frisches
Handtuch auf meinem Gesicht – ein altes Beruhigungsmittel aus
meiner Kindheit. An einem heißen Sommertag befeuchtete meine
Mutter die Handtücher mit Thymianwasser und wickelte sie mir um
den Hals, damit ich mich nach dem Spielen abkühlte. Das reicht jetzt,
sagte sie dann, du bist so lebhaft, du hättest ein Junge sein sollen. Ich
sagte ihr, dass ich gern ein Mädchen sei. Natürlich, sagte sie. Ich habe
dafür gebetet, dass du ein Mädchen wirst, wie oft hab ich dir das
schon gesagt?

Unzählige Male hatte sie es mir gesagt.

Wussten Sie, dass meine Mutter Schauspielerin hatte werden wollen?

Aber sie kam nie über den Wunsch hinaus – sie hatte Angst.

Wird sich das je ändern? Wovor haben Frauen heutzutage Angst?

Vor nichts und vor allem …

Dass sie zu unscheinbar, zu dumm, zu fett, zu dünn sind. Dass es nicht der richtige Zeitpunkt, der richtige Ort, die richtige Sache ist. Dass sie eines Tages etwas versuchen werden, das sie wirklich wollen – um dann zu hören: Nein.

Für dich wird alles anders sein, sagte meine Mutter immer zu mir. Du wirst nicht wie die anderen sein. Du wirst es weit bringen, nicht wahr, mein Schatz?

Leni, hörte ich Jo im Kino zu mir sagen. Niemand ist mehr hier, wir können gehen.

Ich weiß noch, wie ich die Tränen unter seiner Jacke zurückhielt: Ich würde nicht weinen. Nicht, wenn ich doch alles hatte, was ich mir wünschte.

Alle kennen meinen Namen. Meine Filme, meine Fotos, sie haben die Zeiten überdauert. Selbst meine Neider können nicht sagen, dass meine Arbeiten nicht schön sind. Das Letzte, was ich bin, ist gewöhnlich. Ich kann die Zeit nicht zurückdrehen, aber im Rahmen meiner Möglichkeiten muss ich jemanden stolz gemacht haben. Ich muss in dieser Welt auch etwas Gutes getan haben.

Ich habe damals nicht geweint.

Ich werde auch jetzt nicht weinen.

Marlon Brando legt ein Ei, als die
Nachricht von Pearl Harbor
einen Hühnerstall in New York erreicht

Jahrelang tat sich bei Anna May rein gar nichts. Schatz, es ist mein Job, ehrlich zu dir zu sein, sagte ihr Agent. Du bist fünfundfünfzig, du bist asiatischer Herkunft, du bist eine Frau. Kopf hoch. Auf Wiedersehen.

Die Trockenperiode hielt bis 1960 an. Noch vor Kriegsende waren orientalisch angehauchte Klassiker definitiv aus der Mode gekommen. In den folgenden anderthalb Jahrzehnten waren Science Fiction, rebellierende Jugendliche und Noir Thriller gefragt, wobei neuerdings die Kinos so leer blieben wie nie. TV-Sitcoms fesselten die Leute an den kleinen Bildschirm. *I Love Lucy* war ein Hit. Das Einzige, worüber alle reden wollten, war Marketing. Selbst als Anna May gefährlich von B-Movies zu Poverty-Row-Studios abstieg, lehnte sie doch ohne nachzudenken eine Colgate-Palmolive-Zahnpasta-Kampagne ab, trotz des gewaltigen Honorars. Der angebotene TV-Spot drehte sich um die absurde Darstellung von Anna May in einem Cheongsam, wie sie stolz einen Fu-Manchu-artigen Zahnpastaschnurrbart präsentiert, dabei breit in die Kamera grinst und die Tube hochhält.

Was hat Fu Manchu mit Zahnpasta zu tun?, hatte Anna May den Werber gefragt.

Nichts, hatte der Werber geantwortet.

Zu sehen, wie ihre B-Listen-Kollegen durch Werbung vorankamen, öffnete Anna May die Augen. Betty Furness' Bekanntheit stieg in den folgenden zehn Jahren rasant, nachdem sie die Sprecherin für Westinghouse-Elektrogeräte geworden war. Sie hatte mehr Geld mit einer Reihe zweiminütiger Kühlschrankwerbungen verdient als während ihrer gesamten Hillbilly-Nebenrollenkarriere. Man nannte Betty in dieser Zeit sogar eine »Anwältin der Verbraucher«. Niemand hatte auch nur einen Schimmer, was das bedeutete.

Anna Mays Agent grollte ihr immer noch, weil sie den Zahnpasta-Spot abgelehnt hatte. Es wäre sehr viel leichter, dich ins Fernsehen zu verkaufen, wenn du diesen Werbespot angenommen hättest, sagte er ständig. Jetzt ist der Zug für uns so ziemlich abgefahren.

Ich bin keine Werbeträgerin, protestierte sie. Ich bin eine Filmschauspielerin.

Prinzipien sind etwas Wunderbares, sagte ihr Agent, aber wir leben in einem neuen Zeitalter. Warum kannst du nicht beides sein? Es schließt sich doch nicht gegenseitig aus, und ich will, dass wir das Richtige für dich tun.

Insgeheim musste sich Anna May die Frage stellen, ob es wirklich ihre Prinzipien waren, oder ob es an Colgate lag. Wenn Lanvin angefragt hätte, wäre ihre Reaktion dieselbe gewesen? Trotzdem bedauerte Anna May nicht, die Werbung abgesagt zu haben, aber sie hätte alles gegeben, um wieder mal eine dieser fiesen chinesischen Giftspritzen in einer opulenten Produktion zu spielen. Warum sind die chinesischen Rollen im Film eigentlich immer die Bösen?, hatte sie als junge Schauspielerin in einem Interview der *Film Weekly* gefragt. Und dazu noch so primitiv. Mordlustig, heimtückisch, hinterhältig. So sind wir nicht. Wie auch, mit einer Zivilisation, die so viel älter ist als die des Westens? Sie war damals viel zu sehr damit beschäftigt gewesen, gegen den Schaden zu protestieren, den Stereotype anrichteten, und nach Hauptrollen zu suchen, in denen sie das gute Mädchen hätte geben können, um sich daran erfreuen zu können, das böse Mädchen zu sein. Sie hatte nie auf diese Weise darüber nachgedacht, bis sie vor ein paar Jahren zufällig an einer Tankstelle einem nicht mehr ganz frischen B-Promi begegnet war.

Ich werde es einfach mal ganz offen sagen, meinte der B-Promi. Sie hatten wirklich die besten Rollen.

Ich hatte die besten Rollen? Anna May verschluckte sich fast.

Sie sind nie mit jemandem in den Sonnenuntergang geritten, sagte der B-Promi. Wenn jemand auf Sie gezielt hat? Haben Sie ihm den Dolch reingerammt. Sie hatten die sexiesten Kostüme, die frechsten Dialoge. Sie haben nicht umarmt, sie haben umgenietet.

Letzte Woche, ein Anruf von ihrem Agenten. Kennst du Lana Turner?

Ja, sagte Anna May.

Es gibt Interesse daran, dass du ihr Hausmädchen spielst.

Der Name des Hausmädchens war Tawny. Anna May dachte, sie würde auflegen, aber stattdessen hörte sie sich sagen: Wann geht's los?

Ihr Agent nannte ihr die Details und sagte ihr, sie müsse sich keine Sorgen machen, er hätte bereits eine Erklärung für ihre lange Abwesenheit von der Leinwand gefunden. Er las ihr die Pressemeldung vor, die er vorbereitet hatte: Anna May Wong kehrt mit Lana Turner für *Das Geheimnis der Dame in Schwarz* nach spiritueller Auszeit ins Kino zurück. Die erfahrene Schauspielerin, bekannt für ihre Rollen als Hui Fei in *Shanghai-Express* und Prinzessin Ling Moy in *Fu Manchus Tochter*, hat Bonsai in Pacific Palisades gezüchtet und sich eine Auszeit von der Filmindustrie genommen, aber jetzt ist sie wieder bereit, für Furore zu sorgen.

Anna May wand sich am anderen Ende der Leitung.

Ich weiß nicht, brachte sie schließlich über die Lippen. Tawny ist doch nur ein Hausmädchen.

Hey Schatz, sagte ihr Agent. Red dir da bloß nichts ein. Denk dran, wie weit es Hattie McDaniel mit ihrem Hausmädchen in *Vom Winde verweht* gebracht hat. Nie das Ziel aus den Augen verlieren!

Anna May hatte die Filmbranche aufmerksam verfolgt, selbst während ihre eigene Karriere abstürzte. 1960 war ein fantastisches Jahr bisher. Sie hatte *Psycho* gesehen, *Hiroshima, mon amour*, *Das süße Leben*, *Die mit der Liebe spielen*, *Sie küssten und sie schlugen ihn*, *Machen mögen's heiß*, *Außer Atem*.

Es tat sich was.

Ganze Filme wurden an Ort und Stelle mit Handkameras und ohne Drehbuch gedreht; es bestand keine Notwendigkeit für perfekte Dialoge, die vor statischen Kameras in riesigen Sets auf einem Studiogelände vorgetragen wurden. In Hollywood war es nicht mehr illegal, dass eine weiße Figur eine braune oder schwarze oder gelbe küsste – der Motion Picture Production Code war für null und nichtig erklärt worden, ganz so, als hätte es ihn erst gar nicht geben sollen. Anna May hatte immer noch einen besonderen Platz für Chaplin in ihrem Herzen, aber ihr neuer Lieblingsschauspieler war Marlon Brando. Alle anderen spielten auf das Stichwort der Regie für die Kamera oder ein eingebildetes Publikum, er aber wartete, bis ihm danach war, etwas zu tun: den Text zu murmeln, zu lächeln, seine Filmpartnerin zu berühren.

Wenn er es nicht fühlte, tat er nichts, sagte nichts.

Anna May schätzte jene Anekdote sehr, die Brandos Schauspiellehrerin Stella Adler erzählt hatte: Während ihres West Village-Workshops in New York hatte Miss Adler der Klasse gesagt: Ihr seid alle Hühner. In eurem Hühnerstall läuft ein Radio. In diesem Radio hörte ihr die Nachricht von der Bombardierung Pearl Harbors.

Reagiert wie ein Huhn.

Alle ihre Schüler fingen an, wie wild zu gackern. Gack-ack-ack-ack. Sie hüpften durch den Saal, rannten sich gegenseitig um, schlugen mit den Flügeln. Eine junge Frau, aus der später ein erfolgreicher Broadwaystar werden sollte, verhielt sich still und ängstlich. Und in einer Ecke des Raums hockte ein junger Mann, Brando, mit angelegten Flügeln.

Er legte ein Ei.

Der einzige Film mit Anna May, an den sich irgendjemand erinnerte, war *Shanghai-Express*, eine Tatsache, die man ihr unbeabsichtigt immer wieder auf folgende Weise vortrug: Wie war es, mit Marlene Dietrich zu arbeiten?

Anfangs hatte sie noch Angst, dass ihre Antwort, egal, wie sie ausfiel, unaufrichtig oder bitter rüberkommen könnte, selbst wenn sie es nicht so meinte. Aber mit den Jahren hatte Anna May verstanden, dass alle ihre eigene grandiose Vorstellung von Marlene mit sich herumtrugen, die sie sich von der Creme ihres öffentlichen Diva-Images abgeschöpft hatten: von den Studiofilmen, den Hochglanzcovern, den Branchenskandalen, den Klatschkolumnen. Als Marlene mit über vierzig eine glamouröse Sängerin in Billy Wilders *Eine auswärti-*

ge Affäre spielte, sorgte ihre Filmpartnerin Jean Arthur für Krawall und beschuldigte den Regisseur, die andere zu bevorzugen. Die Boulevardblätter berichteten, Jean wäre zu Billy nach Hause gefahren und hätte ihm vorgeworfen: Marlene hat dir gesagt, dass du meine Close-ups verbrennen sollst, oder? Als sie 1950 für die Besetzung in Hitchcocks *Die rote Lola* vorgesehen war, gab es über Marlene das Gerücht, sie hätte als Bedingung an ihre Teilnahme geknüpft: Ohne Dior keine Dietrich!

Deshalb spielte es keine Rolle, was Anna May antwortete, überhaupt gar keine.

Wie war es, mit Marlene Dietrich zu arbeiten? Sie hatte sich angewöhnt, daraufhin weise zu lächeln. Genau so, wie Sie es sich vorstellen.

Anna May versuchte, den Weg zu vermeiden, der an der großen Plakatwand mit Marlenes Gesicht vorbeiführte, auf der ihr Jahresendkonzert im Riviera-Hotel beworben wurde. Vegas boomte, wenn man die richtige Sorte Darsteller war. Die Sportart der Stunde war es, den anderen eine Nasenlänge voraus zu sein, während italienische, russische und jüdische Gangster ein Casino-Resort nach dem anderen bauten und versuchten, sich gegenseitig auszustechen: Wandgemälde mit Kamelen, Wellenbäder, futuristische Tanzclubs, Old-West-Steakhäuser. Nach allem, was man hörte, waren sie mit der Bezahlung großzügig, wenn es um die Besetzung ihres Unterhaltungsprogramms ging, Kenner mit wahrem Geschmack, die wussten, wofür sie bezahlten. Nat King Cole, Liberace und Mae West erhielten die dicksten Schecks, die man je gesehen hatte. Selbst Hollywood konnte nicht mithalten. In den Zeitungen stand, Marlene verlangte mindestens sechzigtausend Dollar die Woche. Ihre Show 1960 im Riviera-Hotel war Teil einer Welttournee mit Stationen in Deutschland, Israel und Frankreich. Sie hatte damit Schlagzeilen gemacht, weil sie die einzige Künstlerin war, der es seit Kriegsende in Tel Aviv erlaubt war, auf Deutsch zu singen. Sobald Marlenes Eröffnungsabend in Vegas angekündigt worden war, erschien das symmetrische Gesicht, das Anna May all die Jahre so sehr an ihr eigenes Scheitern erinnert hatte, überall in der Stadt.

Plakatwände und Zeitungskioske waren erwartbar, und die konnte sie ignorieren, indem sie den Blick abwandte, aber das Hochglanzposter am schwarzen Brett eines Supermarkts in Anna Mays Nachbarschaft in Pacific Palisades erwischte sie kalt. Anna May presste die Tasche mit den Einkäufen an ihre Brust und starrte auf das enge, paillettenbesetzte Kleid, das dreireihige Perlenhalsband und den Schmollmund, der aussehen sollte, als hätte sie dem Betrachter gerade eine Kusshand zugeworfen. Die Wangenknochen waren so hoch wie eh und je, das blonde Haar platinfarbener als zuvor, auf der Stirn nicht eine erkennbare Falte. Unterm Strich wirkte das Gesicht eher unverletzlich als schön.

Airbrush-Attacke oder Unmengen von Make-up?

Anna May wollte nicht herablassend sein, sie wusste, dass sie sehr viel heruntergekommener aussah. Sie wollte sich ihr eigenes Gesicht nicht auf einem Poster vorstellen. Das letzte Mal, als ein Foto von ihr in einer Zeitung gedruckt worden war, lag gut zwei Jahre zurück – es ging um Alkohol am Steuer. Anna May hatte so viel Alkohol im Blut gehabt, dass man ihr eine Notfall-Bluttransfusion hatte geben müssen. Niemand saß an ihrem Bett, als sie wieder zu sich kam. Sie war es gewohnt, allein zu leben, und sie hatte ihre Unabhängigkeit über die Jahre durchaus zu schätzen gewusst, niemand, mit dem man sich arrangieren musste, aber jetzt war eines der wenigen Male in ihrem Leben, dass Anna May dachte: Eigentlich ist das der Grund, warum Leute heiraten und Kinder bekommen. Damit jemand am Krankenhausbett sitzt, wenn sie aufwachen. Als ein Arzt vorbeikam, wollte sie wissen: Hätte ich sterben können?

Ma'am, sagte der Arzt, Sie waren eigentlich schon tot.

Jetzt war sie seit fast einem Jahr trocken, aber ihr Körper hatte sich nicht von dem jahrelangen Alkoholmissbrauch erholt, ihr Gesicht konnte man vergessen. Jede Woche ging Anna May in eine teure Klinik, um sich überschüssige Flüssigkeit aus dem Bauch pumpen zu lassen. Der Leberschaden war irreversibel, und sie musste eine strenge Diät einhalten. Diese ganze »vollwertige Ernährung« war geschmacksfrei. Zwischen den Sitzungen achtete sie darauf, weite

Kleidung zu tragen, damit niemand etwas von dem, was wie ein Babybauch aussah, mitbekam.

Und doch sah Marlene mit sechzig genauso selbstsicher aus wie einst mit dreißig. Es war lange her. Anna May entfernte die Reißnägel, mit denen das Poster befestigt war, und ließ es in ihre Einkaufstasche gleiten. Als sie den Laden verließ, wurde sie von einem Sicherheitsmann aufgehalten. Im Büro gab sie schweigend das Poster zurück, sie schämte sich zu sehr, um etwas zu sagen.

Der Sicherheitsmann gab zu, dass auch er ein Dietrich-Fan sei.

Er wollte ihre Show sehen, aber die Tickets seien zu teuer, sagte er, und Vegas sei eine andere Liga. Man muss sich für diese Stadt wirklich aufbrezeln, fügte er hinzu, aber sobald man einmal drin ist, sind die Buffets quasi umsonst!

Obwohl es nur wenige Fahrstunden entfernt lag, war Anna May noch nie in Vegas gewesen, und sie konnte nur schwach nicken. Es wäre sinnlos, ihm zu sagen, dass auch sie eine Schauspielerin sei, und sie wollte schon gar nicht mit den winzigen galanten Nichtigkeiten anfangen: Dass es ihr falsch vorgekommen war, das Gesicht einer alten Freundin zwischen Flyern für Swamis Selbstverwirklichungs-Gruppe (kostenloser stimmungsaufhellender Kristall & Vierzig-Tage-Ergebnisse-Garantie oder Geld zurück!) und einem entlaufenen weiß-braunen Zwergspitz namens Pebbie (vierzehn Jahre alt, rosa Schnäuzchen, krummbeinig) hängen zu sehen.

Als Anna May vom Einkaufen nach Hause gekommen war, hatte sie im Riviera angerufen und ein Einzelticket für Marlenes Show gebucht. Damals waren es noch Monate bis dahin gewesen, und es hatte keinen Grund zur Sorge gegeben. Aber jetzt, da der Tag der Show gekommen war, überraschte es sie, wie nervös sie war, Marlene wiederzusehen. In den vielen Jahren nach *Shanghai-Express* waren sie sich mit vorhersehbarer Regelmäßigkeit bei den üblichen Anlässen über den Weg gelaufen. Jedes Mal, wenn Anna May davon ausging, dass Marlene ebenfalls bei einer bestimmten Veranstaltung auftauchen würde, gab sie sich allergrößte Mühe mit ihrem Aussehen, aus

Angst, nicht gut genug – oder schlimmer noch, zu übertrieben – gekleidet zu sein, obwohl sie wusste, dass sie nicht mehr als ein knappes Nicken mit Marlene austauschen würde, eine höfliche Begrüßung. Beide achteten darauf, die Distanz zu wahren.

Mit den Jahren bekam Anna May entweder immer weniger Einladungen zu Premieren und Partys, oder sie nahm sie nicht mehr an. Ehrlich gesagt konnte sie nicht mit Sicherheit sagen, was davon stimmte. Und sobald sie sich an ein ruhigeres Leben gewöhnt hatte, fiel es ihr schwer zu glauben, dass sie jahrelang so getan hatte, als gehöre sie in Designerkleider, die sie sich nicht leisten konnte.

Es war eine Weile her, seit sich Anna May Gedanken darüber gemacht hatte, ob diese Abendhandtasche zu jenen Schuhen passte. Sie überprüfte ihr Aussehen und fand es passabel. Gut, dass sie groß war und immer noch eine gute Figur machte. Sie wechselte die High Heels gegen flache Schuhe, bevor sie ihre Wohnung in einem burgunderroten chinesischen Kleid verließ. Als sie in ihr altes blaues Chevy-Coupé stieg, warf sie einen prüfenden Blick in den Rückspiegel, um zu sehen, ob sie alle Leberflecke auf ihren Wangen abgedeckt hatte. Bevor sie auf die Autobahn fuhr, hielt sie bei einem Floristen, schwankte zwischen Rosen und Lilien. Lilien waren wahrscheinlich immer noch Marlenes Lieblingsblumen, vielleicht wäre es da unpersönlicher, ihr Rosen zu kaufen?

十五

Die Lilien waren teurer, als Anna May erwartet hatte, aber Vegas erhob sich strahlend hinter der Autobahnausfahrt, und sie freute sich darauf, Marlene wiederzusehen. Alles war gigantisch und neonbeleuchtet: ein zwinkernder Cowboy, ein sich drehender Stern, ein Sultan mit auf die Hüften gestemmten Händen, ein silberner Damenschuh mit einer gelben Schleife. Am Riviera angekommen, übergab Anna May ihr Coupé an den Hotelpagen, als ein dicker Cadillac mit Heckflossen vorbeirollte. Das Riviera war eines der wenigen Casinos auf dem Strip mit einem hoch aufragenden Hotelturm. Am Pool sah sie Frauen, die ihre Bikinis mit acht Zentimeter hohen Absätzen kombiniert hatten. Als sie durch die klimatisierte Lobby ging, leiteten beflissene Angestellte Gäste mit Tickets von den Spielsalons weg zum Versailles Room, wo Marlene auftreten würde. Alle Plätze waren besetzt, und das Publikum bebte.

Die smaragdgrünen Ohrringe der Frau neben Anna May hingen so schwer herab, dass es aussah, als würden sie jeden Moment ihre Ohrläppchen zerreißen. Offensichtlich sollten sie zu dem hautengen hellgrünen Wickelkleid passen, das sie am Leib trug und so aussah, als sei es auf Höhe ihrer Schulter an der Achselhöhle eines Mannes, der einen Fez trug, befestigt.

Als die Lichter ausgingen, wurde es still.

In der Dunkelheit erkannte Anna May sofort diese unverwechselbare Stimme wieder, die noch immer ein Hallo in ein Mikrofon sagte, als wären es die längsten zwei Silben der Welt. Als das Scheinwerferlicht sie erfasste, stand sie mitten auf der Bühne, eine Schulter in ihrem viel fotografierten Schwanenmantel nach vorne geschoben. Das Publikum jubelte. Der Mantel rutschte ein wenig herunter, und

Marlene seufzte ins Mikrofon: Guten Abend, Vegas, keine andere Stadt der Welt ist so wie du, nicht wahr?

Ihre Stimme war jetzt tiefer.

Ihre Augen waren schläfriger, ihr Mund dünner, aber Anna May waren diese Details bereits vertraut, weil sie Marlenes Karriere über die Jahre verfolgt hatte. Das Alter hatte sie kaum ausgebremst – zuletzt hatte sie Marlene auf der großen Leinwand in Orson Welles' *Im Zeichen des Bösen* gesehen. Marlene spielte darin eine Bordellbesitzerin in Mexiko, und Anna May konnte sich noch an ihren Blick erinnern, als sie diese Mördersätze lieferte: Du hast keine Zukunft. Du hast sie dir selbst genommen. Welles war einer dieser Regisseure, mit denen Anna May gern arbeiten würde, aber da es bisher noch nicht geschehen war, wusste sie, dass es wohl für immer ein Traum bleiben würde.

Pfiffe aus dem Publikum, als Marlenes Mantel in einer einzigen grandiosen Bewegung herabfiel. Anna May musste lächeln, als sie sah, was sie darunter trug. Marlene hob in ihrem engen, hautfarbenen Netzkleid eine Augenbraue und blickte in den Saal. Strategisch platzierte Swarovskisteine bedeckten die delikaten Stellen, und es war offensichtlich, dass sie keinen BH trug. Marlenes Singstimme war von ihrem mittelatlantischen Sprechakzent abgewichen, die mokante deutsche Schärfe war zurück, als sie mühelos durch ihre Setlist schwebte. Mittendrin wechselte sie in einen weißen Smoking mit Zylinder. Wie Marlene früher Männerkleidung getragen hatte, war so natürlich, nonkonformistisch und neu gewesen. Man hatte sich nach ihr umgedreht, aber nicht, weil sie maßgeschneiderte lange Hosen mit schweren Oxfordschuhen kombinierte. Man hatte sich nach ihr umgedreht, um zu sehen, wie eine Frau, die ganz und gar sie selbst war, den Raum betrat.

Jetzt wirkte das alles wie Requisiten auf Anna May.

Marlene sang »I've Grown Accustomed to Her Face« und zwinkerte verschwörerisch in die Menge:

I'm very grateful she's a woman and so easy to forget
rather like a habit one can always break and yet –

Die Dame auf der Bühne war eine ausgebuffte Geschäftsfrau, die ihre eigene Nostalgie klug zu verscherbeln wusste, bevor es zu spät war. Natürlich lechzte das Publikum noch nach ihrer Darstellung. Zwischen den Songs warf Marlene gelegentlich schmutzige Witze ein. Anna May wand sich bei dem Gedanken daran, dass Marlene sie jeden Abend wiederholen musste, während das Publikum sich vor Lachen kaum halten konnte. Dafür hatte das Riviera also einen so riesigen Scheck an Marlene ausgestellt, dafür kamen die Leute: nicht um Marlene zu sehen, sondern wie sehr sie gealtert war. Für das Finale kam Marlene in winzigen schwarzen Shorts und dem Mantel eines Zirkusdirektors heraus, eine Peitsche in der Hand, während sich als Tiere verkleidete junge Showgirls in Käfigen um sich selbst drehten.

Nach der Zugabe bedachte sie die Menge mit Kusshänden und verschwand.

Als die Lichter wieder angingen, wusste Anna May nicht, was sie als Nächstes tun sollte. Sie hatte ihre Kontakte nicht spielen lassen, um vorab an eine Backstage-Einladung zu kommen, und ehrlich gesagt war sie sich nicht mehr sicher, ob sie Marlene überhaupt persönlich begegnen wollte. Die Menge war auf den Beinen, strömte hinaus zum Casino. Anna May war ebenfalls dabei zu gehen und ließ den Strauß Lilien auf ihrem Platz zurück. Bevor sie den Versailles Room verließ, eilte ihr ein Platzanweiser damit hinterher. Ma'am, sagte er, die hier haben Sie liegen lassen. Die Bühnentür ist links hinter der Kasse, fügte er hilfreich hinzu, Sie können sie nicht verfehlen.

Eine lange Reihe schlängelte sich um die Ecke.

Anna May lungerte widerstrebend herum, sie wollte sich nicht in die Schlange stellen, war aber auch noch nicht bereit zu gehen. Viele der Leute hatten ebenfalls Lilien dabei, einige Sträuße waren deutlich größer als ihrer. Marlene trat sehr viel früher aus der Tür als erwartet, flankiert von Sicherheitsleuten. Es waren nur fünfzehn oder zwanzig Minuten seit dem letzten Vorhang vergangen, aber sie sah frisch aus in ihrem gefalteten Taftkleid und den zweifarbigen Chanelschuhen. Ihre Haltung wirkte nicht ganz so sicher wie früher, aber sie wusste Mode wirklich zu tragen. In sicherer Distanz auf der Bühne hatte es sich leicht ausblenden lassen: Sie arbeitete mit allen alten Tricks. Jetzt stand sie keine drei Meter entfernt, alles strebte auf Marlene zu, und es war unmöglich, ihre Anwesenheit zu ignorieren. Anna May wandte sich um, hoffte verzweifelt darauf, sich unbemerkt wegschleichen zu können, bemühte sich still um die Aufmerksamkeit eines Hotelpagen, um sich ihr Auto bringen zu lassen.

Anna?, hörte sie hinter sich.

Marlene sagte ihren Namen immer noch mit zwei harten As.

Sie drehte sich um und sah Marlene direkt auf sich zukommen, die Hand nach ihrem Ellenbogen ausstrecken und sich vorbeugen, um sie auf beide Wangen zu küssen, während die Sicherheitsleute die Fans in der Schlange zurückhielten. Die Lilien wurden zwischen ihnen zerquetscht. Mit einem verlegenen Lachen riss sich Anna May los und streckte Marlene die Blumen entgegen. Ihre Finger berührten sich kurz bei der Übergabe der Lilien. Sie ruhten nur einen Sekundenbruchteil in Marlenes Armen, bevor sie von einem Bodyguard weggeschafft wurden. Marlene wandte sich forsch an einen Assistenten: Warum wurde Miss Wong nicht in den Backstageraum gebracht?

Oh, sagte Anna May, ich habe niemandem gesagt, dass ich hier sein würde. Ich habe mir das Ticket selbst gekauft.

Pardon?, sagte Marlene. Dein Agent hätte meinem Agenten wegen eines VIP-Platzes schreiben sollen, schimpfte Marlene und zog sie mit sich in ihre Entourage. Wozu sonst haben wir diese Blutsauger? Und schon stellte Marlene sie dem Pianisten vor, dem Presseagenten, einer Schar Backup-Tänzerinnen und einem bubihaften jungen Mann, den sie als »Freund der Familie« bezeichnete. Anna May war sich nicht sicher, vermutete aber, dass es Mafia bedeutete. Er trug einen perfekt gebügelten Nadelstreifenanzug und behielt die getönte Sonnenbrille auf.

Gehen wir, sagte Marlene. After-Show-Party.

Sie schnippte mit den Fingern und ging an der Schlange entlang, gab willkürlich ein paar Autogramme und nahm geübt Blumensträuße entgegen, ohne den Rhythmus ihres Gangs zu brechen. Dann setzten sie sich alle in eine Stretchlimousine, die leise am Rand gehalten hatte. Sie wurden zu einer polynesischen Bar gebracht. Eine weiße junge Frau in einem Grasröckchen führte sie zu einem Privatbereich, der mit einer Wachsblumenkette abgesperrt war. Sie ließen sich auf Rattansofas und Futons nieder. Anna May verstand nicht, warum Marlene sie hierhin mitgeschleppt hatte, wenn sie doch nur mit dem »Freund der Familie« herumschäkerte – Marlene presste sich an den jungen Mann, der ihr gerade erklärte, dass die riesigen Moai-Köpfe, die draußen die kleine Holzbrücke der Bar flankierten, nicht echt seien, die in seinem Garten in Malibu hingegen kämen direkt von den Osterinseln. Die Bedienung in dem Grasröckchen kam zurück, um die Bestellungen für »Originaldrinks von den Fernen Inseln« aufzunehmen.

Anna May lehnte dankend ab.

Jetzt schien es Marlene wieder einzufallen, dass Anna May anwesend war. Das ist nicht erlaubt, rief sie, ich werde etwas für Miss Wong bestellen. Sie betrachtete die Karte. Das ist leicht, sagte sie und schenkte Anna May ein Lächeln, der Savage Island Pearl Cocktail soll es sein. Als die Karte um den Tisch ging, erwähnte jemand, dass es ein Dschingis-Khan-Steak gebe. Heldenfrühstück, sagte Marlene, und alle lachten. Die Drinks kamen im Handumdrehen, jeder mit seiner eigenen tropischen Dekoration. Seht euch diese winzig kleinen Schirmchen an, gurrte einer, da hat man doch gleich das Gefühl, man sei im Urlaub. Sie hoben ihre Drinks, und jemand brachte einen Toast auf Marlene aus. Nicht zu vergessen das Riviera, fügte Marlene hinzu und nickte den wichtigen Leuten in ihrer Entourage zu, meine Musiker, meine Tänzerinnen – und die faszinierendste asiatisch-amerikanische Schauspielerin unserer Zeit! Fragend drehten sich die Köpfe zu Anna May um, und sie fühlte sich unwohl. Sie wollte sagen, dass es nicht so schwierig war, die faszinierendste asiatisch-amerikanische Schauspielerin unserer Zeit zu sein, wenn es nur eine gab, aber natürlich war der Toast gar nicht für sie. Alle stießen bereits an und riefen Prost!

Anna Mays Glas stieß über dem niedrigen Rattantisch gegen das von Marlene, und sie hob den Cocktail an die Lippen. Sie wusste, dass Marlene sie jetzt beobachtete, ob sie auch wirklich trank. Sobald Anna May einen Schluck von dem Cocktail getrunken hatte, widmete sich Marlene wieder anderen. Eine Weile sah sie Marlene dabei zu, wie sie einen Drink nach dem nächsten leerte, mit einer Person nach der nächsten. Als das Licht auf Marlenes Gesicht fiel, bemerkte Anna May, dass sie sich die Haut um die Augen herum nach hinten geklebt hatte, damit sie straffer aussah.

Eine junge Frau machte sich an Anna May heran.

Ich werde mir auch so einen Statement-Pony wie Ihren zulegen, sagte sie. Wie heißen Sie noch mal?

Bevor Anna May antworten konnte, spulte die junge Frau bereits ihre eigene Vita ab: italienische Abstammung, Schauspiel bei dem-und-dem studiert, mehr Meisner, weniger Stanislawski, habe sie außerdem schon erwähnt, dass sie die Nichte von dem-und-dem sei, Sie wissen schon, der bedeutende Drehbuchautor? Wahrscheinlich sei sie die totale Inspiration für Ann in *Ein Herz und eine Krone* gewesen, weil sie schon mal auf einer Parkbank eingeschlafen sei, nachdem sie einen Joint geraucht und ihr Onkel sie gefunden habe – Anna May wartete geduldig darauf, dass die junge Frau zum Ende kam, bis sie einsehen musste, dass diese Geschichte kein Ende hatte.

Sie entschuldigen mich, gelang es Anna May schließlich einzuwerfen, ich muss gehen.

Ah, sagte die junge Frau. Wohin denn?

Ich gehe, zögerte Anna May hinaus, zur Toilette.

Sie wollte sich von Marlene verabschieden, aber diese Frau war nirgendwo zu sehen. Sei's drum, sie schaffte es einfach nicht, noch länger den Smalltalk dieser Bande zu ertragen. Auf der Toilette ging sie in eine der Kabinen und steckte sich zwei Finger in den Hals, um sich den Whiskey aus dem Magen zu befördern. Als sie fertig war, sah sie nach, ob sich draußen jemand aufhielt, bevor sie die Kabine verließ. Anna May wusch sich die Hände am Waschbecken und freute sich schon auf den Heimweg, als sie bemerkte, wie sich hinter ihr langsam eine Kabinentür öffnete. Es war Marlene, die über einem geschlossenen Toilettendeckel kauerte und sich mit den Händen an

der Kabinenwand abstützte. Ihr linker Knöchel war riesig ange-
schwollen. Ihre Chanelschuhe und ein Paar Kompressionsstrümpfe
lagen auf dem Boden. Marlene sah aus, als versuche sie, ihre Grimas-
se in ein Lächeln zu zwingen, bevor sie sagte: Wärst du so nett und
würdest mir etwas Eis holen?

Ich hole Hilfe, sagte Anna May, aber Marlene schüttelte den Kopf.

Nein, Anna, sagte sie bestimmt. Bitte nur etwas Eis.

Marlene war direkt vor der Show auf einer Treppe gestolpert und gefallen, aber sie hatte die Vorstellung nicht absagen wollen. Zwanzigtausend pro Abend, sagte Marlene. Sie hatte sich eine Wettkampf-
mixtur aus Cortison und Morphin gespritzt, sich unbesiegbar gefühlt
und einfach das Programm durchgezogen, aber nun schienen die Me-
dikamente gerade nachzulassen.

Anna May verschloss die Tür zur Toilette von innen, bevor Marlene sich aus der Kabine traute. Bist du sicher, rief Marlene. Ja, sagte
Anna May und rüttelte an der Tür, um es ihr zu zeigen. Marlene öffnete den Reißverschluss ihres Kleids und zog sich den hautfarbenen
Latexanzug aus, der ihren Körper vom Hals bis zu den Knöcheln um-
schloss und in Form brachte. Anna May hatte ihn nicht einmal bemerkt. Mein Stützsystem, witzelte Marlene. Sie half Marlene aus dem
Anzug und war überrascht, wie schlaff sich ihre Muskeln anfühlten.
Die Adern in beiden Waden waren blau, auch in dem unverletzten
Bein. Anna May konnte kaum einen Puls spüren, als sie das Eis mit
ihrem Schal um Marlenes Knöchel band.

Sie fragte: Wie bist du aus der Garderobe gekommen?

Willenskraft, scherzte Marlene. Ich bin Deutsche. Sie suchte in ihrer Tasche nach einer Zigarette. Meinst du, hier drin ist ein Feuermel-
der? Bevor Anna May nachsehen konnte, hatte sich Marlene schon
eine angezündet. Auch eine?

Anna May schüttelte den Kopf.

Du solltest das untersuchen lassen, sagte sie.

Ärzte, schnaubte Marlene. Professionelle Spaßverderber. Warum
bezahlen wir sie dafür, dass sie uns sagen, was wir nicht tun dürfen?

Sie setzte sich auf den Boden, lehnte sich an die Wand und atmete geräuschvoll den Zigarettenrauch aus. Weißt du, was sie mir gesagt haben? Doppelte Amputation in absehbarer Zeit, wenn ich mich nicht sofort behandeln lasse. Das war vor einem Jahr. Siehst du, ich bin immer noch hier und absolut diensttauglich, oder?

Warte mal, sagte Anna May, setzte sich zu ihr und richtete die verrutschende Eiskompresse. Amputation?

Das Vernünftigste, fuhr Marlene sie ignorierend leichthin fort, war, meine Garderobe umzustellen. Zehn Paar maßgeschneiderte Stiefel in gestaffelten Größen, um Platz für die Schwellungen zu haben. Auch ohne den Sturz schwellen sie um gute drei Zentimeter in alle Richtungen an, wenn ich zu lange auf den Beinen bin. Während der Show wechsle ich in die größeren Größen, ohne dass das Publikum es merkt, nicht wahr?

Stimmt, sagte Anna May, aber warum kannst du denn nicht sitzen?

Anna, sagte Marlene. Die Leute bezahlen dafür, mich auf der Bühne zu haben! Das Mindeste, was ich tun kann, ist, aufrecht zu stehen. Meine nächste Station ist Cannes, dreißigtausend für drei Shows. In Deutschland habe ich dem Publikum einen Rabatt gewährt, aber eine junge Frau mit fransigen Haaren – man sah gleich, dass sie es im Leben nicht weit bringen wird – hat mir ins Gesicht gespuckt. Ich werde nie mehr dorthin zurückkehren. Marlene stieß einen Ring aus Zigarettenrauch aus. Weißt du, sagte sie langsam, ich habe meine alte Wohnung behalten. Ich dachte immer, ich würde irgendwann nach Berlin zurückkehren. Um mich zur Ruhe zu setzen – oder eigentlich, um zu sterben. Sie betrachteten den Rauchring, der immer noch in der Luft hing. Du wirst nicht sterben, sagte Anna May entschieden, und es sieht auch nicht so aus, als wärst du bereit, dich zur Ruhe zu setzen. Der Ring löste sich langsam auf, als Anna May klar wurde, dass sie die Wohnung, von der Marlene sprach, kannte. Wie dem auch sei, fuhr sie fort, wahrscheinlich bist du ohnehin unsterblich. Marlene verzog das Gesicht, wie um zu sagen, dass rührseliger Trost zwischen ihnen nicht nötig war. Nein, wirklich, sagte Anna May.

Wie soll ich es sagen? Ich habe dein Gesicht auf einer Tasse in einem Geschenkeladen in Pacific Palisades gesehen.

Ach, sagte Marlene, ich weiß nicht, ob ich lachen oder weinen soll.

Sie schwiegen behaglich, während Marlene ihre Zigarette beendete.

Wie geht's deinem Bein?, fragte Anna May.

Besser, sagte Marlene. Jetzt ist alles schön taub.

Wir sollten wieder rausgehen, sagte Anna May. Die anderen werden sich schon wundern, wo du bist. Nein, nein, sagte Marlene, bring mich bitte zum Riviera. Und nicht mit der Limo, die draußen auf dem Parkplatz wartet, fügte sie schnell hinzu, sonst wissen sie, dass ich weg bin. Anna May versuchte zu verstehen, was Marlene meinte. Die After-Show-Partys, sagte Marlene, sind Teil meines Vertrags.

Einen Moment lang war sie still, und Anna May empfand Mitleid mit ihr. Aber da war Marlene schon dabei, mit viel Schwung zwei verknüllte Seidentücher von Hermès auszuschütteln. Komm schon, sagte sie und winkte Anna May. Als Anna May sich nicht rührte, rutschte Marlene ein Stück vor, um ihr das Tuch erst um den Kopf, dann über Mund, Nase und Wangen zu wickeln. Die beiden seidenen Enden knotete sie hinter Anna Mays Kopf zusammen. Ich habe immer eins oder zwei dabei, sagte Marlene, die sind sehr hilfreich.

Das ist doch lächerlich, sagte Anna May. Außerdem erkennt mich sowieso niemand mehr.

Mit diesem Gesicht?, erwiderte Marlene. Unsinn. Bekommst du genug Luft?

Sie schlichen sich mit ihren selbstgemachten Seidenmasken zum Hinterausgang des Clubs hinaus. Marlene packte Anna Mays Arm, um sich abzustützen, und winkte ein Taxi herbei. Im Taxi blieben sie still, aber Anna Mays Schleier rutschte ihr langsam von der Nase, und sie bemühte sich, ihn zurechtzurücken.

Alles in Ordnung da hinten?, fragte der Taxifahrer. Er war ein junger Latino in einem zerknitterten T-Shirt. Ja, rief Marlene, uns geht es hervorragend. Die Worte klangen gedämpft. Marlene wandte sich zu Anna May, um ihr mit dem Tuch zu helfen. Der Taxifahrer schien sich unwohl zu fühlen, als er sie im Rückspiegel beobachtete. Was soll das mit den Tüchern, sagte er, seid ihr krank oder so was?

Jetzt fing Anna May an zu lachen.

Sie wickelte sich das Tuch ab, obwohl Marlene energisch den Kopf schüttelte. Meine Freundin hier ist Hypochonderin, sagte Anna May zu dem Taxifahrer. Entschuldigung?, sagte der Taxifahrer. Sie hat Angst vor Läusen, sagte Anna May. Marlene zwickte sie. Autsch, sagte Anna May. Alles in Ordnung, Ma'am? Der Taxifahrer schien vollkommen verwirrt. Hören Sie, Ladys, Sie wollen mich doch wohl nicht verkohlen? Vorhin hat mich schon so eine Schnalle sitzen lassen, ohne zu bezahlen. Falls Sie das vorhaben, werde ich Sie gleich hier rauslassen, auf der Stelle.

Er zog die Handbremse.

Sie befanden sich an einer Straßenecke mit einem billig aussehenden Motel, das von einem großen Hufeisen erleuchtet wurde. Obwohl Marlenes Gesicht fest in Seide gewickelt war, konnte Anna May die Empörung sehen. Marlene durchwühlte ihre Tasche und schwenkte schließlich mit einem großen Fünfzig-Dollar-Schein. Schau mal, Kleiner, sagte Marlene und zog sich die Seide um den Mund herum weg, um klar und deutlich sprechen zu können. Das hier ist mehr als das Zehnfache für die Fahrt. Es gehört dir, wenn du für den Rest der Fahrt die Klappe hältst. Der Taxifahrer nahm den Schein von Marlene, prüfte das Wasserzeichen. Dann stieß er einen leisen Pfiff aus. Sie verarschen mich nicht, sagte er. Nein, stimmte Marlene zu, mich kann man in Gold aufwiegen.

Schweigend fuhren sie weiter, bis sie an einem unscheinbaren Late Night Diner vorbeikamen. Halt an, sagte Marlene. Planänderung. Was ist?, fragte Anna May. Krabbencocktail für neunundneunzig Cent, sagte Marlene gewichtig und deutete auf das blinkende Neonschild. Anna May schlug vor, es sei doch einfacher, im Riviera etwas zu essen zu bestellen. Natürlich, sagte Marlene, aber wo wäre da der Spaß?

Marlene zog einen weiteren Fünfzig-Dollar-Schein hervor.

Ich will, dass du da reingehst, sagte sie zu dem Taxifahrer, und uns zwei Krabbencocktails holst. Drei, fügte sie hinzu, falls du auch einen

willst. Sie gab ihm noch einen Fünfzig-Dollar-Schein für die Krabbencocktails. Sag denen, dass du sie für fünfzig Dollar zum Hier-Essen willst, sagte sie, aber zum Mitnehmen. Er sah verblüfft aus. Zum
Hier-Essen, aber zum Mitnehmen, erklärte Marlene, als sei es offensichtlich, du bezahlst gutes Geld dafür, dass du das Geschirr mit-
nimmst – Glas, Löffel, alles. Er dachte einen Moment nach, den Blick
auf den Schein gerichtet. Ma'am, sagte er, ich gebe mein Bestes. Dann
zögerte er und wandte sich ernst an die beiden. Ma'am, sagte er. Sie
werden aber nicht mein Auto klauen, oder? Süßer, sagte Marlene,
ganz ehrlich, ich habe keine Ahnung, wie du auf solche Ideen kommst!

Er ließ sie im Taxi zurück.

Marlene beugte sich über Anna May und kurbelte das Fenster runter. Hey, rief sie ihm nach, sieh zu, ob du beim Rausgehen noch eine
Flasche scharfe Soße stibitzen kannst! Der Taxifahrer signalisierte ein
Okay, und Marlene bewegte den Kopf in seine Richtung, das lässige
Nicken einer Frau, die es gewohnt war, immer und überall zu bekommen, was sie wollte. Also, sagte Anna May, manche Dinge ändern sich
wohl nie.

Was?, wollte Marlene wissen.

Du weißt, was ich meine, sagte Anna May.

Du sagst das, als wäre es etwas Schlechtes. Marlene lächelte sie
an. Sagte ich schon, wie sehr ich mich freue, dich zu sehen, Anna?

Als sie die Silhouette des zurückkehrenden Taxifahrers erblickte,
der drei Cocktailgläser zwischen den Händen balancierte, fing Marlene an zu jubeln. Anna May öffnete von innen die Fahrertür, damit
er einsteigen konnte. Señoritas! Er verbeugte sich, als er ihnen die
Krabbencocktails und das Besteck reichte. Dann griff er in seine Ge-
säßtasche und zog eine Flasche mit scharfer Soße hervor. Exzellent,
rief Marlene, riss sich den Schal vom Gesicht und gab ihm einen
Kuss auf die Wange, ich wusste, wir können uns auf dich verlassen!
Verblüfft machte er es sich auf seinem Sitz bequem und murmelte:
Die Soße hab ich geklaut. Hat aber, glaub ich, niemand gesehen.
Nachdem Marlene ihren Cocktail darin ertränkt hatte, fragte sie

Anna May: Auch welche? Nur ein bisschen, sagte Anna May, aber Marlene löste aus Versehen eine ganze Flut aus. Ups, sagte sie. Als sie auf dem Parkplatz über eine Unebenheit fuhren, kreischte Marlene und verteilte die Soße auf der ganzen Rückbank.

Der Taxifahrer schaltete sich durch die Radiokanäle.

Er hielt bei »Who's Sorry Now?« von Connie Francis an.

Anna May hatte die Musik von Connie Francis immer für etwas gehalten, das man tagsüber hörte, aber als sie jetzt nach Mitternacht auf dem Rücksitz eines Taxis diesem Lied lauschte, in der Hand einen Krabbencocktail, neben ihr eine alte Freundin, die aus voller Kehle begeistert mitsang, war sie sich da nicht mehr so sicher. Das Lied war vorüber, und das Programm ging in eine Late-Night-Talkshow über. Eine Weile blieben sie still, bis der Taxifahrer anfing, über das unverständliche Radiogemurmel »Cuando Calienta el Sol« zu summen und dabei mit den Fingern den Takt auf dem Lenkrad schlug. Als Marlene beim Refrain mit eindeutig phonetischem Spanisch einstimmte, sprang ihr der Taxifahrer mit den Fähigkeiten eines Muttersprachlers bei. Er hatte einen schönen Bariton. Er fing erst zögerlich an, wurde dann aber lauter, und Anna May merkte, wie Marlene sich zurücknahm, um mit ihm zu harmonieren.

Der Taxifahrer war in Höchstform.

Das war die echte Show, dachte Anna May und lehnte sich zurück. Es gab niemals Tickets für die echte Show. Marlenes Augen waren fest geschlossen, als sie zur letzten Strophe kamen, und der Taxifahrer hatte die Hände vom Steuer genommen, *mi delirio, me estremezco, oh oh oh!* Anna May saugte jeden einzelnen Konsonanten auf, bis ein leeres Echo durch den fahrenden Wagen drang. Jetzt gab es nur noch das gedämpfte Brummen des Motors und das Lachen aus dem Radio. Anna May wusste nicht, was sie sagen sollte, und legte nur ihre Hand auf Marlenes Knie. Aber Marlene löffelte lautstark den Rest ihres Krabbencocktails auf, schabte dabei auf dem Glasboden herum, und wenn Anna May etwas über Marlene wusste, dann, dass sie es nur tat, um die Emotion des Moments zu untergraben, so wie die besten Regisseure auf eine schwere Szene eine leichte folgen ließen, oder umgekehrt. Und tatsächlich, als sie fertig war, wandte sie sich mit einem durchtriebenen, selbstgefälligen Blick Anna May zu. Gib es zu, Anna, sagte Marlene und brachte den Satz, als wäre sie eine Art Teenie-Idol in einem abgedroschenen Popcorn-Kinofilm, ist das nicht der beste Neunundneunzig-Cent-Krabbencocktail, den du je gegessen hast?

Auf Marlenes Anweisung hin ließ der Taxifahrer die beiden vor dem Dienstboteneingang des Riviera raus, damit sie sich hineinschleichen konnten. Die leeren Cocktailgläser klirrten auf dem Rücksitz. Tut mir leid, dass ich Sie nicht schon früher erkannt habe, sagte er ehrfürchtig und verabschiedete sich.

Aber das macht doch gar nichts, sagte Marlene großmütig.

Bevor Sie gehen, könnten Sie mir bitte – und hier errötete er – ein Autogramm geben, Miss West?

Anna May lachte so sehr, dass sie stehen bleiben und sich vorbeugen musste. Sie gingen durch den Flur hinter dem Dienstboteneingang. Du entscheidest, Anna! Dieses Biest ist doch mindestens zehn Jahre älter als ich, schäumte Marlene, und einen ganzen Kopf kleiner. Seh ich auch nur annähernd aus wie Mae West? Von dem Überbiss fang ich erst gar nicht an, fügte Marlene säuerlich hinzu, und Titten wie eine Bauernmagd. Versteh mich nicht falsch – ich mag Mae, aber diese jungen Leute heutzutage haben nur Scheiße im Kopf!

Anna May war auf den Boden gesunken.

Steh sofort wieder auf, sagte Marlene und griff Anna May unter die Arme. Wo sind deine Manieren! Anna May ließ sich von Marlene hochziehen, aber ein paar Schritte weiter brach sie wieder in Gelächter aus. Trotz ihres Ausbruchs jetzt hatte Marlene den Taxifahrer nicht auf diese gravierende Verwechslung angesprochen. Stumm hatte sie seinen Stift entgegengenommen und ein M, dann ein A in Druckbuchstaben auf den Schild seiner Baseballkappe geschrieben, bevor sie innehielt und sie zurückgab.

Ma, sagte Anna May ersterbend, *Ma*.

Du bist grausam, schmollte Marlene, versuchte aber, nicht ebenfalls zu lachen.

Arm in Arm schlingerten sie durch den Servicebereich, vorbei an riesigen Karren mit dreckiger Bettwäsche. Kannst du das riechen?, fragte Marlene laut und schnüffelte. Versöhnungssex, Trennungssex, christlicher Sex, heidnischer Sex ...

Ein Zimmermädchen am anderen Ende des Flurs drehte sich um, und Anna May stupste Marlene an. Marlene verzog das Gesicht. Ihr Knöchel musste wehtun, Anna May hatte ihn vollkommen vergessen. Halt den Mund und stütz dich auf mich, sagte Anna May, als sie den Aufzug fanden. Marlene war schwerer als erwartet, und es war nicht so einfach, sie zu stützen, aber nach einigem Zickzack durch die Serviceflure schafften sie es in den entsprechenden Flügel und in Marlenes Ecksuite.

Anna, wir haben es geschafft!

Anna May sah sich in der Suite um. Liliensträuße überall auf den Kommoden, wer weiß, wo ihrer war? Es war nur einer von vielen. Mehrere Stiefelpaare standen aufgereiht an der Wand. Hätte Marlene nichts von den verschiedenen Größen erwähnt, Anna May hätte sie alle für identische Paare gehalten. Marlene ging direkt zum Telefon, um ihre Sprachnachrichten abzuhören. Es gab nur eine, von ihrem Manager, der wissen wollte, ob sie noch immer auf der After-Show-Party sei.

Nichts von *ihm*, sagte Marlene. Es ist ihm egal!

Sie warf Anna May einen Blick zu, als erwartete sie die Frage: Von wem?

Anna May wollte sich nicht in etwas hineinziehen lassen. Mühelos trat sie zurück und sagte: Ich lass dir ein warmes Bad ein. Sie sah Marlene ein langes Gesicht machen, als sie wegging, aber es gab nichts, was sie dagegen tun wollte oder konnte. Während sie im Bad darauf wartete, dass die Wanne volllief, öffnete Anna May einen Lippenstift auf der Ablage. Daneben lag eine fast quadratische Bürste mit Drahtborsten, in denen sich blonde Haarfussel verfangen hatten, und eine halb leere, teuer aussehende Handlotion in Reisegröße. Anna May rieb sich die reichhaltige Creme auf die Hände. Als sie zurück ins Zimmer trat, war Marlene eingeschlafen. Sie so vorzufinden war wie ein schönes Geheimnis, das man ganz für sich behielt. Zu wissen, dass dieses Gesicht auch empfindsam und ahnungslos sein konnte, mit den leicht geöffneten Lippen, die mit einem leisen Pfeifen ein- und ausatmeten. Sie berührte Marlene sanft an der Schulter, um sie zu wecken.

Das Wasser wird kalt, sagte Anna May.

Marlene runzelte die Stirn, ihre Augen mussten sich an das Licht gewöhnen, dann warf sie sich gleich wieder in ihre Rolle. Sollen wir auf ein Steak runter ins Hickory gehen, Anna? Sie haben mitten im Restaurant einen offenen Grill, und man kann dabei zusehen, wie sie das Fleisch zubereiten. Außerdem geht es komplett aufs Haus, ich muss im Riviera für nichts bezahlen. Diese Gangster wissen wirklich, wie man eine Dame behandelt.

Es ist weit nach Mitternacht, sagte Anna May.

Ich mache uns Kaffee, sagte Marlene, dann können wir runter zur Blackjack-Lounge oder zu den Automaten. Ich hab bei den Automaten nicht viel Glück, aber Blackjack? Ich verliere nie, wenn ich eine harte Hand spiele. Und die Croupiers – Zwillinge – so niedlich! Ich bearbeite sie schon die ganze Zeit.

Es ist spät, sagte Anna May. Ich sollte besser gehen.

Du könntest über Nacht bleiben, sagte Marlene und deutete mit dem Kopf in das luxuriöse Zimmer.

Ich bin zu alt für Übernachtungspartys, sagte Anna May, und du übrigens auch.

Puh, sagte Marlene und winkte ab, wenn du meinst. Wir könnten uns Frühstück aufs Zimmer bringen lassen, fügte sie hinzu, sie machen hier die besten Pfannkuchen, und sie bügeln sogar die Zeitungen. Wie wär's?

Marlene ließ sich nicht bremsen, und es war jetzt allzu offensichtlich: Ihre Wünsche waren keine Bedürfnisse, sie waren stets nur Marotten gewesen. Vor dreißig Jahren wäre Anna May vielleicht geblieben – und obwohl nichts von alledem sie überraschte, war sie doch enttäuscht, dass Marlene ihre veränderte Stimmung nicht einmal wahrgenommen hatte, sondern einfach weitermachte. Diese Suite ist *riesig*, sagte sie, ich habe denen gesagt, dass ich gar nicht so viel Platz brauche, aber sie bestanden darauf …

Bist du's nicht manchmal selbst leid, du zu sein?, fragte Anna May.

Marlene warf ihr einen ungerührten Blick zu, aber Anna May wusste, dass sie sie verletzt hatte. Es war zu spät, um das Gesagte zurückzunehmen, und sie wollte auch nicht so tun, als täte es ihr leid. Untypischerweise schien Marlene nichts erwidern zu wollen. Ihre mit dem Brennstab gelegten Locken waren dabei, sich zu lösen. Ich werde jetzt gehen, sagte Anna May, in Ordnung? Ohne auf eine Antwort zu warten, verschwand sie aus Marlenes Suite, hörte, wie die schwere Tür hinter ihr ins Schloss klickte, und ging über den mit schwerem Teppichboden ausgelegten Flur davon.

Während sie darauf wartete, dass der Hotelpage mit ihrem Wagen zur Auffahrt kam, freute sich Anna May, dass sie Vegas bald hinter sich lassen würde. Nichts auf dem Strip fühlte sich echt an, dachte sie, alles schien etwas anderes sein zu wollen. Gegenüber leuchtete ein großes Schild für billigen Indianerschmuck: 50 % REDUZIERT. Neben ihr zündete sich jemand eine Zigarette an, und sie wollte gerade einen Schritt zur Seite treten, als sie merkte, dass es Marlene war. Sie hatte sich einen Gabardinemantel übergeworfen, eine Sonnenbrille aufgesetzt und stützte sich auf einen Hotelschirm. Anna May war überrascht, dass Marlene heruntergekommen war, lächelte ihr aber kühl zu. Ich habe vergessen, mich zu bedanken, sagte Marlene, und wer weiß, wann ich dich wiedersehen werde. In zehn Jahren haben sie mir vielleicht beide Beine amputiert, scherzte sie und nahm einen Zug, aber wahrscheinlich gibt es auch dafür einen Markt. Aber im Ernst, jetzt wandte sie sich Anna May direkt zu, vielen Dank. Ich weiß nicht, was ich ohne dich getan hätte.

Wie ich dich kenne, sagte Anna May leichthin, wäre dir schon etwas eingefallen.

Sie konnte Marlenes Augen hinter den dunklen Gläsern nicht erkennen.

Ja, sagte Marlene. Aber heute Abend war doch lustig, oder?

Sicher, sagte Anna May zurückhaltend. Der Hotelpage fuhr in ihrem ramponierten blauen Coupé vor. Er war kein Vergleich zu Marlenes chauffierter Limousine, und Anna May war froh, dass es ihr egal war und sie sich nicht schämte, weil Marlene den Wagen sah. Mein Auto, sagte sie zu Marlene, als der Hotelpage ausstieg und die Tür aufhielt. Marlene trat die Zigarette mit ihrem Absatz aus und machte einen Schritt auf Anna May zu. Sie umarmten sich förmlich, ihre Wangen berührten sich dabei. *Shanghai-Express* war mein bester Film, murmelte Marlene, mit Jo und dir. Würdest du dem zustimmen? Es gab nichts, dem sie zustimmen konnte, dachte Anna May. Wir sind nie in Kontakt geblieben, sagte Marlene, als sie die Umarmung lösten. Sie nahm die Sonnenbrille ab, und ihr Blick war unsicher, zum ersten Mal. Du hasst mich aber nicht, oder?

Nein, sagte Anna May vorsichtig. Warum sollte ich?

Ach, weißt du, sagte Marlene. Wir hätten denen ganz schön was bieten können, damit sie sich die Mäuler zerreißen.

Ein alter Blick entstand zwischen ihnen. Erst war er noch echt. Dann wurde er zu einem Blick, den nur zwei Schauspielerinnen miteinander teilen konnten. Sie öffnete sich, begann sich darauf einzulassen, wie Marlene sie ansah. Der Hotelpage stand an der Wagentür. Der Motor lief. Wenn sie jetzt nicht ging, dann ging sie vielleicht nie. Pass auf deine Beine auf, sagte Anna May, beugte sich vor und küsste die feinen Linien, die sich um Marlenes Augen kräuselten. Diese glamouröse Gans hatte sich zwei Reihen falsche Wimpern aufgeklebt, sie kitzelten an ihren Lippen.

Auf Wiedersehen, Shanghai Lily, sagte sie.

Anna May nahm, ohne sich umzusehen, auf dem Fahrersitz Platz. Der Hotelpage gab der Tür genau den richtigen Stoß, damit sie ordentlich ins Schloss fiel, ohne zu knallen. Als sie losfuhr, warf sie einen diskreten Blick auf Marlenes kleine, verschwindende Gestalt im Rückspiegel. Marlene setzte sich die Sonnenbrille wieder auf, ging aber nicht direkt zurück ins Hotel. Das konnte wenig bis gar nichts bedeuten, aber Anna May reichte es: Diese Frau, die da vor dem Eingang stand und ihr nachsah. Erst als Anna May die Kurve der Auffahrt nahm, sah sie, wie Marlene den Mantel enger um sich zog und auf den Schirm gestützt hineinhumpelte. Mit einem eleganten Gruß hielt ihr der Page die schwere Glastür auf.

Gegen drei Uhr morgens sind die Asphaltnetze einer jeden Stadt geschwängert von den warmen Schatten des vergangenen Tages. Anna May kurbelte das Fenster runter, während sie durch ihre Stadt fuhr. Nachts liebe ich dich noch mehr, dachte sie. L.A. war leer am allerschönsten. Die hohen Palmen auf beiden Seiten des langen Boulevards waren in einer so geraden Linie gepflanzt worden, dass ihre dunklen Silhouetten wie eine Fata Morgana wirkten, ohne Anfang und ohne Ende. Sie glitt durch die ruhigen Straßen, lächelte, ohne jemanden damit zu bedenken, ohne einen Grund dafür zu haben. Sie wartete an einer roten Ampel, wartete geduldig darauf, dass das Fußgängerzeichen mit seinem drängenden Blinken aufhörte, obwohl niemand die Straße überquerte. Sie legte alle zehn Finger an die Nase und inhalierte. Marlenes Handcreme war mittlerweile zu etwas Süßem und Dreckigem getrocknet, wie altes Geld oder in einer Kalbsledertasche vergessene Lavendelblüten. Als die Ampel grün wurde, trat Anna May das Gaspedal durch. Sie wurde immer schneller auf der langen Straße, lehnte sich hinaus, um die nächtliche Brise auf ihrer Haut zu spüren. Ihr Pony flatterte in alle Richtungen, als sie sich das Haar aus den Augen strich und nach Hause raste.

十六

Shanghai-Express war in China wegen seiner politischen Schönfärberei und der indirekten Unterstellung, dass Recht und Ordnung wirkungslos seien, verboten: Der Film spielt während des nationalistisch-kommunistischen Bürgerkriegs, und der titelgebende Shanghai-Peking-Express wird von Banditen aufgehalten. Man hatte sogar einen Haftbefehl für den dekadenten Ausländer Josef von Sternberg ausgestellt, sollte er jemals chinesischen Boden betreten, weil er in seinem Drehbuch durchgehend auf so beleidigende Dialoge bestand wie »in China haben Zeit und Leben nur wenig Wert«, und wegen des grundsätzlich unsittlichen Umstands, dass zwei Prostituierte zusammen auf Reisen waren.

Als Anna May 1936, vier Jahre nach dem Filmdreh, mit dem echten *Shanghai-Express* fuhr, war sie allein. Die Reise nach Osten war ihr von ihrem Agenten nach dem Casting-Fiasko für *Die gute Erde* bei MGM nahegelegt worden.

Du musst Trübsal blasen, instruierte er sie, aber sei fotogen dabei.

Nimm deine hochgeschlossenen Seidenkleider mit den Froschverschlüssen mit, riet er ihr. Schick mir Bilder, damit ich sie streuen kann. Tinten-Kalligrafie, Fächertanz, egal, alles, was dir einfällt. Ich brauche Abwechslung. Wir schicken eine kleine Dokucrew rüber, wenn du dein Heimatdorf besuchst. Das sollte für gutes Material sorgen.

MGM hatte im Frühjahr 1936 ausgiebige Probeaufnahmen mit Anna May für ihre Hauptrolle gemacht, O-lan. *Die gute Erde* sollte die erste Hollywoodproduktion mit einer asiatischen Hauptfigur sein, die auch tatsächlich von einer Asiatin gespielt wurde. O-lan war weder Hure noch Verbrecherin, sie war eine echte Figur, eine willensstarke Bäuerin, die sich um ihre Ernte kümmerte. Anna May hatte den Roman von Pearl S. Buck schon gelesen, bevor er mit dem Pulitzerpreis ausgezeichnet wurde, und brachte zu den Probeaufnahmen ihre eigene Ausgabe mit. Sie hatte ihn gewissenhaft ein zweites Mal gelesen, alle Stellen mit O-lan markiert, und arbeitete bereits an den Details für die Rolle, als öffentlich bekannt gegeben wurde, dass Luise Rainer sie bekommen würde.

Das muss ein Missverständnis sein, sagte Anna May zu ihrem Agenten. Sie hatte sich sogar bereits mit dem Leiter der Kostümabteilung bei MGM getroffen, um diesem eine Vorstellung von authentischer chinesischer Kleidung zu vermitteln. Er hatte sich einige ihrer Cheongsam ausgeliehen und Skizzen auf Grundlage alter Familienfotos gemacht, die sie ihm mitgebracht hatte.

Ihr Agent zeigte ihr die Notizen von MGM zu den Probeaufnahmen:

Zu chinesisch, um eine Chinesin zu spielen. Entspricht nicht meiner Vorstellung davon, wie Chinesen auszusehen haben. Empfehle sie für Atmosphäre, nicht als Hauptfigur.

Wir wurden gefragt, ob du noch mal vorsprichst, sagte ihr Agent. Für eine Nebenrolle, Lotus Flower. Anna May fing an zu lachen. Hast du das Buch gelesen?, fragte Anna May. Ihr Agent verneinte. Lotus Flower ist die Böse, sagte Anna May. Luise Rainer ist O-lan, Paul Muni ist Wang, Charley Grapewin ist der alte Vater, Jessie Ralph ist Cuckoo – ich kann doch unmöglich die einzige echte Chinesin sei, die dann auch noch die Böse spielt …

Ich verstehe dich, sagte ihr Agent, aber lass uns nichts überstürzten. Es ist ein Hochglanzprojekt. Wenn du es ablehnst und die Klappe darüber aufreißt, könnte das auf dich zurückfallen, es gäbe weniger Angebote. Schlaf drüber. Ich ruf dich morgen an. Die ganze Nacht dachte Anna May darüber nach, ihren Agenten zu feuern, aber als er sie am Morgen anrief, sagte sie ihm, er solle einen Termin für ein Vorsprechen ausmachen. Sie hatte sich so sehr auf das Projekt gefreut, sie konnte es nicht ganz aufgeben. In jedem Fall war es ein Film über Asiaten, versuchte sie sich einzureden, und das war die Mühe doch wert, oder?

Gutes Mädchen, sagte ihr Agent. So gehört sich das.

Lotus Flower war eine durchtriebene junge Frau, die versuchte, den ehrlichen Bauern Wang seiner ehrenwerten Frau O-lan auszuspannen. Für das Vorsprechen sollte Anna May einen »orientalischen Striptease interpretieren«. Eine Woche später rief ihr Agent an. MGM würde Tilly Losch für die Rolle der Lotus Flower engagieren. Was ihre schauspielerische Leistung betraf, so hatte ihnen Anna Mays Vorsprechen gut gefallen, aber sie fanden, sie sei mit einunddreißig zu alt, um eine junge Verführerin zu spielen, dabei war Tilly sogar etwas älter als sie. Außerdem fürchtete man, sie würde zu sehr auffallen, da der Rest der Besetzung nur vorgab, chinesisch zu sein.

Ein Journalist fragte sie: Sind Sie enttäuscht wegen *Die gute Erde?*

Wieso sollte ich, sagte Anna May, wenn ich doch zu chinesisch bin, um eine Chinesin zu spielen?

Eine Woche lang vergaß sie zu essen, lag nur auf der Couch, ein paar Flaschen Whiskey in Reichweite, das Telefon ausgehängt, bis sie aufstehen und an die Tür gehen musste, weil es nicht mehr aufhören wollte zu klingeln. Es war ihr Agent. Er schüttelte den Kopf, als er sie sah. Sie ließ ihn rein und überlegte noch, ob sie es rührend fand, dass er zu ihr gekommen war. Wasch dich, sagte er grimmig. Ich habe dir Tickets nach Shanghai gekauft. Shanghai? Sie lachte. Was soll ich da? Er sammelte ihre Flaschen ein und öffnete die Fenster. Eine Auszeit nehmen, antwortete er. Ich brauche keine Auszeit, sagte sie schulterzuckend und schwankte dabei ein wenig auf ihren nackten Füßen. Anna, sagte er. Du brauchst etwas in deinem Leben. Nein, widersprach sie, ich brauche nichts. Mach dich zurecht, sagte er, wir gehen Mittagessen. Bei Paninis wies er sie an, nüchtern zu bleiben, neue Eindrücke zu sammeln, ein Reisetagebuch zu führen. Als das Essen ihren Magen erreichte, wurde ihr schlecht. Ich hab dir Platz für eine Kolumne in der *L.A. Times* freigeschossen, sagte er. Ich hab es als dein chinesisches Tagebuch angekündigt, einen wöchentlichen Bericht. Ich bring dich nachher mit

dem Herausgeber zusammen. Wir wollen sie »Orientalische Grüße« nennen.

Haha, sagte sie.

Du kannst mir später danken, sagte er.

Auf dem Weg nach Shanghai übernachtete Anna May in Hongkong,
wo ein Treffen mit der Presse für sie arrangiert worden war. Sie
wandte sich an einen Journalisten nach dem anderen, aber alle hatten nur eine Frage an sie, nämlich: Warum war sie nicht verheiratet?

Ihr wurde das Mikrofon vors Gesicht gehalten.

Meine einzige Liebe ist mein Spiel, sagte sie.

Am nächsten Morgen las sie an Bord ihres Schiffs die englische
Ausgabe der Morgenzeitungen. Dort stand geschrieben, dass Anna
May Wong mit einem wohlhabenden europäischen Geschäftsmann
namens Spiel verlobt sei. Schlimmer noch: Sie hatten die Sache mit
Eric Maschwitz ausgegraben und sogar den Text von »These Foolish
Things« abgedruckt. Dieser bekannte Jazzstandard sei angeblich für
Wong geschrieben worden, nachdem das Paar in London bei mehr-
fachen Gelegenheiten Ehebruch begangen habe, war dort zu lesen.
Aber selbst da hätte Maschwitz versucht, die asiatische Herkunft
seiner Geliebten zu leugnen, indem er Wongs Lächeln als »das Lächeln einer Garbo« beschrieben hatte. Geneigter Leser, kann das Liebe sein? Oder sollte es nicht richtigerweise Lust und Schande heißen? ANNA MAY BLAMIERT MAL WIEDER CHINA.

Es war beschlossene Sache.

Alles, was sie tat, privat oder öffentlich, konnte aufgeblasen und
unter dieser Lieblingsschlagzeile der chinesischen Presse verbucht
werden. Aber lobenswerterweise reagierten sie auf gewisse Sachen
genauso empfindlich wie sie selbst – bevor es zwischen ihnen zu
Ende gegangen war, hatte Anna May nach der Veröffentlichung von
»These Foolish Things« Eric gefragt: »Das Lächeln einer Garbo«?

Er konnte beim besten Willen nicht verstehen, was sie meinte. Es
ist nur eine Metapher, Liebste, hatte er gesagt. Du bist es, die zählt,
warum regst du dich so auf?

Ein weißer Komponist ist in eine Chinesin verliebt, hat in drei Tagen zehnmal stürmisch mit ihr geschlafen. Wahnsinnig vor Leidenschaft schreibt er ein Lied über sie, als sie getrennt sind. Der Text fließt nur so aufs Papier, schwarzer Kaffee über das Klavier. Aber er glaubt keine Sekunde lang, dass ihre Lippen dem symbolischen Schwung eines Jazzklassikers entsprechen, und so verfällt er auf die generische Eigenheit von Garbos kaukasischem Mund, um die bluesige Melodie zu tragen. Anna May hatte Angst davor, immer nur eine Nebenrolle zu spielen, im echten Leben oder im Film. Es ist nur eine Metapher, Liebste.

Bei ihrer Ankunft in Shanghai sah Anna May ihr Bild in den Zeitungen, aber sie konnte die chinesischen Schlagzeilen nicht lesen. Sie nahm sie mit zur Hotelrezeption und fragte, was dort stand. Ma'am möchte wissen, was in den Zeitungen steht?, wiederholte der Concierge unsicher. Ja, sagte sie. Er schluckte. Hier steht, dass Sie Ihre Herkunft verleugnen, begann er, hielt dann inne, wagte es nicht, sie anzusehen.

Und?, forderte sie ihn auf.

Und – Sie seien ein unterwürfiges amerikanisches Schoßhündchen, fuhr er fort und sah zu ihr auf, ob er weitermachen sollte. Sie nickte. Ein unterwürfiges amerikanisches Schoßhündchen mit einem abscheulichen Akzent, sagte er, das keinen Pieps Mandarin sprechen kann.

Sie blätterte durch die anderen Zeitungen und fragte: Steht in allen dasselbe?

Nein, Ma'am, sagte der Concierge. Hier wird gefragt, warum Sie in Ihrem Alter noch unverheiratet sind. Und dort steht, dass Sie auf der Leinwand besser aussehen als im echten Leben, wo Sie den Journalisten an einen alten, ausgeleierten Sack erinnern.

Als Anna May nach Norden fuhr, um Taishan, den Ort ihrer Vorfahren, zu besuchen, stellten sich die Dorfbewohner in einer Reihe auf, um sie zu sehen, aber nicht aus Wohlwollen, sondern aus Neugier. Dieses schamlose Krötengesicht, hörte sie jemanden auf Kantonesisch zischen. Sie hält sich für was Besseres! Sie fordert es doch regelrecht heraus!

Wo waren die Teetrinker und Philosophen, die sie sich ausgemalt hatte?

China war keineswegs wie das Land, das sie für sich erschaffen hatte. Das Letzte, was dieser Ort ihr geben konnte, war eine spirituelle Heimat, das war ihr jetzt klar. Wie hirnrissig diese weit hergeholte Vorstellung gewesen war! Wer war ihr Vater, ihr so etwas vorzuschlagen? Was wusste er schon über China, wo er doch in Sacramento geboren war?

Das Problem, so hatte sie oft gedacht, sei L.A.

Aber jetzt, da sie endlich an dem Ort war, an dem alle angeblich so waren wie sie, fühlte sie sich noch fremder als je zuvor. Sie hatte, außer ihrer Hautfarbe, nichts mit diesen Leuten gemein. Es lief auch hier auf das Gleiche hinaus: Sie machten sie fertig und beschimpften sie. Das Problem ist weder L.A. noch Shanghai, dachte sie. Das Problem bin seit jeher ich.

Zu der Entscheidung von MGM, Anna May für *Die gute Erde* auszubooten, hatte etwas beigetragen, das Pearl Buck gesagt hatte. Sie hatte die Figur O-lan dem Studio ausdrücklich als »nicht so ein burschikoser Anna-May-Wong-Typ« beschrieben. Als Anna May dies herausfand, wollte sie diese aufgeblasene Schriftstellerin treffen, um ihr die heiße Luft abzulassen – eine weiße Frau, die über eine chinesische Frau schrieb, hatte sie einen Typ genannt und gab vor, besser zu wissen, wie eine chinesische Dörflerin zu sein hatte!

Als sie aber durch Taishan ging, schämte sich Anna May erst, musste dann jedoch, wenn auch auf ihre eigenen Kosten, lachen, weil sie verstand, was Pearl Buck meinte. Das chinesische Bauernvolk hatte eine unbedarfte Ehrlichkeit in sich, eine robuste Stärke in den Gesichtern. Anna May war sich selbst vollkommen darüber im Klaren, dass sie ihnen in keiner Weise ähnelte, und war es denn ein Wunder, dass es Pearl Buck besser wusste? Sie hatte den größten Teil ihres Lebens in China verbracht, sprach mehrere chinesische Dialekte, las und schrieb klassisches Chinesisch, übersetzte Lyrik aus der Tang-Dynastie. Sie hatte sogar den Boxeraufstand und das Massaker von Nanking überlebt. Anna May war mit Chaplin-Filmen und Fitzgerald-Geschichten aufgewachsen, hatte versucht, wie Clara Bow auszusehen und wie Baby Esther zu klingen. Wer war sie, O-lan spielen zu können? Sie konnten mich nicht deshalb nicht besetzen, weil ich *zu chinesisch* war, machte sich Anna May klar, sondern weil ich *zu kosmopolitisch* bin!

Bei der Academy-Awards-Verleihung 1938 erhielt Luise Rainer den Oscar als beste Schauspielerin für ihre überzeugende und fesselnde Darstellung der O-lan.

Shanghais exklusivste Enklaven konnten leicht mit Paris oder London oder New York verwechselt werden. Pelze, Mode, Essen, alles war brandaktuell, und die Party war nie vorbei. Auch wenn die Presse fies und gemein zu ihr war, wurde Anna May doch jeden Abend zum Essen mit der lokalen und ausgewanderten Elite geladen. Beim Abendessen in einem feinen französischen Restaurant, zu dem eine bekannte kantonesische Sängerin, die mit dem belgischen Botschaftsgesandten der Stadt verheiratet war, geladen hatte, sagte ein pensionierter chinesischer Journalist in feinstem britischen Englisch: Entschuldigen Sie meine Offenheit, aber Sie sind in Wirklichkeit sehr charmant – nicht annähernd so unausstehlich, wie ich erwartet hatte!

Er war der führende Filmkritiker der größten englischsprachigen Zeitung in Shanghai gewesen und gab zu, dass er vor gut zehn Jahren einen schlimmen Verriss über *Piccadilly* geschrieben hatte.

Es lag nicht daran, dass sie eine junge Chinesin gespielt hatte, die einen Glockenhut trug und wusste, wie man zu Jazz tanzte, es gab viele neue Frauen in Shanghai, die sich genauso anzogen und genauso tanzten wie die Figur Shosho. Es lag auch nicht daran, dass sie in dem Film eine Chinesin spielte, obwohl Shosho ein japanischer Name war; vielleicht hatte dieses Versehen außerhalb ihres Einflusses gelegen. Aber warum gab Shosho einen »chinesischen Tanz« in einem »chinesischen Kostüm« zum Besten – wenn ihr Tanz und ihr Kostüm doch eindeutig siamesisch waren! Es handelte sich um eine spektakuläre Szene, aber Anna May konnte ihm nicht verübeln, dass er sich über ihre eifrig in Interviews geäußerten Verkündigungen geärgert hatte, sie hätte den Tanz selbst choreografiert, inspiriert von fernöstlichen Reisefotos aus einem Laden in Pacific Palisades.

Ein paar der Gäste drehten sich zu Anna May um und warteten gespannt auf ihre Erwiderung.

Sie wusste in dem Moment nicht genau, ob sie ihn richtig verstanden hatte, und zog sich schnell auf eine ihrer Standardantworten zurück: Eine nicht-weiße Schauspielerin in Hollywood zu sein, ist so, als wäre man eine Puppe, die nach Regeln spielt, die nicht den eigenen Überzeugungen entsprechen. Ich war die Rollen, die ich spielen musste, so leid, aber wenn ich nicht tat, was man von mir verlangte, hätte ich keine Arbeit mehr, und die Rolle würde nur an jemanden gehen, der gezwungen sein würde, dasselbe zu tun …

Hier unterbrach er sie.

Selbst wenn Sie keinen chinesischen Tanz für diese Rolle lernen konnten, Miss Wong, hätten Sie doch einfach einen Charleston oder eine Polka tanzen können. Das wäre ein geringerer Betrug gewesen, und ich hätte keinen Grund gehabt, mich zu beschweren.

Es ist nur ein Tanz, sagte Anna May, aber sobald die Worte über ihre Lippen gekommen waren, schmeckte sie die Bitterkeit darüber, Lon Chaney und Renee Adoree mit einem Lächeln beibringen zu müssen, wie man mit Stäbchen aß, als sie alle zusammen in *Mr. Wu* gespielt hatten. Ohne Namen zu nennen, hatte sie sich bei der Presse darüber beschwert, dass MGM nicht nach Chinesen suchte, sondern nach MGM-Chinesen, die so gut wie nichts über die Kulturen wussten, die sie darstellten, und diese auf Kosten des authentischen Ausdrucks und zugunsten des visuellen Eindrucks ausbeuteten!

Es geht also nicht darum, dass wir Sie zu kühn finden, Miss Wong, sagte der Journalist zusammenfassend, wir finden Sie vor allem zu wenig originär. Sie fanden in Hollywood Erfolg, aber nicht allein wegen Ihres Talents, sondern auch wegen Ihrer Bereitschaft, westliche Fantasien zu bedienen. Riechen Sie Ihre eigene Scheinheiligkeit? Laut erheben Sie Ihre Stimme gegen die Vorurteile, denen Sie in Hollywood begegnen, wenn die weißen Teufel Ihnen etwas antun. Aber sobald Sie, eine asiatische Amerikanerin, die Gelegenheit dazu haben, wildern Sie bei den Asiaten, die keine Amerikaner sind. Und das Schlimmste ist, Sie denken, Sie täten uns einen großen Gefallen mit Ihren falschen Darbietungen auf der imperialistischen Leinwand. Sie replizieren mit Ihren eigenen Taten dieselbe Bigotterie, die Sie anklagen.

Die anderen Gäste am Tisch versuchten so zu tun, als hätten sie nicht zugehört, aber ihre Gabeln und Messer hatten beim Verfolgen des Staubaufwirbelns, aufgehört sich zu bewegen. Anna May tastete verzweifelt nach etwas, an dem sie sich festhalten, womit sie ihn vertreiben konnte. Sie hatte keine Vorbilder. War Pragmatismus wirklich eine Sünde, wenn sie ohnehin immer den kürzeren Strohhalm zog?

Und manchmal war er so kurz, dass sie ihn kaum zu fassen bekam.

Die Zurückweisung bei *Die gute Erde* war derart empörend, dass sie geglaubt hatte, sie böte ihr auf ewig genügend Selbstachtung, Ungerechtigkeiten mit Würde zu ertragen. Sie war entschlossen gewesen, integer die hässliche Doppelmoral der Branche zu ertragen, aber nun erzählte ihr dieser Fremde nicht nur, dass sie bei Weitem nicht die würdevolle Märtyrerin war, für die sie sich hielt, sondern dazu noch Teil des Problems.

Konnte man es Hattie McDaniel verübeln, immer nur die Hausmädchen zu spielen?

Und nicht zu vergessen: der seltsame Fall von Hollywoods erstem Sexsymbol. Sessue Hayakawa war ein sehr erfolgreicher Pre-Code-Superstar gewesen, in einer Liga mit Charlie Chaplin und Douglas Fairbanks. Als er 1915 vor einem Kino aus seiner Limousine stieg und beim Anblick einer Pfütze das Gesicht verzog, überschlugen sich Dutzende seiner weiblichen weißen Fans, um ihm ihre Pelzmäntel zu Füßen zu legen. Seine Popularität verärgerte viele amerikanische Männer, die abschätzige Briefe an die Studios schrieben. Sessue selbst verwehrte sich dagegen, ständig auf den Typ exotischer Mann von hoher sexueller Leistungsfähigkeit festgelegt zu werden und lehnte 1921 die glamouröse Hauptrolle in Paramounts opulentem Blockbuster *Der Scheich* ab. Die Rolle ging an den damals noch unbekannten Rudolph Valentino, der über Nacht zum Star wurde, während es mit Sessue schnell bergab ging, besonders seit der Einführung des Hays Code. Bald schon wurden die Rollen, die Sessue üblicherweise spielte, an europäisch-amerikanische Schauspieler vergeben, um nicht weiter die Virilität weißer männlicher Zuschauer zu bedrohen.

Als Anna May und Sessue zusammen *Daughter of the Dragon* drehten, gestand er ihr sein großes Ziel: einen Helden zu spielen. Er war damals schon älter, aber noch immer attraktiv. Er spiele eine Nebenrolle als Scotland-Yard-Spitzel, eine kleine Rolle, aber wenigstens war er diesmal kein sadistischer, grausamer Bösewicht. Das überließ man üblicherweise Anna May und Warner Oland, der Fu Manchu spielte. Anna May verkörperte seine Tochter Ling Moy, eine orientalische Prinzessin, die aus Rache böse geworden war und ihren Text in perfektem Englisch aufsagte, von sich selbst aber immer nur in der dritten Person sprach: Ling Moy wird dies tun, Ling Moy will das, Ling Moy schwört, dass sie die Ehre der Fu wiederherstellen wird!

Ganz egal, wozu sie dich zwingen, sagte Sessue, betrachte es als Jiu Jitsu.

Jiu Jitsu?

Sessue lächelte. Er hoffe, es würde nicht nach orientalischem Humbug klingen, sagte er ihr, aber er entstamme einem Samuari-Geschlecht in Jaan. Jiu Jitsu war eine sanfte, waffenfreie Verteidigung, die ein Edo-Pazifist entwickelt hatte. Dein Gegner mag sehr viel größer oder stärker sein, sagte er, aber du bist immer in der Lage, ihn zu besiegen. Nicht durch rohe Gewalt oder Größe, sondern indem du sein Körpergewicht gegen ihn wendest. Die kleinste Bewegung, die größte Wirkung. Anstatt seiner Kraft standzuhalten, weiche zurück – und nutze seine Bewegung, um ihn zu Fall zu bringen.

Wir brauchen keine langen Texte, Anna May, sagte er. Stiehl einfach die Szene.

Alle am Tisch starrten sie an und warteten darauf, was als Nächstes geschah. Niemand versuchte mehr, diskret zu sein. Anna May hatte nicht verbal auf die Ächtung des Journalisten geantwortet, aber ihr liefen Tränen über das Gesicht. Ich bitte um Entschuldigung, Miss Wong, brachte der Journalist hastig hervor und bot ihr die Serviette an, mit der er sich bereits den Mund abgewischt hatte, ich wollte nur ein wenig mit Ihnen zanken.

Sie saß da, ohne sich die Tränen abzutupfen, die bereits ihr Make-up verschmierten, und hielt den Blick fest auf den Teller mit importiertem Käse und Terrine gerichtet. Die gastgebende Sängerin räusperte sich. Möchte jemand einen Blick auf die Dessertkarte werfen? Niemand wagte es zu antworten. Die Stimmung war angespannt, aber Anna May war innerlich vollkommen ruhig. Sie saß dort, ohne sich zu rühren, blinzelte kaum, durchdachte alles, wartete auf den richtigen Moment, um anzufangen. Es dauerte einige Zeit, bis Frustration und Unsicherheit, die sich in Beschämung und Angst verwandelt hatten, in stille Wut mündeten, aber sie würde nicht eher anfangen, bis sie bereit war. Sie spürte, wie sich mitten in ihrer Brust etwas aufbaute. Als es anschwoll und ihren Hals hinaufstieg, hielt sie es zurück und öffnete ihre Brieftasche. Sie zählte laut ein paar Geldscheine für das Abendessen ab, erkundigte sich nach der angemessenen Höhe des Trinkgelds, ließ den Blick über die erstarrte Tischgesellschaft schweifen, nickte der Gastgeberin zu. Das geht auf mich, stammelte die Frau zweimal, zuerst auf Kantonesisch, dann auf Englisch. Danke, sagte Anna May, aber ich bevorzuge es, niemandem etwas schuldig zu sein. Es kam keine Antwort, woraufhin sie einen großen Schein auf ihren halb aufgegessenen Teller fallen ließ, mit den Fingern schnippte und einen Kellner um ihren Pelz bat.

Das Besteck klirrte, als sie sich majestätisch von ihrem Stuhl erhob.

Sie wandte sich an den Journalisten.

Die Authentizität einer Schauspielerin hat nichts mit ihrem Leben zu tun, sagte sie, sie liegt einzig in ihrer Darstellung. Habe ich nun gut getanzt oder nicht?

Sie spürte die elektrisierten Blicke des gesamten Tischs auf sich, als sie sich die Zeit nahm, den Nerzmantel anzuziehen, den der Kellner für sie bereithielt. Der Journalist schien nichts mehr zu sagen zu haben. Er sah nur zu. Sie verließ das Restaurant, ohne zurückzuschauen. Als sie draußen war, atmete sie tief durch. Die Luft in Shanghai war salzig. Ihr Herz pochte von der schieren Aufregung des Auftritts, und ihr Körper hatte sich seit Jahren nicht mehr so leicht angefühlt.

Sie fing an zu laufen.

Die flachen Absätze klangen auf dem unebenen Pflaster wie ein scharfes Stakkato. Anna May rannte durch die unbekannte Stadt, schlängelte sich durch chinesische Gesichter, bis sie atemlos innehielt, mitten auf einer belebten Straße, und sich abrupt umdrehte, wie um nach jemandem zu sehen, obwohl sie wusste, dass sie allein war und es auch sein wollte. Ein anonymes Gesicht in der Menge, ohne zu wissen, wo sie sich befand oder wohin sie ging – zumindest, bis sie gezwungen wäre, sich wieder zurechtzufinden –, bis dahin war sie frei.

 n dem Dorf Taishan steht noch immer eine Weide mit einer ausgefranzten Schärpe, die jemand um ihren Stamm gebunden hat. Die Schärpe muss einmal rot gewesen sein. Aber das Rot ist schon lange zu Rosa verblasst, und selbst das Rosa ist durch die Sonne zu Weiß ausgebleicht.

Als sich die Dokucrew 1936 mit Anna May im Dorf ihrer Vorfahren traf, wollten sie eine Einstellung davon haben, wie sie rein zufällig eine Weide mit einer roten Schärpe fand, unter die sie sich dann setzte, um mit den Zuschauern die Geschichte von der alten Frau und der neuen Kamera zu teilen, die ihr Vater so oft erzählt hatte, als sie noch ein Kind war.

Der Locationscout streifte durchs Dorf.

Er fand den in der Geschichte erwähnten Baum nicht, aber es gab eine besonders pittoreske Weide mit einem gebogenen Stamm unweit des Flusses. Er zeigte sie dem Produzenten, der sie ebenfalls ideal fand und eine rote Schärpe besorgte, die sie um die Weide banden. Sie wollten Schnittbilder von Anna May drehen, wie sie darauf zuging und rief: Sehen Sie! Das muss die Weide sein. Anna May weigerte sich zunächst, aber sie konnten sie davon überzeugen, dass dies toller Stoff für den Beitrag wäre. Sie waren schließlich nicht den ganzen weiten Weg bis nach China gesegelt, nur um ein paar Bauernkinder aufzunehmen, die am Fluss mit Wasserbüffeln spielten. Sie brauchte nur eine Einstellung für die Szene, und sie gaben ihr einen Hocker, auf dem sie sitzen konnte, während die Kamera für ihre Erzählung lief.

Es war einmal eine alte Frau, die allein in einer Hütte unter einer Weide lebte. Der Rest ihrer Familie war in die Stadt gezogen und brachte es dort zu etwas: Erst zogen sie Rikschas, dann verkauften sie Nudeln, und als sie schließlich genug für einen Reismörser gespart hatten, verdienten sie als Reishändler gutes Geld.

Als ihr ältester Enkel auf einen kurzen Besuch in das Dorf zurückkehrte, waren alle Bewohner erpicht darauf, sich bei ihm einzuschmeicheln, denn er hatte ein kleines, schwarzes Objekt mitgebracht, nicht größer als seine beiden Hände, und es hieß, es könne Szenen und Figuren aus dem echten Leben auf eine flache Oberfläche übertragen. Es hing an einem Lederriemen um seinen Hals und hatte oben eine mit Spiegeln versehene Öffnung, diverse Knöpfe außen am Gehäuse und zwei gläserne Augen. Welche unzüchtige Niedertracht eines weißen Knochengeists hatte einen solchen Schwindel gewährt?

Das nennt man Fotografie, sagte der Enkel aus der Stadt.

Seine Großmutter vom Dorf betrachtete skeptisch das Objekt und fragte: Aber wie funktioniert es?

Er kniete sich hin und versuchte, ihr Licht, Emulsion, Negative und Positive zu erklären. Sie winkte ab. Jedes Mal, wenn das Ding so etwas macht, wird ein Teil deiner Seele gestohlen, sagte sie. Wie sonst sollen unsere Gesichter auf einem Fetzen Papier erscheinen?

Er lachte über ihren sprühenden Aberglauben und überredete sie zu einem Bild. Er brachte ihr einen mit einem roten Tuch bedeckten Stuhl und setzte sie in einem hübschen Winkel unter die Weide. Sie grummelte über die jungen Emporkömmlinge dieser Tage, ließ sich aber darauf ein – er war der älteste Enkel, und sie würde alles für ihn tun. Er positionierte sie mit künstlerischem Talent, hob leicht ihr Kinn, lockerte die Fäuste und platzierte ihre Hände auf den Knien.

Nicht bewegen, rief er.

Der Blitz ging los. Seine Großmutter blinzelte.

Dann stöhnte sie auf und kippte vornüber.

Als der junge Mann sie erreicht hatte, war sie bereits tot.

Im Gedenken an die alte Frau, deren arme Seele von der neuen Kamera verschluckt worden war, so beendete Anna Mays Vater jedes Mal die Geschichte, wurde eine rote Schärpe um die Weide in Taishan gebunden.

Was glaubst du, was ich bin, ein Baby?, fragte Anna May jedes Mal, wenn ihr Vater ihr die Geschichte erzählt hatte. Ich fall doch nicht auf so ein dummes Märchen rein.

Wie du willst, sagte ihr Vater dann. Aber sag nicht, ich hätte dich nicht gewarnt.

Was passiert, wenn man einen Teil seiner Seele verliert?

Er lächelte sie an und strich ihr übers Haar, während er sagte: Meinst du nicht, es wäre das Beste, wenn du es niemals herausfinden müsstest?

An dem Tag, als sich Anna May endlich dazu entschied, einen Besuch im Fotostudio zu wagen, trug sie ein Charmeuse-Kleid, das in Wong Sam Sings chinesischer Handwäscherei liegen geblieben war. Sie kürzte den Saum und machte die Seiten enger, änderte es mit kindlichen Stichen, damit es ihr so gut wie möglich passte. Im Fotostudio hingen überall Porträts, Silbergelatine-Drucke und Fotoplatten seiner Kunden. Anna May betrachtete sie auf Zehenspitzen, bevor sie in die Kulisse gerufen wurde. Als sie den Fotografen sah und die Kamera, die wie ein Gewehr auf sie gerichtet war, bekam sie weiche Knie. Um Schauspielerin zu werden, würde sie alles geben. Selbst wenn die Kamera sie bestahl, durfte sie keine Angst vor ihr haben. Eines Tages, schwor sie sich, würde es das alles wert sein. Ihre Augen wurden feucht. Sie versuchte, sie weit offen zu halten, damit sie rund wurden und ihre Pupillen größer erschienen, ihre Mongolenfalte konturenreicher.

Entspann dich, sagte der Fotograf.

Sie lächelte.

Der Blitz war grell.

Tawny, das Hausmädchen, war Anna Mays letzte Rolle in einem Film. Sie trägt eine steife schwarze Uniform und sorgt für ein sauberes Haus. Eine andere Filmfigur sagt zu ihr: Du solltest dir deine weisen Worte für einen Glückskeks aufsparen! Wann immer sie in einer Szene auftaucht, wechselt die Hintergrundmusik mit großem Eifer zu ostasiatischer Instrumentalmusik, nur für den Fall, dass der Zuschauer die Chinesin auf der Leinwand noch nicht bemerkt hat.

Als Anna May im Frühjahr 1961 an einem Herzinfarkt infolge einer Leberzirrhose starb, verwerteten alle Zeitungen in ihren Nachrufen dieses vorzügliche Sprichwort, das der statuesken chinesischen Schauspielerin von ihrem Vater, dem Wäscher, mit auf den Weg gegeben worden war:

Jedes Mal, wenn ein Bild von dir gemacht wird,
verlierst du einen Teil deiner Seele.

Es war Rudi, der beim Zeitunglesen in der Küche seiner Hühnerfarm im San Fernando Valley – Marlene hatte sie ihm als Alterssitz und zur Beschäftigung gekauft –, die Nachricht entdeckte. Man hatte den Nachruf mit einem der PR-Fotos von *Shanghai-Express* bebildert, auf dem Anna May eine schwere Brokatrobe trug, neben ihr Marlene in einem Kleid mit glänzenden schwarzen Federn.

Marlene war in einen engen Rock und Stiefeletten gekleidet »nur auf einen Sprung« vorbeigekommen, mit einem Berg Filet Mignon im Gepäck, der für ein ganzes Bataillon gereicht hätte. Sie hatte ihre Nordamerika-Auftritte beendet und war auf dem Weg nach Frankreich, um ihre Tournee fortzusetzen. Sie wollte sichergehen, dass er genug zu essen hatte, wenn sie fort war. Das Fleisch war bereits für Steaks in Streifen geschnitten worden. Sie warf alles in die Gefriertruhe.

Tami muss es nur auftauen und in eine gefettete Pfanne legen, sagte Marlene. Nicht länger als zweieinhalb Minuten pro Seite. Idiotensicher, nicht wahr? Wo ist sie überhaupt?

Marlene wusste nicht, dass Tamara in die Hühnerställe geflohen war, nur um ihr aus dem Weg zu gehen, und dass Rudi jedes Mal, nachdem Marlene die Ranch verlassen hatte, sofort alles wegwarf, was sie mitgebracht hatte. Jetzt probierte sie den Filterkaffee, den Tamara gemacht hatte. Ihr trinkt dieses Spülwasser? Marlene verzog das Gesicht. Ich habe gerade Unsummen für die fantastischste Espressomaschine ausgegeben, die neueste Faema mit einer elektromagnetischen Pumpe, ein echtes Biest. Du musst irgendwann mal vorbeikommen und sie ausprobieren.

Sie kippte Tamaras Kaffee in die Spüle und setzte Wasser auf.

Während sie darauf warteten, dass das Wasser kochte, faltete Rudi die Zeitungseite zusammen und hielt sie ihr hin. Marlene nahm sie ihm ab und sah als Erstes das PR-Foto von *Shanghai-Express*. Ihr hatte dieses Bild immer gefallen. Sie sahen so gut zusammen aus – Jo wusste wirklich, wie man Frauen kleidete. Dann bemerkte sie den Nachruf. Ein Herzinfarkt, Leberprobleme.

Instinktiv wandte sie sich ab, beschäftigte sich mit den Kaffeebohnen und der Mühle. Sie hatte Rudi gegenüber nicht erwähnt, dass sie Anna May vor gar nicht so langer Zeit wiedergesehen hatte, kurz vor Jahresende. War Anna May da schon krank gewesen? Sie hatte nichts gesagt, sie hatte wie immer gut ausgesehen. Älter natürlich, aber ihr Gesicht, ihre Figur? Sie hätte jederzeit jedem die Schau stehlen können. Daran zu denken, dass sie beide, als sie sich kennenlernten, nur zwei unbeschriebene Blätter waren, die auf ihren großen Durchbruch warteten. Sie hörte Rudi sagen: War sie nicht eine von deinen ganz besonderen Freundinnen?

Oh, sagte Marlene. So würde ich es nicht nennen …

Wie dann?

Als Anna May zu ihrem Auto gegangen war, schien sie in so guter Verfassung zu sein. Diese Frau hatte immer einen späten Auftritt und einen frühen Abgang. Nein, Anna May war keine besondere Freundin gewesen. Sie war diejenige, die sich davongemacht hatte.

Marlene schluckte.

Komm schon, sagte sie zu Rudi und versuchte, sich abzulenken, indem sie ihn neckte. Bist du etwa eifersüchtig?

Er lachte. Eifersüchtig?

Glaub nicht, dass du alles weißt, sagte sie, schob die Zeitung von sich und versuchte, spielerisch zu klingen. Wie ich schon immer gesagt habe, empfindsame Liebe ist besser mit einem Mann, aber romantische Liebe ist besser mit einer Frau.

Und?, forderte er sie auf.

Und ich bin eine empfindsame Person, sagte sie. Ich liebe Frauen, fügte sie hinzu. Ich kann nur nicht mit ihnen leben.

Aber Mutti, sagte Rudi nicht unfreundlich. Mit wem könntest du leben?

Sie wusste nicht genau, wie er es meinte, und tat so, als hätte sie ihn nicht gehört. Das Wasser für den Kaffee war fertig. Marlene schritt mit einem leichten Humpeln zum Herd. Ihr Bein tat wieder weh, aber sie wollte nicht, dass sich Rudi Sorgen machte. Sie spülte den Papierfilter aus und füllte ihn mit frisch gemahlenem Kaffee, goss heißes Wasser mit einer kreisenden Bewegung darüber. Sie atmete den Duft ein und wandte sich wieder an Rudi, um nachzusehen, ob er sie immer noch ansah. Sie war froh, dass er es tat, und damit er seinen Blick nicht von ihr nahm, sagte sie: Was? Ihre Stimme klang heiser, aber er würde nicht wissen, warum. Was schaust du so, stichelte sie.

Deine Beine, witzelte er. Was sonst?

Wie gut er sie kannte, er wusste immer, was er sagen musste! Sie heiterte sofort auf. Wieder in ihrem Element, schürzte sie die Lippen und verengte die Augen, lächelte ihn an, als wäre er ein Mann, den sie gerade erst kennenlernte, nicht der Stoiker, der jahrzehntelang Schutz in ihrem Schatten gefunden hatte, zu dem sie kam, um Familie zu spielen, wann immer sie von alldem, was sie um sich herum inszeniert hatte, ausgebrannt war.

Darling, sagte sie, diese Beine sind gar nicht so schön. Ich weiß nur, was ich damit machen muss.

Der schönste Bürokrat
von Nordrhein-Westfalen

13

 Zerstückle meine Leiche, wenn ich tot bin, sagte Marlene zu dem chinesischen Hausmädchen, damit du mich unbemerkt aus der Wohnung schaffen kannst. Ich denke, mit einem guten Ausbeinmesser ist das möglich. Du legst meinen Louis-Vuitton-Koffer mit Müllbeuteln aus, den Koffer mit den kleinen Rollen. Kein Leichensack, keine Bahre. Nimm den Dienstboteneingang. Geh mehrmals.

Ich würde dir nie verzeihen, wenn davon ein Bild an die Öffentlichkeit kommt.

Hast du das Bild von der Garbo in den Zeitungen gesehen?

Hässlich, hässlich, hässlich – und ihr Haar ist so lang!

In den Zeitungen steht, es sei Leberkrebs. Übelriechende Pisse passt zu ihr. Sie bewacht die Zuckerdose mit Argusaugen, damit ihr Mädchen auch ja keinen einzigen Würfel klaut! Ich bin so viel netter zu dir, nicht wahr, Choupette? Diese Frau hatte übrigens *riesige* Füße. Sie hat in all ihren Filmen immer versucht, Totalen zu vermeiden.

Jetzt haben sie sie, verdammt.

Jahrelang hat sie sich versteckt, für nichts.

Jetzt haben sie sie erwischt.

Als Marlenes Zeit schließlich gekommen war, folgten ganze Horden von Fans ihrem Pariser Trauerzug durch die Straßen des 8. Arrondissements zu ihrer Lieblingskirche La Madeleine. Manche trugen Rockschöße, wie Madeleine de Beaupre in *Perlen zum Glück*, andere schmückten sich mit billigen schwarzen Federboas zu Ehren der Lily aus *Shanghai-Express*.

Hätte sie gewünscht, für das richtige Begräbnis neben Molière, Balzac und Konsorten gebettet zu liegen, hätte Père Lachaise mit Freuden dafür gesorgt, dass ein paar anonyme Knochen ins Beinhaus geschafft würden, um Platz für ihre Hülle zu machen, aber Marlene entschied sich, ihre letzte Ruhestätte auf dem unscheinbaren, schlichten Friedhof Schöneberg III einzunehmen, in der Nähe ihres Geburtshauses. Sie war über dreißig Jahre lang nicht mehr in Berlin gewesen, nicht seit ihrem letzten Varietéauftritt im Titania-Palast 1960. Ihr Leichnam wurde in einem mit Bleiblechen ausgekleideten Sarg von Paris nach Berlin gebracht. Der Sarg war zunächst in die französische Trikolore, dann in die amerikanische Stars'n'Stripes gehüllt. Die schwarz-rot-goldene Flagge war nirgendwo zu sehen.

Marlene hatte lange Zeit diesen einen Witz über ihre Beerdigung gemacht.

Wenn es nach ihr ginge, würden die Kirchentüren von einem Muskelprotz bewacht, ausgestattet mit einer kommentierten Liste ihrer Trauergäste und einem Korb mit gemischten Nelken. Die Liste wäre in zwei Spalten aufgeteilt: diejenigen, die es *geschafft* hatten, und diejenigen, die es *nicht geschafft* hatten. Eine rote Nelke würde Ersteren übergeben, eine weiße Letzteren. Zwischen den Reihen würden ihre Gäste gegenseitig ihre Farben beäugen: *Du* warst mit Marlene im Bett und *ich* nicht? Es folgten feurige Zickenkriege und Fausthiebe zu den elegischen Klängen von Bachs D-Moll-Fuge, während der gute Pastor predigt: Ja, der Geist spricht, dass sie ruhen von ihren Mühen; denn ihre Werke folgen ihnen nach. Sie erzählte Jean Cocteau davon, und er wollte es sofort in ein absurdes Stück verwandeln. Erst nach deinem Tod, Liebes, sagte er, damit ich nicht für die Rechte zahlen muss. In der Praxis waren die städtischen Beamten von Berlin natürlich zu langweilig für etwas so Lebhaftes, und Marlene wäre vielleicht enttäuscht gewesen über die schlichte Beisetzung, die folgte, nachdem man ihren Sarg aus einem offenen schwarzen Cadillac gehoben hatte. Ein evangelischer Pastor verlas standardmäßig Psalm 23, während sie in die Erde herabgelassen wurde, und das war's dann.

Nach dem Begräbnis kam es zu einem kleinen Gerangel zwischen einer Gruppe Transvestiten in Glasbatistroben, die fotokopierte Poster von Marlene als Lola Lola in *Der blaue Engel* hochhielten, und einer Neonazibande, die versuchte, ihr Grab mit Kot zu beschmieren. Bevor die Polizei alarmiert wurde, hatten die Transvestiten die Skinheads bereits verscheucht, und als alle gegangen waren, spielten sie Chers »If I Could Turn Back Time« auf einem Ghettoblaster, um ihre tote Königin zu verabschieden, die der Erde an einem milden Tag im Mai übergeben worden war.

Aber der 6. Mai 1992 lag noch zweieinhalb Jahre in der Zukunft, und derweil versuchte das Hausmädchen, Marlene zum Schweigen zu bringen, die sich über weitere kreative und grausliche Möglichkeiten ausließ, wie ihre Leiche heimlich fortgeschafft werden konnte. Bitte, Madame, sagte das Hausmädchen, die sich darauf vorbereitete, Marlene zu waschen. Es bringt Pech, so etwas zu sagen! Sie drückte ihre Handflächen gegeneinander und hob sie zur Zimmerdecke.

Dann gingen Handtücher auf Marlene nieder, und sie kämpfte sich frei.

Ich muss nicht gewaschen werden, sagte Marlene, ich brauche nur mehr Parfum. Ich will, dass die ganze Kirche frisch und grün riecht wie ein Saint-Laurent-Fougère, wenn sie über mir beten. Marlene sprühte mit ihrem Flacon großzügig in die Luft, als wäre ihr Markenparfum eine Dose Lufterfrischer. Na also, sagte sie. Jetzt ist es wieder gut. Das Hausmädchen deutete zögerlich auf einen feuchten Fleck auf dem Schaffell, der sich unter Marlene ausbreitete. Was?, wollte Marlene sofort wissen, was ist das? Aber da konnte sie die klebrige Feuchte ihres Urins hinten an ihren Oberschenkeln fühlen.

Marlene ignorierte das Hausmädchen resolut und hielt den Blick starr auf den Fernseher gerichtet, bis das Hausmädchen das Zimmer verlassen hatte. *Oprah* lief. Marlene drehte die Lautstärke hoch. Sie spürte die durchweichte Maxi-Einlage an ihren Schenkeln wie eine ranzige, anschwellende Zunge. Seit langer Zeit schon trug Marlene jeden Tag Damenbinden, um ihre tröpfelnde Inkontinenz unter Kontrolle zu halten, und sie entsorgte sie, in aus der *Vogue* gerissene Seiten gewickelt, unter dem Bett. Pass auf, sagte Oprah, du kannst alles haben. Du kannst nur nicht alles *auf einmal* haben. Das Quietschen von ungeöltem Metall ließ Marlene auffahren. Sie sah das Hausmädchen den unbenutzten Rollstuhl reinschieben, der üblicherweise zusammengeklappt in einer spinnenbefallenen Nische in der Küche stand. Stell das Ding sofort wieder dorthin zurück, wo du es gefunden hast, rief Marlene über den Fernsehlärm hinweg, ich werde mich ganz bestimmt nicht in dieses nutzlose Teil setzen! Sie fing an, mit allem in Richtung des Rollstuhls zu werfen, was sie zu greifen bekam. Eine Gabel. Das Hausmädchen duckte sich. Ihre Friedensmedaille. Hey – hey, ich verstehe dich, dröhnte Oprah aus dem Fernseher. Viele Leute wollen bei dir in der Limousine mitfahren. Aber du willst jemanden, der mit dir den Bus nimmt, wenn die Limousine einen Platten hat.

Befreit von dem Gewicht, das sie an ihrem Platz hielt, stoben die Nachrufe auf Freunde, Feinde, Liebhaber, Kollegen vom Tisch wie schwarz-weißes Konfetti.

Sie versuchte, wieder einen klaren Kopf zu bekommen.

Hör mal, sagte Marlene zu dem Hausmädchen. Lass uns vernünftig sein. Als Erstes stellst du den Fernseher ab, ich liebe Oprah, aber ihre Stimme ist zu laut, sie sollte sich etwas zurückhalten. Schaff dieses verrückte Gerät fort, so was brauchen nur Behinderte. Die Wanne kann auch weg. Wir gehen wie zivilisierte Leute rüber ins Badezimmer. Ich nehme ein richtiges Bad.

Sie erreichten das Badezimmer gemeinsam zu Fuß, indem sich Marlene mit ihrem ganzen Gewicht auf das Hausmädchen stützte. Als sie sich der Tür näherten, fing Marlene an zu röcheln, und das Hausmädchen hob sie über die Schwelle und setzte sie auf der Toilette ab.

Das Hausmädchen schaltete das Licht an.

Marlene hatte den Ganzkörperspiegel vergessen, aus dem sie ein schauriges altes Weib anstarrte. Sie wandte sich so schnell sie konnte ab, aber es war nicht schnell genug. Das Hausmädchen ließ das Wasser ein und half Marlene beim Ausziehen. Die Beine, die unter dem Seidenhemd hervorglitten, waren so dünn und missgestaltet, was für ein Hohn, dass sie einmal von Paramount bei Lloyd's of London für eine Million Dollar versichert gewesen waren. Alles verkam zu einem grandiosen Witz, wenn man es sich nur leisten konnte, lange genug auf die Pointe zu warten. Das Hausmädchen wollte ihr gerade

dabei helfen, die Pluderhose auszuziehen, als Marlene die vollgesaug-
te Binde zwischen ihren Beinen einfiel.

Gib mir einen Moment, sagte sie. Geh raus.

Madame, sagte das Hausmädchen, ich kann Ihnen helfen. Egal,
was.

Privatsphäre, sagte Marlene. Davon verstehst du nichts. Komm
erst rein, wenn ich dich rufe. Nachdem das Hausmädchen die Tür
hinter sich geschlossen hatte, zog Marlene ihr Höschen aus und angelte nach einem Strang Toilettenpapier, um die Binde damit einzuwickeln. Im Badezimmer war kein Abfalleimer, also steckte sie die
nasse Binde so gut es ging hinter ein Wasserrohr.

Fertig, rief Marlene.

Das Hausmädchen klopfte und kam wieder herein. Sie prüfte die
Wassertemperatur, fand sie angenehm warm und griff Marlene unter die Arme, um ihr langsam in die Wanne zu helfen. Als Marlene
saß, nahm das Hausmädchen einen Schwamm und strich ihr sanft
über Brüste und Lenden.

So werde ich doch nie sauber, beschwerte sich Marlene. Du musst
fester schrubben!

Als sie wieder in ihrem Zimmer war, atmete Marlene den frischen
Duft der Seife an ihrem Arm ein und legte die Beine unter die Decke,
während das Hausmädchen sie mit dem Handtuch abtrocknete. Ein
paar von Marlenes Schamhaaren, noch immer dunkelblond, fielen
aus. Das Hausmädchen wurde verlegen und wischte sie schnell mit
dem Handtuch weg. Marlene begegnete ihrem Blick und lachte. Oh,
du prüdes Ding, sagte Marlene. Wir brauchen Musik, leg die Piaf-
Platte auf!

Ein anständiges Bad, nicht nur im Bett gewaschen zu werden, sondern ein richtiges Bad mit Seifenblasen in einer Wanne, das war ein
Ereignis! Die unnachgiebige Stimme ihrer einstigen Liebsten füllte die
dunklen Ecken ihres Apartments, während das Hausmädchen frische
Kleidung für Marlene heraussuchte. Das verunreinigte Schaffell lag
nicht mehr auf dem Bett. Ohne fühlte sich Marlene unscheinbar. Sie

entdeckte es diskret zusammengefaltet in einer Tüte für die chemische Reinigung am Türrahmen ruhend. Das Hausmädchen kam mit einer Auswahl von Nachthemden und Unterwäsche zu ihr. Marlene wählte, was sie anziehen wollte: malvenfarbene Höschen, einen seidenen Schlafrock. Dazu einen dekorativen, altertümlichen japanischen Kimono, den sie geschenkt bekommen hatte, als sie vor vielen Jahren ihre Varietéshow in Tokio aufgeführt hatte. Die Musiker waren spät dran gewesen, und Marlene war so erbost, dass sie versuchte, dem verzweifelten Organisator den Kimono wieder in die Hand zu drücken. Er verbeugte sich so tief, dass seine Nase fast schon seine Knie berührte, als sie ausrief: Nehmen Sie Ihren Bademantel zurück! Man kann wirklich keinem von euch trauen, ich habe Pearl Harbor nicht vergessen!

Ein Trompetensolo. Edith sang »La Vie en Rose« über den Plattenspieler.

Wenn du stirbst, hatte Marlene unter Tränen zu Edith gesagt, als sie sehr krank war, werde ich nie wieder »La Vie an Rose« in meinen Shows singen.

Edith starb. Marlene sang weiter »La Vie en Rose«.

Es war ein Publikumsliebling. Edith hätte es verstanden.

Eigentlich hatte Marlene die Varietéauftritte nie wirklich gemocht, aber sie waren sehr gut bezahlt, und sie war auf der Bühne gefragt. Es waren die Sechziger, und die Leinwände wurden überrannt von scheuen, jungenhaften Mädchen wie Audrey Hepburn. Kinorollen wurden Marlene noch immer angeboten, aber es handelte sich um kleine Nebenrollen, und sie hatte absolut kein Interesse daran, die Mutter irgendeiner Naiven zu spielen. Was hatten die schon getan, um sie zu verdienen? Auf der Bühne war es wenigstens immer noch ihre Show – die Leute kamen allein, um Marlene zu sehen. Sie hatte ihr Programm auf ihren USO-Touren in den Vierzigern perfektioniert, nachdem sie sich als Entertainerin für die Aufrechterhaltung der Kriegsmoral beim Amt für strategische Dienste gemeldet hatte. Als sie im Frühjahr 1944 mit den erlaubten fünfundzwanzig Kilo Gepäck gen »unbekanntes Ziel« aufbrach, schaffte sie es, Tropenuniformen, graue Männerhosen aus Flanell, Schnürstiefel, durchsichtige Vinylite-Pantoletten, Unterwäsche, einen mit Seide gefütterten Kaschmirpullover von Mainbocher, ein schulterfreies Brokatkleid und zwei lange Paillettenkleider, eins in Weiß und das andere in golden, einzupacken. Pragmatisch wie immer nahm sie einen dreimonatigen Kosmetikvorrat mit, den sie deutlich in Druckbuchstaben mit ihrem Nagellack kennzeichnete, damit sie sich auch bei Taschenlampenlicht schminken konnte. In Nordafrika sammelte sie erste Erfahrungen, als sie vor GIs auftrat, die darauf warteten, am Mittelmeer gegen Rommels Afrikakorps in Sirte und Tobruk zu kämpfen. Ihre Lieblingslieder waren »No Love No Nothing«, »Anny Doesn't Live Here Anymore«, »The Boys in the Backroom« und natürlich »Lili Marleen«. Bei diesen Auftritten lernte sie, wie sie ihre Stimme richtig einsetzte, wie sie die Lacher timte, wie sie mit Zwischenrufen umging. Marlene eröffnete ihre USO-Shows gern versteckt aus dem Publikum heraus. Wenn sie zur Bühne vorging und vor tausend sexuell ausgehungerten GIs im aktiven Dienst anfing, ihre GI-Uniform gegen eines ihrer Paillettenkleider zu tauschen, grölten sie.

Dieses Geräusch würde sie nie vergessen.

Es dauert nicht lange, und sie war eine von den Jungs. Das gefiel ihr, und den Jungs schien es auch zu gefallen. Fingerdick Frühstücksfleisch auf Malz-Milchkeksen, serviert auf der der Unterseite einer Ringdeckeldose in Sirte. Zwei Wochen lang nichts als K-Rationen in den Ardennen, geschmolzener Schnee in einem Helm, um sich das Gesicht zu waschen. Ihr einziger Luxus war eine spezielle Haarseife, die kaum Wasser brauchte, um zu schäumen. Marlene hatte keinerlei Starallüren, wenn sie mit den GIs plauderte, ihre durchgefrorenen Hände über einem Feuer wärmte, sich ihre Geschichten anhörte. Ihre Essigdusche kam häufig zum Einsatz. In jedem GI erkannte Marlene eine gewisse Liebenswürdigkeit. Sie waren so dankbar für alles, sogar für eine Filmschauspielerin, die zu ihnen kam, wo sie es doch waren, die ihr Leben im aktiven Widerstand aufs Spiel setzten, um allen anderen zu Hause deren als selbstverständlich hingenommenes Recht auf passive Freiheit zu erhalten. Marlene erschien es lange nicht genug, dass sie für sie sang und zu ihnen unter die Decke kroch. Während einer Übertragung für das Armed Forces Network vergaß sie sich, verfiel in maschinengewehrartiges Deutsch und wandte sich an die Soldaten der Achsenmächte, obwohl sie auf Englisch zu den alliierten Soldaten sprechen sollte: Jungs! Opfert euch nicht! Der Krieg ist doch scheiße, Hitler ist ein Idiot!

Nachdem sie sich eine Lungenentzündung zugezogen hatte, wurde sie in den Krankenstand nach L.A. geschickt. Dort fragte die Presse sie, wann sie wieder auf die Leinwand zurückkehren würde. Nachdem ich da draußen war, sagte sie, weiß ich nicht, ob ich mich jetzt darauf konzentrieren könnte, dass auch jede Wimper richtig sitzt, so wie man es hier in Hollywood tun müsste, wissen Sie?

Der einzige Auftritt, vor dem Marlene jemals nervös war, sollte im Sommer 1960 in Berlin stattfinden. Sie war das erste Mal seit Kriegsende wieder in Deutschland. 1945 war sie an der Seite der siegreichen Alliierten einmarschiert, und ihre deutschen Landsleute hätten sicherlich ein Hühnchen mit ihr zu rupfen. Die Ticketverkäufe in Köln waren mau, und Essen hatte abgesagt. Die fünf Tage in Berlin waren auf drei zusammengestrichen worden. Ihr Manager behielt die Leserbriefe im Auge, die vor ihrer Tournee an deutsche Zeitungen geschickt wurden:

Schämen Sie sich denn nicht, als gewöhnliche, dreckige Vaterlandsverräterin Fuß auf deutschen Boden zu setzen? Man sollte Sie wie die abscheulichsten Kriegsverbrecher lynchen. Unterzeichnet im Namen all meiner deutschen Brüder und Schwestern.

Künstler wie Marlene Dietrich und Thomas Mann wussten, dass ihre Heimat in die Hände einer kriminellen Bande gefallen war. Hätten sie schweigen sollen, nur weil sie Deutsche waren? War Marlene Dietrich nicht vielleicht die bessere Deutsche, weil sie zeigte, dass es auch andere Deutsche gab? Wer hat mehr Rückgrat gezeigt: Frau Dietrich, die allen Verlockungen des sie bewundernden Hitlers widerstanden hat und kompromisslos in den Kampf gegen das kriminelle Nazideutschland gezogen ist, oder wir, die wir uns dem Hakenkreuz gebeugt haben?

Vielleicht wäre es besser für Frau Dietrich und für uns, wenn sie bliebe, wo sie ist. Es würde ihr eine Menge Ärger ersparen, und für uns wäre es einfacher, die glühende Feindin der Deutschen zu vergessen und uns nur an die großartige Schauspielerin zu erinnern.

Verehrte Dame, woher nehmen Sie den Mut, nach Ihrem Verhalten während des Kriegs in Berlin aufzutreten? Wir erinnern uns noch, als wäre es erst gestern geschehen: die beschämenden Bilder von Ihnen in der amerikanischen Uniform, wie man Sie an den Knöcheln hochhebt, damit Sie die alliierten Marinesoldaten küssen können, die von der Vernichtung unserer tapferen Kriegsmarineschiffe zurückkehren. Wir wünschen Ihnen eine dementsprechend freundliche Begrüßung durch die deutsche Öffentlichkeit.

Darling, ich mache mir nur Sorgen wegen der Eier, hatte Marlene vor der Presse in New York gescherzt, bevor sie ins Flugzeug gestiegen war. Eier machen so entsetzliche Flecken! Die amerikanischen Journalisten lachten, und sie strich mit den Fingern über die weichen weißen Federn am Mantelrevers. Sehen Sie, ich haben den einzigen Mantel auf der Welt aus Schwanenfedern, fuhr sie das Thema ausschlachtend fort, und ich wüsste nicht, was ich tun soll, wenn da Ei draufkommt. Das bekäme man doch in einer Million Jahren nicht mehr raus.

Marlene, Sie fliegen direkt im Anschluss an die Shows in Deutschland weiter nach Israel. Dann kommen Sie nach Vegas zurück, bevor Sie schließlich nach Frankreich reisen. Gibt es eine geheime Botschaft in der Abfolge der Länder bei Ihrer Tournee?

Wenn ich etwas zu sagen hätte, sagte Marlene, würde ich es direkt sagen. Das hat mir den ganzen Schlamassel mit meinem Land ja überhaupt erst eingebrockt.

Marlene, glauben Sie, die Ablehnung, auf die Sie in Deutschland stoßen, ist ein repressiver Ausdruck kollektiver Schuld?

Ich habe die Nazis verabscheut, sagte Marlene, das ist eine Tatsache. Aber ich habe niemals das Land verabscheut. Ich überlasse es den Leuten, wie sie sich entscheiden.

Marlene, fühlen Sie sich eher als Deutsche oder als Amerikanerin?

Im besten Fall, sagte Marlene, sollte es schwierig sein, kategorische Grenzen zu ziehen, was Nationalität wie auch Geschlecht angeht. Warum bitte ist ein Tisch im Deutschen männlich, im Französischen weiblich und im Englischen kastriert?

Das zeremonielle Geplänkel mit den amerikanischen Journalisten in New York stand im krassen Gegensatz dazu, was es bei ihr auslöste, Berlin wie eine Spielzeugstadt von oben zu sehen. Als das Flugzeug über dem Tempelhofer Flughafen kreiste, spürte sie einen Kloß im Hals. So viele Jahre war es her, Berlin hatte 1945 ausgesehen wie der Weltuntergang. Sie war in Schöneberg aufgewachsen und hatte immer gewusst, dass das nächtliche Berlin, die schnellste Stadt der Welt, ihre Zukunft war. Sie hatte von den Mädchen in den tief taillierten Kleidern gehört, die in den Tanzsälen Bier tranken, und den Jungs mit den Tweedmützen, die sie bei den Händen nahmen, den Opernhäusern mit den bemalten Decken, wo Frauen durch rotgoldene Operngläser schauten, die die Darsteller auf der Bühne um ein Dreifaches vergrößerten!

Marlene war angenehm überrascht, eine Menschentraube am Terminal in Tempelhof zu sehen. Mit großen Willkommensschildern erwartete man sie, aber als sie näherkam, sah sie, was auf den Schildern stand: MARLENE GO HOME! Wie wirkmächtig, wie ökonomisch, wie voll und ganz deutsch es doch war, dies zu schreiben anstelle von MARLENE GO BACK TO AMERICA! Ihre Assistentin versuchte, sie abzuschirmen und in die wartende Limousine zu verfrachten.

Frau Dietrich, was haben Sie zu dieser Begrüßung zu sagen?

Stimmt es, dass Sie einmal gesagt haben, Sie würden Hitler nackt in seinem Schlafzimmer zur Strecke bringen?

Sie musste lachen, während sie sich ins Auto duckte. Wie hatten sie davon Wind bekommen? Es war eine halb ernste, halb frivole Bemerkung gewesen, die sie, wenn sie sich recht erinnerte, auf einem Champagnerempfang an der Riviera gemacht hatte, um die wichtigen Männer dort zu irgendeiner Handlung oder Besinnung anzustacheln. Der Krieg hatte noch nicht begonnen, niemand hatte diese Androhung damals auch nur im Entferntesten ernst genommen; man hatte sich viel mehr dafür interessiert, sie flachzulegen.

Frau Dietrich, was haben Sie in Ihrer Handtasche?

Die Frivolität dieser Frage war erfrischend, obwohl die wahre Antwort banal wäre: Abgesehen von ihrem Reisepass befand sich ein Sortiment an starken Schmerztabletten für ihre schlimmen Beine in der maßgefertigten Hermès-Minitasche. Sie wollte wissen: Warum fragen Sie das?

Weil sie so winzig ist.

Mein Kostüm, scherzte sie. Die Tür wurde geschlossen, und der Wagen fuhr an.

Später am Abend war der Eröffnungsapplaus im Titania-Palast nur lauwarm, und Marlene ließ ihr typisches lang gezogenes »Hellooo« ausfallen. Ohne Trara eröffnete sie mit »Ich bin von Kopf bis Fuß auf Liebe eingestellt«. Ihr Stimmumfang war schon immer recht überschaubar gewesen, aber sie wusste das Größte aus ihm herauszuholen, indem sie im Sprechgesang bekannte Oldies aufführte, die technisch wenig herausfordernd waren, aber vor Nostalgie nur so trieften. Als Nächstes kam ein Liedchen, dass sie von einer Butch-Sängerin in einem Damenclub damals in den Zwanzigern gelernt hatte, »Die Kleptomanen«:

Wir haben einen kleinen Stich
Wir stehlen wie die Raben
Trotzdem wir es ja eigentlich
Gar nicht nötig haben
Uns treibt nicht finanzielle Not
Nein, ein ganz and'rer Grund

Wir tun's aus sexueller Not -
Aber sonst fühl'n wir uns gesund

Dann natürlich »Die fesche Lola«.

Vor ihrem geistigen Auge sah sie, wie sich das Publikum die fesche Lola in *Der blaue Engel* vorstellte, das Bein auf dem Fass keck hochgezogen. Am Tag, an dem die Fassszene gedreht wurde, hatte diese schielende Schleimerin Leni Riefenstahl das Set besucht und Jo mit »handwerklichen Fragen« belästigt. Marlene hasste jeden, der anderer Leute Zeit stahl, und bei einem Dreh war die Zeit einer Person die Zeit aller. Am schlimmsten aber war, dass Jo, den alle als mörderischen Tyrannen kannten, ihre öden Fragen geduldig wie ein liebes Hündchen beantwortete und ihr erlaubte, durch den Bildsucher zu schauen, während Schärfeverlagerungen diskutiert wurden. Hinterhältig kratzte sich Marlene die Achsel. Als sich Jo davon nicht beeindrucken ließ, hob sie ihr Bein auf dem Fass immer höher, bis Jo schließlich von hinter der Kamera rief: Nimm das Bein runter, Marlene, man kann deine Schamhaare sehen! Es funktionierte ganz wunderbar. Das Fischgesicht war so schockiert, dass sie sich von Jo verabschiedete und ein paar scheinheilige Bemerkungen in Richtung »ihn nicht von seiner Hauptdarstellerin ablenken zu wollen« losließ. Ernsthaft? Na klar.

Sie merkte, wie sich das Publikum zum Ende von »La Vie en Rose« hin langsam entspannte, und als sie zu dem mitreißenden »Allein in einer großen Stadt« kam, achtete sie darauf, den Song Wachsmann und Kolpe zu widmen und auf deren Urheberschaft zu verweisen. Ihre jüdischen Nachnamen waren seit 1933 aus den Annalen der Popkultur gestrichen, und diese Regelung war noch nicht revidiert worden; es gab wichtigere Wiedergutmachungsforderungen, mit denen sich die neuen Institutionen zu befassen hatten. Als die letzten Takte unter dem Pedal des Pianisten verklangen, wandte Marlene ihr Gesicht in einem bestimmten Winkel vom Mikrofon ab und hob ihre Wangenknochen ins Licht. »Lili Marleen« kam als Nächstes, und darauf wollte sie vorbereitet sein. Es war allgemein bekannt, dass sie diesen Klassiker für die amerikanischen und französischen Soldaten auf

Englisch gesungen hatte, während sie gegen deutsche Truppen kämpften. Jetzt kommt ein Lied, das mir sehr am Herzen liegt, sagte sie und klang selbstsicherer, als sie sich fühlte. Ich habe es während des Kriegs gesungen. Ich habe es drei lange Jahre gesungen, in Afrika, auf Sizilien, von Alaska über Grönland und Island bis England, quer durch Frankreich, durch Belgien – nur nicht in Deutschland. Sie nickte ihrem Pianisten zu, und als die Anfangstakte von »Lili Marleen« erklangen, atmete sie tief ein und sang dann die deutsche Version:

Vor der Kaserne, vor dem großen Tor
Stand eine Laterne, und steht sie noch davor …

Während der ersten Strophe war es sehr still. Beim Refrain hielt sie inne und senkte den Kopf zum Publikum. Sie überließ es ihnen, ob sie mitmachten oder sie hängenließen. *Wie einst Lili Marleen* hörte sie zu ihr zurückkommen. Das Publikum sang mit ihr.

Sie war zu Hause.

Elf Vorhänge und zwei Zugaben später schloss sich Marlene im Tita-nia-Palast in ihre Umkleide ein, injizierte Cortison in ihre Beine und zwang sie wieder in die Stiefel, bevor sie in den Wangen stieg, der sie für die After-Show-Party zurück in die Hotellounge brachte. Als sie aus der Limousine stieg und auf den Eingang des Park Hotels zuging, wartete eine kleine Gruppe auf sie, und eine junge Frau mit fransi-gen Haaren kam auf Marlene zu und packte sie am Ärmel ihres Schwanenmantels. Es gefiel ihr gar nicht, wenn Leute an ihr zogen, aber sie war heiterer Stimmung und drehte sich um, bereit, ein Au-togramm zu geben. Die junge Frau spuckte ihr ins Gesicht.

Die Spucke fühlte sich warm auf Marlenes Wange an.

Ihre Assistentin rang entsetzt nach Luft und wühlte in ihrer Handtasche nach einem Taschentuch.

Gut, dass Marlene Dietrich eine Schauspielerin ist, fauchte die junge Frau laut genug, damit es alle hören konnten, sie ist nämlich eine lupenreine Heuchlerin! Sie fragt alle, wo sie waren, als es an der

Zeit war, den Nazis Widerstand zu leisten, aber wo war sie? Sie hat in Amerika das Leben genossen!

Wollen Sie, dass ich die Polizei rufe?, flüsterte Marlenes Assistentin, als sie weitergingen. Marlene schüttelte den Kopf.

Wäre ich eine reiche und berühmte Schauspielerin, hätte ich auch die Füße in meiner Hollywoodvilla hochgelegt, fuhr das Mädchen fort. Aber anders als dieses Miststück hätte ich es nicht so aussehen lassen, als hätten alle eine Wahl gehabt. Ich hätte meinen Pass nicht eingetauscht, um den Amerikanern in den Arsch zu kriechen, ich hätte nicht so getan, als wäre es eine Lebensaufgabe, für alliierte Soldaten zu singen, ich hätte nicht für die Vogue in einer GI-Uniform posiert, als wäre der Krieg eine Modestrecke, und ich hätte nicht lautstark verkündet, dass Deutschland seine gerechte Strafe erhalten hat! Geh zurück nach Amerika, du heuchlerische Schlampe!

14

Als Ibrahim fragte, ob Bébé ihn auf einen Wochen-
endausflug an die Ostsee begleiten wolle, sagte sie
okay. Sie war noch nie zuvor zum Baden am Strand gewesen. Weil Bébé sich nicht mit den Ausmaßen Europas auskannte,
war sie überrascht, als Ibrahim ihr sagte, sie würden dreizehn Stunden mit dem Zug fahren.

So weit?

Wir reisen von einem Land in ein anderes, erklärte er ihr, von
Frankreich nach Deutschland. Sie würden den Nachtzug am Freitag
nehmen und nach dem Umsteigen in Hamburg am Samstagvormit-
tag in Travemünde, einer Stadt am äußersten Rand der BRD, ankommen. Am späten Samstagabend würden sie entsprechend den Rück-
weg antreten und wären am Sonntag wieder zurück in Paris. Gibt es
keine Strände, die näher an Paris sind?, fragte sie. Doch, sagte er,
aber in Travemünde sei seine Mutter begraben. Tut mir leid, sagte
sie. Er erzählte ihr, es sei ein Unfall gewesen, der sich vor mehr als
zehn Jahren zugetragen hatte, und er sei nicht mehr traurig, führe
aber möglichst einmal im Jahr hin, um ihr Grab zu besuchen. Bébé
wollte Ibrahim von dem pudrigen Geruch der Räucherstäbchen und
dem Verbrennen silberner Papierchen am Grab der Vorfahren, die
sie nie kennengelernt hatte, am fünfzehnten Tag nach jedem Früh-
lingsäquinoktium erzählen, wusste aber nicht, wie sie es ihm erklären sollte. Ich kenne diese Leute nicht mal, sagte sie damals hinter
dem Rücken ihres Vaters zu ihrer Mutter. Sprich nicht so, sagte ihre
Mutter. Wenn es sie nicht gegeben hätte, wärst du nicht hier. Ist das
nicht auch eine Art, jemanden zu kennen?

Der Zug würde am Gare de l'Est abfahren. Von Paris aus würden
sie über Köln, Hamburg und Lübeck fahren. Sie trafen sich auf dem

Bahnsteig. Ibrahim trug einen grauen Kapuzenpulli, und Bébé hatten ihren Schwanenmantel an. Er lachte, als er sie sah. Ah, sie errötete. Weißt du, sagte er, als sie sich am Bahnhof heißen Kaffee und billige fettige Madeleines kauften und früh in den Zug einstiegen, ich verstehe nichts an dir. Sie wollte wissen, ob das gut oder schlecht sei. Er sagte, es sei weder noch. Manche Dinge sind einfach so, wie sie sind, meinte er, als der Zug aus dem Bahnhof fuhr.

Als sie in Hamburg ankamen, ging die Sonne auf.

Ibrahim schlief noch, als Bébé aufwachte. Ihr Nacken war steif, aber sie fühlte sich ausgeruht. Als sie sich umsah, bemerkte sie, dass die meisten anderen Sitze mittlerweile leer waren. Es war lange her, dass sie an einem Ort mit weniger als zehn Personen um sie herum geschlafen hatte. Bébé betrachtete Ibrahim, der durch die Nase atmete, den Mund hatte er im Schlaf fest zusammengepresst. Eine Hand war zu einer Faust geballt, die er wie ein Baby ans Kinn geführt hatte. Erst war das Gefühl in ihr neutral, dann wurde es weich und warm, aber je länger sie ihn ansah, desto schwerer fiel es ihr, ein unbestimmtes Unwohlsein abzuschütteln, das damit zu tun hatte, dass sie nichts mit diesem Fremden auf dem Sitz ihr gegenüber gemeinsam hatte. Sie konnte es kaum noch ertragen, im selben Wagon mit ihm zu sein. Ihre Hände wurden heiß, und sie kühlten auch nicht ab, wenn sie sie gegen das Fenster presste, wo sie einen hässlichen, farblosen Schmierfleck hinterließen. Als er sich rührte, bekam sie Gänsehaut. Dann öffnete er die Augen und lächelte sie verschlafen an, und sie spürte wieder, dass sie sich kannten.

Der Tag ist neu, sagte sie und zeigte nach draußen auf das Licht.

Du auch, sagte er.

Ibrahim schien guter Laune zu sein, als sie in den Zug Richtung Ostsee stiegen. Eine Stunde später erreichten sie Travemünde, und er wählte ein elegantes Café in der Nähe des Bahnhofs aus, in dem sie frühstücken konnten. Der Kellner wollte ihren Mantel nehmen, und diesmal ließ sie es geschehen. Er führte sie an ihren Platz, legte eine Serviette über ihren Schoß. Alle anderen in dem Café waren weiß. Als sie die Speisekarte aufschlug und die Preise sah, trat sie Ibrahim

unter dem Tisch leicht gegen das Bein und sagte so leise sie konnte:
Vielleicht woanders?

Keine Sorge, sagte Ibrahim, ich zahle.

Nein, sagte Bébé.

Hey, sagte er und griff nach ihrer Hand, das ist mein Teil der
Welt. Daraufhin lenkte sie ein. Sie verstand das Gefühl heimatlicher
Gastfreundschaft. Wohin würde sie mit ihm in Shanghai gehen?
Dort musste es auch schöne Orte geben, so wie diesen hier. Er
wählte Rührei mit Krabben, sie Pfannkuchen mit Himbeerquark. Er
bestellte Mineralwasser, frisch gepressten Orangensaft und Kaffee.
Drei verschiedene Getränke zu einem Essen zu haben, war extravagant, aber die Bestellung war schon aufgegeben, und sie beschloss,
es zu genießen. Anfangs noch fand sie es belastend, von einer weißen Person bedient zu werden, aber sie gewöhnte sich schnell daran, seine Präsenz als Mensch zu ignorieren und nur die Funktion
seiner Gesten zuzulassen. Zweifellos war dies das schönste Essen
ihres Lebens, aber sie wusste nicht genau, ob sie es wiederholen
wollen würde.

Sie war erleichtert, als Ibrahim ein gutes Trinkgeld daließ.

Die Morgenluft war kühl und feucht. Vom Frühstück aufgemun-
tert gingen sie zum Friedhof. Bébé war noch nie am Grab von jemandem gewesen, mit dem sie nicht verwandt war.

Bist du sicher, dass es deiner Mutter recht ist, fragte sie, mit mir?

Ich denke, sie würde sich sogar darüber freuen, antwortete Ibrahim.

Der Friedhof war idyllisch und ruhig. Bébés Mutter lebte noch,
und sie hatte sie nie wirklich vermisst. Ich bin kälter, als es sich jemand vorstellen kann, dachte sie. Sie bogen zweimal links ab, dann
rechts und gingen bis zum Ende der Anlage. Dort, wo Ibrahim stehen blieb, war kein Grabstein, nur unbepflanzte Erde. Er lief zurück
und drehte eine weitere Runde über den Friedhof. Das einzige Geräusch kam von kleinen braunen Spatzen, die sich stritten. Ihr Zwit-
schern blieb auf einem Ton, ganz ohne Melodie – ein Ruf, kein Lied.
Ibrahim betrat ein niedriges Gebäude, in dem sich ein Büro befand,

und Bébé wartete draußen auf ihn. Als er herauskam, war sein Gesicht kalkweiß. Er war so bleich, dass sie ihn bitten wollte, sich hinzusetzen. Wir gehen, sagte Ibrahim. Seine Stimme zitterte. Er packte sie am Arm, und sie verließen den Friedhof.

Das Meer war nicht blau, wie Bébé erwartet hatte.

Es war grau.

Die zehnjährige Ruhezeit von Ibrahims Mutter war abgelaufen, und die Verlängerung mit einem möglichen Rabatt bei Anzahlung, die man an einen Herrn Müller hier in Travemünde geschickt hatte, war nicht beansprucht worden. Als der Boden nicht mehr gefroren war, hatte man die abgelaufenen Gräber ausgehoben, die Reste verbrannt und die Asche im Meer verstreut, so wie jeden Frühling. Letzten Endes handelte es sich auch nur um ein Geschäft. Die Toten zu verbrennen ist in der Religion meiner Mutter ein Akt der Verstümmelung, hatte Ibrahim zu dem Friedhofsverwalter gesagt, es ist streng verboten. Ich bitte vielmals um Entschuldigung, hatte der Friedhofsverwalter geantwortet, es sei nichts Persönliches.

Ibrahim erklärte Bébé all das in einem ruhigen Ton, ohne zu weinen und ohne zu zögern, aber als er geendet hatte, stand er auf und sagte, er wolle schwimmen gehen. Es ist kalt, sagte sie. Ja, stimmte er ihr zu, du solltest einfach hierbleiben. Okay, erwiderte sie und sah zu, wie er sich auszog. Als er auf das Wasser zuging, rief sie: Warte. Er drehte sich um.

Ich komme mit.

Es ist zu kalt.

Trotzdem, sagte sie, ich komme.

Das Wasser war nicht so kalt, wie Bébé erwartet hatte. Sie hielt die Finger ausgestreckt, ließ das Meer hindurchrauschen. Sie fragte sich, in den Überresten wie vieler Fremder, ganz abgesehen von der längst aufgelösten Asche von Ibrahims Mutter, sie wohl gerade badete. Als sie tiefer hineingingen, legte sie ihre Arme um seinen Hals und die Beine um seine Hüften. Sie fühlte, wie ihre Brustwarzen über Ibrahims Haut glitten, wenn sie von den Wellen hin und her gewogt wurden. Als sie sich nach dem Ufer umsah, konnte Bébé ihre Kleidung auf einem Haufen im Sand sehen.

In der Nähe befand sich eine Familie mit einem rötlich gelben Jagdhund. Der Hund schnupperte hinter dem Kind her, das einen flugzeugförmigen Drachen in die wankelmütige Brise hielt – er stieg in die Luft, und das Kind kreischte vor Vergnügen. Weiter entfernt waren einige Paare mittleren Alters, die über den Strand spazierten, und am anderen Ende des Strands warf sich ein nackter blonder Mann trotz der Kälte in das flache Wasser. Bébé bemerkte, dass Ibrahim weiterging, immer weiter vom Ufer weg, obwohl ihnen das Wasser schon bis über die Schultern ging. Sie legte ihre Arme fester um ihn.

Ibrahim, fragte sie. Sind deine Füße auf dem Boden?

Ja, sagte er.

Bébé nahm die Hand von Ibrahims Nacken und griff ihm zwischen die Beine. In Paris hatten sie noch nicht einmal Händchen gehalten, wenn sie zusammen aus waren, oder sich zum Abschied umarmt. Sie legte ihre Wange an seine, damit sie sich nicht ansehen mussten, und als er bereit war, versuchte sie, ihn in ihren Körper zu bringen. Stattdessen presste er einen Finger auf ihre Klitoris und spielte an ihr, bis sie ihr Gesicht gegen seinen Hals drückte. Sie war seit Marseille mit niemandem mehr zusammen gewesen. Alles, was mit ihrem Körper in Marseille, Shanghai oder Taishan geschehen war, hatte nichts mit ihr zu tun. Es hatte lange gedauert, aber jetzt war sie sich darüber im Klaren. Im Wohnheim von Saint Denis fasste sie sich gelegentlich selbst an, unter der Bettdecke, wenn die tunesischen Frauen ihre Gebete sangen. Sie hatte sich an ihre starken Stimmen mehr als nur gewöhnt. Mittlerweile liebte Bébé diesen Klang. Unter der weichen Decke ihres Gesangs konnte sie sich mit offenen Augen zum Höhepunkt bringen, ohne dass ihr Atem schneller wurde. Sie wollte Ibrahim so gern etwas von sich geben, aber sie konnte nichts in sich finden. Es schien ihn nicht zu stören.

Der Sog hielt sie aufrecht, während sie sich aneinanderdrückten, die Wärme, die ihre Körper produzierten, verlor sich sogleich in der endlosen Weite des Wassers. Als sie noch ein Mädchen gewesen war, hatte sie gedacht, dass alle Flüsse, Meere und Ozeane blau wären. Außerdem müssten alle Berggipfel eine perfekt geformte Spitze haben, und wenn es ein Erdbeben gab, versuchte das Land, vor sich selbst zu fliehen. Sie fühlte sich schwerelos und wie benommen, als sie kam. Mit beiden Händen auf seinen Schultern zog sie ihn an sich heran. Bébé merkte, dass Ibrahim Wasser trat. Tut mir leid, sagte sie. Nein, sagte er, das ist das Letzte, was ich von dir hören will. Ich tue immer nur allen leid, fügte er mit erstickter Stimme hinzu. Warum kannst du keine Ausnahme sein? Das Wasser schwappte nah an ihrem Kinn. Bébé, flüsterte er, wie lautet dein richtiger Name?

Wenn ich es dir sage, können wir dann zurück ans Ufer?

Die Strömung schob sie leicht zurück, dann heftiger nach vorne und wieder etwas zurück. Ganz leise hörte sie ihn sagen: Ja.

Mein richtiger Name ist Bèibèi, sagte sie.

Er lächelte sie traurig an.

Du wirst es mir niemals verraten, oder?, fragte er.

Sie sah ihn an und war sich sicher, dass dies die größte Nähe war, die sie jemals mit einem anderen menschlichen Wesen haben würde. Es war so weit von dem entfernt, was sie sich wünschte, dass sie am liebsten geweint hätte. Es musste doch eine Möglichkeit geben, damit er es verstand. Sie öffnete wieder den Mund, aber er schüttelte den Kopf und legte seine Stirn an ihre.

Schon gut, sagte er.

Als sie zurück am Strand waren, zogen sie sich an und legten sich in den Sand. Die Sonne schien jetzt kräftig, und Ibrahim schien sehr viel ruhiger zu sein. Er stützte sich auf seine Ellenbogen und sah das Ufer hinunter. In der Nähe des blonden Mannes, der nun eine Meditationshaltung an der Küste eingenommen hatte, befanden sich zwei Polizisten in Uniform, die einen kleinen Außenposten bemannten. Einer von ihnen stand mit einer Zigarette vor dem Wachhäuschen. Dahinter befanden sich Pfosten in einer Reihe, die mit einer rot-weißen Plastikkette verbunden waren. Gute sechs Meter hinter den rot-weißen Pfosten war ein Schild mit der Aufschrift HALT, gefolgt von einem Maschendrahtzaun. Hinter dem Zaun standen in regelmäßigen Abständen Wachtürme mit uniformierten Wachen darin, und dahinter Wachhunde, die geschäftsmäßig auf- und abliefen. Die Grenze bestand seit der Teilung Deutschlands durch die Alliierten in die Bundesrepublik Deutschland und die Deutsche Demokratische Republik 1949. Seit dem 26. Mai 1952 war die Demarkationslinie zwischen der BRD und der DDR abgeriegelt worden, und die Maßnahmen an der Grenze wurden mit den Jahren immer weiter verstärkt. Der Strand von Travemünde war der nördlichste Zipfel der innerdeutschen Grenze, die von dort aus weiter ins Meer hinausging. Auf der anderen Seite der Ostsee lagen Schweden und Dänemark. In den vergangenen drei Jahrzehnten hatten schwedische und dänische Fischer und Beamte von der Küstenwache immer wieder aufgeblähte ostdeutsche Leichen an ihren Küsten gefunden, manche schon halb von Krabben zerfressen. Es war ein tollkühner Plan, aber sie hatten versucht, die innerdeutsche Grenze schwimmend zu überwinden, um ihre Freiheit zu finden. War es denn dort drüben so schlecht?

Was siehst du dir an?, fragte Bébé Ibrahim.

Ibrahim sagte ihr, dass hinter den rot-weißen Pfosten Ostdeutschland lag, und malte eine ungefähre Karte für sie in den Sand. Sie zeigte eine Landmasse, die durch eine Zickzack-Linie geteilt war. Nachträglich fügte er ein X mitten in den rechten Teil der Zeichnung ein. Wir sind in Westdeutschland (er deutete auf die Seite links von dem Zickzack). Auf der anderen Seite des Wassers (er schraffierte das Meer mit einem Finger) liegt Schweden. Man kann es nicht wirklich von hier aus sehen, aber Dänemark ist auf einer Seite und Polen auf der anderen.

Und?

Und dort ist man nicht frei.

Dort?

Ostdeutschland. Natürlich abgesehen von West-Berlin. Er zeigte auf das x auf der Karte im Sand. Um die Stadt verläuft eine Mauer.

Eine Mauer?

Die Berliner Mauer.

Wer hat die Mauer gemacht?, fragte Bébé.

Ibrahim setzte sich auf. Wir Deutschen, sagte er nach einer langen Pause, als wäre ihm dieser Umstand gerade erst klar geworden. Wir haben die Mauer selbst gebaut.

Warum?

Weil …

Aber er wusste nicht, was er zu ihr sagen sollte. Er hob die Schultern. Sie nickte. Er legte sich hin, streckte sich im Sand aus. Er wandte sich von ihr ab, suchte in sich nach einer Antwort. Nichts kam, also rollte er sich wieder auf den Rücken, seufzte resigniert und zog sich auf Geborgtes zurück. Weil es keine Geschichte einer Zivilisation gibt, die nicht auch eine Geschichte der Barbarei ist, flüchtete er sich in ein halb-erinnertes Zitat. Er versuchte, einen Kreis mit Daumen und Zeigefinger zu machen, um die Form der Sonne im Himmel einzufangen. Bébés Rücken war so schlank, er erinnerte Ibrahim an ein Kätzchen, das man mit einer Hand am Nacken hochheben konnte.

Sie studierte seine Kassetten.

Er hatte seine Smiths-Sammlung auf den Ausflug mitgenommen, alle vier Studioalben und ein Livealbum. Als sie merkte, dass er sie ansah, sagte sie: Such ein Lied aus, für mich.

Er griff nach dem orangefarbenen Tape, auf dem *Strangeways, Here We Come* stand. Es war das letzte Studioalbum der Smiths, bevor sie sich auflösten. Er hielt ihr den Kopfhörer hin, während »A Rush and a Push and the Land Is Ours« spielte. Ein Schwarm Watvögel flog vorbei, gleichmäßig und tief. Er sang ab und zu auf Englisch mit. Sie fuhr mit einem sandigen Finger über seine Wange. Willst du, dass ich dir sage, worum es in dem Song geht?, fragte er. Nein, sagte sie selbstbewusst, lehnte sich an seine Schulter und schloss die Augen.

Die Sonne stand deutlich tiefer, als Bébé aufwachte.

Kurz schloss sie wieder die Augen, bemerkte, dass die Farbe hinter ihren Lidern ein warmes Blutrot war. Sie öffnete sie: blauer Himmel. Sie sah, dass Ibrahim am Strand entlanglief, in der Nähe der rot-weißen Pfosten. Auf diese Entfernung wirkte er sehr klein. Sie stützte sich auf die Ellenbogen, sah zu, wie sein Rücken sich wegbewegte, und dachte darüber nach, ob sie in ihn verliebt war. Eine große weiße Wolke zog vorüber. Ihre Augen folgten dem Schatten, der über den Sand glitt und auf das Wasser verschwand, und dann entschied sie, dass sie es nicht war. *Je t'aime, je t'aime,* hatte sie für sich vor dem Spiegel im Ministerium geübt, wenn niemand im Waschraum war. Der Waschraum hatte ein gutes Echo. Sie übte es nicht, weil sie glaubte, eines Tages einen Grund zu haben, in Paris »Ich liebe dich« zu sagen, sondern im Gegenteil, weil sie wusste, dass sie es niemals sagen würde.

Sie drehte sich um, als sie Rufe hörte.

Die Polizisten schienen Ibrahim anzuschreien. Sie sah, wie er über die rot-weiße Kette sprang, dann an dem HALT-Schild vorbeilief und einen Stolperdraht mit einem gelben Leuchtsignal auslöste. Jetzt gab es weitere Rufe, über einen Lautsprecher, von dem Wachturm auf der anderen Seite. Die Polizisten auf dieser Seite rannten bis zu der rot-weißen Absperrung, riefen hinter Ibrahim her, aber sie folgten ihm keinen Schritt weiter. Ibrahim blieb vor dem Zaun stehen, dann kletterte er hinauf. Alles geschah sehr schnell. Bébé stand auf und rief seinen Namen, einmal, dann ein zweites Mal, so laut sie konnte, mit aller Kraft, die sie hatte. Er drehte sich zu ihr um und rief etwas zurück. Sie konnte ihn nicht hören, sah aber, wie sich sein Mund bewegte. Die Hunde hinter dem zweiten Zaun bellten. Ibrahim sah nicht mehr zurück. Er war oben auf dem zweiten Zaun angelangt und sprang hinüber. Bébé sah, wie er auf der anderen Seite im Sand landete, sich aufrichtete und anfing zu rennen.

Er erreichte die Wachtürme.

Die Stimme aus dem Lautsprecher war jetzt sehr laut.

Drei, hörte sie. *Zwei!*

Eins, und dann Schüsse.

15

Was hat Ihnen der Verstorbene zugerufen, bevor er die Grenze übertrat?, fragten die westdeutschen Polizisten Bébé immer wieder in ihrem Schulfranzösisch mit deutschem Akzent. Ich weiß es nicht, antwortete sie wieder und wieder in ihrem fortgeschrittenen Anfängerfranzösisch mit chinesischem Akzent. Ich weiß es nicht.

Was Ibrahim Bébé über den Strand hinweg zugerufen hatte, wurde von dem Nacktschwimmer ans Licht gebracht, der alles beobachtet hatte. Er bezeugte in seiner Aussage: Der Junge hat dem Mädchen auf Englisch zugerufen: *We'll always have Paris.* Was meinte er mit *We'll always have Paris?*, fragten die deutschen Polizisten Bébé. Die Wörter, nach denen sie sie fragten, waren nicht einmal in einer Sprache, die sie verstand. Sie sagten ihr, es sei Englisch. Sie sagte, sie spreche kein Englisch. Als einer der Polizisten *We'll always have Paris* für sie ins Französische übersetzte, fing sie an zu weinen.

Warum weinen Sie?

Ich hätte wohl geweint, ganz egal, was es bedeutete, dachte sie nüchtern. Aber dafür war ihr Französisch nicht gut genug. Sie hatte seit vierundzwanzig Stunden weder gegessen noch geschlafen.

Was hat der Türke da gemacht?

Er hat nichts gemacht.

Was wollte er in der DDR?

Was ist die DDR?

Verarsch mich nicht, Mädchen.

(Stille.)

Ostdeutschland (er machte mit den Händen einen Streifen). Westdeutschland (er machte mit den Händen daneben einen weiteren Streifen).

Ich weiß nicht. Ich bin in Paris.

Was machen Sie in Paris?

Ich bin Putzfrau, Hausmädchen.

Was wollten Sie in Travemünde?

Wir waren bei den Toten und am Strand.

Sind Sie Kommunistin?

Nein.

Haben nicht alle Chinesen Loyalität gegenüber der Kommunistischen Partei Chinas gelobt?

Nur eine Partei, keine Wahl.

Also sind Sie Kommunistin?

(Stille.)

Wollten Sie sich mit den Kommunisten in der DDR organisieren?

Ich weiß nicht, wovon Sie sprechen.

Haben Sie das zusammen geplant?

Nicht geplant.

Hatten Sie Gewalttaten geplant?

Sie haben die Tasche durchsucht. Nichts war drin.

War es politisch motiviert?

Was?

Warum sind Sie schwimmen gegangen?

Seine Mutter ist im Meer.

Seine Mutter? Im Meer?

Seine Mutter. Im Meer.

Waren Sie und der Verstorbene ein Liebespaar?

Wie ist diese Liebe, von der Sie sprechen?

16

Die Lübecker Polizei nahm Bébé vierundzwanzig Stunden in Gewahrsam. Dann wurde sie der Bundespolizei in Kiel übergeben, die sie ein paar Tage festhielt, bevor die Behörde entschied, dass es vernünftiger wäre, sie von Kiel aus nach Bonn zu bringen, anstatt jemanden vom Bundesministerium für Innerdeutsche Beziehungen in den hohen Norden zu schicken.

Der Mitarbeiter des Innenministeriums, der sich schließlich mit Bébé in Bonn befasste, war einst bei einem kommunalen Anlass zum schönsten Bürokraten von Nordrhein-Westfalen gewählt worden, woraufhin er eine bunte Papierschärpe tragen musste, die die Sekretärinnen für ihn angefertigt hatten. Er war in der Tat mit einer wohlgeformten Nase, dunkelblondem Haar mit einem ordentlichen Seitenscheitel und einer angeborenen Vorliebe für Konjunktionaladverbien gesegnet, wobei seine besondere Schwäche »demgemäß« und »gleichwohl« galt. Anders als die Polizisten trug er keine Uniform, sondern einen gut gebügelten Anzug, und er sprach fließend Französisch. Danke, dass Sie dieser Unterhaltung zugestimmt haben, sagte er zur Begrüßung, und uns bei unseren Untersuchungen behilflich sind. All das ließ bei Bébé den Eindruck entstehen, dass er ihr helfen würde. Als sie ihm erzählte, dass sie das Hausmädchen einer Schauspielerin in Paris sei, lächelte er sie sogar an und schien es sich zu notieren. Ich weiß Ihre freundliche Mitarbeit sehr zu schätzen, beendete er schließlich das Gespräch. Demgemäß werden wir uns mit Ihrer Angelegenheit befassen und Ihnen alsbald unsere Ergebnisse mitteilen.

Er hielt ihr die Tür auf.

Sie zögerte.

Die Damen zuerst, sagte er.

Bébé konnte das Ausmaß des Wirkungsgrads dieses Bürokraten nicht kennen. Noch bevor er sich mit ihr traf, hatte er bereits die Initiative ergriffen und sich in seiner ordentlichen Handschrift das Resultat notiert: sofortige Abschiebung. Das Treffen war nur für das Protokoll, eine Verwaltungsformalität, damit der Papierkram erledigt werden konnte. Es ging nicht darum, ob er ihr glaubte oder nicht glaubte. Das war vollkommen unerheblich. Seine Aufgabe bestand einzig darin, die verwaltungstechnisch zweckmäßigsten und strategisch erfolgversprechendsten Mittel festzulegen, die eine jede Situation, mit der er sich zu befassen hatte, erforderte.

Der schönste Bürokrat von Nordrhein-Westfalen war es auch, der die Herkunft dieses merkwürdigen Satzes, *We'll always have Paris,* aufklären konnte. Sowohl seine Untergebenen als auch seine Vorgesetzten irritierte, dass ausgerechnet er des Rätsels Lösung kannte. Ich muss zugeben, sagte er sehr zufrieden, ich bin überrascht! Ich kann doch nicht der Einzige sein, der das weiß? Es ist ein berühmtes Zitat aus einem Hollywood-Klassiker.

Aus welchem denn?

Casablanca.

Von wann ist der?

Aus den frühen Vierzigern.

In welchem Kontext fällt der Satz?

Humphrey Bogart sagt ihn zu Ingrid Bergman, als sie fortgeht. Er hat ihr seine wertvollen Transitvisa ausgehändigt, um somit ihre sichere Abreise aus der Stadt zu ermöglichen, weg von den Nazikollaborateuren.

Ein politischer Film?

Amerikanische Propaganda zu seiner Zeit, aber jetzt ein romantisches Epos.

Es wurde in Bezug auf den Vorfall keine Anklage gegen Bébé erhoben, auch wenn ihr Fall offiziell unter »Störung der öffentlichen Ordnung« lief. Niemand wollte Ibrahim erwähnen oder dem Umstand, dass die wahre Anklage hier auf Totschlag durch die Grenzbeamten der DDR an einem Bürger der BRD hätte lauten müssen. Beide Staaten wollten ihre Beziehungen ganz bestimmt nicht weiter verschlechtern. Bei einem frühen Meeting hatte der schönste Bürokrat von Nordrhein-Westfalen die Möglichkeit angesprochen, den tragischen Aspekt des Vorfalls als kreativen Katalysator für den Ruf nach einer Wiedervereinigung zu nutzen. Die Mehrdeutigkeit hierin kann zu unserem Vorteil genutzt werden, schlug er vor. Wir müssen nur den Vorfall entsprechend für die Medien aufbereiten und demgemäß den Grundtenor der öffentlichen Meinung beeinflussen.

Sind Sie völlig verrückt geworden?, fragte sein Vorgesetzter recht abrupt.

Er blickte verletzt drein. Entschuldigung?

Ist Ihnen entgangen, sagte sein Vorgesetzter, dass der Verstorbene Türke war?

Ah!, der schönste Bürokrat von Nordrhein-Westfalen zeigte sich der Situation gewachsen. Da liegen Sie fürderhin falsch. Er ist Deutscher, das habe ich überprüft. Seine Mutter war Türkin, aber sein Vater ist Deutscher, und wir betonen natürlich den Vater und sein junges Alter ...

Man wird uns in jedem Fall zerfleischen, sagte sein Vorgesetzter. Und ich habe keine Lust, ins Kreuzfeuer zu geraten. Das sollte kein Wortspiel sein, fügte er schnell hinzu. Sehen Sie, wie gefährlich Wörter werden können? Wir sollten die Luft anhalten und beten, dass dieser Vorfall spurlos an uns vorübergeht. Wir beteiligen uns nur an Unternehmungen, deren Ausgang wir bereits sicher kennen, bemerkte sein Vorgesetzter abschließend. Die moralische Haltung einer Führung wird am besten bewahrt, wenn die Sachen von vornherein feststehen.

Die Chinesin fiel durchs Raster dieses Staatsnarrativs. Was blieb, war die Logistik. Es wäre am ökonomischsten gewesen, sie zurück nach Frankreich zu schicken, damit sich die Nachbarn um sie kümmerten, schließlich hatte sie Paris als ihren letzten Aufenthaltsort angegeben, unabhängig davon, ob die von ihr vorgebrachten biografischen Angaben stimmten (»hohe Einbildungskraft«, hatte der schönste Bürokrat von Nordrhein-Westfalen umsichtig unter charakterlicher Einschätzung notiert), aber kürzlich erst hatte man sich wegen einer Gruppe libanesischer Flüchtlinge herumgestritten, und Frankreich hatte am Ende die Kosten dafür getragen. Es bestand kein Anlass, wegen einer Chinesin die Pfennigfuchserei anzufangen, und außerdem würde es noch reichlich mehr Papierkram bedeuten, sie nach Frankreich zu zurückzuschicken.

Also war allen klar, dass man sie direkt nach China rückführen würde.

Sein Vorgesetzter unterschrieb die Abschiebungsempfehlung, und der schönste Bürokrat von Nordrhein-Westfalen machte eine Kopie der bewilligten Aktennotiz. Dann legte er die Akte ordentlich ab, lehnte sich in seinem Drehstuhl zurück und erlaubte sich einen kurzen Moment lang, seinen leeren Posteingangskorb zu bewundern, der sich schon bald wieder füllen würde. *C'est la vie.*

17

Die Handschellen wurden Bébé nur zum Essen abgenommen und die Fußschellen gar nicht. Ihre Schnürsenkel hatte man konfisziert, aber den Schwanenmantel, die Smiths-Kassetten und den Walkman hatte sie zurückbekommen. Sie verstand nicht, warum man ihre Schnürsenkel entfernt hatte, ihre Schuhe sahen ohne sie so seltsam aus. Sie betrat das Flugzeug als Letzte und durch die hintere Tür und wurde zu einer leeren Reihe ganz am Ende der Kabine geleitet.

Die Flugbegleiterinnen waren alle groß und attraktiv und trugen marineblaue Uniformen. Bébé hatte sich niemals vorstellen können, eines Tages Passagierin eines Flugzeugs zu sein. Sie hatte sie immer nur am Himmel gesehen und gestaunt, dass sie nicht runterfielen, wo sie doch ganz schön schwer sein mussten. Sie versuchte, die Stunden zu zählen, schlief aber mittendrin ein. Mit zusammengebundenen Handgelenken schob sie die Fensterblende auf. Sie befanden sich hoch im Himmel, und die Wolken waren ganz fluffig. Das Land darunter erschien unglaublich weit weg. Sie mussten Paris schon hinter sich haben. Warmes Essen wurde auf kleinen Tabletts serviert. Jedes Mal, wenn ihre Handschellen zum Essen aufgeschlossen wurden, setzte sich eine Stewardess neben sie, um auf sie aufzupassen, und sie aß so langsam wie möglich. Als das Flugzeug den Landeanflug einleitete und der Luftdruck in ihren Ohren ploppte, starrte Bébé auf die riesige Landmasse hinaus, die immer größer wurde. Das konnte nur China sein, dachte sie mit einem unverkennbaren Anflug von Stolz. Sie wollte die Chinesische Mauer von oben sehen – in der Schule hatte man ihnen erzählt, sie sei das einzige von Menschen erschaffene Objekt auf der ganzen Welt, das vom Mond aus zu sehen war. Leider konnte sie sie nicht finden, tat aber ihr Bestes, um sich darüber zu freuen, nach Hause zu kommen. Offenbar reichte es nicht, denn als die Landebahn in Sicht kam, hoffte sie, das Flugzeug würde zerschellen, damit sie nur nicht wieder von vorne anfangen müsste. Dann nahm sie es wieder zurück, weil es allen anderen an Bord gegenüber nicht fair wäre. Die Räder schmierten leicht über den Boden, als sie sanft landeten, und eine angenehme Stimme hieß sie über die Bordlautsprecher in Shanghai willkommen und nannte die lokale Uhrzeit.

Eine angegraute, ernst blickende Brünette vom Bodenpersonal der Fluggesellschaft kam, um Bébé von den Flugbegleiterinnen zu übernehmen. Endlich wurden Hand- und Fußschellen abgenommen, und sie streckte sich. Ihr Schuh fiel ab.

Darf ich, sagte sie auf Französisch und deutete auf ihre fehlenden Schnürsenkel, etwas dafür haben?

Gut, sagte die Frau auf Mandarin. Ich suche etwas.

Bébé bemerkte den starken Pekinger Akzent der weißen Frau – nichts konnte sie mehr wirklich überraschen. Die Frau vom Bodenpersonal kam mit einer Handvoll Kabelbindern zurück. Das muss erst mal reichen, sagte sie zu Bébé. Besser als nichts. Besser als nichts, wiederholte Bébé. Mandarin zu sprechen war leicht, so selbstverständlich, wie zu atmen. Als sie ihre Schuhe zusammengebunden hatte, fragte sie nach den Toiletten. Bébé sah die Hockklosetts und hätte fast laut aufgelacht: Sie hatte schon ganz vergessen, dass es sie gab. Bébé umging den Wassereimer, der als manuelle Spülung diente, und den schmierigen Kot, der außerhalb der Latrine gelandet war, und hielt anmutig ihren Mantel hoch, um ihn nicht zu beschmutzen. Draußen war sie verblüfft über den Anblick der vielen Chinesen. Die Frau vom Bodenpersonal ging an der Schlange vorbei nach vorn und wechselte ein paar private Worte mit der kraushaarigen chinesischen Beamtin, die hinter einer Theke saß und angesichts der Situation keine Miene verzog. Bébé wurde ein vorläufiges Dokument ausgestellt. Auch wenn Sie in Europa einen anderen Namen benutzt haben, sagte die Frau vom Bodenpersonal, hier müssen Sie Ihren echten Namen eintragen. Sie füllte es aus. Die Frau von der Einreisebehörde stempelte es mit sicherer Hand ab, ihr Blick schweifte bereits desinteressiert an ihr vorbei, während sie rief: Nächster!

Ich hatte nicht mal die Gelegenheit, meine Geschichte in meinen eigenen Worten zu erzählen, dachte Bébé, als sie wegging. GEMEINSAM VORANSCHREITEN lautete der Slogan, der am anderen Ende der Ankunftshalle hing, weiße Schriftzeichen auf einem roten Spruchband. Unter dem Spruchband stand ein Geldwechsler. Sie ging mit allem, was sie in ihrem Geldbeutel finden konnte, zu ihm hin. Vermutlich bot er ihr einen schlechten Kurs an, aber sie hatte keine Vergleichsmöglichkeit und traute sich deshalb nicht, ihn nach einem angemesseneren Kurs zu fragen, also akzeptierte sie, was er ihr in Yuan zurückgab, ohne zu handeln und ohne die Scheine zu zählen.

Nachdem sie dreimal mit dem Bus umgestiegen war, einmal am Hauptbahnhof und dann an zunehmend kleineren Haltestellen, erreichte Bébé zweieinhalb Stunden später das Shikumen-Haus am westlichen Zipfel von Wujiaochang. Die Sonne ging gerade unter, als sie die alten Stufen in den dritten Stock hinaufging, wo sie damals mit ein paar Kolleginnen von der Fabrik ein Zimmer bewohnt hatte. Sie ließ die Hand über das Geländer gleiten und spürte, dass sie aus Neugier zurückgekehrt war, nicht aus Vertrautheit. Der Raum war leer, und sie konnte nicht behaupten, dass sie traurig darüber wäre. Hätte sie die anderen Mädchen hier angetroffen, sie hätte nicht gewusst, was sie zu ihnen sagen sollte.

Sie konnte im Treppenflur riechen, wie ein Stockwerk tiefer in der Küche Knoblauch angeschwitzt wurde. Es war Abendessenszeit. Suchst du jemanden?, fragte eine alte Frau, die gesalzenen Fisch in der Pfanne springen ließ. Bébé schüttelte den Kopf. Sie wohnt nicht mehr hier, sagte sie, ging an der alten Frau vorbei und verließ das Haus.

Da war immer ein Noodle-Shop mit einem verblassten Vordach in der Nähe des Stadions gewesen, in dem hatte Bébé häufig gegessen, wenn sie mit ihren Kolleginnen im Stadion gewesen war, um sich an den Wochenenden kostenlose Baseballspiele anzusehen. Die anderen Mädchen feuerten ihre Lieblingsspieler an, riefen die Nummern ihrer Trikots. Einmal schlug die Gastmannschaft einen Home-run, und der Ball traf Bébé an der Schulter. Eine Woche lang bewunderte sie die Prellung, die jeden Tag eine etwas andere Farbe annahm. In der Nähe des Stadions befand sich ein Kino mit einer Leinwand, wo sie sich gelegentlich einen Film gönnten, und eine kurze Fahrradfahrt vom Kino entfernt war eine Universität.

Hier hatte sich nicht viel verändert.

Ein Billardsaal hatte eröffnet, und ein paar Jungs gaben mit ihrem Können an. Der Noodle-Shop war immer noch da, durchsichtige Plastikklappen wiesen den Eingang aus. Sie trat ein. Es gab immer noch keine Speisekarte. Sie setzte sich, rief ihre Bestellung, ohne fragen zu müssen, was es gab. Als die Nudeln kamen, schmeckten sie genau wie immer. Ein Hauch Kumin und Zimt in der Tomaten-Rindfleischsuppe, der Nudelteig war handgemacht. Ausgehungert bestellte sie eine zweite Schüssel, diesmal nur einfache Suppe und Nudeln. Es war billiger ohne das Fleisch. Sie trank die Suppe bis auf den letzten Tropfen aus, dann bezahlte sie und ging. Sie hatte kein Ziel. Als sie an dem Kino vorbeikam, ging sie hinein. Der geschwätzige Kartenverkäufer, der aussah, als wäre er in ihrem Alter, informierte sie darüber, dass die letzte Vorstellung des Abends begonnen hatte, Hou Hsiao-Hsiens *Daughter of the Nile*. Ein taiwanesischer Film, fügte er verstohlen hinzu, deshalb wurde er nicht großflächig in Shanghai aufgeführt, aber sie arbeiteten mit jemandem zusammen, der das System umging.

Gehst du auch auf die Fudan? Wir haben einen Studentenrabatt.

Ich studiere im Hauptfach Leben, sagte sie mit einem absichtlich rustikalen Akzent.

Der Junge blinzelte. Sie gab ihm den vollen Preis für die Karte, obwohl sie nicht wusste, was sie tun würde, sobald ihr das Geld ausgegangen war.

In *Daughter of the Nile* besucht ein teilnahmsloses taiwanesisches Mädchen mit einer modernen Dauerwelle die Abendschule und kellnert tagsüber im Herzen Taipeis bei Kentucky Fried Chicken, während sie gleichzeitig noch versucht, ihre Familie zusammenzuhalten. Hsiao-yang fährt einen mehrfarbigen Roller, hört amerikanischen Pop auf der Jukebox des Nachtclubs ihres Bruders und bekommt sogar eine ganze Sahnetorte zum Geburtstag, aber ihre Freunde verlassen Taipei schon bald, und der ältere Junge, den sie mag, hat sich mit den falschen Leuten eingelassen. Sie findet Trost in einem kleinen Welpen und dem kitschigen japanischen *shōjo manga*, den sie auf Chinesisch liest, *Ōke no Monshō,* dessen Hauptfigur Carol, eine reiche amerikanische Teenagerin, Ägyptologie in Kairo studiert, wo sie sich in Memphis verliebt, einen Teen-Pharao, den sie von den Toten auferweckt.

Als der Film vorbei war, ließ sich Bébé tief in ihren Sitz sinken, um die Nacht im Kino zu verbringen, aber eine buckelige Frau mit einem Besen kam herein und kehrte sie raus. Der Junge vom Kartenverkauf rauchte auf den Stufen.

Toller Mantel, sagte er und nickte ihr zu. Importiert?

Sie ignorierte das und fragte: Hast du eine Zigarette?

Er hielt ihr sein Päckchen hin und fragte sie, wie sie den Film gefunden hatte.

Ich hätte jetzt wirklich gern was von dem Brathähnchen, sagte sie.

Er schien von der Antwort überrascht, musste aber lächeln. Ja, sagte er. Zu dumm, dass es Kentucky Fried Chicken hier nicht gibt, was?

Na ja, sagte sie, in Paris gibt es auch kein Kentucky Fried Chicken.

Klar, sagte er, ohne sie ernst zu nehmen. Ein ganzer Haufen von meinen Klassenkameraden ist mit dem Zug von Shanghai nach Peking gefahren, nur um zu KFC zu gehen, spottete er. »Gemeinschaftsbildender Klassenausflug« nannten sie es. Haben die Leute nichts Besseres zu tun?

Warte, sagte sie. Es gibt einen in Peking?

Der erste in ganz China, sagte er, das wissen doch alle, oder?

Aus irgendeinem Grund, sagte sie und nahm einen tiefen Zug von ihrer Zigarette, bin ich das Mädchen, das immer alles zuletzt erfährt. Ihr Blick schweifte in die Ferne, während sie den Rauch in die nächtliche Brise blies. Also, fragte sie leichthin, wie war das Huhn?

Sie konnten über nichts anderes mehr reden, sagte er. Sie sagten, Fast Food sei eine Art Freiheit.

Sie musste lachen.

Was?, fragte er.

Ich weiß nicht, sagte sie schulterzuckend.

Er betrachtete sie einen Moment lang, dann fragte er: Wie heißt du?

Ich heiße Bèibèi, sagte sie, und dann fing sie wieder an zu lachen.

Was ist daran so lustig?

Nichts, sagte sie. Kann ich noch eine Zigarette haben?

18

Marlenes neues Hausmädchen kam aus Algerien, über eine Agentur. Das Pilotprogramm für Geflüchtete war auf Eis gelegt worden, weil die Pro-Bono-Anwältin ihre Ziele im Leben überdachte und sich auf Geheiß von und finanziert durch Papa bei schwedischen Bindegewebsmassagen entspannte.

Die Algerierin hielt die Wohnung sauber und entfernte klaglos Marlenes Exkremente, aber sie putzte in bis zu zehn Haushalten pro Tag und hatte daher keine Zeit zum Trödeln und um mit Marlene Fernsehen zu schauen oder Gebäck für sie zu kaufen.

Madame, sagte das Hausmädchen stolz. Einige von uns haben Termine.

Danach hatte Marlene kein gutes Wort mehr für das Hausmädchen übrig und beschwerte sich über alles, angefangen bei der Art, wie sie die Überdecke zusammenlegte, bis hin zum Lärm des Staubsaugers. Im Gegenzug war das Hausmädchen unfreundlich und kurz angebunden. Jedes Mal, wenn Marlene nach ihrem Nachttopf griff, warf sie ihn fast um, weil das algerische Hausmädchen nicht daran dachte, ihn mit dem Henkel nach außen hinzustellen, so wie es das chinesische Mädchen immer getan hatte. Jetzt, da sie sich daran gewöhnt hatte, den Rücken mit Feuchtigkeitscreme eingerieben zu bekommen, juckte ihre Haut ganz fürchterlich, ihre Achseln stanken mehr denn je nach verrotteten Blumen, ihre Nägel waren so lang, dass sie sie sich am Brieföffner abbrach. Kein wöchentliches Nägelschneiden mehr, und sie hatte vergessen, wie sie allein zurechtkommen sollte, während sie das Vergrößerungsglas zwischen den Zähnen balancierte und es selbst versuchte, ohne sich die Fingerspitzen abzusägen.

Es war auch schon Wochen her, dass Bogie zuletzt angerufen hatte.

In der ersten Woche hatte sich Marlene noch geschminkt. In der zweiten hängte sie das Telefon aus. Du rufst mich nicht an? Wohl eher, ich lass dich nicht. In der dritten Woche legte sie den Hörer wieder auf die Gabel, sprühte sich Parfum unter die Arme. In der vierten Woche sagte sie sich, sie solle nicht so dumm sein, sie habe es von Anfang an gewusst, wie hätte es sonst enden sollen, wenn er zwanzig war und noch am Anfang eines Lebens stand, das nur darauf wartete, gelebt zu werden? Wenn man siebenundachtzig war und allein lebte, musste man den Schaden so schnell wie möglich begrenzen. Warum sollte sie ein chinesisches Hausmädchen vermissen, das kaum französisch sprach, oder einen deutschen Jungen, der sie am Telefon mit Gedichten belästigte?

Jetzt war Marlene wütend, aber sie konnte es an niemandem auslassen, außer am Fernseher.

Sie zählte bis hundert, während sie durch die Kanäle schaltete, und als sie sich verzählte, nahm sie ihr Perlmuttfernglas und richtete es auf die gerahmten Porträts, die an der Wand gegenüber hingen.

Die meisten Leute auf den Fotografien waren tot, aber vom Bett aus konnte sie sie lächeln sehen, posieren, trinken, tanzen. Kein Zweifel: Sie war schön. Marlenes Lieblingsbilder waren die ehrlichen Schüsse, wo das Leben mitten in der Bewegung festgehalten war. Dolores del Río, die ihr etwas ins Ohr flüsterte, als sie vor Frida Kahlos Selbstporträt in einer Galerie standen. Obstkuchen auf einem Pappteller, den sie sich mit John Wayne teilte, er im Unterhemd und weißen Hosenträgern, den Blick von der Kamera abgewandt, sie in einem frischen weißen Männerhemd und schwarzen Hosen, die Augenbrauen hochgezogen, kauend. Jo und sie beim Rauchen in einem schicken Restaurant.

Marlene hatte sich das Bild von sich mit Jo schon so oft angesehen, aber erst jetzt fiel ihr auf, dass die Zigarette in seinem Mund gar nicht brannte. Sie zoomte raus, dann wieder ran. Jo hielt ein Streichholz in der rechten Hand, und ein offenes Briefchen in der linken. Er war gerade dabei, das Streichholz zu zünden, als das Bild gemacht worden war. Obwohl sie es verstand, fiel es Marlene schwer zu akzeptieren, dass Jo die Zigarette vor vielen Jahren angezündet und sie vor ihren Augen im Restaurant geraucht haben musste, aber auf diesem Foto ihr nicht angezündetes Gegenstück für immer unberührt bleiben würde.

Das Abendessen bestand aus einer Dose auf ihrer Herdplatte erwärmter Erbsensuppe. Zu dickflüssig und schrecklich versalzen. Sie hatte kein Wasser in Reichweite, um sie zu verdünnen, also aß sie sie wie einen Aufstrich auf Kräckern. Irgendein seltsames dürres Ding mit unordentlichen Haaren schlich durch den Fernseher. Marlene verstand Winona Ryder und Chloë Sevigny nicht recht, diese neue Sorte Schauspielerinnen, die stolz darauf waren, unterernährt und ungepflegt auszusehen. Das Jahrhundert entwickelte sich zurück, während es auf das Jahrtausend zuging. Gegen neun war sie schläfrig und ließ den Fernseher leise weiterlaufen, regelte ihre Nachttischlampe runter und las mal wieder Hemingway, bis sie einnickte. Sie hatte ihn Papa genannt; er hatte sie Kraut genannt. Über die Jahre, bevor er sich umbrachte, hatten sich Papa und Kraut darauf geeinigt, dass sie einander geheiratet hätten, wären sie nicht bereits anderweitig verheiratet gewesen, aber beide wussten, dass sie nichts dergleichen gesagt hätten, wären sie unverheiratet gewesen. Kurz vor Mitternacht unterbrach der französische Sender sein Programm, um Livebilder von Horden von Ostberlinern zu zeigen, die über die Mauer in den Westteil der Stadt strömten. Als Marlene gegen sechs Uhr aufwachte und verschlafen nach dem halb vollen Limoges-Krug tastete, sah sie junge Männer und Frauen Händchen haltend auf der Berliner Mauer tanzen. Sie hatte etwas Bedeutsames verschlafen. Ihre Hand zitterte, als sie den Krug zurück unters Bett stellen wollte. Sie kam gegen das Gestell, und der Krug zerbrach.

Später am Morgen, als das algerische Mädchen kam, war der feuchte Harngeruch sehr stark. Marlene saß aufgerichtet im Bett. Der Fernseher lief noch immer. Sieh mal, sagte Marlene mit glasigen, blutunterlaufenen Augen zu ihr. Die Berliner Mauer ist gefallen.

Das Hausmädchen nickte und machte sich ans Putzen. Egal, was im Fernseher lief, es hatte nichts mit ihr zu tun. Als sie den zerbrochenen Krug sah, fragte sie: Madame, brauchen Sie eine neue Bettpfanne?

Ihre Worte erreichten Marlene wie aus weiter Ferne.

Eine Bettpfanne?, wiederholte Marlene langsam. Das Hausmädchen wartete. Weißt du, woher dieser Krug kommt?, fragte Marlene. Weißt du, dass nur Porzellan von einer bestimmten Qualität den Limoges-Stempel verdient? Ihre Stimme wurde immer lauter. *Wo sind meine Lilien?* Raus mit dir. Geh mir aus den Augen!

19

Bèibèi hatte sich ein Expressticket mit Sitzplatz von Shanghai nach Peking gekauft. Als sie einstieg, saß ein alter Mann auf ihrem Platz. Sie zeigte ihm ihr Ticket. Er starrte trotzig zurück. Sie blieb die sechs Stunden nach Peking stehen und hörte The Smiths, bis die Walkman-Batterien aufgaben. Als der Mann, der neben ihr stand, gähnte, roch sein Mund nach Benzin, und sie hielt den Atem an, bis er fertig war. Der Zug fuhr in Peking ein, alle stürmten zu den Türen, noch bevor sie öffneten, und rannten sich gegenseitig um. Sie wartete, bis die anderen Reisenden den Zug verlassen hatten, dann stieg sie aus.

Auf dem Bahnsteig stand ein freundlicher Porträtmaler.

Was für ein schöner Mantel an einer so schönen jungen Frau, rief er, als Bèibèi an ihm vorüberging, wären Sie so freundlich, ein oder zwei Minuten für mich still zu stehen? Eigentlich war der Mantel mittlerweile ziemlich dreckig, eher schwanenkükengrau als schwanenweiß, aber sie vermutete, dass es niemandem auffallen würde. Braun gebrannte Wanderarbeiter zerrten ihre Habseligkeiten in rotweiß-blauen Einkaufstaschen mit sich, und ganz weit vorne ging gerade ein Liebespaar auseinander. Der Junge weinte. Das Mädchen trug Zöpfe. Der Maler verkündete, dass er fertig sei. Er zeigte ihr die Zeichnung. Das Gesicht sah nicht wirklich nach Bèibèi aus, aber sie fragte sich, ob die Traurigkeit in ihren Augen nicht doch der Realität entsprach. Für eine schnelle Zeichnung hatte sie durchaus ihren Wert. Sie lächelte ihn an und wandte sich zum Gehen.

Hey!, rief er. Acht Yuan.

Acht Yuan? Sie war verwirrt.

Ein Mann muss essen, sagte der Maler. Ich kann nicht den ganzen Tag kostenlos Porträts malen, oder?

Aber ich habe Sie nicht darum gebeten.

Hör mal. Du bist stehen geblieben. Du hast posiert.

Bèibèi ging weiter. Er rief ihr nach und riss dabei das Reispapier mit ihrem Antlitz in Stücke: Was sind denn schon acht Yuan für ein Miststück wie dich, die sich so einen Mantel leisten kann?

Man kam leicht nach Wangfujing, es war direkt im Stadtzentrum. Die Leute drängten sich über den Boulevard. Kentucky Fried Chicken leuchtete wie ein Tempel, davor die lebensgroße Statue eines bebrillten Ausländers in einem cremefarbenen Anzug mit einer bebänderten Fliege. Er lächelte über das ganze Gesicht. Bèibèi überquerte die Straße und ging auf die Statue zu. Provinzielle Greise blinzelten in die Sonne, als sie in die entgegengesetzte Richtung zum Tian'anmen-Platz und dem Mausoleum gingen, um dem Großen Vorsitzenden Respekt zu zollen. Sie kam an einem Elektrogeschäft vorbei, wo sie neue glänzende Batterien für den Walkman kaufte. Bèibèi setzte sich die Kopfhörer auf und suchte nach der orangefarbenen Kassette, *Strangeways, Here We Come*. Der erste Song war ihr Lied. Sie verstand vielleicht nicht die Bedeutung der Wörter, aber mittlerweile wusste sie genau, welcher Klang nach welcher Note kam und hätte den gesamten Song laut nach Gehör singen können, wenn sie gewollt hätte.

Im KFC stellte sich Bèibèi in die Schlange.

Die Gäste hier waren nicht wie die Leute auf dem Platz. Keine sonnenverbrannten Gesichter, die verständnislos und ehrfurchtsvoll zu jedem Gebäude aufsahen, keine dickbäuchigen Männer und Frauen in tristen, olivgrünen Jacken mit großen, glänzenden Knöpfen. Es waren trendige Teenager, die bei Cola und Pommes plauderten. Wie sie auf diese Mode hatten kommen können, ließ sich schwer sagen, schließlich war hier jeder ausländische Einfluss verboten. Mädchen trugen Kreolen zu Dauerwellen. Ein Junge trug Bluejeans. Er hatte sich sein T-Shirt hinten in die Hose gesteckt, damit das Markenlabel der Jeans, rot auf einem braunen Lederflicken, zu sehen war. KFC war ein Ort zum Sehen und gesehen werden. Es war weit entfernt von den hässlichen, schmutzigen Billiglokalen mit riesigen Portionen, wo man dicht gedrängt mit betrunkenen Arbeitern in der Ecke saß, die nach extra Reis riefen und ständig fluchten. Es war auch nicht wie die feinen Restaurants mit den gestärkten Tischdecken und elektrischen Armleuchtern, in die man gehen konnte, wenn man Geld hatte. Diese waren erdrückend, zu leise, und man musste ständig aufpassen, ob man das Besteck richtig benutzte. Bei KFC bezahlte man vorab und setzte sich, wohin man wollte, in eine Kunstledernische mit Plastiktischen und bodentiefen Fenstern. KFC war zwanglos, anonym, und man konnte sich selbst aussuchen, was man haben wollte. Bèibèi war an der Reihe.

Ich möchte eine Box mit frittiertem Hähnchen.

Möchten Sie es als Menü mit Getränk dazu?

Ja, sagte sie zur Bedienung und sah in ihren Geldbeutel. Sie hatte nur noch einen Schein. Und soll es eine große Coca-Cola sein, wollte die Bedienung wissen, und Kartoffelbrei als Beilage?

Ja, sagte Bèibèi. Die größte Cola, bitte.

Bèibèi fand einen leeren Thekenplatz am Fenster.

Das Tablett des vorherigen Gasts stand noch auf dem Tisch, darauf lagen die Hähnchenreste. Dünne, dunkle Knochen, sehr sauber abgegessen. Sofort kam ein Mädchen in einer Uniform, um den Tisch mit einer Sprühflasche und einem Lappen zu säubern, genau wie in dem Film von Hou Hsiao-Hsien.

Danke, sagte Bèibèi. Das Mädchen sah sie misstrauisch an und erwiderte nichts. Bèibèi stellte das Tablett vor sich ab. Alle im KFC waren zu zweit oder in Gruppen. Sie war die Einzige, die allein war. Sie fühlte sich sehr elegant, als sie den Schwanenmantel von den Schultern gleiten ließ, ihn über der Stuhllehne drapierte, den gestreiften Strohhalm in den Pappbecher mit Cola steckte und vorsichtig nippte, ohne dabei zu schlürfen. Sie schlug die Beine übereinander.

Das Hähnchen war glühend heiß. Sie biss in eine Keule.

Von außen war es perfekt gebräunt, und so etwas wie diese Marinade hatte sie noch nie geschmeckt. Innen war das weiße Fleisch saftig. Was aßen die Amerikaner sonst noch?

Sie blickte aus dem einzigen KFC in China und konnte sich die herumstolzierenden Wachen vorstellen und die rosigen Wangen des Großen Vorsitzenden, der in der Nachmittagssonne am Tian'anmen-Platz von seinem riesigen Porträt herabstrahlte. Das auffällige Muttermal auf seinem Kinn, das ihn so gelehrt und vornehm wirken ließ, hätte an einem Mann mit weniger Persönlichkeit unvorteilhaft gewirkt. Bei dem Gedanken an den Großen Vorsitzenden richtete sich Bèibèi auf. Sie wischte sich den Mund mit der Serviette ab, drückte das gesamte Ketchup aus dem Tütchen und machte sich über die Flügel her. Man hatte ihr in der Schule beigebracht, dass der Große Vorsitzende Gedanken hören konnte, weshalb es das Beste war, zu jeder Zeit eine aufrechte kleine Genossin zu sein. Jahrelang hatte sie dem Großen Vorsitzenden im Stillen einen guten Morgen und eine gute Nacht gewünscht, wann immer sie daran dachte. Dadurch hatte sie geglaubt, dass der Große Vorsitzende alles wisse, und als sie anfing, sich selbst anzufassen, um zu reparieren, was der Lehrer getan hatte, fürchtete sie, das Missfallen des Großen Vorsitzenden auf sich zu ziehen. Nichts geschah, und bald verstand sie, dass ihre Geheimnisse ganz bei ihr allein blieben. Ehrlich gesagt war das Leben ein wenig einfacher zu ertragen gewesen, als sie noch geglaubt hatte, ihr Leid wäre ein geteiltes Leid, aber so sehr sie sich auch bemühte, sie konnte nie mehr in diesen Zustand zurückfinden.

Sie brach den Flügel auseinander, um ihn besser essen zu können.

Hi, sagte sie in ihrem Kopf zu dem Großen Vorsitzenden. Wie dreist es doch war, den Gründungsvater so direkt anzusprechen. Rate mal, was mir ein Mann in Marseille über dich erzählt hat. Er sagte, man hätte deinen Ausreiseantrag nach Europa abgelehnt, als du in meinem Alter warst. Das muss schon wirklich lange her sein, was? Ich wette, das wissen nicht so viele Leute über dich. Keine Sorge, ich werde es niemandem erzählen. Alles in Ordnung. Ich meine, wenn du abgehauen und nie mehr zurückgekommen wärst, dann wärst du auch nicht unser überragender Führer geworden, oder?

Hör mal, würdest du mir was sagen?

Wenn man um die Welt gereist ist und wieder am selben Ort landet, von dem man aufgebrochen ist, ist es dann dasselbe, als hätte man diesen Ort nie verlassen? Großer Vorsitzender, ich habe immer meinen Lehrer alles Mögliche gefragt. Ich dachte, er wüsste alles, weil er mehr Wörter kannte als ich. Wie konnte ich so falsch liegen? Ein ganzes Jahr lang hat er mich mit in den Schuppen genommen, und ich ließ ihn. Er sagte, ich sei die Schönste im Dorf und die Schlauste in der Klasse. Er sagte, ich würde es weit bringen im Leben, obwohl ich ein Mädchen sei. Ja, sagte ich, während er meinen Körper durchschüttelte, ja. Eines Tages, nachdem er sich verausgabt hatte, lagen wir im Schuppen, und er fragte mich, welchen Jungen im Dorf ich heiraten würde, wenn ich älter sei. Wird Bèibèi ihren Lehrer vergessen, wenn sie erwachsen ist? Wird Bèibèi ihren Lehrer vergessen, der ihr beigebracht hat, sich wie eine Frau zu fühlen?

Ich sagte ihm, ich wolle keinen Jungen aus dem Dorf heiraten, sondern weggehen und die Welt sehen.

Mein Schatz, lachte er. Wenn Wünsche Pferde wären, würden Bettler reiten!

Weißt du, was ich zu ihm gesagt habe?

Wenn ich an einen Berg komme, werde ich einen Weg hindurch finden.

Das war ganz schön schlagfertig, was?

Ich ging nie wieder mit ihm in den Schuppen, aber es war zu spät, um mir selbst zu verzeihen.

Großer Vorsitzender, hast du es jemals nach Paris geschafft? Was, wenn es zwar einen Weg hindurch gibt, aber ich niemals zum Berg komme?

Das orangefarbene Dach des Eingangs zur Kaiserstadt glitzerte im Sonnenlicht. An jedem Ende befand sich ein Drachen. Der Ort war alt, aber Bèibèis Blick war neu. Auf jeder Seite des Gesichts des Großen Vorsitzenden hingen vier rote Flaggen und vier rote Laternen, insgesamt glücksbringende acht.

Der Große Vorsitzende war nicht das einzige Porträt auf dem Tian'anmen-Platz gewesen.

Fünf andere Porträts im selben Stil hatten auf dem Platz gestanden, aber 1980 waren Karl Marx, Friedrich Engels, Wladimir Lenin, Josef Stalin und Sun Yat-sen plötzlich entfernt worden. Nur der Große Vorsitzende war geblieben.

Es gab nur eins, was Bèibèi wissen wollte.

Aber sie traute sich nicht, dem Porträt des Großen Vorsitzenden diese Frage zu stellen, nicht mal im Kopf. Sie wollte wissen, wie es wirklich gewesen war, damals im Juni, bei dem Protest für die Demokratie. Wie hatten so viele Menschen zur selben Zeit an dieselbe Sache glauben können? War das Mut oder Dummheit gewesen? Hatte ihr der Freier in Marseille die Wahrheit gesagt, oder handelte es sich nur um schöne Lügen, ging es darum, ein hässliches Bild von China für den Rest der Welt zu zeichnen, damit diese mit dem Finger auf das Land zeigen konnten? Wie konnte jemand auf sein eigenes Volk schießen, wenn es sich dabei um unbewaffnete Zivilisten handelte, die um eine gute Sache baten? Wenn Anfang Juni ein Massaker auf dem Tian'anmen-Platz stattgefunden hatte, wie konnte da irgendjemand direkt gegenüber bei KFC im November Brathähnchen genießen?

Es konnte unmöglich etwas so Schreckliches auf dem Tian'anmen-Platz geschehen sein.

Es war der Platz des Volks, und er sah so sauber aus.

Der Himmel war ganz blau. Es war kaum eine Wolke zu sehen. Das Gesicht des Großen Vorsitzenden war rund und gütig. Wenn dein Porträt so riesig war, dann war es schwierig, etwas falsch zu machen. Der Überragende Führer lächelte auf sie herab. Er ließ sie nicht aus den Augen. Was konnte sie tun, außer zurückzulächeln? Es gab Berge über Berge und Menschen über Menschen. Sie war niemand. Er war Größe. Bèibèi aß ihr Hähnchen auf. Sie leckte sich das Fett von den Fingern, wischte sie an einer frischen Serviette ab. Jetzt wollte sie nur noch, dass ihre Hände sauber blieben.

20

Kameramänner schliefen in Zwei-Stunden-Schichten unter Satellitenschüsseln. Soldaten tauschten Mützen aus, ein Passant fragte, ob Kugeln in ihren Gewehren seien. Nein, sagten sie grinsend. Ein paar Kellnerinnen aus einer Bar in der Nähe des Checkpoint Charlie warfen ihre Schuhe von sich und tanzten in ihren Strümpfen, bewegten sich dabei zum Rhythmus des Akkordeons einen Straßenmusikers. Der Besitzer einer Eckkneipe verteilte Cola für umsonst. Ein Mann hatte eine Spritzpistole mit Bier gefüllt und besprühte jeden in Sichtweite mit Hopfen und Malz. Kantige Trabis krochen durch die verstopften Straßen. Viele ausländische Nummernschilder waren zu sehen, alle angelockt durch Gerüchte über *revolutie, revoluce, rewolucja*, die gleichzeitig auf allen europäischen Rundfunkstationen liefen, alle Macht dem Volk! Männer und Frauen schlugen Stücke der Mauer mit Bohrern, Hämmern, Eispickeln ab. Vielen von denen, die nicht nahe genug rankamen, schossen Raketen in die Luft, tanzten, sangen. Westdeutsche schenkten den Ostdeutschen Obst, Blumen und Schokolade, luden sie zu sich nach Hause auf einen Kaffee oder Schnaps ein, weinten und lachten wie Familien.

Der Fernseher war kein hohles Glasrohr.

Er war ein Fenster, und es öffnete sich nach Berlin.

Mit voll aufgedrehter Lautstärke klebte Marlene seit über acht Stunden durchgehend vor dem Bildschirm, ohne zu essen oder zu trinken. Solange sie stillhielt und sich auf die hypnotischen Bilder konzentrierte, konnte sie Teil einer riesigen Party sein, die niemals enden würde. Ihr war schwindelig, und ihre Ohren surrten, aber sie würde den Blick nicht vom Fernseher abwenden, wo sie mit angehaltenem Atem dem Vorankriechen eines kleinen Baukrans folgte, der den Schutt eines eingebrochenen Teils der Mauer wegräumen wollte. Während sie zusah, wie die Trümmer entfernt wurden, konnte sich Marlene unmöglich daran erinnern, warum sie überhaupt errichtet worden war. Die Leute waren ekstatisch. Sie rissen die Arme in die Luft, und ihre Augen leuchteten, als sie über die Grenze liefen.

Weiter unten, wo die Mauer noch intakt war, halfen sie sich gegenseitig beim Drüberklettern, mit gebeugten Knien und ineinandergelegten Händen. Ein Mann steckte seine Hand durch ein faustgroßes Loch, um einer Frau in einem gelben Mantel auf der anderen Seite eine Zigarette anzuzünden. Von diesem Winkel aus war von dem Gesicht der Frau nur der Mund mit der Zigarette zu sehen. Sie hatte schöne Lippen, ungeschminkt. Ihre Wangen höhlten sich hübsch aus, als sie inhalierte. Marlene wühlte sich durch eine kleine Schublade in einem ihrer Tische und fand eine alte Zigarettenkippe, ein Überbleibsel aus der Zeit, bevor sie vor ein paar Jahren aufgehört hatte, weil sie fast ihr Bett angezündet hätte. Sie zündete an, was von dem Stummel übrig war, und starrte gebannt in die Pixel. Nach ein paar Fehlstarts schaffte sie es, ihr Auspusten zeitlich mit dem der Frau abzustimmen, und dann atmete auch sie Berlin ein.

Aber mit einem Mal verstand Marlene.

Wenn sie die Leute sehen konnte – dann konnten die sie auch sehen. Zu denken, sie wäre immer so vorsichtig gewesen, zu denken, sie hätte keinen einzigen Sonnenstrahl in all den Jahren gesehen, während ihr die ganze Zeit nicht aufgegangen war, dass der Fernseher deren Weg herein war. Jeden Moment würde sie das Surren des Films hören, der durch die Rolle wirbelte, während sie die Kameras auf sie richteten und anfingen zu drehen. Sie waren hinter ihr her, um einen Film zu machen. Der Fernseher musste aus sein, damit sie sie nicht fanden. Panisch wühlte sie im Bett herum, aber die Fernbedienung ließ sich nirgendwo finden.

Die Steckdose war sicher nicht so weit entfernt, wie es schien.

Marlene war zuvor schon mit Hilfe des chinesischen Mädchens bis dorthin gegangen. Nun musste sie es wieder tun. Sie kletterte aus dem Bett und versuchte, sich in eine aufrechte Position zu begeben, aber nach drei Schritten wusste sie, dass sie nicht weitergehen konnte. Sie streckte eine Hand nach dem Tisch aus, um sich zu stützen, brachte ihre Briefmarken und die Fanpost durcheinander. Sie sah zum Bett zurück, wollte aber nicht so schnell aufgeben. Der Fernseher dröhnte. Als sie die anonyme Menge auf dem Bildschirm feiern sah, war sie bis ins Mark erschüttert: All diese Gesichter würden schnell vergessen sein – warum sollte man sich an ihres erinnern? Sie fühlte sich elend, schuldig, ausgelaugt. Das war keine Party. Es war die Parodie eines Kreislaufs, den sie nicht erklären konnte. Was auch immer geschehen wird, ist bereits geschehen. Vorsichtig ließ sie sich zu Boden sinken, kroch voran, keuchte schwer, während sie erst den einen Ellenbogen, dann den anderen vorwärtsschob, um ihren Körper durch das Zimmer zu schleppen. Fast hatte sie die andere Seite erreicht. Die Plastikschlange des Elektrokabels baumelte in Reichweite. Ihre Finger griffen nach vorn.

Alles war dunkel, und Marlene konnte nichts mehr sehen oder hören, abgesehen von ihrem eigenen angestrengten Atem. Sie hätte überall sein können, als sie sich mit dem Rücken gegen die Wand lehnte, die Knie umarmte und an die Brust zog. Nachdem sie ein wenig durchgeatmet hatte, streckte sie sich und versuchte, die nächste Oberfläche zu fassen zu bekommen. Ihre Finger ertasteten etwas. Sie zog, und die Verdunklungsgardinen krachten herunter.

Grelles Licht flutete den Raum.

Es war so überwältigend, dass es Marlene tief auf den Boden zwang. Sie bedeckte reflexhaft ihr Gesicht, die Stirn auf den Teppichboden gedrückt. Ihre Augen brannten. Sie öffnete sie ganz langsam, um sich nach und nach daran zu gewöhnen. Sie hatte Angst, was als Nächstes geschehen würde. Nichts bewegte sich. Alles, was in der Dunkelheit gewesen war, erschien jetzt so unglaublich kostbar in diesem gleißenden Licht. Ein heller Raum. Daran würde sie sich sehr gern erinnern. Sie ballte eine Faust, zerknüllte Sonnenstrahlen wie abgebrochene Halme zwischen ihren Knöcheln.

Ihre Haut prickelte.

Marlene presste beide Hände so fest sie konnte auf den Boden und versuchte, sich aufzurichten. Aus einer halb knienden Hocke zwang sie ihr Gewicht auf die eigenen zwei Beine. Ihre Schienbeine schmerzten so heftig, dass sie glaubte, sie würden brechen, aber bevor ihre Beine nachgeben konnten, drückte sie die Knie durch. Sie atmete mit einem großen, jubilierenden Zischen aus, drehte sich dem Raum zu, breitete die Arme aus, so weit sie konnte, um sich in Position zu bringen.

Choupette, rief sie aufgeregt. Sieh mal!

Niemand kam, aber sie dachte, sie hätte viele Türen weiter eine Geige gehört. Marlenes Stimme schwankte, als sie verwirrt rief: Papi? Sie machte einen langen Hals, um über den Flur hinaus zu sehen. Immer noch niemand. Langsam wurde sie wütend, und jetzt schrie sie, so heiser, dass ihre Knie anfingen zu zittern: Seht mich an! Marlene grub ihre Finger in das gefurchte Fensterbrett, sie hatte Mühe, das Gleichgewicht zu halten. Auch wenn niemand hier war, um es zu sehen, sie würde nicht aufgeben. Sie wandte sich zum Fenster. Der rostige, unbenutzte Haken gab leicht in ihrer Hand nach.

Marlene schob das Fenster einen Spalt auf.

An einem sonnigen Tag treffen draußen in jeder Sekunde eine Billion Lichtteilchen auf unsere Haut. Achteinhalb Minuten zuvor haben sie die Oberfläche der Sonne verlassen, aber sie mussten erst zehntausend Jahre lang blind und glühend durch diesen gewaltigen Stern wandern, bevor sie als elektromagnetische Strahlung nach draußen entweichen konnten. Marlene streckte die Zunge raus. Mit geschlossenen Augen schmeckte das Licht weiß und kreidig. Als sie die Augen öffnete, sah sie die Sonne, die am Himmel ausbrannte. Jetzt war ein guter Zeitpunkt, um zu beenden, was sie begonnen hatte.

Marlene atmete tief ein und fing an, die Sonne niederzustarren.

Ihre Augen tränten, aber sie würde nicht zulassen, dass jemand sie beim Blinzeln erwischte, nicht jetzt. Sie stützte sich ab, stieß das Fenster weit auf und setzte ihren Körper dem Licht aus.

DANKSAGUNG

An dieser Stelle möchte ich mich zu einer ästhetischen Schuld gegenüber meinen Lieblingsschauspielerinnen bekennen: Liv Ullmann,
Setsuko Hara, Gena Rowlands, Monica Vitti, Hanna Schygulla und
den Filmen, die ich von ihnen am liebsten mag, nämlich: *Cries & Whis-
pers*, *The Idiot*, *Love Streams*, *Red Desert* (der mich zum Lachen brachte),
The Bitter Tears of Petra von Kant (der mich zum Weinen brachte).

Mein Dank gilt auch Jackie Ko, Dan Meyer, Tash Aw, Ben Metcalf,
KJ Lee, Nancy Koe, Kirsten Tan und dem Strand Bookstore, wo ich im
Regal für Kunstfotografie auf der Suche nach Nan Goldins *Heart-
Shaped Bruise* stattdessen auf eine gewissenhafte Alfred-Eisenstaedt-
Monografie stieß, die das sonderbare Bild (und seinen kinetischen
Zwilling) enthält, mit dem alles begann (und endete).

Zum sentimentalen Schluss ein Satz aus Barthes' *Die helle Kammer:*

Die PHOTOGRAPHIE ist, wörtlich verstanden, eine Emanation des
Referenten. Von einem realen Objekt, das einmal da war, sind
Strahlen ausgegangen, die mich erreichen, der ich hier bin; die
Dauer der Übertragung zählt wenig; die Photographie des ver-
schwundenen Wesens berührt mich, wie das Licht eines Sterns.

ANMERKUNGEN

Dieses Buch wurde in der Albertina gesetzt, der bekanntesten der von Chris Brand (geb. 1921 in Utrecht, Niederlande) entworfenen Schriftarten. Die 1965 von der Monotype Corporation herausgegebene Albertina war eine der ersten Textschriften, die ausschließlich für die Fotokomposition hergestellt wurden. Sie wurde erstmals für die Katalogisierung der Arbeiten von Stanley Morison verwendet und 1966 in der Albertina-Bibliothek in Brüssel ausgestellt.

QUELLEN

Die Zitate auf Seite 49 und 50 stammen aus dem Gedicht »Klage« von Rainer Maria Rilke. Das Zitat auf Seite 68 und 305 stammt aus »Lebenslauf II« von Friedrich Hölderlin.

Der Text von Walter Benjamin auf Seite 119 ff »Gespräch mit Anna May Wong. Eine Chinoiserie aus dem alten Westen« ist zuerst erschienen in: *Die Literarische Welt*, Jg. 4, Nr. 27 (7. Juli 1928). Das Zitat auf Seite 132 stammt aus: Walter Benjamin: »Ich packe meine Bibliothek aus«.

Das Zitat auf Seite 279 stammt aus dem Gedicht »Der Panther« von Rainer Maria Rilke. Das Zitat auf Seite 289 stammt aus: Heinrich von Kleist: »Über das Marionettentheater«.

ROBERT SEETHALER
Der Trafikant

»Robert Seethalers Ton ist wuchtig, wahrhaftig, und er ist
mit einem sicheren Gespür für Dramaturgie und einem
offenkundig an der Weltliteratur geschulten Sprachgefühl
ausgestattet.«
NDR Kultur

Der 17-jährige Franz Huchel verlässt 1937 sein Heimatdorf,
um in Wien sein Glück zu suchen: Seine ungewöhnliche
Freundschaft mit Sigmund Freud, seine Liebe zur Varieté-
tänzerin Anezka und die sich dramatisch zuspitzenden poli-
tisch-gesellschaftlichen Verhältnisse zwingen ihn, das Leben mit ganz neuen Augen zu sehen.

Roman
Broschiert, 256 Seiten
ISBN 978-3-0369-5909-2

Auch als eBook erhältlich
www.keinundaber.ch

HAROLD NEBENZAL
Café Berlin

»Kaum zu glauben, dass dies Harold Nebenzals erster
Roman ist! Dieses Buch ist perfekt: eine absolut
authentische Atmosphäre, faszinierende Figuren und ein
wirklich origineller Plot.«
Look

Auf einem Berliner Dachboden hält sich der Jude Daniel Sa-
porta vor den Nazis versteckt. Wenige Jahre zuvor war sein
Nachtclub noch Zentrum einer feiernden und fiebernden
Stadt, und sein Herz gehörte der Tänzerin Samira. Während
er nun immer mehr um sein Leben fürchten muss, erinnert
er sich zurück an eine Zeit der überschäumenden Dekadenz
und des gefährlichen Trotzes.

Roman
Broschiert, 416 Seiten
Aus dem Englischen von Gertraude Krueger
ISBN 978-3-0369-5994-8

Auch als eBook erhältlich
www.keinundaber.ch

JUDITH FANTO
Viktor

»Eine bewegende, stürmische und ungeheuer fesselnde
Familiengeschichte, die man so schnell nicht vergisst.«
Berliner Zeitung

Wien, kurz vor Ausbruch des Zweiten Weltkriegs. Der junge
Viktor entwickelt sich mit seiner unkonventionellen Art zum
schwarzen Schaf seiner wohlhabenden jüdischen Familie.
Sein Anderssein sticht hervor. Bedeutet es Rettung oder Gefahr? Jahrzehnte später begibt sich die Studentin Geertje
auf Spurensuche. Was ist mit ihrem Großonkel damals passiert? Und wieso schämt sich ihre Familie dermaßen für ihr
Jüdischsein? Für Geertje ist es an der Zeit, die Mauer des
Schweigens endlich zu durchbrechen.

Roman
Broschiert, 416 Seiten
Aus dem Niederländischen von Eva Schweikart
ISBN 978-3-0369-6148-4

www.keinundaber.ch

GEOFFREY HOUSEHOLD
Einzelgänger, männlich

»Nach jedem Maßstab ein Meisterwerk.«
The Independent

Irgendwo in Europa Anfang der 30er-Jahre: Ein Jäger schleicht sich auf das Anwesen eines gefürchteten Diktators, legt an und zielt. Doch er wird entdeckt. Gehetzt von Geheimagenten, gejagt von der Polizei, verkriecht er sich schließlich wie ein verwundetes Tier in seinem selbst gegrabenen Bau, lauert, harrt aus. Er kämpft gegen Kälte und Nässe, gegen den Hunger und gegen die Angst, bis es schließlich zu einem allerletzten Kampf kommt – dem Kampf auf Leben und Tod.

Roman
Broschiert, 272 Seiten
Aus dem Englischen von Michel Bodmer
ISBN 978-3-0369-5971-9

Auch als eBook erhältlich
www.keinundaber.ch

ANNEMARIE SCHWARZENBACH
Eine Frau zu sehen

»Ein eindrucksvolles Zeugnis ihrer Empfindsamkeit und erotischen Kraft. Prickelt, schillert, knistert.«
Die Welt am Sonntag Kompakt

Weihnachten 1929: Im Fahrstuhl eines Hotels in den Schweizer Alpen trifft die junge Erzählerin auf eine fremde, geheimnisvolle Frau. Ein magischer Moment, der alles verändert und unstillbares Verlangen weckt. Offen bekennt sich Annemarie Schwarzenbach zu ihrer Liebe zu Frauen und setzt sich damit kühn über gesellschaftliche Schranken hinweg. *Eine Frau zu sehen* ist voll knisternder Erotik, Sehnsucht und Leidenschaft.

Roman
Broschiert, 112 Seiten
ISBN 978-3-0369-6103-3

Auch als eBook erhältlich
www.keinundaber.ch